04 | 민음의
비평

독자
시점

민음의
비평

04

독자
시점

백지은 비평집

민음사

0인칭 독자 시점의 비평

첫 비평집의 제목을 '독자 시점'으로 정했다. 비평가는 독자의 한 사람이니 비평가라는 직함을 지닌 '나'라는 개인 독자의 시점에서 이 책에 모인 글들이 쓰였다는 뜻은 아니다. 독자 시점은 독자의 것이 아니라 작품의 것이며, 작품 바깥의 관점이 아니라 작품 내부의 지점을 가리킨다. 얼핏 들으면, 독서 행위의 이상적인 이미지를 완성하는 독자의 포지션을 가리키는 말처럼 여겨져 모든 문학작품은 궁극적으로 독자에게 읽힘으로써 존재 의의를 지닌다거나 문학작품의 의미는 수용자를 고려해야만 풍부해진다는 가정을 예비하게 할지도 모르겠다. 그런 건 아니므로 제목에 대해 먼저 확인해 두어야 할 내용이 없지 않다.

작가는 물론 누군가에게 읽히기 위해 작품을 쓴다. 그러나 작가가 지향하는 것은 독자가 아니라 작품이며, 작품이 존재하는 것도 독자를 위해서가 아니라 자기 자신을 위해서다. 작가가 '쓴 것'(작품)을 독자가 '읽는 것'이지만, 읽기는 언제나 작가를 지향하는 것이 아니라 작품을 지향하며, 더 정확하게는 작품에서 자기가 읽은 바를 지향한다. 독자가 읽은 것은 작품으로 쓰인 것이기도 하지만, 더 엄밀하게는 쓰임으로써 읽힌 것, 어쩌면 쓰이지 않았음에도 혹은 쓰이는 것이 불가능했음에도 읽힌 것까지를 포괄할 것이다. 쓰인 것 이외의 것인 그것은 작품의 무능이 아니라 작품의 요청이다. 그것은 읽힐 가능성으로 작품에 내재하고 독자가 읽음으로써 작품에서 흘러나온다. 작품이 꼭 독자를 위해 존재하는 것은 아니나 읽힐 가능성이 없는 작품은 없다. 읽힐 가능성을 통해 작품은 불가피하게도 언제나 독자와 상관관계를 갖는다. 이 책에서 나와 관계 맺은 작품들의 그 가능성을, 거듭 말하지만 독자에게 귀속된 영역이 아니라 작품들에 영속하는 그 요소를, 나는 독자 시점이라 부르기로 했다.

독자 시점은 한 작품을 바로 그 작품으로 구성하는 데 포함되어 있다. 소설 구성상의 특징을 밝힐 때 흔히 화자의 인칭을 빌려 일인칭 시점, 삼인칭 시점 등으로 말하는데, 만약 청자를 끌어들여 그것을 말해야 한다면 모든 소설은 무인칭(혹은 제로인칭)의 독자 시점이라 해도 될 것이다. 인칭의 표지를 드러내지 않는, 혹은 그런 것을 지닐 수 없는 잠재적 주체 일반을 무인칭, 제로인칭 등으로 표현하는 것이 가장 적당한지는 확신할 수 없으나, 모든 소설에 그것은 마치 공집합처럼 속해 있다. 쓰기와 읽기를 체스에 비유한 설명에 의하면, 체스 선수가 상대의 다음 수를 예견하며 수를 두듯 쓰는 셈에는 이미 그 글이 읽힐 때 어떤 상상력이 무엇을 계기로 동원될 것인지에 관한 예측, 즉 읽는 셈까지 넣어져 계산된다는 것이다. 체스에서와 마찬가지로, 쓰는 셈과 읽는 셈이 일치할 수는 없지만 그런 식으로 작품이 독자 시점을 먼저 의식하기도 할 것이다. 물론 독자 시점은 미리 셈할 수 있는 작품의 의미에 한정되지 않는다. 의미를 넘어서는 것, 말해지지 않았거나 파악되기 어려운 것, 드러나지 않은 비밀스러운 것이 읽히기를 바라는 데에도 작품의 본령은 있다. 어떤 작품에서 독자 시점을 생각하는 이는 해석학적 주체인 동시에 시학적 주체일 수도 있으나, 그것은 언제나 작품이 '전달'하는 것 이전 혹은 이후의 것으로 작품에 되돌려진다.

　작품을 작가와 분리해서, 쓰기와 읽기 사이 또는, 화자와 청자 사이에 놓인 매개물처럼 그것을 상상하는 모형이 있기는 하지만, 작품이 한 개체가 다른 개체에게 전달하거나 전달받는 물리적 실체, 혹은 둘 사이를 오가면서 상호적으로 보완되는 심리적 작용 같은 것일 리 없다. 작품의 '읽힐 가능성'이란 작가의 요청이라고도 했으나, 쓰인 글이 곧 메시지로 주지되기를 작가가 바란다는 뜻도 아니다. 작품이 쓰기와 읽기를 매개한다는 것은 작가가 작품을 거쳐 독자에게 이른다거나 독자가 작품을 거쳐 작가를 만난다는 얘기가 아니다. 작품이 그 자신의 읽힐 가능성을 통해 이 세계, 즉 인간, 사물, 자연, 역사 등과 상관관계를 맺음으로써 쓰기와 읽기의 영역에 공통으로 관여한다는 뜻이다. 독자 시점은 작품과 독자의 접점이라기보다 작품과 세계의 접점이라고 해야 한다. 그것은 독자 개인들에게 다양하고 자유로운 구체성들로 경험되고, 그러다가 때로는 작가의 오리지널한 의도와 배치(背馳)되는 일도 없지 않으나, 작품이 품은 독자 시점의 불확정성을 미숙한 독자의 오독 가능성과 동일시해서는 안 된다. 독자 시점은 독자의 입장에서 작품을 구속하는 요소가 아니라 작품의 관점이 더 많은 세계로 개방되는 통로다. 작품은 독자 시점으로 인해 자유로워진다. 쓰인 것 때문에 안 보이거나 지워진 것들이 구출되고 쓰인 것 자체를 짓누르는 무거움으로부터도 해방될 가능성은 독자 시점 말고 바랄 데가 없다. 독자는 독자 시점으로 인해 작품과 더 내밀해진다. 읽기의 즐거움을 의미 해석이나 이미지 분석 따위로 차단해 버릴 생각이 없다면 작품의 독자 시점을 따라 자기 안의 타자로 건너가는 수밖에 없다.

　독자 시점을 하나의 형식으로 존재하게 하려는 글쓰기, 그것이 내게는 오직 문학비평이다. 내게 독자 시점은 '비평의 가능성'이란 말로 번역되어 내 앞에 놓인 문학작품들로 들어가는 관문이 되어 준다. 무라카미 하루키의 『1Q84』에서 여주인공 아오마메는 그녀가 현존하는 세계, "크고 작은 두 개의 달이 하늘에 떠 있는 이 세계"가 그녀의 첫사랑이자 유일한 사랑인 덴고가 만들어 낸 이야기인 「공기번데기」의 세계이며 자기는 "이 이야기의 어디에 끼워 맞춰"져서 "결코 작지 않은 역할"을 맡게 된 것이라고 생각한다. "나는 지금 덴고 안에 있어. 그의 체온에 감싸여 그의 심장박동에 이끌리고 있다. 그의 논리와 그의 룰에 이끌려 간다. 얼마나 멋진 일인가. 그 안에 이렇게 포함되어 있다는 것이." 이것은 어쩌면, 순식간에 다른 풍경 속으로 들어가는 읽기의 가장 열렬한 비유가 될 수 없을까?

아오마메가 수도고속도로 비상계단을 내려온 순간 그녀는 소설 「공기번데기」의 "모멘트"에 빨려들어 "수수께끼 가득한 1Q84의 세계"로 옮겨졌고, 이후 아오마메의 역할은 「공기번데기」 내부의 것이자 「공기번데기」의 새로운 실현이 된다. 아오마메는 흡사 「공기번데기」라는 소설의 독자 시점과 같다. 그리고 그것을 재현한 것, 이를테면 『1Q84』라는 소설 자체는 「공기번데기」의 독자 시점을 다시금 미메시스한 새로운 형식, 다시 태어난 또 하나의 '작품'으로 볼 수 있지 않을까? 작품에 대한 비평의 미메시스를 여기에 유비해도 될 것 같다. 어떤 작품의 독자 시점은, 그것을 형상화한 또 한 편의 글, 대개는 비평문이지만 양식과 장르를 불문한 다른 글쓰기를 통해 제 몸을 가지게 된다. 이것은 작품에 무엇을 덧대는 것이 아니고 작품을 자기에게 입힌 것이 아니다. 미리부터 알고 있던 바(1984의 세계)를 작품과 결부해 말하기보다 그 작품의 독자 시점을 따라갔더니 전부터 알았던 앎이 무너지고 다른 진리(1Q84의 세계)를 만나게 됐다는 이야기이기 때문이다.

비평과 작품이 가까워 보일 때, 그것은 작품의 주제(내용)와 관련되어 유사해진 것이 아니라 작품 속 말들의 짜임(관계)과 관련되어 친밀해진 것이다. 비평이 재현하는 것은 그 말들의 의미가 아니라 그 말들이 충격한 삶의 의미 혹은 말들 사이의 충격적인 관계이기 때문이다. 그래서 작품은 합목적적이지 않지만 비평은 합목적적이어야만 하는데, 비평의 합목적성은 작품이 보여 준 현상들에 대해서가 아니라 그 현상들의 표현에 대해 고민한 흔적이기 때문이다. 이 고민 덕분에, 작품은 비평의 앞에만 존재했던 것이 아니라 비평의 뒤에서도 살 수 있다. 비평은 작품 이후에 나타나지만 작품을 따라하는 미메시스가 아니라 작품을 새롭게 (재)완성하는 미메시스다. 작품은 독자 시점을 통해 뒤늦게 성숙하거나 쇠락하는 존재의 변화를 겪기도 한다. 독자 시점이 생산하는 것은 비평 자신의 생 뿐만이 아니라 작품의 다른 생이기도 하다.

이 책의 글들은 주로 2000년대 소설들의 독자 시점에 관한 것이다. 독자 시점은 작품의 것이고 작품은 시대와 사회의 것이니, 독자 시점은 언제나 역사적이지 않을 수 없다. 나는 이 시대 소설들의 무한히 다양한 독자 시점을 넓게 조망하면서도 세심하게 감싸 줄 수 있는 구체적인 이름을 발명하여 제목으로 삼고 싶었으나, 오랜 고심 끝에도 그리할 수 없었던 괴로움을 '그런 이름은 있을 수 없는 게 아닌가' 하는 의구심으로 달래는 데 이르렀을 뿐이다. 작품의 개성보다도 더 소상하게 개별적일 독자 시점을 따르면서 집단화 혹은 유형화 같은 것을 시도하는 것은 바람직하지 않을 것이라는 생각도 거듭했던 것 같다. 독자 시점을 지향하는 비평의 언어는, 작품의 언어를 비평의 언어로 대체하기보다 비평의 언어를 작품의 언어로 확장해야 한다. 무한한 작품들의 세계를 자기로 수렴할 것이 아니라 협소한 자기에게 작품의 강력한 영향을 허락하여 자기의 언어가 변경되기를 두려워 말아야 할 것이다. 물론 이 책의 글들이 그러하지 못했음은 스스로 더 잘 안다. 다만 원론적으로 지향한 바가 그러했다는 변명을 이 정도까지는 해 둔다.

한글로 표기된 '독자 시점'은 축자적으로 가장 먼저, 독자(讀者, 글을 읽는 자)의 시점(視點, 바라보는 지점)을 뜻한다. 그러나 우리말 낱글자가 거느리는 수많은 한자 뜻들의 간섭은 한국어의 운명이자 잠재력이다. '독자 시점' 역시 네 음절의 글자들이 각각 다양한 한자음들을 포괄함으로 인해, '읽는 자의 보는 자리'라는 뜻 외 더 많은 의미가 안겨 있는 말로 풀이되어도 나쁘지 않을 것 같다. 독자(獨自)적인 시각(視角)이란 뜻이 되어 이 글들의 개성을 강조해 볼 수도 있고, 글을 대하는 고독한 순간의 단독성을 부각시키게 '獨者時點'으로 보아도 될 것이다. 강한 독(毒)을 품은 듯 매력적인 시각, 중독되듯 글에 취하는 시간, 글이 보여 주는 두터운[篤] 시각, 글과 마주한 두터운 시간, 읽기로써만 풀려나올 시적인 것들, 독특한 시도의 자리 등등…… '독(讀, 獨, 毒, 篤 등)'과 '시(視, 時, 試, 詩 등)'의 조합으로 가능할 온갖 좋은 뜻들은 다 이 책의 한계이자 이 책의 욕심이다.

　독자 시점의 비평이 욕망하는 것은 어쨌든, 작품에 관한 (작가 쪽보다는) 독자 쪽의 밀착일 것이다. 블랑쇼의 말이던가, "작가와 독자는 작품 앞에서 작품 안에서 동등"해진다거나 "독서는 작가를 무효화하는 놀이"라거나 하는 말들이 작가들에게는 어떻게 들릴지 모르나 독자들에게는 분명히 호의적인 말이다. 읽기를 강렬히 경험하는 독자들에게는 심지어 작가보다도 더 작품에 가까워지고 싶다는 열망이 생겨나지만, 읽기의 자기주도적인 측면을 강조한다고 될 일도 아니고 읽기로 작품을 '정복'할 수 있다는 뜻도 아닐 것이다. 실은 읽기는 주도하고 정복하는 그런 것보다 훨씬 쉬운 일인데, 왜냐하면 읽기는 긍정하는 것이고 자유로운 것이기 때문이다. 읽기에 질문하고 토론하는 투쟁의 과정이 없지 않겠으나, 그것은 이기고 제압하기 위한 경쟁이 아니라 믿고 사랑하기 위한 분투일 것이다. 작품의 가치는 얼마나 믿고 사랑할 수 있는가에 달려 있다. 작품의 가치를 결정하는 마지막 기준은 작품에 대한 애착이라는 말은 언제나 틀리지 않는 것 같다.

　모든 쓰인 것의 운명이 독자 시점을 요구하는바, 이 책도 독자 시점을 요청하는 운명에 놓이게 되었다. 다만, 나는 매끈하게 잘생긴 문학작품 들의 요구에 부응하려 했고 이 책을 읽는 분들은 울퉁불퉁 못생긴 글의 요구를 만나게 될 터이니, 어여쁜 상대와 볼품없는 상대를 응대하는 즐 거움의 큰 낙차에 대해서는 그저 송구할 뿐이다.

2013년 가을
백지은

＊민음사, 고래, 바람개비, 토지, 수지, 특히 산춘, 뱅거 씨 팸, 크고 작은 나의 물방울들, 덕분입니다. 고 맙습니다.

| 차 례 |

누구나 하면서 산다
—초보 비평 입문 혹은 비평 원론

어디에나 있지만

비평은 본래 전문적인 행위가 아닌지도 모른다. 누구나 사회 비평을, 정치 비평을, 그리고 문화, 예술, 역사 비평을 하면서 산다. 우리의 일상적 사고와 범속한 대화가 실은 다 그런 것의 일부이자 단편이라고 아니할 수 없다. 비평문으로 쓰인 것만을 비평 행위의 결과로 봐야 한다는 법이 없는 한, 비평 행위를 전문가 혹은 특정 직업인의 전유물로 여길 수도, 그럴 필요도 없을 것이다. 범용한 쪽으로 더 생각해 볼 수 있다. '비평'이란 용어의 동서양적 어원과 어의 변천 과정과 번역의 통국가적 실천 양상과 파생적 용례들을 두루 고려하여, '가려내다, 구분하다, 견주다, 감정하다, 평가하다, 비난하다, 인정하다, 판단하다, 재판하다' 등의 뜻들을 모두 수렴할 수 있는 경지로서의 이 말은, 인간의 사고 원리이자 절차이며 언어의 기능이자 효과이기도 하다.

이런 상황이 문학비평가라는 직함을 지닌 이에게는 좋은 일이기도 하고 나쁜 일이기도 할 것이지만, 문학이 왜소해 보이고 따라서 문학비평은 공소해 보인다는 관념이 지배적인 시대에 이는 어쩌면 꽤 래디컬한

15

관점에서 가능한 얘기일 수 있다. 오늘날 근대문학(성)의 한계를 돌파할 방안의 하나로 문자성 혹은 텍스트성의 해체를 강구하게 되는 경우들, 이를테면 소설을 소설적인 것으로 시를 시적인 것으로 대체하는 어떤 열린 지점을 상정하는 때, 바로 그런 때의 여유와 해방의 감각이 특히 비평에서 더욱 자유롭게 작용된다고 여길 수 있기 때문이다. 문학비평을 비평문이라는 텍스트에 한정하지 않고 '비평적 행위'의 양상들로 확충해도 된다면, 문학작품을 해석하고 평가하는 일정 분량의 논설적 독후감에서부터 작품 해설, 소개, 보도, (비)추천, 리뷰(서평), (북)칼럼 등의 다양한 목적을 지닌 길고 짧은 글들과 좌담, 대담, 인터뷰, 편집 등에 이르는 문학 관련 언어 행위들이 다 문학비평의 수행이며 '비평적인 것'의 발현이다. 얘기를 좀 더 밀고 나가자면, 오늘날 이 경이로운 매체 환경에서 초단위로 쏟아져 나오는 말, 말, 말 들의 감상, 해석, 평가, 비판 들로부터 '비평'은 상시적으로 쇄도하고 범람하는 사태에 이른 것으로도 보인다.

이렇게 본다면 현재적 관점에서 문학의 고비를 염려하는 정도와 비평의 활로를 근심하는 수위는 비례 관계가 아니다. 어원을 추정하여 위기와 비평을 같이 보는 클리셰가 오늘날 문학 현장에 대한 가장 정확한 진단이 아니랄 수 없다. 풀어 말하면, 문학의 위세가 약해지고 인기가 떨어졌으니 그럴수록 문학에 관한 비평적 행위와 담론은 더 많이 요구되므로 (최소한 논리적으로는) 문학비평이 어느 때보다 쓸모 있고 파퓰러하게 되었다는 말이다. 실로 최근 비평(가)의 행보는 커져 가는 홍보의 필요성과 용이해진 매체 활용성에 부응하여, 문학 행사의 진행자부터 팟캐스트 디제이까지 다양하게 소용되기도 한다. 이런 사태에 대해 상업성을 우려하는 목소리도 작지 않겠지만 베스트셀러를 통한 수익 증대에만 열을 올리는 노골적이고 선정적인 경우가 아니라면 문학 전반의 경쟁력이 워낙 약해진 이 마당에 알림과 소개는 물론 문학을 통한 감정적 교류 및 사회적 소통의 도모가 거추장스럽다거나 긴요하지 않게 치부되어야 할 까닭이 딱히 없다. 물론 문학작품 자체로 돌파되어야 할 문제를 문학과 관련된 외부적 원조로 변통하려는 얄팍한 심사가 아닌 한에서 말이다. 실제로 지인들에게 '문학비평가가 어떤 일을 (해야) 하는 사람이라고 생각하나'라고 물었을 때 즉각적으로 돌아오는 답변의 대부분은 '좋은 작품을 소개해 주고 잘 해설해 주는 사람', '문학을 더 잘 이해할 수 있도록 도와주는 사람'이라는 것이었다. 얕은 경험인지는 몰라도 많은 이들이 동감은 할 것이다.

　　이 책은 문학 참고서와 문학 이론서 '사이'에 위치하고자 한다. 문학 참고서처럼 맘먹고 '학습'하는 문학이 아니라, 문학 이론서처럼 전문가들 위주의 고차원적 접근이 아니라, 지금-여기의 우리 일상 속에서 문학과 친구가 되는 법을 고민하고자 한다. (……) 문학 속에 숨겨진 각종 코드를 제대로 이해할 수만 있다면, 문학과 친해지는 것은 결코 어려운 일이 아니다.
　　이 책은 문학이라는 거대한 보물섬을 탐험하기 위한 가이드북이자 휴대용 지도가 될 수 있을 것이다. 문학이 좋긴 하지만 왠지 부담스러운 독자들에게, 문학이 좋진 않지만 왠지 모른 척할 수 없는 독자들에게, 이 책이 문학과 친구가 되는 법, 문학과 연애하는 법을 알려 주는 다정한 멘토가 되기를 바란다.[1]

"문학과 친구가 되는 법, 문학과 연애하는 법을 알려 주는 다정한 멘토"야말로, 이미 문학과 친해져 있는 (전문가) 집단이 아닌 '일반 독자'들이 문학비평에 기대하는 수준과 정도를 표현한 가장 알맞은 말인지도 모르겠다. 문학의 전통과 관습에 관한 선(先)이해와 일반 교양적 지식에 근거한 믿음직한 안목으로, 이해하고 싶으나 이해하기 어려운 문학작품의 내용을 먼저 충분하게 습득한 이가 정연하게 설명하는 주해 혹은 강의와 같은 '읽어 주기'. 그런 것이 진정한 비평이고 많은 비평가들이 이에 충

---

1) 정여울, 『정여울의 문학 멘토링』(이순, 2012), 6쪽.

실하고자 한다면, 비평은 난해하고 딱딱하고 재미없다는 오해는 사라지고 박식한 친구, 신뢰할 만한 길잡이, "다정한 멘토"로서 이 교양과 문화의 시대에 다시금 행복을 누릴 수도 있게 되려나? 과연 비평의 임무는 명확하고 그것의 앞길은 문학 전반의 쇠락과는 별도로 낙관적인 것인가? 조금 섣부른가? 꼭 경망한 낙관이라고만 여길 필요는 없다는 생각이다.

이곳에서 우울한

비평은 오랫동안 학문과 학식, 교양과 취향, 그리고 감수성에 있어 지적 능력과 자연스럽게 연결되어 왔다. 서양에서 'criticism'이란 어휘가 문학을 평가하는 행위나 그 행위를 표현한 저작으로 이해되기 시작했던 것은 17세기 무렵부터이며, 이때 비평의 전문적 의미는 교양(cultivation), 취향(taste), 문화(culture), 식별(discrimination) 등의 방향으로 전개되어 권위 있는 판단(authoritative judgement)의 의미까지 내포하게 되었던 것이다.[2] 19세기 후반 조선에 거주했던 서양인 선교사 언더우드(Horace G. Underwood)가 편찬한 『韓英字典』에는 'critic'의 번역어로 '평론ᄒᆞ는 이'가, 'criticise'의 번역어로 '평론ᄒᆞ오'가 제시되었는데, '평론'과 거의 같은 맥락과 용법에서 ("옳고 그름을 평가하는 행동"을 의미했던) '비평'이란 단어도 사용되면서 두 어휘는 근대 초기 한국 사회의 "여론을 형성하고 당대의 권력을 감독하는 역할을 수행하는 행위"로 이해되었다고 한다.[3] '평론' 혹은 '판단'의 개념으로 사용되던 '비평'은, 1910년대 '비판' 개념과 특히 연결되어 "'자기라는 주체의 자각'에 기반을 둔 행위"를 할 수

---

2) 레이먼드 윌리엄스, 김성기 · 유리 옮김, 『키워드』(민음사, 2010), 120~122쪽 참조.

3) 강용훈, 『비평적 글쓰기의 계보 ─ 한국 근대 문예비평의 형성과 분화』(소명출판, 2012), 39~40쪽. 이하 이 문단의 내용은 같은 책 제2장 1절(39~71쪽)의 내용을 참고하였다.

있는 일종의 능력으로 간주되었고, 1910년대 중반 무렵 '문학' 개념을 새롭게 정의하려는 시도에서 문학의 하위 범주에 속하는 글쓰기 양식을 지칭하게 되었으며, 1920년을 전후로 '문예'라는 말이 예술적 성격의 문학을 지칭하는 개념으로 정착할 즈음 '문예'와 '비평'이 결합한 '문예비평'이라는 어휘가 출현함으로써 "'비판'이라는 개념 속에 온전히 담아내지 못했던 '감식'의 의미"가 부각되었다. 한국 근대문학에서 '비평' 혹은 '평론'의 체계적 확립은 첫째, "비평의 중요성 및 비평가의 전문적 역할에 대한 인식이 증대된 과정" 둘째, "다양한 매체에 사상 관련 글, 시평류(時評類) 글 들이 나타나기 시작한 시기" 셋째, 평론적 글쓰기와 구별되는 "'감상' 혹은 '수필'이라는 분류 체계의 형성"[4]과 상당히 긴밀하다. 요컨대 '비평'은 누구나 할 수 있는 것이 아니고("비평가의 전문적 역할"), 무엇이나 대상으로 하는 것이 아니며("사상 관련" 혹은 "시평류"), 아무런 형식으로나 쓰면 안 된다는 것이다("붓 가는 대로" 쓰는 수필과 달리).

다소 장황하게 말한 것은, 현재적 의미에서 '비평'이란 당연히, 여전히, 비평의 (근대적) 체계, 양식을 전적으로 떠나서 생각하기 어렵다는 까닭에서다. 비평(문)은 근대문학적 글쓰기의 한 양식으로 제도화된, 따라서 근대 예술의 제 분야에서와 마찬가지로 제작자가 점유한 '전문'적 영역의 일이다. 흔히 시, 소설, 희곡, 평론으로 사분하는 근대문학 장르의 하나로서 비평 혹은 비평의 정신은 근대국가와 출판 제도와 자본제 시장의 시스템 안에서 분화되고 자라난 것이며 그 자장 안에서 역할과 태도를 부여받은 것이기도 하다. 특히 근대 초기부터 전대의 문학을 부정하며 새로운 문학 개념에 입각한 전문적 문학 집단의 형성과 양성을 추구했던 한국 문학장의 분위기에서, 문화 및 문학 현상의 동시대적 의의를 진단하는 시평(時評)과 월평(月評), 그리고 문학인을 선발하는 '현

---

4) 이상 순서대로 강용훈의 같은 책 85쪽, 86쪽, 87쪽 참고.

상문예'의 '선후평(選後評)'은 그야말로 근대 비평의 주요 기능이었다. 그 밖에도 문학 강화, 작시법, 소설 작법 등의 지침서를 통해 문학적 글쓰기에 관한 지식과 규범을 정립하고 전파함으로써 전문적 문학인의 (재)생산과 문학의 대중화를 함께 도모하는 문학 제도의 운용에 비평은 적극적으로 가담해 온 것이다.[5] 매년 새해 벽두에 누군가의 영광과 비참을 가르는 신춘문예 심사평이 존속하고 월간 혹은 계간으로 출간되는 문예지들에 이 달의 시, 이 계절의 소설을 선별하여 리뷰하는 월간평, 계간평이 온존하는 한, 오늘날까지 한국 문학비평의 역할과 기능은 저 가담에서 풀려난 것일 수가 없다.

한국문학의 어떤 풍토를, 가까스로 획득한 자율성의 영역이든 거듭되는 착오에 의한 파행적 시스템이든 그것이 현재적 형태에 이르기까지 비평이 공모한 긍정적, 부정적 측면을 이 자리에서 문제 삼자는 얘기는 아니다. 한국문학 안에서 문학(제도)과 비평(활동)의 공속 관계를 생각할 때라면, 그 어떤 속사정을 구구절절 따져 보지 않아도 비평이 문학 제도의 자기 보존적 방어책으로 살아남았다는 비판쯤은 어렵잖게 가능할 테지만, 지난 시절 한국 사회의 지성을 흘깃이라도 엿본 이들에게라면 다음과 같은 판단에 동감하지 않기가 어려울 것이다.

한국문학비평은 오랫동안 한국(어) 안에서 한국(과 한국을 둘러싼 세계)에 대해 사유한다는 과업을 수행해 왔다. (……) 그렇게 비평은 때로는 철학을 때로는 역사학을 때로는 사회학을 전유하며 스스로를 갱신해 왔으며, 종종 정치 그 자체와 봉합되기까지 했다. 정확함을 포기하면서까지, 영혼을 팔면서까지, 문제 구성에 매달리고 그 문제 틀 안에서 가능성의 최대치를 가늠해 보는 일. 한국 비평은 시이자 철학이었으며, 정치이자 윤리였다. 감히 말하건

---

5) 《매일신보》와 《청춘》, 《개벽》과 《조선문단》의 현상문예에 대한 자세한 고찰을 통한 근대 초기 문학 제도의 성립과 비평의 관련 양상에 대해서는 강용훈의 같은 책, 111~125쪽 참조.

대, 이곳에서 그 어떤 분과 학문도 한국 비평이 수행했던 사유의 방식, 질주의 속도를 초과하지 못하였다.[6]

한국문학 아니 한국 사회 안에서 비평은 동시대성에서 연유하는 축복과 재앙의 운명에서 자유로웠던 적이 한 번도 없었으리라. 예리하나 불안정하고, 첨단이므로 모험이었다. 그러나 "무엇보다 사람이 사람답게 사는 데 필요한 인문적 교양의 기본이 일종의 문학비평적 능력이라고 믿"[7]는 데 주저할 까닭은 찾을 수 없었다. 인용문에 있는 이 말을 한 번 더 적어 본다. 한국 비평은 시이자 철학이었고 정치이자 윤리였다.

이런 이야기가, 비평이 그토록 우월한 것임을 인정해야 한다는 말로 들릴 리는 없을 것이다. 이 시대의 비평(가)은, "사상가이자 철학자이고 문명사가이자 미학자이기도 한 르네상스적 지식인이 전혀 아닌, 심지어는 "인간 내면적 가치" 자체를 믿지 못하는 초라하고 유약한 문학비평가"[8]라는 자조적 고백에 훨씬 수월하게 공감하는 중이다. "대학생의 95퍼센트가 1년 가야 제대로 된 시집 한 권, 소설책 한 권을 읽지 않으며, 작가는 내내 가난하고, 시인은 매일 위장에 독한 술을 퍼붓는 그런 앞날"[9]에 대한 우울한 예견만큼 한국문학에 대한 지배적 소견은 없다고 할 판이다. 시나 소설보다도 문학비평은 더 "독자 없는 글쓰기, 존재 자체에 관심이 미치지 않는 글쓰기"[10]라는 비관은 한층 혹독하다. "이해하기 힘들면 짜증부터 내고 자기방어적인 신경질을 감추지 않는 지적 천박함이 갈수록 도를 더하는 곳에서, 텍스트를 경유하여 벌인 정신의 고투와

6) 황호덕, 『프랑켄 마르크스』(민음사, 2008), 10쪽.
7) 백낙청, 『문학이 무엇인지 다시 묻는 일』(창비, 2011), 6쪽.
8) 김형중, 「기어라, 비평! ─2000년대 소설 담론에 대한 단상들」, 『단 한 권의 책』(문학과지성사, 2008), 37쪽.
9) 김형중, 같은 글, 44쪽.
10) 강계숙, 『우울의 빛』(문학과지성사, 2013), 6쪽.

개진을 밤새워 가며 한 글자 한 글자 적는 일이 이 세계 바깥의 별스러운 행위인 양 이해와 공감을 바랄 수 없고, 생활에도 도움이 되지 않는다는 사실을 거듭 체험하는 것은 견디기 힘든 괴로움"[11]이라고 토로한다. 요컨대 문학이 천시당하는 상업 문화에 대한 예술가적 불만과 문학이 몰이해당하는 대중사회에 대한 지식인적 고뇌에 대한 표명이다. 문학작품이 사랑받지 못하는데 문학비평이 무슨 파워를 갖고 어떻게 관심을 끌겠는가? "비평의 무용함"을 "생존의 문제"로 느낄 수밖에 없는 이익 사회의 논리란 이토록 비관스러울 수밖에 없는 게 아닌가? 어쩐지 신경질적인가? 내가 쓴 비평문을 누가 읽을까를 생각한다면 꼭 엄살스러운 비관이라 할 수만도 없겠지만.

읽기라는 삶이라면

비평이란 용어의 가장 일반적이고 강력한 어의는 아무래도 '비난'이나 '판정'에서 멀리 갈 수가 없을 것이다. 널리 알려져 있다시피, '비판 가능'이라는 뜻의 라틴어(criticus)와 그리스어(kriticos)의 어원은 '재판관'이라는 뜻의 'kritis'이고, 따라서 초기 criticism의 주요 어의는 '흠잡기, 비방하기' 말고 다른 것이 아니었으므로, '부정적인 평가'와 연관된 그 의미가 줄곧 '비평'의 핵심일 수밖에 없었다. 비평의 전문적 의미에 학식, 취향, 안목 등이 개입된 사정도 그렇고, 일반적 의미에 비판, 평가가 주요하게 작용하는 데는, 이 용어에 태생적으로 어떤 '신뢰감'이 내재되어 있음을 암시한다. 특정 계급이나 직업에 대한 사회적 신임에 의거한 것일 이 '믿을 만함'에 관해서는 매 시기마다 여러 형태의 규정이 있었을

---

11) 강계숙, 같은 쪽.

터인데, 대략 20세기 이후에는 이른바 '객관적 방법론'이라 할 만한 종류의 판단 근거가 모색되기도 했겠다. 이를테면, 문학을 문학으로 만드는 요인을 언어의 문제로 집중하여 문학의 형식적 장치들을 해명하려 했던 형식주의는 '그럴듯한 의견'이 아니라 '완강한 사실'을 통해 문학비평에 엄격성과 정확성을 부여하려고도 했던 것이다.

여기서 핵심은, 작품에 대한 감응을 비평이 언어화할 때, 그 개별적인 반응이 추상적인 판단으로 대체되어서는 안 된다는 것이다. 비평의 언어는 작품 자체를 보존하는 것이 아니라 작품과 만난 순간의 충격을 보존하는 것이므로, 비평에서 추상화 자체는 불가피한 것일 수도 있다. 그러나 비평이 시작되는 개별적 반응은, 그것이 긍정적이든 부정적이든 주변 상황이나 맥락 전체와의 복잡한 관계 속에서 출현한 것이어야 하고, 그런 반응은 이미 능동적이고 구체적인 실천이어야 한다. 작품 내외적 상황, 맥락, 관계를 딛고서 나타난 반응으로서의 사유, 그것은 다시 말해 비평이 '추상적이지 않아야 할 의무'의 이행이다. 이로써 오늘날 비평의 가장 큰 임무가 '작품에 밀착하기' 혹은 '작품 깊이 읽기'일 수밖에 없는 까닭을 이해할 수 있다. "문학비평의 영광은 문학작품을 그 모든 읽기의 가능성 속에서 읽는 고단한 명상 끝에 휘황하게 번쩍이는 새로움의 섬광 속에 있다"[12]는 말은 비평의 본성과 본분을 가장 정확하게 일러 준다.

그러므로 '읽기'는 '비평'의 일반적, 본래적 뜻일 '흠잡기'나 '비방하기'의 역할을 방기한 활동이 결코 아니다. '읽기'라는 행위, 또는 '모든 가능성 속에서 읽는 고단한 명상' 작업은 그 자체로 비평(가)의 개별적 반응이 추상화되는 판단의 개진이자 근거다. 작품의 '읽힐 가능성'을 뚫고 작품을 더 멀리 개방하려는 '읽기'를 두고, 텍스트 중심'주의'에 입각한 문학'주의'다, 혹은 작품 '해설' 위주의 '착한' 평론이다, 라고 말하는

---

12) 황종연, 『비루한 것의 카니발』(문학동네, 2001), 6쪽.

이들이 있다면, 그들에게는 읽기를 통해 자기 안의 타자로 건너가 본 경험이 없었던 게 아닐까. 그러나 다른 한편, 비평의 왜소하고 무력한 처지를 한탄하면서도 "비평은 무엇을 할 수 있을까? 모르겠단 말만 되풀이하고 있을 수 없다면 많이 읽을 일이다."[13]라는 다짐만은 남겨 둔 편이 적지 않은 듯한 것은 다행스러운 일이다. 이 시대 비평에 아직 여력이, 아니 혹시라도 저력이 있다고 생각할 수 있다면, '읽기'의 임무를 비평의 즐거움으로 알고 '읽기'의 고투를 비평의 역능으로 바꾸는 현장들 말고 어디에서 그것을 찾을 수 있을까? 이 시대 우리가 읽고 공부하고 사랑한 비평들, 그들은 어떻게 읽고 있는가?

우선, 많이 읽고, 자세히 읽는다. "내게 있어 비평이란 일차적으로 텍스트를 통한 사유이다. 책을 통해 세상과 사람들을 읽고 이해하고 기억하는 행위이다. 우수마발이 텍스트가 아닌 것이 없으며, 텍스트인 한에서는 중요하지 않은 것이 없다"[14]라는 생각은 비평(가)의 첫 번째 모토일 것이다. 여기서 텍스트를 중요하게 여긴다는 것은 그것과 함께 느끼고 같이 춤추기를 자청한다는 뜻인 듯싶다. "모든 텍스트는 자기 자신과의 불일치를 드러내는 자기만의 증상이 있다. 내게 비평이란 증상이 드러나는 간극을 들여다보는 일이고 그곳에 들어가 증상과 함께 춤추는 일이다. (⋯⋯) 너울거리는 절대성들, 저항하는 몸과 텍스트의 무의식이 함께 어우러지는 미메시스의 율/동. 기쁨과 역설을 생산하는 미메시스의 힘 속에서 함께 흔들리며, 그것을 논리화하는 또 하나의 역설적인 일이 내가 스스로에게 부과한 일이다."[15] '읽기'가 언제나 공감과 지지의 도정이라는 뜻이 아닐 것이다. 비평이 마주한 텍스트에서 어떤 것을 밀고 나가는 힘과 그 기술을 알아본 이상, 그것의 절대성과 가능성에 대해 비평도

---

13) 김형중, 앞의 책, 45쪽.
14) 서영채, 『소설의 운명』(문학동네, 1995), 6쪽.
15) 서영채, 『미메시스의 힘』(문학동네, 2012), 6쪽.

같이 포기하지 않겠다는 뜻이리라. "시적 상태의 계기와 그 상태의 은총으로만 얻게 되는 정진의 용기를 어느 시에서나 발견하려고 애써 온 도정"[16]은 비평(가)들이 최후까지 바라보아야 할 일관성일 것이다.

읽기가 비평의 첫 번째 모토이자 최후까지의 일관성이라고 했으나, 이것은 어떤 작품을 정확히, 폭넓게, 그리고 남보다 먼저 이해하고 정리하여 뒤에 읽는 사람들에게 길잡이가 되어 주는 '읽어 주기'와는 거의 같지가 않다. "문학 속에 숨겨진 각종 코드를 제대로 이해"하여 문학과 친구가 되는 법, 문학과 연애하는 법을 알려 주는 "다정한 멘토"의 길과는 전연 다른 일이라고 보는 게 맞을 것이다. 사실을 말하자면, 친구가 되는 법, 연애하는 법이란 누구도 진실로 알려 주거나 배울 수 없는 일이 아닌가. 앞에서도 이야기했듯, 권세도 인기도 호감조차도 점점 더 잃어 가는 문학에 친근감을 보태 주려는 "읽어 주기"가 소용도 없는 일이란 말은 물론 아니다. "문학 속에 숨겨진 각종 코드"에 익숙한 사람들보다 그렇지 않은 사람들이 몇 곱절 많은데, 코드를 알아보고 설명해 주기, 코드에 맞추어 읽어야 드러나는 의미를 파악해 주기 등은 지금보다 더 많이 필요하고 더 많이 전파되어야 좋다고 믿는다. 그러나 모든 문학작품은 코드로 채워지지 않은 빈 곳을 반드시 지니고 있기 마련이어서, 코드를 가지고 하는 '읽어 주기'로는 작품에 더 충분히 밀착할 기회를 놓칠 수밖에 없다. 어떤 읽기의 도중에 다음과 같은 경우가 수시로 생겨나지 않을 수가 있을까? 그랬다고 한다면 그 읽기는 여기서 말하고 있는 '읽기'가 아니다.

나는 시를 강의하면서 가끔 엉뚱한 질문을 받는다. 그런 질문은 대체로 '시를 잘 모르는 학생'에게서 나온다. 그러나 나는 그 질문에 응해 재차 삼차 설명을 하다 보면 내 설명 체계에 약점이 있다고도 느끼게 되고, 그 약점이 내

---

16) 황현산, 『잘 표현된 불행』(문예중앙, 2012), 7쪽.

가 물려받아 사용하고 있는 '코드'에서 기인한다고도 생각하게 된다. 시를 잘 안다는 것이 시에 대한 설명의 '코드'에 익숙하다는 것에 지나지 않을 때가 많다. 내가 '코드'에서 해방될 수 있었다면 그것은 시가 본래 지닌 힘에 의해서일 뿐이다. 어느 일에서나 마찬가지로 시를 읽는 일에서도 마음을 비우는 연습이 중요하다는 점을 지난 10년 동안 여기 실린 평문들을 쓰면서도 다시 확인하게 된 것이 또 하나의 수확이겠다.[17)]

요컨대 읽기는 코드를 따라가는 것이 아니라 코드에서 해방되는 것이다. 읽기에는 미리 숙지된 독법이 있는 것이 아니라 읽음으로써 비로소 알게 된 그때마다의 해법이 있을 뿐이다. 작품의 코드를 읽어 주는 비평은 코드 안에 작품을 가두고 하나의 의미로 고정해 버릴 위험이 있지만, 작품의 코드가 끊긴 곳에서 읽기를 중단하지 않기 위해 새로운 회로를 놓는 비평은 작품을 코드 바깥으로 개방함으로써 작품의 또 다른 가능성을 탐색하게 한다. 읽기는 읽어 주기가 아니라 읽어 주기의 한계를 읽어 주는 것이다.

비유하여 다시 말해 보건대, 시와 소설이 현실을 읽듯 비평은 시와 소설을 읽는다. 시나 소설이 현실을 비추고 베끼는 것이 아니라 현실을 붙잡아 실감하고 창조하듯 비평은 텍스트를 설명하고 수렴하는 것이 아니라 텍스트를 통과하여 상상하고 사유한다. 비평에게 텍스트는 작품이라기보다 현실이다. 시와 소설이 현실을 산다면 비평은 텍스트를 살아 버린다.

독서로 여행을 대신하기 시작한 지 오래됐지만 삶이 이 지경이 된 것에 불만은 없다. 내게는 가 보지 못한 곳에 대한 동경보다는 읽지 못한 책에 대한 갈급이 언제나 더 세다. 그러니 누가 시키지도 않았는데 이렇게 살고 있는 것이다. '마이 소울 시티'가 어디일까 떠올려 보려 했으나 실패했다. 가 본 곳이

---

17) 황현산, 같은 책, 9쪽.

없어서만은 아니었다. 생각을 시작하자마자 소설 속의 한 장소가 떠올랐는데 도무지 거기서 벗어날 수 없었기 때문이다. (……) 그래, 나의 '소울 시티'는 무진이다. 김승옥의 단편소설 「무진기행」(1964)의 배경인, 아니 그 소설의 주인공인 그곳. 그곳으로 가기 전에 먼저 두 단락 분량의 짐을 꾸려야 한다.[18]

인용은 여러 인사들이 개인적 체험과 기억을 동원하여 자기만의 장소를 소개하는 "마이 소울 시티"라는 칼럼란에 실린 글의 일부다. 눈 밝고 글 잘 쓰기로 이름 난 문학비평가가 쓴 것인데, 다른 어떤 섬세하고 정확한 비평문에 못지않게 비평가로서의 진면목을 드러낸 부분이라는 생각에서 옮겨 보았다. 어떤 비평(가)이 내가 미처 읽어 내지 못했던 작품의 부분을 기발하고도 예리하게 포착해 줄 때보다도, 작품을 통과한 비평(가) 자신의 사유를 작품보다도 더 생생하고 정확한 문장으로 각인시켜 줄 때보다도, 이렇게 소설을, 시를 직접 살고 있는 비평(가)을 만나게 될 때, 비평에 대한 기대와 신뢰는 선뜻 거둘 수가 없는 것이다. 이 글쓴이에 대해 이 시대 드물게도 많은 독자들이 신뢰하는 비평가라고 말해도 이의가 별로 없다면, 그 까닭은 그가 "나에게 비평은 아름다운 것에 대해 아름답게 말하는 일이다"[19]라고 했기 때문이 아니라 이처럼 작품을 그냥 살아 버리는 그의 비평가로서의 삶 때문이 아닐까. 그의, 아름다운 것을 알아보는 안목과 아름답게 말할 수 있는 사유와 문장의 뛰어남은 행여 다른 이의 안목과 사유와 문장에 어색함이나 위화감을 줄 수 있을지도 모르지만, 읽기와 삶이 하나 된 사례로서 그의 비평은 비평의 위상 자체에 드리워진 경계심을 풀어 버리게 하고 작품과 함께 의미 있어진 비평의 한 경지를 느끼게 한다.

---

18) 신형철, 「우울하게 애매하게」, 《한겨레21》, 2013년 제967호.
19) 신형철, 『몰락의 에티카』(문학동네, 2008), 8쪽.

함께 가는 모험으로서

비평이 본디부터 작품의 발견을 알아보고 평가하고 명명하는 것과 동떨어질 수 없는 행위일 때, 그 평가와 명명은 언제나 개별적으로 끝나는 작업이 아니라 이전과 이후, 내부와 외부, 전후와 좌우의 맥락을 형성하기 마련이다. 비평적인 행위가 아무리 다양한 종류의 활동으로 표출되고 번잡한 사업에 관여한다 해도, 그 모든 비평 행위의 원인 혹은 결과는 동시대 작품들의 현재적 지형과 역사적 계보에 맞닿아 있을 수밖에 없다. 주지하다시피 근대 이후의 한국문학 비평은 그러한 지도를 바탕 삼아 담론을 창조하고, 쟁점을 생산하였으며, 그럼으로써 문학 내부적인 논쟁에는 물론 사회 일반의 공론에도 지도적인 역할을 해 온 것이 사실이다. 순수-참여논쟁, 리얼리즘-모더니즘 논쟁, 민족문학론, 민중문학론, 분단문학론 등의, 귀에 설지 않은 비평 담론들이 다 한국문학의 흐름을 배치하는 지도(地圖)의 이름이자 당대의 문학장 내지 지식 사회의 약동을 이끄는 지도(指導)의 표지였다.

그렇게 비평이 문학의 발견과 혁신을 분별하여 일종의 기준(criterion) 역할을 해 왔던 것은 지난날 비평의 명예이자 특권이었겠으나, 그 명예 혹은 특권은 이제 비평의 것이 아닐 것이다. 오늘날 비평이 제 위치를 두는 곳은, 작품들의 배치를 부감할 수 있는 고도를 포기했거나 작품들의 방향을 선도할 수 있는 전망을 거부한 자리라고 할 수 있다. 이를테면, 어떤 비평은, 한국 사회의 실패의 증거인 우울한 한국 소설 곁에서 "비평 또한 그러했다. 그 곁에 몸을 두고 때로는 한국 소설의 우울을 함께 살았고, 그에 공감했고, 때로는 그들이 모르는 그들 자신의 우울을 대신 앓았다. 적어도, 그러려고 했다"[20]라며 작품들의 곁, 그 사이에 비평이

---

20) 김영찬, 『비평의 우울』(문예중앙, 2011), 7쪽.

있음을 어필한다. 또 어떤 비평은, "시를 마주하여, 위에서 넌지시 내려다보기 전에, 같은 크기의 지평에서 바라보는 것 자체가 벌써 힘에 겨운 일이라는 사실을 먼저 깨닫게" 되었으니 "시를 앞지르는 비평은 존재하지 않는 것이며, 비평은 그저 목소리의 여행자들이 남긴 발자취를 따라 그 발자취의 행렬을 추려 보거나, 발자취가 향하는 방향을 타진해 보거나, 그 길 위에 찍힌 발자국의 모양새, 그 특이성과 고유성을 잰다. 그뿐이다"[21]라며 작품의 뒤, 혹은 아래로 물러선다. 말하자면 이제 "비평이 시를 자리매김하는 것이 아니라, 시가 비평을 생성하게끔 추동한 것"[22]이라는 생각이 자연스러워진 것이다. 언제부턴가 "작품에 대한 권위 있는 판관의 자리보다는, 작품이라는 숲의 지도를 그리는 서기의 자리가 훨씬 탐난다"[23]라는 말은 욕심을 감추려고, 겸손을 가장하려고 하는 말이 아니게 됐다. 오늘날 진정 "비평은 엎드린 성사, 고개 숙인 현미경, 뒤에서 찾아나선 앞의 걸음"[24]이 되고자 하는 듯하다.

왜 이렇게 된 것인가? 비평가 개인들의 학식, 조예, 안목, 감각 등이 전 세대에 비해 현격히 모자라기 때문일까? 다소 협소하거나 가벼워진 느낌이 없지 않지만, 지성과 교양의 종류가 변했고 사유와 상상의 질감이 달라졌다는 사실을 고려한다면, 꼭 그렇게 말할 수는 없을 것 같다. "비평가는 그에게 앞서서 문학을 읽은 사람들이 만들어 낸 어휘, 개념, 이론을 가지고 문학을 읽으며, 그들의 언어를 흉내내고 그들과 대화하는 가운데 자신의 언어를 마련한다. 비평가가 말한다기보다는 비평이라는 담론적 문학적 전통이 비평가를 통해서 말한다"[25]라는 말이 믿기는 까닭에, 비평(가)의 말들이 개인에게 귀속되기보다 문학사적 흐름에 귀속되

---

21) 조재룡, 「주체에서 주체로 이행하는 목소리의 여행자들」, 《문학동네》, 2013년 여름, 391쪽.
22) 조재룡, 같은 글, 365쪽.
23) 서영채, 『소설의 운명』(문학동네, 1995), 6쪽.
24) 조재룡, 앞의 글, 391쪽.
25) 황종연, 앞의 책, 6~7쪽.

는 것으로 여겨지는 것이다. 개별 비평(가)들에게 돌릴 문제가 아니라 비평이 속한 문학장의 변화를 보아야 할 것 같다.

그렇다면 달라진 것은, 문학장에서 비평의 '특권'이 있었다가 없어졌다는 점이 아니라 비평이 발생하는 문학장 안의 자리가 어떤 특권을 주장하게 되는 지점에서 그렇지 않은 지점으로 옮겨진 데 있을 것이다. 거칠게 말하면, 저 왕년의 명예인지 특권인지에 대해 오늘날의 비평은 욕심도 관심도 없는 듯하다. 상실이 아니라 거부라는 말이다. 왜 거부하는가? 일반성을 구성하고 방향을 지시하려는 의지가, 잘못된 것이라기보다 헛된 것일지 모른다고 생각하게 되었기 때문이다. 문학작품들의 일반성을 표현할 수 있는 선험적 구도란 아무래도 무리한 기획이기 쉽다는 쪽으로, 문학작품들 사이에서 방향을 찾는다는 것은 진로를 정하는 것이라기보다 진로를 잃고 헤매는 것에 가깝다는 편으로, 비평의 깨달음이 이동된 것 같다.

이것은 비평이 작품과 동행하겠다는 뜻이고, 함께 모험하겠다는 의지다. 비평이 작품을 증언하고 보완하면서 동시대 문화적, 역사적 맥락 안에 함께 안착하겠다는 뜻인가? 아니, 그러려면 역시 동시대 문화적, 역사적 맥락을 미리 알거나 제시해야 할 앎의 의무 혹은 예고의 권리를 가질 수밖에 없다. 그게 아니라 오늘날 비평은 "외부에서 주어진 정밀한 지도를 불신하기로 한 대신, 온몸으로 작품들의 은하계를 더듬고 기면서 고통스럽게 스스로 지도를 만들어가"[26]기로 마음먹은 것 같다. 그러니 이것은 비평이 지도를 그리지 않겠다는 뜻도 아니다. 관습과 기율로 굳어진 규정 안에다 작품을 집어넣지 않겠다는 의지고, 규정된 것 안에서 힘을 얻지 못하는 작품의 성과를 '발견'하여 힘을 되찾게 하려는 노력일 뿐이다. 그러므로 이때 '발견'은 감춰져 있던 것을 끄집어내는 일이 아니

---

26) 김형중, 앞의 책, 50쪽.

고, 명확한 규정에 상응하는 이름 혹은 정체성을 주는 일과도 거리가 멀다. 그럼에도 이 발견은 언제나 어떤 '가치'의 발견인 것인데, 그것은 숨겨져 있던 가치를 알아보았기 때문이 아니라 이 자리에서 그것이 발견되었기 때문에 새삼 가치 있게 되었다는 의미에서 그러하다. 그러니까 이 발견은 기준(criterion)에 의거한 공정이 아니라 기준을 무너뜨리고 바꾸는 모험인 것이다. 이 모험으로 그렸다 지우고 다시 그리는 미완성의 작도(作圖)만이, 작품을 선도하지 않고 작품을 추수하지 않으며 작품과 동행하려는 이 시대 비평이 가까스로 얻을 수 있는 밑그림일 것이다.

많을수록 좋다

비평이 작품과 동행한다는 것이 맞는 말일까? 작품을 읽고, 발견하고, 명명하고, 지도를 그리는 것인 한, 비평은 아무래도 작품 이후의 작업, 언제까지나 2차적인 활동일지도 모른다. 비평과 작품의 선후 관계를 말하는 거라면 당연하다. 그 선후 관계가 거북하다거나 뒤집혀야 한다고 주장할 까닭은 어디에도 없다. 하지만 그것이 비평의 독자성이랄까 아니면 비평의 문학적 자율성이랄까 하는 것을 부정하고, 무슨 문학성의 등급을 매기는 듯한 태세로 얼마간 열등한 위치에 비평을 밀어 놓으려는 근거처럼 이야기된다면, 왠지 비평의 일차성 혹은 문학성을 증명이라도 해야 할 것 같은 의무감이 솟기는 한다.

비평의 시작과 진행이 '읽기'라는 만남과 모험에 밀착된 것임은 이미 밝히기도 했거니와, 그 무수한 계기와 도정이 비평이라는 또 하나의, 새로운 '담론'으로 탄생하는 순간의 핵심적 요건은 '언어화'라고 할 수 있다. 문학비평이 아닌 비평, 가령 음악비평 회화비평 무용비평 등을 떠올리면 '언어화'라는 비평의 근원성을 감안하기가 용이할지도 모르겠다.

대상 텍스트의 질료와 형식, 매체와 양태를 불문하고 모든 예술 장르의 비평은 '언어'로 이루어진다. 비평의 언어란 텍스트의 존재를 묘사하고 증언하는 것이 아니라 텍스트가 내게 흘려보낸 것을 묘사하고 텍스트와 내가 만난 사건을 증언한다. 그런 의미에서는 문학비평의 대상도 언어만은 아니랄 수 있는데, 문학비평은 문학작품의 언어를 옮긴 것이 아니라 문학작품으로부터 받은 임팩트를 언어화한 것이기 때문이다. 언어가 아닌 것을 언어화하는 것이 '문학적' 작업의 코어 중 하나라면 비평은 코어 중 코어가 아닐 수 없다. 비평가는 시인이나 소설가보다, 작곡가나 화가보다, 직접적인 지각에 덜 민감한지는 모르지만, 지각의 쇄신을 말로 벼리고 말로 체현하는 데만큼은 누구보다 엄정하고 기민한 사람들이다. "합당한 언어와 정직한 수사법"[27]을 갈망하고 단련하는 한, 모든 장르의 비평가는 모두 문학가다.

하나의 개별화된 담론으로서의 비평, 그 담론의 주체가 비평의 주체다. 비평가로서의 정체성(그런 게 있는지도 모르겠지만)을 획득한다는 뜻이 아니라 텍스트와의 만남 이전까지는 있지 않았던 주체가 말문을 열어 비로소 본격적인 작동을 개시한다는 뜻이다. 비평의 주체는 텍스트에 대해 안다고 말하지 않고 텍스트 때문에 자기가 안다고 믿었던 것이 무너진 사태에 대해 이야기한다. 텍스트에서 듣고 본 것을 말하는 것이 아니라 듣고 본 것과 대결한 이야기를 하고, 텍스트에서 발견한 것을 적는 것이 아니라 발견한 것에 대한 확신을 적는다. 논쟁하고 정복하기 위한 대결이 아니라 납득하고 긍정하기 위한 대결이고, 사실을 가리는 확신이 아니라 사실을 알아볼 수 있는 확신이다. 이론도 추론도 아닌 이 대결과 확신이 비평의 논리고, 이 논리에 의해 텍스트가 힘을 얻거나 잃는 것이 비평의 개입이다. 비평의 주체는 이 논리와 개입을 통해서 항상 어떤 '미

---

27) 황현산, 『밤이 선생이다』(난다, 2013), 4쪽.

적인 것'에 관여하는 것인데, 이는 비평이 아름다운 것을 말한다는 뜻이 아니라 비평의 말은 언제나 아름다움과 관련된다는 뜻에서 그렇다. 규정된 아름다움이 아니라 규정에서는 무력했을 어떤 힘을 비평이 명명하는 때, 아름다움의 자동화된 규정은 문득 반성의 순간을 맞고 '미적인 것'을 관장하는 질서는 얼마쯤 움직이기 때문이다.

비평(문)을 한(쓴)다는 것은 결국, 이 비평적 주체가 부스스 활동을 시작했다는 뜻에 다름 아닐 것이다. 이 활동은 애초에 예측할 수 없는 (텍스트와의 만남이라는) 계기로부터 촉발된 것이기에 끝까지 특정 목적이나 (소개, 해설) 관심(비판) 또는 의무(논쟁)에 종속되지 않는 것이 이치에 맞다. 모든 예술 활동이 그렇듯 누가 시켜서, 부와 명예를 원해서, 스스로 부과한 사명감 때문에, 그런 이유들로는 할 수도 될 수도 없는 종류의 일인 것이다. 비평은, 여느 자율적인 행위들과 마찬가지로 스스로 요구하고 스스로 욕망하는 활동이다. 그런데 욕망이란 그 속을 잘 들여다보면 대개 명예욕이랄까 인정 투쟁의 욕구랄까 그런 것을 품고 있기 마련인지라, 읽고 쓰는 것으로 간략히 요약되는 이 활동에도 어쩌면 간략하지 않은 다른 맥락이 없는 건 아니지 않을까? 아시다시피 이 시대 문학비평의 대부분은 소위 '문단문학'이라 불리는 작품군에 집중되어 있고, 그 작품들은 또 강력한 제도이자 시장인 출판 시스템에 긴박되어 있는 것이기도 해서, 작품과 '동행'하는 비평들의 주체화가 언제나 무목적, 무관심으로 보이지 않는 경우도 적지 않은 것 같다. 다시 말해, 비평적 주체의 자율성을 위협하거나 혹은 비평적 주체 스스로 영합해 버리는, 시스템과 결부된 각종 논리와 문제들이 산재하는 가운데, 이 시대 비평은 진실로 주체적이라고 할 수 있는가? 이 '불순한' 조건 안에서, 자신의 비평은 오직 텍스트로부터 도래하여 스스로 추동된 진리의 길이라는 신조만이 비평의 제 몫일 것인가?

아닐 것이다. 은폐된 위협과 영악한 타협을 전혀 모른 채 읽고 쓰는 것으로 비평의 전부를 삼아야 한다고만 말할 수는 없다. '불순한' 조건은 비평가 자신이 스스로 인식하는 것보다 훨씬 근본적으로, 그러니까 읽고 쓰는 삶이 가능할 수 있었던 그 근거에 이미 구조적 역사적으로 포진되어 있는 것이어서, 모르고 싶어도 무시하고 싶어도 그럴 수 없는 일인지도 모른다. 그러나 그럼에도 텍스트와 만나고 또 스스로 제 언어를 벼리는 그 일, 그 일로 감행되는 비평의 길은, 어떤 위협과 타협보다도 먼저, 더 깊이, 더 뜨겁게, 비평(가)의 삶을 파고든다. 그 길을 방기하거나 미뤄둔 채로는 자기가 놓여 있는 맥락이 어떻게 얼마나 오염되었는지에 대해 진지하게 고민하거나 정확하게 비판하는 데로 나아갈 수조차 없다. 먼저, 깊이, 뜨겁게, 읽고 쓰지 않고서는, 위협과 타협이라는 위험에 맞설 자격도 얻지 못한다. 반복건대 텍스트를 찾아다니고 또 충격을 받고 막막함에 휩싸였다가 가까스로 제 입을 떼어 다시 새 말을 분만하는 비평의 욕망, 그것은 저 불순한 조건에서 기인할 어떤 음험한 욕구보다 투철하고 전면적이다. 이것은 누군가에게 배정된 몫이 아니라 누구나 제 몫을 보탤 수 있는 과업이다. 비평은 많으면 많을수록 좋다. 읽고 쓸 줄 안다면 더 많이 읽고 써야 한다. 주도권은 장악되지 않고 하방(下方)될 수도 있다. 비평은 본래 전문적인 행위가 아닌지도 모른다. 누구나 비평을 하면서 사는 것이다.

시를 읽자

소설과 살다 1
── 독자 K 씨의 스타일을 중심으로

소설을 읽는다: 문장들의 우정

K가 소설을 읽는다. 재미있을 때도 있고 없을 때도 있다. 소설 속에서 세 방향의 에너지가 휘도는데 작가, 인물, 독자의 기(氣)가 서로 충돌하거나 화합하고 좋아하거나 미워하면서 각자 자기 자신을 알아 간다. 그 과정이 평이하고 만만하여 안락한 기분일 때도 있고, 놀랍거나 설레어 불편해질 때도 있다. 어느 쪽이 더 재미있다고 말하기는 곤란하다. 그냥 재미없을 때도 많다. 그래서인지,

J는 소설을 안 읽는다. 유명 평론가들이 알려 준 모범 답안, '소설 속에서 인간의 다양한 욕망이 실현되고 이를 통해 풍부한 삶을 살게 한다.'는 것을 몰라서는 아니다. 빗맞은 답안은 아니지만 이는 어느 국면들에서 공전(空轉)한다. 소설이 아니어도 다른 삶을 간접적으로 모험하게 하고 철학적으로 사색하게 하는 버추얼 장치들이 넘쳐 나니, 시대적으로 착오일 것이다. 근대 일반의 경과와 인쇄물 매체의 쇠퇴를 겹쳐 생각하는 논리가 당연시되니, 문화적으로도 어색할 것이다. 이런 현상을 따지고 들겠다는 건 아니다. 이 글에서 관심 있는 건 여하간,

누군가 소설을 읽는다는 것이다. '간접경험을 통한 정체성 탐색'이라는 저 모범 답안 외에도 이유는 많다. '멋진 문장을 찾아 밑줄 긋고 싶어서'라는 이유는 어떨까? 한국문화예술위원회가 매주 두 번, 시 한 편과 소설 한 단락을 뽑아 42만여 명의 회원들에게 이메일로 전달하는 '문학 집배원 사업'("문학과 멀어진 국민들이 문학의 향기를 더욱 가깝게 느끼며 문학적 감수성을 계발할 수 있도록 유도하고……."라는 취지다.)도 있고 하니 말이다.(문예위의 '취지'와는 별도로, 스팸 메일들 틈에서 이 문학 편지는 소소한 선물이 되기도 한다.) 말하자면 문학의 '향기' 때문에, 문학적 '감수성' 때문에, 누군가는 소설을, 소설의 문장을 읽기도 한다.

K가 소설의 문장을 읽는다. 읽으면서 밑줄을 긋기로 한다. 문학적 감수성을 자극하는 향기를 지닌 '아름다운' 문장에. 너무 센티멘털한가? 향기, 감수성, 아름다움, 이런 말들이 문학소녀의 막연한 감상성으로 오인될지 모르겠다. 그렇지 않다는 것을 말하고 싶다. 밑줄 치면서 읽은 열 사람의 책을 확인한다면 어느 한 권도 똑같지 않을 것이다. 정교한 묘사나 신선한 음감에서는 겹치기도 하겠으나 다른 부분이 없을 수 없다. 아름다움의 목록은 일정하지 않으므로 당연하다. 또한 아름다움을 느끼는 건 읽다가 문득 무릎을 치게 만드는 문장 앞에서인데, 깨달음이 오는 길목은 저마다 같을 수 없으니 밑줄들은 앞뒤 문장과 손잡은 채로 아름다웠던 것이다. 나중에 밑줄들만 골라 읽으면 '여긴 왜?' 하고 의아할 때가 있지 않던가. 밑줄은 문장이 아니라 문맥에 그어진다.

K는 소설의 문맥을 읽었던 것이다. 문맥은 문장들의 모임이 아니라 문장들의 우정이다. 문맥은 문장들의 의미의 총합을 초월하여 새로 하나의 의미가 된다. 문맥을 읽는 것은 문장들 너머의 어떤 사건으로 들어가 어떤 얼굴과 대면하는 행위다. "어떤 눈물과 핏자국을 보는 것, 결국 어떤 발소리와 절규를 듣는 것."[1] 문맥은 작가가 조합해 놓거나 독자가 분석해 놓은 단어들 속에 있지 않다. 작가의 정당한 의견에만 머물지 않고

독자의 이성적 공감에만 근거하지 않는다. 두 행위의 부딪힘에서 문맥은 태어난다. 글자가 아니라 여백에, 행이 아니라 행간에 밑줄이 그어지듯, 문맥은 문장 바깥을 포착한다. 밑줄 긋는 순간은, 대화 중 발갛게 달아오른 얼굴에 당황하거나 갑자기 밀려온 침묵을 헤아리는 순간과 똑같다. 그런 순간이 아니면 소설 속의 말들은 아무것도 가르쳐 주지 않는다.

K는 어떤 장면의 정확한 사본을 취할 목적으로, 어떤 사건의 소상한 전말을 꼭 알아야겠기에 소설을 읽는다고 생각하지는 않는다. 소설은 그것을 쓰고 있을 때 작가의 마음속에서 생겨난 일이기 때문에 참된 것이지 정확한 묘사, 진실한 고백에 의해 참된 것은 아니다. K는 소설에서 삶의 지표를 찾으려 하지 않는다. 소설 속의 말들을 명사(名士)의 오피니언처럼 경청하지도 않는다. 사회·심리학적 문제들을 확인하고 싶어 읽는 것도 아니다. 그럼에도 자기도 모르게 펜을 찾아 밑줄을 긋고, 잠시 고개를 들어 먼 산을 바라보거나 한숨을 내쉬고, 더러 눈물을 글썽이거나 키득키득을 감추지 못하면서, 수시로, 습관처럼, 소설을 읽는다. 소설과 사귄다. 때로 지루하고 때로 애틋하고, 그러면서 그는 다른 존재가 되어 간다. 언제나 새로운 존재로 산다. "어떤 하루도 되풀이되지 않고/ 똑같은 두 밤(夜)도 없다."(비스와바 쉼보르스카) 소설을 읽지 않은 이에게도 똑같은 두 밤은 없지만, 소설을 읽은 밤과 읽지 않은 밤 또한 똑같은 두 밤이 아니다.

소설을 다시 읽는다: 모범적이지 않을 권리

도대체 무엇을 읽었다는 것인가? K가 읽은 것은 토마스 만, 도스토옙

---

1) 박준상, 「블랑쇼의 문학론 ― 침묵 또는 언어」, 한국프랑스철학회 엮음, 『프랑스 철학과 문학비평』 (문학과지성사, 2008), 107쪽.

스키, 프루스트도 아니고 박경리, 이청준, 이문열도 아닌 그냥 요즘 소설, 이번 계절 문예지의 소설 코너. 이를테면 '김애란'을 읽었다. 여러 사람들 말대로, 마음이 깊고도 명랑한 인물들의 면모가 믿음직스러웠다. 그런 면모가 조금도 위협적이지 않고 사회의 규범성을 벗어나지 않는다는 데 주목해야 한다는 주장도 있었다. 첫 소설집의 제목이 그렇듯 유머로 아버지를 긍정하고 이해로 어머니를 사랑하는 이야기가 몇 편 있으니, 아버지-어머니-나로 구성된 전형적인 가족 삼각형의 구도를 재현한 서사라는 말에 일리가 없지 않다. 두 권의 단편집에 실린 소설들에서 위기의식과 불안으로 지금의 한국 사회를 살아가는 젊은 세대들의 자화상을 만날 수 있다는 말도 틀린 것은 아니다.[2] 그런데 이런 사실들로는 K가 읽은 김애란이 거의 해명되지 않았다. 김애란의 소설들이 민감하게 포착하고 실감 나게 반영하는 어떤 현상이 있고 또 그런 현상이, 가령 정형화된 자본주의적 현실의 일부와 그 속에서 출구를 찾지 못하는 젊은이들의 심리를 나타낸다는 것은 맞는 말이기는 하지만, 김애란 소설에서 왜 하필 그것이 가장 중요하게 읽히는지, 회의가 들었다.

　이런 이야기를 보자. 시골에서 자라 "대처"로 올라와 이제 직장 생활 3년 차인 스물여덟 아가씨가 대학 동기의 결혼식에 가는 길이다. 그녀가 원한 건 삶의 질을 향상시키는 것이었는데, 익숙해진 것은 도시의 소비생활이었다. "소비는 내가 현재 대도시의 왕성한 생산 활동에 참여하고 있다는 사실을 상기시켜 줬다." 오늘은 별렀던 네일숍에 들렀다. "사치의 궁극" 같아 죄의식도 느껴지고 회원권을 끊으라는 주인의 부추김에 긴장감을 놓지 않고 있는데, 손을 씻어 주고 주물러 주고 총 열 번이 넘는 발림의 과정을 겪으며 앉아 있다 보니 엷은 졸음이 몰려온다. "누

---

2) 대표적으로 심진경의 비평, 「다시 김애란을 읽는다」(《세계의 문학》, 2009년 여름)를 참고할 수 있다. 이하 김애란의 소설에 대한 K의 이야기는 같은 소설을 다룬 이 비평의 독해에 대한 우리의 견해이기도 하다.

군가 나를 오랫동안 만져 주고, 꾸며 주고, 아껴 주자, 나는 아주 조그마해지는 것 같았고, 그렇게 조그만 세계에서 바싹 오그라든 채 태아처럼 잠들고 싶어졌다." 열 손가락에서 걷어 낸 큐티클을 보고 자기 똥을 보고 좋아하는 아이처럼 신기해하고, 다 끝났을 때는 "'손톱이 사탕 같아졌다!'"라고 신나했다. 그러나 곧 "어떻게, 회원권 끊어 드릴까요?"라고 묻는 주인 여자의 능청이 징글맞기도 하다. 상장 받은 아이처럼 친구 결혼식 가는 길이 즐거워졌지만 더 과감하고 세련된 친구들 사이에서 조금 울적해진다. 게다가 보여 주고 싶었던 손톱 대신 땀으로 얼룩진 겨드랑이만 사진 속에 남게 생겼다. 기분을 풀려고 고등학교 때 단짝을 만나러 가는 길에, 필요했던 캐리어에 혹하여 신용카드를 신청한다. 이 친구한테는 손톱 자랑하고 싶은 마음도 없고, 이불 크기만 한 방에서 이불이 작아 보이는 방으로 이사해서 기쁘다며 응석을 부리듯 말한다. 친구의 (아마도 경제적인) 사정상 같이 가기로 한 여행이 취소됐으니 벌써 캐리어는 필요 없게 되었다. "언덕을 내려가는 우리 그림자를 따라 드르륵드르륵—캐리어 바퀴 소리가 꼬리처럼 길게, 쉬지 않고 따라붙는다." 이것이 이 이야기, 「큐티클」의 마지막 문장이다.

먼저 다음과 같은 것이 보였다. 이 소설은 자본주의적 생리를 아주 정확히 그렸다. 모든 인간을 만족을 모르는 아이 같은 소비자로 규정한 뒤 보살핌을 가장해 구매를 조장하는 자본주의의 유혹과, 경멸과 호기심 사이에서 그 유혹을 저 나름으로 처리하는 젊은 여성의 심리가 선명하다. 늘 "정착의 느낌"에 간절한 그녀는 부지런한 곁눈질과 시행착오로 도시 생활에 '적응'하려고 애쓰면서 이렇게 생각한다. "딱 한 뼘만 삶의 질이 향상되길 바랐는데 모든 건 늘 반 뼘씩 모자라거나 한 뼘 더 초과됐다. 본디 이 세계의 가격이 욕망과 딱 맞아떨어지지 않도록 매겨졌다는 듯." 그러나 그녀는 "근거 없는 낙관으로 늘 한 뼘 더 초과되는 쪽을 택했다." 그러고는 늘 균형에 힘썼다. 오늘 같은 경우, "'오늘 하루만 받고 앞으론

오지 말자.'"를 다짐하면서도 네일숍이 안겨 주는 위로의 기분에 흠뻑 젖어 아이처럼 행복해하기도 하면서.

자, 이제 K는 자본주의의 유혹에 순진하게 넘어간 젊은 여성의 허영심과 나약함을 보았으니, 그녀를 이해하거나 비판하면 되는 것인가? 그러려면 우선 그녀의 행태를 가치판단해야 한다. '태아처럼' 잠들고 싶어졌던 네일숍에서의 한순간처럼 그녀는 자본주의가 요구하는 퇴행적 삶의 양식을 받아들인 것인가? 그녀의 소비 행태가 명품(名品)에 대한 질투와 하품(下品)에 대한 불안 사이에서 이뤄지는 것이라 할 때 그녀는 불안을 해소하기 위해 자기보다 '더 열등한' 타인들을 부정적으로 참조하고 있는가?

이 소설을 재미있게 읽은 K의 생각에는 '스토리' 차원의 이런 질문은 별로 중요하지 않지만, 사실 확인차 다시 읽는다. 먼저 '퇴행'인가 아닌가. 아이처럼 기뻐하고(오늘의 당당한 기분) 아이처럼 쉬고 싶고(네일숍에서) 아이처럼 응석을 부리는 행동(친구 앞에서)은 이 소설 전반에 걸쳐 서너 차례 등장하여 하나의 문맥을 형성하는데, 그것은 문득 고향−유년을 떠난 후 늘 긴장하고 살아야 하는 도시−어른의 처지를 상기시킴으로써 퇴행의 표지라기보다는 저 속물화에 제동을 거는 잠시 멈춤 혹은 휴식의 표식처럼 보인다. 그래서 저 네일숍의 장면은 바로 그로부터 자본주의가 개인을 얼마나 달콤하게 유혹하는지를 보여 주는 현장이지 마침내 자본주의가 권유하는 퇴행적 삶의 양식에 빠져 버린 한 인물을 증언하는 삽화로 보기는 어렵다. 다음, 그녀의 눈치형 초과 소비 행태는 비윤리적인가 아닌가. 이 세계의 누구라도 자기의 욕망과 딱 맞아떨어지는 것을 찾기 위해 '이 세계의 가격'과 무관한 곳으로 탈출하는 것이 가능한가? 그렇지 않다면 상품(上品)을 지향하는 심리를 비난하는 것도 조심스러운 일이다. 자본주의가 개인들에게 순진함을 요구하는 사악한 괴물이라고 해서, 모든 개인들이 영악하게 순진해지지 않는다는 전략으로 그 괴물을 처치할 수는 없다. 이 소설이 알려 주는 것은 오히려, 취향을 갖는 것, 인간적 존중을 받는 것, 화려함이 아니라 깨끗함을 지니는 것, 심지어 동심을 일으키는 것까지, 오늘날 인간의 거의 모든 행위가 자본주의적 메커니즘과 연루되어 있다는 지독한 현실이다. 이것을 모르지 않는 한, 한 개인이 자본주의의 유동성, 가변성에 대항할 만한 고정적이고 동일한 정체성을 갖지 못한다고 순진하게 비난하기는 쉽지 않다.

「큐티클」의 스토리를 K는 이와 같이 읽었다. 이 소설의 제목이 '큐티클'인 것도 중요하게 작용했다. 필수적이지 않은 것들로 과잉된 자본주의적 삶과 그것을 향한 인간의 욕망(소비적인 삶은 즐기고 싶지만 속물은 되고 싶지 않다는 심정까지 합쳐진 그녀의 욕망)이 '큐티클'로 명명된 것이다. 제거해도 아프지 않은 굳은살 같은 삶이니 잘라 내면 되지 않느냐고? 그럴 수 있는 거라 생각했다면 이런 소설은 쓰이지도 않았을 것이다. 옛날 친구 앞에서는 자랑할 것도 부끄러워할 것도 없지만, 그 모든 불가피한 '과시'와 '수치'는 도시에서 살아가려는 이 시골 처녀들의 뒤를 "꼬리처럼 길게, 쉬지 않고" 따라붙을 것이다, 불필요한 캐리어의 '드르륵드르륵' 소리처럼. 이처럼 이 인물들은 낙관도 비관도, 옹호도 비난도 아닌 시선으로 무대 위에 올려졌다. 이것이 김애란 소설의 사회학이다.

한편 소설 속 인물들의 행태가 옹호/비난할 만한가를 따지는 것보다 더 중요한 것은, 인물이 보인 행태가 어떤 윤리적 태도의 한계를 보여 준다고 해서 그 사실이 작가 혹은 작품의 한계를 직접 규정할 수 있느냐 하는 문제다. 누구나 아는 얘기지만, 소설의 인물에게는 주민등록번호가 없다. 그가 반드시 모범적인 인간형이어야만 하는 것은 아니다. 차라리 그는 모범적이지 않을 권리를 가진다. K는 「큐티클」 속 '나'의 태도를 작가 김애란의 윤리로 바꿔 생각하거나 이 작품의 윤리를 직접 표상한 것으로 생각할 수 없었다. 허구란 그 자체가 바로 언어의 고유한 '거리 두기' 아닌가? 소설 속 화자 혹은 인물의 말은 언제나 언어 특유의 거리 두기가 설정하는 무대 위에서 들려온다. 그래서 소설의 진실은 누구도 정말이냐고 묻지 않고 누구도 거짓말이라고 대답하지 않는 이야기로부터 울려 퍼지는 어떤 '목소리'에만 있다. 소설이라는 언어적 구성을 거쳐 나타난 세계를 우리가 받아들일 때, 거기엔 그 재현적 언어를 초과하는 움직임, 언어가 어떤 것을 지시함과 동시에 그 의미를 스스로 부정하면서 또 다른 의미를 창출하는 작용이 포함된다. 언어의 말소리가 아니라 목소리가 그런 작용을 한다. 소설을 읽을 때면 항상 문자/글자들 틈에서 들려오는 목소리, 소설 읽는 K에게는 늘 그것이 들려왔다. 어떤 소리인가?

소설을 듣는다

1) 리듬: 화법의 비트 — 박민규의 키니시즘

박민규의 소설에 말을 보태자니 식상할까 싶지만, K가 박민규의 소설에서 재미나게 느낀 것은 더 피력되어야 한다. K에게는 박민규의 거의 모든 소설이 '전략'으로 보인다. 어디선가 듣기로 '후기 산업사회의 대중문화적 일상을 낳은 제국/자본의 음험한 이데올로기 전략 체계'의 그 전략이 아니라, 그 체계를 살아가는 '박민규식 대응 전략'처럼 생각되었다. 그래서 대결 구도의 형태로 훤히 드러나는 '시스템과 개인 — 다수와 소수, 강자와 약자, 프로와 아마추어, 위너와 루저, 미녀와 추녀 등등 — 간의 대립'이나 '후기 산업사회의 범지구적인 축도', 혹은 '80년대 소설의 흔적 기관과 같은 징후' 등의 내용은, 박민규 소설을 읽게 만드는 하고많은 재미 중 10분의 1도 안 되는 게 아닐까, 맛있는 카스테라를 눈으로만 보고 끝내 먹지 못하는 것처럼 못내 안타까운 일인데, 하고 생각했다. 왜 그랬던가?

무엇보다도 박민규의 소설은 이 세계가 어떤 세계라는 것을 엄정하게

'진단'하려는 목표를 갖고 있지 않다. 박민규의 화자들은 문제적 상황을 개연적으로 알리고 행위의 목적을 필연적으로 제시하려는 의욕이 없다. 이 세계는 원래 "그렇고 그런 곳", 시시하거나 쓸쓸하거나 참담한 것으로 벌써 한참 전에 결정된 곳이니까 말이다. 그러니 "세상은 엉망이다.", "이 나라는 고장이다.", "소외가 아니고 배제야." 등의 에피그램 같은 말들이 현실에 대한 묘사를 대신해도 된다. 세상에 관해 그는 "노트 100권을 채우고도 남을 만큼 할 말이 많거나, 아예 할 말이 없거나, 그렇다." (『핑퐁』) 그런 전제 아래 그는 '(알다시피 이런 세상에서) 사람들은 어떠어떠하게 살고 있다.'는 이야기를 꺼낸다.[3] 어떻게 살고 있다는 건가? 가장 큰 공통점은, 이유가 없거나 이유를 모른 채, 살거나 죽는다는 것. 누구는 다수에 속해서 행복하고 누구는 만날 얻어맞고 사는 소수에 속하지만, 누가 왜 어째서 다수가 되고 소수가 되는지 '이유는 모름'. 알래스카 팍스 하이웨이에서 무법자의 총에 맞아 오줌을 쌌을 때도 "왜…… 도대체, 왜?"를 수없이 되뇌지만, 이유는 '모름.'(「루디」) 어젯밤 자살에 실패하였고 오늘 새벽 고리에 매달린 넥타이에 목을 넣는 한 젊은이가 그렇게나 죽고 싶은 이유는 "기억나지 않"거나 "이유 따위는 찾고 싶지도 않"음.(「아침의 문」) 그런 건 60억 인구 중 아무도 모르거나 "살아야 할 100가지 이유가 있는 거라면, 죽어야 할 100가지 이유도 있는 거겠지……."라는 심정으로 묻어 두어야 하는 것이다.

박민규 소설의 대전제가 이와 같다. '왜 그런가.'라는 저 막연한 물음은 한 번도 삶의 원인이나 목적을 반추하기 위한 것이 아니었다. 이 비어 있는 질문이 환기하는 것은 그러므로, '알 수 없다, 그런데 어쩌라고?'라

---

3) 그러므로 현실 포착을 위한 '인식론적 구도'나 현실의 비판적 도해(圖解)를 위한 '세계의 이원화' 등의 비평적 언사들은, 그의 소설 이전 혹은 별도의 단계에서나 유의미한 말이고 그의 소설 자체에 대해서는 무의미한 말이다. 박민규 소설을 현상-본질에 관한 이원적 인식론으로 보는 견해는 김영찬의 비평 「개복치 우주(소설)론과 일인용 너구리 소설 사용법」(《문학동네》, 2005년 봄) 이후 박민규 독해의 표준처럼 여겨져 왔다는 것이 K의 생각이다.

는 도전적인 반문이다. 또한 '이유는 모른다.'라는 방자한 대답에는, 그런 건 알고 싶지도 않고 알 필요조차 없다는 시니컬한 태도와, 이유 여하를 막론하고 어딘가 분명 잘못되어 있는 대상을 향한 야유가 포함된다. 도전과 야유, 이로부터 박민규식 '냉소'의 특징이 드러나는데, 이는 이 말의 어원과도 닿아 있다. '냉소적인', '조롱하는'이라는 뜻인 '시니컬 (cynical)'의 어원은 '키니코스(kynicos)'. 큰 나무통 속에서 살면서 남루한 옷과 지팡이와 수도사의 주머니밖에 가진 것이 없는 거지 철학자가 원하는 것을 들어주겠다고 하는 알렉산더대왕에게 "햇빛을 막지 마시오."라고 말한 일화를 들어 본 적 있을 것이다. 자기를 스스로 "개와 같은 (kynicos) 디오게네스"라고 부른 이 사람을 대표로 한 그리스의 키니코스 학파(大儒學派)는, 일반 도덕과 사회 관습을 비웃고자 아테네 광장에서 대변을 본다든지 시장 한복판에서 자위를 한다든지 대낮에 등불을 들고 "진정한 인간은 어디 있는가"라고 외치는 따위의 기행을 펼쳤다. 신체적이고 직접적인 그런 기행이야말로 그들만의 특별한 전략이었다. 도덕과 관습에 위배되는 기행에 놀라워하는 자들을 되려 조롱하고 야유하는 전복적 전략.[4] 이름하여 '키니시즘'의 전략. 이것이 박민규식 냉소의 특징이며, 이로부터 유례없이 개성적인 인물과 화법이 출현한다.

먼저 인물부터 보자. 읽은 지 오래됐지만 잊히지 않는 이 사람, 아침에 일어나면 전철을 타는 남자다. 타서는, 내리지 않는다. 이유는, 모른

---

4) 『냉소적 이성 비판』(Peter Sloterdijk, *Critique of Cynical Reason*, trans. by Michael Eldred, University of Minnesota Press, 1987)에서는 냉소주의를 둘로 구분하여, 격렬했던 1960년대를 넘긴 1970년대부터 문화적 삶과 정신적 영역을 점거해 버린 지배적인 힘을 시니시즘(cynicism)으로 규정하고 이에 맞서는 문화적 전략을 키니시즘(kynicism)이라고 칭했다. 인식과 행동 사이에 분열이 생겨났으면서도 그것을 메우지 못하고 순응하며 살아가는 이 시대 시닉(cynic)들의 우울을 자신이 '키니시즘'이라고 부른 '건강한 웃음'의 세계로 치유하자고 한다. 키니코스학파의 신랄한 비판이 플라톤의 정신주의에 맞서 내세웠던 전복과 조롱과 야유의 전략, 신체적 체험과 신체의 주권을 적극적으로 예시하는 철학이었음을 기억하고 "동물적 차원에 뿌리를 두고 일체의 제약 없이" 폭발하는 웃음을 통해 상징적 질서들을 전복할 수 있다는 것이다.

다. 그저 편해서, 2년째 이 생활을 하고 있다. 전철을 탄 사람에게는 아무도 요즘 무슨 일을 하느냐, 장차 뭘 할 거냐 따위의 질문은 하지 않으니까. 읽은 지 얼마 안 된 인상적인 또 한 사람, 자살 사이트 회원들과 같이 약을 먹었는데 아침에 눈이 뜨인 이 젊은이는 어떤가. 토하고 다시 잤다. 깨서는 화장실에서 잡지를 뒤적이다 자위를 한다. "그냥, 그뿐이다."라고 말한다.

그런데 어떤 문제 상황에 이렇게 어이없는 방식으로 대처하는 행태들에서, K는 묘한 역전을 느낀다. 저 전철 타는 남자의 한심함을 마음껏 조롱만 하고 말 수가 없는 것은, 하루 종일 전철을 타는 행위가 비상식적인만큼 열이면 열 어딜 가느냐고 물어 오는, 그래서 어디론가 가고 있어야만 마음이 편해지는 현대적 라이프스타일 역시 정상은 아니라는 야유가, 거기에 분명 있기 때문이다. 왜 죽고 싶은지 알 수 없지만 "인간이 살아서 하는 모든 일은 실은 모두 이상한 짓이다."라는 말에 동의할 수밖에 없다면, 자살하려다 말고 자위를 하는 인간은 모멸스러운 딱 그만큼은 자연스럽다. 이 비루한 인물들이 연출하는 자학적 희극과 코미디는 스스로를 조롱하지만 동시에 상대를 빈정대거나 문제 상황 자체를 의미 없게 만들어 버림으로써, 어쩔 수 없는 피동태에서 자발적인 능동태로 전환된다. 이들은 마치 "이렇게 살지 않고 달리 어떻게?"라고 힐난조로 되묻는 것 같다. 그래서 자신에게 불리한 상황에서 상대방이 아니라 자기 자신을 희화화하는 이 인상적인 포즈는, 세상에 대항하는 그들만의 자발적, 유희적 전략이다.

이런 인물들이 이른바 "냉장의 관점"(「카스테라」)에서 취한 화법이 바로 농담이다. 지구에 왜 사는지 이유와 의미를 모르면서 지구적인 것에 대해 철학이라도 하는 건 좀 그렇고…… 그들은 지구적인 것을 가지고 논다. (노는 것이 철학이다.) 인간이 받는 고통에는 전 지구적인 음모나 외계인의 계략이 있을 것이라고 그들이 말할 때, 마치 "이렇게 생각/말하지 않고 달리 어떻게?"라고 장난스럽게 되물으며 한바탕 (말)잔치를 벌이는 것 같다. 농담은 고백이나 폭로와 달리 말 자체의 뜻이 아닌 말이 오가는 화용론적 맥락으로부터 의미를 획득하기에, 농담에서 중요한 것은 화자와 청자와 대상의 '자리'다. 이 '자리'를 이용하는 박민규 특유의 방식에 의해 몇 개의 역설이 나타나고 그로부터 그의 농담 고유의 효력이 발휘된다. 하나씩 보자.

역설 하나, 박민규의 화자는 농담하는 주체이면서 스스로 그 농담의 일부로 편입되어 농담의 대상이 된다. 그는 고백하는 주체만도 폭로하는 주체만도 아닌, 어떤 대상을 폭로함과 동시에 자기 고백도 하는 이중적 입장에 놓인다. 그리하여 대부분의 화용에서 비판하는 주체와 비판당하는 대상의 경계는 분명치 않다. 예를 들면, 다수로 살아가는 인류의 1교시를 언인스톨하는 왕따들의 꿈은 자기들도 "다수인 척 세상을 살아가는 것"(『핑퐁』)이다. 다수로서의 삶이 멋져서가 아니라 그것이 현재의 인류 전체가 피하지 못한 운명임을 모르지 않기 때문이다. 45억 살의 지구와 300만 살의 인류보다는 400여 살의 자본주의가 아무래도 편하고 눈치가 통하며 먹고 마시고 입는 게 비슷하므로 — "당신이라면, 아마도 내 말을 이해할 것"(「몰라몰라, 개복치라니」)이므로 — 아무도 그 덫에서 나와 홀로 고고할 수는 없는 이 현대의 운명을, 박민규는 비판과 동시에 수락한 셈이다.[5] 그래서 그의 농담은 세상 밖 독설가의 절규가 아니라 세상

---

5) 이런 운명을 '러닝메이트'라 칭하며 극단적인 서사로 보여 준 사례가 최근작 「루디」(《창작과비평》 2010년 봄)라고 K는 생각한다. 미국(알래스카)의 하이웨이에서 만난 무법자 '루디'의 총질에 휴게소의 사람들이 죽어 갔지만 "아무도 도망갈 수 없었다. 그리고 누구에게도 저항할 힘이 없었다." 주인공 '보그먼'은 "왜, 도대체 왜?"라고 끝없이 물어 대지만 루디의 답변은 "알면서"와 "약하니까…… 늘 그래 왔잖아?"다. 세상은 원래 엉망이고,(약한 자들만 죽는다.) 아무도 도망가지 못하며,(알면서) 그냥 산다.(구구단을 외우거나 「러브 미 텐더」를 들으며) 그런데 결국 루디는 누구로 밝혀졌던가? 보그먼 회사의 청소부였던 루디에게 '내가 무슨 잘못을 했냐'고 보그먼이 묻자 루디는 "월급을 줬다."라고 답한다. 이 자본주의 시스템에서 고용은 그 자체로 평등하게 괴롭히는 일과 다름없다. 평등하게 미워하는(아무나 학살) 범죄가 평등하게 괴롭히는(아무나 고용) 정상성과 뭐가 다르냐고 묻는 듯한 「루디」에는 인간의 고된 운명을 암시하는 문장이 몇 있다. "오래오래 달려야 할 것 같은 길이었다.", "끝

48

속 희극배우의 자조에 가깝다. 그의 농담은 상처받을 자리에 주체 자신을 위치시킴으로써, 즉 비판의 주체까지도 비판받아야 할 세계에 연루되게 함으로써 자기 행위의 결과를 자기가 완전히 떠맡는다. 그리하여 모두가 나쁜지 어떤지는 몰라도 아무도 해치지 않는 세계로 우리 모두를 감싼다. 우리는 "결국 해변의 모래알처럼 평범한 인류"(『핑퐁』)이고, "'나'란 것은 '아무나'의 한 사람이거나 '누구나'의 한 사람"(「대왕오징어의 기습」)이지만 "결국 인간이 없었다면 나는 소설 같은 건 쓸 생각도 하지 않았을 것"이라는 '작가의 말'도 이쯤에선 완전히 믿기는 것이다. 동정도 적대도 마침내 우리 모두 '형제'임을 일깨우는 농담, 이것이 박민규식 유머의 윤리일 것이다.

역설 둘, 박민규의 화자는 농담의 대상을 공격하지 않으면서 그것을 패배시킨다. 그의 농담은 개인의 현실을 주재하는 절대적 타자, 가령 자본주의적 현실이라는 대타자를 겨냥하지만 그것은 거의 언제나 정면 대응이 아니다. 주지하다시피 "아버지의 산수"를 물려받은 이 주체는, 좁은 고시원에서 살고 취업과 영업 때문에 당하는 모욕을 견디면서 깨달은 자본의 논리, 힘의 생리를 거부하지 않는다. 오히려 너무나 충실히 따르려고 한다. 따라서 자본주의적 현실이 비판되는 것은 그 무차별적 비정함을 깨달은 주체의 항거에 의해서가 아니라 그 현실에 꼭 맞춰 살려고 노력해도 그렇게 될 수 없다는 사실, 바로 거기에 있다. 대타자의 법칙을 스스로 원하고 열렬히 순응하여도 그 원리에 포섭되지 못하는 이 주체들이야말로, 역으로 대타자의 원리란 결코 훌륭한 것, 완전한 것이 아님을, 어디선가는 분명 실패를 포함하고 있음을 역설적으로 보여 주는 존재들이 아닌가. 농담하는 주체의 자리는, 상징적 질서가 비껴가는 곳이 아니

이…… 안 나니까", "또 우린 러닝메이트니까." 그리고 이렇게 끝난다. "나는 루디와 함께라는 것// 그리고 영원히/ 우리는 함께라는 것." 보그먼과 루디, 고용주와 고용인, 괴롭힘과 미움, 습격자와 피습자, 서로를 죽이려는 자와 죽임을 당하는 자, 그리고 비상사태와 일상사, 이것들은 러닝메이트다.

라 상징적 질서가 '실패'하는 곳이다. 그리하여 상징적 질서의 빈 곳이 저 스스로, 저절로, 드러나도록 유도한다. 이것이 박민규식 유머의 정치일 것이다.

이 '실패'가 농담의 효과 차원에서만 나타나는 것이 아니라 '농담-기표'의 차원에서 드러난다는 점도 중요하다. 이 점을 살펴보면 박민규식 유머의 매뉴얼이 드러나지 않을까? 역설 셋, 박민규 소설에서 어떤 농담-기표는, 의미를 지닌 언어로 실패함으로써 역으로 의미를 획득해 버리는 순간을 내장하고 있다. 어떤 실체(substance)와도 대응할 목적을 갖지 않는 경지로 치달아 버리는 기표들, 예컨대 탁구 게임이 이어지는 지루한 시간을 두 쪽에 걸쳐 '핑퐁'이라는 단어에 담을 때, 오리배의 페달소리 '퐁당'을 예순일곱 번 연속시킬 때, 이 기표들은 자진하여 '아무것도 아닌 것'이 되어 버린다. 스스로 잉여가 됨으로써 '아무것도 아닌 것'을 몸소 구현한다. 최근의 박민규는 조금 달라졌지만 전에 자주 들렸던 이런 말들은 또 어떤가?

"이렇게 사는 건 어떻습니까? 환하게 웃으며 호세는—아 그래요…… 그렇게 물으니 뭐…… 저로선 어떻다고는 하겠지만, 그게 그러면…… 그래서 또…… 그건 아닌지 어떤지…… 그렇잖아요—정도의 표정으로 아무 말도 하지 않았다."(「아, 하세요 펠리컨」)

"(……) 추락이 일상다반사로 일어나는 곳이 지구란 말씀이야. 에애 에애 애에. 응? 암과 에이즈, 뭐 위염이나 궤양, 설사, 장염, 고혈압, 동맥경화, 응? 뭐야…… 또 저혈당, 뇌졸중, 결핵, 후두염, 에애 에애애에. 천식, 페스트, 콜레라, 장티푸스…… 하여간에 많습니다. 또 뭐? 파라티푸스, 디프테리아, 폴리오, 홍역, 풍진, 간염, 파상풍, 말라리아, 인플루엔자, 비브리오 패혈증, 공수병, 레지오넬라, 렙토스파라, 쯔쯔가무시…… 에애에에 애 에애애애에에

애. 예? ……."(『평퐁』)

여기는 언어의 폐허다. 이 결렬된 언어들은 사회학적이거나 미학적인 어떤 설명 도식에도 맞지 않는다. 그러나 이 말들은 애초에 의미를 목적으로 하지 않았기에 표상에 대한 소외를 낳지 않고, 절제와 균형을 의도하지 않았기에 규범적 미에 대한 열등감을 지니지 않는다. 즉 언어의 찢어짐이 언어의 한계를 극복하는 사태다! 정상적인(?) 기표라면 언제나 그 부름에 실패할 수밖에 없는 상징계적 실체들의 잉여물, 정신분석이 항문적 대상(anal object)이라고 부르는 그 '잔여'가, 진짜 배설물 같은 기표로 과다하게 쏟아져 내린 것이다. 이 기표들은 상징계적 질서에 상응하는 '(언어) 담론'이 아니라 담론이 빗겨 간 실재를 음향적으로 구현한 사물이 아닐까? 여기에 박민규식 음향 캠프가 차려진다. 이것은 담론의 주체가 상징계적 질서에 대해 항상 느끼는 소외의 상연이고, 말하고 말해도 모자라는/남는 불가능성의 체화다. 이 기표들이 역설적으로 '되어' 버리고 마는 이 유희적 음향은, 영원히 누릴 수 없는 불가능한 향락(jouissance)과 성질을 같이한다. 이 기표들은 불가능한 향락에 신체를 부여한 것과도 같다. 이것은 의미가 없으므로 공집합이지만, 그러나 어떤 의미의 부분집합들의 합도 공집합 없이는 완전한 전체집합을 이루지 못하기에, 저 무의미가 문득, 없어서는 안 될 의미의 일부로 전환되는 순간들이 있다.

— 이 세상은 주민등록증을 가진 괴물, 학생증이며 졸업 증명서며 명함을 가진 괴물들이 가득하다는 사실도 알게 되었다. 서로를 괴물이라 부르긴 좀 그렇잖아? 그래서 만들어 낸 단어가 인간이 아닐까, 그녀는 생각해 본다.
— 서로를 괴물이라 부르긴 좀 그렇잖아? 그런 표정을 지으며 손님이자 인간인 그 남자는 돌아섰다.

— 한집에 살면서 괴물이라 부르긴 좀 그렇잖아? 그래서 만들어 낸 단어가 가족이라고 그녀는 생각했다.

　　— 아이를 쳐다볼 용기가 나지 않는다. 서로를…… 괴물이라 부르긴 그렇잖아? 그런 표정으로 그녀는 울고, 숨을 몰아쉴 뿐이다.(강조는 인용자)

　　한번 사용된 표현이 다른 문맥에 다시 쓰임으로써 비유를 일원화하는 이런 수법은 박민규식 농담에 흔히 사용된다.(그의 거의 모든 소설에서 발견되지만 최근작 「아침의 문」(《문학사상》, 2009년 12월)에서 뽑았다.) 머리채를 잡히고 폭행을 당하던 순간에 느낀 인간에 대한 실망이 괴물이라는 매개어에 비유되면서, 이것은 인물들의 만남이 폭력적인 인간관계를 상기시키는 순간에 반복적으로 등장한다. 상이한 원관념이 하나의 동일한 보조 관념에 연결됨으로써 상호 무관한 듯했던 원관념들이 서로 연동된다. 또한 반복 어구에 의한 경제적 언어 사용이 가져오는 쾌락/재미는, 말들의 농담으로서의 성격을 확대한다. 문장들 간의 연루가 작품 전체적으로 확산된 것이다! 이것이 박민규식 유머의 동역학(dynamics)일 것이다.

　　마지막으로 박민규 화법의 가장 탁월한 효력에 대해 말하자. 그것은 소설의 곳곳에 반복 등장하는 이 유사/동일 기표들이 소설 전체에서 울리는 박자, 비트(beat)다. 처음부터 계획적으로 진행되는 것은 아니고, 이미 등장했던 어구나 모티프가 의도적으로 반복 변주되어 소설의 전개 중에 삽입됨으로써 서서히 일정한 패턴을 잡아 가는 식으로 형성된다. 두 번째 등장은 첫 번째 등장을 참조하고 세 번째 등장은 다시 앞의 두 번의 등장을 참조하고……. 이런 식으로 자리 잡은 어구들은 한 작품 내에서 자기-지시적인데, 이것들이 서로 연동되면서 비트를 발생시킨다. 이 비트가 작품 전체에 울려 퍼지면서, 자칫 난삽하게 흘러넘칠지 모르는 기표들의 질주를 군데군데 차단해 주어 발산하는 화소들을 제어하기도 한다. 이런 구심력에 의해 한 편의 소설은 안정된 리듬을 타고 춤추는 몸짓이 된다. 시의 율격(律格)에 비견될 만한 이 비트와 리듬은 분산적인 테마를 응집하기도 하고 전체를 통괄하는 긴밀한 분위기를 지어내기도 함으로써 여느 산문이 나타낼 수 없는 시적 형식의 묘미를 완성한다. 이것이 박민규 소설이 그려 낸 가장 '예술적'인 형상이다. 동시대, 문장에 관해 둘째가라면 서러워할 김영하도 부러워했던 "그가 창안하여 우리에게 덥썩 안겨 준, 그 놀랍도록 새로운 문장"(『카스테라』 뒤표지 글)은, 이런 비트와 리듬으로 우리를 간질이고 두들긴다.

2) 어조: 표정의 강도―황정은의 래디컬리즘

황정은의 소설에 대한 놀라움과 믿음, 반가움과 기대가 여러 독자들 사이에서 퍼지고 있는 듯하다. 나쁜 소설들은 서로 닮아 있지만 좋은 소설의 모습은 모두 저 나름으로 독특한 것이어서 그것을 알아보는 자들 저마다에게 모두 다른 식으로 좋은 것일까? 동시대의 한 사회에서 몫과 짐을 나누고 살아가는 사람들에게는 공통적으로 관심 가는 대목들이 분명 있는 것 같다.

황정은의 소설을 만나자마자 그 신선한 말투에 먼저 반했던 K도 첫 소설집 『일곱시 삼십이분 코끼리열차』를 읽었을 때부터, 최근 출간된 『百의 그림자』에서 여러 독자와 비평가 들이 매우 반기며 읽어 낸 부분, 이를테면 문학이 무엇을 할 수 있는가의 문제를 새삼 떠올리게 하는 어떤 국면 때문에 마음이 환해졌더랬다. 사실 그쪽 관련 논의는 첫 소설집에 대한 비평에서는 별로 이야기되지 않았으나 "철거촌의 가난한 연인"을 따라 이 세계의 척박함과 비정함이 드러나는 『百의 그림자』에 와서 새삼 논의가 풍부해진 경향이 있다. K는 첫 소설집에서 들려왔던 무언가가 『百의 그림자』에서 다시 울려와 전율하고 있던 차에, 바로 얼마 전 제목도 옹골찬 「옹기전」(《현대문학》, 2010년 6월)을 읽고서, 다시 한 번 황정은 소설에서 자기가 들은 것들에 대해 밝히고 싶어졌다. 다른 독자들과 공유하는 견해가 없지 않겠으나 그가 꼭 강조하고 싶은 몇 가지가 있어 보탠다. 「옹기전」으로 풀어 보자.

항아리를 주웠다. 갖다 버리라고 매도 맞았지만 반질반질 빛나는 것을 책상 밑에 두었다. "밤에 그쪽에서 누군가 말했다. 서쪽에 다섯 개가 있어." 항아리가 아닌 줄 알았다. 항아리가 하는 말인 줄 알고 나니 더 갖다 버릴 수가 없었다. 방 깊이 숨겨 두고 잘 지냈다. 어느 날 보니 주름 두 개가 가로로 나란하게 잡힌 것이 영락없이 사람의 감은 눈처럼 보였다. 치워 버리자고 마음먹고 옥상 구석에 올려 두었다. 겨울이 되자, 독 터지는 소리가 났다. 항아리는 멀쩡했지만 그동안 툭 불거진 눈꺼풀과 납작한 코와 작은 입을 대충 갖추었다. 고통스러워 보였다. 괴로웠다. 서쪽에 뭐가 다섯 개가 있다는 건지 가 보기로 했다. 서쪽이 어딘지 잘 알 수 없었지만 아버지도 내 마음을 몰라주니 나침반을 사 들고 학교에서 배운 대로 파악했다. 서쪽으로 곧장 이동하는 것은 쉽지 않았다. 항아리를 들고 가는 데도 유심히 보는 사람은 드물었는데, 우동 가게 노인이 그런 몰골의 항아리만 보고 있다가는 매사 나쁜 쪽으로만 생각하게 되고 못쓴다며 어디 내버리라고 했다. 그 말을 하는 노인도 모양과 크기가 조금씩 다른 항아리 셋을 가지런히 늘어놓고서 모른 척 우동을 팔았다. 보도블록 교체 공사 중인 길을 걷다 보니 인부들이 구덩이에 항아리를 우르르 붓고 그 위에 흙을 붓고 삽으로 다지는 작업을 반복하고 있었다. 그렇게 묻어도 아무 일 없으니 네 항아리도 묻어 주겠다며 어깨를 잡았다. 달아났다. 인적이 드문 언덕을 올라 절벽에까지 이르렀다. 저편 도시의 유리처럼 빛나는 불빛이, 아름답고 차갑고 무관해 보였다. 항아리는 더 이상 서쪽 이야기를 하지 않았다. 이미 당도한 것이다. 멀리서 독 터지는 소리가 들려왔다.

어느 날 항아리를 갖게 된 한 아이의 사연이 이러하다. 처음부터 끝까지 조곤조곤 차분하게 이야기도 참 잘 풀었다. 바닥에 한 귀퉁이가 드러나 있어 파냈고 부모님도 기뻐할 거라 여겨 가져왔다. 이런 식으로 인과가 행위를 설명하고 그런 행위들이 순차적으로 이어져 자초지종이 분명하다. 말하자면 이 이야기는 항아리를 갖지 않은 사람이었다가 항아리를 가진 사람이 된 한 아이의 경험담인데, 그 진행과 추이의 기록이 정확하여 사태가 생생하게 다가온다. 생생하다고 했지만, 항아리가 말을 하고 나중에는 얼굴을 제법 갖췄다고 했을 때는, 잠시 어쩐 일이라는 건지 의아하지 않을 수 없다. 그러나 저리도 아무렇지 않게, "이 눈이 점점 더 깊어져 어느 날 열리기라도 하면 어떡할 거냐고" 할 때는, 아 듣고 보니 그 말이 맞는 것 같으니 정말 치워 버리는 게 좋겠다고 금세 고개를 끄덕이며 계속해서 아이의 말을 열심히 듣게 된다.

여러분들도 그러셨는가? 이런 말투, K가 처음 황정은 소설에 반해 버린 것이 바로 이 말투였다. 누구는 환상이라 하고 누구는 알레고리라 하고, 편의상 환각이나 환영, 상징이나 비유라고도 말해지는 어떤 기묘한 현상에 대해, 그게 어떤 일이든 그럴 수 있다는 듯 천연덕스러웠던 저 어조(tone).[6] 황정은의 소설에서 절대 놓쳐서는 안 되는 가장 중요한 것이 이것이다. 이 '어조'야말로 황정은 소설에만 "고유한 감각적 존재 양태"다. 어조는 말의 음표만이 아니라 그 음표의 장단, 강약, 높낮이, 빠르기 등이 합쳐진 소리의 결이다. 말의 음만이 아니라 말들 사이의 (묵)음까지 합쳐져서 태어나는 것이다. 이 기묘한 항아리의 사정, 즉 얼굴도 없던 것이 표정을 갖게 되는 이 사건이, 동화나 우화가 아니라 반드시 소설적인

---

6) 예전 소설들을 상기해 보아도 좋다. 이젠 꽤 유명해진 것들일, '모자'가 된 아버지, 이야기를 조르는 애완동물 '곡도', '오뚝이'가 되어 버린 새댁 등이 나타났을 때, 그것들을 말하는 어조가 바로 이런 것이었다. 일반명사인 모자, 곡도, 오뚝이 등은 이 담담한 어조에 의해 사전에 등재된 의미를 털어 내고 마치 고유명사처럼 화용된다. 이 말들은 더 이상 우리가 길들여진 현실의 언어 체계에는 자리가 없는 말들이다. 오히려 이 말들은 스스로 유효성을 띨 수 있는 또 다른 언어 체계, 다른 현실을 펼쳐 내기에 익숙한 언어의 논리를 아예 무시한 것처럼 보인다. 황정은의 소설에 대해서는 환상이 아니라 심상을 말해야 한다는 주장과 논리는 첫 소설집에 대한 단평(졸고, 「이상하고 당연하고 쓸쓸한」, 《세계의 문학》, 2008년 겨울)에서 제기한 적이 있다.

사건인 것이 바로 이 어조 때문이다. 이 항아리를 환상이라고 해서는 안 된다. (혼자만의 환각이나 환영으로 치부할 수도 없다. 우동 가게 노인이나 인부들에게도 보이지 않았던가!) 말의 음표는 어떤 현실에 일대일로 대응하지 않을지 몰라도 그 음표가 걸린 악보는 현실적으로 연주된다. 이 어조를 듣지 못한 채 이것을 비현실 쪽으로 밀쳐 내는 순간 이 이야기는 소설로서의 의미와 효력을 상당히 잃어버리게 될 것이다. 오직 이 어조에 의해 저 기묘한 '항아리'(모자, 곡도, 오뚝이……)는 가장 정당한 근거로 우리 소설사에 등록된다. 기억해 주시길, (소설의 음감에 예민하다고 스스로 자부하는 K가 자신의 귀를 걸고 말하건대) 황정은의 소설을 읽는 것은 곧 이 어조를 듣는 것이(어야 한)다.

물론 말하고 표정 짓는 저 '항아리'가 어떤 것을 암시하는 것일 수 있다. "서쪽에 다섯 개가 있다."고 말하는 그것은, 기실 이 난폭한 시대 서울 한복판에서 일어났던 참사와 관련하여, 죽어서도 서천으로 못 가고 떠돌아야 했던 억울한 다섯 영혼의 아픔을 환기하지 않을 도리가 없다. 항아리를 발견하고도 버리는 이가 있고, 항아리 같은 건 발견도 못 하는 자가 있으며, 남의 항아리도 버리라고 시키거나 제가 빼앗아 묻으려는 자도 있지만, 항아리를 발견하고서 그 말을 알아듣고 점점 더 짙은 표정이 되어 가는 그것을 외면하지 못하는 자도 여기 있다. 그런 자만이 입 없는 것의 말을 듣고 몫 없는 이의 얼굴을 본다. 「옹기전」의 화자는 그 일을 했다. '홀린 듯' 땅을 파서 항아리를 갖게 된 이후로, 그는 서쪽에 다섯 개가 있다는 말을 안 들을 수 없고, 고통스러워 보이는 그것의 표정 때문에 괴롭지 않을 수가 없다. '항아리'는 윤리 감각이고, '항아리'는 착한 (감정이 아니라) 생각이다. 항아리를 이고 항아리가 말한 곳으로 가는 자는 윤리라는 이성적 감각에 의지해 나아가는 사람이다. 항아리는 어디에나 있고, 지금이 최초인 것도 최후인 것도 아니지만 어느새 그는 이미 서쪽에 당도하였다. 어디에나 있고 처음도 끝도 아닌 윤리를 (윤리로 두는 것이 아니라) 이제 실험할 자리에 이른 것일까? 능청스러운 제목까지 더하여 「옹기전」은, 이 작가의 윤리 감각의 전말을 기발하고 흥미롭게 서사화한 작품이기도 하다.

그럼에도 저 '항아리'는 비유나 상징 또한 아니다. 어떤 현상을 우회적으로 빗대어 표현하는 대체물이 아니다. 항아리를 발견했기에 거기에 표정이 생긴 것이지 항아리의 말을 들으려고 항아리를 찾은 것이 아니기 때문이다. "삽이 꽂혀 있었으므로 삽질"을 했지 삽질하기 위해 삽을 찾지 않았고, 뭘 얻을 목적으로 땅을 판 게 아니라 무심코 파낸 구덩이를 물끄러미 들여다보았을 뿐이다. 즉 '항아리'를 어떤 의미에 대한 비유나 상징으로 이용한 게 아니라 항아리가 나타나자 거기에 '다른 의미'들이 달라붙은 것이다. 요컨대 「옹기전」의 화자가 그리는 ("물질인 척"하는) '항아리'는 기존의 (언어) 환경 안에서 이 기표가 으레 끌어당기는 의미들에 젖어 있는 눅눅한 말이 아니라 새로운 기운으로 채워진 산뜻한 말이다. 문법의 권위가 부여하는 중량 대신 독이 터지기 직전의 밀도 같은, 어떤 '세기'가 느껴진다. 그리고 바로 그것이 지금껏 한 번도 본 적 없는 항아리의 표정을 지어냈다. 의미의 실루엣이 아니라 에너지의 강도(intensity)로된 그 유일무이한 표정, 황정은 소설의 표정이기도 한 그것을 말이다.

이 일련의 과정을 모두, 황정은의 소설에서는 말의 톤(tone)이, '어조'가 한다고, K는 생각했다. 어떤 희한한 상황에 처해도 당황하거나 두려워하지 않는 듯 태연하고 단단하게 말하는 것이 이 작가의 현실 대응 태도이자 (무)의식이라고 여겼다. 그런데 K와는 다른 생각들도 전해졌다. 하나는, "담담한 묘사체의 단문만을 구사"하는 이 어법이 "일어나고 있는 사태의 심각성을 전혀 이해하지 못한 채", "미성숙 상태에서 벗어나지 못한 이들"의 것이라는 생각.[7] 또 하나는, '일상의 불모성과 황폐함을

---

7) 김형중, 「돌아온 신경향파」, 《자음과모음》, 2010년 봄, 661쪽.

명랑성으로 도포'하는 황정은 소설에서 느껴지는 "기계적이고 무의식적인 감각"은 "충동으로서의 미메시스"와 가까운 것이며 이것이 곧 "자기목적적 글쓰기"에 대한 하나의 대답이 될 수 있다는 생각.[8]

앞의 것부터 생각해 보자. 미성숙 상태를 벗는 것은 곧 사태를 심각하게 수용하고 나아가 그것과 씨름하여 마침내 해결에 이르는 과정을 가리킬 것인데, 그런 성숙 혹은 성장의 과정은 황정은의 소설에는 없는 것이 맞다. 그러나 아버지가 모자가 되어도 항아리가 얼굴이 되어도 별수 없다는 듯 무던한 황정은의 인물들은, 사태의 심각성을 이해 못 하는 게 아니라 안 하는 게 아닐까? 어른처럼 해결할 뜻이 없지만 아이처럼 대처하지도 않는다. 그들은 미성숙하지 않고 성숙하지 않다. 그러니까 성숙이란 개념이 아예 없다. 이로써 황정은 소설 속의 세상은 성숙(성장), 일반, 정상의 세계에 대해 타자적인 것이 된다.

다음 것을 보자. '이전 시대의 격렬함이나 절박함'을 대신하는 황정은의 "무뚝뚝함"이 이 시대의 "새로운 스타일"[9]이라는 데는 전혀 이의가 없다. 낯선 것을 낯설게 말한다면 기괴하고 섬뜩하겠지만, 반대로 이상한 것도 당연하게 말하는, 전에 없던 이 어조에 의해, 오히려 평범한 현실이 낯설어졌기 때문이다. 즉 이것은 미메시스의 방식을 바꾸었다. 우리의 감각을 분할하는 방식을 바꾸었다. 이미 전제된 재현의 장 안에 기입된 주체들의 목소리를 내는 게 아니라 거기서는 자기 목소리를 낼 가능성조차 없었던 입 없는 것(항아리)들의 목소리가 출현하는 다른 장이 열린 것이다. 그래서 이 미메시스의 방식은 "자기 목적적 글쓰기의 무용성에 대한 하나의 대답"이라기보다, 현실과 독립적인 '예술적 자율성'이 삶에서 실현됨으로써 삶을 '잠식'한 성공적인 사례라 할 수 있다. 랑시에

---

8) 서영채, 「명랑한 환상의 비애」, 『일곱시 삼십이분 코끼리열차』 해설(문학동네, 2008), 289~290쪽.

9) 같은 글, 291쪽.

르식으로,[10] 예술적 자율성이 아니라 감성적 경험의 자율성이 가장 래디컬하게 드러난 사건, 그것을 우리는 여기서 축복처럼 만난다.[11]

여기가 황정은 소설에서 미학과 정치가 조우하는 현장이다. K가 강조하고 싶은 것은, 황정은 소설의 정치성이 말해질 때는 다른 데서가 아니라 꼭 이 현장에서여야 한다는 점이다. "언제든 밀어 버려야 할 구역"(『百의 그림자』), "이제 막 부서져 가는 집들 틈"(「옹기전」)과 같은 (피폐한 현실을 직접 겨냥한 듯한) 사물들에서도, '가난한 이웃들', '선량한 연인들'과 같은 (억압적 현실에 저항하는 대안적 연대인 듯한) 인물들에서도, 문학의 정치를 이야기하고 싶은 유혹이 생겨날 것이다. 하지만 '문학의 정치'에 대한 숱한 논의들을 겪으면서 우리는, 인간의 삶이 '삶-의-형태'와 분리되지 않는다는 사실로부터 정치를 사유해야 하듯, 언어와 '언어-의-형태'가 분리되지 않는 지점에서 가장 근본적으로, 가장 급진적으로 그것을 사유할 수 있다는 사실을 배웠다.[12] 자동화된 감각으로 수락하는 일상 세계에 거리를 주입하고, 상투화된 습속에 휘말리지 않고 버틸 수 있는 불감증을 전염시키는 저 이질적인 감각, 이것은 절대적으로, 앞에서 여러 번 말했듯 황정은 스타일의 어조, 즉 어떤 '언어-의-형태' 때문이다. 이 사실이 K에게는 진정 희망적인 까닭이 된다. 미학과 정치가 만나는 문학의 자리가 바로 '언어'일 때, 이 만남을 감히 희망적이

---

10) Jacques Lancière, *The Politics of Aesthetics*, Gabriel Rockhill, trans.(New York: Continuum, 2004).

11) 최근 출간된 『百의 그림자』의 해설에 쓰인 "이 소설이 나온 것이 그냥 고맙다는 생각이 든다."(신형철)라는 말이 이런 축복의 느낌에 공감하는 견해로 K에게는 들렸다.

12) '삶과 정치'를 폭넓게 사유하는 데 매우 시사적인 아감벤의 논의에 착안하여, 정치적 삶에 대한 사유와 문학적 언어에 대한 사유를 함께 고민한 내용은 이 책의 2장 「'문학과 정치' 담론의 행방과 향방」에 소상히 드러나 있다. 그 글은 '아감벤이 법과 삶의 관계를 둘러싼 정치적인 것의 근원적 패러다임으로서 예외 상태를 말했듯, 언어와 삶을 둘러싼 정치적인 것의 근원은 문학이다. 인간의 삶이 정치적으로 구성될 수밖에 없다면 정치적 언어는 문학적으로 구성될 수밖에 없다. 문학은 언어의 예외 상태이며 그런 한에서 언어의 작동 방식 자체를 문학만큼 잘 보여 주는 것은 없다.'는 취지의 논의를 포함한다.

라고 말해도 우리는 불안하지 않다.

소설을 산다: 스타일의 존재론

이렇게 K는 소설을 읽고 소설을 듣는다. 당연히 읽는 것은 문자/글자고 듣는 것은 소리다. 문자가 운반하고 가동시키지만 문자에 다 종속되지 않는 감각적, 감성적 차원의 작용을 말하기 위해 굳이 소리를 챙겼다. 문자를 듣고 소리를 읽는다고 해도 좋다. 문장과 문장의 바깥을 함께 읽는다고 해도 좋다. 바깥은 언어의 한계 이상을 뜻하지만 언어와의 단절이 아니라 반드시 언어에 의해서만 출현 가능한 여백이다. 비유하자면 이런 식, '언어 때문에 나는 언어 바깥의 무엇을 표현할 수가 없구료마는 언어가 아니었던들 내가 어찌 언어 바깥을 감지하기만이라도 했겠소.' 그러므로 소설을 읽는 행위는, 일단 개념적으로 매개되고 구성된 언어(학)적 사건이면서 동시에 개념적 사유의 한계를 지나는 탈언어(학)적 사건이다. 그것은 "언어를 통한 상징적인 정체성의 획득과 박탈을 동시에 가져오는 이중적인 리듬"(데리다)이다. 다시 말해 소설을 읽는 것은 언어(학)적 차원의 일이 아니라 존재론적 차원의 사건이다.

너무 거창한가? 문학을 신비화하려는 게 아니다. 요점은, 문자만이 아니라 문자에 들러붙어 있는 것, 문자가 진동시킨 주변의 주파수까지 캐치하는 문제에 관해서다. '문자에 들러붙어 있는 것'? 그것을 언어의 스타일이라고 해도 된다. K가 그간 여러 소설들에서 들은 문자, 읽은 소리, 그런 것을 '소설적인' 스타일, 소설의 '문체'라고 해도 될 것이다. 말하자면 지금까지 우리의 이야기는, 김애란, 박민규, 황정은 소설의 스타일에 관한 것이었다.

그러니까 K가 소설을 좋아하는 것은, 스토리나 메시지 때문이 아니라, 문체 때문이라는 말이다. 문자는 소설이 쓰이고 읽히는 데 선행되어야만 하지만, 소설은 문자(스토리)로 번역되지 않는 물질적·신체적 몸짓까지 포함한 것으로 존재한다. 소설을 읽을 때면, 현실(메시지)에서보다 더 뚜렷한 형태로 다가오는 어떤 사람의 몸짓이 보이고 목소리가 들리고 그와 접촉하게 되지 않던가? 그와 '함께-있음'의 상태가 된다. 소설의 세계로 들어가서 그곳을 사는 감각과 무드에 젖게 된다. 이것이 바로 언어학적 차원에서 존재론적 차원으로 이동하는 일종의 '체험'이다. 이런 체험이 좋아서 K는 소설을 읽는다. 소설의 문체를 체험한다.

그렇다면 소설의 문체는, 우리가 흔히 알고 있듯 쓰는 쪽의 선택과 의지로 표방하는 '작가의 개성'을 가리키는 게 아닌 것인가? '아니다.' 정말 아닌가? 정말 아니다. 문체는 작가의 개성이 아니다. 언어는 항상 언어공동체 속에 주어지고 공동체 내의 다자적 관계 속에서 존재하듯 소설도 그렇기 때문이다. 그것이 쓰이고 읽히는 공동체 내에서, 그것을 쓰는 행위와 읽는 행위의 부딪힘을 통해, 그것은 비로소 드러난다. 쓰는 자와 읽는 자 사이에서, 둘 중 하나가 아니라 제삼의 언어처럼, "사이에서-말함(entre-dire)"(블랑쇼)을 통해 현전한다. 앞에서 K가 김애란의 '말눈치'로 읽는 '사회학', 박민규의 '말발'로 느끼는 '키니시즘', 황정은의 '말투'가 유발하는 '래디컬'한 차이 등에 대해 이야기한 것들은, 작가들 자신의 개성으로 온전히 돌릴 수 있는 게 아닐 것이다. 그것은 K라는 독자의 습관이나 취향 등에도 많이 빚지고 있다. 어쩌면 소설의 문체는 소설이라는 문학적 표상을 위한 (쓰는 쪽의) 기술(技術)적 조건으로서보다, 다른 종류의 경험을 창출해 낼 수 있는 (읽는 쪽의) 미학적 방편으로서 더 많이 의식되어야 한다. 그러므로 소설의 문체를 드러내는 것은, 참되고 보편적인 무엇을 발견하려는 해석학적 의지가 아니라 자기해방과 자기 창조를 실험하는 윤리-미학적 태도다. 너무 심오한가? 특정 독자만 소설을 읽을 수 있다는 뜻이 전혀 아니다. 소설을 읽은 당신들 모두는 이미 소설의 문체를 읽었다. 그것을 경험했다.

소설(책)을 사고 소설을 읽는 행위는 현대적(modern) 삶의 태도에 나타나는 실존의 미학과 무관하지 않다. 보들레르 이후 현대인이란 자기 자신과 자신의 숨겨진 진실을 찾아 나서는 사람이 아니라 자기 자신을 창조하는 데 고심하는 사람이 아니던가? 소설 읽는 사람은 덧없는 시간의 흐름 속에 자신을 방기하지 않으려는 사람이다. 시간의 흐름에 저항하는 것은 매 순간 삶의 새로운 형식을 창조하는 것이고, 그러기 위해서 소설은 소설을 읽는 사람의 자기 창조적 실험에 활용되어야 한다. 현대적 삶에서 그것은 이미 자기 창조의 윤리로 변형되어 있다. 소설을 읽는 것은 이미 소설을 사는 것이다. 이것은 소설 속에서 자기를 찾으려는 기도(企圖)가 아니라 소설로부터 자기를 재창조하려는 실험이다.

당신의 소설 읽는 밤은 신문 읽는 아침보다 진하고(dark), 깊고(deep), 활기차다(lovely).

(2010)

소설과 살다 2
─쓰는 이의 리얼리티를 중심으로

> 가장 사소한 것을 이루기 위해 소설가는
> 온통 지겨움의 덩어리가 되어야 하고, 천박한
> 사랑 타령에 좌우되고, 의로운 자들 가운데에서는
>
> 의롭고, 지저분한 자들 속에서는 지저분해야 하고,
> 가능하다면 연약한 자신이 몸소
> 인류의 모든 잘못을 무덤덤하게 견뎌 내야 한다.
> ─W. H. 오든, 「소설가」 중에서

소설을 쓰다 "나로서는 한 번밖에 쓸 수 없는 이야기"
─조경란, 『복어』(문학동네, 2009)

소설을 쓴다. '소설'이 아니어도 좋다. 소설은 제도의 산물이고,[1] 구성된 제도의 산물이고,[2] 근대적으로 구성된 제도의 산물이므로,[3] 2010년 현재 근대문학의 한 양식인 '소설'은 죽었는지 살았는지조차 분분하거니와, 이것이 소설에 속하든 아니든 상관없거나 그 내포를 고정할 수 없는 '소설'이라는 이름을 그저 쓴다고 안 될 것도 없으니 어쨌든 소설, 아니

---

1) 이를테면 "산문이라는 예술은 산문이 의미를 지닐 수 있게 해 주는 유일한 제도, 즉 민주주의와 떼어 놓을 수 없는 관계를 맺고 있다." 사르트르, 정명환 옮김, 『문학이란 무엇인가』(민음사, 1998), 92쪽.

2) 이를테면 "소설(이라고 불리는 모든 것)의 역사(단일하고 연속적인 진화)란 존재하지 않는다. 다만 소설의 역사들이 있을 뿐이다. 내가 (유럽의) 소설이라고 부르는 것은 근세의 여명기에 남부 유럽에서 형성되어 그 자체로 하나의 역사적 본질을 표현하면서 훗날에는 그 공간을 지리적 의미에서의 유럽 바깥(특히 북남미 대륙)으로까지 넓혀 가게 되는 것을 말한다." 밀란 쿤데라, 권오룡 옮김, 『소설의 기술』(책세상, 2004), 151쪽.

3) 이를테면 "일본 근대문학이란 결국 '근대적 자아'의 심화로 이야기되는 것이 보통이다. 그러나 '근대적 자아'가 머릿속에라도 있는 것처럼 말하는 것은 우스꽝스러운 일이다. 그것은 어떤 물질성에 의해, 이렇게 말해도 좋다면 '제도'에 의해 처음으로 가능하게 된 것이다. 즉 제도에 대항하는 '내면'이라는 것의 제도성이 문제인 것이다." 가라타니 고진, 박유하 옮김, 『일본 근대문학의 기원』(민음사, 2005), 83쪽.

면 잡설, 다른 무엇이라 불러도 되는 한 편의, 이야기일 수도 있고 그냥 문장들일 수도 있는 그것을, 쓴다.

누가 쓰는가? 쓰고 싶은 사람이 쓴다. 왜 쓰는가? 쓰고 싶어서 쓴다. 무엇을 쓰는가? 쓰고 싶은 것만 쓰이지는 않는다. 그러나 쓰인 것은 모두 쓰고 싶은 것이다. '글쓰기'와 '욕망'의 복잡한 관계를 간단하게 말해 보려는 것인데, 말장난같이 들릴 수도 있겠다. 여기에 심오한 뜻은 없지만 조금 새겨볼 만은 하다. 영어로도 writing이라고 하면 동명사이자 현재분사이니 대상과 행위를 다 가리킬 수 있거니와, 우리말 '글쓰기' 또한 '글'과 '쓰기'의 합성어로 쓰는 행위를 나타낼 수도, 이미 쓰인 글을 가리킬 수도 있다. 그러니 '글쓰기의 욕망'이라고 하면 행위의 욕망이기도 하고 쓰인 글에서 드러나는 욕망이기도 한데, 앞의 것은 일차적으로 쓰는 자의 것이지만 뒤의 것은 일차적으로도 쓰는 자의 것이 아니다. 쓰고 싶은 자가 쓰고 싶은 것을 써도, 생산자의 의식적인 선택과 무의식적인 배제 사이를 오가는 쓰기의 과정에는 언제나 그에게 (의식적으로) 포섭되지 않는 다른 욕망이 있기 때문이다.(이를 일러 흔히 텍스트의 욕망이라 한다.) 따라서 문학을 작가의 의식적 자아의 생산물로, 시대의 이념적 코드들의 반영물로 보는 건 대체로 피상적이다. '저자의 죽음'에 관한 말이라기보다는, 문학에는 늘 무의식적, 비역사적, 비문화적 요소가 깊숙이 깔려 있다는 뜻이다.

그러나 작가는, 분명하게 이러이러한 것'을' 쓰고 싶다고 생각하는 사람이다. 최소한 이러이러한 것'이' 생산되기를 바라면서 쓴다. 쓰기의 대상과 산물이 꼭 작가의 의도와 바람의 투사(投射)일 수는 없지만, 그렇다고 쓰는 자의 의도와 바람이 무의미하거나 불필요하다는 뜻일 리 없다. 아니 오히려 그것들을 강렬하게 구사하는 사람을 우리는 '작가'라고 부른다. 독서 과정 중에 우리가 가장 빈번히 궁금해하는 것(왜 썼는지, 무엇을 쓰려고 했는지)도 실은 그것들이 아니던가. 그러니 저자의 죽음이란 소멸이 아니라 공백일 것이다. 그것은 (무의미가 아니라) 무한한 의미와 (불필요가 아니라) 불가결한 역할의 위상을 가리키고 있다.

한 작가가 '쓰기'에 대하여 다음과 같이 말한 것을 들었다. "슬픔과 아름다움과 두려움과 죽음. 나는 내가 압도당하는 것에 관해서 쓴다. 나를 사로잡은 것과 나를 놓아주지 않는 것에 대해서."(「작가의 말」) "쓴다"고 적었지만 이것은 쓰고 싶은 것, 쓰려고 했던 것이지 쓰인 것과 반드시 일치하지는 않을 수도 있다. 그는 압도적인 감정(슬픔, 두려움), 가치(아름다움), 의미(죽음) 등을 쓰고자 했고, 그런 것들이 『복어』의 전부라고 할 수는 없으나 이 소설에는 분명 그런 것들이 가득하다. 예술을 사랑하는 한 여자는 스스로 죽으려 하고 그 죽음을 막으려는 한 남자는 그녀를 사랑하게 되는 이 소설은 그러한 감정, 가치, 의미에 대한 문장들로 넘쳐난다. 그러나 그러한 감정, 가치, 의미를 이 소설이 창조한 것은 아니다. 사랑에 관한 영감이 넘치는 시가 사랑의 본성을 창조한 것이 아니라 사랑의 본성을 따른 것이듯, 이 소설은 슬픔과 아름다움과 죽음을 따라간다. 따라가서 어떤 것을 본다. 가령 이런 것은 한 여자가 따라간 길과 본 것.

사방을 둘러봤다. 구름과 새와 꽃과 나무와 사람들. 공원은 그녀가 봐 왔던 공원일 뿐 꽃이 피었다고 해서 달라질 건 없어 보였다. 아름다움에 대해서, 혹은 그 무엇에 대해서도 새로 알게 되진 못할 것 같았다. 다만 그 공원에서 사라져 버린 것 하나를 그녀는 알았다. 벚나무 밑에서 나무 의자를 들고 하늘을 올려다보고 있던 일월의 그녀. 아직 반만 핀 꽃송이들은 그 기억을 떠올리는 것마저도 불가능하게 막아서고 있었다. 큰 울음소리가 들렸다. 단박에 터뜨리는 울음소리 같았다. 그녀는 동물원 안쪽을 바라봤고 상춘객들은 그녀를 돌아봤다. 그렇게 꽃그늘에 앉아서는 울지 않는 게 이상한 일인 것처럼. 그녀는 어깨를 들썩거리며 소리 내서 울었다. 슬픈 것도 무서운 것도 아닌데 자꾸만 울고 싶었다.(259~260쪽)

한 남자가 따라간 길과 본 것은 이런 것.

죽음을 향해 가던 그녀의 몸을 통해 느낀 건 죽음이 아니었다. 겁에 질려 있던 육체가 푸드득 깨어나기 시작한 느낌이었다는 것을 그는 그녀를 아직 만나지 못한 산책길 위에서 깨닫고 있었다. 그녀는 말했다. 삶이란 반 이상의 부끄러움과 그 나머지를 차지하는 두려움과 욕망으로 채워지는 것 아니냐고. 그녀는 말하지 않았지만 그는 이해했다. 그 나머지가 죽음이라는 것을. 그는 그녀에게 말해야 했다. 부끄러운 것은 죽음에 관해 생각하고 끌려가는 게 아니라 한 번도 사랑해 본 적 없다는 데 있다고.(274~275쪽)

죽음을 따라간 길에서 여자는 죽음이 아니라 사랑을 만났다. 그리고 알게 된 아름다움은 죽음이 사라진 아름다움이다. 아름다움 자체를 새로 알게 된 건 아니지만 죽음이 사라진 아름다움이란 그녀에게는 새로 알게 된 것과 같다. 그러자 슬픔도 두려움도 아닌 시간이 왔다. 그런 시간을 여자는 또 따라갔다. 울지 않는 게 이상한 것처럼 가장 자연스러운 울음소리가 터져 나왔다. 죽음을 따라가는 여자를 따라간 남자가 만난 것은 죽음이 아니라 깨어남이었다. 그리고 이해했다. 그녀 삶의 반 이상을 차지했던 죽음을. 그녀의 죽음을 이해하자 그녀를 사랑하게 되었다. 죽음으로 끌려가던 그녀로부터 처음 푸드득 깨어나는 느낌을 받자 삶의 나머지 반을 차지하던 부끄러움도 사라졌다.

이와 같이, 쓰는 중인 작가는 항상 무엇과 만난다. 그가 쓰는 길 도중 '거기'에, 마치 먼저 와 기다리는 것처럼 무언가가 있다. "내가 눈을 떴을 때 본 것, 그것이 지금 내가 기다리는 거야."(331쪽) 스스로 세상에 개방되기 위해 그것은 싸우고 있다. 쓰는 자의 펜 끝에서 막 말해지려 하고 막 드러나려 하는 것들이다. 『복어』에서 그것은 죽음이고, 사랑이고, 슬픔 두려움 부끄러움이며, 깨어남 빛남 아름다움이다. 하이데거식으로,

글쓰기가 기투(Entwurf)하기 시작하는 세계 내에서 그것들은 스스로 열리며 드러난다. 작가는 그런 드러남(aletheia)을, 창조하는 것이 아니라 따르는 것이다. 『복어』의 작가는 그것을 알고 있었다. "이 소설을 쓰게 되기를 기다려 왔다. 나로서는 단 한 번밖에 쓸 수 없는 이야기를."(349쪽) 작가에게 그것은 피할 수 없는 세계고, 쓰고 싶은 것, 써야만 하는 것, 쓰지 않을 수 없는 것이다. 그것은 작가의 삶이고 현실이며, 작가의 꿈이고 글이다. 그것은 작가의 '리얼리티'다.

작가가 쓰고자 하는 것이 바로 이것이다. 작가는 자신의 리얼리티를 쓴다. 이것은 당연하게도, 중립적인 사물들의 영역이 아니다. 우리에게 세계란 이미 정신적인 것이고, 때문에 모든 세계는 한 번도 중립적인 적이 없다. 작가와 '리얼리티'를 같이 말할 때면 현실이라는 공공의 영역을 맥락화하는 역사적이고 문화적인 요소들을 최우선적으로 떠올려야 했던 논의들에 대해서는 잠시 잊어 주기 바란다. 지금 말하는 작가의 리얼리티는 그 어떤 상상과 소망, 환상과 가설의 차원도 배제하지 않는 영역에 관한 것이다. 그것은 알려진 존재와 사건으로 실재하는 현장보다는 존재와 사건의 알려지지 않은 측면을 개방하려는 힘에 가깝다.

그런데 이 힘은 과연 작가에게서 나온 것일까? 리얼리티라는 힘은 작가에서 작품으로 흘려 넣어진 것이 아니라 오히려 작품에서 작가에게로 흘러 들어온 것 같다. 작가가 작품에 리얼리티를 불어넣는 것이 아니라 작품이 작가에게 리얼리티를 열어젖혀 준 것이다. 『복어』의 리얼리티가, 이를테면 "자연스럽게 끌리면서도 나를 움직이게 하는"(171쪽) '복어'라는 오브제의 생생함이 아니라 오브제인 "복어가 내 감각의 새 조건"(142쪽)이 됨으로써 알게 된 "그녀가 희구하고 기다렸던 것"(345쪽) ─ "죽음이 아니라 살고 싶다는 욕망"(331쪽) ─ 이었듯. 이러한 것은 작가가 (작품으로) 창조한 것도 아니지만 그렇다고 독자의 보충으로 작가와 독자 사이에 (작품으로) 형성되는 것도 아니다. 작품 속에 인간이 창조한 어떤 것이 들어 있는 게 아니라, 어떤 것이 먼저 있어서 자기를 드러내기 위해 여러 작품들 속에 다양한 형태로 설치되는 것이라 하면 될까? 쓰기는 그저 모으고 구성하는 작업일 뿐인지도 모른다. 모차르트는 "나는 서로를 사랑하는 음표들을 찾고 있습니다."라고 말했다던데, 작가들도 서로 어울리는 단어들을 찾아 모으고 그것들의 조화를 꾸미며 대고 있는 것은 아닌지.

그러므로 쓰기의 욕망은 '나에게 말할 것이 있다.'는 것과도 다른 것이다. 이야깃거리는 나에게 있는 게 아니라 세상에 얼마든지 많고, 내게서 솟아나야만 하는 게 아니라 다른 데서 제공될 수도 있다. 그렇다고 어떤 내용, 대상, 세계를 풀어쓰는 사람이 작가라는 뜻은 아니며 그러한 테크닉이 곧 소설이라는 것도 아니다. 세상의 말과 소리 들이 다 저를 부르는 듯 귀가 당기는 자, 기억상실증에 걸린 듯 무표정한 사람들에게 "내 말이 들립니까?"라고 마구 소리치고 싶은 자, 그자가 작가다. 그가 자기가 본 것, 들은 것을 끝까지 따라가서, 심장으로 그것을 담아다가 조심스러운 손끝으로 받아 적는 것이 소설이다. 그렇게도 소설은 태어난다.

소설을 받아쓰다: "망각을 거부하는 사람들의 이야기"
— 임철우, 『이별하는 골짜기』(문학과지성사, 2010)

두 남자와 두 여자의 이야기로 구성된 소설 『이별하는 골짜기』는 정말로 '이별하는 골짜기[別於谷]'에서 태어났다. 이제는 "묘비처럼" 서 있는 그 간이역이 어느 날 사람을 알아보고, 작가 임철우에게 말을 걸었다고 했다. "나를 기억해 줘." 지난 시간을 향해 고개조차 돌리려 하지 않는 세상에서 "과거의 시간에 포박된 사람들, 혹은 망각을 거부하는 사람의 이야기"를 그것은 소곤소곤 들려주었다. "가슴속에서 뭔가 툭 끊어지는 소리가 났다."(이상 「작가의 말」 참조) 작가는 그것들을 받아 적었다.

　간단하게 전체를 소개하면 이렇다. 시인 지망생인 젊은 역무원과 퇴임을 두 달 앞둔 늙은 역무원이 있다. 매일 제 몸피만큼 큰 가방을 드르륵 끌고 역에 나와 빈 차표를 사 모으는 할머니가 있고, 시골 간이역 앞에 '음악이 흐르는 베이커리'를 차려 놓은 안경 쓴 말라깽이 여자가 있다. 젊은 역무원은 의문투성이인 출생을 부인하려 애쓰며 외롭게 살아왔다. 지난밤 자살한 동네 다방 아가씨의 이야기를 들어 주지 않은 것에 대한 후회로 지금 죄책감에 시달린다. 늙은 역무원은 모든 불행을 불러온 단 한 번의 실수를 업보로 진흙탕 속에 처박힌 인생을 살았다. 잊고 지내야 했던 딸의 출산 소식에 업보를 벗은 듯 평생 나오지 않던 울음이 쇳물처럼 터져 나온다. 순례 할머니는 열여섯에 일본 종군 위안부로 만주에 끌려갔던 이후로 일평생 고통의 지옥을 헤맸다. 천신만고 끝에 고향 땅에 이르렀으나 가족이 모두 죽고 사라진 그곳에서 끝내 '고향'을 만나지 못한 할머니는 오늘도 어딘가로 가려는 듯 하루 종일 역에 나와 있다. 말라깽이 여자는 어릴 적 산에서 만난 탈영병을 고자질했다는 죄의식으로 "등짝에 허깨비 한 놈 들러붙"인 채 오늘도 우울하다. 그녀는 젊은 역무원을 그 탈영병의 아들이라 생각하여 그를 위로하려 한다.

　모두 평생을 고통에서 놓여나지 못한 사람들이다. 아픈 사람들, 억울한 사람들, 외로운 사람들, 두려운 사람들, 사로잡힌 사람들, 평생 울어서 더는 울음도 나오지 않는 사람들과 울지 않으면 죽고 말 사람들, 지금 우는 사람과 울지 못하는 사람들. 특히 이 책의 반 이상에 걸쳐 가장 핍진하게 그려진 순례 할머니의 참혹한 일생은 종군 위안부 문제와 관련된 사실적 역사를 정면에서, 소설적 구체성을 동원하여 충실히 다룬 드문 사례에 속한다. 이루 말로 표현되기 어려웠을 그 비참한 장면 장면들은, 하나도 빠짐없이, 비참한 꼭 그만큼의 무게로 기록되어야만 할 어떤 책무에 값하는 것이기도 하다. 그들의 아픔이 아직 끝나지 않은 이유는,

물론 격심한 고통으로 점철된 지난날의 상처 때문이지만, 그것만이 전부는 아니다. 최소 8만에서 20만으로 추정되는 나이 어린 조선 여자들, "지금 그 여자들은 모두 어디로 갔을까요. 그들을, 전순례 할머니 같은 이들의 생을, 누가 기억해 주기나 할까요?"(249쪽)라고 "가늘게 떨리는 음성으로" 되물을 수밖에 없는 현재의 상황이, 어쩌면 지난 생만큼이나 이들에게는 잔인한 것이 아닐까? 죽음의 문턱을 수차례 오가며 끈질기게 살아남은 피해자들의 전 생이, 그 명백히 지옥이었던 역사의 현장들이 아예 있지도 않았던 듯이 묻히는 것만은 막아야 한다. 그것은 기록되어야 하고 알려져야 하고, 애도되어야 하고 기억되어야 하는 일이다.

그런 일에 임철우는 항상 예민하였다. "이젠 모두에게 잊힌 채 홀로 흔적 없이 스러져 가고 있는"(314쪽) '별어곡역'이 작가의 앞에 나타난 것은 "순전히 우연"(「작가의 말」)만은 아니었을 것이다. 그런 곳에서 만나고 알게 된 희미한 그것들을 그는 따라가고, 끝까지 따라가고, "틈나는 대로 청을 드려"(86쪽) 듣고, 혼신을 다해 듣는다. 왜 끝까지 따라가고 혼신을 다해 듣는 것인가? 그것들이 희미하기 때문이다. 사라져 가는 것들이기 때문이다. 눈만 살짝 떼도 그것들은 이내 모퉁이 저쪽으로 안 보이게 되거나 홀연 시야에서 사라져 버린다. 한겨울의 나비 같은 것. 노랑나비처럼 팔랑거리는 눈밭 위의 소녀 같은 것.

"그때 어디선가 호랑나비 하나가 홀연 그녀의 머리 위에 내려앉았다."(62쪽), "그 어둠 속에서 그는 뭔가를 보았다. 호랑나비 한 마리가 그에게로 팔랑팔랑 날아들었다."(95쪽), "이번에도 나비를 보았다. 커다란 부채꼴 날개를 단 주홍색 나비. 온몸에서 핏물이 묻어날 듯 선연한 빛을 발하는 그 나비는 생의 특별한 고비마다 그녀의 꿈속을 찾아들었다."(260쪽), "홀연 주홍색 나비 한 마리가 나타나 눈앞을 팔랑팔랑 맴돌았다. (……) 그늘 짙은 골짜기를 따라서 절벽 근처까지 왔을 때 나비는 어디론가 사라져 버렸다."(287쪽) 소설의 도처에서 이런 나비들이 수시로 출몰한다. 분명히 바로 눈앞에 있었으나 순식간에 사라지는 것. 사라지면서 여운을 남긴다. "이젠 그걸 누가 기억이나 해 줄까." 하는 탄식 같은. 이 소설에 적힌 모든 말들은 그런 탄식에 대한 응답이다.

이렇게 그들의 이야기가 임철우의 손끝에서 받아쓰이고 나자, 즉『이별하는 골짜기』라는 한 편의 소설로 적히자, 그 가물가물하던 것은 하나의 존재가 된다. 쓰인 순간, 사라지려던 그것은 하나의 움직일 수 없는 리얼리티가 된다. 의미가 고정된다는 뜻이 아니다. 부질없이 사라져 버리지 않을 수 있게 되었다는 뜻이다. 쓰인 것에는, 그 자체로 존재하려는 속성이 있다. 그것이 모든 쓰인 것들의 욕망이다. 모든 쓰인 것들은 '왜'라는 이유 없이, 마치 인간 실존과도 같이, 스스로 하나의 존재다. 그리하여 저 고통, 고통의 기억, 고통의 기록이 '있다'는 것은 명백한 하나의 사실이다. 그것이 사실(fact)인가 아닌가의 문제가 아니다. 이미 일어난 모든 일은 '일어났기 때문에' 일어난 일이듯, 이미 쓰인 모든 소설은 '쓰였기 때문에' 사실이 된다. '있는 것'이 된다.

오해하지 말 것은 '받아쓴다'는 것이, 이야기의 출처를 전적으로 믿는다거나 이미 만들어진 이야기의 배열들을 흉내 낸다는 뜻이 아니라는 점이다. 그렇게 해서는 어떤 리얼리티도 소설 속으로 흘러들게 하거나 소설 밖으로 열어젖힐 수 없다. 무언가 들었다면, 만나거나 보았다면, "자신의 육감을, 추리력을 확신"(285쪽)하는 일이 가장 중요해진다. 자기를 불러들인 그것을 놓치지 말고 끝까지 따라가야 한다. 뚫고 들어가 속을 헤집어 보거나 잡아채서 꾹 붙들고 눌러 보아야 한다. 그러지 않으면 그 희미한 것들은 자취도 없이 사라진다. 아무리 단단한 것들도 분해되어 대기 속으로 흩어진다. 들리는 대로 받아 적는 것이 아니라 들리는 것에서 적을 것을 붙잡는 것이다.

소설을 붙잡다: "나는 시간의 힘을 믿지 않는다. 하지만 이야기의 힘을 믿는다"
— 하성란, 『A』(자음과모음, 2010)

다음과 같이 전해지는 실제 사건이 있었다. "1987년 8월 경기도 용인시에 있는 오대양 주식회사의 공예품 공장 식당 천장에서 회사 대표 박순자와 가족, 종업원 등 32명이 손이 묶이거나 목에 끈이 감긴 채 시체로 발견되었다. 수사 결과 오대양 대표이자 교주인 박순자는 1984년 공예품 제조업체인 '오대양'을 설립하고 종말론을 내세우며 사교(邪敎) 교주로 행세한 것으로 알려졌다. 이 사건의 원인이나 경위는 자세히 밝혀지지 않은 채 집단 자살극인지 외부인이 개입된 집단 타살인지를 두고 루머만 무성했을 뿐이다. 당시 부검 의사는 세 구의 시체는 자살로 추정되지만, 교주를 포함한 나머지 사람들은 교살(絞殺)에 의한 질식사가 분명하다고 주장하였다."[4]

『A』에서 '오대양'은 '신신양회'로 바뀌었다. 그러자 전쟁 직후 폐허가 된 농촌 마을에 향토 기업을 건립한 '어머니'와 그를 따르는 여자들인 엄마와 이모들과 그 자녀들의 공동체가 만들어졌다. 실제의 오대양 사건에 대해서는 정치 비리극이다, 선정적 날조극이다 등등 — 당시 수서 비리(사건) 등으로 곤란한 입장에 처했던 정부가 이 사건으로 국민의 관심을 돌리려 했던 의도와 흥행을 추구하는 언론의 목적이 만나 엉뚱하게도 종교적 광신 사건으로 초점이 맞춰졌다는 등 — 의 차후 분석도 나온 바 있지만, 거의 40여 일 동안 매일 대서특필된 이 미해결 사건에서 『A』의 작가 하성란이 붙잡은 것은 따로 있었다. 여기서 그의 관심은 사건의 전말을 파헤쳐 미스테리를 푸는 것도 아니고 한 기묘한 집단이 형성된 사정

---

4) 「오대양 집단 자살 사건」, 네이버 지식백과(http://100.naver.com/100.nhn?docid=764106) 참조.

을 헤아리는 것도 아니었다. 이야기는 추리소설적 긴장을 이용하지만 끝내 이 사건의 정확한 경위도, 사건을 일으킨 범인의 정체도 드러내지 않는다. 대신 『A』 전체에 걸쳐 다음 장면들에서와 같은 시시콜콜한 활기와 소박한 평화가 생생하게 포착돼 있다.

별일 아닌 일에도 이모들은 느닷없이 웃음을 터뜨렸다. 그녀들은 기껏해야 스물셋에서 스물넷, 제일 나이가 많아 동생들이 믿고 의지하는 큰언니라고 해 봤자 겨우 스물여섯이었다. 그녀들 대부분이 엄마였지만 아직도 연예인의 사생활에 호기심이 동하는 나이였다. (……) '어머니'에게 수도 없이 잔소리를 들었지만 그때 뿐이었다. 어떤 때는 꾸중을 듣고 있는 중에도 옆구리를 찔러 대며 킥킥대다가 불벼락을 맞기도 했다. 어머니는 체머리를 앓는 사람처럼 고개를 설레설레 흔들었다. "내가 바보지. 이런 별종들을 바꾸려는 내가 바보지." 그럼 이모들은 이구동성으로 대답했다. "그럼요, 어머니!"
수백 명의 사내들이 득시글대는 공장 안에서 밝고 높은 여자들의 웃음소리는 활력소였다. 식당에서 여자들의 웃음소리가 새어 나오면 제아무리 목석같은 사내라도 잠깐 스텝이 엉겼다.(7~9쪽)

식당의 한쪽 식탁에 맥주와 오징어포를 차려 놓고 앉아 쏟아지는 졸음을 참으며 '새천년'을 기다리고 있다. 설날 연휴로 공장의 직원들은 모두 집으로 돌아갔다. (……) 카운트다운이 시작되었다. 그녀들은 아나운서를 따라 입을 모아 카운트다운을 외쳤다. "오, 사, 삼, 이, 일…… 해피 뉴 이어!" (……) 그제야 누군가 하품을 하며 "오늘이 아닌가?"라고 말했다. 2000년이 21세기다, 아니다 21세기는 2001년부터다, 티격태격 다투기 시작했다. 땅콩알과 오징어포가 식탁 위를 가로질러 날아갔다. 잠은 완전히 달아났다. 그럼 누가 오늘을 21세기라고 한 거냐, 한참 책임 공방이 벌어졌다. 그녀들은 깔깔깔 웃어대면서 맥주를 따르고 축배를 들었다. "해피 뉴 이어! 새해 복 많이 받아라!"(20~21쪽)

신신양회 아이들이든 아니든 꼬맹이들은 모두 신발 가게 앞을 지날 때면 말더듬이가 되었다. "신신신……발" 하고 외쳐 대고 깔깔거렸다.(27쪽)

친자매가 아닌 엄마와 이모들은 늘 서로에게 따뜻했고 즐겁게 깔깔거렸다. 그녀들은 맘에 드는 남자를 만나 사랑하고 연애했으나 이모들에게 남자란 바람처럼 스쳐 가는 존재였고 "이모들 또한 바람과도 같아서 그 누구에게도 잡히지 않았다." 그녀들은 "온 마음을 다해 사랑하고 사랑이 식으면 그 사랑을 붙잡지 않"았지만 누군가를 사랑할 때의 그녀들은 아름다웠다. 그래서 "신신양회집 아이들 중 누군가의 아버지이기도 했던 남자들에 대해 언제나 웃고 떠들며 이야기"(165쪽)할 수 있었다. 엄마들은 아이들을 지배하거나 억압하지 않았고 품어 주고 보듬어 주었다. 아이들에게 아버지란 아예 존재하지 않는 단어였지, 상실이나 금기, 결락이 아니었다. 이곳에는 "가출한 여성을 위한 쉼터"(34쪽)로 쓰이는 공간도 있었다. 강인하고 소박하고 너그러운 여자들의 마을에서 아이들은 행복했다. 소설의 제목 'A'의 암시로 단연 'Amazones'가 떠오르는 것도 자연스럽다.

바로 이런 것이 저 기이한 희대의 사건에서 하성란이 붙잡은 것들이다. 어떤 사람들이 한꺼번에 죽을 운명이었다면 그들은 죽기 이전에 함께 살았을 것이다. 그렇게 함께 살았던 사실에 그들 자신의 욕망과 바람이 들어 있지 않을 리 없다. 그들이 함께 죽은 데에도 그들 자신의 탐욕과 곤궁은 불가불 작용했을 테고 말이다. 모든 욕망과 바람은, 속성상 활기차고 힘이 있는 것이다. 작가란 그런 살아 있는 기운을 오로지 추악한 쪽으로 몰아가는 대세 속에서도 다른 것을 보려고, 다른 이유를 믿으려고 노력하는 사람이 아닐까? 다르게 본다는 것은 다른 이야기를 붙잡는다는 뜻이고, 다른 리얼리티를 믿는다는 뜻이다.

소설을 쓴다는 것은 이 세상의 무수한 행위와 사건들 속에서 자기의 리얼리티를 붙잡는다는 것이다. 볼 수 있는 대로 보고 생각할 수 있는 대로 생각하며 쓸 수 있는 만큼 쓰는 것. 『A』의 화자도 그런 일을 하고 있다. "눈만 감으면 바로 어제 일처럼 선연히"(117쪽) 되살아나는 그날의 일을 '나'는 쓰고 또 썼다. 글을 쓸 때마다, 수없이 무덥던 그해 여름날의 다락방으로 가서 엄마와 이모들 틈에 앉아 있기를 반복했다. 그러다 보니 "공포에 질려 생각나지 않던 그날 일들이 하나둘씩 되살아나기 시작했다."(118쪽) "문장은 또 다른 문장을 만들었"고 "제 스스로 역동성을 가지고 움직"임으로써, 공포에 질린 '그날'의 어둠으로부터 '공포' 자신을 건져 냈다. 공포의 '리얼리티'를 구출해 냈다. 수많은 날들만 흘러서는 안 되는 일이었다. 이것이 시간의 힘을 넘어서는 이야기의 힘이다.

『A』의 화자에게 이야기의 힘은 하나의 '운명'과도 같다. 운명을 믿지 않았던 엄마는 운명은 주어지는 게 아니라 자기가 만드는 것이라고, 발짝을 떼어 놓는 것이 운명이라고 했는데, 그런 의미에서라면 그녀가 쓰는 글은 그녀가 떼어 놓는 발짝이며 운명이다. 새로 붙잡은 리얼리티가 또 하나의 운명을 지닌다는 뜻이다. 그 운명은 이미 거기 있던 어떤 리얼리티를 찢어 내고 이쪽에서부터 다시 진실을 세워 보는 고된 작업이다. 그러기 위해서는 전에 이미 있던 세계를 반드시 반박해야 한다. 소설 『A』의 운명이 또한 그러할 것인데, 무슨 말이냐 하면 소설 『A』는 어떤 실화(實話)로부터 '유래'한 하나의 가설이 아니라 그 실화의 세계를 '찢고' 나타난 새로운 리얼리티라는 말이다. 그렇기에 소설 『A』는 오히려 그 실화의 세계를 반박한다. 새로운 리얼리티로 다른 세계를 반박하는 것, 한 세계를 증언하고 뒷받침하는 것이 아니라 다른 쪽에 새로 리얼리티를 세우는 것, 그런 것이 또한 소설의 운명이다.

소설을 지나치다: "어쩌면 꿈과 같이 덧없는 가상"
—황석영, 『강남몽』(창비, 2010)

리얼리티는 복수(複數)다. 하나의 사건 혹은 현상에 대해 다수의 리얼리티가 솟아날 수 있다. 동일한 사안에 대해 '역사(history)'와 '소설(story)'을 동시에 말할 수 있는 것도 이 때문이다. 리얼리티는 소설의 운명이기도 하지만 역사의 운명도 리얼리티에 있다. 가령 한국 자본주의 근대화의 여정이 가장 숨 가쁘게 달려왔던 '강남'의 형성사를 이른바 다큐멘터리 서사로 만들었다면 그것은 역사인가, 소설인가? 알려진 실존 인물과 사건을 이야기화하는 와중에 잡지 인터뷰나 신문 기사 등이 상당히 직접 참조되었다고도 하니, 그것은 최대한으로는 편향된 역사를 탈정향화하려는 역사적 기획이거나 최소한으로는 역사적 팩트를 뒷받침하려는 소설적 설계일 수도 있을 것이다. 황석영의 『강남몽』을 읽은 첫인상이 이랬더랬다.

그러나 『강남몽』에서 서사와 팩트의 관계를 따지는 것보다 중요한 문제는 이 서사가 어떤 팩트를 표시하고 있는가의 문제다. 『강남몽』에서 그것은 강남이라는 뒤틀린 욕망의 공간이 형성되어 온 한국적 비전과 가치의 역사라는 데 있고, 이 점은 이 소설의 제1리얼리티라 할 만하다. 또한 근대(장편)소설의 본모습 중 하나가 신흥계급의 탄생과 타락, 가치들의 전쟁과 몰락을 보여 주고 또한 그런 세계 속의 개인을 그리는 데 있다는 관점에서라면, 『강남몽』은 사회 구조와 개인의 욕망을 하나의 리얼리티 안에서 파악하는 장편소설로 보인다. 그런데 '장편'소설이라고 했거니와, 전형적인 형태라면 그것은 (루카치식으로) 문제적 개인의 발화가 세계 속에서 전개되는 형태로 나타날 것인데, 그렇다면 둘 중 하나다, 개인의 묘사를 통해 세계를 파악하거나 세계를 기록하는 서사들로 개인을 묘사하거나. 『강남몽』의 서사는 어느 쪽일까?

주요 인물은 다섯이고, 그들 각각은 이른바 '강남'이라는 세계를 대표하는 표상들이다. 룸살롱과 부동산, 군인들의 밀정과 조폭들의 활극, 그리고 바로 맞붙어 있는 그 세계의 이면. 강남 내부 인사가 아닌 임정아네 가족을 논외로 하자면, 이들은 모두 해방 이후 남한의 중심 세력으로 급부상한 계층이다. '황금광 시대'의 메카인 강남이 이들의 야욕을 불렀고 이들의 야욕과 몰락이 강남이라는 뒤틀린 사회 구조를 낳았다. 요컨대, 이 소설에서 인물과 세계는, 도저히 분리할 수 없이 붙어 있다. 인물과 세계가 그중 어느 한쪽을 통해 다른 쪽을 다루는 방식, 즉 개인의 세계를 통해 사회를 그리거나 문화의 기록을 통해 개인을 묘사하는 전형적인 장편소설의 형태를, 『강남몽』은 지나쳐 버렸다.

　이 맥락에서, 『강남몽』의 인물과 그를 통해 드러나는 세계가(또는 세계와 그 속에서 나타나는 인물이), 그동안 한국 소설이 탐구해 오던 리얼리티의 대상들과 다소간 차별화된다는 사실도 주목할 만하다. 네 명의 주요 인물은, 말하자면 보통의 장편소설에서 '개인'의 발화를 담당하는 이른바 문제적 개인이 아닐뿐더러, 그들을 통해 나타난 강남이라는 '구조' 또한 한국 현대 소설이 줄곧 '우리'의 세계 혹은 역사로 삼아 온 그런 세계나 역사가 아니다.(가령 정당하고 꿋꿋한 의지의 세계나 민족 유기체의 역사와는 한참 거리가 멀다.) 어째서 그렇다는 것인가? 인물과 세계를 나누어 살펴보자. 먼저, 시대를 연기(演技)하는 저 네 명의 인물들 중에 근대소설이 강조하는 내면적 화자, 혹은 화자와 자기동일성을 갖는 주체로서의 개인은 없다. 때문에 '나'라는 특수를 통해 '세상'이라는 보편을 이야기한다는 소설적 상징은 여기에 부재하거나 변형되어 있다. 다음, 한국 사회의 천박한 자본주의적 욕망을 고스란히 표상하는 강남이라는 '이상(理想)'은 이제까지 한국 소설이 한 번도 이상으로 인정한 적이 없는 세계다. 소설의 시작과 끝을 이어 주는 붕괴된 '삼풍백화점'이 일러 주는 그대로, 이 소설은 천민자본주의의 최고 이상이 성립되고 또 파산한 바로 그 자리에서 쓰임으로써, 이제껏 도외시했던 한 세계의 역사를 '우리' 소설의 안쪽으로 '우회적으로' 끌고 온다.

그렇다면 이 '강남 형성사'에 대해 이렇게 말해도 될까? 이것은 일종의 성장기(成長記)이면서도 역사의 발달을 기록하는 근대 장편소설의 대표 문법(성장소설)에는 부합하지 않는 방식을 통해, 현대 소설이 은연중 배제해 온 다른 쪽의 성장기를 담당해 낸 것이라고. 어쩌면 (다큐멘터리나 현대사 역사물과 같은) 다른 장르들이 이미 담당하고 있었던 건지도 모를 이 성장기는, 장편소설의 전형에 부합하지 않는 대신 차라리 작가가 '그렇게 쓸 수는 없다'고 생각했던 바로 그 형태인 대하소설의 긍정적 면모를 드러낸다.("그야말로 '광복 반세기' 식의 대하소설로 쓸 수는 없고 그런 접근은 낡은 방식이라고 생각했다."(「작가의 말」)) 어떤 식으로? 시대나 인물 어느 한쪽이 혼자서는 드러낼 수 없는 역사적 시각과 전망을 네 인물과 강남이라는 표상 위에 새겨 넣는 식으로. 그렇게 『강남몽』의 리얼리티는, 소설이 지나쳤거나(역사나 다큐멘터리) (장편)소설을 지나친 (대하소설) 자리에서 오롯하다.

그러나, 그럼에도 이 소설의 유의미한 지점은, 이것이 (대하소설이 아니라) 장편소설로 쓰였다는 바로 그 사실에서 찾아져야 한다. 근대문학의 총아인 장편소설이 근대적 개인(또는 주체)을 가지고 말하는 장르라 할 때, 현재는, 자기동일성이 확고한 주체와 그 주체의 확장 격인 세계(혹은 역사)를 부조해 내는 그 방식, 다시 말해 전통적 리얼리즘의 기율에 의거해서는, 그럴싸한 리얼리티를 확보하기 어려워진 때가 아닌가. 자기동일성을 배제한 채 '나'가 아닌 '그(들)'의 욕망과 행위의 준칙을 밝힐 수만 있다면, '그들'의 욕망, 신념, 실천 등에 의해 구성된 세계가 바로 그 준칙이 생성된 역사적 과정임을 탐구할 수 있다면, (장편)소설은 여전히 최고로 유용하고 유의미한 담론이 아닐 수 없다.

윌리엄 블레이크의 시에 다음과 같은 구절이 있다. "가난을 깔보는 사람과 대금업을 혐오하는 사람이 똑같은/ 감정을 가지거나 같은 식으로 마음이 움직이겠는가?/ 선물을 주는 사람이 어떻게 상인의 기쁨을 체험할 수 있겠으며,/ 기업가가 농부의 고생을 어떻게 알겠는가?/ 그들의 눈과 귀는 얼마나 다른가!/ 그들에게 세상은 얼마나 다른가!" '얼마나 다른가(How different)'를 거푸 외치며 느낌표의 연속으로 맺을 수 있는 것이 시라면, 소설은 '그들'의 눈과 귀는 왜 다른가, 어찌하여 그토록 다른 것일 수 있는가를 최선을 다해 상상해 보려고 한다. 『강남몽』의 인물들은 약육강식의 전장에서 헛꿈을 꾸며 갖은 술수로써 부와 권력을 좇는 '그들'이다. 하지만 작가는 그들의 나쁜 욕망과 나쁜 신념을 다룰 때라도 그들을 조종하는 더 큰 압력과 그것들이 분리되지 않음을 드러내는 데 소홀하지 않았다. 그럼으로써 마치 꼭두각시처럼 자기보다 큰 힘에 놀아나는 '그들'의 눈과 귀를 최소한 전혀 이해 불가능한 상태로 방치해 두지는 않았다. 이런 까닭으로 일부 독자들은 『강남몽』에서 한국 지배 계층을 옹호하는 느낌을 받았다고 토로했던 것일 테지만, 그들이 감지한 건 아마도, (나쁜) 신념이나 욕망보다 훨씬 더 격렬한, 그것이 무엇이든 보여 주고야 말리라는 작가의 열정이었으리라.

소설을 실천하다: "대답 대신 물음표로 돌아오는 또 다른 질문"
—최진영, 『당신 옆을 스쳐 간 그 소녀의 이름은』(한겨레출판, 2010)

당신 옆을 스쳐 간 그 소녀는 길을 떠나온 중이다. 목적은 '진짜 엄마'를 찾겠다는 것. 진짜인 나를 알아보고 확인해 줄 진짜 엄마를 만나 진짜 행복을 찾겠다는 것. 여러 사람을 찾았다. 다 아니었다. 진짜를 찾아내서 "진짜인 척하는 가짜들을 진짜 가짜로 만들어 버릴 테다."(112쪽) 하고 주먹을 꼭 쥐었지만, 끝내 못 찾았다. 이런 회의가 늦게 왔다. "진짜 엄마란 대체 뭐지? 나는 왜 그것을 찾지? 거리를 헤매며 많은 사람들을 보면 볼수록, 나는 그 이유를 서서히 잃어 갔다."(243쪽)

처음엔 뭐가 진짜인지 확실히 알았다. 머릿속의 서랍을 탈탈 털어 내고 그곳에 진짜 엄마가 갖춰야 할 조건을 하나하나 챙겨 넣고는 "그것들이 내 심장에, 내 배꼽에, 내 손바닥 발바닥에 모조리 스며들도록 오랫동안 응시하며 하나하나 외웠"(121쪽)다.

첫째, 맞고만 있진 않는다.
둘째, 얼굴이 메추리알 같다.
셋째, 내 숨소리에 언제나 귀 기울인다.
아니, 이딴 건 다 필요 없으니까 오직 하나, 반드시 불행해야 한다.(121쪽)

말의 엄밀한 의미에서는 아니지만, 길 떠난 자가 깨달음을 얻어 가는 것을 성장 서사라 한다면 이 소설에도 일단 그런 이름을 붙여 주자. 그러나 그렇다 해도 당신 옆을 스쳐 간 이 소녀의 성장은 확실히 특이한 데가 있다. 보통 성장한다는 것은 배움을 통한 주체화의 과정이 아닌가? 배움은 주체를 둘러싼 사회·문화적 조건과 질서에 익숙해지는 것이고, 주체화란 타인과 구별되는 개별적 정체성을 형성하는 것이다. 소녀에게는 정반대다. 소녀는 자기를 둘러싼 사회·문화적 조건과 질서를 배울수록 더 혼란스러워지고("나쁜 것인 줄 몰랐을 때는 이렇게 복잡하지도 않았는데, 나쁜 거라고 생각하자마자 모든 게 굉장히 복잡해져 버렸다."(35쪽)) 타인(진짜 엄마)과 '함께' 행복해야 진짜가 된다고 생각한다. 아무튼 소녀에게는 '진짜'를 찾는 것이 성장하는 것이다. 그러나 소녀는 진짜의 조건에 맞는 '대상'을 찾는 게 아니라 진짜의 '조건' 자체를 만들어 간다.

나는 진짜 엄마의 조건 하나를 덧붙이기로 했다.

언제나 배고프고 추운 사람.

그리고 예전의 조건 하나를 고쳤다.

그렇지만 늘 불행하지만은 않다.

왠지 그래야 할 것 같았다. 늘 불행한 사람이라면, 나를 알아보지 못할 테니까. 불행한 사람은 주변을 돌아보지 않는다.(238쪽)

진짜를 찾는 것은 진짜가 없기 때문이다. 진짜가 내 옆에 있다면 찾을 필요가 없으니까. 그러므로 진짜를 찾고 싶을 때 진짜는 세상에 없다. 진짜는 찾을 수 없다. 그러니 소녀의 여로는 '진짜' 자체를 찾기 위한 모험이 아니라 '진짜가 있다'는 것을 확인하기 위한, '진짜가 있다는 믿음'을 지키기 위한 모험이다. "나는 꼭 진짜를 찾아야 한다. 내가 진짜임을 확인하기 위해서라도."(112쪽)

진짜는 없고 진짜가 있다는 믿음만 있는 것이라면, 진짜는 찾아지는 게 아니라 만들어지는 것이다. 저 진짜의 조건에 진정 맞는 사람, '진짜 엄마'는 끝내 소녀의 눈앞에 나타나지 않는다. 그러나 저 진짜의 조건에 진정 맞는 사람, 그건 바로 소녀 자신이 아닌가? 소녀는 스스로 진짜가 됨으로써 진짜 찾기라는 목적을 이루어 낸 것이 아닐까? 소녀는 진짜를 얻은 것이 아니라 '행한' 것이다. 그리하여 소녀가 성장한 것이라면 그 성장은 이루어진 것이 아니라 '실천'되었다.

처음부터 이 소설에 굳이 '성장'이라는 레테르를 붙여 볼 수 있었던 것은 어린 소녀의 길 떠남이라는 설정 때문만은 아니었다. 스스로 진짜가 되는 그 실천의 과정이 분명 '배움'이라는 과정과 별개의 것이 아니었기 때문이다. 길을 나선 소녀가, 진짜의 의미를 물어 가면서, 진짜의 조건을 수정해 가면서, 그리고 스스로 그것이 되어 가면서 마침내 실천한 것을 깨달음이라 부르는 데 망설일 필요는 없다. 다만 그 깨달음은, 가짜들과 화해하는 방식이 아니라 가짜들을 물리쳐 가는 방식이라는 점에서, 배움은 배움이되 '역(逆)배움'이다.

　　나는 앞으로도 배가 고프면 도둑질을 할 거고 필요하면 거짓말도 할 거고 가짜 부모는 공경하지 않을 거고 나를 괴롭게 하는 가짜라면 세상 끝까지 쫓아가 갈기갈기 찢어 놓은 뒤 불태워 버릴 테고, 내 진짜 엄마가 사는 집이라면 분명히 탐낼 것이고 간음은 뭔지 모르니까 할지 안 할지 아직 모르고……
(135쪽)

이런 '역배움'의 끝은 비극적이게도, 진짜가 피를 토하는 출렁이는 세상이지만—이 소설의 결말에서 소녀는 마침내 나를 괴롭게 하는 가짜를 쫓아가 칼을 휘두르고 만다.—그렇다 해도 거기에 닿을 때까지 멈추지 않은 소녀의 물음표와 그렇게 이어진 소녀의 깨달음은 그녀가 그토록 찾던 진짜에 값하는 것이었다. 생각하고, 질문하고, "거기에 무슨 정답이 있어!"(43쪽)라고 되뇌고, 또 이유를 찾고, 다시 질문하는 소녀에게, '안다는 것'은 가장 생생하게 값진 일에 다름 아니다. 안다는 것, 이해한다는 것, 아는 것을 표현한다는 것, 어떤 표현을 산다〔生〕는 것. 그런 일들이 이토록 근사하게 나타나는 장면은 흔치 않을 것이다.

　　나는 달력 뒷장에 '고마워'라는 글씨를 써서 벽에 붙였다. 할머니는 그 글씨에서 '고'를 읽었다. 나는 그 글씨를 가리키고 허리를 깊게 숙였다. 할머니가 그 글씨를 이해할 때까지 몇 번이고 허리를 숙였다. 고맙다고? 할머니가 말했다. 그리고 '고마워'를 한 글자 한 글자 가리키며 '고맙다'라고 읽었다. 어쨌든, 나는 만족했다. 할머니가 자글자글 주름을 만들며 환하게 웃었다. 사랑한다는 말은 어떻게 표현하지? 오랫동안 그 문제로 고민을 했지만, 사랑한다는 걸 행동으로 어떻게 나타내야 하는지 도무지 떠오르지 않아서, 결국 할머니에게 사랑한다는 표현은 할 수 없었다. 아쉬운 대로 벽에 그 글자를 붙여 두기만 했는데, 할머니는 가끔 그 글자를 멍하니 쳐다보면서 중얼거렸다. 맛있다. 밥 먹어. 잘 잤어. 할머니가 '사랑해'란 글자를 보며 상상하는 어떤 단어든, 결국은 다 사랑에 포함되는 거라고 나는 생각했다. 사랑은 원래 그런 거니까.(82~83쪽, 강조는 인용자)

소녀가 글씨를 써서 할머니에게 글을 가르쳐 주는 행위와 할머니가 글자를 쳐다보고 그 뜻을 상상하면서 글을 익혀 가는 행위는, 마치 소설 쓰기와 읽기 행위를 빗댄 것도 같다. 이 상호적인 과정에서 서로에게 작동하는 생각과 앎이 있다면 그게 바로 소설적 실천이다. 소설을 실천한다는 것은 '고마워'란 글자를 쓰는 게 아니라 그 글자를 가리키며 허리를 깊게 숙이는 것이다. '사랑해'란 글자를 읽는 게 아니라 그 글자를 보며 맛있다, 밥 먹어, 잘 잤어 등을 상상하는 일이다. 그건 말할 수 없는 것을 말하지 않도록 그대로 두면서도 그것을 진정 더 잘 알 수 있게 해 주는, 그런 앎이고 그런 행동이다.

그러니 다시, 무엇을 쓰는가. 단어들을 쓴다. 그러나 쓰인 것은 그냥 단어가 아니다. "단어에서 번져 나는 따뜻하거나 몰랑몰랑한 기운"(82쪽)이다. 어떻게 쓰는가. 단어들로 문장을 짓고 이야기를 만든다. 그러나 문장을 짓는 것은 아직 소설을 쓰는 것이 아니다. 소설은 문장들의 총합이 아니다. 이야기를 만드는 것은 아직 소설을 쓰는 것이 아니다. 소설은 이야기로 환원되지 않는다. 문장과 이야기에서 "(몰랑몰랑한) 기운"이 퍼져 나가야 소설이다. 그 '기운'을 쓰는 것이 소설을 쓰는 것이다. 그것이 소설의 리얼리티다. 그것을 왜 쓰는가. "사랑한다는 걸 행동으로 어떻게 나타내야 하는지 도무지 떠오르지 않아서" 그것을, 그렇게, 쓸 수밖에 없다. 쓰지 않을 수 없어서 쓴다. 그러므로 누가 쓰는가. "사랑한다는 말을 어떻게 표현하지? 오랫동안 그 문제로 고민"한 사람, "그러므로 여기에서 말하고 얘기하는 사람은 바로 사랑하는 사람이다."[5]

(2010)

---

5) 롤랑 바르트, 『사랑의 단상』(동문선, 2004).

소설과 살다 3
―정오의 소설들

이후의 이후

소설이란 것을 쓰는 사람들이 있다. 제 눈에 자꾸 보이는 꿈과 현실이 있어 누구에게든 얘기하고 싶은데 대강 말해서는 잘 알릴 수 있을 것 같지가 않다. 효과적인 방법을 구상해 본다. 인물과 상황이 주어진 구체적인 시공을 먼저 설정한다. 되도록 인간에게 본원적인 상황이어야 하고 거기서 한 인간의 자아가 드러나야 할 것이다. 그 실험의 과정에 제 꿈과 현실이 스며들도록 하려다 보니, 어딘가 점점 '독창적'이 되어 가는 듯도 하다. 특이한 이야기라기보다는 자기만의 말투라고 해야 할까? 글로 만들어지는 세계의 논리, 이미지, 주제 같은 것들도 정교하고 그럴듯해지지만, 그보다도 그런 이야기를 전하는 말투가 남이 흉내 내기 힘든 것이 되어 간다. 듣기 좋은 음성을 내려고 노력해서 그런 것이 아니라 이 이야기를 꼭 잘 전달하고 싶다는 바람에 스스로 몰입되어 있을 때 매혹적인 목소리가 흘러나오는 것이리라. 자기 꿈이 필요로 하는 형식을 찾아, 더 듬거리더라도, 다른 사람은 따라할 수 없는 저만의 보이스로 제가 본 그 세계를 열심히 말한다. 소설이 탄생한다.

그런데 이건 언제 적 소설 얘기인가? 카프카나 조이스? 쿤데라와 무질? 김승옥? 오정희? 지금은, 우리가 소설이라고 알고 있는 그것이 이제 막 한 순환 주기를 끝낸 것 같다는 진단도 별로 황망하지 않은 때다. 대략 다음과 같은 근거들에 수긍했기 때문이다. 근래의 인간적 현실은 의사소통적 합리성이 의심되는 상황이다. 가령 뉴미디어의 범람으로 초래된 일상적, 역사적 공공 영역에서 언어 일반에 대한 불신은 도를 초과한다. 그러니 언어의 '의미'를 기반으로 하는 '서사' 전반은 해체될 수밖에 없는 근본적 위기에 직면했다. 언어에 대한 자의식의 심화는 언어를 통해 언어를 넘어서려는 시도로 나타나기도 했고, 우리가 의미체라고 믿고 있는 일상적(정상적) 언어들이 실은 의미의 파편일 뿐이니 언어의 파편화를 모방하면 파편화된 언어를 낳을 수밖에 없다는 인식이 돌출되기도 했다. 언어의 길이 끊어진 곳에 서사의 맥락이 무사할 리 없으니 차라리 앞뒤가 맞지 않는 인과로 서사의 변형 생성을 추구하기도 하였다. 그 모든 활로들은 소설 자신이라기보다 소설 이후의 소설, 혹은 소설의 범위 규정을 조정해야 소설이라 부를 수 있는 소설, 그러니 사실상 소설이라 부르기 힘든 소설이라 말하는 편이 옳을 것도 같았다. 더 정확히는 소설이라 부르든 아니든 중요하지 않을, 소설의 시대라는 역사적 시간을 운운하는 게 무의미할, 그런 글쓰기들에서 새로운 활력을 만날 수 있었다. 별칭 '자정의 픽션'들이 풍년이었다.

그것들을 통해 우리는 소설 속에서 소설을 통해 소설을 넘어설 수 있다는 즐거움을 맛본 것도 사실이다. 더 이상 (원래) '소설' 같은 것을 고집할 필요가 없다고 생각했다. 그 생각이 틀렸다고는 생각하지 않는다. 하지만 문득 머쓱해질 때가 없지는 않다. 특히 이제 막 등단했거나 등단한 지 2~3년밖에 안 된 신인 작가들의 독창적인 이야기에서 매혹적인 목소리를 듣게 될 때, 어쩐지 우리는 지레 소설의 '끝'을 운운했던 시끄러움이 왠지 민망스러워진다. 소설 이후란 소설이 아닌 것을 말하는 것이 아니라 소설에 붙어 있어 소설과 함께 말해져야 하는 것이 당연할지니 '소설-이후'의 이후에 다시 '소설'이 와도 하나 이상할 것은 없지만, 소설이 얼마나 무구할 수 있는지를 더 잘 알고 더 굳게 믿는 열성에 있어서는 먼저 '소설 이후'를 꺼내 놓았던 쪽이 어쨌든 나약했던 게 아닌가 싶어서다.

2010년대의 첫해를 보내는 지금, 여전히 언어를 통한 소통의 가능성을 회의하고, 매스미디어가 말과 이야기를 죽였다고 한탄하고, 전자 기기들의 뉴미디어 시대에 소설 따위 필요 없어졌다고 아연해하는 풍조 속에서, 잘 짜인 플롯, 인간적인 주제, 전통적인 감수성 등에 충실하면서 소설의 본분을 굳건히 지키는 소설가들이 있다. 열심히 제 길을 가는, 그것도 이제 막 그 길을 시작한 자들이다. 정소현, 김성중, 정용준, 셋 모두 등단한 지 3년 남짓 되었고 아직 첫 소설집을 묶지 않았다.[1] 지금까지 발표된 이들의 작품을 각각 일관된 유형으로 파악하기는 어렵지만(불가능하고 불필요하다.) 개성 있는 작가들이다 보니 특징적인 부분을 통해 개괄적인 이해는 가능할 것 같다. 한 해에 수십 명씩 배출되는 신인 작가들 중에 특히 독자와 평단의 관심을 받는다는 것은, 등단작부터 다른 데서 들어 보지 못한 인상적 목소리를 들려주었거나 탄탄한 습작기를 통해 이미 자신감 있는 목소리를 확보했다는 신호다. 이들에게서는 아직 발전과 변모를 논하기보다 마음 깊이 담겨 있었을 초심의 서사를 엿보는 편이 더 중요하고 더 재미있을 것 같다. 셋을 차례로, 첫 작품에 예기된 단초들을 통해 각자의 소설 세계 전반을 살펴본다. 여기서 2010년대 한국 소설의 활력이 예측되면 좋겠다.

---

1) 이 글이 쓰인 2011년 봄 이후 세 작가는 모두 첫 번째 작품집을 묶어 냈다. 정소현의 『실수하는 인간』(문학과지성사, 2012), 김성중의 『개그맨』(문학과지성사, 2011), 정용준의 『가나』(문학과지성사, 2011).

애매성의 추구 —— 정소현의 소설들

정소현은 「양장 제본서 전기」(《문화일보》, 2008년 신춘문예)로 등단했다.[2] 기억을 기록으로 보관한다는 설정이 독특한 소설이었다. 화장실에 버려진 채 발견되었다는 출생 일화가 있는 여자의 가난하고 외롭고 고달픈 인생이 슬프고 안쓰러운 이야기였다. 부모들은 사실인지 거짓인지 알 수 없는 말로 그녀의 출생과 성장에 대한 책임을 거부했다. 늘 고통과 절망만을 주었던 엄마는 이제 딸을 알아보지도 못하면서 점점 자신도 알아볼 수 없는 존재가 되어 갔고, 엄마와 단둘이 살던 그녀는 아무에게도 기억되지 못하는 자신을 양장 제본서로 만들어 도서관 한구석에 영원히 보관하기로 결심한다. 그리고 마침내 오래된 서가의 해 잘 드는 창가에 한 권의 책으로 들어앉는다. 기록을 통해 영원한 망각과 영원한 기억을 동시에 이룬 것이다.

이 소설에서 버려지는 것과 잊혀지는 것은 같은 종류의 일이다. 사람이 책상이나 신발장 혹은 아예 집이 되어 버리고, 기억의 한 부분을 추출하여 책으로 제본한다는 식의 초자연적인 현상을 설정하여 자연스럽게 이야기를 이끄는 솜씨가 무엇보다 돋보였다. 유실과 망각이 사물로 현상되어, 보이는 것과 보이지 않는 것, 아는 것과 모르는 것, 즉 자연과 초자연, 의식과 무의식, 있음과 없음 등이 일관된 서사 안에서 매끄럽게 잇대어졌다. 반대적인 것들을 한 층의 이야기에다 엮어 놓음으로써 고정된 확실성을 놓아 버리고 애매한 의미로 된 세계를 만들어 내는 것은 이 소설의 가장 중요한 특징이다. 그 세계에서 인물들의 말과 행위는 의식적 진실만을 일러 주는 것이 아니라 무의식적 진실을 암시하는 역할을 성

2) 이 절에서 언급되는 정소현의 소설은 등단작 외에 「폐쇄되는 도시」(《창작과비평》, 2008년 겨울), 「돌아오다」(《문학과 사회》, 2009년 봄), 「이곳에서 얼마나 먼」(《문학동네》, 2009년 겨울), 「너를 닮은 사람」(《현대문학》, 2011년 1월)이다. 소설 원문에서 직접 인용할 경우 큰따옴표로 표시하겠으나 쪽수는 병기하지 않는다.

공적으로 해낸다. 소설의 화자는 사실성이 보장된 발화만 하지는 않지만 그의 말과 행위가 공감을 잃는 것은 아니다.

첫 소설 이후로도 정소현 소설에서 줄곧 천착되었던 것은 사라지거나 잊어진 것들에 대한 기억 혹은 집착이다. 다시 말해, 기억에 없던 것들이 기억으로, 다시 이곳으로 끝내 되돌아온다는 사실에 대한 집착이다. 어떤 연유로 인해 (무)의식적으로 사라진 시간, 공간, 기억 들이 있다. 어딘가로 가 버렸던 가족과 친구, 버려진 아이들과 잃어진 노인들, 잊어진 어느 도시와 기억나지 않는 한 시절 등등. 그것들이 없어진 까닭은 충분히 유추 가능하다. 지독한 고통의 근원, 즉 원망의 근원이거나 죄의식의 근원이기 때문이다. 지금 그것들이 있다면 더 아프거나 더 괴롭거나 심지어 현재의 자기로 있을 수 없기 때문이다.

「돌아오다」의 주인공은 네 살 무렵부터 할머니와 둘이 살아왔는데, 나를 떠나지 못하게 하려는 할머니의 애증에 시달리면서도 세상과 거의 절연한 채 지내고 있다. 나에게 "엄마"는 "읽기만 해도 가슴이 터질 것 같아 외면했던" 단어였다. 엄마가 오래전에 재혼했으니 미련을 버리라는 할머니의 말에 정말로 미련과 원망을 다 버렸다고 생각했지만 그것은 차라리 그래야 한다는 억압이었을 것이다. 오랫동안 완전히 잊었다고 믿었던 엄마는 어느 날 나와 헤어질 무렵의 모습으로 내 앞에 나타난다. 스스로 잊히지 않는 것은 이렇게 되돌아온다.

「너를 닮은 사람」의 '나'는 남편을 두고 유학 간 독일에서 함께 지낸 남자의 여자 친구이자, 나를 그에게 소개시켜 준 소중한 친구이기도 했던 '너'를 10여 년 만에 다시 만나게 된다. 당시 야릇한 질투심으로 '너'의 애인을 빼앗았다가 결국 그마저 배신해 버린 '나'에게 '너'는 결코 다시 "만나지 말아야 할 사람"이다. '너'는 이미 정리한 과거의 인물이며 "내 삶에 다시 끼어들면 안 되는 존재였다." 네가 10여 년 전 모습 그대로 내 앞에 나타난 것은 "내가 억눌러 두었던 죄책감과 내 자신을 경멸하는 마음" 때문일 것이다. 자기를 속일 수 없는 잘못은 이렇게 되돌아온다.

　사라지고 망각된 것은 억압되고 통제된 것의 다른 말이다. 고통을 외면하기 위해, 상처를 잊기 위해, 지금처럼 평온한 일상을 맞이하기 위해 그들은 비밀과 거짓말로 타인과 자기를 다독인다. 그러나 결국에는 내가 그것들을 스스로 찾아 나서거나(「폐쇄되는 도시」, 「이곳에서 얼마나 먼」) 그것들이 내 눈앞으로 되돌아오는 사태(「돌아오다」, 「너를 닮은 사람」)가 반복된다. 본래 억압되고 통제되었던 것이기에, 그것은 "내 기억인지, 아니면 그녀에게 이야기를 들어서인지"(「돌아오다」) 불분명하고, "자신이 친구들에게 들려준 이야기였는지 책에서 읽은 것이었는지 아니면 자신이 주운 아이들의 이야기였는지 알 수 없"(「폐쇄되는 도시」)을 만큼 아스라한 것들이었다. 하지만 마침내 그것의 진실, 근원적 상처와 마주치는 순간에 그것은, 시간을 역행하고 공간을 되살리면서, 바로 이곳에서 지금 경험하는 현재적 사태로 발생한다. "언제부터 그곳에 서 있었는지, 어떻게 여기까지 왔는지" 짐작할 수 없어도, "내 집을 향하여 서 있"(「너를 닮은 사람」)거나 "우리 집 대문 앞에서 식은땀을 흘리고"(「돌아오다」) 있다가는, 마침내 절대로 멈추지 않겠다는 듯 벨 소리를 울리며 내 집으로 들어오고 쿵쿵거리며 계단을 오르내리며 큰 소리로 웃는 것이다. 이들의 존재가 종내는 마치 무엇에 홀렸던 듯, 어쩌면 유령처럼 묘사되지만 그들을 만나고 경험한 것은 전혀 비현실이 아니다.

　왜 이들은 잊어 두었던 것과 마주치는 것인가? 이들이 고통과 상처에 특히 예민한 성격이어서 지난 고통과 상처의 근원이 돌아오는 것도 아니다. 오히려 이들은 그런 것에 둔감하려 했기에 오랫동안 견뎌 왔고, 적어도 그것을 통제할 수 있다고 믿었기에 되도록 (무)의식을 억제하고 사실을 감추어 두려 했다. "똘똘하여 밉살스러운"(「이곳에서 얼마나 먼」) 캐릭터이거나 "과거를 뒤돌아보지 않음으로써, 시간을 함께한 사람들을 내 인생에서 퇴장시킴으로써 한 시절을 정리"(「너를 닮은 사람」)할 수 있다고 믿는 강박증자 같기도 하다. 아니면 의지적으로로라도 "좀 견고한 사람이 되어 아무에게나 정붙이지 않고 쉽게 상처 받지 않기를"(「돌아오다」) 원하기도 한다. 그러나 그럴수록 더, 회귀하는 것은 강력해진다. 행동의 역설이다. 고통과 상처는 (무)의식의 더 깊은 곳으로 들어가 처박히고 후에 의식 밖으로 끄집어져 나올 때의 진통은 더 커지고 만다.

정소현 소설의 가장 매력적이고 인상적인 요소가 바로 이 억압과 회귀 사이의 긴장으로 되살아난 '애매한(ambiguous)' 기억의 형식이다. 그것은 대체로 그 기억이 진짜로 있었던 일인지 아닌지, 지금 눈앞에 마주친 이가 진짜 그 사람인지 아닌지, 이 돌아옴이 실제 일인지 나의 상상 속의 일인지 명확하게 해 두지 않는다. 그럼으로써 그것은 이성과 비이성을, 실제와 상상을, 의식과 무의식을, 자기와 타자를 미분화 상태로 놓아두면서, 즉 이들 사이의 경계를 지우면서 애매하게 나타난다. 주목할 것은, 그의 서사는 처음부터 끝까지 한 번도 인과의 개연성을 무시하지 않았고 이성의 논리 이외의 것을 따른 적도 없다는 사실이다. 철저히 개연적으로, 세심한 부분까지 사실성을 고려하면서 진행되어 온 서사의 꼬리 부분에 이르러, 문득 이 이야기가 처해 있는 곳이 어딘지 알 수 없다는 사실을 깨닫게 되는 순간, 정소현의 소설은 무섭고도 슬픈 에너지를 뿜어낸다, 이렇게.

사진첩에는 배꼽도 떨어지지 않은 한 아이의 사진이 들어 있었다. 한 장 한 장 넘길 때마다 아이는 살이 통통하게 오르고 눈도 또랑또랑해졌다. 아이가 엉거주춤 서서 만세를 부르고 있었다. 나는 그 아이가 그녀가 말했던 죽은 딸아이라는 것을 알았다. 계속 앨범을 넘겼다. 아이는 치마를 입고 머리를 길러 예쁘게 묶었다. 아이는 행복한 얼굴로 웃고 있었다. 나는 뒤로 넘길 때마다 가슴이 미어지는 것 같았다. 사진 속 아이의 얼굴은 점점 낯익은 얼굴이 되어 가고 있었다. 마지막 장 사진을 보기 전에 이미 나는 알고 있었다. 그 아이는

나였다. 내가 할머니에게 왔을 무렵 찍은 사진과 같은 얼굴이었다. 아기 수첩
을 펼쳤다. 거기에는 열 달 동안 윤옥이 받은 진료가 기록되어 있었고, 아이
의 출생일, 예방접종 내역이 적혀 있었다. 아기의 출생일은 1975년 5월 3일,
내 생일과 같았다. 나는 무섭고도 슬펐다.(「돌아오다」)

　　그 순간 중요한 사실을 깨달았다. 처음부터 눈치챘어야 했는데 나는 어리
석게도 두려움 때문에 직시하지 못했다. 네가 한 번도 옷을 갈아입지 않았다
는 것과 네 얼굴이 오래전과 달라지지 않았다는 것을 왜 의아하게 생각하지
않았을까? 내가 너에게 분명히 기억하는 것은 검은 롱코트뿐이고 다른 옷은
전혀 기억할 수 없다. 그랬기에 너는 늘 코트를 입은 모습으로 나타난 것이
분명했다. 마을 어귀에 경차만 들어서도 소리가 울리는 이곳에 이른 아침 자
동차 소리 없이 이곳에 왔다는 것도 이상했고 아무도 없는 시간에만 온 것도
수상했다. 그리고 네가 어떻게 내 내면을 알고 있는 것일까. 너와 한참 이야
기했지만 우리의 대화는 유석과 리사에게 집중되어 있을 뿐 너의 현재를 전
혀 알 수 없다는 것도 이상했다. 너는 실재 인물이 아닐 수도 있었다. 내가 억
눌러 두었던 죄책감과 내 자신을 경멸하는 마음이 너를 닮은 존재로 현현한
것이 분명했다. 너는 실재가 아니라 내게서 분리되어 나온 병리학적 인격체
일지도 몰랐다.(「너를 닮은 사람」)

이런 대목들에서 우리는 완전히 압도되었다. 의심하지 않았던 화자
의 진지하고 차분한 서술들이 분열증을 앓는 정신병자가 최대한 정교하
게 꾸며 낸 말들인지 모른다는 의구심이 엄습한다. 줄곧 균형을 유지해
왔던 스토리가 문득 현실적 맥락을 이탈해 버리고, 그 순간 지금껏 범상
하고 건전했던 한 인간이 와르르 무너져 파편 더미가 되는 현장을 감당
해야 할지 모른다는 위기감이 덮쳐 온다. 바로 이 자리에서, 이제 우리는
모든 것을 차근차근 다시 생각하지 않을 수 없는 맨 처음의 자리로 되돌

아가게 된다. 그의 진짜 상처는 무엇이었을까, 그의 말과는 달리 어떤 외로움, 어떤 그리움이 그를 괴롭혔던 것인지, 죄의식을 말하는 자의 맨얼굴과 진짜 욕망은 어떤 모습인지, 맨 앞으로 돌아가 그의 유실과 망각을 다시 살펴야 하고 그 고통의 질감을 다시 느껴야 하고 때로는 그 엄살과 변명의 진심까지 다시 상상해야 한다.

정소현의 소설은 상처와 고통을 확정 지어 인식하게 하는 이야기가 아니라, 확실한 인식이 곤란한 자리를 우리에게 떠맡김으로써 우리가 직접 그 상처와 고통을 상상하게 만든다. 어떤 인식론적 난처함의 자리를 만드는 이런 구조적 애매성으로부터 가장 소설적인 기술이 나타난다. 내면, 인식, 감정 등에 거리를 설정하여 서사를 조직함으로써 행해지는 인간 탐구의 기술 말이다. 우리는 그것을 '애매성'이라 부르자. 영혼의 무한한 불가사의함이 이곳을 맴돈다.

시차의 상상 — 김성중의 소설들

김성중은 「내 의자를 돌려주세요」(《중앙일보》, 2008년 중앙신인문학상)로 등단했다.[3] 사람과 사물의 교감을 통해 사람들의 잃어버린 꿈들을 반짝이게 하는 이야기였다. 특히 '발을 제외한 온몸이 거대한 L 자 모양의 입으로' 되어 있는 의자를 개성적인 고독을 지닌 견자(見者)이자 자기가 본 세상에 대해 지구가 끝나는 날까지 떠들고 싶어 하는 수다쟁이로 설정하여, '소설' 혹은 '소설 쓰기'에 대한 통찰을 서사화한 것이 인상적이었다. 메타 소설이라 부를 수도 있는 진중한 테마를 다루었지만 가벼운

---

3) 이 절에서 주로 언급되는 김성중의 소설은 등단작 외에 「개그맨」(《문장웹진》, 2009년 4월), 「그림자」(《현대문학》, 2009년 4월), 「게발선인장」(《문학과사회》, 2010년 여름), 「허공의 아이들」(《창작과비평》, 2010년 겨울)이다.

잽으로 날려 준 덕분에 둔탁하지 않은 간파력이 발랄하고 날카로웠다. 도서관, 지하철, 포장마차 등 다양한 공간의 의자를 통해 등장한, 세상에서 다소간 소외된 별종 인간들에 대한 평범한 관심과 이해가 훈훈하면서도 산뜻했다. 작가의 상상 능력을 드러내고 독자의 상상적 이해를 자극하는 우화로 모자람이 없었다.

이 소설에서는 무엇보다도 작가가 구상한 별종의 한 세계를 가상적으로 설립해 내는 이야기의 마법이 독특했다. 상상력은 현실감의 통제를 벗어나 몽상의 바다를 떠돌지만, 이야기는 허황되기보다는 계시적(啓示的)이다. 서술은 촘촘한 편이 아니어서 서사에 공백이 많지만, 그것은 약점으로 보이지 않고 오히려 상상력의 두께를 키우는 데 기여한다. 사건이나 상황의 인과성을 현실감으로 채우지 않고 비유나 상징을 통한 설정으로 대신하므로, 자연히 소설의 개연성은 이성의 흐름과는 반대쪽에 있는 감수성의 영역으로 출구를 튼다.

첫 소설의 이런 특징은 크게 보자면 두 방향으로 나아가는 듯하다. 「그림자」, 「순환선」, 「버디」, 「허공의 아이들」 등의 우화적 이야기들이 있는가 하면, 「개그맨」, 「게발선인장」 등의 감성주의적 일대기들이 있다. 양편이 다, 뭔가 뒤바뀌어 있거나 잠깐 나타났다가 곧 사라져 버릴 듯 위태로운 세계를 다룬다는 점에서는 공통적이다. 세상 사람들의 그림자가 모조리 바뀌어 버린다든지, 지상의 모든 것이 점점 공중으로 떠오르고 주변의 모든 것이 사라져 세상에 오직 소년과 소녀 둘만 남는다든지, 한 사람의 교주와 한 사람의 신도로 이루어진 종교(상징체계)가 마침내 허물어지는 현장이라든지, 김성중 소설의 포착 대상은 대체로 유동하고 흔들리는 것들이다. 유동하고 흔들리는 것들은 이 세계의 "허공에 또 다른 길을 내"거나 "인간의 소리로 지어진 허공의 집"(「게발선인장」)을 만든다. 인간의 소리로 지은 허공의 집, 이것이 김성중의 소설을 가장 잘 표현한 말일 것이다.

허공의 집은, 그러니까 지상의 집처럼 안전하지 않다. 개기일식의 어둠 속에서 순식간에 바뀌어 버린 사람들의 그림자처럼, 그림자만 바뀌었을 뿐인데 본래의 자기를 잃고 바뀐 그림자의 캐릭터를 살게 되는 사람들처럼, 전체적으로 뒤집어진 사태를 그것은 재현한다. 평범하고 일상적인 세계와 반대적인 것, "빛의 질서가 아닌 그 반대"(「그림자」)는 낯설고 불안하다.

섬사람들에게 찬사를 받던 태양은 외로운 신이 되고 말았다. 추방당한 신은 창문마다 배교의 표식처럼 드리워진 검은 천을 핥으며 쓸쓸히 뜨고 졌다. 빛은 백색 공포가 됐고 하늘에서 떨어지는 덫으로 변했다. 함부로 거리를 나서는 자들은 어김없이 그 덫에 걸려 가족과 친구들을 잊었다…….(「그림자」)

이런 식으로 묘사된 세계는, 우리를 지배하는 룰을 벗어나 있기에 불가해하고 두려운 것이다. 말을 바꾸면, 그것이 불가해하고 두려운 것은 우리를 지배하는 룰 안에서다. 지배적 룰은 여전히 강고하고, 이 세계는 오래 지속되지 못한다. 하지만 이해 가능한 현실 속에 그것의 출현이 가져온 충격은 금세 사라지지 않는다. 이 허공의 세계는 지상의 세계와의 거리(distance)를 느끼는 한에서, 즉 지상의 세계와의 관계 안에서 그 불안하고 위태로운 에너지를 보존한다. 그림자는 현실의 반대이기도 하지만 현실의 일부이듯, 땅 위의 허공은 땅의 바깥이라기보다 땅 바로 위에서 땅을 땅으로 만드는 것이다. 허공에 매달려 우리가 보는 것은 허공이 아니라 허공의 아래 지상이다. 스스로 흔들리면서, 움직이지 않는 것들을 바라본다. 그러면 땅에 붙박인 세상이 흔들리고 경계들은 번지고 풍경은 모호해진다.

이때 아름다운 것은 허공인가, 풍경인가. 김성중이 그리는 허공의 집은, 내려다보이는 풍경에서 혼란하고 지루한 곳들을 관찰하기에 적합하지도 않고 그 풍경을 파헤쳐 폐허로 인식하는 장소도 아니다. 이곳은 차라리 허공 아래에서 올라오는 "기이하고 폭발적인 활력"(「계발선인장」)으로 인해 문득 뚫려 버린 공백 같은 곳이다. 어쩌면 이곳은 지상과 머나먼 다른 차원의 공간이 아니라, 지상의 한 차원에서 다른 차원으로 옮겨 가는 "도중"의 시간일지도 모른다. 그러므로 지상적 관점에서 이것은 역사적 시공(時空)의 바깥으로 밀려난 외부-세계가 아니라 역사적 시공 위로 살짝 들어 올려진 겹-세계다. 허공에서 가장 진풍경은 지상의 것들이 시야에 들어올 때 나타난다.

놀라운 곳을 지나고 있었다. 그곳은 말라 버린 뿌리의 숲. 지상에서 사라진 식물들이 떠 있는 곳이었다. 거꾸로 된 꽃다발처럼 풍성한 뿌리 뭉치가 있는가 하면, 몇 가닥 되지 않는 잔뿌리도 있었다. 좀 더 올라가자 잎이 다 떨어진 나무들의 모습이 드러났다. 소년은 이 풍경을 소녀에게 보여 줄 수 없는 것이 안타까웠다. 온 세상의 부품이 공중에 떠 있어. 낱낱의 부품이 다른 세상으로 옮겨지는 중인 거야.(「허공의 아이들」)

나는 세찬 바람이 날려 뼈 먼지가 공중을 가득 메우는 상상을, 유골마다 불이 붙어 도시 전체가 날아오르는 불티로 환하게 차오르는 상상을 했다. 아득한 순간마다 나는 맨 처음 떠오르는 영상에 빠져드는 버릇이 있다. 부모님의 시신을 한꺼번에 마주했을 때 생겨난 이 버릇을 생의 곳곳에 써먹었다. 삼베옷을 입고 관에 누운 남편을 볼 때도 나는 유리 곽에 들어 있는 마론 인형을 떠올렸다. 핏기가 빠져 입고 있는 옷처럼 누렇게 변한 남편의 얼굴을 마주 볼 용기가 없었기 때문에 인형의 커다란 두 눈, 볼펜으로 빨갛게 칠했던 입술, 노란 안경 수건을 덮고 자던 인형의 잠. 이런 연상으로 재빨리 달아났었다. 연상은 산불처럼 번져 괴로운 순간의 감각을 무디게 만들어 준다.(「개그맨」)

허공의 상상력이 놀라운 것, 황홀한 것, 아름다운 것을 낳는 장면들이다. 앞의 것은 허공에서 땅의 것들을 만나는 때고, 뒤의 것은 땅에서 허공이 환하게 차오르는 것을 보는(상상하는) 때다. 둘 다, 허공과 지상이 따로 관조되는 때가 아니라 두 세계가 혼융되거나 맞부딪치는 때의 폭발력을 보여 준다. 이런 때 나타나는 또 하나의 특징은, 충돌하는 혹은 섞여 드는 것들의 마주침이 구조적 체계나 인과적 연속성 같은 것에 의해 지탱되지 않는다는 사실이다. 다시 말해, 김성중이 짓는 허공의 집은 빽빽한 인과나 꼭 들어맞는 핍진함으로 지탱되는 구조물이 아니다. 애초에 허공에 뭘 세우면서 그다지 짱짱할 것을 기도(企圖)하지 않았을 것이다. 행동은 다음 행동을 예기치 않고 논리의 직선은 구부러졌으며 인과의 다리는 무너져 있다. 대신, 예측할 수 없는 것, 감미로운 생각들, 행동이 멈추는 곳, 이성이 한가로이 배회하는 곳이 이 구조물 곳곳에 드러나 있다.

이윽고 키키가 노래를 시작했다. 내가 알아들을 수 있는 것은 어떤 소녀의 날씬한 다리에 관한 대목뿐이다. 내 멋대로 지어낸 가사일지도 모른다고 생각하면서도 노래가 만들어 준 공상에 빠져드는 것을 멈출 수가 없었다. 길고 탄력 있는 다리로 전속력으로 운명에서 달아나는 소녀. 잔인한 태양이 조그만 그녀의 등을 다 태우고, 젊음이 벗겨지고, 어머니의 기도가 깨어지고, 욕설을 섞어야만 털어놓을 수 있는 세월이 이어지는 동안 그녀는 멈추지 않고 달리고 있다. 시간은 지날수록 멜로디가 아닌 스토리였다. 사람들은 그녀의 노래를 따라 어떤 인생으로 흘러 들어갔다.(「개그맨」)

이 인물이 "노래가 만들어 준 공상에 빠져드는 것을 멈출 수가 없었" 듯, 우리는 이 소설이 만들어 준 공상에 빠지는 것을 멈출 수가 없다. 그러자 이 소설에서 이성과 행동이 해소해 주지 못한 '그럴듯함'에 대한 조바심이 이 '공상'과 '정서'에 의해 녹아 버린다. 김성중 소설에서 공상과 정서는, 설정의 작위성을 진압하고, 스토리의 진부함을 이기며, 탐구의 자리를 채운다. 공상과 정서는, 세계를 인과적 연속으로 축소시키는 것에 반대하는 하나의 정신이며, 그 정신을 구조화하는 형식이기도 하다. 공상과 정서를 나르는 문장들, "태우고", "벗겨지고", "깨어지"면서 달아나는 그 문장들은 공상을 만들면서 지우고, 정서를 유발했다 휘발시키면서, 그 나타남과 사라짐의 시차(時差/視差)에다 허공을 짓는다. 그 허공의 집을 우리는 '시차'의 상상이라 부르자. 몽상가의 멜로디가 여기서 울려 퍼진다.

벽의 탐구 ─ 정용준의 소설들

정용준은 「굿나잇, 오블로」(《현대문학》, 2009년 6월)로 등단했다.[4] "해변을 피로 물들이고 죽어 가는 고래를 연상케" 하는 550킬로그램짜리 거구 여자의 가족 이야기였다. 움직이지도 말하지도 못하고 철제 침대에 누운 채로 밥을 먹고 똥오줌을 싸는 누나 '오블로(장미)'와 그녀에게 밥을 먹이고 똥오줌통을 갈아 온 지 2년이 되어 가는 '스끼(왕자)'가 있다. 「세상에 이런 일이」와 같은 텔레비전 프로그램에 오블로를 출연시켰다가 갑자기 들어온 후원금을 도박으로 날려 버린 이들의 아버지 '꼬프(행복)'는 더 이상 아무의 관심도 받지 못하는 딸의 취재를 요청하며 오늘도 전화기를 붙들고 있다. 본명인 장미와 왕자와 행복으로는 도저히 살 수 없는 이 가족에게 '스끼'는 러시아 문학에서 본 이름자들의 음절을 딴 제식의 이름을 붙였는데, 마침내 어느 날 그는 각 이름들에 맞는 결단을 행하기로 한다. 곤차로프의 소설 속에서 게으르고 무감각하고 무기력한

---

4) 이 절에서 언급되는 정용준의 소설은 등단작 외에 「벽」(《문학들》, 2009년 가을), 「가나」(《현대문학》, 2009년 12월) 「떠떠떠, 떠」(《문학과사회》, 2010년 겨울)이다.

'오블로모프'가 끝까지 그를 사랑해 준 부인의 편지를 안고 죽어 갈 때 "때로는 행복한 죽음도" 있으리라 생각한 스끼는, 오블로의 고통이 더 이상 지속되게 하지 않을 것을 암시하면서 이야기는 끝난다. 이들 모두는 삶이 오로지 '덫'이기만 한 상태에 처해 있다. 여기와 다른 저곳은 어디에도 보이지 않고 아무 꿈도 꾸지 못하는 세계에서 인간은 얼마나 비참할 수 있는가를 생각하고 말하는 것이 소설이라고 정용준은 생각한다.

정용준 소설에서 가장 주목되는 것은 진지한 소재 발굴과 주제 탐구와 그것을 파고드는 집요함이다. 더불어 핍진함이라는 소설적 요구에 부응하려는 노력도 눈에 띄는 덕목이라 할 만하다. 이렇게 쓰고 보니 좋은 소설을 평하는 진부한 문장의 외양을 그대로 따온 것 같다. 그렇지만 근래의 한국 소설을 비평하는 글들에서는 잘 만나지 못했던 말이기도 하다. 가벼운 소재들의 표면을 살짝살짝 쳐 주는 감각만으로 무장된 소설들이 넘쳐난다는 뜻만은 아니다. 이 작가에게서, 시대 역사적 현실에 꽤 민감한 편인 사람들도 잘 집어 올리지 않는 소재와 주제를 탐문하려는 의지가 엿보이고, 혼종적으로 널려 있는 텍스트적 가상을 현실적 간접 체험으로 흡수하는 능력이 돋보인다는 뜻이다. 더불어 인간의 실존에 근본적인 상황을 고안하고 거기에 인물을 끌어들이는 작업에 있어 구성력과 묘사력을 동시에 갖추고 있다는 뜻이다. 정용준은 정통적 의미에 모자람이 없는 '소설적인' 무대를 하나 세우고 그 세계에서 인간이 어떻게 움직이고 생각하고 살아남거나 죽어 가는지 탐구하는 작가다.

그 소설적 세계의 가장 큰 특징은, 벽이거나 어둠이거나 장애(障礙)거나, 인간을 옭아매는 조건들이 가시화되어 있다는 점이다. 극단의 외부적 폭력과 모멸이 낭자하기도 하고 지극히 개별적인 역경과 난국이 드러나기도 한다. 이때 중요한 것은 이 세계에 어떤 형태로든 인간들이 살고 있고 그로 인해 이 세계가 결국 살아 있는 인간들의 배후일 수밖에 없다는 사실이다. 여기서 이 세계가 진정 인간의 조건으로서 얼마나 합당한

가 하는 질문과 탐색이 속출한다.

집에는 갈 수 없어. 언젠가는 너희들도 일을 그만하게 되겠지. 그때 집에 가는 거야. 그리고 아프면 안 돼. 아프면 일을 할 수 없잖아. 그냥 무조건 열심히 일해. 참…… 이건 니들을 위해서 하는 충고인데. 될 수 있으면 생각을 하지 마. 고민도 하지 말고, 궁금해하지도 말고. 그래야 조금 덜 힘들어. (……) 일단, 관리 차원에서 몸에 번호를 새길 거야. 여기 주민등록번호라고 생각하면 돼. 조금 따끔거릴 거야. 그리고 가끔, 그래서는 안 되지만 도망가려는 놈이 있어. 그래서 왼쪽 발목을 딱 사분의 일만 자를 거야. 걱정 마. 일주일만 지나면 걸어 다닐 수 있어. (……) **사실, 진짜 우리도 피곤해. 너희들에게 일자리 주지. 월급 주지. 인간 만들어 주지. 암튼. 끝까지 살아남아서 훌륭한 일꾼이 되길. 이상!**(「벽」, 강조는 인용자)

이곳은 외딴섬의 염전이다. 소금 창고와 막사가 있다. 목덜미에 숫자를 새긴 사람들이 하루 열네 시간씩 쉼 없이 일한다. 공원 벤치에서 노숙하던 한 사내는 신분증과 명의를 도용당한 탓에 이 노예 노동의 현장에 인신매매되었다. 쪽방촌에 큰불이 나서 사망자만 100명이 넘자 정신이 온전치 않은 아내와 두 아들에게 보상을 받게 하려던 또 다른 사내는 실종자 명단에 이름을 올리고 이미 죽은 신세가 되어 이곳으로 왔다. "일꾼이 될 사람은 소금 더미만큼이나 많이 널려 있다. 그들은 대부분 신원이 불분명하다." 멈추지 않는 기계처럼 일꾼들이 움직이고 녹슨 기계를 갈 듯 갈아 주어야 할 일꾼들도 널려 있는 한, 이 "염전의 경영 방식은 최고의 효율을 자랑한다." 일의 속도가 느리면 때리고, 맞아서 쓰러지면 일으켜 세워 또 때리고, 또 쓰러지면 또 때려서 "살아 있는 시체", 즉 '벽'으로 만드는 이곳에서, 인간은 "모든 곳이 벽으로 막혀 움직일 수 없"으며 스스로 벽이 되거나 벽이 되었다가 죽거나 누군가를 벽으로 만들면서 버틴다.

이 끔찍한 세계는 '기본적'으로, "일자리 주지. 월급 주지. 인간 만들어 주지. 암튼. 끝까지 살아남아서 훌륭한 일꾼이 되길" 종용함으로써 인간을 관리하는 세계다. '기본적'으로는 그저 관리되는 것일 뿐이다. 더 빨리 일어나고 더 열심히 일했으면 살아남을 수도 있는 곳, 헛생각하지 않고 불만 갖지 않고 주인의 말을 들었어야 했다고 후회하게 만드는 곳, 모든 폭력과 억압을 "그럼에도 불구하고 잘 이겨 냈어야" 하는 이곳, 이곳은 그렇다면 '기본적'으로 어디란 말인가? 오직 외딴섬의 염전만인가? "이것은, 사람이 아니다."를 되뇌면서 생존을 지속하는 존재들의 참상은, 대체 무엇을 가리키는가? "몰아붙일수록 삶의 포기는 선명해지고 생존 본능은 강해진다는 원리"가 과연 노동과 생존의 교환이 이루어지는 인간세계의 모든 조건과 다른 것이 무엇인가? 문득 이런 질문에 맞닥뜨리지 않을 수 없다. 이런 조건에서 인간은, 대체 무엇으로 인간인가 하는 불안한 의문이 우리를 휩싸고야 만다.

이 '불안한' 의문을 품고서, '삶'을 포기하고 '생존'을 택하는 것은 결국 살아 있는 시체가 되는 것임을, 그러나 생존을 택하지 않으면 더 이상 삶이 있을 수 없음을, '이 세계의 조건'으로서 탐구하는 것이 정용준의 소설이다. 이런 세계에서는 끝없는 침묵뿐인 바다도 벽이며, 죽고 싶다는 생각이 끝없이 회귀하는 시간도 벽이다.(「가나」) 벽에 갇힌 인간에 대한 이 탐색은 인간과 비인간을 구별하는 절차가 아니라 인간과 비인간을 구별할 수 없는 세계의 확인이다. 인간성이란 "이해할 수 있는 게 아니라 오직 확인만 가능한"(「떠떠떠,떠」) "장애"와 다를 바가 없는 것이다. 「떠떠떠,떠」에서 말더듬이 남자와 간질병 앓는 여자가 동물 탈을 쓰고서만 일할 수 있게 된 것을 두고 "동물이 됐다. 일하는 것이 가능해졌다."라고 적확하게 진술한 바를 상기해 보라. 이 세계의 조건은 동물로서만 생존을 택할 수 있고 그런 한에서 '인간'의 삶은 다 불구거나 기형이라는 뉘앙스는 충분히 설득적이다.

정용준의 세계 탐구가 설득력을 얻는 요인은 복합적이다. 우선, 앞에서 확인했듯 사방이 벽으로 막힌 세계를 구조적·사실적으로 파고들어 탐색의 깊이와 타당성을 얻게 한 까닭이 있을 것이다. 한편, 비인간적인 세계를 직설적으로 기술하여 명료한 메시지를 노출한 것도 한 요인일 것이다. 예를 들면 "죽음이 보편적이고 일상적인 곳에서는 죽는다는 것이 의미를 갖지 못한다. 염전에서의 죽음은 더 이상 특별하지 않다. 죽음이 너무도 사소하고 끊임없이 반복되기 때문이다."와 같은 진술로 말이다. 그러나 정용준 소설의 진짜 호소력은 이보다 사소한 데서 기인한다. 이를테면, 「벽」에서, 21은 항상 옆자리에서 들리지 않는 한숨을 나눠 쉬고 쉽게 잠들지 못할 때마다 가슴을 토닥여 주었던 9를 때리고서, 때려서 마침내 죽게 하고서, 반장 21이 되는데, 지금도 빨리 잠들지 못하면 그때마다 스스로 왼쪽 가슴을 두드리며 잠이 들곤 한다. 자기가 벽이 되지 않기 위해 서로를 벽으로 만드는 세계의 모순은, 이렇게 비인간성과 인간성이 충돌하는 현장에서 그 참혹성을 드러낸다. 소설의 근본적인 상황을 '벽'의 세계로 설정하고 그 가설의 무대를 세계의 핵심적 참혹성을 드러내는 현장으로 전환하는 데에는 어떤 사실적 사건보다 이야기 전체를 울리게 하는 이런 핍진한 화소의 역할이 가장 클 것이다. "어디에서나 눈을 들면 눈앞을 가로막고 서 있는 벽"들이 한 세계의 조건을 설정한다. 그 설정은 서사적 인과성에 의해 탄탄해진다. 탄탄한 이야기의 벽들은 크기가 다른 벽돌들이 제각각 있을 자리에 놓여 있을 때 공명한다. 이 벽 쌓기를 우리는 '벽'의 탐구라고 부르자. 벽들 사이로 세계가 이빨을 내민다.

소설의 한낮

본격적으로 소설을 쓰고 있는 세 명의 신인 작가를 만났다. 돌아오는 것, 휘발되는 것, 가로막힌 것 들을 관찰하고 상상하고 만들어 내는 각각의 양상을 간략하게나마 짚어 보았다. 여기에서 공통적으로 있는 것과 공통적으로 없는 것이 이제 좀 보인다. 공통으로 없는 것은 좀 많다. 이들은 모두 이삼십 대 젊은 작가들인데 이들의 작품에는 젊은 세대의 풍속이나 그들이 특히 절망하거나 열망하는 세태가 별로 드러나 있지 않다. 가령 연애나 결혼의 형식까지 소유/소비로 대체하는 자본주의적 문화 양상이 많이 안 다루어지고, 비정규직 노동자들이나 은둔형 골방족들의 현실 같은 것도 잘 안 보인다. 포스트모던 대중문화의 파편들도 거의 등장하지 않는다. 혼종적 글쓰기라고 불리는, 이질적인 장르의 텍스트들을 자유롭게 병치하는 방법도 도입되지 않았다. 서사가 불가능하다는 위기감에 의한 과격한 상상력도 없다. 막다른 현실과 소멸의 분위기는 있지만 문명의 종말과 파국을 예단하는 묵시록적 세계 인식은 도드라지지 않는다. 홈드라마든 정념의 드라마든, 가족과 연애에 소용돌이치는 갈등도 안 보인다. 시대 역사적인 상황을 가늠케 하는 세목들도 상세하지 않다.

이 다채로운 공통성 없음을 뒤로하고 공통으로 있는 것을 말해 보자면, 간단하다, '탐구'. 인간에 대한 탐구. 무엇을 기억하는 인간, 무엇을 상상하는 인간, 무엇에 가로막힌 인간 등등, 인간으로 존재하는 사태에 대한 탐구가 이들에게 있다. 세대와 세태와 세상 너머의 인간과 세계를 근본적으로 상상하는 태도랄까, 소설의 가장 근원적인 관념에 보다 가까워지려는 추구랄까, 그런 묵지근한 열망이 무르익고 있다. 가장 정통적인 의미에서의 소설의 시간을 온전히 누리고자 하는 이런 작가들이 있어 2010년대 한국 소설은 아직 소설의 주기를 벗어나지 않고/못하고 있는 것이 아닐까. 이 시간대가 '소설'의 마지막 날들인지는 모르지만 그날

들 중의 한밤이 아니라 한낮인 것만은 확실하다. 한밤을 돌아 다시 한낮
에 이르렀고 다시 또 한밤에 이르기도 하겠지만, 지금 세 작가의 소설들
은 정오의 시간에 있다. 오후를 맞이하는 마음이 허전하지 않다. 부디,
굿 애프터눈!

(2011)

공감 의지 2012
―개방적 독자 시점의 소설들

간접 현실, 비체험, 인공적 허구 ── 무엇을 가지고 이야기하는가

현상부터 보겠습니다. 최근 들어, 특히 지난 1~2년 새 처음으로 소개된 작가들의 소설에 유난히 두드러진 특징들 말인데요, 이것은 상당히 가시적이어서 최근 신인들의 등단작을 챙겨 읽은 독자라면 모르는 척하기가 어려울 정도로 뚜렷한 경향입니다. 우리 소설이 다루는 세계가 우리가 경험 중인 현실에 대응하는 편보다 그렇지 않은 편이 더 많다는 진단은 별스러울 것도 없습니다만, 이 최근에 급증한 사례들을 대하다 보면 그것이 현실의 경계를 의심하고 재현의 양식을 반성하는 허구적 장치의 다양화 추세로만 보고 말 일이 아니라는 생각이 떠나질 않습니다. 어떤 소설들을 두고 하는 말인지 일부 작품명이라도 먼저 밝히자면, 2011년 손보미의 「담요」, 이갑수의 「편협의 완성」, 이상우의 「중추완월」, 김희선의 「교육의 탄생」, 2012년 박사랑의 「이야기 속으로」, 오한기의 「파라솔이 접힌 오후」 등의 등단작 혹은 그 후속작을 들 수 있겠습니다.[1]

등단작이란 것이 본래 그런 것이기는 하나, 이들이 특히 안정감에 대한 신뢰보다는 가능성에 대한 기대를 얻어 신선함을 어필한 데는 넓게 말해 소설이 다루는 대상의 차별화에 첫째 까닭이 있는 것으로 보입니다. 대체로 소설적 시공간의 확장이나 묘사 대상의 확대 혹은 상상력의 무한 증식 등이 거론되기 쉽지만 이런 설명은 사태의 특이함을 오히려 반감시킬 수도 있습니다. 바로 얼마 전, 이 신인들 중 특히 손보미, 오한기, 이상우의 소설을 들어 "현실을 반영하지 않는 소설들"이라 부른 평론가 손정수의 글 「허구 속의 허구, 꿈속의 꿈」에는 이에 대한 보다 면밀한 확인과 심도 깊은 진단이 개진되어 있습니다. 이들의 소설이 "중첩시킨 허구의 회로를 통해, 꿈처럼 혹은 게임처럼 동일한 상황을 반복하는 순환적인 구성을 통해 현실 반영의 여지를 차단하고 있다."라는 점을 규명하고 이 점이 "기존의 소설들과 결정적으로 분기되는 조짐"[2]이라고 그는 판단합니다. 허구의 재료로서 현실을 취하지 않는 데다 허구 속에 또 허구를 넣거나 허구들 사이의 상호 텍스트성을 통해 "현실 반영이나 알레고리화의 입지가 소거되"[3]는 구조를 지니는 이들의 소설이 "현실 모방과 결별하는 흐름을 한 단계 더 극적으로 진전"[4]시켰다는 것입니다. 참고하시기 바랍니다.

소설에 사실이 얼마나 반영되는가, 상상력의 가공이 얼마나 개입되는가의 문제를 말하려는 것이 아닙니다. 개인의 내밀한 의식, 주관적인 환영, 자유분방한 상상 등의 범람과도 상관없는 얘깁니다. 우리가 읽은 소

---

1) 등단작과 궤를 같이 하는 이들의 후속작은 손보미의 「그들에게 린디합을」, 「과학자의 사랑」, 이갑수의 「이해학 개론」, 「외계 문학 걸작선」, 이상우의 「부다페스트」, 「비치」, 「객잔」, 김희선의 「페르시아 양탄자 흥망사」, 「이제는 우리가 헤어져야 할 시간」, 박사랑의 「어제의 콘스탄체」, 오한기의 「더 웬즈데이」 등입니다. 2012년 신춘문예로 등단한 신인 중 김솔과 김의진이 각각 최근에 발표한 「소설 작법」과 「표지판들」도 추가할 수 있겠습니다. 물론 이 목록은 공통점 추출이 가능한 일 경향의 대표 원소들일 뿐입니다. 이들 외의 신인의 소설이나 신인이 아닌 작가의 소설에서도 유사한 경향을 말할 수 있음은 물론입니다.
2) 손정수, 「허구 속의 허구, 꿈속의 꿈──현실을 반영하지 않는 소설들」(《현대문학》, 2012년 7월), 308쪽.
3) 같은 글, 297쪽.
4) 같은 글, 303쪽.

설들에는 반영, 상상 등의 말로 포착이 잘 안 되는 특징이 있습니다. 표면적으로 그것은, 이 소설들이 현실적 환경, 사물, 사태를 근거로 하지 않을 뿐만 아니라 개인의 심리, 기억 혹은 공동체의 체험, 역사 등을 직접 취하지 않는다는 사실에서 기인하는 것 같습니다. 먼저 예를 말씀드릴까요. 손보미의 「과학자의 사랑」은 "브라이언 그린 박사가 《파퓰러 사이언스》에 2012년 1월호에 기고한 「고든 굴드——과학자의 사랑」을 번역, 정리한 것"이라는 전제로 쓰인 형태의 이야기인데 이 전제 자체가 실제 체험이나 기록과는 무관한 가공의 것입니다. 김희선의 「교육의 탄생」 역시, 천재 소년으로 추앙받던 한 남자의 회고록 『조국의 하늘 아래』를 바탕으로 잡지 《미스테리 월드》의 기사문을 작성하는 이야기인데 그것은 대중 매체에 모습을 드러냈던 현실의 특정인을 떠올리게 하면서도 알려진 정보를 의도적으로 위반한 허구입니다. 이상우의 「중추완월」은 거의 모든 장면을 누아르 영화의 이미지를 활용하여 이야기를 꾸리는바 여기에 보이는 생경한 모티프와 선연한 감수성은 실상 서사에 대해 회화적으로 익숙한 세대에게는 즉각적으로 환기 가능한 가상 이미지들의 것이라고 할 수 있습니다. 박사랑의 「이야기 속으로」는 아예 김승옥의 「서울, 1964년 겨울」이라는 텍스트 속으로 들어간 이야기이므로 이 소설이 전면적으로 대하고 있는 세계는 또 다른 소설의 무대입니다.

요컨대 이들의 묘사 대상은 현실의 체험이 아닌 것은 물론이거니와 관념, 상상, 환상도 아니고 개인의 기억, 의식, 내면 등도 아닙니다. 이 소설들이 다루는 대상 중에는 특히 이미 한 차례 이상 가공된 자료의 형태로 제시되는 경우가 많은데, 가령 가상의 책이나 영상, 이미 가공된 지식이나 정보가 소설 속에 유통되는 경우들을 보셨을 겁니다. 그런 경우에서 잘 알 수 있듯이 인용이나 패러디의 양식을 통해 어떤 사실을 중층적으로 매개함으로써 묘사를 간접화합니다. 넓게 말해 그런 소스들(가공된 데이터들)은 문화적으로 상호 소통하는 집단의 공동 체험이나 기억, 교양, 상식에 속할 수는 있습니다만, 어쨌거나 꾸며 낸 것이기에 '간접 체험'이라 하기도 어렵고, 잠재적인 것이 아니니 '가상현실'이라 하기도 어렵습니다. 보통은 간접 체험을 직접 체험처럼 묘사하려고 한다면, 이 경우 직접 체험도 간접화하여 인공의 현실을 만듭니다. 보통은 가상적인 세계를 현실인 것처럼 묘사하려 한다면, 이 경우 진짜 현실의 사건도 가상적으로 둔갑시킵니다. 가까스로 이름을 붙이자면 '간접 현실' 정도가 어떨까요? 원론적으로 소설이 언어와 서사로 현실을 매개하는 구조물이라 할 때, 현실을 매개한 그 (일반적인) 허구를 '자연적 허구'라고 한다면, 이 '간접 현실'을 매개한 허구는 '인공적 허구'라 할 수 있을까요? 이 글에서는 편의상 그렇게 부르는 걸로 하겠습니다.

이것, '간접 현실'이라고 부른 것을 좀 더 살펴봅시다. 최근 신인들의 소설에 간접 현실이 두드러진다고 말했을 때, 소설이 본래는 현실을 직접적으로 다루는 것인데 그들만 거기에 반한다는 뜻은 없습니다만, 그럼에도 이들을 유독 구별해야 하는 지점이라면 세부적으로 규명될 필요가 있겠습니다. 아시다시피 미디어 환경이 천변만화로 복잡다기해지고 그것들의 유저로서 인간의 활동 또한 천차만별로 분기한 현대적 조건 속에서 우리의 경험 자체는 이미 간접화되어 있고 현실의 풍경에 이미 가상의 존재들이 넘쳐납니다. 대부분의 소설에서는 물론 우리 삶의 제 국면에 간접 현실의 작동은 점점 더 강력해지는 중이라 해도 틀리지 않을 것입니다. 이런 상황에 보다 전면적으로 밀착하여서 간접 현실의 제 양태들을 적극적으로 소설에 활용한다는 것, 이 점이야말로 우리가 주목한 소설들의 가장 중요한 특징입니다. 다른 소설들이 전혀 그렇게 하지 않는다는 게 아니라 이 경우 더 확연하게, 의도적으로 그렇게 한다는 뜻입니다. 기지의 정보와 지식, 기성의 텍스트들을 그냥 데이터로, 간접 체험의 경로로 참고하는 데 그치지 않고 그것 자체가 하나의 현실적인 세계처럼 또는 누군가의 체험처럼 인공적으로 변형되어 소설의 한 화소로 차용되곤 합니다.

그래서 이들 소설에 나타나는 서사는 체험의 연쇄가 아니라 '비체험'의 연쇄라고 할 수 있습니다. 물론 소설은 원래 체험의 제약을 넘어서는 세계이지요. 때로는 체험이 불가능한 세계를 그릴 수도 있습니다. 에스에프적으로 미래를 구상하거나 공룡의 시대를 상상하거나 유령의 시계(視界)를 추측한다면, 인간이 아직 체험 못 한 미체험이거나 인간의 체험이 없는 무체험이거나 인간의 체험 이상인 초체험이라고 하면 될 겁니다. 그러나 우리가 주목한 '간접 현실'의 핵심은 그 모든 (탈)체험의 이야기들과 구별됩니다. 이것은 체험을 '실행'하는 이야기가 아니라 체험을 '실험'하는 이야기라고 할 수 있습니다. 어쩌면 이는 서사에 대한 태도 혹은 인식의 문제인 것도 같습니다. 간접 현실을 통해 세워진 소설의 무대에 등장하는 이야기는 '체험하지 않는 체험의 서사'입니다. 이것을 '비체험의 서사'라고 합시다.

우리가 주목한 소설들에서 또 하나 짚고 넘어갈 특징은, 주로 이 부분에서 각별한 문학적 의의가 찾아지곤 하는데요, 간접 현실을 다루는 이 인공적 허구가 최종적으로 지향하는 현실이 없다는 점입니다. 보통의 소설 — 앞에서 자연적 허구라 지칭했던 — 은 현실을 매개하여 허구를 창조한다면, 이들, 인공적 허구는 허구를 (재)매개하여 또 다른 허구를 위조하기 때문입니다. 여기엔 사실/허구, 현실/가상, 진/위, 안/밖, 중심/주변 등의 경계가 설 수 없을 테니, '현실이란 무엇인가'와 같은 근본적인 문제의식이 발생하겠지요. 물리적, 심리적 세계를 질서 짓는 층위가 파괴될 테니, 세계와 자아라는 것의 실체가 의심되고 리얼리티, 아이덴티티 등의 허구성이 폭로되겠네요. 네, 너무 익숙한 이야깁니다.

*

　최근의 신인들에게 보이는 현상을 거론하면서 그 특징을 규명한다고
했습니다만 눈치채셨다시피 이것은 비단 '등단작들'이 보이는 '최근'의
특징만은 아닙니다. 개인의 역사나 사회적 현상 쪽보다는 문화적 소스나
예술적 자원 쪽을 소재화하는 것, 그리고 그것으로 복잡하고 정교한 허
구를 구축하기로는, 이들보다 조금 일찍 등단한 최제훈이나 조현, 더 일
찍 등단한 김중혁이나 박형서, 더 선배로는 박성원이나 최수철의 소설들
이 더하면 더하지 않겠습니까. 바로 한 해 전인 2011년 여름, "한국 소설
의 단면도"를 그린 평론가 김형중이 "프랑켄슈타인 박사의 소설 쓰기"라
고 명명한 그 경향과도 통할 것인데, 그가 "이즈음 한국 소설은 브리콜
라주처럼 구조화되어 있다."[5]라면서 "원로급 중견 작가도, 한참 아래 신
예 작가도, 한국 문단의 중추라 불리는 작가들과 나란히, 오늘도 재료를
모으고 조립하고 재배치하느라 여념이 없다."[6]라고 언급한 말은 오늘날
우리 문학에 분명히 만연해진 하나의 사태를 예증합니다. 이른바 "라이
브러리 키드"들의 이런 상상력과 글쓰기를 스패니쉬 문학의 거장 보르헤
스에게로 잇대 보는 것도 유례없는 일은 아닌 만큼 시야를 문학사 전체
로 돌린다 해도 작금의 경향이 유일무이한 것일 리 없습니다.[7] 문학적
계보를 달리하는 소설들에 대해서도, 소설이 원래 간접 체험과 정보와
자료의 조합이 아니냐고 한다면 우리가 주목한 경향은 보다 가시적이라
는 차이만 지니는 것일지도 모릅니다.
　맞습니다. 가시적이라는 것입니다. 눈에 띄게 많아졌고 점점 더 그럴

　5) 김형중, 「프랑켄슈타인 박사의 소설 쓰기──2011년 여름, 한국 소설의 단면도」, 《문학과사회》
　　 2011년 여름, 227쪽.
　6) 같은 글, 234쪽.
　7) 남진우, 「부유하는 서사, 증식하는 세계──최제훈, 미로 소설/무한 소설을 향하여」, 《문학동네》
　　 2012년 봄호 참조.

것이라는 예감이 듭니다. 앞에서 참고했던 평론들에도 이런 예측이 있습니다. 김형중은 특히 '브리콜라주 기법'에 중점을 두었지만, 그리고 이는 이 글에서 우리가 관심을 두고 있는 '간접 현실'이나 '비체험'의 효용과는 조금 거리가 있는 이야기지만, "그(평론가 자신 — 인용자)의 의지와도 작가들의 의지와도 무관하게 소설은 지금 그가 들여다보고 있는 단면도처럼, 그런 방향으로 씌어질 것"[8]이라고 예견했습니다. 손정수는 이런 경향이 새롭다거나 한국 작가에게 유례없는 실험인 것이 아니라 "유난히 변화가 신속하고 짧은 주기에도 진폭이 심한 한국 소설에서 하나의 흐름으로 운동성을 발휘하고 있다는 사실"이 문제적인 것이며 "그 운동성의 현실적 근거를 따져 보는 것이 그와 같은 현상 지적 이후에 이루어져야 할 과제"[9]라고도 했습니다. 조심스럽게 말씀드리자면, 이 글에서 우리는 "이제 그 운동성의 현실적 근거"를 생각해 보려고 합니다. 꼭 정확한 진단을 목표해서가 아니라 틀리더라도 지금 필요하다고 생각했습니다.

소통 환경의 변화 — 무엇에 주목해야 할까

소설은 언제나 주변의 다른 무엇들과 경쟁해 왔습니다.[10] 소설 쓰기는 체험, 사실, 정보 등과 모두 상관하면서 동시에 모두와 구별되기 위한 작업입니다. 소설 쓰기는 또한 전기문, 역사책, 신문 기사, 회고록 등의 각종 문자 서사의 문체와 영화, 연극, 만화 등 다양한 미디어의 서사 양식들의 영향력 안에서 저 나름의 독자성을 잃지 않으려는 작업이기도 합니

---

8) 김형중, 앞의 글, 241쪽.

9) 손정수, 앞의 글, 299쪽.

10) 이 문단의 논의는 김희선의 소설 「페르시아 양탄자 흥망사」를 살피면서 "경험과 의사소통의 직접성이 감소한 우리 시대의 서사에 그려진 이색적인 패턴"의 징후를 이야기해 보았던 졸고, 「비체험의 서사」(《웹진문지》, 2012년 7월)에서 간략하게나마 언급한 내용입니다.

다. 그런데 우리가 주목한 '비체험'의 소설들은 시작부터 이 경쟁 구도를 독특하게 이용하면서 마침내 이 경쟁 구도가 변형되거나 사라지게 하는 데로 이릅니다. 사회 역사적 지식과 정보, 또는 장르와 양식을 불문한 선행 예술 텍스트와 문화 콘텐츠 등을 취사, 합성, 가공하는 경로와 방법이 급진적으로 활달해진 것이 무엇보다 현저한 경향인데, 중요한 것은 그 정도의 차이라기보다 그 목적과 수단에 대한 자의식 자체의 변화입니다. 우리가 실감하는 것이 이것입니다. 주로 검증, 설득, 이해를 위한 사실성이나 개연성을 도모하는 방책이었던 이 데이터들은 여기서 검증, 설득, 이해 등을 고려하지 않으면서 혹은 전혀 다른 방식으로 고려하면서 사실성이나 개연성 자체를 무의미하게 만들거나 아예 다른 의미로 만들어 내는 데 기여합니다. 데이터가 체험을 보완하는 소설들에서의 목적과 수단이 전도된 셈이지요.

다양한 간접 현실들이 소설에 유입되는 경로에 확연한 차이점이 있음을 알리는 사례로 이상우의 소설은 매우 주목할 만합니다. 그의 등단작 「중추완월」이 알려 온, 가히 발본적이라 할 스타일의 한 극단에 관심이 향하셨던 분들이라면, (그의 후속작들 전편에 대해 비슷한 느낌을 이야기할 수 있겠습니다만) 최근의 「객잔」에서 다시 한 번 야릇한 흥분을 느끼지 않을 수 없었을 것입니다. 매달 신진 소설가들의 단편 가운데 한 편씩을 '이 달의 소설'로 선정하는 한 웹진에서 이 작품이 지목되기도 했는데요, 선정 이유로 발표된 견해들에 공감을 표현하는 것으로 이 작품을 소개해 보겠습니다. 「객잔」은 "절정곡(絶情谷)의 단장애(斷腸崖)에서 16년의 시차를 두고 투신했던 양과와 소용녀가 『신조협려(神雕俠侶)』의 전개와 달리 서로를 찾아 헤매다가 엇갈린 끝에 찾아들고, 소설의 배경과 동시대에 실존했던 이규보가 찾아와 시를 쓰는 기이한 흑백의 장소"[11]를 배경으로 하는 소설입니다. "김용의 무협 소설을 오마주한 것이고 그래서 읽는 내내 왕가위 감독의 영화 「동사서독」을 떠올리게"[12] 하지요. 하지만

이 소설의 인물, 사건, 배경이 다른 장르, 다른 매체의 텍스트로부터 취한 재료들로 구성되었고 무협 소설(또는 무협 만화)이나 누아르 영화적인 기시감이 소설 전체의 분위기를 장악하고 있다는 사실이, 이 소설의 서사적, 주제적 소통에 결정적인 요인은 아닙니다. 이 소설에서는 자료의 원본이라 할 만한 대상이나 이 무대의 최종적 지향을 담보하는 세계에 대한 탐구가 거의 중요하지 않습니다. 몽환적인 분위기, 우울한 정조, 환영 같은 이미지들의 연속은 "세계의 끝" 혹은 "의식의 끝"이라 할 만한 꿈 같은 세계의 관능과 허무를 분위기로 현시할 뿐, 서사의 변주나 새로운 테마 창출에는 철저히 무관심하다고도 할 수 있습니다.

오해가 없어야 합니다. 이 소설은 무협의 형식, 영화의 기법, 만화의 이미지 등을 '차용'한 것이 아니라, 무협 소설이나 홍콩 영화의 요소로서 익숙한 이미지, 내레이션, 메시지 들을 소설의 '재료'로 사용했다는 것입니다. 여기에 사용된 그 재료들은 특정 작가나 작품에 귀속시킬 수 없는 '간접 현실'들입니다. 그러니까 소설이자 영화인 「신조협려」에서 소설 「객잔」이나 영화 「동사서독」에 활용된 요소들은 원본의 아우라와 권위를 챙길 수 있는 기명 텍스트가 아니라 그 텍스트를 직접 대한 경험이 있거나 없거나 동시대 누구든 향유가 가능한 무기명 소스(sources), 차라리 '공유재(公有材)'에 가깝습니다. 우리가 주목한 소설들은, 바로 이런 재료들이 소설의 주요 묘사 대상이 된 텍스트들입니다. 이상우의 소설이 누아르 영화나 무협 만화를 사용했다면, 손보미의 소설은 번역 소설을 비롯한 각종 문서, 영미 드라마나 영화 등을, 김희선은 신문 잡지의 기사문이나 현대 역사의 스캔들을, 이갑수는 위키피디아식 정보와 과학 기술 경제 제반에 걸친 각종 지식서들을, 오한기는 주간지 기사문, 삼류 소설, 단편영화 등을 사용했다고 말해 볼 수 있습니다.

---

11) 조형래, '이달의 소설' 선정의 말, 《웹진문지》, 2012년 10월.
12) 강동호, 같은 곳.

그렇다면 이들은 소설을 왜 이렇게 쓰는 것일까요. 어째서 직접 대면할 수 있는 현실들 대신 간접 현실들을 끌어옴으로써 "지금-이곳의 삶을 의식하지 않는 이야기의 비중이 증가하는 추세"[13]처럼 보이게 된 것일까요. 미디어 환경을 또다시 거론하며 현실이 이미 간접화된 상황을 답으로 말해 볼 수도 있겠습니다. '현실적' 소재의 고갈이랄까, 소설적 문제의식을 개진해 갈 새로운 모험의 주체로서 자기 자신(의 직접 현실)에 확보된 체험은 오히려 점점 더 부족해졌다고도 생각해 볼 수 있습니다. 세상에 넘쳐나는 온갖 이야기들 속에서 자신만의 서사란 이미 있거나 아예 불가능하게 돼 버린 것이라는 진단도 가능할 겁니다. 이야기가 성립되지 않거나 너무 쉽게 성립되는 조건이란, 현실에서 벗어나 이야기가 만들어질 수 있는 독자적인 구조가 필요하다는 뜻이기도 하고, 그렇게 이야기가 독자적으로 지탱될 수 있는 구조가 이미 어느 정도 형성돼 있다는 뜻이기도 합니다. 모든 이야기는 결국 "전해 들은 말의 연쇄, 일명 '카더라 통신'이라는"[14] 것은 이제 우리의 언어 환경을 설명하는 가장 적확한 인식인 것이 사실 아닙니까.[15]

이상의 진단은 모두 일리가 있습니다. 다만, 이를 조금 달리 말해야 할 것 같습니다. "지금-이곳의 삶을 의식하지 않는 이야기"가 증가하는 것은 지금-이곳을 의식하지 않기 때문이 아니라 지금-이곳이 아닌 이야기를 하는 것이 지금-이곳을 의식하는 한 방법이 되기 때문일 수도 있지 않습니까? 우리의 경험 현실과 흡사한 세계를 소설의 무대로 삼는 것은 우리 사회 현실의 제 문제들을 소설 속에서 직접 대면한다는 의미 외

---

13) 손정수, 앞의 글, 292쪽.
14) 최제훈, 「괴물을 위한 변명」, 『퀴르발 남작의 성』(문학과지성사, 2010), 254쪽.
15) 앞에서 참조한 손정수의 글에는 이상우의 소설이 "충분한 언어를 공급"받고 있는 곳은 "현실이라기보다는 미디어, 혹은 미디어에 의해 매개된 현실"(307쪽)임과 손보미, 오한기의 소설들이 "허구의 폐쇄 회로"(303쪽)를 구성하여 허구 세계의 결속력을 강화하는 현상에 대한 세부적인 분석도 있습니다.

에도, 그렇게 하는 것이 소설을 통해 상호 소통하는 데 가장 효율적이기 때문이라는 뜻도 됩니다. 사람들의 세계관과 이데올로기가 마련되는 '현실'이란 장을 그 구성원들이 단일한 형태로 공유하고 있다(는 상상이 가능하다)면, 현실의 묘사를 매개로 하는 것이 구성원 간 소통에 가장 효율적일 것입니다. 그러나 현재, 2012년 우리 사회 문화 안에서 그런 소통의 효율성을 좌우하는 환경은 크게 달라진 것 같습니다. 바로 어제오늘의 일이라기보다 대략 10여 년 전부터 시작된 격변이 지금도 진행 중인 것으로 볼 수 있을 듯한데요. 다시 말하면, 지금-이곳에 대해 이야기하는 것이 상호 간 소통을 증대하여 지금-이곳을 더 잘 의식하게 하는 것이 아니라, '다른 것'을 이야기하는 것이 상호간 소통을 증대하여 오히려 지금-이곳에 대해서도 더 잘 의식하게 만들 수도 있다는 얘깁니다. 요컨대 소설이 '간접 현실'을 묘사하는 것은 그렇게 하는 것이 더 잘 통(한다고 생각)하기 때문입니다. 체험을 얘기해야 체험적으로 들리는 것이 아니라 비체험이 더 체험적으로 들릴 수도 있습니다.

그러므로 중요한 것은, 현실이 균질하지 않고 다양한 리얼리티가 가능해져서 문학이 새로워졌다고 생각하는 것보다 더 핵심적인 것은, 바로 이 점, 쓰고 읽는 자들 간의 소통이 마련되는 기반이 달라졌음을 인식하는 것입니다. 문학이 지금-이곳을 의식한다는 생각에 덮여 있던 어떤 부자유, 오랫동안 문학이 인간의 삶을 매개한다는 의의를 문학이 현실을 묘사한다는 것으로 대체함으로써 제약되었던 어떤 구속을 볼 수 있게 된 것입니다. 우리가 주목하는 소설들을 통해 더욱 생각해 봐야 할 것은, 리얼리티란 무엇인가를 묻는다거나 상상력의 조건과 한계를 재탐색한다거나 현실과 허구의 관계를 조정하는 문제가 아닙니다. 사회 구성원 혹은 독서 공동체 간의 소통 기반의 변화와 그에 따른 소설 쓰기 혹은 읽기의 위상 변화를 생각하는 일이 이제부터 이 글이 나아갈 길입니다.

'반투명'의 언어와 소통의 네트워크 — 어떤 차이가 생겨났을까

살펴본 대로, 우리가 주목한 소설들은 '간접 현실'을 통한 '비체험의 서사'를 통해 일차적으로 "소설이라는 작위의 가공성을 갱신"[16]합니다. 이렇게 갱신된 작위의 세계엔 이전과 어떤 다른 점이 생겨난 것일까요. 일전에 다른 지면에서 분석한 적이 있는 사례인데, 김희선의 「페르시아 양탄자 흥망사」에 관한 얘기로 우선 이 점을 짚어 볼까 합니다.[17] 30여 년 전 대거 유행했던 이란산 '헤라티 카펫'의 모조품, 일명 '페르시아 양탄자'를 주요 소재로 한 이 소설은, 이 중심 사물의 내력을 찾아 인물들의 행위나 관계를 확보하는 것이 아니라 이야기의 시작부터 "이란의 메샤드란 도시에 있는, 한 카펫 가게 주인, 아부 알리 하산"의 진술(담론)을 풀어 놓습니다. "한국과 이란 친선 외교의 상징으로 서울시청 시장 집무실에 당당하게 깔려 있던" 진품 헤라티 카펫 한 장을 시청 세탁실 담당자였던 "김선호옹"이 1979년 12월 13일 밤 시청 지하 창고에 넣어 두었고, 그것을 1987년 여름 검은색 승용차의 남자가 다시 김선호옹에게 세탁을 맡겨 그의 집 창고로 옮겨졌음이 여러 사람들의 발언(담론)에 의해 밝혀집니다. 그러니 "집안의 카펫 사업이 바로 그 테헤란로의 흥망성쇠와 운명을 같이했던" 하산의 이야기와 1977년부터 현재까지 "세상이 떠들썩하든 말든" 흥망성쇠를 거듭한 세탁업자 김선호옹의 이야기가 교직되어 있는 이 이야기에 실제의 체험, 사실, 역사 등은 거의 개입하지 않

---

16) 일전에 우리는 손보미 소설에 대해 "그의 문장은 현실의 시공간적 맥락에서 발생한 사건의 기록이 아니고, 한 인물의 심리적 맥락에서 탄생한 진실의 서술이 아니었다. 그래서 그 세계에서는 인물, 사건, 배경이 각각 제 형태로 놓인 게 아니라 모두 누군가의 '진술'에 용해되어 있던 것인데, 다시 말해 모든 것이 누군가의 '말'을 통해 나타난 세계였던 것이다."라고 분석하면서 그것이 "소설이라는 작위의 가공성을 갱신"한다고 이야기한 적이 있습니다. 이 책의 3부에 실린 「웰컴 — 손보미 소설 읽기」를 참조할 수 있습니다.

17) 이하 김희선의 「페르시아 양탄자 흥망사」에 관한 논의는 졸고, 「비체험의 서사」(《웹진문지》, 2012년 7월)에서 개진한 바 있습니다.

은 것입니다. 한 중심인물(화자)의 체험이나 기억을 대신하여 스토리를 마련하는 것은, 출처를 알 수 없고 사실 여부를 확인할 수 없는 (그러므로 가공인) 정보의 취합과 조작입니다. 요컨대 이 소설은 기억, 사실, 역사 등의 직접 현실의 체험이 아닌, 이미 가공된 담론 형태의 간접 현실로 서사를 조직합니다.

이때 이런 가공의 정보들은 일반에 잘 알려져 있지 않은 사실을 폭로하는 검증의 도구가 아니라 사건의 심리적 상관관계를 자연스럽게 이해시키는 그럴듯한 사례가 되어 줍니다. 그것들은 무엇을 설명할 수 있는 권위를 갖지 못하고 호기심과 흥미를 북돋는 데 도움을 줄 뿐입니다. 그러므로 어떤 실제 사건 혹은 사실이 소설에 등장하더라도, 그것은 입증되고 설명되어야 할 역사가 아니라 입증될 수 없는 세상사에 뿌리내린 장면으로 드러납니다. 소설 속에서 1979년 12월 12일, 1987년 여름, 1997년 겨울 등으로 표시된 시기의 사건들은 우리가 아는 실제 역사에 관한 의문에 답한 것이 아니라 지금 전개 중인 이야기에 합당하게 제안된 장면들일 뿐입니다. 따라서 이 소설에서 사실과 사물은 지시와 보고로 드러나는 것이 아니라 이미 판단과 선별을 거친 가공물의 형태에 기입되어 나타나고, 우리가 대면하는 것은 직접적인 기억과 기록이 아니라 그것들을 이미 해석하고 난 후의 이해입니다. 이야기는 현실에 직면하지 않으며, 화자와 청자 사이의 의사소통은 이야기 자체를 통해 이루어지지 않습니다. 전언은 이야기 속에 담겨 있는 것이 아니라 그런 이야기를 그 타이밍에 제시했다는 사실에 의해 암시적으로 전해집니다.[18]

---

18) 실제로 우리가 주목한 소설들에서 간접 현실을 취하는 방식은, 이전의 의미나 맥락을 잘 고려한 것이 아닙니다. 그것은 이전의 사고 전개 속에서의 순서나 논리에 상관없이 현재 진행 중인 이야기 전개에 힌트가 될 만한 일부 단어, 문장, 화소 등을 가져다가 이쪽 사고의 흐름에 맞춰 이야기를 짜 나가는 것입니다. 그런데 이렇게 함으로써 각 부분들이 서로 공명하며 이야기를 진전시키자, 이는 오히려 하나하나의 독창적인 화소들이 의미와 논리로 이야기를 구축하는 방법보다 더 활달하고 신선한 이야기를 낳습니다.

소설을 둘러싼 화자와 청자 사이의 의사소통이 이야기 자체를 통해 이루어지는 것이 아니라는 말은 앞에서 보았던 이상우의 소설을 떠올리면 더 잘 이해될 수 있겠습니다. 하염없는 꿈속에서 안개 긴 궁릉을 헤매는 듯한 「객잔」의 세계는 어떤 논리, 내용, 의미로 환원되지 않습니다. 나, 규보, 양과, 용이, 미야세 등은 이 흑백의 객잔에서 모두 꿈을 꾸는 자기이거나 꿈속의 서로인지도 모릅니다. 꿈을 꾸지 않으면 영원히 길을 잃을 듯한 이곳, "의식 너머의 화폭"과도 같은 이곳에는 누구의 체험도, 정확한 사실도, 유일한 진실도 깃들어 있지 않습니다. 이 이야기를 쓰고 읽은 자 사이의 교감은 진실, 의미, 내용에 관한 것일 리 없습니다.

그러나 이 소통의 회로는 쓰는 자와 읽는 자 사이에 일자형으로 놓인 것이 아닙니다. 가까운 주변만 살펴도, 김용의 무협 소설을 읽고, 『신조협려』, 『사조영웅전』 등의 무협 만화를 즐기고, 「동사서독」, 「소오강호」, 「동방불패」 등의 영화를 본 동시대 사람들 사이에, 어지러우리만치 복잡다양한 소통의 네트워크가 이미 펼쳐져 있습니다. 그 네트워크의 어느 교차점들을 이으면서 이 소설을 통해 새로 불이 켜진 소통의 회로가 있는 게 아닐까요? 거기에, 꿈속에서도 부질없는 미망과 지독한 공허에서 벗어나지 못하는 영혼들의 우수(憂愁), 꿈과 깸, 저편과 이편을 불안히 떠도는 망령 같은 의식의 편린들이 건져진 것이 아닐까요? 그러나 이 소설을 읽으며 마음을 흐리는 안개, 눈 밑을 적시는 습기, 머리카락을 날리는 바람 소리를 느낀 독자라면, 다른 어떤 소설보다 이 소설과 덜 소통했다고 말하지는 않을 것입니다. 어떤 고유한 체험보다 더 개연적이고 어떤 진실한 사유보다 더 공감되는 느낌이 이 회로에서 오갈 수 있습니다. 우리는 이것이, 경험과 의사소통의 직접성이 감소한 우리 시대 서사의 불가피하고 자연스러운 운명이라고도 생각합니다.

*

흥미로운 관찰이 있습니다. 우리가 주목한 등단작들의 심사평을 일별해 보면, 심사자가 그 작품에 손을 든 이유들에 약간의 공통점이 발견됩니다. 이를테면 '기존 소설의 관점에서 보자면 아무래도 미덥지 못한 데가 있는 것이 사실이지만 잠재력이나 심사자의 취향을 고려할 때 이 작품을 택하지 않을 수 없었다'는 느낌을 다수 받았습니다. 기존의 문학 환경 바깥에서 옹호될 수밖에 없는 어떤 자질, 반대로 말하면 기존의 문학 관점으로는 옹호하기 어려운 점을 분명히 목도한 심사자들이 이 새로운 자질에 이끌리고야 마는 정황을 다소간 곤혹스러워 한다는 생각도 듭니다. 그런 정황이 가장 잘 엿보이는 작가가 이상우인데 그의 등단작의 경우 "스토리의 얼개가 지나치게 허술하고, 영화적 기시감이 곳곳에서 난다", "누구나 좋아하기 어려운 작품", "허술한 구석이 적지 않다" 등이 단점으로 지적되면서도, "우리 소설의 한 영역을 열어 갈 가능성", "한 신인 작가가 그려 놓는 나쁜 꿈의 파편에서 이 세대 이야기의 피와 뼈를 발굴하게 될는지도 모른다", "허술하나 매혹적인, 감성적으로 가장 참신하고 불편한 작품" 등의 호평을 얻었습니다.[19] 김희선의 등단작에 대한 심사평에도, "통일성을 제대로 확보하고 있는가"에 대한 의구심으로 분분했으나 "여러 가지 정보를 취합하여 한데 엮어 이끌어 갈 수 있는 필력, 장르 문학 범주의 발랄한 상상력까지 끌어안을 수 있는 잠재력 등"[20]의 덕목이 우위에 놓여 그에게 당선의 기쁨이 돌아갔음이 밝혀져 있습니다.

이와 같이, 어떤 참신한 느낌에 매혹되면서도 그것을 적극 인정하기 조심스러워하는 이 사태는 어떻게 출현한 것일까요. 즉 이들의 특성

---

19) 문학동네 신인상 소설 부문 심사평, 《문학동네》, 2011년 가을.
20) 작가세계 신인상 소설 부문 심사평, 《작가세계》, 2011년 겨울.

을 옹호할 수밖에 없는, 기존의 문학 환경 바깥의 환경은 어떻게 가능했던 것일까요. 『동물화하는 포스트모던』으로 유명한 일본의 문화비평가 아즈마 히로키가 쓴 『게임적 리얼리즘의 탄생』이라는 책에는, 일본에서 1990년대를 통과하면서 영향력을 확대해 간 일명 '라이트 노벨'의 핵심을 "캐릭터 소설"이라 명명하고 그 제작 기법을 파악하는 와중에 근대문학의 탄생을 가능케 했던 언어의 속성(에 대한 믿음)과 그 변화에 관해 진단한 부분이 있습니다. 몇 달 전에 번역되어 더욱 인구에 회자 중인 책이므로 그 부분을 참고하여 우리의 의문을 달래 보는 것도 효과적일 듯합니다.

아즈마는 가라타니 고진의 『일본 근대문학의 기원』과 오쓰카 에이지의 『캐릭터 소설 쓰는 법』을 겹쳐 읽으며 "현실을 그리는 문학'과 '현실을 그리지 않는 문학'의 대립이야말로 메이지 1920년대부터 1930년대에 걸친 시기에 만들어진 것이고, 역사가 얕은 제도에 지나지 않는다."라는 그들의 전제를 수용하고서, "사물이 있고 그것을 관찰하여 '사생'하는, 자명한 것처럼 보이는 일이 가능하기 위해서는 우선 '사물'이 발견되어야 하고 그러기 위해서는 사물에 앞서 존재하는 개념이 무화되어 언어가 투명한 것으로 존재해야만 했다."는 점을 지적합니다. "근대 이전에 언어는 의미와 역사로 가득 찬 불투명한 것으로 존재했고, 주체와 세계 사이를 가로막는 장애물이었다면, 언문일치라는 인공적인 새 일본어가 그 장애물을 제거하여 주체와 세계가 직면하는 것을 가능하게 했다."는 것입니다. 그런데 '캐릭터 소설'의 문장들은 일상을 묘사하더라도 어딘가 허황되고 또 완전히 환상적인 세계를 그리더라도 어딘가 '리얼'로 느끼게 하는 "양의성"을 지니고 있으므로 이를 비유적으로 "'반(半)투명'하다고 말할 수는 없을까"라며 캐릭터 소설의 언어 환경을 짚어 줍니다.[21]

---

21) 아즈마 히로키, 장이지 옮김, 『게임적 리얼리즘의 탄생』(현실문화, 2012), 71~77쪽 참조. 이 부분 말고도 아즈마 히로키의 이 책에는 우리의 논의를 더 풍부하게 할 만한 참조점이 많이 있습니다.

바로 이것, 언어의 "반투명성"이란 말이 우리에게 직접적으로 참조가 될 것 같습니다. 우리 소설은 이미, 체험을 투명하게 기술할 수 있는 언어란 상상이거나 이데올로기의 산물임을, 최소한 불가피한 전략임을 인식하였습니다.(바로 그 자리에서 우리 소설의 어떤 전위들이 쓰기와 문학의 새로운 관계를 탐색했던 것을 아실 겁니다.) 그러나 투명성을 상실한 언어가 전근대처럼 형상성이나 개념에 점령당한 것은 아닙니다. 이제 언어에 새겨진 것은 각종 인상, 심상, 취향, 즉 사회 문화적 코드들일 것이고, 그런 코드가 이미 각인된 채 사용되는 어떤 언어들은 더 이상 투명한 매체로 기능하기 어렵게 된 것이라 생각됩니다.

언어가 현실을 투명하게 매개한다는 기대 안에서라면 그야말로 현실의 '묘사'에 최선을 다하는 문학이 요구되겠지요. 하지만 현실의 (완벽한) 묘사가 불가능해진 상태를 의식하는 반투명한 언어의 사용은 현실의 묘사와는 다른 조건과 효과를 전제합니다. 즉 언어를 반투명하게 사용한다는 것은 그 언어가 이미 한 번 이상 코드화된 이력을 이용하는 일입니다.(물론 이는 원본의 오리지널리티나 콘텍스트와는 무관합니다.)[22] 반투명한 언어로 드러내는 간접 현실은 이런 전제 위에서 사용됩니다. 그래서 그것은 투명한 언어로는 대면할 수 없는 현실, 언어에 이미 기입된 규약과

"라이트 노벨을 캐릭터의 데이터 베이스를 환경으로 하여 쓰인 소설이라고 정의"(33쪽)하면서 '허구를 사생'하게 하는 '인공 환경'을 중심으로 '상상력의 이환경화'를 설명한 장은, 이 글에서 우리가 주목한, '간접 현실을 다루는 인공적 허구의 증가 현상'을 살펴보는 데 참작할 만합니다. 오타쿠, 게임, 라이트 노벨 등 일본의 특수한 문화 현상과 특정 텍스트를 대상으로 펼친 논의이기에 세부적인 인용을 통해 참조하려면 어딘가 견강부회 식이 될 것 같아 이 글에서는 부분적 논급은 되도록 삼갔습니다.

22) 이 글에서는 최근 신인들의 작품을 논의하는 중이지만 앞에서도 언급했듯이 이들의 가까운 소설적 가계(家繼)에 있는 박형서나 최제훈 등의 작품을 떠올리면 이해가 쉬울 듯합니다. 가령 박형서의 소설 「「사랑손님과 어머니」의 음란성 연구」는 "우리 문학장의 오래된 어휘들을 작가가 가지고 노는"(김형중의 해설) 재치와 기지로써 지적 패러디가 주는 통쾌함을 제공하는 소설입니다. 「두유 전쟁」과 같은 망상적인 이야기에 독자가 유쾌함을 느낄 수 있는 것은 이른바 "제리 브룩하이머적 망상"(해설)으로 이미 덧칠된 간접 현실이 내용과 기법 면에서 이용되었기 때문입니다. 그리고 이런 소설들이 독자들의 흥미, 이해, 공감을 얻을 수 있었던 것은 거기에 사용된 간접 현실에 독자가 이미 익숙했기 때문이라고 할 수 있습니다.

관습들 덕분에 모습을 드러낼 수 있고 소통될 수 있는 무엇입니다. 차라리 "투명한 언어를 사용하면 사라져 버릴 것 같은 현실"[23]이라 말해도 될까요. 가령 앞에서 보았던 이상우의 「객잔」에 그려진 사후(死後)와도 같은 세계는, 이미 어디선가 짙은 화장을 마치고 돌아온 문장들로부터만 환기될 수 있는 것이 아닌가, 대상을 통과하는 투명한 언어들로는 도저히 그려 낼 수 없는 공간이 아닌가 하는 생각이 듭니다. 요컨대 간접 현실이 퍼뜨리는 공감력과 비체험이 끌어내는 개연성은 반투명한 언어를 빌려 힘을 발휘할 수 있게 된 것입니다.

비동화의 공감과 개방적 시점 — 다시, 소설의 주체를 생각해 본다면

언어의 투명성, 반투명성 등에 대해 이야기했을 때 얼핏 생각하면 이는 묘사라는 언어의 기능에 있어서 묘사되는 대상 쪽에 해당되는 얘기로 들립니다. 묘사 대상이 언어를 투명하게 통과하지 않는다는 뜻일 테니 말입니다. 그런데 묘사의 대상이 있으면, 묘사되는 '현실'을 취하는 주체, 묘사의 기점이 되는 '나'도 언제나 있는 것입니다. 그러니 언어를 투명한 것으로 의식하는 것과 반투명한 것으로 의식하는 것 사이에는 당연하게도, 묘사의 대상인 '현실'의 차이만이 아니라 묘사의 기점인 서술자의 차이가 없지 않겠습니다. 이는 다시 말해 '나'와 '현실'의 관계가 어떻게 달라졌는가 하는 문제이기도 합니다.

(근대)소설의 주체가 (직접) 현실을 (투명하게) 묘사하는 개인이라고 할 때, 그는 현실을 바라보는 주체, 내면의 선택과 결단을 감행하는 행위의

---

23) 아즈마 히로키, 앞의 책, 78쪽.

주체, 그리고 그것을 서술하는 확신의 주체에 가깝습니다. 소설 속에서 주로 주인공으로서 초점자의 역할과 서술자의 역할을 동시에 맡는 그는 이른바 '문제적 개인'으로 활약하는 인격화된 주체입니다. 그는 본 것을 인식하고 그 인식을 말하는 자이므로, 그를 '보다'의 주체라고 해도 됩니다. 그는 소설 속 세계에 대해 '관점'을 갖기 마련이고, 소설을 읽는 우리는 그 관점을 수용하거나 수용하지 않을 것입니다. 그에게는 '보다'와 '인식하다'가 대체로 동의어입니다. 우리가 그 소설에 공감한다는 것은 그 관점의 주체가 보고 인식한 것에 공감한다는 뜻이기도 합니다.

그런데 우리가 주목한 소설들, 간접 현실을 다루고 비체험의 서사를 조직하는 소설들에서는 주인공과 서술자가 대체로 구별됩니다.(서술자는 대체로 조합과 기록의 자리에 있습니다.) 주인공이 서술자인 경우('나'가 등장할 때)라도 초점자는 '나'에 국한되지 않습니다.(주연과 조연은 있지만 서사가 주인공인 한 사람의 행동과 심리를 따라서만 진행되지는 않습니다.)[24] 직접 체험이 아니므로 행위의 주체와 서술의 주체가 같지 않은 것입니다. 서술자(또는 초점자)는 간접 현실의 인물들과 같은 무대에 있지 않으면서 때로 그 무대에 개입합니다. 인물이 아닌 그는 인격화된 주체가 아닙니다. 말하자면 그는 소설 속에서 '익명'입니다. 이 익명의 서술자(또는 초점자)가, 임의로 설정된 정황을 설명하고 거기에 적합(하다고 생각)한 행동과 대사를 전해 줍니다. 그가 대상(현실)을 직접 보고 묘사하는 게 아니라 인물이 본 것을 그가 대신 전해 주는 식이므로, 그에게는 (인물이) 보는 것이 곧 (서술자의) 인식이 되지 않습니다. 그는 현실에 대한 (작가적) '관점'을 소설 속에 드러내지 않습니다. 대신, 어떤 것을 취하고 조합하는 것으로 삶의 조건에 대한 (필자의) '입장'을 드러냅니다. 이런 입장에 처한 익명의

---

24) 관찰자 시점으로 국한된 정보와 판단만을 전달하는 경우나 전지적 작가 시점으로 모든 인물과 사건을 지배하는 경우와는 다릅니다. 의미 판단의 주권을 독자에게 넘기지 않으니 전자와 구별되고, 인물을 장악한 것이 아니라 풀어 놓은 것에 가까우므로 후자와 구별됩니다.

서술자는 '보다'가 아니라 '선별하다', '배치하다'의 주어일 것입니다.[25]

요컨대 우리가 주목한 소설에서 작가의 시선 혹은 목소리가 자리하는 층위를 섬세하게 고려할 필요가 있습니다. 소설의 무대가 된 현실을 자기 관점으로 보고 인식하고 투명한 언어로 묘사하는 주체와 달리, 간접 현실을 다루는 주체, 저 익명의 서술자는 먼저 소설의 무대를 설정하고 반투명한 언어로 그곳을 채워 넣는 입장에 있습니다. 전자는 이야기라는 독자적인 세계를 주재하지만, 후자는 이야기와 이야기 바깥의 세계를 함께 견인합니다. 전자는 소설의 무대 위에서 자기의 바라봄과 인식으로 독자의 공감을 유도하지만, 후자는 소설의 무대를 세우기 위해 먼저 독자의 공감을 계산에 넣어야 합니다.

그러므로 후자, 익명의 서술자인 그에게 '인식'이란, '내가 보다'에서 출발하는 것이 아니라 '남(의 공감)을 상상하다, 짐작하다'에서 출발합니다. 이것이 결정적인 차이입니다. 인식의 권리가 공감의 의무로 바뀐 것입니다. 대개 '보다'에 강력히 밀착되어 있던 작가의 시선과 목소리가, 간접 현실의 소설에서는 '상상하다', '짐작하다' 등으로 퍼져 있습니다. 현실과 직접 대면하지 않으면서 현실적인 소통을 가능케 하려면 어떤 것을 어떻게 다루어야 독자와 공명할 수 있는지를 타진하지 않을 수 없으니까요. 간접 현실에는 다양한 코드에 얽힌 다수의 상상력까지도 이미 새겨져 있고, 그것을 반투명의 언어로 취사 조합하는 과정에는 후에 그것을 읽을 독자의 상상력에 대한 예측까지도 미리 포함됩니다. 조금 비약하자면 이 소설들은 작가와 독자가 공모한 자리에서 비로소 성립되는 것 같습니다.

---

25) 이 맥락에서 손보미의 소설 「과학자의 사랑」 첫머리에 "번역과 정리는 설치미술가이자 린디합퍼인 손보미 씨가 수고해 주셨다."라며 서술자가 소개되는 부분은 여러모로 흥미롭습니다. 이것은 우선 작가가 자신의 소설 쓰기에 대한 재치 있는 고백이면서, 소설 전체를 기획한 입장이 드러내는 목소리이기도 합니다. 소설이라는 무대를 설치하고 그 속에 여러 간접 현실들을 번역해 넣는 작가 손보미의 작업은 '번역'과 '설치미술'과 닮아 있으며, 이 소설에서 "번역과 정리"를 맡아 서술하는 '인물 손보미'의 밖에 그 서술자를 소개하는 또 하나의 목소리가 (그야말로 익명으로) 있음이 확인됩니다.

*

비약이라고 했지만, 사실 모든 소설을 둘러싼 작가와 독자의 소통은 이미 공모일 것입니다. 우리가 주목한 소설들에만 해당되는 얘기는 아닙니다. 다만, 자연적인 현실이나 직접적인 체험을 통하지 않고서 독자를 끌어들이는 이야기의 화자에게 나타나는 조금 특이한 버릇이 있기는 합니다. 가령 손보미의 한 소설의 말미에서 화자가 문득 "나는 어디 있는 거지? 나는 어디 있는 거야? 아니, 그럼 우리들은 도대체 어디 있는 걸까? 싱겁기는."(「육인용 식탁」)하고 픽 웃으며 소설이 끝날 때, 또 다른 소설에서는 온갖 정보들을 다 동원하여 이리 맞추고 저리 맞추며 복잡한 추리를 한껏 제공하고서는 맨 끝에 다시 "우리가 알지 못하는 이야기가 숨어 있다."(「그들에게 린디합을」)라며 또 한 번 '우리'를 부추길 때, 문득 이 목소리의 정체를 더듬어 보게 됩니다. ('우리'라니, 누가 우리야? 원래 누가 말하고 있었지?) 불현듯 '나'와 '당신'을 구별하지 않는 '우리'라는 말의 출현으로 도대체 이것은 누구의 생각인지 모호해지고 누가 누구에게 말하던 중인지 불분명해집니다.

아니, 그런데 이렇게 '우리'라는 말의 등장이 소설 구조적으로 매우 큰 의미를 가지는 양 얘기했지만, 실은 소설을 읽을 때 '우리'가 나타난 저 부분이 그다지 돌출적으로 느껴지는 건 아닙니다. 앞에서 언급한 저 익명의 서술자, 그는 사실 '우리'라는 말을 출현시키지 않고도 서술자의 감정을 독자의 감정으로 슬쩍 바꿔치기하는 데 명수입니다.[26] 독자의 상상력을 미리부터 염두에 두고 소설의 무대를 설치한 그는, 처음부터 그 무대를 바라보는 지점에 자기 자리를 두었는지 모릅니다. 독자의 옆자리쯤

---

26) 가령 이런 말을 들어 본 적이 있지 않습니까? 최제훈의 소설에 대한 얘깁니다. "안다고도 모른다고도 할 수 없는 인물들, 믿거나 말거나 마구 질주하는 이야기들 (……) 시침 뚝 떼고서 그가 다시 묻는다. 자, 그런데 이 소설을 읽는 당신. 당신은 누구십니까?"(정이현, 『퀴르발 남작의 성』, 뒤표지) 최제훈의 소설들이 이렇게 끌어들인 당신, 당신이 이 소설의 새로운 시점자입니다.

이겠지요. 그런데 문득 '우리'가 문면으로 튀어나온 순간, 서술자와 독자의 거리가 가시적으로 확 좁아진 때에, 저 익명의 서술자 자리로 독자 시점(視點)이 들어앉아 버린 것은 아닐까요? 우리가 주목한 소설들에서 주재하는 시점을 말할 수 있다면 소설 바깥으로 이미 개방되어 버린 이 "독자 시점" 말고 무엇이 또 있을까요? 간접 현실로 그려진 이 비체험의 서사들에 '우리'의 실존적 투사가 가능한 것은 바로 이 때문입니다. 좀 더 적극적인 "독자 시점"의 소설로서 개방될 때 비체험의 원심력은 체험의 구심력을 능가할 수 있습니다. 비로소 '실존'의 영역이 됩니다.

우리가 주목한 소설들의 핵심 중 핵심이 이것, '공감'의 의지 혹은 독자의 여지가 아닐까 합니다. 우리가 주목한 소설들에는 (내가) 보고 느끼고 아는 인식의 주체가 전면에 나서는 대신 (남을) 상상하고 짐작하고 질문하는 공감의 주체가 배후에 도사리고 있습니다. 섣부른 예감일 수 있지만, 우리는 여기서 2000년대 소설들이 마주했던 어떤 폐쇄성, 고립감이 돌파되는 듯한 느낌도 갖습니다.[27] 거대 서사의 인식 주체들이 지녔던 구심적 권위가 이른바 '탈-휴먼'이라고도, '동물 혹은 속물'이라고도 불렸던 어떤 '비-인간적' 존재의 개별 감각으로 분산되었다고 했을 때, 우리가 소설에서 만나는 것들이란 칩거한 개인의 무력한 허상이거나 고립된 환영이 아니냐는 우려의 소리도 간혹 들려오지 않았던가요. 우려가 아니더라도 "공동체와 집단의 방언이 아니라 철저히 분자화된 개인 방언"(이광호)들이 웅성대는 틈에서 그들의 어떤 감각이나 에토스가 상호

---

27) 이 맥락에서, 이상우의 「객잔」을 두고 다음과 같이 느낀 평론가들에게 우리의 예감을 얘기해 보고 싶습니다. "객잔 안팎을 서성거리는 인간을 닮은 저 기이한 형체들이 성숙한 개인으로서의 주체에 관한 멜랑콜리에 시달리지 않을 수 없는 우리 자신의 곤경과 결코 무관하지 않기 때문"(조형래), "이 소설이 탈근대인처럼 행세했으나 실상은 뼛속까지 근대인으로 머물고 있었던 우리가 끝내 포기하지 못했던 소설의 어떤 윤리적 최종 심급마저 무감하게 넘겨줘 버렸다고 생각한다. (……) 이 야릇한 매력의 근원이 무엇인지 따져 보고 그것을 윤리적으로 어떻게 수용해야 하는지 질문하는 것은 우리에게 남겨진 숙제일 것이며 이 숙제를 해결하는 과정이 오늘날 소설의 기능이 무엇인지를 다시 생각해 보는 첫걸음이라 믿는다."(강동호)

적, 사회적으로 작동했다고 보기는 어려웠습니다. 우리는 그들에게서 자유로운 사적 욕망의 유영을 목도하면서도, 그 분자화 혹은 소수화된 주체들이 어떻게 담화 관계의 반란과 새로운 욕망의 전선을 모색할 수 있을지에 대해서는 확신하지 못했더랬습니다.[28]

현대 사회에서 인간은 각자 존재할 수밖에 없는 굴레를 벗어나기 힘들지만, 그렇기에 더욱, 바깥을 상상하고 짐작하고 질문하는 공감의 의지는 유혹적이고 강력할 수 있습니다. 헷갈리시지 않겠지만, 우리가 주목한 소설들에서 엿보이는 '공감'의 원리는 소설의 세계와 현실의 세계를 혼동하는 것이 아닙니다. (흔히 소설이나 드라마에 공감한다고 할 때 그 공감은 두 세계를 혼동해서, 즉 소설의 세계를 현실과 같은 위상에 있는 것으로 여겨 어떤 의견이나 감정에 동화되는 것을 가리키곤 하지만요.) 이것은 자기와 같은 것을 퍼뜨리려는 작용이 아니라 자기와 다른 것을 함께 나누어 가지려는 욕망입니다. 경험과 소통의 직접성이 줄어든 이 시대에 지역, 세대, 계층, 문화 등이 상이한 조건에 처한 인간들 사이의 공감이란 서로 유사해지거나 동의하는 데서 가능한 것이 아닙니다. 다른 세계의 리얼리티를 통해 현실 세계의 자유와 구속에 대해 '함께 느끼는 것'이라고 한 번 더 말해 두겠습니다. 그러니 이것을 '비동화의 공감'이라 합시다. 아, 이 말에 꼭 '동의'하지는 않으셔도 됩니다, 우리가 주목한 소설들을 재미있게 읽으셨다면 우리의 '공감'은 벌써 형성되었을 테니까요.

(2012)

---

28) 일전에 한번 이런 의구심을 표시하면서, 근대문학이 탐구하던 근대적 인간이 사라졌는지 모르지만 "여전히 말을 하고 사는 사람"이 있는 한 "동물도 아니고 속물도 아닌, 어쩌면 선물 같은 존재"인 그들을 기대해 본 적이 있습니다.(이 책의 2부에 실려 있는 「'문학과 정치' 담론의 행방과 향방」) 간접 현실을 취하여 비체험의 서사를 구성하는 저 익명의 서술자를 살펴보게 된 것은, 어쩌면 이 맥락에서 요청된 작업인 듯도 합니다.

ONEWAY, 2000's

신. 소. 설. 사.
─환상소설론고(幻想小說論考)

史

일찍이 '정(情)의 문학론'을 주창했던 이광수는 말했다. "정의 만족은 즉 흥미니 오인에게 最히 심대한 흥미를 與하는 者는 즉 오인 자신에 관한 事이라. (……) 고로 문학예술은 基 재료를 全혀 인생에 取하다. 인생의 생활 상태와 사상감정이 즉 기 재료니 차를 묘사하면 卽 人에게 쾌감을 與하는 문학예술이 되는 것이라. (……) 고로 문학의 要義는 인생을 如實하게 묘사함이라 하리로다."[1] '정'과 '미'를 연결하기 위해, 사람들의 정적(情的) 흥미에 부합하면서도 '아름답다'는 판단을 끌어낼 수 있는 방법을 제시해야 했을 때, 이광수가 마련한 근거가 이런 것이었다. 이광수는 '세태인정의 기미를 엿보아 인생의 정신적 방면에 관한 지식을 얻음', '각 방면 각 계급의 인정 세태를 이해하므로 동정심을 얻음'이라는 논지로 '인간-생활-감정'을 붙여 놓았고, '여실하게 묘사함'이라는 간단하지만 두꺼운 말로 '묘사-미-문학'을 연결하였다. 당시의 신소설들에서도(계몽이 최우선의 목적이기는 했지만) 소설의 재미는 다양한 사람살이와 그 실상의 제시에 있

---

1) 이광수, 「문학이란 하오」 2회, 《매일신보》, 1916. 11. 11.

다는 상식에 기대 설파되었다. 이해조의 『화의 혈』 서문에는 "소설이라 하는 것은 매양 빙공착영으로 인정에 맛도록 편즙하야 풍속을 교정하고 샤회를 경성하는 것이 데일 목덕인 즁 그와 방불한 사람과 방불한 사실이 잇고 보면 애독하시는 렬위 부인 신사의 진진한 재미가 일층 더 생길 것이오."라고 적혀 있는데, 여기서도 '인정', '풍속', '사회' 등과 더불어 '그와 방불'하게 그려졌다는 점이 강조되고 있다. 이 당시 조선의 문학론이 일본의 문학론과 직접적인 영향 관계에 있었다는 사실을 의식해 보자면, 쓰보우치 쇼요(坪內逍遙, 1859~1935)의 이른바 '인정문학론' 또한 소설의 묘상(描像) 대상이자 방법을 '인정(人情)'이라 하며 '인정의 진(眞)'을 그려 내는 것이 곧 소설이라고 정의했던 것에 주목할 수 있다. 쓰보우치의 그것은 명백히 전 시대 소설에 대한 '개량론'의 의미를 지니는 것으로, '기이한 사물', '황당한 각색', '기괴한 이야기' 등을 배제하고 "단지 방관(傍觀)하여 있는 그대로" "인정세태의 진을 모사"(『소설신수(小說神髓)』)해야 한다는 것을 주지로 삼은 묘사론이었다. 요컨대 근대 초기의 문학 담론들은 '인생여실'의 '실감', 즉 '모사의 진'을 문제 삼음으로써 객관적 세계상의 재현을 신임하는 문학적 실천의 형식을 규정해 갔다. 그리고 이로부터, 리얼리티에 관한 한국 근대소설의 기율은 생겨나고 다져져 왔다.

*

  기율은 오랜 믿음이 만드는 것이다. 한국 근대소설의 기율이란 한국 문학이 오랫동안 믿어 온 이념을 가리키는 말이다. '인정세태'의 세계상, 즉 '현실'을, 사실적으로 '재현'하는 것이 곧 문학의 목적(재미이자 교훈)이고 문학의 아름다움(가치이자 감동)이라는 믿음은 지난 100여 년의 근대문학사가 지켜 온 굳은 강령 중 하나였다. 알다시피 여기에는 한국문학장에 근대적 글쓰기가 실현되면서 추동되었던 두 가지 인식론적 토대가 깔려 있다. '현실'이라는 글쓰기의 대상과 '재현'이라는 글쓰기의 가능성. 물론 이 둘은 불가분의 양태로 서로를 제한하며 맞물려 있다. 현실을 글쓰기의 대상으로 설정한다는 것은 쓰는 자와 쓰이는 세계, 즉 주체와 대상이 분리되어 다른 층위에 있다는 전제에 의지한다. 글 혹은 언어가 재현을 목적으로 한다는 것은 재현된 것과 재현의 대상, 즉 글과 삶이 분리되지 않은 채 같은 층위에서 사고됨을 의미한다. 이때 '현실'이라는 대상은 스스로 존재하는 것이 아니라 그것을 관찰, 성찰, 묘사하는 주체에 의해 결정되고, 그것을 언어로 '재현'한 것은 그 자체가 현실이 아님에도 마치 현실 그 자체인 것처럼 취급된다. 이러한 인식론적 토대로부터 한국문학이 현실 혹은 현실성(reality), 현실적(realistic)이라고 여기게 된 '리얼리즘'의 이념은 구축되어 갔다. 범박하게 말해 본다면, 눈에 보이는 사물과 사건, 현실의 질서에 어긋나지 않는 그것들간의 얽힘, 실제 경험임을 증명하는 지상(地上)의 시공(時空), 사회 역사적 의미로 채색된 풍속적 디테일 등이 이른바 리얼리티의 "설정치(設定値)"가 되었다. 반대로, 현대의 과학 지식으로 해명 불가한 사태, 알려질 수 있는 인과로 얽이지 않는 서사, 현실 원칙을 벗어난 무질서한 행위나 관념, 시공의 사회 역사적 맥락을 알려 주지 않는 세목 등은 '리얼한' 범위를 벗어난 것으로 간주되었다. 언어의 모방 능력이나 재현 의지를 전능하다고 믿지야 않았지만, 적어도 묘사된 현실과 실제 현실 사이에 놓인 언어를 투명한 매체인 듯 여기는 편이 다수였다. 언어 자체를 고민의 대상으로 삼는 글쓰기는 여하간 리얼리티의 구현과는 멀어진 작업처럼 보이는 것이 사실이었다. 근대적 문학가들이 모두 '현실'이나 '리얼리티'의 개념을 고정된 실체로 단정하고 언어의 재현 능력을 과신했다는 뜻은 아니다. 본래부터 현실에 내재하는 본질적 요소가 아니라 지각 양태의 변환에 따라 만들어지고 믿어지고 굳어진 개념의 하나로 리얼리티를 사고해야 한다는 자각은 근대 초기부터도 없지 않았다. 사회주의자를 자처했던 임화 같은 이가 "물론 리얼리즘은 현실의 있는 그대로를 그리는 것이다. 그러나 주의할 것은 현실이란 고정한 것이 아니라 不絶히 변하고 발전하며 소멸하는 긴 과정임을 이해하는 것이다."[2]라고 말했을 때도 현실과 문학의 대응은 확고히 고정될 수 없는 것이었다. 그러나 고정적이진 않더라도 어떤 현실이 문학으로 개입하는 방식만은 언어의 묘사력에 철저히 의존한 듯 보인다. 임화와 대조적으로 동시대 김남천 같은 이는 이렇게 말했다. "시대적 운무는 여러 가지 특별한 생활을 영위시키고 있고 각종의 인간적 전형을 만들어 내고 있다. 이러한 곳에 있어서는 리얼리스트의 철저한 묘사 반영은 고발이 되지 않을 수가 없다. 시대적 운무를 전형적인 정황과 인물의 설정으로 묘파하고 그의 철저한 묘사 반영을 기도하는 문학은 시대적 운무 그 자체를 준엄하게 고발하는 문학이 되지 않을 수 없다."[3] 지난 세기의 한국문학에 대해서는, 현실이라 불린 지상적 삶의 양식(樣式)과 그것을 투명하게 반영하여 소통시킨다는 언어의 한 임무가 리얼리티의 주된 양식(良識/糧食)이 되어 왔다고 말해도 크게 틀리지 않을 것이다.

事

조금 호들갑스럽게 말해도 된다면, 저 육중했던 리얼리티의 주된 양식에 본격적인 변화가 생겨나서 소설은 물론 제반 문학적 현상들에 전반적인 지각 변동이 일어난 것은 아무래도 2000년대의 사건이다. "리얼리즘 문학의 어떤 기본적인 규율과 현실의 인력도 발본적으로 무시하는 서사적 상상력"[4]이 결코 이 시대의 데뷔물은 아니었지만, 개별적 출현이 아

---

2) 임화, 「낭만적 정신의 현실적 구조」, 《조선일보》, 1934. 4. 25.
3) 김남천, 「창작 방법의 신국면 ── 고발의 문학에 대한 재론」, 《조선일보》, 1937. 7. 15.
4) 이광호, 「혼종적 글쓰기, 혹은 무중력 공간의 탄생」, 《문학과사회》, 2005년 여름, 168쪽.

니라 복수(複數)로, 단체로 나타나 어느새 한 흐름을 형성해 버린 작품들 사이에는 분명 전과 다른 글쓰기의 자리가 생성된 듯했다. 이른바 "무중력 공간"이라는 이광호의 명명은, 다소 과한 느낌이 없지 않았으나 새로 탐색된 글쓰기의 자리를 인상적으로 각인시켜 주기도 했다. 미학의 시대적 변화를 감각의 세대적 차이로 규명하는 데 기민한 감지력과 명민한 통찰력을 드러내곤 했던 이광호에 따르면, 2000년대 중반쯤에야 윤곽을 드러낸 듯 보인 그 변화의 조짐은 이미 지난 세기말의 문학적 동력이었다. "한국문학의 주류를 구성해 온 '리얼리즘 문학'의 기율에 대한 해체적인 작업은 가장 강력한 1990년대 문학의 동력 중의 하나였다. 이 동력을 문학적으로 추동한 세대가 1990년대와 2000년대 문학의 경계에 선 세대라는 것은 어쩌면 필연적이다. 백민석, 박성원, 이응준, 김연수, 김경욱, 최대환, 김종광 등이 밀고 나간 탈리얼리즘의 서사는 한국 사회의 정치적 외상들을 리얼리즘 문학과는 다른 방식으로 해체하고 재구축하는 시도를 보여 주었다. 그런데 이들 작가들이 보여 주는 것은 단순히 리얼리즘 문학에 '반대'하는 수준의 문학이 아니라, 리얼리티를 구성하는 방식 자체에 대한 다양한 모색이었다."[5] 2000년대 문학에서 발견되는 몇 가지 특성들을 기상천외한 새로움인 양 과장하지 않기 위해서라도 이러한 지적은 유의미하다. 다만 이어지는 다음의 논지까지 반드시 함께 참고해야 한다. 1990년대의 문학은 한국 사회의 사회적 외상을 문화적 차원으로 재구성하는 작업이었는데, 이광호의 표현대로라면 "혼종적 글쓰기"인 그것은 '새로운 문화적 텍스트들과의 교섭을 통해 자기 세대의 서사적 감각을 드러내는 문화적 다원주의의 미학'을 보여 주었다고 할 수 있다. 그러나 "2000년대 중반에 접어들면서 첫 창작집을 출간하는 새로운 젊은 작가들이 대거 등장하여 주목받고 있는 것"은 조금 다른 측면에서 의미심장한 일이다. 그들에게서 "비루한 것들의 세계로부터 환상적이고 끔찍한 것들의 세계로의 전이, 그리고 일상적인 세계의 리얼리티를

---

5) 이광호, 같은 글, 164~165쪽.

통과한 뒤의 잡종적이고 무국적적인 감수성 같은 것"[6]이 두드러지게 출현했기 때문이다. 어쩌면 이것이, '혼종적 글쓰기'와도 구별되어야 하는, 2000년대 중반 이후의 문학적 리얼리티에 대한 첫인상이었을 것이다.

小

우리는 2000년대 소설에 대해 가장 적극적으로 발언해 온 평론가로 김영찬과 김형중을 꼽는다. 두 평론가 모두 변화의 기미에 날카롭고 미답의 가치 탐사에 의욕적이며 기존의 기준을 변경하는 데 당당하다. 2000년대 소설에 대해서라면 이들이 앞서 걸으며 세워 놓은 이정표를 먼저 살피지 않을 적마다 결국 자신의 불찰과 불성실을 탓하게 될 것이다. 김영찬이 생각하기에 최근 10년의 문학은 "대결하기보다 외면하거나 회피하고, 존재와 현실을 파고들기보다 그 표면 위를 미끄러져 가고, 다른 세계를 꿈꾸기보다 자신의 무력함을 속으로 삭이며 지레 체념해 버리는 문학이었다." 자세히 들어 보자. "2000년대 젊은 문학의 자아는 대체로 처음부터 자기 자신의 현실적·정신적 무력함을 일종의 운명으로 내면화하고 있는 자아다. (중략) 이들에게는 기댈 수 있는 어떤 관념적 거점도, 현실과 부딪치는 모험적 열정도, 자기 파괴적 항의도, 냉소할 수 있는 여력도, 또 이를 떠받칠 수 있는 자아에 대한 강한 신념도 없다. 그보다는 예컨대 신경증적 강박과 폐소 공포증적 불안, 혹은 무력한 자기 위안적 판타지가 아니면 딴전 피우기나 그에서 비롯되는 엉뚱한 공상과 수다가 있을 따름이다. 그런 측면에서 2000년대 문학을 활보하고 있는 주체는 의지와는 상관없이 강제된 고단하고 주변부적인 삶의 횡포에 적극적으로 반발하기보다는 그것을 이미 주어진 변할 수 없는 것으로 감내하는, 그런 전제 위에서만 가까스로 자아를 방어하고 보존할 수 있게 해 주는 나름의 자기표현 방

---

6) 이광호, 좌담 「이제, 2000년대 문학을 말할 수 있다」, 《문학과사회》, 2005년 겨울, 268쪽.

법을 체득하는 빈곤하고 왜소한 주체다."[7] 불안, 무력, 자기 위안, 감내, 방어, 빈곤 등의 단어들과 관련하여, 일단은, 초라하기 그지없는 한 문학적 주체의 형상이 떠오른다. 이 주체의 언어가 그리는 것을 '환상'이라 부른다면, 그 환상은 자기만의 상상, 자기만의 헛것, 자기만의 유희를 맴돈다. 그 심리적 근원을 생각하자니 "현실에 대한 우울한 체념" 아니면 "이제 더 나아가 그런 체념조차 없는, 현실을 아예 회피하거나 무시해버리는 태도"[8]라는 데까지 이른다. 이와 매우 닮은 경우와 인물 들을 김형중의 이야기에서도 만날 수 있다. "실제로 2005년 이후 등장한 젊은 작가들의 작품 속에서, 주인공들은 하나같이 고립과 자폐를 선험적인 것처럼 수긍하고(마치 지하 생활자처럼), 행위 대신 망상을 통해 세계를 파악하고(세계에 대한 사유의 우위), 그 망상 속에서 이런저런 방식의 변신을(그레고르 잠자처럼) 감내한다."[9] 김형중은 이들이 "이 악몽 같은 현실로부터 더 이상 어떠한 출구도 발견할 수 없을 때, 그들이 마련하는 유일한 도피처가 바로 '환상'"[10]이라고도 했다. "물론 이건 부정적인 현상이지만 그렇다고 부인할 수도 없는 엄연한 사실입니다. 그러니 현실과 맞서지 않고 아예 처음부터 다른 방향으로 길을 돌아가는 거지요. 요즘 소설의 지배적인 요소인 유머나 환상, 유희와 공상 같은 게 거기서 나오는 겁니다. 그건 이전까지 현실에 대해 우월성을 지녔던, 그래서 현실과 대립각을 세우는 거점이 되었던 내면의 부피와 질량이 확연히 축소되는 것과 관련이 있습니다."[11] 이건 김영찬의 말이다. 보시다시피 두 평론가의 의견은 서로 맞바꾸어도 크게 무리가 없을 만큼 유사한 데가 많다. 공통의 요지는, 2000년대 문학의 현장은 기권패를 선언한 주체들과 그들의 현실 도피책으로서의 환상이 횡행한다는 것이다. 이 말을 듣는다면 이를

---

7) 김영찬, 「2000년대, 한국문학을 위한 비판적 단상」, 《창작과비평》, 2005년 가을, 309~310쪽.
8) 김영찬, 좌담 「우리 문학의 현장에서 진로를 묻다」, 《창작과비평》, 2006년 겨울, 187쪽.
9) 김형중, 「병든 신, 윈도우즈(Windows) 속의 영웅」, 《문학과사회》, 2008년 겨울, 261쪽.
10) 김형중, 같은 글, 264~265쪽.
11) 김영찬, 같은 좌담, 160~179쪽.

'부정적인 현상'이라고 파악하는 데 공감하지 않을 수가 없다. '엄연한' 사실이라니, 더욱 그럴 것이다. 현실을 견고한 실체로 알기에 현실과 '대립각'을 세우지 못하고 현실의 '출구'로서나 환상을 겨우 이용하며 세상을 감내하는 주체들, 그들의 자기방어와 자기 위안으로서의 환상. 얼핏 생각하자니 공동체의 관심사에 특히 무관심해 보였던 그들의 생활 세계는 정말이지 무엇과 대결하려는 공격성 같은 건 잘 표명하지 않는 것도 같다. 그런데 정말로 이것은 '엄연한 사실'인가? 이것만이 과연 이 시대 문학의 현실, 혹은 2000년대 문학의 리얼리티가 맞는 것인가?

說

같은 자리에서 김영찬은 "또 다른 각도에서 보자면"이라며 이렇게 말문을 이었다. "또 다른 각도에서 보자면 지금 젊은 작가들이 주도하는 문학적 변화의 배경에는 리얼리티 개념의 변화가 있다고 생각해요. 젊은 작가들의 의식에는 현실은 이미 그렇게 존재하는 허구일 뿐이고, 환상이나 감각, 이미지, 텍스트 등이 오히려 현실보다 더 리얼할 수 있다는 생각이 깔려 있는 것 같습니다. 문제는 그런 생각이 현실은 다시 숙고해 볼 필요도 없는 그저 그런 것일 뿐이라고 전제하는 일면 이데올로기적인 태도 위에 서 있다는 사실일 텐데, 흥미로운 건 그런 생각이 외려 현실에 반발하면서 새로운 가치와 윤리를 추구하고 그러면서 현실을 새롭게 보게 만들기도 한다는 겁니다. 소설 문법의 다채로운 갱신과 활기도 그런 바탕에서 나오는 것이고요. 특히 박민규나 김애란의 작품에서 환상과 상상이 돌출되는 지점을 가만히 보면 그것이 자아나 주체에 미치는 현실의 막강한 영향력을 의식적으로 차단하거나 닫아 버리는 지점에서 나오거든요. 어떻게 보면 현실을 벗어나는 것 같지만 오히려 그 자체가 역설적으로 현실과의 긴장을 환기하면서 강한 감성적 호소력을 발휘하지요. 소설도 더 재미있어지고요. 강영숙이나 박민규, 편혜영, 김애란 등의 소설이 이 흐름 위에 있겠지요. 김

숨이나 한유주, 김유진 등처럼 소설이 현실과는 아예 무관한 자족적인 이미지와 텍스트의 세계로 구축되어 있는 경우도 그들의 소설이 한국 소설의 어법과 문법의 영역을 확장하고 있다는 사실만큼은 인정해야 하겠습니다."[12] 그렇다, 우리는 이 말에 매우 공감하는 편인데, "또 다른 각도에서 보면" 이와 같은 것이 또한 한국문학의 '엄연한' 현실이기 때문이다. 이 각도에서는, 이를테면 신문에서 '현실'이라 일러 주는 사실들이 오랜 시간 존재해 온 허구처럼 느껴지고 그런 현실을 가리키지 않는다고 여겼던 "환상, 감각, 이미지, 텍스트" 등이 문득 더 현실적으로, 실제처럼 다가온다. 아마도 무엇을 현실로 지각하는 합의와 관습에 변화가 생겨난 것이겠다. 김영찬이 바로 말한 대로 이것은 '리얼리티 개념의 변화'다. 그로 인한 '새로운 윤리와 가치의 창출', '한국 소설의 어법과 문법 영역의 확장' 등을 언급한 것도 의미가 있으나, 우선은 리얼리티 개념이 흔들리고 있다는 사실을 그도 지적하고 있다는 점에 먼저 주목하고 싶다. 우리 문학의 현 단계를 완료된 형태로 진단하기보다, 더 호전될 수 있는 처방이 필요한 생성 중인 상태로 보는 편이 더 낫다고 여기기 때문이다. 환상과 현실을 우열 관계로 보아 오던 김영찬도, 둘 사이의 '긴장감'을 계기로 환상과 현실을 대등한 선상에 놓는 순간이 있다. 환상과 현실이 대립적으로 보이는 것은 둘이 모순적, 반대적이어서가 아니라 동전의 양면처럼 표리적이어서이므로, 현실과 환상을 뚜렷이 가르던 그도, 문득 '역설적'인 지점을 사유하는 순간에 그 경계의 허구성을 보아 버린 것이다. 김형중 역시 환상의 '불가피성'을 거론하면서 현실에 대한 환상의 입지를 열등한 것으로 돌리지 않는 때가 있다. "황정은, 윤이형, 정한아, 윤고은의 작품에서 나타나는 판타지는 일종의 '정신승리법'처럼 읽힌다. 그들에겐 선험적으로 주어진 재앙, 어떠한 희망도 없는 사회로부터 탈출할 방법이 없을 뿐 아니라 심지어 그것을 이해할 수 있는 방법조차 없어 보인다. 그러니까 창공의 별은 이미 사라졌고,

---

12) 김영찬, 같은 좌담. 187~188쪽.

이전 시대처럼 이 세계가 어떻게 해서 굴러가는지를 감지할 수 있는 메타 서사조차 존재하지 않을 때, 그래서 변혁은커녕 세계에 대한 이해마저 불가능할 때 판타지가 등장한다. 실천에 대한 사유의 우위, 실재에 대한 환상의 우위, 곧 정신승리법이다. 너무 힘들면 모자로 변신하면 되고, 또 너무 힘들면 오뚝이가 되면 된다. 혹은 윤이형처럼 게임 속에서 혁명을 일으키면 된다. 달이 여러 개 증식해도 된다."[13] 2000년대 소설의 '환상'에 대해 김형중이 지속적으로 말하는 "정신승리법"이나 김영찬이 '무력한 주체들의 자기방어나 보존을 위한 자기표현법'으로 예시하는 "편집증적 내러티브"는, 도피든 수세든 어떤 식으로든, 양편 모두 현실과 대결하고 현실을 돌파하는 '방법' 혹은 '전략'으로 환상이 이용되는 것이라는 생각에 기반해 있다. 나약한 주체들의 것으로 보기는 했지만 두 평론가에게서 환상은 적어도 문학적으로 활용되는 수단의 의미만큼은 확보하고 있다. 그러니 두 평론가에게도 이 시대 문학을 설명하는 리얼리티는 최소한 하나가 아니다. 하나는 체념으로, 또 하나는 전략으로. 리얼리티는 복수(複數)다.

說

소설이 근본적으로 허구의 구조물이고 창조적 상상력의 산물인 한에서 넓은 의미의 '환상'은 소설의 본래적 성격과 통하지 않을 수 없다. 이미지, 상징, 내러티브 등의 문학 본래적 층위에서, 정도의 차이는 있지만 환상은 언제나 이미 작동 중이다. 앞서 소개한 김영찬의 의견이 피력되었던 대담 자리에서 참여자 중 한 사람은 이렇게 반문하기도 했다. "워낙 소설에서 환상이 아주 새로운 요소는 아니고 (……) 물론 신진 작가들의 작품에서 환상이 두드러진다는 것 자체는 2000년대 문학을 이야기하면서 주목할 점이라는 데 저도 동의합니다. 다만 환상이 소설에 들어오거나 활용되는 방식이 지

---

13) 김형중, 좌담 「한국 소설의 현재와 미래」, 《문학과사회》, 2009년 봄, 347쪽.

금 근본적으로 바뀌고 있다고 하기에는 이르지 않나, 하여간 좀 더 봐야 할 것 같네요."[14] 이 말대로 현실과 대결하고 현실을 돌파하는 방식의 하나로 환상을 든다면, 그것은 결코 2000년대 문학만의 현상이 아닐 것이다. 그럼에도 2000년대 문학에서 특히 그것이 주목되는 이유는 "환상이 소설에 들어오거나 활용되는 방식" 때문이다. 아니, 환상은 늘 소설에 '활용'되고 있는 것이므로 환상이 소설과 관계 맺는 방식 자체를, 즉 소설에서 환상이 (활용되는 방식이라기보다) 존재하는 방식을 질문해야 한다. 박진은 이 질문을 다음과 같이 타당한 근거와 함께 던졌다. 앞의 두 평론가의 공통된 견해도 포함하여 환상에 대한 다수의 견해들은 "'엉뚱발랄'하고 '명랑'한 환상들이 사회적 맥락을 비껴가고 현실의 중압감을 덜어 냄으로써 위축된 이야기 세계를 지켜 내는 보호막/탈출구의 성격을 지닌다는 지적"이라고 박진은 정리했다. 그러고는 그러한 지적들에 대해 다음과 같이 문제 제기한다. "이들의 소설(환상적 이야기—인용자)을 옹호하고자 할 때조차 탈현실적 회피적 성격을 기본 전제로 삼는 이야기하기 자체의 욕망과 그 실현 가능성에서 일정한 의의를 찾는 경향이 있다. 하지만 이런 관점으로는 그들이 이야기하고자 하는 것과 이야기하는 방식의 관계, 또는 이들 소설이 환상을 통해 현실에 개입해 들어가는 특수한 과정들을 설명할 수 없을 것이다. 거기에는 또한 일상적이고 재현적인 리얼리티와 '현실'을 동일시하고 환상과 '탈현실'을 등치시키는 단순 논리가 깔려 있다. 이는 환상이라는 광범위하고 이질적인 영역과 복잡하고 다층적인 삶의 현실 모두를 얄팍하게 도려내어 그 의미장과 이해의 폭을 협소하게 만드는 결과를 초래할 수도 있다."[15] 여기서 말하는 "환상과 '탈현실'을 등치시키는 단순 논리"는, 환상을 문학의 예외적인 기법으로 치부하지 않는 (정당한) 비평적 언사 중에도 종종 노출되곤 한

---

14) 김영희, 좌담 「우리 문학의 현장에서 진로를 묻다」, 《창작과비평》, 2006년 겨울, 188쪽.

15) 박진, 「환상과 현실의 다층적 관계」, 『키워드로 읽는 2000년대 문학』(작가와비평, 2011), 120~121쪽.

다. 환상을 현실의 반대 항으로 여기고서, 환상을 추동하는 상상력의 힘과 현실을 탐색하는 인식력의 깊이가 서로 반대쪽으로 향하는 것으로 생각하기 때문일 것이다. 그러나 사실을 말하자면 '모든' 상상력은 현실에 '개입'하는 힘이다. 다만 그 힘의 강도(强度)는 그것을 창안, 배치하는 원근법을 어떻게 사용하는가 또는 얼마나 존중하는가에 달렸다. 환상을 '탈현실(비현실/반현실)'에 등치할 수 없음을 한 번 더 강조하기 위해 박진의 말을 더 소개하기로 한다. "리얼리티가 '진짜라고 지각된' 것을 지칭하고 따라서 애초부터 지각의 한계 안에 놓여 있다는 사실, 리얼리티란 관습적으로 틀지어지고 제도적으로 '구성된' 산물이라는 사실을 새삼 설명할 필요가 있을까? 또한 우리의 현실 자체가 이데올로기적 환상을 통해 지탱되는 불안정한 허구에 불과하며, 그럼에도 그 환상들은 '실제로' 강력하게 작동하고 있다는 사실 말이다. 현실을 환상의 대립 개념으로 만들고 일상적 경험적 리얼리티의 영역으로 축소하게 되면, 문학이 현실과 관계 맺는 방식 또한 리얼리티의 재현이라는 좁은 테두리 안으로 갇혀 버리고 만다."[16] 현실을 운용하는 것이 (이데올로기라는) 환상일 수도 있듯이, 환상이 작동하는 것이 이미 현실에 내속된 작업이며 리얼리티의 한 작용이라고 할 수 있다. 그런데 우리는 왜 이토록 환상과 현실이 서로 '반대'가 아님을 강조하고 있는 것일까? 적어도 경험 현실의 완강함과 심리 현실의 유연함을 각각 이해하는 데 어려움을 느끼는 것도 아니면서, 현실과 환상을 대비하는 것에 왜 이토록 저항하는가? 어떤 정답이 있는지는 모른다. 다만 오해는 피하자. 분명한 것은 '환상'을 비하하는 시각들로부터 환상을 구출하고 그것의 지위를 격상하기 위해서가 아니다. 만약 우리가 구출하고자 하는 것이 있다면, 그것은 환상이 아니라 차라리 '현실'이다. 현실이라 불리는 감옥이다. 환상이 무엇이고 환상이 이러하다고 말하는 것은, 현실이 그것이 아니고

---

16) 박진, 같은 글. 121쪽.

현실이 이것일 수도 있기 때문이다. 환상이 현실의 반대이기만 해서는, 현실은 언제까지나 감옥 같은 현실이다. 그러나 환상은 현실의 반대가 아니고 감옥의 현실 또한 환상이 아닐 수 없다.

*

　환상과 현실은 원래부터 구별되는 두 세계가 아니다. 환상이라고 여겨지는 양태가 있고 현실이라고 지각되는 효과가 있다. 두 용어를 가름하는 것은 누적된 습관과 관례화된 양식에 의한 것일 뿐, 이 용어들이 의미하는 대상이 결코 불가역적인 두 세계인 것은 아니다. 그러므로 환상(이라고 여겨지는 것)은 현실(이라고 여겨지는 것)의 외부에 있지 않다. 둘은 명확히 분리되지 않는다. 이렇게 말할 수 있다. 환상은 현실의 피안이 아니라 피안의 현실이다. 세계의 낮이 현실처럼 보인다면 환상처럼 보이는 것은 세계의 밤이다. 환상은 그러므로 또 하나의 '현실'이다. 낮과 밤은 같은 세계의 두 시간이기 때문이다. 낮에 찍은 사진과 밤에 찍은 사진이 서로 달라도 둘의 렌즈가 향한 곳은 다른 세계가 아니다. 환상이 현실과의 '접점'을 통해 리얼리티의 일부로 포섭 가능한 것이라고 이해해서는 안 된다. 환상을 지탱하는 '부재' 원인이 현실이라거나, 환상 지향이 대결하고자 '겨냥'하는 것이 현실이라는 뜻도 아니다. 환상, 망상, 거짓말 등을 통해 간접적이고 우회적으로 간신히 드러나는 어떤 현실이 있다는 뜻도 아니다. 다시 말하지만, 이 모든 오해들은 환상을 그르치는 오해가 아니다. 우리는 현실에 대한 오해 속에 살고 있다. 단 하나의 리얼리티가 있어 그것과의 닮음 정도에 의해 현실과 환상이 나뉜다고 생각해서는 안 된다. 환상은 '그냥' 리얼리티다. 문제는 차라리 언어의 능력일 것이다. 말의 법이 이미 있어 어떤 현실은 번듯하게도 드러나고 어떤 현실은 이

지러지게도 드러난다. '현실'은 이미 있는 문법의 환상이고, '환상'은 아직 없는 문법의 현실이다. 그러니 다시, 잘 보이는 리얼리티와 잘 안 보이는 리얼리티가 있다고 하자. 세상의 계기는 무한하고 언어의 문법은 유한하다. 이것을 바꿔 말하면 리얼리티는 무한하고 이미 만들어진 이야기는 유한하다. 이상하게 만들기 위해 그렇게 말하는 것이 아니라, 그렇게 말하지 않으면 안 될 것 같아서 이상하게라도 말하는 이야기가 있다. 그것을 우리의 언어는 쉽게 '환상'이라고 이름 붙였으나, '환상'은 언제나 우리의 언어에 대해 절박하였다.

新

이 글의 서두에서도 이야기했지만, 우리의 언어가 '재현'이라는 역능에 크게 의지한 것은 불과 100여 년 동안의 일이다. 객관적 세계상을 과학과 이성의 언어로 옮길 수 있다는 기대와 믿음은 물론 근대적 문학의 다양한 속성과 자질을 계발하고 정착시키는 데에도 이바지했다. 하지만 언제나 문학적으로 개척되는 새 세계는, 역설적이게도 그 기대와 믿음이 무너지거나 무화되거나 무시된 자리에서 출현했다. 비단 지금만이 재현에 대한 믿음이 무너진 시대라서가 아니다. "재현 대상과 그 가능성을 결정하는 '재현 체계의 이데올로기'를 의심"[17] 하는 것은, 재현을 사유하는 매 순간 그 가능성의 발치에 그림자처럼 붙어 있었으리라. 그런데 재현 대상과 재현 가능성을 의심한다는 것은 곧 재현의 결과 혹은 효과인 리얼리티(라고 믿어지는 것)에 대해서도 마찬가지로 자명성을 보장하지 못한다는 뜻이기도 하다. 그러니 언어의 역능에 대한 회의와 불신으로부터 어떤 실험이 감행될 때, 편의상 환상이라 불리는 '낯선' 장치가

---

17) 박진, 같은 글. 121쪽.

문득 문제시된 것은 당연하다. 이것은 매우 일반적인 얘기다. 일반적인 얘기지만, 우리가 환상을 문제시할 때마다 언어 체계의 자명성에 대한 의심에서부터 사태를 파악해야 한다는 권고가 늘 상기되었던 것은 아니다. 손정수의 다음과 같은 논의는 적절히 참고할 만하다. "1990년대 이후 진행된 한국 소설의 변화는 주로 현실로부터의 이탈이라는 측면에서 설명되어 왔다. 이러한 논의는 여러 차례 반복되어 왔고 충분히 그 타당성을 입증했다. 그렇다. 최근 한국 소설을 한마디로 정리해서 말해야 한다면 그것은 재현에 대한 믿음이 무너진 시대의 이야기라고 할 수 있을 것이다. 어느 시점 이후 소설은 작가의 삶이나 기억, 사회적 현실 등으로부터 발원하지 않고 앞서 존재했던 텍스트들을 재전유하는 방식으로 재생산되고 있는 듯하다. 그것은 투명한 현실의 재현이 아니라 상징적 상상이거나 상상적 상징일 것이다. 말하자면 그 상징적 상상과 상상적 상징의 다양한 조합들로부터 새로운 소설적 현실이 생성되는 것이다. 그런데 그 변화가 상당히 지속되어 새로운 소설적 패러다임의 윤곽이 어느 정도 선명해진 현재의 시점에서는 다른 각도에서, 좀 더 세부적으로 그 성격을 짚어 볼 필요가 있는 것 같다."[18] 이 글에서 손정수는 "소설적 문법의 변화"를 말 그대로 '문법적(grammatical)'으로 따져 본다. 가령 주어(subject)는, "넓은 각도에서 보자면 소설적 시선이 편집증적인 것으로부터 분열증적인 것으로 이행하는 징후"를 드러내면서 "자아의 관념은 약화되고 서술의 초점은 분산"되도록 하는 복수의 형태로 나타난다. 목적어(세계)에 대한 주어(자아)의 관계를 드러내는 태(voice)는, 자아와 세계 사이의 불안을 자기(주어)의 변신으로 드러내던 방식(카프카적)에서 세계(목적어)의 변신으로 뒤바꾸는 방식(루이스 캐럴적)으로 이행하는 중이다. 소설적 규범은 제도적 혹은 사적 차원의 문학 교육을 통해 '사회 방언(sociolect)'의 재생산으로 존속되며 이 과정에서 소설의 기술화, 객관화의 진전이 가능

---

18) 손정수, 「변형되고 생성되는 최근 한국 소설의 문법들」, 《자음과모음》, 2008년 가을, 226~227쪽.

한 한편, 소설적 규범으로부터의 이탈을 통해 "비규범적인 방식으로 생성, 배양된 '개인 방언(idiolect)'"을 수단으로 상징적 질서에 맞서는 기호적 세계의 탄생도 가능하다. 독특한 표기법이나 글자 폰트의 조정, 비주얼 그래픽 삽입 등의 장치들 또한 변화한 언어 현실에 대응되는 새로운 이야기 형식을 위한 새로운 한국 소설의 문법이라 할 것이다.[19] 이와 같은 논의는 2000년대 이른바 '환상적, 탈재현적' 소설의 산발적인 등장을 우리 문학의 문법적 지형을 뒤흔든 집단적인 행군으로 의미화하는 데 소용될 만한 틀을 제시한다. 현실을 구조화하는 담론의 질서를, 유지하기보다 파기하기를 통해 수행되는 문학적 가능성들이 리얼리티의 패턴을 얻는 것은 이런 새로운 시도 덕분이다. 기존의 담론 질서에 가려 잘 안 보이고 안 들리는 다른 현실, 다른 목소리들이 파편으로 떠돌다 사라지지 않게 하려면 그것들에게도 일단 자리를 주어야 한다. 물론, 이들의 자리를 생각하는 것이 무한 포식력을 가진 어떤 체계가 혼돈을 견디지 못해 또 제 아가리를 벌리는 성급한 제스처가 아닌 한에서 말이다.

疎

쓰는 사람은, SF 작가라 불리든 알레고리 작가라 불리든 언어 실험 작가라 불리든, 쓰고 있는 그들로서는 언제나 '현실'을 쓴다. "글 쓸 때 많은 작가들이 현실을 생각 안 할 수가 없겠죠. 어떤 작가들은 현실을 보는 거울이나 현실에서 있을 수 있는 일, 실제로 발생하는 다큐멘터리적인 것들을 끌어와서 쓰는 반면에, 뭔가 겹쳐지고 뒤틀린, 소설가로서 기록된 텍스트로 만들어지는 세계 자체도 또한 현실이지 않을까 생각해요."[20] 서로 다른 경향의 소설을 쓰는 네 명의 작가가 한자리에 모여 진솔한 이야기를 나누는 중이었다. 서

---

19) 손정수, 같은 글, 227~238쪽 발췌 요약.
20) 김태용, 좌담 「당신은 '나쁜' 작가입니까?」, 《문예중앙》, 2010년 가을, 394쪽.

로의 소설에 대해 여러 말들이 오갔다. 대략 '문학과 현실'의 관계에 대한 생각을 꺼내 놓는 차례가 되었다. 방금 인용했듯, 기록된 텍스트의 세계도 현실이라는 말이 나왔다. "현실을 무시하는 게 아니라 다른 매체를 갖고 있다는 걸 항상 생각하는 것 같아요."라고 덧붙였다. 이에 동의하는 맥락에서 "리얼리즘을 비판하는 사람들은 '너희가 현실이 아니라 너희도 재구성된 현실 중의 하나인데 너희는 그게 현실이라고 말하는 거야.'라고 해요. 그래서 구성주의란 말이 나오는데, 너희가 이게 현실이라고 구성하게 된 배경이 뭐냐, 어떤 배경에서 이렇게 이야기하느냐는 거죠. 저는 김종호 씨와 김태용 씨의 소설을 읽으면서, 무엇을 현실이라고 하느냐가 문제라고 생각했어요."[21]라는 견해가 이어졌다. '현실이 무엇이냐'가 아니라 '무엇이 현실이냐'를 물어야 한다는 점을 명확히 짚어 준 것이다. 한국 소설에 대해 가장 일반적으로 '현실'이라는 말을 사용할 때의 그 '현실'을 매우 핍진한 묘사로 감당하는, 최근에는 퍽 드물어진 작가군에 속할 김이설은 이렇게 말했다. "제 뇌 구조는 사실적인 것들만 읽어 내는 데 익숙해져 있거든요. 그래서 쓰는 것도 그런 것만 쓰는 머리인데도 불구하고 김종호 씨 소설이 굉장히 빨리 읽히는 거예요. (……) 어쨌든 인과 과정을 따라가는 소설이 아니라 전체가 한 화면으로 확 다가오는, 그런 소설이었어요. 솔직히 말하면 저는 그런 소설들을 많이 안 읽은 독자로서 긴장하게 되고 이게 무슨 이야기일까 하는 고민이 계속 떠나지 않았는데 다 읽고 나니 어느 순간 이게 가슴 안에 있더라고요. 놀라운 경험이었어요." "SF라고는 하는데 저는 읽으면서 어, SF가 이런 건가 하는 생각이 들었어요. 이건 그냥 인간의 이야기, 내가 사는 여기의 이야기여서 깊게 와 닿았거든요. 인물들의 감정에 공감하는 소설을 만나기가 쉽지 않은데 오랜만에 공감할 수 있는 소설이었어요."[22] '현실'에 가장 예민한 사람은 '환상'에서도 '텍스트'에서도 '우주'에서도 마냥 어리둥절해하지만은 않는 것 같다. 김이설

21) 배명훈, 같은 좌담. 394~395쪽.
22) 김이설, 같은 좌담. 398~399쪽.

의 가슴 안에 '한 화면'을 안겨 준 소설의 작가의 말은 이러하다. "문학이 가지는 어떤 힘이라고 할까요. 내가 말하고자 하는 것이 말 그대로 현실이 되는 거죠, 그 자체가. 일반적으로 말하는 현실하고는 좀 다른 문제이긴 한데 문학을 하는 사람의 현실, 문학이 나를 현실로 이끌었을 때의 현실. 그런 게 있는 것 같아요."[23] 그런 게 있다. '문학이 나를 이끈 현실'. 현실이 나를 이끈 문학이 있고 내가 현실을 이끈 문학도 있을 것이다.(김이설의 소설이 이런 게 아닐까.) 우리가 쉽게 '환상'이라 이름 붙인 것들이, 진짜는 어쩌면 '문학이 나를 이끈 현실'일 것이다. "작가에게 그것은 피할 수 없는 세계이고, 쓰고 싶은 것, 써야만 하는 것, 쓰지 않을 수 없는 것이다. 그것은 작가의 삶이고 현실이며, 작가의 꿈이고 글이다. 그것이 작가의 '리얼리티'다."[24] 그것은 알려진 존재와 사건으로 구성된 실체가 아니라 존재와 사건의 알려지지 않은 부분을 개방하려는 힘이다. 이 힘에 의해, 그것은 작가로부터 작품에 부여되는 것이 아니라 작품이 스스로 열어젖힌 것이 된다. 그리고 이 열림 안에서, 쓰고 읽는 우리는 드디어 만난다. 환상(幻像)은 환상(歡想)이 된다. 리얼리티에 의해서, 리얼리티 안에서. 우리의 환상은 도피가 아니고 우리의 현실은 감옥이 아니다.

(2011)

---

23) 김종호, 같은 좌담. 394쪽.
24) 「소설과 살다 2 ─ 쓰는 자의 리얼리티를 중심으로」, 이 책 67쪽 참조.

비(非)성장의 정치적 (무)의식[1]
—'키덜트' 현상과 담론

비성장(非成長)과 '키덜트'

어린이와 어른을 대립시키고 미성년과 성년을 가르는 논리는 두 항목 사이에 성장 혹은 성숙이라는 발달의 과정을 전제한다. 성인이 (성장 혹은 성숙의) 완성태라면 미성년은 거기에 채 미치지 못한 미완의 존재다. 그러므로 성장이란 어떤 것이 아직 '없는' 상태에서 그것을 '획득'해서 도달해야 하는 '목적지'로 가는 중간 과정을 가리킨다. 육체적 정신적으로 완전하지 못한 '미성년(자)'에게는 보호와 교육을 통해 신체를 완성하고 이성을 발달하게 해야 한다는 생각은 상식이기도 하다. 한데, 이렇게 성년과 미성년을 양 극단에 놓아 미완과 완성을 상정할 때, 이는 과연 '무엇에 대한' 완성이고 미완인 것일까? 성년과 미성년의 분리는 무엇보다도 '문명화'라는 관점이 전제될 때만 가능한 것이고, 오늘날 우리가 익숙하게 사용

---

1) 이 글이 맨 처음 공개되었을 때의 제목은 "비성장의 정치적 상상력"이었다. 고려대학교 민족문화연구원 HK연구단의 월요모임(2009년 6월)에서 이 글을 발표했는데, 당시 토론과 질문 과정에서 '비성장'이란 말이 어색한 조어라는 의견을 듣고 논문집 《비평학보》에 넣을 때는 "탈성장의 정치적 상상력"으로 제목을 바꾸었더랬다. 이후 다시 생각해 보자니, 이 글의 중심 의도를 존중하려면 아무래도 '비성장'이란 조어가 더 적합할 것 같아 그 용어를 살린 제목으로 여기에 싣는다.

하는 미성년 관련 어휘들, 가령 '소년', '청년', '어린이', '아동' 등의 말들이 현재처럼 사용된 것은 근대 전환기부터다. 이 말들이 근대 이전에 아예 없었다는 건 아니지만 그 용법과 범위가 20세기 초부터 현저히 달라졌다는 것이다. 가령 소년(청년)과 노인을 대립시키는 논리는, 재래의 노소(老少), 장유(長幼)의 이분법을 이어받으면서도 그것을 역설적으로 전도시킨 형태로 나타났다. "1900년대의 소년 담론에서 '소년'이라는 호명법은 미성년들을 재래의 질서에서 분리시켜 진보하는 문명의 시간에 접속시키기 위해 개발된 것이었다."[2] 다시 말해 근대 초기 미성년에 대한 어휘들이 사회적 인식과 전략의 실천 단위로 서로 혼용되거나 구분되고 때로 새롭게 만들어지기도 했던 데는 사회 전반적인 문명화의 시작이자 핵심으로서 나이 어린 계층을 포착해 낸 근대 계몽의 시선이 깃들어 있다.

이렇듯 사회 구성원으로서의 인간을 특정하게 지칭하고 규정하는 용어가 새로 탄생하고 상용되는 경우, 그것이 통용되는 '장(場)'과 그 장이 속한 사회의 '주체' 생성 기획은 결코 무관할 수가 없다. 각종 신조어가 범람하는 인터넷 환경에서 사용되기 시작하여 지금은 꽤 널리 쓰이는 말들 중 '키덜트(족)'라는 용어는 사회 문화적으로 특정한 경향성을 두드러지게 노출하는 말이다. 아이(kid)와 어른(adult)을 합친 이 말은 어린이 같은 기호와 취향을 추구하는 20~30대 성인들을 일컬으면서부터 상용화되어, 유년에 대한 성인의 향수를 자극하여 동심이라는 감상성을 상품화하는 문화 산업의 전략에 의해 형성된 특정 소비 패턴을 지칭하기에 적절한 용어였다. 그러나 이 말은 여러 사회 문화 현상에 확대 적용되면서

---

2) 조은숙, 『한국 아동문학의 형성』, (소명출판, 2009), 86쪽. 근대 초기 미성년 어휘 관련 논의는 이 책을 참고했다. 부연하자면 20세기 초반까지도 이런 용어들은 생물학적 연령의 한 시기와 정확히 대응되지도 않았고 성장의 단계를 순차적으로 정렬하는 하나의 동일한 시간 축 위에 정연하게 놓이지도 않았다. 사회 진화론적 문명 담론과 국가 논리가 전 사회적으로 만연하여 '우승열패'의 논리가 당연한 것으로 받아들여졌던 근대 초기, 국가는 국제 경쟁 속에서 살아남느냐 죽느냐의 운명을 진 유기체처럼 상상되었고 '소년'의 능력은 한 국가가 성장, 진보해 나갈 가능성이나 힘으로 치환되었다.

그 함의가 다소간 변경되어 왔다. '몸은 어른이지만 마음속에 아이의 심상을 간직한 사람'(긍정적), '어른으로 응당 책임져야 할 사회적 책임을 잊거나 도피하려는 사람'(부정적) 등의 뉘앙스로 이 말이 사용되는 사례가 증가하기도 했고, 최근의 문학적 경향을 이 말로 받을 때는 "아이의 감성적 순수함과 어른의 차가운 이성을 동시에 표출하는 키덜트 문학은 기존 문학이 방치한 사각지대에서 태어난 새로운 문학"[3]이라고 긍정적으로 표명되거나, "그들의 감각과 그들의 느낌을 존중했을 때, 이제 남은 것은 아이들뿐이며 어른은 어디에도 없다."[4]라고 부정적 비판을 드러내기도 했다. 물론 '키덜트'의 뜻이 긍정적인가 부정적인가를 가르는 게 중요한 건 아니다. 요점은, 일군의 사람들을 이 용어로 지칭함으로써 생성된 주체(들)의 성격이란 어떤 것인가, 즉 이 용어의 출현과 관련된 주체 생성의 기획과 효과는 무엇인가, 에 있을 것이다.

우선 '키덜트'라는 합성어의 특수성을 생각해 보자. 상반되는 두 단어를 합쳐 하나의 단어를 만들었다는 사실로 인해 이 단어의 위상은 특이해진다. 앞에서 말했듯 아이와 어른의 속성을 구별하는 데는 아이에서 어른으로의 이행을 결핍에서 채움으로의 과정으로 파악하는 논리가 작용하는데, 이에 따라 아이와 어른이라는 각 속성은 상호 대립적이다. 그런데 대립적인 양자가 '키덜트'라는 한 단어에 포섭됨으로써 (아이와 어른을 구별하는) 일반적 관점은 이 단어에 대해 다음과 같은 두 가지 자세를 취할 수 있게 된다. 하나, 어른과 아이는 별개의 속성인데 어른이 아이의 속성을 보인다는 것은 비정상이다. '키덜트'라는 단어는 하나의 대상(어른)을 가리키지만 이 합성어가 한 대상을 규정하는 것은 두 가지 별개의 속성, 즉 서로 대립되고 구별되는 별개의 자질로서의 '어른'과 '아이'라는 속성이다. 그렇다면 어른과 아이는 여전히 속성상 대립/구별되

---

3) 최강민, 「키덜트 가면 속의 두 얼굴, 체제 저항과 순응 사이에서」, 《작가와비평》, 8, 2008년, 182쪽.
4) 여태천, 「더 절실한 내적 기율」, 《작가와비평》, 8, 2008년, 148쪽.

는 개체인데, 이미 아이를 지나 어른이 되어 버린 사람이 다시 아이의 속성을 추구한다는 것은 성장이라는 발달 논리에 의하면 '퇴행'이거나 '미숙'이다. (이런 생각은 오늘날 자명하게 여겨지는 성장의 논리에 대해서는 다소 순응적일 것이다.) 둘, 어른과 아이는 애초에 별개의 속성을 지닌 존재가 아니므로 한 사람에게 어른과 아이의 특징이 함께 있는 것은 당연하다. 한 인간(어른)에 그와 대립적인 속성(아이)이 있다면 양자(어른과 아이)는 사실상 반대되는 속성이 아니고 심지어 명확히 구별되는 속성이 아닐 수도 있다. 그렇다면 둘을 구별하는 논리는 상징적 작위성에 의한 관념에 불과하다. (이런 생각은 '문명화'라는 전제에서 나온 '성장'의 논리에 대해 다소 반항적일 것이다.) 두 경우 공히 핵심은, '성장'이라는 일반성에 다소 위배되는 자리에서 '키덜트'라는 용어가 성립한다는 점이다.

2000년대 한국문학을 얘기하는 자리에서 어른의 목소리를 대체하거나 어른 목소리에 섞여 들리는 아이의 목소리에 주목하는 경우는 적지 않았다. 그것은 근대적 계몽의 시대를 지배했던 '어른'의 목소리가 희미해지고 세상을 '아이'의 목소리로 읽는 양태들이 눈에 띄게 많아졌다는 표징일 것이다. 어른이 되지 못하거나 어른이 되지 않기를 스스로 바라는 이들, 혹은 어른이다 아니다와 같은 구분에 관심도 의미도 두지 않는 자들이 문화적 현상 속에 만연하다. 더 주목되는 것은 이 시대의 많은 젊은이들이 자기 자신을 키덜트라고 느낀다는 사실이다. 이를테면 한 젊은 작가의 이런 고백, "'키덜트'라는 말에서 먼저 느껴지는 건 학생주임 선생님의 시선이다. 쯧쯧쯧, 혀를 차는 소리가 들리는 것 같기도 하다. 넌 대체 뉘 집 자식이냐? 그렇게 아래위로 훑어보는 못마땅한 시선, 하지만 원인 불명의 죄책감을 느끼며 혹시 나도 키덜트가 아닐까, 하고 자기 검열에 들어가기에 이 단어는 너무 모호하다."[5] 한 젊은 평론가는 젊은 작

---

5) 윤이형, 「키덜트 세대의 문학」, 《작가와비평》, 8, 2008년, 132쪽.

가들에게서 기성세대에 대한 증오, 세상 전체에 대한 저주 등을 읽어 내고서 그러나 자기 자신도 그들과 같은 키덜트 세대라고 털어놓는다. "나 역시 '키덜트 세대'였다. '오로지 나 자신을 위해 살고 나만을 위해 존재하다가 나 자신만을 위해 죽고자 하는, 그러나 다 큰 어른이 되어서도 아기처럼 취급받는다는 것에 은밀한 기쁨을 느끼는 이 시대 키덜트(Kidult)들의 흉터투성이 生'이 키덜트의 본질이라면."[6] 그다지 젊지는 않은 한 평론가도 '키덜트 문학' 예찬 끝에 이렇게 덧붙였다. "성인이 되었어도 만화와 전자 게임을 여전히 좋아하는 나는 구상유취의 젖비린내를 풍기는 키덜트인 것 같다. 아내는 이런 나를 걱정스럽게 바라본다."[7]

이런 예시를 통해 확인되는 '키덜트'의 위상은 '원인 불명의 죄책감'을 느끼고 타인의 '걱정'스러운 시선을 받지만 그럼에도 '은밀한 기쁨'이 끼어드는 그런 자리다. 이들은 왜 이 신조어에서 자기의 정체성을 발견하는 것일까? 키덜트로 자인(自認)하는 데는 대략 두 가지 상태가 있는 듯하다. 위의 예시들에서 사용된 말로 표현하자면 '죄책감'과 '기쁨'. 앞의 것은, 이미 어른이 되었음에도 아직 완전하지 못하다는 자책으로 괴로운 상태에 머무는 경우다. 뒤의 것은, 어른이라는 상태에 대한 공포 때문에 스스로 아이에 머물기를 원하는 경우다. 전자를 '미(未)성장'이라 하고 후자를 '반(反)성장'이라 할 수 있겠다. 스스로 수락한 자기의 정체성을 부끄러워하는 것과 즐기는 것은 전연 다른 상황을 불러올 것이다. 그러나 어느 쪽이든 어른과 아이는 분리된다는 이분법에 의해 자기의 현재적 상황을 점검받는다는 점에서는 공통된다. 여기에 하나 더, '미성장'도 '반성장'도 아닌 다음의 경우를 보탤 수 있다. 스스로 '키덜트'임을 자인하지는 않지만 그 사유와 행위가 상징적 질서에 부합하지 않아 '성장'

---

6) 정여울, 「이야기하지 않는 셰에라자드의 탄생」, 『내 서재에 꽂은 작은 안테나』(문학동네, 2008), 142쪽.
7) 최강민, 앞의 글, 184쪽.

이라는 개념 자체를 의문시하게 만드는 사례들. 결핍에서 획득으로, 미완에서 완성으로라는 직선적 발달의 논리를 아예 내면화하지 않은 경우라 할 것이다. 성장 논리가 근대 문명의 작위적 관념에 불과한 것이라면, 그에 의해 분리되었던 '아이'와 '어른'이라는 별개의 속성은 실상 분류할 필요가 없고, 따라서 '키덜트'라는 신조어는 상반되는 두 속성을 지닌 개체를 이르는 말이 아니라 애초부터 두 개의 지시어가 필요 없었던 하나의 속성, 즉 '인간' 본연의 한 성질을 이르는 말이 될 수도 있다. 이때 키덜트라는 말은 인간의 내적, 외적 존재 양상을 직선적 시간 질서 위에서의 기준을 통해 구별할 필요를 덜어 낸 인간의 한 모습을 지시할 것이다. 그것은 제도적 편의적 구분으로는 의미화할 수 없는 어떤 속성에 관한 명명이 되지 않을까. 이런 생각을 바탕으로 '무(無)성장'의 경우를 더하겠다.

　누군가의 개인적, 사회적 위상을 진단한다는 것은 그 자신의 정체성을 확인하는 것이기도 하고 이 사회의 구도를 묻는 것이기도 하다. 키덜트라는 용어로 명명되는 주체들에게서 이 시대의 어떤 실상과 그것에 대처하는 일련의 움직임들을 만날 수 있다면 우리는 이 시대 주체성의 한 구조를 살펴볼 만한 계기를 얻을 것이다. 물론 키덜트라는 하나의 명명이 이 시대를 파악하는 절대적 준거가 될 리 만무하다. 명명은 언제나 불완전한 행위이며 명명 불가능한 것을 드러내려는 시도의 실패를 포함하는 것이 아닌가. 다만 명명 자체에 명명 행위의 가공성(架空性)을 넘어서는 어떤 실재적인 요소가 있다는 점은 무시할 수 없다. '키덜트'라는 실체가 있어 그것을 총괄하는 것이 이 용어의 임무가 아니라 '키덜트적'이라 말해질 만한 어떤 증상이 있어 그것을 드러내는 것이 이 용어의 역할일 것이다.

미성장(未成長): 그들은 아직도 성장통 중

먼저, 아직 어른이 되지 못한 사람들이 있다. 어른이 되고자 하였으나 그 지난한 과정에 연거푸 실패했거나 그 과정을 채 빠져나오지 못한 사람들이다. 나이는 법령에 의거한 성인의 그것에 도달한 지 오래고 신체 또한 완전한 어른의 모습을 갖추었지만 이들은 사회가 인정하는 성인의 자리를 취하지 못했다고 느낀다. 스스로 자기 자신을 어른이 아니라고, 미성숙한 인간이라고 여긴다.

성장했다는 것, 이제 어른이 되었다는 것은 개인의 형질 변화에 따른 것이 아니라 공동체의 질서에서 어느 위치를 차지하느냐에 달려 있다. 오늘날 우리 사회를 "청년 실업 120만"이라 칭하는 것이 허위나 과장이 아님을 실감한다면, 개인의 법적 물리적 신체는 아이와 어른의 경계를 한참 지났는데도 스스로 어른이 못 되었다고 느끼는 이유가 경제적 자립 문제와 밀접함을 인정하지 않을 수 없다. 시장 경제라는 근대 사회의 보편적 공공 영역에 진입하지 못했다는 것은 곧 일상적인 사회적 공간에 편입하지 못했음을 의미하고 따라서 정상적이라 일컬어지는 사회생활에서의 한 포지션을 할당받지 못했음을 가리킨다. 이 시대, 2000년대에 이런 상황에 처한 이들은 누구인가? 어쩌면 이들은 "단군 이래 가장 많이 공부하고, 제일 똑똑하고, 외국어에도 능통하고, 첨단 전자 제품도 레고 블록 만지듯 다루는 세대"(김영하, 『퀴즈쇼』)다. 지표적으로는 1997년의 외환 위기 이후 국민 경제가 거의 파국을 맞이하였던 상황 이후, 그 대다수가 비정규직에 편입되어 "88만원 세대"(우석훈)라는 불명예스러운 이름을 부여받은 불운의 세대이기도 하다. 이른바 '신자유주의 세계화의 그늘에서 고통 받는 20대 청년 실업자들', 최근 한국 소설에서 이들을 만나기는 어려운 일이 아니다.

2000년대 초 등장한 김애란의 이야기가 "키덜트 세대 전체의 알레고리"(정여울)로 읽혔던 것 역시 이런 맥락에서였을 것이다. 자식들이 번듯한 직장을 얻기를 바라는 부모들의 범속한 기대에 이르지 못한 청년들은 가족 친지가 찾아오지 못할 곳에 값싼 고시원의 방이나 옥탑방을 얻고서 홀로 지내며 방황한다. "부모로 표상되는 이 사회의 기성세대 전체는 결코 이들 욕망의 이해자도 조원자도 후원자도 되지 못한다. 이 소설 속의 주인공은 '청년 실업 시대의 서자(庶子)'로서 부모의 끊임없는 잔소리를 뒤로하고 홀로 상경한다. 그는 차라리 어른들의 감시와 처벌의 시선이 닿지 않는 곳에서 자기만의 상상 속의 텍스트 유토피아를 건설하려 한다."[8] 소설 습작하는 주인공이 등장하는 단편 「종이 물고기」에 대한 이 같은 해석은, 소설 쓰기라는 작업을 일반적인 사회화 과정과 구별되는, 비현실적이거나 무용한 일로 표현한다. 그러나 '소설 쓰기'라는 작업 자체가 사회적 활동이 될 수 없다는 생각은 직업 혹은 경제 활동에 대한 일종의 편견이 아닐까? 「종이 물고기」의 주인공은 소설 쓰기라는 '자기만의 상상'에 몰두하였기에 사회화에 성공하지 못한 것이 아니라 소설 쓰기를 통해 '사회적' 진입에 성공하지 못했기에 아직 '자기만의' 세계를 벗어나지 못한 것일 수 있다. 실상 그는 소설을 쓰기 위한 준비를 하던 중 옥탑방이 무너지는 바람에 ─그는 소설을 쓰기 위한 메모들이 적힌 포스트잇을 사방의 벽에 붙여 놓아서 조금씩 늘어난 벽의 균열을 보지 못하여 마침내 집이 무너지고 만다─소설가가 되어 수행할 수 있는 사회적 역할을 아직 감당하지 않은 것으로도 생각된다.

'자기 몫의 사회적 역할'에 대한 좌절의 양태는 김미월의 소설집 『서울 동굴 가이드』(문학과지성사, 2007)에도 매우 적실하게 재현되어 있다. "요새 대졸 실업자가 얼마나 많은"지 "간다 해도 별수 없"는 대학에는 기대도 없고 따라서 "번듯한 직장"도 없이 "무작정 상경한 후의 생활"을

---

8) 정여울, 앞의 글, 128쪽.

이어 가는 젊은이들은 김미월의 소설에서 집중적으로 그려진다. "빨리 어른이 되기를, 그래서 빨리 이 마을을 떠날 수 있기를" 빌었던 아이들은 생물학적으로 법적으로 성인이 되자마자 가족을 떠나 고향을 떠나 진정한 어른이 되고 싶었다. 그러나 자기를 스스로 지켜야 하는 현재, 타향 도시의 변두리에서, 이들은 자신이 '노래방 곡목집에 있는 수많은 곡들 중 1년 내내 한 번도 불려지지 않는 노래'와 같다고 생각하게 된다. 법은 이들을 어른으로 호명하지만 이들은 여전히 "누군가 정답을 가르쳐 주는 사람, 길을 안내해 주는 사람"을 필요로 한다. 간혹 어렵사리 취직이 되었다 한들 행복한가? 서울에 올라오기 전 라디오에서만 듣던 '테헤란로'에 가 보는 것이 꿈이었다는 한 청년은, 지금은 테헤란로를 "3년간 아침저녁으로 매일 다니"게 되었지만 여전히 "아직 한 번도 테헤란로에 가 본 적이 없는" 듯 느낀다. 번듯한 직장이 있는 어른이 되어 도시의 일상을 활기차게 누리리라 기대했던 아이의 희망은 좀처럼 실현되기 어렵기만 하다.

이들은 "'되고 싶다'와 '될 수 없다' 사이의 지난한 투쟁의 역사"를 겪어 오다 마침내 '되고 싶다'의 "기권패"를 선언해 버리게 된 자들이다. 2000년대 소설에서 드물지 않게 들려오는 이런 사연을 하나만 더 소개하자면 김주희의 『피터팬 죽이기』(민음사, 2004)가 제목부터 적합하다. 이 소설에는 이력서를 100번째 거절당하거나 카드 빚으로 쫓겨 다니거나 대학원에서 '퇴보의 과정'을 밟는 등의 암담한 상황들이 넘쳐난다. 전망도 출구도 없는 청년들은 방황, 불안, 고민에 휩싸이다 유서 쓰고 자해하는 식의 극단적 사건을 일으키기도 한다. 자신을 패잔병, 외롬족 등으로 부르는 이들은 자기들의 인생이 삼류 소설가가 쓰는 허구의 이야기라 생각하고 탈출을 시도하기도 하지만 이야기는 "탈출구를 찾아 보려고 노력했다. 무의미했다."라는 막막함으로 귀결될 뿐이다. 이들은 더 이상 성공을 욕망할 수 없는 듯하다. 아니 그보다 먼저 성장을 욕망하는 것조차 불가능해 보인다. "밖으로 나왔지만 갈 곳이 없"거나 "무엇을 언제까지 기다려야 하는지는 자신도 알 수 없"어서 "어쨌든 지금으로서는 기다리는 것밖에 할 수 있는 일이 없"(김미월, 「아무도 펼쳐 보지 않는 책」)는 상태다. 이 '갈 곳 없음', '기다릴 수밖에 없음'의 상태를 거부하지도 않고 부조리한 것으로 인식하지도 않는 이들은, 오히려 그 부조리의 자리를 스스로 떠맡아 자기가 무능하다고 인정해야 하는 괴로움과 무력감에 시달린다. 시간이 흐르면 자연스럽게 어른이 될 거라 여겼던 대가로 까닭도 원인도 불분명한 죄책감을 떠안은 것이다.

그러나 진정 이들에게 사회로 진입할 수 있는 길이 열려 있었던가? 이들은 어쩌면 무엇을 시도해 보기도 전에 거부당했고 그러므로 이미 패배할 수밖에 없는 세상에 놓여 있었다. 죄를 떠안아야 할 주체는 이들 자신이 아니다. 죄를 떠안긴 곳이라면, 오늘날 우리 사회의 그늘, 신자유주의에 전면 장악된 세상의 그림자, 성장 신화 일색의 지배 담론의 이면 등이 아닌가? 죄책감은, 이런 현실의 부조리, 즉 상징 세계 — 대타자 — 의 결핍을 스스로 떠맡아 버린 (나약한) 주체들의 증상이다. 스스로 완전하지 못한, 결여되어 있는 상징계적 현실에서 어떤 '최대낙원'[9]에도 이르지 못하리라는 전망은 어쩌면 이들에게 이미 각인되어 있었다. 낙원에 대한 욕망이 만족되지 않은 이상 이들은 언제까지나 행복한 어른이 아니다. 두렵고 고통스러운 어른이라면 차라리 아직 어른이 아닌 게 나은 것이다.

이상과 같은 2000년대의 소설들은 현실 세계에 자리를 얻지 못한 자들의 불안과 공포를 자조와 하소연의 톤으로 들려주는 데 그치고 마는가? 그 외에 이들이 무엇을 할 수 있을지는 막막하기도 하다. 여기서 이

---

9) 김미월의 『서울 동굴 가이드』의 해설에서 "개인의 사물화된 최소의 자기 영역"(이광호)을 '최소낙원'이라 이름 붙인 것에 빗대자면, "상징적 아버지가 건설하는 유토피아적 공간"이란 것을 '최대낙원'이라 할 수 있지 않을까? 김미월의 등단 초기 단편들에 대해서는 졸고, 「어둠을 가리키며 걷기」(《세계의 문학》, 2007년 겨울)에서 자세하게 언급한 바 있다.

들이 때로 자기만의 세계에 빠져 버린 듯한 행동을 하며 즐거워하는 듯 보이는 순간들에 주목해 볼 만하다. 가령 김미월의 인물들이 사이버 세계의 아바타를 자기 자신의 분신처럼 과도한 애착으로 돌보거나(「너클」) 옥상 한 켠에 '나만의 정원'(「정원에 길을 묻다」)을 만들고 가꾸는 데 심혈을 기울일 때, 이들의 심리와 관련하여 다음의 것들이 노출된다. 만족의 경제를 따르는 욕망과 일탈의 전회를 가져오는 충동. 말하자면, 할머니한테 매 맞으며 자란 「너클」의 주인공이 자기가 돌보는 아바타만큼은 "살아오면서 한 번도 매를 맞아 본 적 없는 소녀"처럼 키우기 위해 전력을 기울일 때 사이버상의 아바타는 분명 그의 욕망을 대리 실현하는 대상이다. 그러나 아바타의 최고 순간인 "그토록 고대해 온 무도회가 열리는" 날을 하루 앞두고 영원히 "디데이 전야를 보내는 중"으로 남게 함으로써 아바타에게 "앞날에 기다릴 무언가가 있는 삶"을 영원히 누리도록 하는 것은, 만족을 지연하면서 "세상에서 가장 행복한 꿈"을 유예하려는 일탈적 충동을 보여 준다. 주인공 자신의 욕망——어른이 되는 것——을 유예하려는 심리를 반영하기도 하는 이런 행위는, 만족의 불가능성을 비-만족에 대한 욕망으로 대체하고, 만족을 억압하는 운동 자체에서 만족을 발견하게 한다. 자기만의 세계에 빠져 버린 듯한 이런 행위들 덕분에 이들은 여전히 성장통 중에 있는 아픔의 일상을 버틸 수 있는 것일지도 모른다.

패배와 좌절로 진정한 어른이 되지 못하는 청년들의 현실성 넘치는 기록은 IMF 이후 세대의 사회 심리적 곤경을 정리, 분석하여 대변한다는 의미에서 일차적으로는 이 시대의 핵심적 증상을 드러낸다. 그러나 이것이 단순히 사회적 삶의 가능성에 대한 절망을 넋두리로 늘어놓은 것이라면 이들의 반복되는 출현은 더 이상 충격적이지도 절박하지도 않은 흔한 스토리에 그치게 되지 않을까? 이들의 결핍과 고통이 체념과 냉소만을 겨냥한다면 그것은 허구보다 더 강력한 현실의 사건들 사이에서 점점 더 무감각한 이야기로 전락해 버릴지 모를 일이다. 그러나 우리가 이들에게 볼 수 있는 것은 사방이 꽉 막힌 암담함만은 아니다. 왜냐하면 이들은 자기 자신을 '패배한 어른'으로 규정하기보다 '아직 더 자라야 할 아이'로 생각하기 때문이다. 이 점은 반드시 주목되어야 하는데, 어른의 세계가 이들을 패배시킬 때 이들은 고통스러워하며 자기의 상처를 확인하는 데 그치는 것이 아니라 그것을 통해 그들이 아직 도달하지 못한 어떤 이상적인 질서에 대한 기대와 관심을 포기하지 않는다. 스스로 자기를 아직 어른이 되지 못했다고 여기는 한 이들은 "앞날에 기다릴 무언가가 있는 삶"을 지속할 수 있다. 이 유예된 상태의 지속에 필요한 것은 욕망을 부추기는 환상이나 환상이 아니면 지탱되지 않는 욕망이 아니라, 아무것도 도모하지 않아도 "걸음을 멈추지 않"는 인내나 인내를 위한 용기일 것이다. "다들 그렇게 살아가지 않는가"(김미월, 「일기」) 생각하면서 "자신의 삶에 그런대로 만족"한다고 말하기도 하는 이들의 목소리는 조금 우울할지 모르지만 주눅 들어 있지는 않다. 아바타를 키우고 소설을 습작하고 대학원에 다니면서, 그들은 언제까지나 이곳으로부터 "퇴장"하지는 않을 것이기 때문이다. "태어난 이상은 갈 데까지 가 보는 거야."(김주희, 『피터팬 죽이기』)라고 여전히 되는 한, 비참할지라도 비관적일 수는 없으므로.

반성장(反成長): 저항인가, 도피인가

아이에서 어른이 된다는 것, 공동체의 질서 속에서 정당한(?) 자리에 안착한다는 것이 이 시대의 젊은이들, 장기화된 청년 실업과 새롭게 고착화된 신빈곤층의 무한 경쟁 이데올로기에서 살아가야 하는 자들에게 결코 만만한 일이 아님은, 다매체 시대의 다양한 경로를 통해 숱하게 확인되는 바다. 아이에서 어른으로 변화하는 과정이 물 흐르듯 편하고 무탈하게 진행되기는 우리 사회에서 기대하기 힘든 목록 중 하나일 것이다. 끊임없이 성장 신화를 선전하는 정권 혹은 지배층의 담론에 의해 더이상 그 어떤 성장도 아름다울 수 없다는 회의감이 만연해진 이즈음, '성장'이라는 것은 불가능하다기보다 거부하거나 저항해야 할 관문처럼 여겨지기도 한다. 이런 지경이라면 성장을 충족하지 못하는 서사는 물론 성장을 혐오하고 기피하는 서사가 우세인 것도 한편으로는 자연스러운 일일지 모르겠다.

2000년대 한국문학에서 박민규의 이야기들이 시의(時宜)적으로 어필했던 요인 중 일부를 이 지점에서 찾을 수 있다는 것도 예외적인 일이 아니다. 1997년 외환 위기 이후 우리 사회의 변화가 박민규의 이야기에는 통렬하면서도 익살스럽게 그려져 있다. 경제적으로 중하류 계급에 속하는 젊은이들이 자신과 가족이 처한 세상의 이치에 맞추어 자기를 형성해 가는 과정은, 세상 물정 모르던 아이가 "아버지의 산수"를 물려받아 "나의 산수"(「그렇습니까? 기린입니다」)를 알아 가는 과정이라 표현되었다. 자기와 가족의 생계에 대한 의무를 깨닫고 일자리의 현장으로 투신하는 것이 그들에게는 일종의 입사(入社)지만, 취업 경쟁에 뛰어들어 인턴사원이 되었어도 시장 경제의 축소판인 회사에서 안정적인 자리 잡기는 쉽지 않다. 「고마워, 과연 너구리야」 같은 단편에서 남색가인 상사에게 성적 농락을 당하는 일화로 나타났듯이, 사회 속에 자기 자리를 마련한다는 것은 사회의 혜택을 얻어 자아 발전의 계기가 되는 것이 아니라 불합리한 권력에 의해 자기를 버려야 하는 (자아) 상실로 드러난다.

박민규 소설의 이런 면모는 확실히 사회 속에 처한 개인의 상황에 대해 질문을 유도한다. "이 시스템에 성공적으로 안착한다는 것은 어떤 것일까", "이 사회는 나의 항복을 원하는가", "여기서 밀리면 정말 끝일까" 등과 같은. 그러나 이 불운한 세대의 목소리가 박민규 소설에서 들려올 때, 그것은 비인간적인 계급 사회에 대한 불안과 공포가 아니라 그런 사회 구도에 대한 혐오와 비판을 더 많이 환기한다.[10] 장편 『삼미 슈퍼스타즈의 마지막 팬클럽』에서 자본주의적 경쟁을 무조건 정당화하는 '프로'의 세계를 전면적으로 냉소하였던 이래 이 작가의 인식론적 구도가 자본주의 사회의 구조적 모순 혹은 한국 사회의 어떤 불구성(不具性)에 대한 비판적 도해와 관련 있다는 것은 대체로 명백하게 여겨졌다. 이 구도는 다수와 소수, 부자와 빈자, 노동하는 어른과 유희하는 아이, 매수하는 자본가와 매수당하는 프로 등의 구분으로 세계를 이원화하는 단순성을 드러내는데, 작가는 종종 그중 한쪽에 대한 좌절과 상처 때문에 다른 한쪽을 '선택'하여 탐닉해 버리는 듯한 태도를 보인다는 것이다. 가령 시시하고 참담한 지구상에서 사는 일이 재미없다면? 박민규 스타일은 지구를 버리고 우주로 날아가 버리는 것. 지구를 떠나 지구를 바라보니 '개복치같이 생겼더라'라고 하는 "개복치 우주론"(「몰라몰라 개복치라니」, 『카스테라』)에 이어, 더 나아질 희망 없는 인간계를 지구상에서 제거해 버리고 새로운 형식의 지구로 다시 포맷을 하자는 "지구 언인스톨"(『핑퐁』)에 이르기까지 과연 거침없는 상상이야말로 박민규식 좌절 금지 노하우다. 박민규의 소설이 "규칙, 관습, 문화에 대한 냉소를 금치 못하는 반면 어떤 이유에서든 거기에 적응하지 못한 작중인물의 외로움, 유치함, 일탈성에 얼마간 동화적인 순정을 주입"함으로써 "반사회화의 알레고리"를 두는 것은 "동시대 사회의 경험적인 맥락에서는 특별한 박력이

---

10) 황종연, 외환 위기 이후 빈곤층이 증가하고 빈부 격차가 확대되어 중산층 붕괴가 운위되는 지경에서 계층 격차가 세대를 통해 지속됨으로써 계층이 고정되는 사태에 이르러 개인의 사회적 이동성이 축소되었다는 진단과 더불어 다음과 같이 말한 바 있다. "박민규 소설에 기록된 사회적인 것의 환멸은 중하류층의 젊은이에게 계층 상승의 가망이 불투명한 격차 사회의 존재, 바로 그것을 배경으로 한층 실감 있게 다가온다. 근대 시민사회의 이상과 형제간인 만인 공통의 입신출세 서사는 2000년대 신진 작가의 소설에 이르러 과거 어느 때의 소설에서보다 단호하게 부정되고 있는 듯하다."「매맞는 아이들의 정치적 상상력」, 《문학동네》, 2007년 가을, 362~363쪽.

있다."라는 평가는 상당히 설득적이었다.[11] 박민규를 "키덜트적 세계관으로 소설을 창작하는 대표적 작가"로 지목하고 그 근거를 "과거 B급 내지 3류로 취급되었던 하위 문화적 요소의 적극적 활용"에서 찾은 경우도 그 나름으로 타당하다고 할 수 있다.[12]

그러나 우리는 박민규의 소설이 세계를 속악한 어른/다수와 그에 대립하는 아이/소수로 이원화하여 아이/소수의 편을 들고 그것을 사회적 대안의 하나로 제시한다고는 생각하지 않는다. 그의 소설에 그런 '구도'가 내재하는 것은 보기에 따라 명백할 수 있지만 최소한 그의 이야기의 목적이 그 구도를 재현하고 폭로하려는 데 있지는 않다. 이 작가에게 중요한 것은 현실이 '어떠한 경로로 그렇게 되었는가'가 아니라 그러한 현실에서 사람들이 '어떠한 형태로 살고 있는가'인 것이다.[13] 《DC코믹스》, 《소년중앙》, 《챔프》 같은 옛날 만화책에서나 통했을 법한 황당무계하고 유치찬란한 이야기들이 펼쳐질 때, 인물들이 보여 주는 것은 속악한 메커니즘에 맞서 의롭게 싸우는 지사적 저항과는 거리가 멀다. 답답한 지구를 넘어 우주로 뻗치는 만화 같은 상상, 개그 같은 입담이 분명하게 유치한 아이의 세계를 지향할 때, 이로써 이들은 인류적인 것/혹은 문명적인 것에 대해 성찰하는 것이 아니라 그것을 가지고 장난을 치거나 농담을 만드는 익살적 태도를 표방한다. 이 익살은 저 이원적 도식의 이편에서 저편으로 건너가기가 거의 불가능해진 세상에 대한 조롱이고, 그런

11) 황종연, 같은 글, 363쪽.
12) 최강민, 앞의 글, 171쪽.
13) 박민규의 이야기 속에서 이 세계는 "어떤 거짓말을 해도 그렇고 그렇게 들릴 만큼, 그렇고 그런 곳이 되었"거나 "아무리 쉬쉬해도 언젠가 세상이 엉망이란 걸 알게"되는 곳, 이미 시시하거나 쓸쓸하거나 참담한 것으로 결정 나 버린 곳이다. "세상은 엉망이다", "아무튼 이 나라는 고장이다", "소외가 아니고 배제야" 등의 에피그램 같은 말들이 현실의 표상을 대신한다. 그러므로 박민규의 소설에서 현실에 대한 이원적 구도가 느껴진다 해도 그것은 이야기의 질감과는 직접 관련이 없는 작가의 세계관일 뿐이지 작품으로 창출된 새로운 의미 혹은 문학적 효과 등으로 환치될 수 없다. 정작 우리가 박민규의 소설에서 보게 되는 것은, 현실의 이러저러한 사태에 '대응'하는 인물들의 행태와 그것을 전달하는 화법이다.

세상에서도 저편 세상의 부조리한 룰과 그 룰에 조종당하기 위해 스스로
애쓰는 사람들의 헛된 노력에 대한 야유다. 이때 그들은 스스로 우스꽝
스러워지고 비루해져서 희화화된 주체가 된다. 그들의 세상은 이곳의 부
조리를 개선하여 새롭게 세운 대안적 세계가 아니다. 그들의 비루함은
차라리, 이런 부조리한 세계 속에서 '이렇게 살지 않고 달리 어떻게 살
수 있단 말인가'라는 설의법 문장을 몸소 보여 주는 연기(演技)다. 그들
이 역설하는 것은 결국 세상의 메커니즘을 따르려는 노력의 난처함이고
따라서 그 메커니즘의 부조리인 것이다.[14]

이른바 박민규식 "개복치 우주론"의 황당무계함으로부터 생각해 볼
만한 사안이 몇 가지 더 있다. 우선, 2000년대 많은 소설들에 우주 관련
화소가 도입되거나 그와 연관된 상상과 사유가 펼쳐지는 것, 즉 'SF적'이
라 불리는 경향이 유행한다는 사실이 주목할 만하다. 지구 바깥 혹은 지
구의 자장을 벗어난 "무중력" 상태를 일상적인 상상의 영역으로 불러들
인 것, 장르적 혁신은 아니지만 시공간적 배경이나 서사의 논리화 같은
요소를 부분적으로 SF화하거나 인물의 취향, 성격 같은 디테일 측면에서
경험 현실의 논리를 거스르는 방식을 도입하는 것 등은, 확실히 전 세대
문학에서는 퍽 드물었으며 2000년대 이르러 꽤 흔해진 면모 중 하나다.
(『카스테라』 이후의 박민규 단편 중 「깊」, 「크로만, 운」 쪽 계열이라 불리는 작품
들이나 윤고은의 『무중력 증후군』, 윤이형의 「마지막 아이들의 도시」, 「완전한

---

14) 약간의 설명을 덧붙이자. 이 농담하는 주체는 개인의 현실을 조종하는 절대적 타자인 대타자에 대
해 공포를 느끼거나 분노하거나 반항하는 주체가 아니다. "아버지의 산수"를 물려받은 이 주체는, '자
본주의'라는 대타자의 논리, 그 힘의 생리에 스스로 충실하고자 하는 자들이다. 이들은 결코 (비판
적) 인식으로 대타자에 저항하고자 하지 않는다. 그러나 문제는 이들이 아무리 열심히 노력해도 이들
은 여전히 가난하고 여전히 소외당한다는 모순적인 결과에 있다. 바로 여기에 역설이 나타난다. 대타
자의 법칙을 스스로 원하고 열렬히 순응하여도 그 원리에 동일화되지 못하는 이 주체들이야말로, 역
으로 대타자의 원리란 결코 완전한 것, 훌륭한 것이 아님을, 어디선가는 분명 실패를 포함하고 있음
을 들키고야 말게 하는 존재들이다. 이와 같은 박민규 소설의 키포인트에 대해서는 이 책의 I장에 있
는 「소설과 살다 1 — 독자 K 씨의 스타일을 중심으로」에서도 다루어진다.

항해」, 「스카이 워커」 등에서 쉽사리 확인된다.) 말하자면 이것은 사회적인 로망을 지구라는 보편 토대에 한정하지 않겠다는, 중력 혹은 만유인력이라는 보편 필연조차 거부하겠다는 정신의 표출이라 할 만하다. 이전까지 우주적 상상력, SF적 판타지 등은 현실과의 괴리를 전제로 특수하게 상징화된 세계 혹은 이상화된 알레고리적 세계였는데 이제는 우주 혹은 상상의 영역이 현실에 깊숙이 침투해 버린 느낌을 줄 만큼 친숙해지기도 한 것이다. 같은 맥락에서 2000년대 문학에 가상적인 것이 두드러진 현상도 고려해 볼 수 있다. 흡사 재현적 리얼리티라는 관습만은 피하는 것이 대세라는 듯, 얼추 가늠해도 절반이 넘을 만큼 다수의 소설들이 환상적 요소에 말미암은 경우가 만연하다. 그것들은 일종의 '도전 의식'을 함축한 장치가 될 수도 있는데, 왜냐하면 환상이나 가상은 관습적 지각의 관성을 흩트리고 해체하기 때문이다. 다시 말해 그것은 진중한 현실 세계의 구속력을 수락할 의사가 없는 자들이 자기들만의 세상을 구축하는 것으로써 미미하게나마 기성 질서에 반항하는 태도로 파악될 수 있다. 그러나 이는 한편, 세계를 변화시킬 수 없다는 무력감에 얼마만큼 빚진 태도인지도 모른다. 이들은 반항하고 있을 때도 이 현실 세계, 즉 아이에서 어른의 세계로 도약해야 하는 성장의 논리를 내장한 세계로부터 거의 자유롭지 못하다. 이들은 매 순간 그 논리 자체와 길항하지 않을 수 없어서, 순응이 아니라 저항인데도 (역설적으로) 반대급부로서 그것의 자장 안에 강하게 종속된다. 그래서 이들의 행위를, 그 현실의 (성장) 논리에 대응 능력을 잃어버린 주체의 무력함을 드러내는 징후로 보아 "이 악몽 같은 현실로부터 더 이상 어떠한 출구도 발견할 수 없을 때, 그들이 마련하는 유일한 도피처가 바로 '환상'"[15]인 것으로 읽힐 가능성도 전무하다고는 할 수 없는 것이다.

---

15) 김형중, 「병든 신, 윈도우즈(Windows) 속의 영웅」, 《문학과 사회》, 2008년 겨울, 264~265쪽.

하나 더 떠오르는 것은, 하위문화적 체험이나 하위문화적 연대감이 최근의 문학적 목소리들을 견인하는 힘이라고 보는 일각의 관점이다. "독특한 취향의 소유자들 사이의 교감에 가까운 문화적 세대 감각"이 2000년대 문학을 이전 세대와 분리시킨다고 했던 한 비평에서는, 2000년 대 시에서 "어른의 세계를 거부한 아이들의 목소리로 만들어진 세계"를 발견하고 그것을 "성장을 거부하는, 혹은 간절하게 어른이 되기를 원하 지 않는 아이들, 그것은 미성숙이 아니라 반성숙의 주체성"이라고 진단 한다. 또한 "2000년대 시가 문화적 취미 공동체의 박물지처럼 느껴지는 까닭은 시인들이 사회를 거부하기 때문이 아니라, 사회적인 가치 규범이 제대로 작동하지 못하게 만듦으로써 새로운, 다른 가치 규범들을 만들 필요성을 제안하기 때문"[16]이라고 했을 때 거기서 지적된 것은 하위문 화의 힘이었다. 반권위적 예술 체험 전반에 대한 범용한 사례처럼 보이 는 '하위문화적 감각과 취향'은 최근 소설에서 자주 발견되는 문화적 풍 토의 일부이기도 하다. 예를 들면 김중혁의 단편집 『펭귄뉴스』에서 그 려지는, 점점 무용해지는 옛날 물건들에 대한 애착과 아날로그적 취미 에 대한 애호 같은 것을 들 수 있을 텐데 이때 라디오, 타자기, 자전거, 지도 등 현대 문명으로부터 멀어져 가는 것들에 대한 이데올로기적 감 정적 경사는 기성 사회와 주류 문화에 대한 명백히 카운터 방향의 선택 으로 보인다. 비슷한 문화 예술적 취향을 공유하는 사람들 사이에 느슨 한 유대감이 싹터서 일종의 마니아 집단 같은 것을 형성할 때 그것은 저항적 연대를 창출하는 세력처럼 보일 수 있다. 다만, 이런 반사회적 인 감각이 "아무리 의미 있게 봐도 클럽 문화 수준의, 공통의 환상 위에 성립하는 남자 사이의 형제애적 유대에 머물러"[17] 있는 것일지, 개인들 사이에서 가능한 공생과 호혜의 새로운 질서에 대한 관심과 자유와 해방

---

16) 고봉준, 「아이, 그 반(反)성숙의 주체성」, 《작가와비평》, 8, 2008년, 186~188쪽.
17) 황종연, 앞의 글, 380쪽.

의 기획으로 나아갈 수 있는 것일지에 대해 단호한 판단은 섣부를 것 같다. 이들의 환상이 "변혁은커녕 세계에 대한 이해마저 불가능할 때" 등장하는 것, "현실의 무게를 환상 속의 무중력으로 이겨 내는 것"[18]이 맞는지 아닌지에 대해서도 또한 조금 더 숙고해 보아야 하리라.

그러나 여하간 우리는 성장 논리의 방향에 반대급부적인 선택을 감행하여 그것을 과감하고 통쾌하게 그려 내는 이들의 시도를 단지 '정신 승리법'(김형중)이라 비칭(卑稱)하는 데는 반대한다. 기성 질서의 수락을 통해 미숙에서 완숙으로 나아간다는 것, 즉 '성장한다'는 것이 그 자체로 지극히 난망하거나 회의적인 시대에, 무조건 성장과 무차별 경쟁을 부추기는 지배 담론에 의해 무턱대고 낙오자 취급당하는 사람들에게 '반성장'이라는 선택이 공명하는 바가 분명 있기 때문이다. 이는 가령 20대 문화 백수들 사이에 공감을 형성하여 그들을 위로한다는 식의 얄팍한 취지와는 거리가 멀다. 그보다는, 그들이 느끼는 고통의 감각이 그들 스스로에게 말미암은 것이 아니라 타자의 세계로부터 주입된 것임을 깨닫게 하는 편에 가깝다. 성장이나 성공에 관한 담론들이 평범한 사람들을 패배자로 치부하고 분발과 극복을 상시 요구하는 세상에서, 그것이 모두의 진리가 아니라 일부의 특권적 입장임을 깨닫는 것, 자기 자신의 행복과 고통을 느끼는 방법은 다른 곳에도 있다는 사실을 아는 것은 그 자체만으로도 매우 중요하다. 저들이 겁을 주어 불안과 공포를 조성하더라도 의연하게 다른 길을 선택하는 자세를 묘사함으로써, 성장의 법칙을 따르지 않더라도 불안 공포 없이 삶의 지속 가능성을 이야기하는 방식을 보여 줌으로써, 이들의 다소 엉뚱한 목소리가 지배 이데올로기에 대한 무조건적 동일시를 회의하게 할 충격을 유발한다면, 이들의 사유와 상상을 지금 여기의 유일성을 점검하는 정치적 에너지의 동력이라 말하지 못할 까닭은 없다.

---

18) 김형중 외, 좌담 「한국 소설의 현재와 미래」, 《문학과사회》, 2009년 봄, 347쪽.

무성장(無成長): ‘성숙’의 타자성

성장의 서사는 ‘근대’의 상징적인 형식이다. 변화 가능성으로 가득한 젊은이가 성장의 과정을 거쳐 완숙한 인간이 되듯 근대 문명 역시 자신의 발전 가능성을 실현시켜 계속 번영해 간다. 소설의 가장 고전적인 정의를 루카치에게서 빌려 올 때, ‘인물의 모험적 행동의 내용과 목적이 사회적 관계와 성취의 여러 구조 속에서 영혼의 가장 내면적인 것을 찾는 이야기’가 곧 소설이며, 이에 의하면 모든 근대소설은 성장소설이다. 소설에서 우리가 기대하는 공동체 체험은 신비주의적 교감이 아니라 자기 자신 속에 폐칩하고 있던 인물들이 서로 마찰하는 과정에서 자신을 조정하고 적응시키는 섭렵적 소통이다. “그것은 이를테면 풍부하고 또 풍부하게 만드는 체념의 결실이고, 교양이라는 과정 속에서 얻게 되는 마지막 승리이자 또 투쟁과 노력을 통해 얻게 되는 성숙인 것이다.”[19] 그런데 이것이 근대소설의 근본 토대였음을 새삼 상기한다면, 오늘날 우리 사회에서 소설이 가능하기는 한 것일까? 루카치가 상정했던, 사회적 삶의 모든 형식을 인간 공동체의 필수불가결한 형식으로 이해하고 또 긍정하는 자유로운 인간성의 이상을 더 이상 상정하기 어렵게 된 사회에서 가능한 서사는 어떤 것일까? 저 ‘성숙’의 과정이 곧 소설의 논리가 되지 않는 서사를 위해 다른 원리를 생각해야 하는 것이 아닐까?

유기체적 시간에 근거한 성숙의 논리를 ‘부재에서 획득’이 아니라 ‘충만에서 상실’로의 이행으로 보는 것은 프로이트의 견해였다. 널리 알려진 ‘유아 성욕론’의 핵심은 유아의 (양적으로) 과잉된 ‘성(욕)’을 의미하는 것이고 성숙이란 그것에 한계를 부과하여 감쇄하는 것, 상실시키는 것이

---

19) 게오르그 루카치, 반성완 옮김, 『소설의 이론』(심설당, 1998), 178쪽. 여기에는 물론 몇 가지 가능성에 대한 믿음이 필요하다. 인간적이고도 내면적인 공동체를 가질 수 있다는 가능성, 인간들 상호간에 본질적인 것에 대한 이해의 가능성, 무엇인가를 함께 이룰 수 있음을 서로 믿는 가능성 등이 전제되지 않으면 사회적 관계와 성취 속에서 내면적인 것을 찾는다는 것은 불가능하다.

다. 아이에서 어른이 되는 것이 무엇을 보충하는 과정이 아니라 오히려 상실을 감내하는 과정이라는 정신분석의 입장은 일반적인 성장 논리에 반하는 것이 아닐 수 없다. 그러나 프로이트는 이 상실의 시간적 흐름에 '발달'의 단계들을 부여함으로써 연대기적 시간에 토대한 성숙의 논리를 뒤집지 않는다. 획득이든 상실이든 그 마지막 단계가 성인이라는 사실은 유기체의 생물학적 시간에 토대한 직선적 흐름을 인정하는 것이고 이 전제 위에서는 발달과 함께 퇴행의 개념도 중요하게 부각된다. 프로이트의 대전제를 받아들이면서 성숙의 문제를 발달이라는 시간적 관점이 아닌 주체 형성이라는 구조적 관점으로 전환한 것은 라캉이었다. 아이가 오이디푸스 콤플렉스와 거세 콤플렉스를 거치면서 유아 성욕을 상실하는 것이 아니라, 말을 한다/배운다는 사실, 즉 타자를 통해야 한다는 사실에 상실의 계기가 내재한다고 하여 그는 성숙의 논리를 유기체적 시간에 근거한 과정이 아니라 언어에 기초한 주체의 탄생으로 대체한다. "그가 타자라는 말을 동원하는 이유는 말이 말하는 자의 것이 아니라 그에게 말을 가르쳐 준 자의 것이기 때문이다."[20]

이에 따르면 주체는 어떤 연령기를 통과하거나 일정한 사건을 겪음으로써 형성되는 것이 아니라, 모든 인간들, '말하는' 모든 존재들에게 적용되는 논리적인 계기다. "말하는 주체에게는 성숙이라는 개념 자체가 무의미해진다. 주체는 처음부터 끝까지 주체일 뿐이다. 만약 의미론적인 주체에게 성숙이란 게 존재할 수 있다면 그것은 단지 그 자체가 하나의 의미 효과로서일 뿐이다. 그 의미가 퇴행이 될지 발달의 밑거름이 될지는 오로지 그다음에 어떤 기표가 오느냐에 따라서만 결정이 되는, 언제나 미래를 향해 열려 있는 효과다."[21] 이렇게, 언어의 질서를 통해 말하

---

20) 맹정현, 「미성년은 존재하지 않는다」, 《문학과사회》, 2004년 여름, 683쪽. 성숙에 관한 정신분석적 입장을 간결하고 압축적으로 잘 정리한 글이라 판단된다. 이 문단의 내용은 이 글에 정리된 내용을 따랐다.

21) 맹정현, 같은 글, 686쪽.

는 존재로서의 주체 탄생이라는 측면을 염두에 두자면, 지금 우리가 살펴보는 '키덜트'란 연대기적 시간성 위에서 성숙의 여부를 가늠해야 하는 존재가 아니다. 그들은 자신의 '말하기'에 의해, 자기만의 고유한 언어에 의해 새로 탄생한 주체라고 볼 수 있다. 이때 어떤 키덜트의 말이 퇴행인지 성숙인지, 정체인지 발달인지, 반항인지 순응인지는 당연히 핵심이 아니다. 키덜트라는 이 단어 안에서 어른과 아이가 합쳐진 이상, 말하는 (키덜트) 주체는 성장의 논리 자체에 대해 무심하기 때문이다. 자기 자신이 어른이 되었는가 안/못 되었는가 혹은 어떻게 하/되는 것이 성장인가 아닌가 따위에 관심조차 없으면서, 어른이 이야기하는가 싶으면 아이같이 물색없는 말을 하고 다시 아이의 철없는 소리인가 하면 어른도 할 수 없는 현자의 깨달음을 주기도 하는 이 목소리의 주인들은 누구인가. 이들은 무엇을 말하고 어떻게 말하는가.

황정은은 다소 기묘한 것들을 이야기하는 작가다. "세 남매의 아버지는 자주 모자가 되"(「모자」)는가 하면, 은행에 잘 다니던 아내는 키가 조금씩 줄고 배가 조금씩 나오다 어느 날 오뚝이가 되어 버리고,(「오뚝이와 지빠귀」) 말하는 동물과 함께 지내기도 한다.(「곡도와 살고 있다」) 현실적으로 말해 이것들은 이상한 얘기지만, 그는 이 얘기들을 놀라거나 황당해하며 말하는 게 아니라 아주 당연하다는 듯 말해 버린다. 아버지가 변해서 된 모자와 아내가 변해서 된 오뚝이는 기괴하거나 망측한 게 아니라 그저 그렇게 되어 버렸으니 조금 불편할 뿐이다. (이를테면, 아버지가 이불장을 업고 대문을 나서다 모자가 되는 바람에 이불장을 피해 드나드느라 식구들이 애를 좀 먹은 정도.) 대부분의 상황은 기이한 사태가 아닌 예사로운 일상처럼 진행되고, 이야기는 처음부터 끝까지 천연덕스럽다.[22]

황정은의 인물들이 기묘한 일들을 문제적으로 여기지 않고 현상 그대

---

22) 황정은의 첫 단편집에 대해 짧은 리뷰 「이상하고 당연하고 쓸쓸한」(《세계의 문학》, 2008년 겨울)을 쓴 적이 있다.

로 받아들인다는 점, 놀라지 않고 의심하지 않으면서 그저 어쩌다 처해진 상황으로 여긴다는 사실에 주목해 볼 필요가 있다. 문제와 마주치고 그것과 씨름하고 마침내 해결하는 과정을 성장의 과정이라 말할 수 있다면, 황정은의 소설에는 성장이란 없다. 아무리 이상한 일도 원체 그럴 수 있다는 듯 겪어 내며 인물들은 질문하지 않고 변모하지 않는다. 문제 해결의 과정을 거쳐 변화하지 않는 이는 이미 모든 걸 다 깨우쳐 더 이상 어떤 변화도 불가한 현자이거나 애초에 문제 자체에 관심이 없어 문제를 문제로 인식하지 못한 아이일 것이다. 즉 황정은의 인물들은 '어른이 된다'는 것 따위에는 지극히 무심하다. 그의 소설에 왕왕 등장하는 '파씨'는 주인공 화자가 자기의 어린 시절에 형성되었다고 기억하는 자아와 같은 존재인데, 주인공은 어른이 되어서도 줄곧 파씨와 함께 지낸다고 여기거나 자기와 파씨가 분열된 한 존재라고 생각한다. 말하자면 이들은 성장이라는 개념 자체에 대한 의식이 없고, 따라서 성장이 불가하거나 무관한 아이들/어른들처럼 보인다.

그러자 이제, 이곳 황정은 소설 속의 규칙은 조정될 수밖에 없게 되었다. 살다 보니 이런 일도 생긴다는 듯 모자가 되었다가 다시 아버지로 돌아오는 소설적 설정이 시종일관 유지되는 이곳은 경험적 현실의 규칙이 통하는 세계는 아닌 것이다. 이곳은 아버지, 선생님, 경찰관, 어른들의 질서와 전연 무관하게 작동하는 세계, 천진한 새 세계다. 이곳의 사건은 현실을 지배하는 원칙들에 냉담하고, 이곳의 언어는 문법의 권위에 무심하다. 가령 저 '모자'는 더 이상 현실의 (지시적) 언어 체계에 제약을 받는 존재가 아니며, 이 모자가 놓여 있는 세계 또한 현실의 원리에 지배당하는 세계일 수가 없다. 변신담이라는 모티프도 그렇거니와 이 독특한 세계를 알려 오는 작가 특유의 목소리는 소설 속의 세상이 일반적 세계, 정상의 세계, 성인의 세계와는 이질적인 세계라는 것을 적시한다. 그냥 낯선 것에 관해 이야기한다면 기괴하고 섬뜩한 정서를 유발하겠지만, 기이한 것을 너무나 당연하게 이야기하자 오히려 평범한 현실이 낯설어지는 야릇한 분위기가 발생하는 것이다. 그러니 여기서 기묘한 것은 소설 속에 등장하는 저 이상한 사물들이 아니라 그것들이 야기하는 분위기다. 이 분위기 속에서는 낯선 것이 타자가 아니라 익숙했던 것이 타자가 된다. 인간은 누구도 성장을 완료할 수 없는 거라면, '성숙'이란 누구에게나 실은 타자적인 것이 아닐까.

황정은의 소설에는 이런 '타자적인' 분위기가 구체적으로 표현되기도 하는데, 가령 그의 인물들이 어떤 사태에 맞닥뜨렸을 때 중얼거리곤 하는 '쓸쓸하다'와 같은 단어로 실제적인 감정이 묘사되곤 한다. 문제를 비껴가지도 않지만 해결에 적극적으로 나서지도 않는 그들이 종종 "쓸쓸하다, 쓸쓸한데, 쓸쓸해."라고 웅얼거릴 때, 그것이 더러 "그거 지독하네." 같은 냉소로 변주되기도 할 때, 이 쓸쓸함이야말로 저 타자적인 분위기의 진짜 정체가 아닐까? 쓸쓸함이란, 비애도 비관도 아니고 무기력이나 체념과도 다르다. 쓸쓸한 느낌이란, 슬퍼서가 아니라 슬프지만 견뎌야 하기에, 절망했기 때문이 아니라 절망 속에서도 계속 살아가야 하기 때문에 생겨나는 것이다. (좋아서 모자가 되는 게 아닌데도 모자의 상태와 아버지의 상태를 오가며 살고 있고, 남들이 찌르고 밀고 놀려 대는 오뚝이가 되어서도 지빠귀는 어떻게 울까를 궁금해하며 지내고 있다.) 이들은 자기에게 닥친 사태에 대해 성숙한 어른의 해결 방식을 시도하지 않지만 순진한 아이의 시선으로 대처하지도 않는다. 아이로서의 삶도 어른으로서의 삶과 마찬가지로 팍팍하고 고통스럽다. 아이와 어른의 삶의 방식이 따로 있지 않은 그들에게 어느 한쪽은 다른 쪽의 대안이 아니다. 그런 구분을 떠나 이들은 그저 지금까지 그렇게 살아왔던 것, 계속 그렇게 살아올 수밖에 없었던 것을 보여 준다. 그리하여 끝내 어떤 정상적인 세계를 지향하지 않고 이 기묘한 사태를 쓸쓸하게 응시하며 정상성의 바깥에 머문다. 그러니 이 쓸쓸함은 상실이나 절망에서 기인한 일시적 감정이 아니라 삶의 조건, 운명 같은 것이리라.

성장이라는 상투화된 해결 방식에 구애되지 않으면서 삶의 억압을 견디는 이들의 이야기에서, 2000년대 서사에 일종의 방향 전환을 가져다줄지 모를 신선함을 감지할 수는 없을까? 대(對)사회적 도전이나 반항과도 조금 다르고, 특권적 지배 권력을 다른 형태 혹은 반대 형태로 대체하려는 욕망을 에너지로 삼지도 않지만, 그럼에도 불구하고 이것은 우리가 자동화된 감각으로 수락하는 일상 세계에 대한 거리를 유지시키고 상투화된 세계의 습속에 휘말리지 않을 수 있는 불감증을 전염시킨다. 이 어긋남의 느낌 속에서 마침내 얼굴을 드러내는 것의 정체는 무엇인가. 그것은 아마도 사회적 일상성 혹은 정상성이라 불리는 것들에 너무나도 당연하다는 듯이 들러붙어 있는 '부조리' 그 자체일 것이다.

소수, 불가피한 정치적 (무)의식

'키덜트'라는 신조어에 어울릴 만한 소설 속 인물들의 목소리가 어떤 파장을 지니는지 살펴보았다. 우리의 논의에 '키덜트 문학'과 같은 제목을 달아도 좋을지는 여전히 회의적이다. 혹여 '키덜트 문학'이란 말을 사용해야 한다 해도, 그것은 실제적으로 존재하는 키덜트라는 부류가 있어 그들을 등장인물로 하고 그들이 벌이는 사건을 특히 다루는 문학을 따로 지칭하기 위해서가 아니라, 어떤 독특한 언어들, 즉 일반적 언어 속에서 일반적 언어와 함께 나타나면서도 그와 상이한 쓰임새로 수행되는 어떤 언어들의 문학적 특성을 변별하기 위해서일 뿐이다. 그러므로 그것은 표준화된 어른들의 문법이 주도하는 주류의 언어 환경에서 이질적인 말들의 쓰임을 드러내는 일군의 작품들에 붙여 볼 수 있는 수식어(가령 '키덜트적') 이상은 될 수 없을 것이다. 그럼에도 이 용어는, 어떤 폭력적인 순간, '일반의 언어 사용'이라는 믿음이 그와는 이질적인 언어 사용을 억압하는 폭력의 실체가 되는 순간을 우리가 감지하는 데 도움을 줄 수는 있다. 나아가 '일반적 언어 사용'이라는 믿음 자체가 허구임을 암시하는 순간에 대해서도 마찬가지일 것이다.

그렇다면 '키덜트 문학'의 요점은, 언어의 다수적 쓰임새가 아닌 '소수적' 쓰임새라는 말로 대치해도 된다. 주지하다시피 언어의 소수적 쓰임새란 수적으로 소수의 사람들의 언어 습관을 가리키는 것이 아니라 다수의 언어들 틈에서 일반적 규범과 관습을 거스르는 언어 습관을 의미한다. 기존의 일반적 코드를 주재하는 집단 일반을 '어른'이라고 한다면 그 코드로부터 벗어난 이야기를 하는 이가 '키덜트'다. 2000년대 들어 우리 문학의 여러 분야에서 키덜트들의 목소리가 자주 들려온다고 했지만, 그 크기와 빈도가 아무리 증가했더라도 그것은 여전히 지배적 언어의 쓰임새에 부합하려는 노력이 아니라 그것을 이탈하려는 시도에서 나오는 중이다. 지배적 쓰임새를 불변적 조건으로 고착시키려는 주류 언어 환경이 지배 집단의 의도를 보완한다면, 언어를 그런 고착적 조건에서 자유롭게 만들려는 목소리들은 지배 집단의 의도에 대해 위협적일 수밖에 없다. 그리고 바로 그런 의미에서 언어의 소수적 쓰임새는 '정치적'이 되고야 만다. 키덜트란 '아이'나 '어른'이라는 일종의 '정상성/평범성'을 벗어나 있으면서 역으로 그것과의 관계에 의해서만 얻어지는 정체성(아닌 정체성)이기에 끊임없이 정상성/평범성의 범주를 재탐색, 재조정하는 역할을 방지하지 않는다.

'키덜트'라는 명칭은 개인의 주체성에 드리워진 증상을 의미할 수도 있지만, 그 명칭이 주재하는 범주는 개별적 사태가 아니라 집합적 세력이다. 키덜트의 목소리는 어른이라는 정상성에서 이탈한 한 사람의 개성을 노출하는 것이 아니라 정상성이라는 다수로부터 소외된 부류의 탈인격적 특성을 담지하기 때문이다. 그런데 2000년대 문학에서 들려온 그 목소리가 한 일은 무엇인가? 거창한 의미 부여는 필요치 않지만, 몇 가지 공로는 인정할 수 있을 것 같다. 성장이라는 인생의 가장 '정상적' 과정이란 자연스러운 것으로 가장(假裝)된 것임을 알아보는 것, 그러니 그것을 거부할 수 없는 원칙으로 내면화하지 않는 것, '성장'이라는 명목으로 나를 억제하거나 남을 억압해야만 했던 장면을 잊지 않는 것, 그리하여 의미와 가치로 믿었던 이 세계의 권위를 의심하는 것, 다른 언어로 그 권위를 헤집어 보는 것…… 등등. 그런데 실은 이런 것이 이른바 '전복적'인 행위인 건 아닐까? 음, 아니랄 수는 없겠지만 그래도 그렇게 말하지는 말기로 하자. 행여 저 어리벙벙한 키덜트들이 '전복성' 운운하는 소리를 듣고서는 갑자기 의기양양해져 당당한 어른인 양 굴거나 반대로 갑자기 머쓱해져 줄곧 해 오던 일도 그만둘지 모르니까 말이다.

(2009)

바깥으로 들어가는 문학
―2000년대 후반 한국 소설의 '외국인'과 낯선 삶

누가 외국인인가

시 외곽 도로변에 '스페인 난민 수용소'가 설치되었다. 난민들은 전염병 환자다, 범죄자들이다 하는 소문이 돌았으나 그들은 철조망 밖으로 나오지 않았다. 어느 날 근처에 '난민 수용소의 원활한 운영과 주민 여러분의 안전을 위하여 등산로를 폐쇄합니다'라는 팻말이 세워졌다. 사람들은 우회로를 이용해야만 했다. 몇 달 뒤 '페루 난민 수용소'도 생겼다. 그쪽으로 발길을 끊었다. 시가지 전체가 정전되었던 다음 날 아침 뉴스에서, 스페인 난민 몇몇이 탈출을 시도하여 그들을 수색하기 위해 군경을 동원했으며 탈출 난민 대부분은 재수용되었다는 이야기를 듣는다. 얼마 후 알바니아 난민 수용소가 생겨난 후 인근 산에 불이 나 묘지를 다 태우자 불을 낸 것이 알바니아 난민들이라는 소문이 퍼졌다. 경찰은 성묘객의 담뱃불이 원인이라고 밝혔으나, 보름쯤 뒤 알바니아 난민 수용소가 불타고 갇혀 있던 난민 30여 명이 사망했다. 알바니아 난민들이 수용소를 탈출, 시로 밀고 들어와 스페인 난민 수용소와 페루 난민 수용소의 난민들을 탈출시키고 총기를 탈취하여 폭동을 일으켰다. 당국은 탱크와 장갑차를 동원하여 진압했다. 이 난민 폭동 때 엄마가 피살당했다. 이후 난민 수용소 운영 방침이 바뀌어 수용소마다 태극기와 그 나라 국기가 함께 게양되었다. 난민들은 농산물, 민속 의상, 공예품, 술과 안주 어쩌면 여자까지 팔았고 수용소 인근은 시장이 되어 버렸다. 난민 수용소는 계속 늘어 갔다. 그때마다 인근에 밭과 시장이 생기고 도로가 폐쇄되거나 건설되어 시민들 몇은 거기에 밥줄을 대고 살게 되었다. 엄마를 죽인 건 난민이 아니라 '괴물'이라고 타이르는 아빠의 말을 듣지 않고 '단군청년단'에 찾아가 "더 격렬하고 극단적이고 배타적인 민족주의자"가 되어 난민 수용소 습격을 계획했다. 작전은 성공적, 사상자가 40여 명에 달했다. 며칠 뒤 일개 중대 병력이 단군청년단원들을 모두 끌고 갔다. 서울 경찰청으로 호송되어 시의 경계를 지날 때 "영천시에 오신 것을 환영합니다"라고 쓰여 있던 자리에 새로운 글자들을 보았다. '영천 난민 수용소'[1]

도대체 수용소란 무엇인가? 수용소에서 그런 일들을 가능하게 하였던 법적·정치적 구조는 어떤 것이었을까? 우리는 이 질문을 통해 수용소를 역사적 사실이자 이미 과거에 속하는 비정상적인 것이 아니라, 어떤 면에서는 우리가 여전히 살아가고 있는 정치적 공간의 숨겨진 모형이자 노모스로 바라볼 수 있을 것이다.[2]

이방인, 이주 노동자, 타자, 소수자 등의 단어들과 달리 '외국인(外國人)'이라는 말에는 특별히 표명된 것이 있다. '국가'와 '바깥'. 근본적인 질문들을 그냥 지나치기 어렵다. '국가'가 어디/무엇인가, 그 '바깥'은 어디인가, 국가와 그 바깥을 가르는 경계, '국경'은 어떻게 사유할 수 있는가 등. 첫 문단에 줄거리를 정리한 최인석의 최근작 「스페인 난민 수용

1) 최인석의 근작 소설 「스페인 난민 수용소」(《현대문학》, 2008년 5월)의 내용을 요약한 것이다. 이하 인용은 쪽수만 병기한다.
2) 조르조 아감벤, 박진우 옮김, 『호모 사케르』(새물결, 2008), 315~316쪽.

소」는, 최근 들어 더욱 자주 회자되는 한 권의 참고 문헌(조르조 아감벤,
『호모 사케르』)과 더불어, 국가라는 주권 권력 본래의 핵심 혹은 그 본래
적 활동에 대한 일단의 생각을 불러일으킨다.

주권 권력은 국가라는 영역, 법적·정치적 질서가 효능을 발휘할 수
있는 공간 그 자체를 창출하고 정의하는 권력이다. 이것은 법질서의 효
력을 작동 혹은 정지하게 할 수 있는 힘이기에 법의 외부에 있는 예외다.
그러나 예외란 규칙의 정지라는 상태로 규칙과의 관계를 유지한다는 점
에서, 규칙에서 배제됨으로써 규칙에 포함되는, 즉 법질서의 외부이면
서 동시에 내부인 역설적 구조를 상정한다. 정치적 공간을 구획하는 메
커니즘이 배제와 포함을 동시에 드러내는 역설을 포함한다는 점에서,
한 국가의 '내부'에 위치하고 있으나 일상적인 도시 공간에서 분리되고
정상적인 법질서의 '외부'로 배제되는 '수용소'/'난민들'의 위상은 근대
정치 질서의 핵심을 보여 주는 모형이 될 수도 있다는 것이 아감벤의 주
장이다.[3]

최인석의 「스페인 난민 수용소」는 마치 이런 인식을 체현한 하나의 사
례처럼 읽힐 수도 있을 만큼 국가 혹은 주권 권력에 관한 최근의 인식들
을 자극하는 소설이다. "나쁜 정치가 있는 곳에서"(80쪽) 생겨난다고 믿
어지는 난민이란 원래 "근대 국민-국가 질서의 불안정성을 대변하는"
존재다. "그들이 무엇보다도 인간과 시민, 출생과 국민 사이의 간격을
백일하에 드러냄으로써, 정치 영역의 숨겨진 전제인 벌거벗은 생명이 잠
시 동안 정치의 영역에 나타나게" 하기 때문이다.[4] 어떤 나라에 다른 나

---

3) 아감벤이 수용소를 "근대성의 '노모스'"로 명명했을 때 그것은 "예외적 공간이라는 수용소의 역설적
지위"에 대한 고찰에만 근거를 둔 것은 아니다. 그보다 더 핵심적인 주목은 "예외 상태가 규칙이 되기
시작할 때 열리는 공간"인 수용소에서 벌어지는 일들에 대해 "합법성이나 불법성에 관한 모든 질문이
무의미"하다는 점, 그래서 그곳은 "법이 완전히 유보될 뿐만 아니라 사실과 법이 완전히 뒤섞인 일종
의 예외적 공간"으로 구축된다는 점이었다. 이를 근거로 그는 "오늘날 서양의 생명 정치적 패러다임
은 국가 공동체가 아니라 수용소"라는 결론을 도출한다.
4) 조르조 아감벤, 앞의 책, 256쪽. 주지하는바, '벌거벗은 생명'이란, 푸코의 생명 정치 가설의 틀에

라의 난민이 들어오게 된 상황은 일종의 예외 상태다. 본래 예외 상태란 실제의 위협 상황을 근거로 법질서를 임시 유보하는 것이지만 난민들이 수용소라는 지속적인 공간을 배치받게 됨으로써 이 예외 상태는 정상적 질서의 외부에 남게 된다. 이 소설에서 난민 수용소는 시민들과는 "전혀 아무런 관련 없이 운영되"므로 대한민국 법질서의 외부에 위치한 공간이다. 그러나 또한 그곳을 예외적 영역으로 규정하고 운영하는 대한민국의 주권 권력은 이미 그 공간을 '예외로서 포함'하고 있다. 더욱 눈여겨보게 되는 것은, "난민 수용소의 원활한 운영과 주민 여러분의 안전을 위하여" 잦은 통제와 단속이 실시되곤 하는 이 도시에서 난민 수용소는 일상적 영역에서 분리되어 있지만 그럼으로써 오히려 일반 시민들의 치안과 질서 유지에 마치 배후의 원인처럼 강력하게 작용한다는 사실이다. 도로를 폐쇄하고 통신이 두절되고 정전이 발생하는 등의 비상 상태(예외 상태)가 외부적이고 잠정적인 위협 상태로 나타나는 것이 아니라 시민들의 일상 속에서 법적 규칙 자체와 뒤섞여 현실화된다. 수용소란 예외 상태가 규칙이 되기 시작할 때 열리는 공간인 것인데, 예외와 규칙이 뒤섞여 현실화되는 이 도시의 질서 패러다임은 이미 수용소의 그것과 다를 바가 없다.

그렇다면 난민들의 수용소와 시민들의 도시를 관리 · 통제하는 권력의 구조적 형태가 양쪽이 똑같이 예외 관계, 즉 포함과 배제의 동시적 관계라는 것인데, 그러면 인간을 난민과 시민으로 가르는 원리는 무엇인가? 애초에 그 둘은 구별 가능한 것인가? 이 소설에서 난민들은 일반 시민과

법과 주권을 도입함으로써 근대 주권 권력이 인간의 생명을 배제하면서 포함하는 메커니즘임을 입증하려 한 아감벤의 주요 용어다. 벤야민이 「폭력 비판을 위하여」에서 사용한 "blosses Leben"이라는 개념으로부터 빌려 온 이 말은 정치적인 삶과는 구별되는 의미로서 모든 살아 있는 존재들에게 공통된 생명, 즉 단순히 살아 있다는 사실 자체를 드러내는 말이다. 고대 그리스의 폴리스에서는 배제되었던 이 단순한 생명의 영역이 주권 권력에 포섭되어 정치의 핵심 목표가 된 것을 서양 정치철학을 관통하는 근본 구조라고 보는 것이 아감벤 주권론의 핵심이다.

분리된 채 온갖 흉악한 소문으로 사람들 입에 오르내리기는 하지만, 또는 산불을 내서 묘지를 다 태웠다고 억울한 죄를 뒤집어쓰기는 하지만, 부당한 대우에 의한 고통과 불행으로 일그러진 약소자, 희생자 등의 모습으로 재현되어 있지는 않다. 그래서 이 소설에서 특별히 주목되는 것은, 시민과 동등한 권리를 갖지 못한 난민이 불쌍하고 안타깝다는 연민의 정서가 아니고, 서로 자기와 다른 상대를 배제하면서도 아무튼 그 둘이 공존 상태에 있는 정치 구조가 난민 수용소에서나 도시에서나 마찬가지로 작동된다는 점이다. 폭동이라는 극단적 예외 상태가 되어 누가 스페인 난민인지 러시아 난민인지 알 수 없게 되어 버렸을 때, 문제는 난민들 사이의 차이가 없어진 것이 아니라 시민과 난민의 구별이 불가하고 무용해졌다는 것이다. 정상적인 법질서의 보호 아래에 있는 시민들도 난민들과 마찬가지로 죽음의 위험에 노출되고 그 사태에서 주인공의 엄마가 죽기도 했지만, 그 죽음은 신성한 제물도, 거룩한 희생도 아니었다. 예외 상태에 노출된 법 앞에서 시민의 생명도 난민의 생명과 마찬가지로 벌거벗은 생명이다. 주권 권력은 모든 사람의 생사여탈권을 쥐고 있다.[5] 자신을 시민이라 믿었던 그들 모두 사실은 난민이었다는 반전의 결말을 통해 이 소설에서 궁극적으로 이야기하는 것은, 결국 난민과 난민 아닌 자의 구분은 불가하다는 것, 즉 오늘날 우리는 모두 난민, 이른바 '호모 사케르'라는 사실에 다름 아니다.

국민-국가의 주권적 토대가 정치적인 생명에 대해서만이 아니라 자연적인 생명, 벌거벗은 생명 자체에 있음을 입증하기 위해 동원된 '호모 사케르'의 비유를 다시 돌아보자. 소설을 요약할 때 누락한 부분인데, 이 소설의 핵심적인 모티프와 인상적인 장면으로 이런 것이 있었다. 주인공

---

5) 오늘날 생명의 신성함은 주권 권력과 대립되는 절대적인 기본 인권으로 주장되고 있지만, 원래 그것은 생명을 죽음의 권력에 종속시키고 내버려짐의 관계 속에 결정적으로 노출시킨다는 정반대의 의미를 갖고 있었다. 같은 책, 177쪽.

이 환경 단체들을 따라 스페인 난민 수용소 근처에 갔을 때 '깊고 검은 눈, 사과 같은 뺨, 그윽한 이마'를 가진 한 여자아이가 그의 뇌리에 박혔다. 단군청년단이 되어 스페인 난민 수용소를 습격했을 때, 막내 단원이 그녀를 곤봉으로 내리치는 걸 바로 옆에서도 막지 못해, 경찰서에 수감되어 구둣발로 난타당하면서도 그녀의 마지막 말 "헬프"를 중얼거린다. 서사적으로 전체 스토리에 잘 결합되는 모티프는 아니지만 ─ 이것 말고 또 하나의 인상적인 삽화, 어느 밤 구렁이와 은행나무처럼 뒤엉켜 사랑을 나누던 부모의 "흰 몸뚱이"가 "이제껏 본 그 어떤 빛보다, 그 어떤 광경보다 (……) 뜨겁고 평화롭고 황홀"(85쪽)했던 삽화와 더불어 ─ 이 부분들은 "은은하고 강렬하고 은밀하고 따뜻"한 것, 어떤 원시적 생명을 환기시킨다. 어떤 생명 말인가? 이것이 바로 '벌거벗은 생명'의 유래를 낳았던 단순한 생명 그것일 것이다. 정치적인 삶과는 철저히 무관하여 차라리 '신성한' 것으로 치부되는 삶의 영역 말이다. 그러나 이 또한 법적·정치적 질서의 삶에서 '죽음에 노출'되어 있다. "정치적 삶에 참여하는 대가로 죽음의 권력에 대한 무조건적인 복종의 대가를 치렀듯이, 생명 또한 흡사 살해될 수는 있지만 희생물로 바쳐질 수 없다는 이중적 예외 속에서만 도시에 들어설 수 있는 것"[6]이다. 난민 수용소를 둘러싼 변화와 질서, 그것을 작동하는 법과 폭력의 서사에 핵심적으로 포함되어 있으면서도 전체적으로 이질적으로 느껴지는 이 부분들은, 정치적 삶과 분리된 단순한 삶, 이를테면 고대 그리스에서 '오이코스'라 불렸던 가정(家庭)과 같은 영역을 들여옴으로써, 역설적으로 법질서를 주관하는 주권 권력의 본질적 특징을 읽게 한다.

이 소설에서 우리가 읽어 낸 그 특징은 무엇인가. 폭동 이후 정부가 수용소 운영 방침을 바꾸는 데서 그것은 자연스럽게 드러난다. 근대 주

6) 같은 책, 188쪽.

권 권력의 최종 목표는, 시민과 난민을 철저히 분리하여 시민의 안전을 유지하고 난민을 박해하는 데 있지 않다. 수용소에 두 나라 국기가 게양되고 수용소 안의 주민들과 밖의 주민들이 점차 섞이면서, 수용소가 부정적인 것만은 아니라는 "낙관적인 생각"으로 조금씩 변모되는 도시의 양상[7]은, 내부에 들어와 있는 생명과 외부에 있는 생명을 명확히 분리했던 경계선을 끊임없이 재정의해야 하는 '근대 생명 정치'의 본질적 특징을 예증하는 듯하다. 요컨대 주권 권력의 최종 목표는 예외 상태를 조정하면서 벌거벗은 생명을 포섭해 가는 것이다.

지금껏 우리가 최인석의 「스페인 난민 수용소」와 함께 생각해 본 것들은 국가와 그 바깥에 대한 사유에 어떤 식으로 유효할까? 난민의 위상과 구조의 문제로 본 시민권 혹은 인권의 문제는 외국인 혹은 이방인을 사유하는 데 어떤 의미가 있을까? 우선은, 민족주의의 국가적 이데올로기를 해체하는 차원의 진일보를 얘기할 수도 있겠다.(국가가 '민족주의자'의 난민 습격을 지지하지 않고 난민과 시민의 관계 조정으로 사태를 해결한다는 점에서) 또한 이주와 경계의 문제에서 연원하는 '타자'와의 대면 양상이 단순 묘사 이상의 기교로, 즉 소설 구조의 차원으로 표현된 효과에 대해 말할 수도 있을 것이다.(타자에 대한 생래적 공포와 적대감을 드러내는 데 그치는 게 아니라 그것이 야기하는 법질서 자체의 변화에 대해 생각하게 만든다는 점에서) 그리고, 이 소설은 시민의 권리에서 배제된 난민의 권리를 '인간적으로' 보장해야 한다는 메시지를 주지 않음으로써 오늘날 시민권 혹은 주권의 뒷받침 없이는 추상적 구호에 불과한 인권 개념을 옹호하는 방향으로 나아가지 않았다는 점도 주목할 만하다. 예를 들어, 수용소 이전을 외치는 환경 운동 단체의 시위가 단체 지역위원장과 언론의 협잡으로 행

---

7) 수용소 인근을 중심으로 새로 형성된 삶의 양식이 '시장'의 형태로 나타난다는 사실에도 관심이 가는 것은, 그것이 주권 권력과 자본의 관계에 관한 단초를 제시하는 한편 매우 개연적인 설정이기 때문이다.

해진다는 사실을 묘사한 부분에서 우리는 시민들의 정치 참여가 인도주의와 분리되어 있는 단계, 즉 인권과 시민권 분리의 최종 단계를 똑똑히 목격한다.

근대 정치 철학의 규범적 해석의 토대인 인권 개념의 한계를 지적하는 아감벤의 논리는, '외국인'이라는 범주적 개념에 요청되어야 할 윤리를 벌거벗은 생명의 인권 문제로 파악하는 논리보다 확실히 과감하고도 근본적인 데가 있다. 이방인, 타자, 소수자/약자들의 사정을 인권 보호의 관점에서 접근할 때 할 수 있는 일이란 기껏해야 '그들'을 '우리'와 '같은' 인간으로, '정상인'과 '차이가 없는' 인간으로 교정하는 데서 멈추기 쉽다는 것을, 그래서 그 순간 그들의 고통은 '인간적인' 불행으로 전도되고 비정치적인 문제로 환원되어 버리는 난제가 발생한다는 것을 우리는 이미 고민해 본 적이 있는 것이다.[8]

그럼에도 아감벤의 주장은 오늘날 정치 행위의 가능성에 대해 지나친 회의감을 불러오는 게 아닌가 싶은 의구심을 불식시키지는 못한다. 그는 정치적 행위를 위한 규범적 기초의 여지를 지나치게 축소했다는 비판을 면하기 어려울 것 같다.[9] 출생부터 이미 법―주권의 영역에 갇힌 세상의 '모든 시민'들에게 가능한 정치적 행위는 어떤 것일까? "모두가 난민이다."라는 날카로운 진실이 「스페인 난민 수용소」에서와 같이 드러난 다음, 그다음에는 이제 국가와 국경과 외국인은 어떻게 현시 혹은 재현 가

---

8) 이미 많은 논의들이 오간 글들이므로 간단하게만 밝히자면, 2006년 겨울, 《문학동네》의 "길 위의 인생―이동, 탈출, 유목"이란 특집에서 다루어진 복도훈과 황호덕의 글, 2006년 하반기와 2007년 상반기 《작가와비평》에 실린 고봉준의 글, 2007년 여름 《문학수첩》에 실린 이명원의 글 등이다.

9) 진태원의 「마르크스주의 이후 정치의 모험」(《세계의 문학》, 2007년 여름)에서 이런 염려가 피력된 바 있다. 타당하다고 생각한다. 그런데 아감벤 자신이 대안에 대해 무책임했던 것은 아니라고 한다. 그는 "법이 삶 안에 내면화되는 것에 반대하여 삶이 곧 법이 되는 관계를 구축할 것을 제안한다. (……) 삶을 그것의 형태로부터 분리하는 주권과 관계를 끊고, 주권으로부터 엑소더스하는 삶, 삶과 형태가 더 이상 분리되지 않는 삶, 다시 말해 산다는 것 자체가 문제가 되는 삶을 만드는 것이 중요하다."라고 말했다. 이에 대해서는 양창렬, 「생명 권력인가 생명 정치적 주권 권력인가――푸코와 아감벤」(《문학과사회》, 2006년 가을) 참조.

능한가? 시민권/주권을 가진 자들은 요구할 필요가 없는 것이 인권이라면, 그러나 그것은 출생과 더불어 주어지는 것이 아니라 적극적으로 만들어 내야 하는 것이라면, 우리가 본격적으로 탐색해야 할 것은 그 생성의 가능성과 양상일 것이다. 이와 유사한 맥락에서 제출된 논의들의 결말을 인용하여 다시 말해 보자면, "서로가 서로에게 완전한 타자라는 전제에서 출발하는 보편적 응답의 길, 책임의 길"(황호덕), "타자의 언어가 소설이라는 상징적 언어의 경제를 위기로 몰아붙이고 무너뜨릴 수 있는가의 여부"에 달린 문제(복도훈), "보편이라는 척도의 바깥에서 새로운 삶의 가능성을 발견"하는 "구성으로서의 연대"(고봉준) 등이 공통적으로 제기하는, 현재의 한국문학이 부여받은 일종의 과제를 점검해 보는 것이 지금 필수적이라 해도 과히 틀리지 않을 것이다.

어떻게 외국인을 이야기할 수 있는가

'외국인'이라는 타자가 문학에 기입되는 형식을, 거주지와 태생이 같지 않은 자 — 이를테면 불법 체류자 네팔 사람, 농촌 총각의 아내 베트남 사람, 영어 강사 흑인 미국인, 프랑스 유학생 한국인 등의 몇몇 전형적인 외국인 상(像)이 떠오를 것이다. — 가 비중 있는 캐릭터로 등장했는가 아닌가의 여부로 가늠할 수는 없다. 전 지구적 이동 혹은 전 지구적 자본의 시대에, 여행과 이주의 경험이 삶의 예외적인 처지가 아니라 일반적인 조건으로 정착한 시대에, 외국을 경험하고 외국인을 대면하는 장면의 소묘만으로는 '낯선 것의 방문과 그로 인한 파장'을 드러내기 어렵다는 말이다. 주지하다시피, 한두 해 전부터 한국문학에는 부쩍 '외국인', '타자', '소수자' 등의 키워드들과 함께 이른바 '국경을 넘는 일'에 관한 다양한 감각과 인식을 촉발하는 경향이 두드러졌다. 한국에 온 이

주 노동자들의 삶을 재현하고, 동남아시아의 산업화 현장을 바라보고, 혹은 인도, 네팔, 몽골 등지를 여행하거나, 호주, 필리핀 지역에서 장기 체류한 경험 등을 소설화하는 것이 최근 우리 소설의 장(場)에서 더 이상 독특한 모델은 아닐 것이다.[10] 이주 노동자들을 재현한 소설군에서, "고통 받는 타자에 대한 연민을 유도하는 서술 기법을 통해 타자를 형상화할 뿐만 아니라 타자의 전형을 창조"함으로써 "희생자들을 돕고 싶어 하는 주체는 연대라는 환상 시나리오의 각본을 짜는 연기자"(복도훈)와 유사함을 지적했던 평자가 있었고, 그에 대한 강력한 대응으로 주체의 나르시시즘을 "자각하면서도 극복하려는 고투의 과정이 훨씬 중요하다."(최강민)라고 말한 평자가 있었다. 어느 편이든, 최근 우리 문학에 드러나는 '외국인'의 징후는, 이미 획득한 전형의 상투성을 탈피하면서 자연스럽게 이태 전의 담론들을 건너왔다. 앞에서 우리가 「스페인 난민 수용소」를 읽으며 이 나라와 저 나라 사이의 구분이 아니라 국가라는 틀의 모순적 한계 지점을 길게 언급한 것도 이 때문이다. 그러니까 다시, 이제 '외국인'을 생각한다는 것은 무엇인가. 인종과 민족을 묻는 것인가, 적대

---

10) 한국 사회에서 문득 가시화된 이주 노동자들의 삶을 소설화한 작품들이 한동안 쏟아져 나왔다. 김재영의 『코끼리』(2005), 전성태의 『국경을 넘는 일』(2005), 오수연의 『황금 지붕』(2007), 손홍규의 『이무기 사냥꾼』(2008) 등의 작품집에서 찾아 읽을 수 있다. 베트남 사회를 배경으로 한국인이 베트남인의 삶을 형상화한 방현석의 『랍스터를 먹는 시간』(2003)이 있다면, 민족과 국가를 동일시하는 관점에서 '외국인'이 아니지만 한국 사회에서 외국인처럼 살아가는 탈북자, 중국 동포 들의 모습은 천운영의 『잘 가라, 서커스』(2005), 정도상의 『찔레꽃』(2008) 등을 통해 드러났다. 강영숙의 『리나』(2006)는 반국가, 무국경에 대한 사유를 유발한 대표적 작품이기도 하다. 이러한 작품군을 둘러싼 비평과 담론도 한동안 다양했다. 보다 최근의 작품 중에는, 베트남 신부(新婦)의 욕망을 다룬 서성란의 「파프리카」(《한국문학》, 2007년 겨울), 인도 네팔 지방 여행 중의 당혹스러운 경험에 대한 해이수의 「Out of Lumbini」(《현대문학》, 2008년 1월), 중국 동포 문제를 젊은이의 시각으로 생각해 볼 수 있는 조정현의 「츈메이」(《문학수첩》, 2008년 봄) 등을 통해서도 유사한 비평적 사유가 가능할 것이다. 한편, 김연수의 「케이케이의 이름을 불러 봤어」(《세계의 문학》, 2008년 봄)는 그가 몇 해 전에 썼던 「거짓된 마음의 역사」와 더불어 '외국인'을 초점 화자로 설정한 시도의 한 성과로 보인다. 이 다양한 작품들의 면면을 여기서 자세히 언급할 수 없는 것이 유감스럽지만, 이전의 논의들과 겹치는 부분을 최소화하고 이전과 차별화되는 부분에 주목하기 위해 이 글에서는 작품을 한정적으로 선별했다.

와 연대의 길항 상태를 분석하는 것인가. 둘 다 아니라는 말이므로, 저 「스페인 난민 수용소」 이후의 이야기가 필요했다. 시민의 주권에도 난민의 법에도 완전히 구속되길 거부하면서 (사실은 모두가 난민인) 내국인과 외국인이 섞여 사는 삶의 새로운 법, 그것에 관한 이야기가 이제 궁금하다. 대체로 문학은 법에 종속된 삶의 모습보다는 삶의 새로운 법을 찾아 이야기하는 것이므로 넓은 의미에서 이것은 모든 문학의 임무이기도 하겠지만, 비교적 그것이 집중적으로 드러난 작품들을 알아볼 수 있다. 몇 편의 근작들에서 외국인 혹은 타자에 대한 상상이 나아가는 다양한 갈래들이 주시된다.

1 누가 '우리'를 찾는가

천운영의 「알리의 줄넘기」(《세계의 문학》. 2007년 겨울)는 이야기의 출발점이 확실하다. 혼혈 소녀 알리의 출현은 인종과 민족 등을 갈라 차별하는 사회에 대한 반대에 기인한다. 피부색과 얼굴 모양이 한국인과 다른 알리는, 낯설기 때문에 늘 "패거리들의 소속감을 확인시켜 줄 표적"이 되고, "다르기 때문에 배척당해야 마땅하다는 경고와 각인"을 받지만, 정작 '우리'에 대해 생각하는 건 '알리'라는 데 이 이야기의 미덕이 있다. 인종, 민족, 국가 그런 것이 나타내는 차이에 대해 "농촌 총각 대부분이 베트남 여자와 결혼하는 마당에 우리가 무슨 민족인지 뭐가 중요하냐"는 것이 이 소설의 '심장'인 것인데, 알리가 이 심장을 쏘는 건 '인간주의적 포용'이 아니라 '인간적인 유머'를 가지고서다. 권투의 기본이 '힘과 정력'이 아니라 '순발력과 리듬감'인 것처럼. 아메리카의 심장을 쏜 위대한 알리가, 주먹이 아니라 "유머 있는 흑인으로. 인간으로" 기억되는 것처럼. 정말로 강한 것은 "인내와 약간의 과장으로" 얻어지는 것이 아니라 "명랑하고 유머 넘치고 자신만만한" 발랄함이다. 이 발랄함이야말로 일상의 나쁜 싸움과 대결을 사뿐사뿐 넘어가게 해 주는 위대함이다.

까만 피부에 큰 쌍꺼풀이 있는 알리가 근육질의 남자아이가 아니라 폴짝폴짝 줄넘기를 넘는 여자아이인 사실과 더불어 이 발랄함은, 천운영이 전부터 자주 강조하고 싶어 했던, 강한 것들의 여성성 혹은 여성성의 강인함을 환기한다. 가령 '진중하고 엄숙하고 규범적인' 생활, 그러니까 법에 종속된 삶의 모양을 '남성적'이라 형용할 수 있다면, 분명 천운영이 보여 주는 삶의 새로운 모양에 붙일 형용사는 '여성적'이라 해도 좋다. 흑인 미군과의 사이에서 알리의 아버지를 낳았을 할머니 '제니'와 제니가 한국 사람과의 사이에 낳은 고모와 알리는 함께 산다. 낯선 것, 다른 것과의 만남과 섞임은 할머니와 고모에게 고달픔과 부끄러움을 주었지만 그들 인생의 아름다움에서 그 낯선 것의 자리는 절대적이다. 할머니는 그 이후의 삶이 고달팠을지라도 흑인인 할아버지와 함께했던 시절, "제니라고 불렸던 시절"을 가장 행복하게 간직하고 있다. 자기와 피부색이 다른 오빠를 부끄러워했던 고모는 "인생에 별 거리낌 없이 살아갈수록 더 유능해질수록" 죄의식이 들고 불안해져서, 아마 오빠에게서 났던 것이었을 "땀 냄새나 기름 냄새" 나는 남자들만 만나 사랑한다. 그래야 불안감과 죄의식이 사라지니까. 제니(할머니) – 제시카(고모) – 알리로 이루어진 이 가정에서는 호칭조차 당위나 형식에 얽매이지 않는다. 이들에게 흐르는 생기와 명랑성에, 돈(계급)이나 유능함(권력) 따위는 아무 도움도 되지 않는다. 피부색과 얼굴 생김의 다름(인종)이 아무 문제가 안 되는 이들의 동맹이, 돈 있고 힘 있는 자들이 아니라 약자들에게서 생겨난다는 사실은 특히 기억되어야 한다.[11] 타자/이방인이 흡수되는 자리가 힘 있는 강자들에게서가 아니라 약자들의 유대감에서 발생하는 것이라면, 여기에 서로를 자기화하려는 '동일화의 폭력' 같은 건 개입되지 않을 것이다. 어떤 연대의 결

---

11) 어떤 문제든 그것 자체만 생각하기보다 다른 문제들과 겹쳐 보아야 더 잘 보이는 법이다. 여기서 인종 문제도 그것 자체로만 나타나기보다 계급, 젠더 등의 문제에 흡수되어 드러남으로써, 약자를 차별하는 것을 마치 소수자의 차이를 인정하는 것처럼 여기는 실수를 피해 간다.

의보다도 이 동맹의 우정이 단단할 수 있는 까닭도 여기에 있다.

　이 여자들이 모여 행복하게 살아가는 데 "몽고반점" 따위야 아무려면 어떤가. 할머니는 죽을 때까지 몽고반점을 가지고 있고 고모는 아기였을 때 가지고 있었으나 크면서 사라졌을 것이고 알리는 태어났을 때도 몽고반점 같은 건 없었을 것이다. 그런데 보통 '우리'의 징표라고 믿어지는 몽고반점이란 사실, 한국인이라는 순혈(그런 것이 있다면)이 다른 피와 섞인 혼혈의 표시가 아닌가? 그것은 이 땅의 사람들이 몽골족의 혈통을 이어받았다는 분명한 증거물이다. 단일 민족 신화를 굳건히 믿어 온 우리가 바로 혼혈이다. 그렇다면 알리는 곧 이 땅의 것과 다른 것이 만나 남은 몽고반점과 같은 존재가 아닐까? 혼혈인 '알리'야말로 우리를 '우리'라고 말할 수 있는 징표가 되는 이 역설적인 자리가, 인종차별에 반대하는 어떤 인권의 논리보다 효과적으로 인종차별의 허구성을 공격할 수 있다. 이 공격성은 강한 상대에게 맞설 수 있는 힘에서 나오는 게 아니라 어떤 틀을 작동시킬 타이밍과 리듬의 기술에서 나온다. 알리의 줄넘기는 더 이상 권투/싸움을 위한 것이 아니고 세 사람 이상이 함께 즐기는 게임/조화를 위한 것이 된다. "더블더치를 할 '우리'를 찾으러" 가는 알리의 발걸음이 '쿵짝쿵짝 쉭쉭' 가볍고 행복해진다.

2 어디에 남아 있는가

　낯선 것이 들어왔던 자리, 그 자리로 인해 동질적이었던 것들이 움직이고 변하는 양상을 인상적으로 포착한 단편으로 임동헌의 「투게더 헤어살롱에서 보내는 편지」(『현대문학, 2008년 2월』)도 주목된다. 이 소설에서 '외국인'은 실체로 등장하지 않고 흔적으로만 있다. '나'는 떠난 남편을 그리워하던 중 비슷한 아픔을 가진 '당신'에게 이 서간체의 문장들을 적고 있다. 배우자를 잃었다는 아픔을 공유하는 자들의 공감에 관한 이야기이기도 하지만, 배우자가 '외국인'이라는 사실은 무심히 지나칠 만한 팩트가 아니다. '나'의 남편은 필리핀 산업연수생으로 한국에 왔다가 정식으로 취직이 되어 나와 결혼했으나 어느 날 매일 사용하던 면도기도 챙길 새 없이 황급히 집을 떠나 소식이 없다. 그의 동료들이 불법체류자로 검거되었는데, 그를 밀고자로 단정하여 집단 구타를 했던 것이다. 손님의 머리를 감길 때마다 남편의 머릿결과 비슷한 촉감을 찾았는데, '당신' 아들의 머리카락에서 그 느낌을 발견했고 그것을 계기로 어찌어찌하여 당신의 집에 갔을 때, 스스로 삭발을 하고 있던 당신의 모습은 남편이 떠난 후 삭발하던 자기의 모습과 똑같아 깜짝 놀란다. '당신'의 아이가 '나'의 남편과 비슷한 머릿결을 지니고 있다면 당신의 떠난 아내도 역시 검은 피부의 숱 많은 곱슬머리를 지닌 이방인일 것이다.

이것은 여기에 남겨진 이들의 이야기지만, 이 이야기엔 이들('나'와 '당신')을 떠나간 이방인들의 흔적이 더 진하게 새겨 있다. 이 흔적이 곧 하나의 장소다. 이 땅에서 자리를 잡지 못했던, 장소를 가지지 못했던 외국인이 비로소 갖게 된 자리—장소가 바로 이곳, 이 흔적, 이 남겨진 이들의 이야기다. 외국인이란, 어떤 의미에서 자리가 없는 자들을 뜻하는 것이 아닌가. 문득 둘러보니 자기 정체성을 이루던 좌표가 모두 해체되어 버린 장소에 서 있는 자, 그가 외국인이 아니던가. 이 소설을 밀고 가는 힘, 즉 저 편지를 쓰고 그 편지를 읽을 한국인들이 서로 만나고 알아보고 싸우고 기다리는 힘은 바로 이들을 떠나간 저 외국인들에게서 나온 것이다. 그러니 이 편지는 드디어 한국 소설이 외국인들에게 내준 자리, 문학적 장소라고 말해져도 된다.

'문학적' 장소라고 한 것은 무엇보다도 외국인의 자리라고 했던 그 흔적, 부재의 자국이 상당히 감각적이기 때문이다. '나'에게 남편은 숱 많은 곱슬머리의 촉감과 털 많은 피부를 꼼꼼히 면도한 알몸의 '감촉'으로 남아 있다. 남편을 그리워하고 기다리는 것도, 남편이 사용하던 면도기로 자기의 머리칼을 빡빡 미는 육감적인 행동으로 표출된다. 그런데 '당신' 역시 제 머리칼을 밀고 있었고 그 장면이 '나'가 '당신'에게 진한 공감을 느끼게 했다. 남편에게 주지 못한 도움을 당신에게 주고 싶게 했다. 이 소설에는 떠난 이들의 흔적과 그 흔적으로 인한 또 다른 공감이 모두 육체적인 감각으로 체화되어 있다. 흔적으로서의 그들, 타자의 장소는 내 육체의 감각을 통해 신체를 얻은 것이다. 자기/한국인의 신체에 타자/외국인의 자리가 있다. 타자는 자기와 멀리 있는 – 소외되거나 배제된 장소가 아니라 자기의 내부에 들어와 있는 것이다. 이 육체적 감각 위에는 자기와 타자가 겹쳐져 있다. 외국인이 한국인에 포개져 있다. 바깥이 안에 들어와 있다.

바깥과 안이 겹치고 만난 자리라고 해서, 내부와 외부, 한국인과 외국인의 차이가 무화된 채 동화되었다는 뜻은 아니다. 낯선 것에 익숙해져 친밀하게 되었다는 말이 아니다. 여전히 이들은 자기의 배우자가 어디에 있는지 알지 못하고 왜 돌아오지 않는지 상상하지 못한다. 여기 없는 타자가 나의 육체적 감각으로 남은 장소가 나의 외부 아닌 내부라 했지만, 사실 그곳은 안과 밖이 섞이는 자리가 아니라 맞닿는 자리, 안과 밖이 만나면서 차단되는 자리인 피부 – 표면이라 해야 맞다. 머리칼의 감촉을 느끼는 육체의 자리는 내부도 외부도 아닌 피부, 육체의 표면이다. 나의 바깥에 있는 규정되지 않는 것, 알 수 없는 것, 말할 수 없는 것, 상상할 수 없는 것, "불가능한 것"이 피부 – 표면에 자리한 것이 저 감각이다. 타자의 장소다. 타자의 장소지만 나에게 있다. 나의 피부 – 표면에서 그것은 나의 내부와 만난다. 만나면서 차단된다. 내게 있지만 그 감각은 여전히 불가능한 타자의 것이다. 다만 불가능한 타자가 여기, 나에게 있다는 것이 중요하다. 타자를 이해한다는 것과 타자성을 존중한다는 것의 동시 가능성에 대해 한 번이라도 회의해 본 적이 있다면 그 중요성은 더욱 절감될 것이다. 타자를 표상하는 나의 이 육체적 감각이 얼마나 모순된 진실인 것인지!

3 무엇이 (불)가능한가

타자와 만난다는 것은, 편안한 인식이 정착할 수 있는 안정적 영토를 획정하는 것이 아니라 그것을 방해하여 끊임없이 타자에 대한 인식 자체를 유발하게 하는 행위다. 이렇게 인식과 표상이 불가능한 존재와 그 불가능성에 대해 줄곧 이야기해 온 작가가 외국인과 대면하는 방식을 보이는 소설이 있다. 한유주의 최근작 「재의 수요일」(《세계의 문학》, 2008년 여름)을 보자.

프랑스에서 프랑스어를 배우고 있는 한국인 여자가 슈퍼마켓에서 일하는 마다가스카르인 청년의 주변과 일상을 상상할 수는 있지만, 그것은 또한 상상될 수 없는 것이기도 하다. 마다가스카르인 청년에게 한국인 여자의 경우도 마찬가지다. '나'는 '그'를 상상하기도 하고 만나기도 하지만 언제나 "그것은 가능하거나 가능하지 않았다. 그것은 불가능했다." '나'와 '그'의 한 주일은 겹치기도 하고 달라지기도 하면서 병렬된다. 맑은 날이었기도 하고 구름이 없지 않은 날이기도 하고, 창가에서 아이들의 머리통을 내려다보기도 하고 않기도 하고, 돈 계산을 하거나 하지 않고, 텔레비전이 있거나 없는 등으로 변주되는 장면들은, 같은 날의 서사이기도 하고 별개의 사건들일 수도 있다. '다음 날 아침에는 다음 날 아침이 오는 시간들'은 "사람들이 사람들을 파고드는 순간"으로 혹은 "모두가 그럴듯하게 나이를 먹어 가고 있는" 시간으로 있는 것이지, '신문을 읽거나 읽지 않는 것, 커피를 마시거나 안 마시는 것, 생각을 하거나 하지 않는 것'으로서 "그렇게 시간이 지나가지(는) 않"는 건 어쩌면 당연한 느낌인지도 모른다. 그런 시간, 그런 시간의 사건은 그래서 익명이다. 누구의 주재(主宰)도 허락하지 않겠다는 듯 그것은 '~지 않았다'의 형태로 기술된다. "나무 그늘 아래서 신문을 읽지 않았다. 커피를 마시지 않았다. 두고 온 것들을 생각하지 않았다. 사람들을 생각하지 않았다. 일기를 쓰지 않았고 뜻을 알 수 없는 문장들이나 분명히 이해했다고 생각했던 문장들을 떠올리지 않았다. 머리 위로 나뭇잎이 떨어지면 주웠다. 주머니에 넣어 두었다가 세게 쥐어 짓이겼다. 그리고 버렸다. 나무가 자라고 열매가 영그는 시기에 대해 생각하지 않았다. 도시의 탄생과 몰락에 대해 생각하지 않았다." 어떤 시간 혹은 어떤 사건을 '~지 않았다'의 부정문으로 진술함으로써 이 소설은, 대체로 긍정문의 형태로 현실화된 시간/사건을 드러내는 일반적인 소설의 문법을 현실화되지 않은 시간/사건에 대한 서사로 뒤집는다. 현실화되지 않은 사건은 상상이고 상상은 현실화될 수 없을 것이다. 아니, 현실화될 수도 있다. 현실화된 사건은 상상이 아니고 상상할 수 없는 것은 현실이라 할 수 없다. 아니, 상상할 수 있는 것이 현실인 것도 아니다. 그러니 모든 것은 불가능했다. "그것은 불가능했다."

이 불가능은 모든 타자, 나와 만났거나 만나지 않은 모든, 외국인이며 외국인이 아닌 자들에 대해서도 보편적인 불가능일 것이다. '나와 당신'이라는 관계는 늘 이런 식이 아닌가. "당신은 돌아오지 않"거나 "당신의 얼굴이 천천히 녹고 있"거나 "우리는 만난 적이 없다." 랄리 푸나(Lali Puna)라는 일렉트로닉 밴드 보컬의 노랫말을 제사(題詞)로 달아 놓은 한유주의 작품 「되살아나다」(『문장웹진, 2008년 7월』)의 이야기도 함께 보는 게 좋겠다. 한국에서 입양된 독일인인 그녀 '발레리'의 보컬 이름은 '부산의 랄리'(부산을 푸나로 잘못 기억하는 바람에)다. '당신'이 아시아인처럼 생긴 독일인이며 주위에서 늘 외국인으로 오해받는 이방인이어서만은 아니지만, '당신'이 아시아인처럼 생긴 독일인이며 주위에서 늘 외국인으로 오해받는 이방인이라는 사실은 '당신'의 표상 불가능성을 더 많이 함축하는 듯하다. 작가가 쓰고 싶은 것은 그녀-당신에 대한 이야기지만, 당신에 대해 쓰는 것, 말하는 것은 "정말이지, 동어반복을 용서하기를, 이에 대해서는 아무것도 쓸 수가 없"다. 그러니까 이렇게밖에. "당신은 버려진 아이였다. 당신의 이름을 부르지 않겠다. 나는 당신이 사는 도시, 당신의 방에서 내려다본 거리, 당신의 눈에 압인으로 남은 풍경, 당신의 언어, 당신의 국적에 대해서는 관심이 없다. 아니다. 우리는 만난 적이 없다. 나는 감히 당신에 대해 쓰지 못한다. 쓰고 싶다는 욕망만 있을 뿐이다. 아무 일도 일어나지 않았다. 이야기는 여기서 중단된다." 그러나 곧이어 이렇게 시작되는 이야기, "나는 당신이 태어난 도시에 가본 적이 있다."

"우리는 모두, 위대한 이야기의 종결부를 볼 수는 없"어도, 그 도시, 부산에 갔던 기억과 기억나지 않음과 '이국의 언어로 노래'하는 당신을 나는 때때로 생각했고 당신을 알지 못하는 내가 당신을 생각하는 것은 중단되어야 하지만 그럼에도 불구하고 이 소설은 쓰인다. 그러니 이 모든 이야기는 "없는 비밀을 만들어 내는 시간"의 이야기다. 이것은 당신에 대해 하는 말이 아니고("나는 당신에 대해 더 이상 말하지 않겠다.") 기억이 아니지만 지워지지 않는 말들이다.("한 번 쓴 문장은 지워지지 않는다. 그것은 기억 속에 존재하지 않는다.") 당신에 대해 이렇게 생각하거나 하지 않는 것("당신의 어린 몸이 바다를 건너 대륙을 지나는 동안, 그렇게 시간의 발목이 부러지는 동안, 말 못 하는 당신의 어린 입이 까무룩 잠드는 동안, 아무 일도 일어나지 않았다.")은 때때로 미안한 일이거나("나는 당신을, 때때로 생각했고, 미안해, 발레리, 미안해.") 만 스무 살의 나의 경우 미안하지 않은 일이고("미안해, 발레리, 미안해, 만 스무 살의 나는 말하지 않았다.") 그때의 나도 지금의 나도 당신을 알지 못하지만, 나는 당신에 대해 쓴다, 아니 '쓰지 않겠'고 쓴다. 당신의 음악을 들으면서, 아니 "음악이 나를" 들으면서. 당신은 음악, 국경 없는 음악이다. 어쩌면 나는, "낮게 숨을 이끄는 음악들을, 죽지 않은 여왕을, 먼 핏줄을, 의미 없는 가족사를, 구전되는 계보를 읊을 수"도 있다. 이것이 타자와 대면하는 한 방법이 될 수도 있다. 다만 그 읊조림까지도 표상 불가한 것을 표상하려는 역설의 표상이어야지, '그것은 불가능이야, 불가능이야.'라는 기표에 머물러서는 곤란하다는 것도 우리는 한유주의 텍스트에서 간혹 확인할 수 있다.

'당신'을, 타인을, 생각하고 그에 대해 말하기는 이렇게나 복잡하고 기묘하다. 복잡하고 기묘한 언어로도 그것은 불가능하다. 마침내 이 소설에서 '되살아나' 우리 눈앞에 드러나는 것은 끝내 '당신'이 아니라 할머니의 영정 사진을 찍었고 할머니와 라면을 끓여 먹었던 그 아이인지도 모른다. "(아이는) 자라 내가 되지 않았지만 실은 나 아닌 다른 것도 되지 못"한 그 아이가, "가면으로 자신을 위장할 수 없는 시대"의 쓰는 자와 읽는 자 사이에서 '되살아난다'. 내가 당신을 되살아나게 한 게 아니라 당신이 나를 되살아나게 한 게 아닐까. 그러니까 타자, 저 이방인, 음악 같은 당신, 독일인이며 한국인의 피가 흐르는 외국인, 태어난 도시의 이름 같은 건 아무 데도 없는 당신은, 거기, 저 멀리에서 불가능으로 꽁꽁 얼어붙은 존재가 아니다. 당신이 나를 되살렸다면, 되살아나는 순간에 나는 당신의 가능성이다. 쓴 것 안에서 쓰는 이와 쓰인 대상의 간격이 이렇게 소잔(消殘)된다. 어떤 불행한 입양에 대한 연민의 서사도 이만큼 '나와 당신'을 되살리기는 어려울 것이다. 그럼에도 불구하고, 꼭 이렇게는 아니게, 불가능 자체에 언어를 너무 굴착시켜 이렇게 복잡하지는 않게, 복잡하고 기묘한 것이 아니라 차라리 기묘하고 단순하게라면……

왜 외국인이 나타나는가

우리는 '외국인'을 실체적 대상으로 여기게 하는 틀의 모순과 허구성을, 「스페인 난민 수용소」를 읽으며 보았다. 그리고 더 이상 국가와 민족이라는 권력 행사의 영역으로 '외국인'의 실존을 생각하지 않게 되었다. 어떤 법–질서적 현실에 자리 잡은 삶의 모습이 아니라 어떤 삶의 모습에서 이야기할 수 있는 법 혹은 형식으로서 '외국인'이라는 범주를 생각해 보고 싶어서 천운영과 임동헌과 한유주의 소설을 읽었다. 거기서, 가령 순수와 혼종을 가르는 미망과 그 미망을 넘어서는 우정, 타자와 내가 하나의 신체에 겹쳐지는 육체적 감각의 가능성, 타자의 절대적 불가능성을 쓰지 못함으로써 쓰게 되는 기묘한 부정태 들을 만나게 되었다. 우리가 본 이 삶의 모양들은, 실체로서의 '외국인'이 아니라 '외국인'이라는 부름으로 만들어 낸 형상이다. 이제 우리는 한국문학에서 만나는 외국인을 인격적 표지로 여길 수 없다. 문학에는 외국인의 본질, 외국인이라는 개념 같은 것이 근본적으로 있지 않다고 생각한다. 외국인은 안과 밖을 가르는 구분/분류의 인식 체계에 근거하여 인식되는 존재가 아니라 그 인식 체계의 견고한 귀속/포함 관계를 거절해야 나타나는 존재이기 때문이다. 우리와 너희로, 바깥과 안으로, 여기와 저기로, 존재와 부재로, 긍정과 부정으로, 그토록 나눌 수 없고 떼어 내지지 않는 이야기들로써만 '외국인', 이방인, 타자의 형상은 가까스로 담긴다.

왜 이토록 간단하지가 않은가. 아마도 "외국인의 고유성은, 그 어떤 일반화할 수 있는 개념, 지식, 이념을 통해서 규정하거나 '한정할 수 없다'는 점(이것이 '장소 없음'의 참뜻이다.)에서, '무한자(한정할 수 없는 자)'의 고유성"[12]이어서 그럴 것이다. 한정할 수 없는 것을 한정하려는 상상과 이야기는 지난할 수밖에 없다. 어렵사리 그 상상과 이야기를 펼쳐 놓아도, 그것이 중요한 작업이기는 하지만, 저 '한정할 수 없는' 독자성이란 결코 묘사 대상으로 국한되지 않는다. 그러면 한정할 수 없는 독자성은 어떻게 측정할 수 있는가. 다시 일반론을 말하는 결과가 되겠지만, 어떤 상상과 언어가 그 문학이 위치한 지배적인 현실과 언어의 질서에서 얼마나 떨어져 나와 있는가, 그것을 얼마만큼 혁신할 수 있는가 를 가늠하는 데서 '한정할 수 없는 독자성'은 발견될 것이다. 그것이 출현하는

---

12) 서동욱, 「노스탤지어, 외국인의 정서」, 『일상의 모험』(민음사, 2005), 343쪽.

계기는 흔히 지금-여기와의 시·공간적인 거리에서 창출되지만 그게 아니라도 지금-여기라는 단단한 거푸집에 금이 가게 하는 탱탱한 상상과 언어들은 여기저기에 살아 있다. 핵심은, 토박이들의 현실과 언어가 행사하는 관성을 돌아보게 하는 능력이다. 황정은의 첫 소설집 『일곱시 삼십이분 코끼리열차』를 보면서 그런 능력이란 어떤 것일까 생각해 보았다.

　모자가 되는 아버지, 오뚝이가 된 젊은 여자, 말하는 애완동물, 손톱을 먹고 사람이 된 생쥐 등 어떤 '외국인'보다도 더 낯선 존재들이 황정은의 소설집에는 가득하다. 외국인보다 외인(外人)/외물(外物)이라고나 해야 알맞을 이 기묘한 '변신체'들은 현실의 인과성에 의해 출현하는 게 아니어서 우선은 환각이나 환상처럼 보이기도 한다. 한없이 초라해진 순간에 아버지는 모자가 되고, 선물로 받은 애완동물은 하필이면 재미있는 이야기를 요구한다는 등의 서사적 디테일에 의해 현실적인 어떤 대상의 비유나 상징으로 여겨질 수도 있다. 그런데 이것들이 정말 환상이고 비유이고 상징인 것일까? 라캉식으로 말해 그 심부 혹은 기저에서 상징적 타자의 의미를 재현하는 환상인가? 언어의 중층적인 의미들을 풍부하게 암시하는 비유나 상징의 수사인가? 「모자」의 세 남매가 처음 아버지가 모자가 되었던 장면을 서로 다르게 증언할 때, 그 장면은 결코 그들 각자의 환영이 아니다. 아버지의 변신은 차라리 각자의 기억이 공유하는 하나의 '심상'이라고 할 수 있다. 이웃은 "모두가 볼 수 있는 장소에서 모자가 되는 것은 바람직하지 않은 일"이라 말하고, 파출소에서는 "그 댁의 부친이 여기서 모자가 되었습니다. 모셔 가세요."라고 말할 때, 저 '모자'는 '모자'라는 단어가 (사전적으로) 지칭하는 사물이 당연히 아니고, 다른 어떤 의미를 심층적으로 지시하면서 비유적으로 등장한 상관물도 물론 아니다. 마치 본래 그러한 것처럼, 아버지가 모자로 변했다가 다시 아버지로 돌아오는 단순한 설정이 이야기의 처음부터 끝까지 머뭇

거림도 없이 내닫는 이 소설에서 '모자'는 더 이상 현실의 언어 체계 혹은 언어 환경 위에서 고려될 수 없다. 이 사물-신체가 존재하는 자리는 기존의 언어, 즉 중층적인 다양한 의미를 기저에 감출 수 있는 풍요로운 언어 환경을 오히려 벗어난다.

「곡도와 살고 있다」와 「오뚝이와 지빠귀」의 '곡도'나 '오뚝이'에 대해서도 같은 말을 할 수 있다. "의젓한 생물"인 곡도가 말을 시작했을 때 그것은 "아니, 진짜로" 그런 것이었지 거기에 다른 지시와 의미는 없다. 이후 곡도와 함께 사는 이야기는 현실적 인과의 구속 없이 내닫는다.[13] "날이 갈수록 뺨이며 배가 볼록해지고 광택이 흐르기 시작해서 어쩌려나 싶어 유심히 관찰했더니, 기조는 '오뚝이'가 되어 가고 있었다."라는 진술을 들어 보자. 이 진술은 오뚝이가 비유할 수 있는 어떤 인물형에 대한 참조나 오뚝이 자체의 사물성에 대한 의존 없이 이후의 서사로 진행된다. 현실의 장을 의식한다면 이 서사는 무의미한 언어들이 연속적으로 가역 반응을 일으키며 밀려 나가는 형국이라 할 것이다. 따라서 이 소설들에서 주인 노릇을 하는 것은 실체의 사물이 아니라, '모자', '곡도', '오뚝이' 등의 단어 자체가 직접적으로 유발하는 텅 빈 심상 같은 것이다.[14] 황당한 이야기를 조금도 얼버무리지 않고 당연한 듯이 이야기하는 심드렁한 어조도 이 심상의 형성에 큰 몫을 한다. 그 어조에는 기교의 떨림이나 속 깊은 울림이 없다. 나에게서 나왔으나 나로부터 멀어지는 언어의 형상이 드러나는 데 실은 이 어조가 결정적이다. 기계적이라고도 표현될 만한 이 어조에 의해, 인간이 사물 혹은 유령이 되거나 동물이 인간화되

---

13) 우리말 '곡두'가 '환영'이라는 사실을 상기해도 마찬가지다.

14) 어떤 변신담에 카프카를 떠올리는 것은 어쩔 수 없는 일인 것도 같다. 잘 알려져 있는 들뢰즈·가타리의 카프카 분석에 이런 말이 있다. "카프카는 단어의 지시 기능까지를 포함해서 의도적으로 모든 비유, 모든 상징, 모든 의미화를 말살시킨다. 변신은 비유의 역이다. 더 이상 본래적 의미도 비유적 의미도 없다. 상황들은 단어라는 부챗살에 펼칠 수 있을 뿐이다. 사물 또는 사물들은 도피선을 끼고 탈영토화된 음성 또는 단어들이 달려다니는 강밀함 외에 다른 것일 수 없다." 질 들뢰즈·가타리, 조한경 옮김, 『소수 집단의 문학을 위하여』(문학과지성사, 1992), 44쪽.

는 기괴함은 상쇄되고 우스꽝스러운 사태도 건조한 일상처럼 보인다. 바이브레이션의 불안함이나 에코의 절박함이 통어된 이런 '소리'야말로 저 기묘한 것들을 가장 효과적으로 현시하는 기술이다. 이 기술에 의해 절박함과 불안함은, 아직 모르는 것이 아니라 이미 겪고 난 것으로서 기입된다. 이것을 삶의 표면을 훑는 목소리라 해도 될까?

그런데 '삶'이라고? 이 삶은 어떤 삶인가? 인간의 삶인가, 기계의 삶인가? 유령의 것인 듯도 하고 자연의 것인 듯도 하다.(죽은 자들이 '나'의 뒤에 있는 문을 열고 나오고(「문」) 분열된 자아 '파씨'와 줄곧 대화하거나(「일곱 시 삼십이분 코끼리열차」) 모기가 말하고 사람이 모기 속에 갇혀 버리는(「모기 씨」) 스토리들을 상기하자.) 어떤 의미에서 이 삶은 그저 하나의 '삶', 인간을 넘어선 인간, 유령을 넘어선 유령, 기계를 넘어선 기계로서의 '하나'의 삶인 것은 아닐까. 이 '하나의 삶'으로 우리의 원래 이야기를 끌어와 보자. 그러니까 우리는 황정은의 저 '변신체'들이 하나의 '삶'으로 소설 속에 자리 잡고 덤덤하게 말해지는 문학의 어떤 장소를 상상해 보아야 한다. 이 장소는, 어쩌면 문학에 관한 모든 논의가 회귀(revolution)하는 자리이기도 한데, 이질적인 것, 특이한 것, 안 통하는 것, 이를테면 외국인, 타자, 유령 등이 문학의 언어에 틈입하는 자리다. 이곳에서 저 '하나의 삶'이, 낯선 삶이 태어난다. 이것은 관행적 현실과 관습적 언어로 설명되지 않는 삶이다. 다른 현실 원칙과 새 언어가 필요해진다.

낯선 삶의 출현, 외국인의 등장은, 그 자체로서가 아니라 그 주변에 의해, 주변과 함께 제 의미를 드러낸다. 낯선 그것을 좋아하고 미워하고 배척하고 답답해하면서, 혹은 기다리고 그리워하면서, 그 주변은 '달라진다'. 그 와중에 발생하는 혼란과 불순이, 중심과 주변을 따로 있게 하지 않고 서로 오염되게 한다. 바깥과 안을 겹쳐 놓는다. 있었던 일이 아니라 없었던 일의 이야기를 발명한다. 이곳에서는 그동안 '보편'으로 믿어 왔던 풍속, 이념, 도덕, 종교 등의 관례가 무너진다. 그래서 이 자리가 드러나는 순간은 위태로운 순간이다. 여러 가지 물음이 쏟아지는 순간이다. 새로운 보편을 찾아야 하고 그것을 실천할 새 언어를 만들어야 하므로. 문학에서 '외국인'은 어떤 낯선 것을 표상한 (익숙한) 언어가 아니라 어떤 (특이한) 것을 만들어 낸 '낯선 언어'다. 그것이 토박이들만의 우물 안이 아닌 '다른 세상'을 연다. 이 열림의 구조로서 한국문학은 토박이들의 마음의 고향만을 돌아보는 게 아니라 그곳을 반성하고 떠날 수 있는 용기를 낼 것이다. 이미 있는 척도들의 권위와 위의를 경외하지 않는 슬기를 얻을 것이다. 한국문학이 지켜 온 것을 이 땅의 현실과 언어의 '순수성'으로 오인하는 착각을 거둘 것이다. 세상의 온갖 혼종적인 것들이 분리 불가능한 채 섞여 있는 '불순한' 사건이 문학의 실존임을 인정할 것이다.

문학은 언제나 외국인을 기다리는 중이다. 아니, 지금 만나러 간다.

(2008)

'사회적인 것'을 묻는 세 가지 방식
── 구조화된 '폭력(성)'에 맞서

0 우리들의 일그러진 사회

인간의 사회는 도덕적이고 합법적인 계약에 의해 조직되고, 그것은 인간들 사이에 자연적으로 생겨날 수 있는 체력이나 재능의 불평등을 조정하므로 모든 인간은 평등할 권리를 가진다는 것, 이것은 오늘날 모든 사회의 존립 기반을 정초하는 이른바 '사회계약론'의 요체라 할 것이다. 그러나 오늘의 한국 사회에서 사회계약론의 이런 내용을 우리 사회의 작동 원리로 믿는 이가 얼마나 될까. 개인적 차이에 의한 불평등은 개인 자신의 몫으로, 사회 구조적 결함에 의한 불균등은 더욱 심화 확대되는 방향으로, 무슨 이런 방침이라도 있는 듯 우리 사회의 조류는 저 기본 계약을 거스르는 쪽에 점점 가까워져 가는 듯 보인다. 무엇보다도 계층 격차의 확대와 이동의 둔화는 이 불평등을 다수의 공통된 실감으로 만드는 주요 계기일 것이다. 이 계기는 오늘날 제 분야의 담론들에 재현되는 사회 현실의 공통된 핵심인데, 최근 한국 소설에서 재현된 사회 현실의 실감 또한 이것에서 멀다고 하기 어렵다.

그런데 지금 우리가 말하는 '사회'란 대체 무엇인가? 사회라는 말 속에는 개인들의 집합, 즉 공통의 제도, 조직, 관습, 법률, 풍속, 신념 등을 공유하는 인간들의 집단을 이르는 사전적인 의미만 중립적으로 들어 있지 않다. 개인들의 삶을 통어하는 어떤 바운더리 혹은 관계의 그물망으로서의 사회를 규정하고 탐구하는 작업들의 목적과 과정에 근본적으로 내포된바, 서로 동등한 개인들이 자유와 평등을 기본 원리로 상호 존중하고 상호 봉사하는 합리적인 질서에 대한 인식, 말하자면 "민주주의"에 대한 소망은 이미 '사회'라는 개념 정립에 근본적인 요소이기도 하다. 또한 현대의 사회는 정치적 공론장의 차원만이 아닌 삶의 정치 경제적 제 조건을 망라하는 거대 시스템의 구조 혹은 힘을 의미하기도 한다.

2000년대 이후의 한국 소설이 이 '사회'를 직접적으로 둘러싼 문제 제기와 탐구에 최대 관심사를 두었다고 말하기는 어려울지 모른다. 정치적 중심이 해체되기 시작했던 1990년대 이래 우리 소설은 좁은 의미의 현실에 얽매이지 않는 상상 세계를 다루는 쪽으로 얼마간 기울어 왔다. 그로 인해 사회 문화적 맥락에서 정치학적으로 분석할 만한 다양한 미시 권력의 문제가 소환될 수 있었던 것도 사실이지만, 좀 더 직설적으로 말하면 '사회'라는 개념에 내재한 민주적 소망을 배반당한 대가로 소설이 사회에 신뢰와 애정을 보이지 않는 상태가 지속 중이라 하는 것이 더 맞을 것이다. 그렇다고 2000년대 소설에서 동시대 사회의 다양한 표상을 찾아보기 힘든 정도는 물론 아니다. 거개가 반감, 불신, 부정, 실망, 회피 등에 가까운 그것들이 여러 소설 속에서 다채로운 방식으로 다뤄지는 양상을 전시하는 것도 충분히 가능하다. 그러나 빈부 격차 확대, 중산층 붕괴, 청년 실업 확산, 현실 정치에 대한 냉소, 문화 백수의 증가 같은 사회적 현상들을 소설 속에서 확인하여 가령 '신자유주의'적 자본주의 질서에 대한 비판, '성공지상주의'에 대한 저항, '묵시록적 비전'의 제시 등등으로 규정 짓고 마는 일이 2000년대 소설을 가장 의미 있게 논제화하는 방식은 아닐 것이다.

2000년대 소설의 주요한 특징이라면, 그간 '환상'이라 불리며 소설적인 질서 안에서 얼마간 폄하되어 왔던 영역의 전면적인 확산과 그로 인한 리얼리티의 재편이라 말해 볼 수 있다. 전통적인 리얼리즘의 관점에서 묘사 대상으로서의 확고한 지위를 지녔던 '사회 현실'이라는 것이 개인들에게 고정적인 지시 대상도 안정적인 정체성의 좌표도 아니라는 인식이 자연스러워졌다. 사회 구성주의자들의 표준적인 주장에 의하면, 개인들에게 '사회 현실'이란 의미와 담론 수준에서 구성되는 상징화 놀이와 그것의 환상적인 정합성에 의해 (재)창조된 외양과도 같다. 어떤 질서와 무질서, 가능성과 불가능성 사이에서 끝없이 벌어지는 놀이(적 관계)를 통해서 항상적으로 다시 구성되고 작용하는 관계의 그물망을 우리는 사회 현실이라 부르며, 현재 우리가 객관적인 것으로 받아들이는 그것 또한 제한된 지속성을 지닌 사회적 구성물이다.[1] 이런 관점에서라면 소설이라는 담론적 구성물의 세계를 또 하나의 현실 혹은 리얼리티의 자격으로 두는 것은 온당한 일일 것이나, 바로 그렇기에 우리가 소설에서 '사회'를 읽거나 탐구한다는 것은 거기에 어떤 사회가 있는지 보는 데서 그치지 않고 그런 사회를 있게 한 이유, 논리, 신념 등을 이해하는 데로 나아가야 한다. 다시 말해 소설 속에서 사회를 지각한다는 것은 묘사된 대상인 '사회'의 단면을 바라보는 일이 아니라 그렇게 묘사되기 위해 '사회적인 것(the social)'이 지각되고 상상된 방식, 코드화되고 재조직되는 양상을 고려하는 일이다.

이 시대 소설이 직시하는 '사회적인 것'의 형상은, 앞에서 언급했듯

---

1) 이를테면 다음과 같은 견해가 참고될 수 있다. "과거에는 객관적인 재현 또는 현실의 상징화를 심지어는 사물들의 심층적 본질의 상징화를 획득하는 것이 가능하다고 생각되었다면, 구성주의는 이러한 모든 시도들의 실패와 인간들의 현실 재현의 역사적 사회적 상대성은 현실이란 언제나 사회적 구성의 결과라는 점을 보여 준다고 주장한다. 우리가 (객관적인) 현실로 받아들이는 것은 단지 제한된 지속성을 지닌 사회적 구성물이다. 현실은 언제나 의미와 담론의 수준에서 구성된다." 야니 스타브라카키스, 이병주 옮김, 『라캉과 정치』(은행나무, 2006), 147쪽.

'사회계약'의 기본을 거스르는 듯한 오늘날 한국 사회의 구조를 일차적으로 반영할 것이다. 그리고 그것은, 조화롭고 호혜적인 생활이 가능하다고 믿을 수 있는 사회의 이상을 위협하는 힘, 즉 사회적으로 구조화된 압력(들)과 그에 관한 직접적인 반응을 우선적으로 표출할 것이다. 김이설, 김사과, 황정은, 세 작가의 작품들을 통해 동시대 한국 사회의 일단과 거기에서 어떤 폭력(성)이 지각되는 방식을 살펴보려고 한다. 이들은 저마다 사회를 경험하고 인지하는 부위도 다르고, 그것을 코드화하는 매개도 달라서, 사회적인 것과 소설적 담론이 만나는 상이한 세 개의 각도를 고찰할 기회도 될 것이다.

1 승패만 있는 세계의 궁지: 김이설의 고통

김이설의 소설 세 권(『나쁜 피』, 『아무도 말하지 않는 것들』, 『환영』)은 동시대 어느 소설보다 '현실주의적' 이야기를 담고 있다. '현실'이라는 말의 다층 다기한 용법 중 문학과 관련된 담론들에서 전통적으로 가장 일반적인 용법에 따라, 즉 인간에게 육체적 물질적 필요가 다른 어떤 것보다 우선하는 절박한 생존의 상태 혹은 그런 비천한 인생의 적나라한 생활 현장을 가리키는 경우로서, 이 단어는 김이설에게 합당하다. 엄마와 함께 역 주변에서 노숙하는 여자아이가 등장하는 등단작 「열세 살」에서부터 도시 근교의 식당에서 노동과 성을 팔아 가족까지 부양해야 하는 여성의 이야기인 『환영』에 이르기까지, 경제적 빈궁, 심리적 고립, 타락한 삶의 유혹, 희망 없는 미래 등의 현장은 일관되게 그의 소설이 다루는 대상이었다. 그것들은 또한 우리 생활공간의 주변부인 어느 역전이나 상가, 식당 등에서 쉽사리 목격할 수 있을 듯 '사실적'으로 생생했다. 김이설의 거의 모든 이야기는 이 시대 한국 사회의 주변부 현실을 실감 나게 환기하는 '사실적 재현'이면서, 우리 시대 음화(陰畵)를 구성하는 어떤 모럴의 재현이기도 하다.

그 세계에서 가장 심각한 문제이면서 다른 모든 문제를 좌우하는 심급은 생활을 넘어 생존을 위협하는 가난이다. 거의 모든 주인물들이 돈 때문에 파멸 직전이거나 파멸 중에 있다. "언제나 현재보다 더 나쁜 경우는 없었다."[2]라고 생각하게 하는 이 세계는 인간들에게 불안과 낙오와 실패만을 안겨 준다. 물론 부자와 권력자의 스토리는 여기에 없다. 주로 한국의 최하위 계층 여성을 화자로 삼는 이 삶의 현장은 워낙 험악한 곳이라[3] 최근 몇 년간 한국 사회의 폭력성에 관한 문학적 담론에서 김이설의 세계가 빠진 적은 거의 없다.[4] 강간과 폭행을 일삼는 남자들의 패악과 악에 받친 여자들이 칼부림을 내고 피 칠갑을 하는 현장도 심심찮게 등장하기에 인물의 폭력적 형상이 거론된 경우도 없지 않지만, 김이설 소설에서 재현되는 폭력의 초점은 특정 인물, 칼을 든 여자의 공격성이 아니다. 그것은 이 시대 하층민들의 생존과 욕망의 격전장인 사회, 그곳에서 누군가 악을 쓰고 칼부림을 하기까지 그를 몰아간 어떤 압력에 관한 것이다.

『나쁜 피』의 주인공이 처한 현실에 비추어 보자면, 그 질서는 크게 두 갈래로 작동한다. 하나는 세상을 이쪽과 저쪽으로 양분하는 원리고, 또

---

2) 김이설, 『환영』(자음과모음, 2011), 47쪽.
3) 한두 편을 제외한 거의 모든 소설이 여성 화자의 빈궁한 삶에 관한 이야기라는 점에서, 대부분의 작품에서 몸을 성차화된 것으로 지각케 하는 여성 신체의 부분을 이야기의 모티프로 삼았다는 점에서, 김이설 소설을 여성의 삶에 관한 소설로 읽지 않을 도리는 없다. "김이설 소설은 IMF 이후 진행된 '여성의 빈곤화'가 지금 얼마나 심각한 지점에 이르렀는지를 심문하는 텍스트이며, 그러한 사회 경제적 맥락과 결코 무관하게 읽을 수 없는 텍스트이기도 하다."(차미령, 「몸뚱이는 말하지 않는다」, 《문학동네》, 2010년 가을. 356쪽) 그러나 지금 김이설 소설을 살피는 우리는 계급적 억압과 성적 억압이 겹쳐진 서발턴으로서의 주체성 자체보다 그 주체의 발화로 재현되는 세계의 폭력상에 우선적으로 주목한다.
4) 김형중, 「돌아온 신경향파」(《자음과모음》, 2010년 봄), 심진경, 「여성과 폭력, 쓰레기 아마조네스」(《자음과모음》, 2010년 봄) 등을 참조할 수 있다.

하나는 그중 한쪽에서 아등바등 살아가는 원리다.

고등학생이 되던 해, 텔레비전에서는 대대적으로 천변을 보여 주었다. 붉은 자전거 전용 도로가 천변을 따라 길게 이어졌다. 사람들은 살을 빼기 위해 밤낮으로 운동했다. 그들은 모두 현란한 색깔의 옷을 입고 있었다. 하늘은 푸르고 물은 맑았다. 그러나 천변 이쪽, 고물상 동네를 보여 주진 않았다. (……) 여기와 저기는 붙어 있지만 완전히 다른 세상이었다. 밤이 되면 천변 저쪽의 미끈하게 빠진 고가도로가 알록달록한 불빛으로 반짝였다. 이쪽이 어두워서 저쪽이 더 현란해 보였다.

돈을 벌어야겠다고 생각했다. 그것이 여기를 떠날 수 있는 길이었다.[5]

천변의 이쪽과 저쪽으로 "완전히 다른 세상"이 되는 것, 우선 그것이 이 질서의 가장 근본적인 폭력성이다. 시급 1000원을 넘지 못하는 아르바이트부터 시작해서 새벽 시장을 들락거리며 보따리 옷 장사를 해서 아등바등 살았지만 10년이 지났어도 "부자가 되지 못했다.""천변 둑에 서서 휘황찬란한 건너편을 바라보다 보면 내가 저기로 갈 수 있는 방법은 처음부터 없었다는 생각에 서글퍼졌다." 이 불평등, 이 벗어날 수 없음. "나쁜 피"라는 제목의 상징이 못 박듯 그것은 유전되는 것이기도 하다, 특히나 '엄마들'에서 '소녀들'에게로.

또 하나의 폭력적인 질서는, 근원적으로 천변의 저쪽과 이쪽을 나눈 원리이자 천변의 이쪽에서 유독 그악스럽게 작동하는 듯 보이는, 약육강식의 법칙이다. "따지면 나쁜 사람은 없다. 세상에 사연 없는 사람도 없고, 상처 없는 사람도 없다. 다만 이기는 사람과 지는 사람이 있을 뿐이었다."[6]라는 생각은 김이설 소설 전편에서 가장 무리 없이 통하는 상식

---

5) 김이설, 『나쁜 피』(민음사, 2009), 52쪽.
6) 같은 책, 108쪽.

일 것이다. 힘과 돈이 지배하는 세상, 선악은 없고 승패만 있는 세계. 이 세계에서 살기 위해서는 무조건 이겨야 하고 이기기 위해서는 힘과 돈이 필요하다. 그것은 불가항력적인 질서이므로 살기 위해 노동을 팔고 성을 파는 행위 또한 불가피하다. 어쩌면 동물적이라 해야 할 이곳에서 약자의 위치에 처한 이는 언제까지나 패배하고 패배한다. 인물들은 늘 궁지에 몰릴 대로 몰리고, 개선의 여지도 변화의 조짐도 없다.

결국 이 폭력성의 근원은 세상을 이쪽과 저쪽, 즉 상층과 하층, 강자와 약자로 나뉘게 하는 하나의 법칙에서 기인한 것이다. 그 법칙이 마련한 것은 다시 말하지만 '승패'만 있는 구도다. 이 구도 안에서 김이설의 소설은 물론 패자, 패자들의 패자를 재현하는 기록이 되고자 한다. 천변 저쪽의 화려한 불빛, "하늘은 푸르고 물은 맑"은 그 세상은, 이 작가가 구체적으로 다룬 적도 관심을 가진 적도 없다. 그곳도 역시 선악이나 진위가 무력한 승패의 세계일 테지만, 그곳으로 건너간다고 해서, 약육강식의 구도에서 강자의 위치만 점할 수 있다 해서 이 사회가 살 만한 곳이 되는 게 아니라는 것쯤을 그가 모르는 것도 아니지만, 그가 관심과 열의, 의무와 용기를 다하여 집중하는 것은 충격적이리만치 처참한 쪽의 현실, 보다 절박한 고통에 신음하는 쪽의 상황인 것이다. 첫 소설집의 제목을 "아무도 말하지 않는 것들"이라 했을 때, 그리하여 작가 자신이 그 '아무도'의 자리에 들어가 부정문을 긍정문으로 바꾸고자 했을 때, 그 말하는 "누군가"는 바로 그런 재현 주체일 것이다.

이렇게 드러난 우리 사회의 현주소에서 가장 눈에 띄는 점은, 이곳이 어떤 해결책도 내놓기 어려운 막다른 궁지에 처해 있다는 사실이다. 김이설 소설에 자주 등장하는, 생존을 위한 성매매 스토리는 이런 궁지를 표상하는 중요한 표지이기도 하다. 최근작 『환영』은 아이가 생겼으니 엄마로서 돈이 필요하고, 돈이 필요하니 몸을 팔아야 하며, 몸을 판다는 것은 어미로서의 몸을 포기하는 것이라는 악무한의 회로가 전면화되어 있는 이야기다. 가혹한 현실의 무게에 압살당하지 않기 위한 인간의 행위는 무조건 정당화될 수 있는가 하는 평범한 의문이 올라오려 할 즈음, '정당화'라는 말이 함의하는 바가 무엇인지를 먼저 되묻지 않을 수 없다. 그것은 아마도, 한 여성 평론가의 표현으로 하자면 "지배 규범의 합법화된 폭력을 통해 구성된 정상적인 여성 혹은 정상적인 가족의 관념"[7]에 의거한 '도덕적' 규율을 염두에 둔 의문이었을 텐데, 그런 도덕적 의미의 정당한 해결책을 김이설의 이야기에서 강구하기는 정말이지 어렵지 않을 수 없다. 처음부터 가난했던 가족은 늘 신용불량 상태고 늘 돈을 요구한다. 희망이 있을 거라는 희망을 걸었지만 당장의 생활비 한 푼 못 버는 남편은 무능하기만 하다. 그런 상황에서 "내 배를 아파 낳은 아이를 생각하면 무슨 일이라도" 할 수 있을 것 같은 젊은 여자에게, 열네 살 이후로 돈벌이를 한 번도 쉰 적이 없으며 아이를 낳은 보름 후부터 전단지를 돌려야 했던 이 인물에게, 그가 처한 처절한 상황을 '도덕적 딜레마'로 설명한다는 건 왠지 난센스 같은 것이다. 꼭 지배 규범의 '도덕'이 아니어도, 이 난국을 헤쳐 가기 어려운 건 마찬가지다. 살기 위해, 남들처럼 보통으로 살기 위해, 라는 최후의 이유 앞에선 어떤 논리적 해결도 원천적으로 봉쇄되어 있다.

그런데 이토록 막다른 궁지에까지 이른 패자들이 옴짝달싹 못하게 얽매여 있는 이 구도의 원동력은 대체 어디서 연원하는 것일까? 자존심도 도덕도 삼켜 버리는 승패만 있는 이 폭력적인 구조를 움직이는 근본적인 힘은 무엇인가? 오직 강자 혹은 지배자들의 폭력성만의 힘일까? 여기서 다시 생각해 보지 않을 수 없는 것은, 그 구도가 힘을 발휘하게 되는 건

---

7) 심진경, 「쓰레기 아마조네스」, 《자음과모음》, 2010년 봄, 683쪽. 이 평론에서는 김이설의 여성 인물들이 이런 지배 규범적 관념을 벗어난 자리에서 "거꾸로 그러한 규율화된 세계의 논리를 폭력적으로 균열시켰다."라는 사실이 지적되기도 했다. 이 자리에서 자세히 논의하기는 어려우나, 우리의 논지는 김이설 소설의 폭력(적인 것)이 "규율화된 세계의 논리"를 균열하는 힘이 아니라 그 논리 자체에서 연원한다는 것이므로 이 평론의 견해와는 궤를 달리한다.

승자들의 위력 혹은 욕망만이 아니라 패자들의 욕망 혹은 복종에 의한 것이기도 하다는, 억울하고도 '현실적인' 사실이다. 승자가 되고 싶다는 욕망, 그것은 남을 이기고 싶다는 호승심이 아니라 지면 살아남지 못한다는 절박감이고, 보다 솔직한 말로는 그저 "다들 사는 것처럼 나도 그렇게 살아 보고 싶"[8]다는 바람일 뿐이지만, 그럼에도 바로 그 "남들처럼"에 얽힌 욕망이야말로 승패만 있는 세계를 언제까지나 굴러가게 만드는 원동력인 것이다. 지배 체계의 질서 아래 고통 받는 욕망이란 역설적으로 바로 그 지배 체계의 질서에 가장 깊이 침윤된 욕망이다. 안타깝게도 여기서 지배 체계의 막다른 곳을 내파할 힘이 마련되기는 요원할 것이다.

그렇다면 김이설 소설에 재현된 사회의 폭력적 구도는, 야만적인 현실의 반영인 동시에 그 현실을 살아가는 인간들의 욕망의 구도라고 할 수도 있다. 이것은 말 그대로 우리 사회의 단면을 '리얼하게' 파헤친다. 저 승패만 있는 세계의 각박한 사태들, 그리고 그것이 끝내 피하지 못하는 최악의 궁지들은, 작가가 첫 단편집의 제목에 대해 밝히길 "아무도 말하지 않는 것들"의 앞에 생략됐다고 했던 "누구나 알지만"이란 구절의 지적대로, 동시대인들의 공통적인 경험을 매개로 우리 눈앞에 펼쳐진다. 그런데 이런 재현은 또한, 동시대인들의 공통적인 (경험뿐만이 아니라) 재현 체계에 과도하리만치 의존한 것이기도 해서, 이때 환기되는 '현실'은 그 스스로 가장 부정하고 싶은 바로 그 현실을 유일한 하나의 현실처럼 고정하게 될 위험성을 지닐 수도 있다. 그런 점에서 김이설의 소설에 나타난 이 불평등한 현실을 쇄신하려면 그곳을 작동시키는 인물들의 욕망이 먼저 (지배적인 재현 체계의 질서를 거스르는) 다른 언어, 다른 재현 체계를 상상할 수 있어야 한다는 생각이 들기도 한다. 다만 여전히 우리는,

---

8) 김이설, 앞의 책, 125쪽.

그럼에도 불구하고 이 작가의 소설이 최소한 우리가 다 안다고 여기고 외면해 왔던 어떤 현실을 가시권 안으로 불러들이고, 감추어졌거나 무시되었던 어떤 궁지를 현실 속에 노출시킨다는 점에 대해 중히 여기지 않을 수 없다. 동시대 사회 현실의 부당함에 관한 불만과 의구심을 강력히 환기하는 효과는, 문학과 문학 아닌 것을 가를 수 없는 차원에서 이미 충분한 의미와 가치를 확보한다.

2 앎에 갇힌 절망: 김사과의 자각

김사과 소설에는 분노, 공포, 광기, 폭력 등의 말들이 따라붙지 않은 적이 없다. 화내고 소리 지르고 욕하고, 무언가(술, 담배, 본드, 고추장 등)에 취해 있거나 중독돼 있고, 수시로 불안해지고, 무감하게 때리거나 부수고, 무차별적 살인을 저지르는 이들이 곳곳에서 무시로 출몰하니, 그럴 만하다. 첫 장편 소설 『미나』에 나타난 충격적인 살인 장면을 기억할 것이다. 강력 범죄와 폭력 영상에 익숙한 독자라 해도 몸서리쳐질 정도의 수위였던 것 같다. 한국문학 안에서는 유례가 드문 것이다.

수정이 고개를 끄덕인다. 미나가 억지로 웃어 보인다. 둘은 한참 동안 서로를 바라본다. 침묵의 끝에서 아무런 신호도 없이, 수정이 미나의 허벅지를 찌른다. 미나가 비명을 지르며 허벅지를 끌어안는다. 수정이 피가 번들거리는 칼을 바지에 문질러 닦은 뒤 자신의 자리로 돌아가려는데 미나가 수정의 팔목을 잡아 칼을 빼앗으려 한다. 수정이 칼을 빼앗기지 않기 위해 팔을 휘젓는다. 칼이 미나와 수정을 가리지 않고 긋는다. 수정이 미나의 피가 흐르는 허벅지를 힘껏 걷어찬다. 미나가 비명을 지르며 소파 아래로 굴러 떨어진다.[9]

9) 김사과, 『미나』(창비, 2007), 292쪽.

수정이 미나를 찌르기 시작한다. 힘껏 밀어 넣은 칼 끝에서 전해지는 미나의 살과 뼈, 혈관과 근육을, 수정은 눈을 감고, 그것의 소리와 진동을 느낀다. 입이 벌어지고 가느다란 미소가 흘러나온다. 잘린 혈관에서 피가 솟구친다. 수정의 셔츠를 향해, 쐐기 모양으로 창에 달라붙는다. 느낌표 모양으로 공작새의 날개를 찌른다. 굵은 선을 그리며 바닥을 향해 기어 내린다. 미나가 지르는 비명과 날카로운 금속 조각에 찢기는 살의 소음이 너무나도 멀리서 들려와서 수정은 그것을 믿을 수가 없다. 수정은 미나의 벌어진 입을 바라보며 반복하여 찌른다.[10]

여기에 묘사된 것은 명백히 어떤 행위의 잔혹함, 인물의 폭력성이다. 앞서 본 김이설의 소설에서는 포악한 행동을 하는 인물들이 등장할 때라도 근본적으로는 그들이 처한 환경의 폭력성에 초점이 맞춰져 있었다면, 김사과 소설에는 자초지종이 뚜렷하지 않은 어떤 상황에서 우발적 혹은 계산적으로 폭력을 발산하는 인물들의 흉포한 행위가 집중적으로 드러나 있다. 이들은 왜 이런 끔찍한 짓을 하는가. 가장 먼저 제기되었고 여러 차례 반복되었으며 김사과를 말하는 자리에서는 언제나 한 번 더 물어지는 질문이다. 답 또한 반복적으로 제시되어 왔으나, 『미나』에서 수정이 미나를 죽이는 이유로부터 크게 벗어난 답은 별로 찾아지지 않았다.

"내가 너를 죽여야 하는 이유는 니가 어른을 공경하기 때문이야. 너는 어른들을 공경하지? 그렇잖아? 너희 엄마도 좋아하고 너희 아빠도 좋아하잖아. 민호도 좋아하지? 선생들도 좋아하지? (……) 너 같은 쓰레기들 때문에 세상이 이렇게 점점 더 거지 같아져 가는 거야. 어떻게 늙은이들을 공경할 수가 있어? 너는 니가 고개를 숙이고 굽실거리는 사이에 그들이 너한테서 가장 중

10) 같은 책, 306쪽.

요한 것은 빼앗아 가는 걸 모르고 있어."[11]

　　그래…… 이제 보여. 확실히 보여. 너에게서 악의 빛이 보인다. 보인다.
아. 나는 정말 대단해. 어떻게 이렇게 대단할 수가 있는가? 우아. 아름다워.
아름다워. 나는 거의 넘어갈 뻔했지 뭐야. 하지만 니 얼굴에서 빛나던 악의
빛을 나는 놓치지 않았어. 어떻게 지금까지 숨기며 살아올 수 있었니? 힘들지
않았니? 세상은 선한 정신으로 이루어져 있다…… 너의 눈으로 보기엔 그러
겠지. 악마에게 악은 선이고 또 선은 악이잖아. 그래. 너는 개선의 여지가 없
어. 왜냐하면 참말로 악이니까. 완전한 악. 그래서 너는 죽어야 해. 내 손으로
너를 없애고야 말겠다.[12]

　　수정이 미나에게 퍼붓는 이 말들을 김사과의 화자들이 세상을 규정하
는 말로 치환해서 들어도 된다. 왜 폭력적인가 하는 질문에 대한 답이 종
국엔 다른 폭력 혹은 더 큰 폭력에 대항하기 위해서라는 데로 귀착되는
다수의 사례에 비추어 보자면, 김사과의 인물이 대항하는 다른 폭력을
소설의 본문을 인용하여 이르건대 '악'이다. "참말로 악", "완전한 악",
"진짜 악마". 인용문에서는 '예의'로 대변되어 있으나, 거짓의 삶을 조장
하여 인간을 길들이고 마침내 집어 삼키는 세상의 모든 시스템 혹은 지
배 이데올로기. 그것에 절망하고 절규하는 자가 김사과의 인물들이다.
그들의 고함과 싸움과 불손과 공격은 지배 체제라는 거대 폭력에 맞서는
불가피한 방책으로서의 대항 폭력으로 이해될 수도 있을 것이다. 그 거
대 폭력의 실체는 이를테면 규격화된 칸막이의 삶, 허영심으로 쌓아 올
린 소비 유토피아의 환상, 깨져 버린 환상을 견뎌야 하는 고통, 고통을
잊으려는 착란에 불과한 희망 등등에 대한 의식으로서 김사과 소설 속에

---

11) 같은 책, 298쪽.
12) 같은 책, 288쪽.

수시로 진술된다. 가령 『미나』에서도 'P시 학생의 삶'(75~88쪽)이라는 한 소챕터는 "수정을 질식시"키는 "가장 더러운 것들"의 양태가 논술문 형식의 서술로 빼곡히 채워져 있는데, 챕터의 마지막 문단에 "이것이 현재 수정이 처한 사회-공간적 상황이고 거기에 예외란 없다."(88쪽)라고 못을 박음으로써 이 폭력 행위의 주체를 둘러싼 현실의 현재상은 분명히 밝혀진다.

특징적인 것은, 이 "사회-공간적 상황"이란 것이 상수(常數)라는 점이다. 언제 어디서부터 잘못됐는지 모르고 변화는 불가능해 보인다. 아이엠에프가 나라를 완전히 바꿔 놓았다고 사람들은 말하지만 김사과의 화자는 "나는 그렇게 생각 안 해. 그전에도 세상은 똑같이 개 같았어. 부자는 부자고 거지는 거지였어."[13]라고 말한다. 부는 대물림되고 가난은 선험적이다. "오늘을 견디면 내일이 올 뿐인데. 또 같은 날이 올 뿐인데."[14] 비참한 삶은 운명이고, 그렇다는 것은 영원한데, 왜냐하면 '나'가 그렇게 믿으니까. 이 점이 또 김사과 소설에 대해 기억해 두어야 할 한 특징이기도 한데, 김사과 소설에서 삶과 세상과 현실은 '나'의 믿음이고, 앎이며, 하나의 인식이다. 예컨대 그의 인물들에게 진짜 삶은 이런 식으로 표현된다. "만약 내가 누구고 어디가 어딘지 알 수 있다면 그것은 이미 빼앗긴 삶이다. 거기 진짜 삶이 있었다. 단 한 조각도 빼앗기지 않은 순수한 삶이 말이다. 그건 잔혹하도록 아름다웠다."(『풀이 눕는다』) "단한 조각도 빼앗기지 않은 순수한 삶"이란 구체성을 입지 못한 관념이다. 이 추상의 세계에서 '현실적인 결핍'이라는 것, 가령 김이설에게 가장 절박한 것들 ─ 배고픔과 불편함, 불투명한 미래 따위 ─ 은 가장 하찮은 것이 된다.[15] 요컨대 김사과는 결핍, 공포, 이상함, 절망 등으로 수식되

---

13) 김사과, 『풀이 눕는다』(문학동네, 2009), 277쪽.

14) 김사과, 『영이』(창비, 2010), 29쪽.

15) "만약 우리가 하찮은 문제들(배고픔, 불편함, 불투명한 미래) 따위가 두려워서 항복해 버리면 그다음에 남는 것은 통째로 집어삼켜지는 것뿐이었다." 『풀이 눕는다』, 161쪽. "난 말이야. 돈을 벌 능력

는 현실의 어떤 특수한 양태보다는 어떤 결정된 구조에 처한 자의 정조, 흔히 '분노'로 대변되는 불길한 감정이나 파괴적인 상태를 민감하게 표출한다.

그것이 사회 현실의 어떠한 상태나 구조가 아니라 이곳에 처한 자들의 기분 혹은 느낌, 아니면 신념이나 관념이라고 해도, 그것 ── 가령 『미나』에서 서술된 "현재 수정이 처한 사회-공간적 상황" ── 은 동시대 한국인 다수에게 공감을 얻을 만한 것이라고 생각한다. 김사과의 인물들이 그렇게 느끼듯, 우리가 사회 현실이라고 부르는, 개인들을 둘러싼 세간(世間)의 형상이 구리고, 더럽고, 추악하고, 우리에게서 가장 중요한 것을 빼앗아 가고 우리에게 고통을 주는 "폭력적으로 구조화된 시스템"이라는 느낌은 특정 지역, 계층, 세대만이 아닌 불특정 다수의 것일 수 있다.[16] 모든 것이 지겹거나 어디서부터 무엇을 시작해야 할지 모르겠고, 불쑥 좀 무섭고 화가 날 때는 세상 사람들을 죽이고 싶기도 하고 내가 죽어 버리고 싶기도 한 기분에 드는 것을 김사과의 '막 나가는 아이들'의 '괴물성'으로 치부할 수만도 없다. 김사과 소설의 자기 파괴적 폭력성은, 궁극적으로는 훨씬 더 절망적인 시스템의 폭력으로부터 벗어나기 위해 "권력과 규정이 분할하고 구속하는 자리에 자기동일성을 공급하기를 중단할 수 있게 되고 그렇게 해서 권력과 규정의 구속을 무력하게 만들 수

이 없어. 농담하는 거 아니야. 나한텐 그런 능력이 없어. 불가능해. 다들 돈 벌잖아. 그런데 나는 도저히 할 수가 없어. 생각만으로도 막 죽을 거 같아. 알아, 이런 기분? 너는 모르겠지만 나도 나름대로 많이 노력해 봤어. 그런데 안 돼."(『풀이 눕는다』, 156쪽) 이렇게 말하는 김사과의 예술 지망생 화자와 "걱정 마. 엄마가 평생 몸을 팔아서라도 네 다리 고쳐 줄게."(『환영』, 164쪽)라고 말하는 김이설의 몸 파는 여자들은 또 얼마나 다른가.

16) 다음과 같은 신문 기사는 흔하디흔하다. "경향신문이 창간 65주년을 맞아 여론조사전문기관인 현대리서치연구소에 의뢰해 지난달 27일부터 30일까지 전국의 성인 남녀 1000명을 대상으로 실시한 '한국 사회 만족도 평가' 여론조사에서 '현재 사회 현실에 대해 불만족한다.'는 평가가 67.2%로 '만족한다'는 평가(32%)보다 높게 나타났다. '사회 현실에 대해 만족한다.'는 답변이 절반을 넘은 연령, 지역, 직업, 소득, 집단은 한 군데도 없었다."(http://news.khan.co.kr/kh_news/khan_art_view.html?artid=2011100419160751code=940100)

있"는 "잠재적인 정치적 가능성 같은 것"[17]이라고 말해질 수도 있을 것이다.

이렇게 본다면 김사과 소설의 폭력성은 그 파괴력과 급진성에도 불구하고 "클래식한 반항"으로서의 그것처럼 여겨진다. 이에 관한 의견을 작가의 친구가 인상적인 비유를 통해 들려준 적이 있다. 이런 얘기다. 전쟁 같은 일이 "밖에서" 벌어지고 있고 "방 안"에는 시체 한 구가 있는데 사람들은 아무 일도 없는 듯 무감하게 화병의 무늬가 어쩌고 하는 얘기나 하고 있는 상황을 상상해 보자. 뭔가 이상하고, 무섭고, 화가 난 아이는 "여기에 시체가 있다"고 자꾸 말했지만, 사람들은 "우린 벌써 이 시체를 수백 년 동안이나 보아 왔단다."라며 아이를 성가셔 하고는 또 화병이나 날씨 얘기다. 급기야 아이는 화병을 집어 던져 깨뜨린다. "김사과는 저런 아이다."[18] 맞다, 김사과 인물들이 화내는 이유, 파괴적인 이유는 이런 식으로 이해되면 가장 명료하다. 전쟁이 계속되는데 화병이나 커튼에 대해서만 얘기하는 사람들 틈에서라면 화병은 계속해서 집어 던져져야 하고 커튼은 몇 번이고 찢겨야 한다. 깨지고 찢기는 소리는 곧 잠잠해지고 얼어붙었던 분위기는 다시 화기애애해질 것이므로 저 '아이'의, 김사과의 폭주는 중단되어선 안 된다. 그도 그것을 알고 있다.

우리는 그 불안정한 방식을 유지해야 했다. 그게 우리가 세상에 맞서는 유일한 방법이었기 때문이다. 우리는 본능적으로 알고 있었다. 만약 우리가 하찮은 문제들 — 배고픔, 불편함, 불투명한 미래 — 따위가 두려워서 항복해 버리면 그다음에 남는 것은 통째로 집어삼켜지는 것뿐이었다. 세상은 굶주린 어린아이 같아서 만족을 몰랐다. 아니 굶주림 그 자체였다. 그리고 그 굶주림이 우릴 노리고 있었다. 그렇다면 방법은 하나뿐이었다. 삶을 완전한 불확실

17) 권희철, 「인간쓰레기들을 위한 메시아주의」, 《문학동네》, 2009년 겨울, 157쪽.
18) 남궁선, 「끝없이 쏟아내는 아이」, 《문학동네》, 2009년 겨울, 135~136쪽.

성 속으로 완전히 밀어 넣을 것. 우리 자신조차 우리가 어디 있는지 알지 못할 것.[19)

굶주린 세상에 집어삼켜지지 않기 위한 이들의 안간힘을 안쓰럽다고 해서는 안 된다. 지배 질서의 시스템에 순응하지 않겠다는 그 의지는 독할수록 귀한 것이다. 이들의 무모하고 맹렬하고 성마른 분출은 '광기'라 표현되기도 하지만 그것은 무심코 터져 버린 비이성적 폭주도 아니고 공교로운 사태들의 연발도 아니다. 앞에서 미나를 죽이는 이유를 명명백백하게 설명하던 수정의 경우에서 보았듯, 이들은 자기가 무슨 일을 하는지, 왜 하는지, 스스로 잘 알고 있다. 이들의 폭력적 행위는 냉담한 자각과 논리로 계산된 전략으로 볼 수 있다. "완전한 불확실성"의 삶이란, 답으로 치자면 이것 이상의 정답은 찾을 수 없을 정도로 논리상 설득력이 있다. 타협하지 않기 위한, 항복하지 않기 위한, 어쩌면 진짜 "하나뿐"인지 모를 방법을, 김사과의 인물들은 너무나 잘 알고 있는 것이다. 이런 의미에서 그의 폭력적인 인물들은 정녕 '전복적이고자' 한다.

그런데 이때 '전복'이라는 말에 대해 한 번 더 생각해 보아야 할 것 같다. "삶을 완전한 불확실성 속으로 밀어 넣을 것"이라고 작가가 직접 말했을 때 그것은 확실한 정답처럼 여겨졌지만, 과연 이때 '불확실성'이란 것이 무엇을 말하는 것인가 하는 의문이 들 수 있다. 그것은 말 그대로 불확실한 것이니 어떤 상태를 가리키는지 알 수 없는 것이 아닌가? 그렇다면 삶을 불확실성 속으로 밀어 넣는 것이 어떤 것인지도 알 수 없으며, 또 불확실한 삶의 태도에 대해 이렇게 확실하게 답을 아는 것은 결국 삶을 불확실성 속으로 밀어 넣는 일과는 배리되는 게 아닌가? 즉 여기에서 어떤 자기모순 혹은 자가당착이 감지될 수 있다. 앞에서 소개한 인상적

---

19) 김사과, 『풀이 눕는다』(문학동네, 2009), 161쪽.

인 비유를 다시 상기해 보자. 김사과 소설의 핵심을 짚은 '전쟁'과 '화병 얘기'에 공감하면서도 다음과 같은 의문 또한 자연스럽게 가능해진다. 만약에 전쟁은 "밖에서" 벌어지고 사람들은 "방 안"에 있는 상황이 아니라면 어떨 것인가. 시스템의 폭력으로 물든 세상을 전쟁터인 바깥과 그로부터 안전한 방으로 양분할 수가 있을까. 누구도 빠져나갈 수 없는 시스템 안에서 악몽 같은 전쟁 중인 것이 현실이라면 시체 한 구가 "방 안"에 있는 게 아니라 벽도 없이 사방이 트인 곳곳에 시체들이 즐비하지 않겠는가. 김사과 인물의 말대로 "오늘을 견디면 내일이 올 뿐인" 이곳에 저 어른들의 말마따나 "수백 년 동안이나" 시체들이 줄곧 있었다면 이 항구적인 전쟁은 더 이상 전시체제로 기능할 수가 없을 것이다. 이런 곳에서는 '시체가 있다'는 그 '메시지' 자체가 진부하지 않을 수 없는 것이다. 모든 시스템이 절대악이라는 주장은 모든 시스템에 절대복종해야 한다는 말과 별 차이가 없을지도 모른다. 지배도, 저항도, 정치도, 윤리도, '절대'라는 말 안에서 얼어붙지 않기는 어려울 것이다.

3 다시 짜는 "맥락의 이미지"—황정은의 재편

황정은의 소설에서 사회 현실을 주목하지 않을 수는 없지만 황정은의 소설을 '현실적'이라고 말해 버리기는 곤란한 편이다. 그가 그리는 사태 중에는 경험의 논리로 설명되지 않는 것이 적지 않고 실제로 일어난 일을 지시하는 것 같지 않은 경우가 많기 때문이다. 첫 소설집 『일곱시 삼십이분 코끼리열차』에는 변신이나 우화 모티프가 쓰인 작품이 다수 있어 '초현실적인 환상'이라거나 '과감한 상상력'이라는 말들로 작가의 특징이 포착되기도 했더랬다. 두 번째 소설집 『파씨의 입문』에는 유령, 동물, 사물들에 목소리를 내주는 이야기들이 몇 편 있어 또한 '리얼리스틱한'

소설로 분류되기는 어려운 편이었다. 그리고 실은 이 점이 가장 큰 이유일 텐데, 그의 인물들이 삶의 조건을 의식하고 나아가 사회를 지각하는 방식은 물리적이거나 심리적인 사태 자체라기보다 (물리적이면서 동시에 심리적일) 언어적 사태에 닿아 있기 때문일 것이다. 그 양상을 먼저 보자.

하나, 그의 인물들이 세상을 묘사할 때, 세상은 말(言)들의 그림으로 화한다. 이런 장면이 있다. 바자회에 양산 파는 아르바이트를 하러 갔는데 길 건너편에서 집회가 열렸다. 양산 파는 소리와 집회의 확성기에서 들려오는 소리가 섞인다. "로베르따 디 까메르노 웬 말이냐 자외선 차단 노점상 됩니다 안 되는 생존 양산 쓰시면 물러나라 기미 생겨요 구청장 한번 들어 보세요 나와라 가볍고 콤팩트합니다 방수 완벽하고요."(「양산 펴기」, 145쪽) '이태리 메이커 중국제 양산'이라는 우스꽝스러운 물건을 파는 '시장'과 노점상의 생존권 보장을 요구하는 '공론장'이 얽히면서 엉뚱한 말들이 들려오자, 이로부터 불쑥 예기치 못했던 의미들이 생겨난다. 말이 안 되면서 또 의미심장하게 맞춰지는 이 말들——노점상 됩니다. 안 되는 생존. 생존 양산. 기미 생겨요 구청장. 구청장 한번 들어 보세요. "구청장 오천 원 전통 있고 몸에도 좋은 우리 생존권"——은 어떤 "맥락의 이미지"[20]를 새롭게 생성한다. 이것은 '시장'과 '공론장'을 합친 맥락을, 즉 말의 바른 의미에서 '정치 경제적' 의미를 출현시킨 것이라 할 수 있다.

둘, 그의 인물들의 대화 중에는 일상적이고 자동적으로 사용하는 말들에 대한 냉담한 의혹과 정당한 논평이 자주 등장하는데, 그러한 대화의 핵심은 일상적이고 자동적인 세상의 무심과 몰각에 대한 비판이 된다. 『百의 그림자』에서 '슬럼'과 '가마'의 경우[21]가 그러했듯, 가령 다음과 같

---

20) 황정은, 「곡도와 살고 있다」, 『일곱시 삼십이분 코끼리열차』(문학동네, 2009), 164쪽.

21) 황정은이라는 작가의 개성을 말할 때 자주 인용된 부분이 『百의 그림자』에서 "언제고 밀어 버려야 할 구역인데, 누군가의 생계나 생활계, 라고 말하면 생각할 것이 너무 많아지니까, 슬럼, 이라고 간단하게 정리해 버리는 것이 아닐까"라고 했던 장면이다. 또, 전부 다르게 생긴 사람들의 가마를 "전부

이 '효율성'이라거나 '보통'과 같은 말들이 아무렇지 않게 쓰이는 사태는 어떤가.

　　5의 일을 5가 하고 있는 상황을 생각해 봅시다. 그런데 그중 일부인 어느 1이, 어느 날 문득 0.7로 줄어 버렸다는 것입니다. 5의 일을 4.7로 해야 한다면 0.3 분량의 갭을 해결하기 위해 누군가는 분주해지지 않겠습니까. 0.3이라면 5로서는 6퍼센트의 비율이고 1로서는 30퍼센트의 비율입니다. 우리 은행의 무담보가계신용대출의 연이자율이 10.98퍼센트라는 것을 고려했을 때, 어느 쪽이나 상당한 비율이라고 할 수 있겠습니다. 이것은 효율의 문제입니다.[22]

　　보통, 보통, 보통. 저기, 무도씨. 보통이라면 무엇을 기준으로 보통이라는 거야..나무늘보나 달팽이가 있잖아, 느리잖아, 하지만 걔네들의 입장에선 이 세계가 얼마나 빠른가, 생각하면 아득해지지 않아? (……) 예를 들어 한 달에 공식적인 평균으로 98.1명이 테러로 죽는다는 어느 도시에서 지난 5월엔 98.0명이 죽었다면 그것은 보통, 이라는 걸까, 뭐가 보통이라는 걸까, (……) 나이를 먹으면 발바닥 속의 쿠션이 닳아서 뒤꿈치가 아픈 경우가 보통이라는데, 결국은 사는 것이 그런 것, 그렇게 사는 것이라며 납득하는 것이 보통일까, 그러다 알고 보니 암이었다는 식으로 문득 세상에서 사라지고, 그런 경우가 보통이라는 걸까, (……)[23]

오뚝이가 되어 몸이 점점 줄어 가는 인물에게 같은 직장 사람이 저렇게 "효율의 문제라느니, 얄미운 소리"를 한다. 몸이 줄어 만사의 기준이

가마, 라고 부르니까, 편리하기는 해도, 가마의 처지로 보면 상당한 폭력인 거죠."라고 했던 장면도 마찬가지다. 이를 두고 자주 회자된 해석은 『百의 그림자』(민음사, 2010)의 작품 해설(신형철)을 참고할 수 있다.
22) 황정은, 「오뚝이와 지빠귀」, 『일곱시 삼십이분 코끼리열차』(문학동네, 2009), 200쪽.
23) 같은 책, 205~206쪽.

달라진 그에겐 모든 상대적인 것들이 새삼스럽다. 그런데 잘난 척하면서 사람을 약올리는 저 말들, 그러니까 5의 일, 0.3 분량, 6퍼센트의 비율 등의 말로 '효율의 문제'가 묘사(또는 재정의)되자 그것은 어딘지 가당찮은 문제처럼 여겨지게 된다. 죽음도, 늙음도, 병도 다 '보통'이라 말하는 건, 그럼으로써 삶의 고통을 숙명적인 것으로 납득해 버리라는 폭력적인 주문은 아닌가? 저 무지각한 일상어들이 은폐했던 비인간적인 의미가 되살아나고, 무지각한 일상에 주입된 폭력에 대한 성찰도 시작된다.

셋, 황정은의 인물들이 경험하는 어떤 결핍이나 고립감은 대체로 언어를 갖지 못하거나 대화를 나누지 못하는 것으로 대체되기도 한다. "말을 건네지도 건네받지도 못하면서 내가 누구에게 대답하는 일도 없이 누군가 내게 대답하는 일도 없이"[24] 살다가 지하철 레일 위로 떨어져 죽은 이는, 죽어서도 "말. 말을 하고 싶다. 말을 하고 싶다. 뭘 말하고 싶은지도 모르면서 그런 식으로 생각이 반복되어서 괴로웠"다고 말한다.(「문」) 그의 가난과 외로움은 "들어줄 사람이 없"는 상황으로 치환되어 있다. 죽어 말 못 하는 존재가 된 그에게 목소리를 주는 것, 그의 언어를 만들어 주는 것, 그것이 황정은의 소설이다. 이야기를 갖고 있는데 말할 수 있는 통로가 없는 이들에게 지배적 언어의 질서는 폭력적일 뿐이다. 그들, 지배 언어 체계로는 말해질 수 없어서 존재를 부정당하기조차 해야 했던 이들에게 이 작가는 목소리를 준다. 가령 「뼈도둑」을 보자.[25]

눈 속에서 들려온 목소리가 있다. 산 자의 육성이 아니라 스스로 유폐되어 죽음으로 걸어간 자의 흔적, "얼굴을 잃어버린" 채 기록으로 남은 목소리였다. 일 년 석 달 전에 연인이 죽은 이후 모든 의지가 고갈된 무기력 속에서 마침내 죽음에 이른 자의, 유서와도 같은 문장들이었다. 연

---

24) 같은 책, 21쪽.
25) 황정은의 「뼈도둑」에 대해서는 「이름 붙일 수 없었던 것을 부르는 이름」이라는 제목의 단편을 《세계의 문학》(2011년 가을)에 쓴 적이 있다. 이하 「뼈도둑」에 관한 내용은 그 글과 겹치는 부분이 많다.

인의 죽음과 관련이 있으니 아마도 사랑에 관한 이야기일 것이다. 그러나 우리가 '보통' 사랑에 대해 기록하는 그런 '사랑' 얘기는 여기에 없다. 동성의 연인인 조와 장이 어떻게 사랑했는지, 가령 둘이 어떻게 만났는지, 서로 얼마나 좋아했는지, 장이 죽었을 때 조는 어떤 기분이었는지, 즉 '인간적인' 혹은 철학적인 '의미'의 사랑, 기존의 언어로써 그렇다고 말해질 수 있는 사랑의 테마 같은 것에 대해 이 소설은 구구절절 말한 적이 없다. 어쩌면 이 인물은 그저 외딴집에 스스로를 유폐하고 죽음을 기다리다시피 하다 소멸에 이르렀으니 사랑을 기록하는 우리의 빈약한 언어로는 이것을 사랑이라고 말하는 데 주저해야 할지도 모른다.

그러나 그럴 수 있을까? 그래도 되는 것일까? 눈 속에 갇힌 이의 목소리를 이미 들은 이상, 그의 고립과 절멸은 오직 연인의 죽음을 슬퍼할 수조차 없었던 소외와 상실 때문이었음을 우리가 모를 수는 없다. 이 기록을 있게 한 가장 처음으로 돌아가 보자. 장의 장례식장이다. 모든 '사람'이 죽은 자를 애도하고 슬픔을 나눌 때, 그는 그러지 못했다. 그는 동성애인이었기 때문에 장의 '애인'이 될 수 없었고, 장을 사랑했기 때문에 장과의 관계를 인정받지 못했다. 다시 말해 그는 '사람' 취급을 받지 못했다. 그러나 그는 장의 죽음 앞에서 누구보다도 절박했다. 장의 뼈 한 조각을 갖고 싶었다. 사랑? 애인? 혹은 인간? 아니어도 좋다, "부르고 싶은 대로 나를 부르라. 그 남자, 그 기록, 그 새끼, 그 물건, 그것, 나는 즉 그다." 사랑, 애인, 혹은 인간까지를 포기하고서야 이 절박한 사랑은 기록된다. '조는 장의 애인이다.'가 아니라 '조는 장의 뼈도둑이다.'로서.

하얗게 남은 연인의 뼈를 지닌다는 것, 한 '사람'이 궁극적으로 '뼈도둑'에 이르렀다는 것, 이것은 사랑을 재현하는 일반적인 양상을 상당히 비껴난 재현이다. 또한 이 '뼈도둑'의 사연과 정황에서 생성되는 감각은 일반적인 사랑의 재현들이 낳는 감각과 거의 유사하지 않다. 즉 그것, 그 기록, 그 사람의 목소리는 (인간의) 사랑을 표상하는 감각 자체를 다시 재정의하거나 최소한 재배치하게 만드는데, 왜냐하면 이 다른 배치 안에서야 그의 삶은 사랑이고 이 기록은 사랑의 기록이며 그의 죽음은 비로소 애도 혹은 사랑의 완성이기 때문이다. 담론상 이미 진부해져 버린 동성애 코드가, 이렇게 해서 유일무이한 사랑의 서사로 성립한다. 사랑이라 이름 붙일 수 없었던 것을 부르는 사랑의 이름으로. 눈 속에서 흘러나오는, 얼굴이 지워진 목소리, 사람이 아니어도 상관없는 그 기록, 그 물건, 그…… 지배적 언어 체계에는 자리가 없었던 것들.

이렇게 황정은의 소설들은 지배 언어의 폭력에 휩쓸리지 않으면서, 다른 표상을 창출하는 방식을 찾는다. 언어의 폭력적인 질서에 대응하는 이 작가의 자세에는 특징이 있다. 그는 어떤 (언어의) 폭력에 맞부딪쳐 상처를 입거나 억압을 느낄 때, 거기에 억눌려 고통에 시달리는 타입도 아니고, 그것에 대항하기 위해 다른 폭력을 불러오는 타입도 아니다. 지배적 언어 관습이나 지배적 재현 체계가 그를 불편하고 답답하게 할 때면, 즉 분명히 존재하는 것을 인정할 수 있는 언어가 거기에 없거나, 여기에 없는 것을 기존의 언어 때문에 있는 듯이 여겨야만 하는 그런 상황이면, 그는 우선 진지하게 묻거나 정색을 하고 따진다. 지배 언어의 폭력성을 더 가중시키는 것은 지배 언어가 아니면 소통이 안 될 것 같은 불안 때문이다. 황정은은 가장 용기 있게 그런 불안을 떨쳐 내고 스스로 재현체계를 다시 짠다. 다른 배치의 언어로 말하기 시작한다. 작가는 사회 시스템을 다시 짜지 못하지만 언어 체계는 다시 짤 수 있다. 그런데 새로운 언어 체계 없이 새로운 사회가 출현할 수는 없다.

(2012)

222

'문학과 정치' 담론의 행방과 향방
—2000년대 중후반의 비평 담론을 중심으로

1 근대문학과 근대 정치

'문학과 정치'라는 두 단어 사이에는, '문학과 사회', '문학과 문화' 같은 쌍과는 달리 편치 않은 공기랄까, 어떤 어긋남, 딜레마 같은 것이 감도는 듯하다. 이 조합이 생경한 것은 아니다. (근대)문학의 성립은 (근대) 정치와 결별한 채 논의될 수 없는 메커니즘에 의하고, 오늘날 '문학'이라고 믿는 실체가 있다면 그것은 근대 '체제'의 역학 관계 속에서 형성된 특정한 언술들에 한정되기 때문이다. 체제의 역학 관계의 필요성, 정당성, 변화 가능성 등을 묻고 탐구하는 것이 곧 '정치'이므로, 근대적 체제의 한 '제도'일 수밖에 없는 '문학'의 영역은 언제나 정치와 무관할 수 없다. 그러나 동시에, (제도로서의) 문학은 (제도로서의) 정치와는 달리 언제나 '제도'이면서 동시에 '반(反)제도', 제도에 '저항하는 제도'다. 문학과 정치를 함께 이야기할 때 그 논점이 문학작품에 현실 정치적 현상이 다루어졌는지의 여부 또는 현실 정치의 한 세력이나 쟁점을 주제화했는지의 여부에 국한되는 것일 수 없다면, 논의는 조금 복잡해져야 한다.

근대문학이 (근대)소설에 한정되는 것은 아니지만 그 안에서 소설이 중심적인 지위에 있다고는 말할 수 있다. 근대 이전에도 문학은 있었고 문학에 관한 이론도 있었지만 소설은 거기에 포함되지 않는, 그저 대중적으로 사랑받는 '이야기'일 뿐이었다. "감성적 오락을 위한 단순한 읽을거리에 불과했던 '소설'에서 철학이나 종교와는 다르지만, 보다 인식적이고 실로 도덕적인 가능성이 발견되었다는 것"[1]은 실로 근대소설의 핵심이라 할만 했다. 그런데 일찍이 "근대문학"의 기원과 종언을 둘 다 말한 적 있는 가라타니의 말을 듣자니, "문학의 지위가 높아지는 것과 문학이 도덕적 과제를 짊어지는 것은 같은 것"[2]인데, 이제 "'문학'이 윤리적·지적인 과제를 짊어지기 때문에 영향력을 갖는 시대는 기본적으로 끝났"(65쪽)다고 한다. 또한 '소설'에 의한 근대 초기의 '언문일치'의 실현이 근대의 네이션=스테이트가 형성되는 과정과 병행되었던 점을 상기한다면 "세계 각지에서 네이션으로서의 동일성은 완전히 뿌리를 내"[3]린 오늘날, 그러한 동일성을 상상적으로 만들어 냈던 (근대)소설의 역할은 이제 막을 내렸다는 것이다.

근대 국민국가 탄생에 기여한 근대소설의 역할을 생각한다면 가라타니의 말을 부정할 수만은 없다. 국민국가의 탄생 및 확립뿐만이 아니라 근대 민주주의와 사회주의의 역사를 문학 혹은 제반 담론들의 장(場)인 "활자계(graphosphère)"[4]를 떠나 생각하기 어려운 것도 사실이다. 그러나

---

1) 가라타니 고진, 조영일 옮김, 『근대문학의 종언』(도서출판 b, 2006), 51쪽.
2) 같은 책, 53쪽.
3) 같은 책, 55쪽.
4) 레지 드브레(Régis Debray)는 관념을 전달하는 물질적 형식과 과정, 즉 사유에 사회적 실존을 부여해 주는 의사소통망(communication network)을 '매체계(mediasphère)'라 하고 그것의 연속적인 변화 단계를 문자계(logosphere, 글쓰기의 발명부터 인쇄기의 등장까지), 활자계(graphosphère, 1448년부터 1968년까지를 아우르는, 구텐베르크의 인쇄 혁명으로부터 텔레비전의 등장까지), 시각계(videosphère, 오늘날에도 확장되는 이미지의 시대)로 구분한다. 그리고 이러한 매체학적 시기 구분을 통해 사회주의라는 삶의 주기를 활자계라고 하는 지난 150년 동안의 정치적 시도와 그것이 남긴 자리를 통해 탐구하고자 한다. 최정우 옮김, 「매체론으로 본 사회주의의 역사」, 『뉴레프트리뷰』(도서출판 길, 2009), 374~409쪽.

가라타니가 "나는 애당초 문학에서 무리하게 윤리적인 것, 정치적인 것을 구할 필요는 없다고 생각합니다. 분명히 말해 문학보다 더 큰 것이 있다고 생각합니다."[5]라고 단호히 말하면서 "정치적인 목적이 있다면, 소설을 쓰는 것보다 영화를 만드는 쪽이 빠르겠죠. 혹은 만화가 좋을 것입니다. 요컨대, 활자 문화가 아니라, 시청각으로 하는 편이 좋습니다. 그쪽이 대중이 접근하기가 쉽기 때문입니다."라고 덧붙였을때, 문득 그가 '정치'라는 말로 가리킨 것이 무엇이었던가, 근대소설의 영향력을 운운했던 것이 실은 (근대)국가적, 사회적, 정치적 세력을 보좌하는 수단을 말하고자 함이었던가, 하는 의문이 생겨나지 않을 수 없다.[6]

오늘날 문학의 정치성을 이야기하는 것은 현실 정치에 대한 문학의 기능, 영향력 등을 생각하는 것이 아니라 '정치성의 문학적 사유' 혹은 '정치적 사유의 문학화'를 생각하는 일이다. 그러나 여하간 문학의 정치적 영향력이 감소했거나 심지어 사라진 것이 사실이고 더구나 그것이 문제라면, 이때 문제-원인은 문학과 정치, 둘 중 어느 한편에만 전가할 수 있는 게 아니다. 문제-원인은 문학 편에 있을 수도 있지만, 정치 편에 있을 수도 있다. '문학'이라고 믿었던 어떤 실체가 있어 그것이 운명을 다한 까닭이 정치와의 (소원해진) 관계 때문이라고 한다면, 똑같은 이유

---

5) 가라타니 고진, 앞의 책, 53쪽.

6) 이와 같은 가라타니의 "낡은 계몽주의의 틀"과 "짧은 식견"이 지니는 문제점에 대해서는 다음과 같은 지적들도 있다. "근대 정치 체제가 현재 이곳에 존재하는 공적인 문제에 관한 해결책을 제공하려는 시스템이라고 할 때, 거기에는 문학이 제공하는 상상력이 수단이 아니라 목적으로 깊숙이 관여하고 있는 것이다. 즉 근대문학 없이 근대 정치 체제는 성립할 수가 없다. 그러므로 근대문학의 종언은 근대 정치 체제의 종언, 즉 영구 혁명과 그 주체인 개인의 종언을 수반하는 세계의 전면적인 개편을 초래할 수밖에 없다./ 그러나 가라타니가 말하는 근대문학의 종언은 정치의 종언을 동반하지 않는다."(김항, 「아직 사람을 먹지 않은 아이를 구하라! ─ 1990년대 일본 문학계에 관한 단상」, 『말하는 입과 먹는 입』(새물결, 2009), 277쪽); "문학을 포기하고 문학 외부에서 정치적 가능성을 찾을 수 있다는 희망은, 문학과 정치가 '감각적인 것(sensible)'의 차원에서 동일한 기원을 갖고 있다는 사실을 망각하는 것으로서, 정치적 변혁의 가능성을 피상적인 수준에 축소시키는 결과를 초래한다." 김홍중, 「근대문학 종언론의 비판」, 『마음의 사회학』(문학동네, 2009), 122쪽.

로, 즉 문학과의 관계로 인해 '정치'라고 믿었던 어떤 활동이 운명을 다한 것이라 생각할 수도 있지 않은가? 가라타니의 뜻에 의하면, 문학이 문제-원인이다. 시청각에 밀리는 활자 문화의 쇠퇴가 원인이기 때문이다. 그러나 가라타니의 오류에 의하면, 정치가 문제-원인이다. 근대문학이 끝났다는 것은 이미 근대 정치가 끝났다는 뜻도 되기 때문이다. 활자 문화의 쇠퇴가 문학과 정치의 문제를 이야기하는 이 자리에서 다소 멀게 느껴질 수도 있다면, 문제는 (근대)문학의 존립을 가능케 했던 (근대) 정치의 향방이다.

2 '정치'의 변화 혹은 진화

근대문학의 쇠퇴 현상을 목격하고 끝을 선언한 가라타니의 증언에 의하면, 그 현상은 전 세계 각지에서 시기를 달리하며 돌연 문학 쪽에서 먼저 정치와 윤리에 대한 관심을 끊었다는 것이다. 이때 그가 말한 (윤리나) 정치는 이른바 '거시 정치'라고 하는 큰 영역일 것이다. 이를테면 국민국가, 정부, 정당, 민족 통일, 계급투쟁 등과 직접 관련되는 국가론, 행정론, 통일론, 계급론 등의 영역 말이다. 그런 정치를 추동하는 힘과 연결되어 있던 문학적 상상력 혹은 사명이 끝났다는 말이 과히 틀린 것만은 아니다. 그러나 그것이 어느 한쪽의 일방적인 처사로 인한 것이라고는 또 생각하기 어렵다. 행여 그렇다 해도 문제는 그 원인에서 찾아야 한다. 왜 그렇게 된 것일까?

의외로 대답은 간단할지도 모른다. 국가적 체제와 이념에 바탕한 정치에 대해 관심이 약화된 것은 비단 문학만의 일이 아니다. 문학을 비롯한 제반 문화, 예술 영역에서 '거시 정치적 이슈'를 문제 삼지 않는다면, 이는 실상 '정치' 자체가 더 이상 거시적 체제로서만 사유될 수 없게 되었다는 뜻일 터이다. 그러나 그것은, 가라타니의 말처럼 이제 국민국가의 정체성이 확실해졌기 때문에 문학을 통해 그에 대한 공감을 공고히 할 필요가 없다는 등의 이유에서는 아닌 것 같다. 국민국가의 정체성이 확실해졌기 때문이 아니라 더 이상 국민국가가 여러 개인들이 함께 살아가는 공동체의 미래에 대한 근거가 될 수 없다는 뜻인 건 아닐까? 또는, '정치'를 국민국가의 정부만이 "특정 사회에서 법을 제정·집행하는 인사와 제도의 집합체"인 것으로 간주하고, 정치란 "정부의 여러 정책을 결정하는 과정"[7]으로만 보는 제약적 범위에 한정할 수 없기 때문일 것이다. 오늘날 '정치'의 개념은 '국가의 권력 작용 또는 거기에 영향을 미치는 활동'이라는 정의에 한정할 수 없다. 이는, 최소한, 국가, 국민, 정부, 안보, 계급, 민족, 혁명, 통일 등의 거대한 체제와 이념에 대한 인식이 이전과는 분명히 달라졌다는 뜻이며, '정치'를 거시적으로 사유하는 것 — 즉 인간의 공적 관계와 공적 권리의 분배 문제를 국가, 민족, 계급, 정당 등을 통해 생각하는 것 — 이, 더 나은 삶을 원하는 인간이 삶의 공공(公共)적 형태를 추구하는 운동에 대해 (지금까지와는 달리) 그 효력이 감소했다는 뜻이다.

그리하여 '정치' 자체가 변화했다. 현대 사회에서 정치성의 일반적인 의미는, 국가의 통치와 지배 프로그램에 대한 저항과 협력의 문제로부터 멀어져서, 매일의 생활적 공간, 즉 가정, 학교, 회사, 공공 기관, 성관계, 사랑 등의 영역에서 발생하는 힘의 작동 방식을 고려하는 쪽에 가까워졌다. 이제 정치란 모든 인간관계에 내재한 권력 관계와 그 안에서 누가 무엇을 언제 어떻게 갖느냐 하는 배분의 문제, 나아가 기존의 정치 개념, 즉 법, 권리, 정의, 자유, 평등, 민주주의 등에 대해 근본적으로 다시 생

---

7) 정치 현상을 공공 정부의 정치 활동에만 한정하여 정부와 정치의 개념을 완전히 결합시키는 사례로, 미국의 정치학자 오스틴 레니는 "특정 사회에 있어서 법을 제정·집행하는 인사와 제도의 집합체"가 정부이고 "정부의 여러 정책을 결정하는 과정"을 정치라고 정의한다.

각하는 것을 공통의 지평으로 삼는다.[8] 또한, 인간의 사회적 주체성이 형성되는 공적 관계의 형식이 이전과는 다른 지점에서 파악된다. 풀어 말하자면 주체, 권력, 문학이 탐구되는 사회적 영역이, 국가 · 민족 · 계급의 차원보다는 가족 · 친구 · 동료 등의 범위로 축소 혹은 이전된 것으로 보인다. 권력의 효과, 기능, 배치, 조작, 전승, 기술 등에서 기인하는 사회 관계망을 식별하고 한 사회를 위한 가치의 분배에 관한 권위의 양상을 이해하는 것은 현대 정치학의 주요 임무이기도 하다.[9]

실제로 한국문학에 대해 '정치'를 이야기하는 양상은, 이른바 '거대 담론'의 시기(1970~1980년대)와 그 이후(1990년대부터 현재)가 현저히 다르다. 대문자 정치에 대한 개입 혹은 참여를 목적으로 하는 담론들의 지형을 이루었던 전 시기와 달리, 1990년대 이후에는 '사생활의 발견에서 일상의 정치학'이라는 모토에 걸맞은 미시 정치에 관한 담론이 폭발적으로 증가했다. "일상의 정치학", "사소한 정치성", "다원적인 정치성" 등의 표어들은 다소 상투적으로 느껴질 만큼 이미 귀에 익다. 물론 그 말들이 처음 쓰였을 때는 변화의 격류 속에서 그 핵심 동인을 밝힌 중요한 지적이었다. 가령 황종연은 1990년대 소설에서 더 이상 '민족통일운동', '민중해방운동' 같은 '정치적 중심'을 상정하지 않는 것은, 권력과의 싸움이나 반란에 대한 꿈이 없어서가 아니라 '정치적 중심' 자체가 분산되었기에 문학이 다루는 정치 또한 탈중심화되지 않을 수 없었다고 진단하였

---

8) 홍태영 외, 『현대 정치철학의 모험』(난장, 2010) 참조.

9) 이런 사태를 정확히 인식한 반응으로 근래의 정치학 이론들은 눈앞의 세계를 파악하는 방식이 달라져야 함을 역설한다. 예컨대 정치적 사유의 최소 단위를 개별 국가가 아니라 법과 삶의 관계로 보는 아감벤의 계보학적 형상은 '호모 사케르', '예외 상태' 등의 개념어를 통해 전 세계에서 목도되는 사건들을 설명한다. "주권국가, 대외 전쟁, 식민지, 경찰, 혁명, 내전 등 지구를 뒤덮은 사건들을 중층적 관계성을 띤 것들로 볼 때, 개별 국가나 국민은 더 이상 역사의 주역으로 등장할 수 없고 법과 삶이 관계를 맺기 위해 작동해야만 하는 복잡한 위상학적 설계도에 바탕한 장치가 그 자리를 대신한다는 사실에 주목해 볼 수 있다." 조르조 아감벤, 김항 옮김, 「역자 후기」, 『예외 상태』(새물결, 2009), 171쪽.

다.[10] 1990년대 문학에 대한 비평적 개방이 2000년대 문학의 새로운 정치적 상상력에 대한 열림과 대응한다고 했던 이광호는, 비정치적인 것으로 취급되었던 '삶의 영역'이 정치적 대상으로 부각되어 '공적'인 범주에 국한되었던 정치의 영역이 '사적, 일상적, 문화적, 심미적' 공간으로 확산되었음을 직시하고 "생활 세계의 패러다임 내에서" 정치적 실천이 중요함을 강조했다.[11]

확장된 정치의 영역, 분산되고 탈중심화된 정치의 위상을 간파하여 그와 긴밀한 문학적 상상력의 징후를 포착했던 저 진단들은 합당하였다. 한데 그 합당한 까닭이, 전혀 정치적이지 않은 것처럼 보이는 문학적 행위, 담론, 실천 등에서 이른바 '사소한 정치성'이라 할 만한 정치적 상상력을 찾아냈고 읽어 냈기 때문은 아니다. 엄밀히 말해 문학에서 정치적 상상력을 '찾아낸다'는 말은 틀린 말이다. 문학은 정치적 상상력을 전시하거나 감춰 두는 무대가 아니다. 문학은 정치적 상상력을 담아내거나 담아내지 못하는 그릇과 같은 것도 아니다. 실상 문학이라는 무대가 상연되는 동력과 정치적 상상력은 서로 다르지 않다. 작품을 그릇에 비유한다면 정치적 상상력은 그릇의 크기와 무늬와 모양 등의 형상을 제작하는 상상력인 것이지 그릇에 담기는 내용물이 아니다. 다시 말해, '어떤 문학을 가능하게 하는 상상력을 공동체의 공통적 토대로부터 기인하는

---

10) "90년대 문학은 나름대로 정치적이다. 민족통일운동이나 민중해방운동 같은 정치적 중심을 상정하지 않았을 뿐이지 개인과 사회를 지배하는 권력과의 싸움을 수행했다. 일상·신체·욕망·성·가족·생태 등의 테마를 다룬 90년대 시와 소설에서 바로 그 삶의 영역에 작동하는 권력을 의식하거나 그 권력에 대한 반란을 꿈꾸는 언어를 만나기란 극히 용이한 일이다." 황종연, 「살아 있는 혼돈을 위하여」, 《문학동네》, 2001년 겨울.

11) "이제 가족, 성, 라이프스타일, 직업, 대중문화와 문화적 소비 등 비정치적인 것으로 취급되던 영역들이 정치의 대상으로 부각되었다. 공적인 범주에 갇혀 있던 정치는 사적·일상적·문화적·심미적 공간에서 논의되고 있다. 정치적 상상력은 생활의 공간에서 그 의미를 풍부하게 할 수 있게 된 것이다. 이런 상황에서 중요한 것은 생활 세계의 패러다임 내에서 다원성을 보장하고 억압의 영역을 줄이는 정치적 실천의 기획일 것이다." 이광호, 「이토록 사소한 정치성의 발견」, 『이토록 사소한 정치성』(문학과지성사, 2006), 78~79쪽.

시선에 의해 파악'할 때 그것 자체를 우리는 '정치적 상상력'이라고 부를 수 있다. 예컨대 가라타니가 근대 정치 없이 근대소설은 성립되지 않았다고 한 것과 마찬가지로, 혹은 "산문이라는 예술은 산문이 의미를 지닐 수 있게 해 주는 유일한 제도, 즉 민주주의와 떼 놓을 수 없는 관계를 맺고 있다."[12]라고 사르트르가 말했을 때의 그 '산문과 민주주의'의 관계처럼, 문학의 상상력과 정치적 이념은 상호 조건이자 효과, 원인이자 결과의 계기로 작동하는 것이다. 그 문학적 기획을 일러, 이광호는 다음과 같이 '생성의 문학'이라고도 말했다.

문학의 정치성은 두 가지 층위를 포함하게 된다. 첫째는 문학 안에 표현된 삶에서 그 현대적 삶의 아이러니와 정치학을 드러내는 문제이고, 둘째는 그것의 언술 방식과 언어의 층위에서 개별 텍스트의 전위적 정치성을 개방하는 문제이다. 그러나 텍스트 안에서 이 둘은 사실 하나의 미학적·정치적 기획 혹은 효과와 만난다. 문학에서 스타일은 이미 그 자체로 세계에 대한 태도를 의미하기 때문이다. 그런데 모든 문학, 모든 스타일은, 기본적으로 정치적인 것이지만, 모든 문학이 생성하는 문학인 것은 아니다. 생성의 문학, 생성하는 문학은, 주류적이고 제도화된 문학성을 넘어서려는 문학이다. 주류에 대해 스스로 소수화된 문학이야말로 '근대'가 만들어 낸 문학성의 척도에 저항하면서 자기 반역의 운명을 극단적으로 밀고 나가는 것이기 때문이다.[13]

3 '삶-의-형태'와 '언어-의-형태'

이제 오늘날 문학과 정치의 관계성에 대해서는 이렇게 말해도 될 것이

---

12) 사르트르, 정명환 옮김, 『문학이란 무엇인가』(민음사, 1998), 92쪽.
13) 이광호, 「문제는 리얼리즘이 아니다」, 『이토록 사소한 정치성』(문학과지성사, 2006), 65~66쪽.

다. 문학은 자기를 성립시키는 제도들을 (탈/재)규범화하고 미학의 자기 갱신력을 (재)문맥화하는 활동이므로 그 존재론적 위상에서 이미 정치적 의미를 확보한다. 1990년대 이후의 한국문학은 앞에 인용한 바와 같이 '생성의 문학', '새로운 미학을 창안하는 문학'[14] 등으로 평가될 때 정치적으로 급진적일 수 있었다. 비정치적인 사안에서 정치적인 의미를 읽어내서가 아니라 문학이라는 (반)제도 자체의 절대적인 정치성을 드러냈다는 데서 그 까닭은 말해질 수 있었다.

그렇다고 이때 그 문학들이 (거시 정치적 현상들에 무관심해진 대신) 사소한 정치성들을 노출하게 하는 여러 조건과 상황을 찾아내고 그것을 묘사하는 데 유독 몰두했다는 것도 아니다. 문학이 세상에 널린 무수한 문제들을 매개하는 양식 중 하나라면, 세상의 무수한 문제들이 거시 정치적 체제 운용보다 미시 권력의 작동에 의해, 더 많이 더 잘 나타나는 양상을 보이게 되었다는 뜻이지, 예나 지금이나 눈에 보이는 세상의 문제들을 언어로 포착하는 것이 문학이라는 점에 있어서는 달라진 것이 없다. 다시 말하면 특정한 가치, 정신, 태도를 지향하거나 구성하는 문학의 어떤 기능에 특별히 문제가 생긴 것은 아니다. 다만 그 방식에 있어 달라진 점이 없지 않을 뿐이다.

2000년대, 문학이 세상의 문제들을 언어로 매개하는 루트는 어떻게 달라진 것인가? 조금 우회하여 이 문제를 생각해 보기 위해 한 번 더 가라타니를 거치기로 한다. 문학과 정치의 관계가 변했다고 느낀 그가 마치 문학 쪽의 패배라는 듯 문학의 종언을 말했을 때, 그에 의하면 "우리

---

14) 이광호는 그 필연적인 과정으로 "문학이 문화적으로 소수적인 것, 하위적인 것, 주변적인 것에서 모티프와 영감을 가져오는 것"을 제시하고, 예컨대 "근대 이전의 '전(傳)'의 형식을 차용한 성석제, 하위적인 키치와 컬트 문화를 모티프로 활용하는 『16믿거나말거나박물지』의 백민석, 추리소설과 같은 하위 장르를 활용하는 「사진관 살인 사건」의 김영하, 연애와 가족 관계의 일상적 정치학을 비정치적인 방식으로 드러내는 배수아와 같은 사례"로부터 주어진 제도적 문학성의 외부를 사유하는 새로운 미학을 발견할 수 있다고도 했다. 같은 쪽.

를 움직이고 있는 자본주의와 국가의 운동은 끝난 것이 아"(86쪽)니므로, 문학과는 별도로 정치적 문제는 여전히 인간 삶의 근간에 닿아 있다.[15] 이것은 일정 정도 사실이다. "자본주의와 국가의 운동", 즉 우리 삶의 형태를 근거 짓는 정치적 '삶의 방식'은 끝나지 않았다.

'삶의 방식'이라는 테제에 대해서라면 최근의 지성적 담론에 새로운 정치적 시각을 제시해 주는 한 철학자의 견해를 참고하는 것이 좋겠다. 조르조 아감벤은, 인간은 다른 어느 생명과 마찬가지로 단순한 생명이라는 사실로서 살아 있지만 그 사실이 인간이 '살아가는 방식' 혹은 '형태'와 결코 분리되지 않는다는 점에서만 살아 있는 존재라고 말한다. 인간에게는 살아 있다는 사실 자체와 한 개인이나 집단에 고유한 삶의 형태가 분리되지 않는다는 점에서, 사는 방식 자체가 문제되는 삶, 다시 말해 "삶-의-형태"를, 정치적인 삶으로 구성하게 한다고 그는 말한다.[16] 이 말은, 인간의 삶이 '그냥 삶'과 '삶의 형태'로 나뉠 수가 없듯이 인간의 언어 또한 그냥 언어와 언어의 형태가 분리될 수 없다는 사실을 직시하게 한다. 그런데, '언어의 형태'로 '언어'를 사고하는 것, 이것이 곧 '문

---

15) "다만 근대문학이 끝났다고 해도 우리를 움직이고 있는 자본주의와 국가의 운동은 끝난 것이 아닙니다. 그것은 모든 인간적 환경을 파괴하더라도 계속될 것입니다. 우리는 그 한복판에서 대항해 갈 필요가 있습니다. 그러나 그 점에 관해 나는 더 이상 문학에 아무것도 기대하고 있지 않습니다."(86쪽) 국민국가 형성을 근간으로 하는 근대 정치와 근대문학이 그 시작부터 함께였음을 지적했던 가라타니는, 문학은 운명을 다했으나 국가의 운동은 끝나지 않았다고 한다. 그저 더 이상 문학에 기대하지 않는다는 말로 마치 문학에게 무슨 책임이 있다는 뉘앙스를 보탠다. 그런데 애초에 국가와 문학이 밀접했다면 국가의 운동이 끝나지 않은 상태에 대해 문학이 취하는 태도를 더 지켜볼 수도 있는 것 아닌가? 가라타니의 진단은 사실 판정이라기보다 결연한 의지 표현에 가깝다.

16) 그의 논의는 '삶과 정치'를 폭넓게 사유하는 데 매우 시사적이다. "삶에 있어서 행복이 문제가 되는 유일한 존재"가 인간이기에, 살아가는 방식 자체가 문제가 되는 삶 ── 이것은 '삶-의-형태'라는 용어로 적을 수도 있는데 ── 이란 하나의 (인간의) 삶을 정의한다. 그것은 살아가는 모든 방식, 행위, 과정이 결코 단순한 사실이 아니라 항상 삶의 '가능성', '역량(potenza)'인 삶을 뜻한다. 습관적인 반복이나 사회적 의무로 간주된다 하더라도 인간의 살아가는 모든 행동과 형태는 항상 가능성이라는 특성을 보존하고 있고 그것은 항상 살아가는 것 자체를 문제 삼는다는 것이다. "이 사실 자체가 곧 삶-의-형태를 정치적인 삶으로 구성한다." 조르조 아감벤, 김상운·양창렬 옮김, 『목적 없는 수단』(난장, 2009), 14~23쪽.

학'이 아니던가?

조금 더 우회해 보자. 인간은 언어 능력을 가진 유일한 동물이고, 아리스토텔레스에 의하면 인간은 말하는 동물인 한에서 정치적인 동물이다. 단순한 소리로 고통과 쾌감을 표현하는 동물과 달리 무엇이 옳고 그른지, 이롭고 해로운지를 밝히는 데 쓰이는 인간의 언어는 선과 악, 진위(眞僞), 정오(正誤)를 인식할 수 있으며, 그런 인식의 공유에서 가족, 단체, 국가 등이 생성되어 왔다는 것이 '인간은 정치적 동물이다.'를 처음 말했던 아리스토텔레스의 생각이 아니었던가. 이로부터 인간의 정치 활동은 곧 언어활동이라고 말하는 것이 가능해진다. 인간이 '언어를 가졌다'는 사실 자체가 동물과 구별되는 활동을 가능케 했고, 그 활동이 곧 정치적인 현상들로 나타난다. 언어활동은 이미 정치의 경험과 불가분하다.[17]

언어활동이 정치 활동이라 말했지만, 무엇을 말하든 모든 언어가 언제나 정치적으로 사유될 수 있다는 뜻으로 오해해선 안 된다. 언어활동이 정치 활동인 것은, '무엇을' 말하는가에 의해서가 아니라 무엇을 '말한다'는 사실에 의해서다. 그러므로 이때의 언어 경험은 사물의 상태나 역사적 상황에 관한 명제들로 정식화되는 언어활동의 '상태'를 뜻하지 않는다. 그것은 말한다는 사실, 말하는 존재들이 있다는 사실 자체와 긴밀한 언어활동의 '사건'을 가리킨다.[18] 문학이라는 언어활동의 사건이 발생하는 맥락에서 정치는 언제나 사유 가능하지만, 그것은 문학이라는 언어

---

17) "인간은 정치적 동물"이라는 아리스토텔레스의 명제로부터 푸코는 다음과 같이 말한 바 있다. "수천 년 동안 인간은 아리스토텔레스가 이해한 존재, 즉 정치적 실존의 능력을 추가로 지닌 살아 있는 동물이었지만, 근대인은 살아 있는 존재로서 자신의 실존이 정치에 달려 있는 동물이다." 이규현 옮김, 『성의 역사 1』(나남출판사, 2004), 160쪽.

18) 언어활동에 대한 성찰로부터 '예외 상태'라는 근본적인 정치 구조에 대한 성찰로 이어 간 아감벤의 사유를 한 번 더 참고할 수 있다. 이 글에서 직접 참고한 부분은 「정치에 관한 노트」(김상운 · 양창렬 옮김, 『목적 없는 수단』(도서출판 난장, 2009), 120~129쪽), 「주권의 논리」(박진우 옮김, 『호모사케르』(새물결, 2008), 64~73쪽)이다.

활동이 외시하는 의미의 맥락에서 재현되는 정치(적 현상 및 의미)와는 동질의 것이 아니다. 오해를 막기 위해 하나만 덧붙이겠다. 근대문학의 상상력이 크고 작은 근대 정치 체제들의 목적에 개입한다고 해서, 또 다양한 근대적 이념과 현실을 언어로 풀어냈다고 해서, 문학의 역할이 현실을 (직접적으로) 매개하는 데만 한정되지는 않는다. 더 말할 필요도 없는 사실이지만, 현실에서 구현되는 이념, 상상, 공동체, 이데올로기, 정체성, 전통, 혁신 등에 걸친 경험과 사유는 문학으로써 온존되고 유지되기보다 와해되고 비워지기 때문이다.

이상의 논의와 더불어 다층적으로 형성되는 문학과 정치의 관계를 정리해 본다. 세 층위 정도로 구분 가능하다. 1) (거시적이든 미시적이든) 권력 관계의 정당성이나 권력의 배분 문제를 묻고 사유하게 하는 '대상'—가령 스토리나 이미지—의 층위가 있다. 주로 현실 정치적 사건, 가령 민주화 운동, 노동자 파업 등을 직접적으로 다루거나 직장 문제, 결혼 생활 등을 소재로 일상적 권력 관계를 드러내는 경우들이다. 2) 제도이면서 반제도, 재현이면서 반재현으로 형성되는 문학적 언어 조직의 형태와 관련된 층위가 있다. 예술적 자율성의 추구와 감각적 경험의 혁신을 동시에 이루는 경우, 가령 김승옥의 소설을 '감수성의 혁명'이라고 부를 때, 그때 지칭되는 문학의 효과를 가리킨다. 3) 언어활동이 곧 정치 활동이라고 할 수 있을 때 문학이라는 활동 자체와 관련된 가장 근원적인 층위가 있다. 말하는 동물인 인간의 삶이 삶의 형태와 분리될 수 없듯이, 언어의 형태와 분리되지 않는 언어로서 문학을 사유하는 방식을 가리킨다. 때문에 이것은 2)의 층위와도 밀접하다. 1)은 문학과 정치에 관한 평면적 차원의 인식이라는 점에 동의하기에, 앞으로 우리가 살펴볼 논의들은 이 중 2)와 3)을 중심으로 전개될 것이다. 2000년대 문학에서 '세상의 문제들을 언어로 매개하는 방식'의 측면이 부각되었던 까닭도 이와 유사했을 것이다.

4 두 겹의 자율성, 문학이 정치와 만난다는 것
　― '시와 정치'의 경우

　그렇다면 2000년대의 10년을 지나 2010년에 이른 시기 동안, 문학과 정치를 함께 논의하는 작업들의 구체적 양상은 어떠했던가? 문학과 정치 사이의 '불편한' 기류는 아주 최근까지도 문학 창작자(및 다양한 방면의 문학가들)에 의해 "창작 과정에서 늘 나를 괴롭히던 문제"[19]로 고백되었다. 그리고 그로부터 이어진 2000년대 후반의 활발한 논의들[20]은, 이에 대한 흡족한 해결책을 찾는 진지한 고민과 탐색이었다.

　주지하다시피, 시인이자 철학자인 진은영이 적절하게 소개함으로써 최근의 문학 담론 안에 가장 활발하게 기여되고 있는 저서는 자크 랑시에르의 *Le Partage du Sensible*(국역본은 『감성의 분할』(오윤성 옮김, 도서출판b, 2008))이다. 그 부제로 붙은 "미학과 정치(Esthétique et Politique)"가 명시하듯이 이 책의 요지는 "문학을 비롯한 예술 전반의 문제는 '감각적인 것을 분배'하는 문제이며 그런 한에서 예술은 필연적으로 '정치'와 관계한다."(71쪽)[21]라는 말로 압축될 수 있다. 이 책에서 랑시에르가 문제를 제기하는 것은, "예술이나 미학이 좀 더 넓은 의미의 '감각의 수용 능력'

---

19) 진은영, 「감각적인 것의 재분배」, 《창작과비평》, 2008년 겨울, 69쪽. 이하 이 글의 인용은 괄호 안에 쪽수 병기로 대신한다.

20) 이후 숱한 논의와 논란이 거듭되었다. 이장욱의 「시, 정치 그리고 성애학」(《창작과비평》, 2009년 봄)에서 진은영의 논의가 보완되고, 「감각적인 것과 정치적인 것 사이에서―오늘날 시는 무엇을 할 수 있는가」(《문학동네》, 2009년 봄)와 같이 좌담에서 시인과 평론가들이 이야기를 나누는 등의 기획과 논단이 이어졌다. 이 시기 이와 관련된 논의들의 목록은 가장 최근의 글(신형철, 「가능한 불가능」 《창작과비평》, 2010년 봄)에 대략 정리되어 있다.

21) 『감성의 분할』이란 제목으로 번역된 책은, 인용하기가 어려울 정도로 오역과 오문, 비문이 많다. '감성'이라 번역된 'le sensible'은 '감각적인 것'(진은영), '감지 가능한 것'(백낙청) 등으로, 'partage'는 '분할'보다는 '분배' 혹은 '분유', '나눔' 등으로, Esthétique는 감성론, 감성학 등으로, 상이한 번역어들이 제시된 바 있는데, 이 책의 파급력에 대한 진은영의 역할과 그로 인해 확인된 그의 문제의식을 인정하는 의미에서, 이 글에서는 진은영의 글을 통해 진은영의 용어로 랑시에르의 논의를 참고할 것이다.

과 관련된 것이라기보다는 '주관적 정서나 감정적 변양'을 다루는 자율적이고 독립적인 영역이라고 전제"하는 태도, 나아가 "예술은 다른 인간 활동들에서 분리시켜 다루는 것이 가능한 단독적 활동이라는 견해"(70쪽)이다. 랑시에르는 "근대적 예술을 '미학적-감성적' 예술 체제의 시작으로 규정"(71쪽)한다. 예술적 특이성이란 "현실에서 분리된 언어의 자기목적주의를 신성화하는" 예술의 자율성에 있는 것이 아니다. 근대 예술이 "예술 작품에 고유한 감각적 존재 양태를 요구하는 것은 분명"하지만 이 고유한 허구적 구성이 "삶에서 실현됨으로써 삶을 잠식"(76쪽)하는 점에 예술적 특이성이 위치한다는 것이다. "예술의 정치적 잠재성은 이미 말했듯이 예술의 자율성이 아니라 감성적 경험의 자율성에 의해 규정된다."(77쪽)

여기서 주목할 것은, '예술적 **자율성**'과 '감성적 경험의 **자율성**'이 서로 완전히 다르게 작동하는 체제는 아니라는 점이다. 이에 관한 서술을 세부적으로 살펴보자. "랑시에르가 말하는 정치성이란 기존의 **지배 담론 체계에서 특정한 이데올로기를 옹호**하거나 **공격**하는 데 있는 것이 아니라, 실제로 그 **지배적 담론 체계를 파열**시켜 새로운 종류의 감성적 분배를 가져올 삶의 형식을 만들어 내는 데 있다."(강조는 인용자) 이 문장에서 서로 전혀 다른 방식인 듯 서술된 두 항목, '옹호하거나 공격하는 것'과 '파열시켜 만들어 내는 것'은, 사실상 상반된 것만은 아니다. 둘 사이에는 분명 공통된 부분이 있는데, 왜냐하면 기존 체계에 대한 ('옹호' 쪽은 물론 아니지만) '공격'과 '파열'은 완전히 다른 태도는 아니기 때문이다. 둘은 상통한다. 이런 사소한 겹침이 초래하는 논리적 혼동 때문인지는 몰라도, 이 논의를 이은 '문학과 정치' 혹은 '시와 정치'에 대한 수다한 논의들에는 다만 문학의 '미적 자율성'을 지지한다는 논리가 없지 않았다.[22]

---

22) 예컨대 '시의 정치성은 추구의 대상이 아니라 시로 있음으로써 사후적 확인을 요구하는 또 하나의 가능한 해석'이니 '시는 전적으로 자율이어도 좋다, 이것은 결코 정치를 등지지 않는다.'(강계숙,

말하자면 이런 지점은 미학적으로 급진적이면 자동적으로 정치적이게 된다는 뜻으로 오인될 여지를 품고 있다. 그렇게 오인될 때 이 논리는 자칫 (어떤) 문학의 자폐성조차 합리화하는 알리바이가 될 수도 있다. 랑시에르의 책이 '달콤한 과자 상자'처럼 받아들여진다면 그런 우려는 불식되기 어려울 것이다. 요컨대 최근의 문학과 정치 담론들에 대해, 감성의 혁신에서 정치적 효과로 이어지는 과정의 '비약'에 대한 회의감이 생겨나지 않을 수 없었던 것이다.[23]

　그러자 처음에 이야기를 꺼낸 "진은영이 '정치적'이라는 말로 뜻하고

「'시의 정치성'을 말할 때 물어야 할 것들」,《문학과사회》, 2009년 가을, 388~389쪽)라는 주장이 있었고, 이런 주장에 대해 "문학의 정치성은 본원적으로 주어지지 않는다. 정치적인 문학을 추구하는 것이 작가의 과제인 것도 아니다. 작가가 떠안아야 하는 과제가 있다면 그것은 미학적인 실험을 적극적으로 감행하는 것이다. 자율적인 원리에 따라 우리에게 주어진 문학적 관습들을 전복시키고 새로운 문학을 탄생시키는 것."(정영훈, 「2000년대 비평의 존재 방식」,《세계의 문학》, 2009년 봄, 96쪽)이라고 해석한 사례가 있었다. 그 밖에도 문학(예술)과 정치의 관계를 묻기 이전에 문학(예술)이 존재하는 방식을 묻는 다른 논의들(가령 서동욱, 「시와 비진리」,《세계의 문학》, 2009년 여름)을 통과하면서, "예술이 직접적으로 정치적일 수는 없다 할지라도 최소한 가장 정당한 의미에서의 정치에 대해 필수적이기는 하다."(김형중, 「문학과 정치 2009」,《문학과사회》, 2009년 가을, 356쪽)라는 결론에 이르거나, 문학 체계 자체의 '자율성'이라는 코드를 다시 생각해 봄으로써 "그 자유('문학이란 무엇인가'와 같은 근본적인 질문에 대한 답으로서의 자유)는 우선은 문학의 정치성이 아니라 문학의 본성 자체에서 비롯된 것이지만 그렇다고 그 자유를 정치적인 것과 무관하다고 말할 까닭은 없다."(이수형, 「자유라는 이름의 정치성」,《문학과사회》, 2009년 가을, 373쪽)라고 신중하게 적은 글도 있다. "(넓은 의미의 정치성을 생각해 볼 때 — 인용자) 문학의 정치성이란 대체로 '감성에 대한 지성의 권력을 중지'(랑시에르)시키는 것을 의미하는바, 이를 전제로 문학의 정치성을 옹호해 보고자 하는 논의들이 주로 '자율적인 문학의 존재론'을 확인하는 것으로 마무리되는 것도 무리는 아닌 것이다."라는 진단은 저 '자율성들'의 겹침으로 인하여 "여전히 해결되지 않는 어떤 답답함"의 고백이기도 했다.(조연정, 「무심코 그린 얼굴」,《문학수첩》, 2009년 겨울, 54~55쪽)

23) 예컨대 "삶과 정치가 실험되지 않는 한 문학은 실험될 수 없다."라는 진은영의 결론에서 출발하여 "삶과 예술의 관련성이 극도로 일치했던 (혹은 일치시키고자 했던) 예들"을 살펴본 이장욱의 글(「시, 정치 그리고 성애학」)에서도 "삶의 실험과 문학적 실험의 일치에 대한 전위의 기획이 파탄을 맞이한" 역사적 사례를 통해 "문학적 코드의 일탈과 정치적 일탈 사이의 직접적 등치에는 모종의 비약이 개입할 수밖에 없었"던 상황들이 소개되었다. (물론 이장욱은 그러한 역사적 경험들을 모두 실패로 여기지는 않는다. 불가피하게도 파국을 향한 도정이었던 그 사례들로부터 그는 "모종의 암시와 열기를 느낀다"고 했다.) 한편 좌담 「감각적인 것과 정치적인 것 사이에서」,《문학동네》, 2009년 봄호의 참석자 중 김행숙과 서동욱은 미학적 혁신과 정치적 효과 사이의 연결에 대한 회의를 드러내기도 했다.

자 한 것과 몇몇 비평가들이 그 말로 암시한 것은 썩 달라지기 시작했다."는 판단으로부터 "'정치적인 것'과 '정치학적인 것'을 나누"자는 제안이 필요해졌다.[24] 이 제안은 "'시의 정치'가 갖는 특별하고도 예외적인 속성을 지나치게 강조하면서 사변적인 논의를 반복하는 것"에 대한 온당한 불만을 설명해 주고, "정치성의 내포를 한없이 넓혀서 사실상 아무것도 하지 않아도 된다는 논지에 도달"[25]하는 오류를 자각하게 해 준다. 시의 정치적인 모험과 비평의 정치학적인 독해를 구별해 볼 필요가 있다는 이 제안은, 근간의 수다한 논의들에서 다소간 유사하거나 반복되어 온 입장들을 정리하는 데 적절했다. 하지만 그 구분에 의한 '정치학적인' 시선에 따른다면, '문학적인 것'의 속성 — 역사적으로 현실의 제도로서 성립되어 왔지만 동시에 그 고정성을 벗어나려는 운동성에서 발생하는 — 상 모든 문학에는 이미 항상 '정치학적' 의미가 있게 되므로, 이 또한 너무 광범위해지기는 마찬가지다. 모든 문학, 아니 모든 언어, 모든 담론, 나아가 모든 미학 등에서 정치학적인 것을 읽어 내는 것이 가능하다고 한다면 말이다.[26]

차라리 문제는 사실상 그 둘을 명확하게 구분하기 어려운 까닭에 시인의 고뇌도 비평가의 모색도 함께 '정치학적' 논의로 향할 수밖에 없

---

24) 신형철, 「가능한 불가능」, 《창작과비평》, 2010년 봄, 373쪽. "특정 작품이 현실 정치의 의사소통 장에서 특정한 입장을 대변하는 발언을 포함할 때 그것을 '정치적인 것'으로 '가치판단'하고, 특정 작품이 (예컨대 '생체-정치', '성-정치' 혹은 '정체성-정치' 등의 용례에서 보듯) 넓은 의미의 '정치'와 연계되어 있어 정치학적 토론의 대상이 될 만한 논점을 내장하고 있을 때 그것을 '정치학적인 것'으로 '사실판단'하자는 것이다."(374쪽)

25) 같은 글, 377쪽.

26) 이 의문에 대해 나는 개인적으로 '아마 그럴 것이다'라는 정도의 막연한 대답을 지니고 있기는 하지만 논의가 그렇게 확대되는 것은 이 자리에서 불필요할 것 같다. 신형철이 신해욱의 시를 분석한 것을 보면 그 또한 그렇게 생각하고 있는 것 같다. "신해욱의 투명성의 시학은 미학적이기만 한 어떤 것이기를 멈춘다. 그것은 지적한 대로 사회학적이기도 하고, 더 나아가 그 주체성의 위기가 오늘날 한국 사회의 신자유주의적 패러다임과 결부되어 있을 뿐 아니라 현정부의 퇴행적 통치 행태의 한 배후가 되기도 했다는 점을 고려할 때, (정치적이라고까지 하기는 어렵더라도) 최소한 정치학적이다." 같은 글, 385쪽.

었던 데 있다. 다시 시인의 논리를 세부적으로 뜯어보자면, "예술의 정치성은 특정 변혁 주체에 대해 언급하거나 사회적 부정의를 고발하는 작품들에 국한되지 않는다."(강조는 인용자, 78~79쪽)라고 했을 때, '변혁 주체에 대한 언급'이나 '사회적 부정의 고발'을 행하는 작품들은, 논리상 이미, 예술의 정치성에 포함된다. 그런데 시인은 그런 작품들에서 문학의 정치성을 이야기하려는 것이 아니다. 그는 '참여' 예술에 있을 수 있는 문제점으로 "'참여' 예술은 이미 특정한 방식으로 분배되어 있는 정치 세력의 장 안에서 하나의 세력을 재현하는 방식으로 택하는 경향이 있다. 이미 서술의 가능성을 지니고 존재하는 주체들, 즉 글로 쓰일 수 있는 가능성의 장 안에 기입된 주체들의 관계를 재현하는 데 머무르는 게 되는 것이다."(강조는 인용자)라고 말한다. 예술의 정치성과 참여 예술을 동일시하지 않으려는 시인의 입장에는 동의한다 해도, 그의 분류법에 모호한 부분이 있음을 간과하기는 어렵다. 그는 이 글의 앞부분에서 "이주 노동자와 비정규직 노동자들의 투쟁을 지지하며 성명서에 이름을 올리거나 지지 방문을 하고 정치적 이슈를 다루는 논문을 쓸 수도 있지만, 이상하게도 그것을 시로 표현하는 것은 쉽지가 않다."(강조는 인용자, 69쪽)라고 밝혔는데, 시인으로서의 구체적이고 일상적인 이 고민에는 이미 특정한 방식으로 분배되어 있는 현재 정치 세력의 장 안에서 지지하고 싶은 어떤 편이 있다는 뜻이 암시되어 있었던 것이다. 그런데 그는 왜, 시로서 사회에 참여하고 싶지만 '참여시'는 원하지 않는("사회참여와 참여시 사이에서의 분열"(69쪽))것인가?[27] 그가 현재적 사회 상황에서 '지지하고' 싶은, 즉 참여하고 싶은 세력(이를테면 이주 노동자나 비정규직

---

27) 그는 다른 자리에서 시의 정치성에 대한 사소하고 미묘한 금지들을 이야기하면서 그중에는 "동료들이나 평론가들로부터 참여시인 소리를 듣는 것은 아닐까"라는 걱정도 있다고 말한 적이 있었는데, 이를 상기하면 이른바 '참여시인'이란 명칭을 시인들이 원하는 것 같지는 않다. 조강석, 진은영, 조연정, 김춘식, 서동욱, 좌담 「우리 문학의 이전과 이후 — 2000년대 이전과 이후의 우리 시」, 《문장웹진》, 2010년 1월.

노동자들의 투쟁)이 있음은 사실이 아닌가? 그렇다면 "하나의 세력으로 재현하는 방식"에서 그가 기피하는 쪽이 '하나의 세력'은 아니다. 따라서 기어코 문제인 것은 '재현하는 방식' 쪽인 것이다. 가능성의 장에 기입된 주체들의 서술이 아닌 '다른 방식'의 서술에 대한 요청, 그것이 그의 해답이었다. 다만 시인은 직접적으로 '정치적'이고자 했지만 "오랜 허기와 미각을 동시에 만족시켜 줄 것"을 랑시에르의 '정치학적인' 논의로부터 기대했기에 정치적이고 정치학적인 층위는 쉽사리 분리될 수 없었겠다. 또한 그로부터 이어져 온 저 길고 복잡한 논의들 또한 불가피한 것이었다.

5 (탈)내면의 화자, 이들을 정치적으로 사유한다는 것 ─ '소설과 정치'의 경우

재현의 '방식'과 관련되어 드러나는 상상력의 길을 다시 측정해 보고자, 새로운 문학적 코드를 발명하면서 꾸준히 등장했던 2000년대의 문학에서 이번에는 소설의 형식을 주시해 보자. 2000년대 소설에서 정치성은 어떻게 발견되고 의미되는가? 우리 시대의 정치성을 "사소한 정치성"이라는 테마로 분석 비평해 온 이광호의 논의는, 2000년대 소설의 "새로운 미학적 전환"의 의미를 짚어 보는 작업에 매우 시사적이다.

이 시대의 문학에서 다양하고 복합적인 층위에 내재하는 미시 권력들의 문제는 가장 먼저 눈에 띄지 않을 수 없다. 그것은 정치적 중심이 해체되기 시작했던 1990년대 이래로 현재까지 면면한 현상이다. 이 현상은 "2000년대의 젊은 작가들이 대체로 좁은 의미의 '현실'에 얽매이지 않고 오히려 그로부터 멀어지는 상상, 환상, 망상 등의 세계를 그리는데 그 새롭게 상상된 삶과 현실이야말로 사회·문화적 맥락에서 또는 '정치적'으로 분석될 수 있다."[28]라고 요약 가능하다. 이는 또 다른 평자에 의해 지지되기도 한다. "2000년대 문학은 공적인 담론의 범주에서 보면 탈현실을 지향하는 것처럼 보이지만, 일상성과 미학적인 차원에서 보면 현실과의 대결 의식을 구현하고 있다."[29] 특히 2000년대 문학에는 "어떤 계몽과 반성의 포즈도 없이 생을 비루하게 묘사하고 자신의 욕망을 노골적으로 제시"하는 화자들이 대거 등장하는데 이는 "동일성의 이데올로기에 기초한 내면의 이념을 교란하려는 또 다른 내면적 자의식의 소산이며, 자기 동일적 주체를 비판하는 또 하나의 반성적인 주체의 전략"이므로, "내면의 동일성을 실체화하는 근대적 휴머니즘을 배반하는 자리에서 욕망의 미시정치학은 부각"[30]될 수 있다고 이광호는 판단했다.

이들에서 지적된 2000년대 문학의 새로운 정치성은 문학이 관계 맺는 '현실'의 변화와 뗄 수 없다. 그리고 그것은 주로 작품 속 '화자'의 변화, 즉 "자기 성찰적, 반성적 면모를 제거한 일인칭 동종 서술자(homodiegetic narrator)"인 "탈내향적인 일인칭 화자들"의 등장과 긴밀하다. 그렇다면 그러한 화자들을 등장시켜 새로운 정치성을 의식하게 만든 현실의 상황, 즉 현금의 한국 사회의 변화를 새삼 돌아보지 않을 수 없다. 사회학자 김홍중은 1997년 이후의 한국 사회에 대해 삶의 피상성과 천박성을 있는 그대로 긍정하는 몰염치와 과시적 파렴치가 판치는 승자 독식, 무한 경쟁, 적자생존의 유사-자연적 밤의 여행자들과 같다고 진단한다.[31] 무한 경쟁 시장에서 살아남는 경제적 생존 투쟁이 '치부(致富)'와 '일중독'으로 이어져 성공지상주의, 입신출세주의, 노골적인 속물주의를 낳았기 때문이다. 그리고 이것은 격렬했던 순수에의 열망이, 그 이상을 실현할

---

28) 이광호, 「'2000년대 문학 논쟁'을 넘어서」, 『익명의 사랑』(문학과지성사, 2009), 55쪽.

29) 박성창, 「비평적 자의식과 2000년대 문학의 지형도 그리기」, 《세계의 문학》, 2006년 여름, 791쪽.

30) 이광호, 「굿바이! 휴먼」, 『이토록 사소한 정치성』(문학과지성사, 2006), 124쪽.

31) 김홍중, 「진정성의 기원과 구조」, 『마음의 사회학』(문학동네, 2009). 17~46쪽 참조.

수 있는 조건이 무너지자 급속하게 타락하거나 전도된 현상으로 파악된다. "좋은 삶과 올바른 삶을 규정하는 가치의 체계이자 도덕적 이상으로서, 참된 자아를 실현하는 것을 가장 큰 삶의 미덕으로 삼는 태도", 즉 '진정성(眞正性, authenticity)'의 에토스는 한국 사회에서 "1980년대 이후의 민주화 운동 과정에서 형성되어 소위 386세대의 세대 의식의 핵심을 구성하였고, 1990년대 문학과 문화의 영역에서 더욱 중요한 가치로서 부각되다가, 1997년의 IMF 외환 위기 이후 한국 사회가 총체적 구조 조정의 국면에 진입하면서부터 사회의 주도적 가치로서 급격하게 퇴조"하였다.[32] 그는 "이제 진정성의 에토스를 전경으로 하는 삶은 낡고, 효율적이지 않으며, 안쓰럽고, 심지어 역겨운 것으로 비춰진다. 남아 있는 유일한 진정성은 386세대적인 냉소와 멜랑콜리의 가면 뒤로 숨었다. 그리고 도래한 세계는 속물과 동물들의 세계, 몰렴(沒廉) 또는 무치(無恥)의 에토스에 의해서 지배되는 세계"라고 한다. "한국 사회의 뻔뻔한 당당함"이 이렇게 해명된다. 그리고 이것의 핵심은 "진정성의 에토스가 기능하기 위해서 전제되어야 했던 성찰성, 내면성, 주체성의 성좌 즉 근대적 '인간'이 해체되고 있다는 것을 의미한다."고 주장한다.[33]

이와 같은 진단에 비추어, 욕망의 미시 정치학을 드러낸다고 판단되었던 이른바 "골 빈 화자"들의 등장에 대해서는 보다 복합적인 견해가 요청된다. 그 '무-내면성', '탈-휴먼성'은 전략인가, 현상인가? 계몽과 고백에 침윤되지 않은 그들의 화법은 여전히 내면적 인간 자체를 폐기하지는 않은 것인가, 아니면 성찰적 수치심을 잃어버린 비천한 동물 혹은 속물의 것인가? 그들의 목소리는 동일성의 수사학을 배반하면서 내포 화자와 내포 청자 사이의 화용론적 관계에서 실현되는 '타자의 목소리'인

---

32) 같은 글, 19쪽. 김홍중은 여기서, '진정성'이라는 용어가 '자신'을 정립하는 주체적이고 내면적인 태도와 동시에 그런 태도가 실현될 수 있는 공적 지평에 대한 관심을 포괄한다는 제안(윤평중)을 따른다고 밝힌다. 진정성의 에토스가 퇴조했다는 진단은 서영채(『문학의 윤리』)를 따랐음도 밝혀 놓았다.

33) 김홍중, 「삶의 동물/속물화와 존재의 참을 수 없는 귀여움」, 같은 책, 66쪽.

가, 속물들의 세상을 수락한 이후 '타인 지향적 삶'을 추앙하는 자의 영악한 자기변명인가? 그것은 한국문학사에서 그 어떤 내용적 전환보다 발본적인 화법의 전환인가, 그 어떤 때보다 타락한 한국 사회의 세태를 내용적으로 수렴한 사태인가? 요컨대, 저 "골 빈 화자"를 "골 빈 화자 되기"의 결과로 생각해도 좋은가, 아닌가?

그런데 2000년대 소설들에 대한 저 양날의 질문들은 실상 공통의 전제이자 요청 위에서 피어난 것이다. 오늘날 세계적인 규모로 혹은 한국 사회에서 특히 전면적으로 진행 중인 이른바 "포스트-진정성 체제"(김홍중) 안에서 이를 교란하거나 저지하거나 갈라지게 만드는 정치적 노력이 필요하다는 전제, 그리고 그런 것을 가능하게 하는 문학적 사건이 곧 문학의 정치성으로 사유되어야 한다는 요청. 주목되는 것은, 그 정치적 노력과 그것의 문학적 사건화가 다시 '진정성'의 이름으로, 내면과 성찰과 주체의 덕목으로 호출된다는 점이다. 그러니까 "골 빈 화자"의 사회학적 존재론을 옹호하는 이광호가 "엄밀히 말하면 내면을 갖지 않은 인간, 내면이 없는 화자의 존재는 불가능하다."라고 했을 때, 나아가 그들의 언어가 "'말해야 하는 진실'을 말하는 계몽과 '말하기 힘든 진실'을 말하는 고백과는 다른 차원에서, '말함으로써 침묵하는 언어'를 구성"[34]하는 것이라 주장할 때, 역설적으로 그는 내면 없는 화자를 통해 가장 강력한 내면과 성찰을 요청하고 있는 셈이다. 이는 사회학적 시각에서도 크게 다르지 않은데, 포스트 진정성 체제의 도래를 이 시대의 "마음의 레짐"이라 진단한 김홍중이 "과거의 진정성 모델과 다른 종류의 미학 정치적 실험, 탐구, 실천을 어떻게 수행할 수 있는지를 모색"[35]해야 한다고 했을 때, 그는 이 과잉 모럴을 괄호에 묶을 수 있는 윤리적 진정성을, 그 희박

---

34) 이광호, 「굿바이! 휴먼」, 『이토록 사소한 정치성』(문학과지성사, 2006), 123~125쪽.
35) 김홍중, 앞의 책.

한 것에 대한 희박한 긍정을 다시 불러 세웠던 것이다.[36]

6 말하는 존재들의 삶, 사는 존재들의 말

2000년대 문학의 신(新)정치성은 결국, 여전히, 윤리적 진정성의 내면적 작동에 대한 희망을 사유해야 하는 것으로 귀결되는가? 그런데, 근대적 주체의 자기 통치 기획이었던 그것의 에토스는 이미 사회적으로 작동하기를 멈추었다는 진단이 유효하다면, 다시 진정성을 정치적 기획의 방편으로 호명한다는 것은 효과를 말하기 이전에 논리상 모순이다. 그렇다면 방점은 "과거의 진정성 모델과 다른 종류의"에 찍혀 있다고 봐야 맞다. 어떻게 수행할 수 있을지는 몰라도 과거와는 '달라야만' 이 속물과 동물의 시대에 그것은 작동할 수 있을 것이다. 그것은 이광호의 2000년대 소설 옹호론 속에서 다음과 같이 말해졌던 것을 떠올리게 한다. "다른 방식으로 말할 자유, 혹은 다른 인물의 입으로 말할 자유는 정치적인 위반의 자유이기도 하다." 나아가 이런 언어들이 "(소설의 내용이 아니라) 소설 장르 자체가 내포하는 정치성의 확대이자, 그것으로부터의 탈주라고"[37]까지 보았던 이광호의 진단은, 진정성이 끝난 시대에 다시 요청되는 진정성의 모델을 설명하는 듯하다.

문제는 2000년대 소설의 이 새로운 목소리들이 "공동체와 집단의 방

---

36) 진정성은 윤리적 진정성과 도덕적 진정성, 둘로 나뉜다. 자기 자신과의 관계에 기초한 내성적이고 사적인 윤리적 진정성과 사회와의 관계에 기초한 참여적이고 공적인 도덕적 진정성 사이에는 화해하기 어려운 간극이 있다. '내면의 참된 목소리'를 듣기 전엔 움직이지 않는 윤리적 진정성은 망설임이며 주저이며 때로는 실천적 무능이기도 하다. 이에 반해 공동체가 외적으로 부과하는 삶의 형식들을 통해 구현되는 도덕적 진정성은 사회가 인정하고 규정한 행위 패턴이나 감정의 방식을 추종하고 모방하면서 집합체의 지배적 가치와 이상을 절대시할 가능성이 있다. 김홍중, 「스노비즘과 윤리」, 앞의 같은 책 참조.

37) 이광호, 앞의 글, 124쪽.

언이 아니라 철저히 분자화된 개인 방언이라는 점"에 있다. 그들이 사적 욕망의 유영을 보여 주는 것까지는 분명하지만 "이런 분자화 혹은 소수화 주체를 통해 담화 관계의 반란과 새로운 욕망의 전선을 모색하고 있다."라고 하기에는 조금 이르거나 늦은 낙관이 없지 않다. 혹은 '모색'과 '효과' 사이의 간극이 꽤 큰 것처럼 보인다. 김홍중이 설명하듯 개인의 윤리적 진정성이 잠재적 가능태의 상태를 벗어나 현실화되기 위해서는 특정한 사회 정치적 조건이 성숙해야 한다. 진정한 나를 추구하는 자아 정치와 진정한 사회를 추구하는 현실 정치가 결합해야만 하기 때문이다. 그런데 과연 오늘날 한국 사회는 그런 결합이 가능한 곳인가. 아니면 근대 이후의 어떤 사회를 그런 사회로 전제할 수 있는가. 요컨대 오늘날 한국 사회에서 '윤리'를 생각하는 일은 더 이상 '정치'를 생각하는 일과 일치할 수 없지 않은가. 어쩌면 우리는, 최근 시와 정치를 함께 논의하는 현장에 대해 한 평론가가 "'타자' 혹은 '윤리' 담론이 옷을 바꿔 입고 등장한 것이라는 분석도 가능할 것"[38]이라며 우려와 답답함을 표명했던 그 자리로 다시 돌아가야 하는지도 모른다.[39]

---

38) 조연정, 「무심코 그린 얼굴」, 《문학수첩》, 2009년 겨울, 56쪽.

39) 윤리와 정치의 차이보다 윤리학과 정치학의 차이는 더 작은 것처럼 보인다. 아리스토텔레스가 '최상의 좋음'에 대한 앎이 으뜸가는 학문인데, 그것은 정치학인 것 같다고 말했을 때부터 이미 그랬던 것 같다. 정치학의 목적은 "인간적인 좋음"인데 "설령 그 좋음이 한 개인과 한 폴리스에 대해서 동일한 것이라 할지라도, 폴리스의 보존이 취하고 보존하는 데 있어서 더 크고 더 완전한 것으로 보인다. 그 좋음을 취하고 보존하는 일이 단 한 사람의 개인에게 있어서도 만족스러운 일이라면, 한 종족과 폴리스들에 있어서는 더 고귀하고 한층 더 신적인 일이니까. 따라서 우리의 탐구(다른 책에서 가끔 에티카(ēthica)라고도 언급되는 — 번역서의 옮긴이 주)는 일종의 정치학적인 것으로서 이런 것들을 추구하는 것이다."(아리스토텔레스, 이창우 · 김재홍 · 강상진 옮김, 『니코마코스 윤리학』(이제이북스, 2006), 15쪽) 최고선인 행복에 대한 탐구가 윤리학의 대상이 아니라 정치학의 대상이 될 수 있었던 것은 아리스토텔레스에게 한 개인이 자신의 욕망-행위 체계 전체를 이끄는 원리와 한 폴리스의 분업 체계 전체를 이끄는 원리는 하나의 축으로 이어진 것이었기 때문임을 어렵지 않게 추측할 수 있다. 실천적 지혜라는 탁월성을 갖춘 '좋은 인간'은 동시에 '좋은 가장'(가정경제적 능력을 갖춘), '좋은 시민'(입법적, 정치적 능력을 갖춘)이 아닐 수 없었던 것이다. 공동체 구성원으로서의 탁월성을 발휘할 수 없으면서 개인의 잘됨과 관련해서만 탁월할 수는 없다는 뜻이었다.(즉 좋은 시민이 아니면서 좋은 인간일 수는 없다는 것)

이상 2000년대를 지나오며 활발했던 '문학과 정치'에 관한 담론들의 행방을 살펴보았다. 이러한 논의의 과정은 문학이 정치적이기 위한 방법을 모색하는 길과는 분명 다르다. 문학과 정치의 관계는 상호 목적적 또는 수단적이지 않기 때문이다. 문학이 정치적일 수 있는 '방법'에 대한 물음에는 사실상 해답이 있기 어렵다. 만약 지금까지의 논의와 더불어 잠정적이나마 어떤 해답을 여기에 꼭 적어야만 한다면, 다음과 같은 평범하고 추상적인 답변을 넘지 못할 것이다. '자기 자신을 실험하는 문학이 스스로 윤리적이면서 동시에 세상에 대해 도전이나 도발이 될 때 문학의 정치성은 발생할 것이고 그런 문학은 정치적인 문학이라고 할 수 있을 것이다.'라는. 물론 이것은 정답도 아니고 여기에서 어떤 대답이 꼭 나와야 하는 것도 아니다. 그렇다고 지금까지의 논의가 무의미한 것도 물론 아니다. 결론 삼아 이상의 논의를 성글게 요약하면서, 우리의 논의가 지금 이 자리로부터 나아갈 향방을 가늠할 수 있기를 기대한다.

　(근대)문학이 죽었다고 했다. 아니다, (근대) 정치가 변한 것이다. 정치를 다르게 사유하는 방식들이 나타났다. 그것들을 참고하면 문학은 더욱 정치와 밀접하다. 인간의 삶을 (해방적으로) 사유하는 정치적 방식과 인간의 삶을 (해방적으로) 언어화하는 문학적 방식은 다른 것이 아니다. 그렇다면 그 '방식'이 문제다. 그것은 최근 한국문학의 독특한 상상력과 최근 한국 사회의 독특한 변동을 통해 살펴볼 수 있다. 여러 가치의 변화가 있었으나 근원적으로 '인간'의 변화로 압축되어야 했다. 어떻게 달라졌나. 우리가 '인간'이라 믿었던 것이 '인간적'으로 존재하지 못하게 되었다. 인간이란 고정된 실체가 아니었고, 인간이라는 개념을 둘러싼 간극, 변동, 의문의 합으로 움직이는 파노라마였던 것이다. 다른 말로 하면 근대문학이 탐구하던 근대적 인간이 사라졌다. 그래서 문학은 죽었다고 했겠다. 그러나 '다른' 인간이 있다. 동물로, 속물로 이들은 징후를 드러내지만 이들은 여전히 말을 하고 사는 사람이다. 이 '다른' 인간을 생각하

기 위해서는 다시 '(근대적) 인간'이 죽은 자리로 돌아가야 한다. 거기서 새로운 인간이 태어날 것이기 때문이다. 다른 인간과 다른 말들이 다른 삶을 정치적으로 구성하고 다른 언어를 문학적으로 만들 것이다. 이렇게 우리는 아직 '다른'을 연거푸 반복하는 것으로밖에 그것을 잘 상상하지 못하는 어둠 속에 있다. 어쩌면 디지털에 익숙한 이들, 어쩌면 시집과 소설책을 전혀 읽지 않는 이들, 어쩌면 한국인인지 이방인인지 불분명한 이들, 어쩌면 자꾸 이상한 소리를 내는 이들, 어쨌든 그들은 우리의 보통 이웃들과는 꽤 다를지도 모르겠다. 그래도 여전히 이들은, '말. 하. 면. 서.' 사는 존재다. 동물도 아니고 속물도 아닌 이들, 이들이 어쩌면 선물 같은 존재일 수는 없을까?

그런데 이들, 이들은 대체 무엇인가.

(2010)

웰컴, 즐거운 왜상들

웰컴
— 손보미 소설 읽기

독서

　기본적인 얘기로 시작해 본다. 읽는다는 행위에는 언제나 상당히 복잡한 노력이 수반된다. 자동적이고 무의식적인 절차지만, 무엇을 읽기 시작하자마자 우리 뇌에서는 주어진 기호들을 연관 짓고 그 간극을 메우기 위해 예감을 시험하고 추론을 전개하는 일들이 암암리에, 일사분란하게 진행된다. 이 사례로 좀 유명한 게시문, "에스컬레이터에서는 개를 안고 가야 합니다." 앞에서, 아무런 표시 없이도 우리는 이것이 에스컬레이터를 탈 때 지켜야 할 의무임을 알고 그 수신자에 내가 이미 포함되어 있음을 안다. 또한 이것은 에스컬레이터를 탈 때는 남의 개라도 한 마리 꼭 들고 와야 한다는 뜻이 아니고 에스컬레이터에서 개를 업거나 이는 것은 허용될지 몰라도 걸려서는 안 된다는 뜻임을 이해한다. 요컨대 이 과정에는 일반적인 사회 지식이 적용되고 발신자와 수신자의 관계가 설정되며 언어 용례에 관한 관습이 작용한다. 이 기성의 맥락을 상대적으로 느슨하게 둠으로써 의미 형성의 폭이 넓어질 때 그 읽기는 이른바 '문학적' 행위가 되는데, 문학작품을 대하는 규범이 그렇다는 것이 아니라 일군의 언어에 대해 우리가 자연스럽게 취하게 되는 어떤 방법이 그렇다는 말이다. 특정 언어가 따로 없다.(만약 저 게시문을 에스컬레이터 앞의 현판이 아니라 시집의 한 행으로 만났다면, '에스컬레이터'와 '개'와 '안고 가다'라는 말들은 모두 게시문과는 전혀 다른 의미 형성에 소용될 수 있다.) 읽기에는 사회적 코드와 함께 독서 코드도 작동한다는 뜻이고 문학 읽기에는 또 다른 맥락, 문학 제도와 관습 등의 지평까지 드리워 있다는 말이다. 어떤 소설의 첫 두 줄을 읽자마자 깨닫지 못한 채로 우리는 놀랄 만한 양의 복합적인 사고를 시작한다.

> "오랫동안 한국을 떠나 있었죠."
> 그는 티 타이머를 훔치는 중이었다.
> ―손보미, 「고양이 도둑」, 《21세기문학》, 2010년 가을

따옴표 안에 든 첫 문장은 누구의 말인가? '그'일 수도 있고 다른 인물, '나'이거나 또 다른 '그'일 수도 있다. 인물로 등장하지 않는 화자의 말일 수도 있다. 멀리서 들려오는 노랫말이거나 옆 테이블의 대화일 수도 있고, 머릿속에 맴도는 문장일 수도 있다. 누가 지금 한 말이 아니라 앞으로 '그'가 할 말을 예상한 건 아닐까? 그다음 문장을 이해하기 위해선, 먼저 '티 타이머'가 무엇인지 알아야 하고 그것을 훔치는 것이 남의 집에서인지 백화점에서인지 찻집에서인지 짐작해야 한다. 이런 추측들이 실은 다 어이없고, '그'와 그의 대화 상대가 함께 있는 찻집에서 주인 몰래 그가 티 타이머를 가져오고 있는 장면이 당신의 머릿속에 순식간에 그려진다 해도, 이미 저 의문들은 당신의 인식 정도와 소설이라는 '장르'에 대한 이해력까지를 심문하고 지나간 것이다.

독서라는 행위는 순수할 수가 없다. 그것은 삶의 형태와 독서 관행에 대한 기존의 지식에 전적으로 의존하는 일이다. 때문에 독서의 과정에는

자연스럽게 산발하는 크고 작은 싸움들이 들어 있다. 작게는 약호를 전제하는 양상과 정도가 저마다 다른 데서 기인하는 해석과 저 해석 간 반목이 생겨날 여유가 있고, 크게는 해석의 관례, 범위, 전략 등에 작용하는 약호 자체의 역사적 지평을 질문에 부칠 자유가 있다. 물론 이런 싸움은, 알다시피, 작가나 독자나 작품, 그중 어느 한쪽에서만 야기되는 게 아니다. 모든 텍스트는 잠재적 독자 혹은 목표로 하는 수용자의 이미지를 포함하여 구성된 것이며, 독자는 이미 텍스트 생산 과정의 일부다. (이를 작가가 특정 독자를 염두에 두고 글을 쓴다거나 자기 글을 누가 어떻게 읽을지에 대해 눈치 본다는 뜻으로 들을 사람은 설마 없을 것이다.)

올해의 첫날 「담요」(2011년 동아일보 신춘문예 단편소설 당선작)와 함께 나타난 손보미의 소설들을 읽으면서 떠오른 생각을 정리하려다, 읽고 쓰는 일의 의미와 흥미에 대한 단상을 먼저 적어 보았다. 물론 그의 소설이 독서 행위의 비순수성을 자각시켰기 때문이다. 손보미란 작가는 알고 보니 2년 전에 벌써 등단작(「침묵」, 《21세기문학》 2009년 여름)을 선보인 적이 있었으나 부지런한 독자들도 잘 못 보고 지나쳤던가 보다. 「담요」는 못 보고 지나치기가 어려울 만큼 매력적인 데가 있는 작품이었는데, 인상만 말하자면, 읽는 동안 앞에서 말한 저 싸움의 무대가 좀 색다르다는 느낌을 받았기 때문이 아닌가 한다. 「담요」를 읽은 독자들은 모두 이 작품에 초대받았다는 기분일 것이라고 생각했고, 뒤이어 발표된 작품들에서도 그 인상은 바뀌지 않았다. 이를 조금 명료하게 들여다보고 싶은 욕구가 생겨났다.

갱신

손보미의 「담요」가 어딘지 특이하게 보였다면, 그것은 무엇보다도 소설의 질료인 문장 때문이다. 그 문장들은 현실의 시공간적 맥락에서 발생한 사건의 기록이 아니고, 한 인물의 심리적 맥락에서 탄생한 진실의 표명이 아니었다. 그래서 그 세계에서는 인물, 사건, 배경이 각각 제 형태로 놓인 게 아니라 모두 누군가의 '진술'에 용해되어 있던 것인데, 다시 말해 모든 것이 누군가의 '말'을 통해 나타난 세계였던 것이다. 「담요」의 일인칭 화자는 총격 사건으로 아들을 잃은 탐정의 이야기를 써서 유명해진 소설가다. 그 소재가 된 이야기를 '나'는 친구 '한'에게서 들었다. '한'은 상사인 '장'의 사적인 이야기를 자주 했고 나는 '장'이 '이야기 속'에만 있는 존재처럼 느껴졌다. 그러나 '한'의 장례식장에서 장을 만나 다시 장 자신의 이야기를 듣게 된다.

장은 아들이 열다섯 살이 되던 날, 아들을 데리고 파셀의 콘서트에 갔다. 나중에 장은 이렇게 말했다. "그 콘서트 날과 우리 아들의 생일이 같은 날이었다는 게 정말 기막힌 우연이 아니오?" 사람들은 그날 이후로 장이 변했다고 말한다. 한은 이렇게 말했다. "소장님의 마음속에서 무언가가 떨어져 나간 것 같아."
　그날, 장은 아들을 잃었다.
　(중략)
　"우리 아들은 그 밴드의 라이브 연주를 단 한 곡도 제대로 듣지 못했어. 그 이유를 알겠나? 그 개새끼가 첫 곡도 끝나기 전에 총을 쏴 버렸기 때문이야." 이것은 언젠가 술에 취한 장이 한에게 했던 말이다.(강조는 인용자)

부분적으로 한과 장의 말은 직접 인용되기도 하지만, 전체적으로 어디부터 어디까지가 장의 말이고 한의 말인지 분리 불가능한 상태로 화자의 모든 말은 한 또는 장에게서 들은 말의 간접 인용이다. 거의 모든 문장은 "~다고 나는 들었다"를 생략한 채 쓰인 것 같다. 주 스토리인 '장'이 겪은 일들은, 장이 진술한 것조차 '나'의 (직접) 인용에 속하고, 그보다 더 많이는 한의 얘기와 장의 얘기를 다 들은 '나'가 종합적으로 다시 들려주는 진술로만 존재하는 것이다.

이것은 물론 손보미만의 독창적인 테크닉은 아니다. 이런 식으로 담론에 갇힌 언어는 실상 모든 소설 혹은 모든 글쓰기에 스스럼없이 출몰하는 이른바 '자유 간접화법'의 응용이 아닌가. 서사학 교재에서처럼 진술들을 쪼개 목소리의 주인을 추적해 본다면 중층의 자유 간접화법이라고나 할까, (말을 만들자면 '자유 간접의 직접화법'이나 '자유 간접의 간접화법'이라 지칭해 보는 것도 가능하겠지만, 여하간) 그것은 여타 양식의 문장들이 다 의존하고 있는 문법적 허용치이며 지극히 '소설적인' 말의 운용인 것이다. 그러나 손보미의 소설에서 그것이 평균보다 잘 활용되어 평균보다 큰 효과를 거두는 것은 맞다. 보라, 다음과 같이 활달한 장면 전환과 화소 배치에도 그것은 적절히 선용된다.

(A) 그래서 그는 계속 그녀의 어깨를 잡고 있었다. 그리고 그들이 뉴욕으로 함께 오기로 결정한 그날을 떠올렸다. 그녀는 그때, 그의 손을 잡고 이렇게 말했었다. (B) "모든 게 잘될 거야." 그는 그녀에게 그 말을 해 주고 싶었다. 잠시 후 겨우 울음을 그치고, 마음을 진정한 그녀가 그를 쳐다보았다.
(c) "그녀는 뭐라고 했죠?"
"아파."
"뭐라고요?"
"아프다고 했어요. 내가 어깨를 너무 꽉 잡고 있어서 아프다고 했어요."(「고양이 도둑」, 강조는 인용자)

이 부분에는 낙차가 큰 세 층의 시간이 들어 있다. '나'는 '그'와 대화 중이고(1), 그는 울고 있는 그녀의 어깨를 잡았던 날(2)을 얘기한다. 그날 그는 뉴욕행을 결정했던 옛날(3)을 떠올렸다. 세 층의 시간은 '자유 간접'(2, a) 또는 '자유 직접'(3, b) 그리고 '직접 인용'(1, c)을 통해 자재롭게 등장하고 자연스럽게 교차한다. 상이한 층위의 두 이야기, 즉 '나와 그' 파트와 '그와 그녀' 파트는, 이런 배치를 통해 독립적으로 진행되면서도 서로 분리되지 않는다. 이런 몽타주는 본래 지극히 소설적인 말의 운용이지만, 본 바와 같이 손보미의 경우 한결 대범하다.

이런 대범함으로 이 신인 작가는 소설이라는 작위(作爲)의 가공(架空)성을 갱신하는 듯하다. 기존 소설이 잘 개척해 놓은 룰을, 따른다기보다는 앞질러 버리고 배반하기보다는 이용해 먹는다고 해야 할까. 그 대범함 안에서 독자는, 잘 알지만 평소 쓸 데가 별로 없었던 저 읽기의 과정을 겪으며 미끄러지고 휩쓸리고 어질어질해한다. 사건, 사물 들의 허구성을 점검하는 사회적 약호로부터 소설 읽기의 관행을 밀고 나가는 독서 관습, 문학 약호, 소설 규범 등을 새삼 불러 자잘한 쟁투를 벌이는 것으로 그의 소설에 합류한다. 이런 시비가 너무 어려워 힘들지도 않고 너무 쉬워 재미없지도 않은 딱 그 정도인 것은, 손보미 소설의 큰 특장이다. 딱 그 정도라는 것은, 생각보다 굉장히 어려운 일일 것이다.

초대

사건의 질서 대신 담론의 배치로 서사를 세웠던 「담요」의 특징은 이어서 발표된 「그들에게 린디합을」(《현대문학》 2011년 4월)에서도 굵고 선명하다. 다큐멘터리 스크립트 같은 외양의 「그들에게 린디합을」은 온전히 인공적 담론들—두 편의 영화를 비롯한 각종 기사, 증언, 회고, 인터뷰, 소문, 비평문 등과 그것들에 대한 분석과 해명들—로만 구성되어 있다.[1]

---

1) 「그들에게 린디합을」의 이와 같은 성격에 대해서는 「배반의 소설론」이라는 단평을 쓴 적이 있다.

「담요」와 마찬가지로 이 서사는 사실 논리가 아닌 가능 원리에 지배된다. 사건들 사이의 의미를 담론들 사이의 흥미가 대체한다는 말이다.

여기서 손보미 소설의 초대장이 발부된다. 이런 이야기에서는 화자의 진실성이 작가 쪽의 일방적인 분투로 보장되는 것이 아니라 화자의 얘기가 허구인 줄 뻔히 아는 독자가 기꺼이 화자의 목소리에 귀 기울이게 될 때에만 생겨날 수 있다. '종합적'인 화자의 존재가 양각되는 작품에서는 반(半)자동적으로 청자(독자)의 자리도 융기한다. 보통 작가 쪽의 '고안'에 맡겨지는 서술의 맥락에 작가와 독자 간의 묵계된 커뮤니케이션의 '관계'가 연루된다. 작가가 고안한 세계는 모두 진술 속에 갇혀 있지만, 그 진술로 통찰되는 삶에 관한 주제적 의미는 소설 속 '말'들이 표시하는 게 아니라 말들의 다층적 회로와 통로 주변에서 발산할 것이다.[2]

초대장은 다른 데서도 속속 도착했다. 손보미의 소설에는 서사적 정보가 모자란 편이 아닌데도, 때로 정보가 늘어날수록, 스토리가 더 유동적이 되고는 한다. 예컨대 우리는, 「담요」의 결말에서 추위에 떨고 있는 어린 커플에게 아들의 담요를 건넨 장이 "이건 담요의 죽음에 대한 이야기"라고 말한 것이 무슨 의미인가, 할 만한 얘기를 다 해 놓고도 "우리가 알지 못하는 이야기가 숨어 있다."라며 독자의 추리를 또 권하는 「그들에게 린디합을」의 결말은 무엇을 감추고 있는가, 등등의 의혹에 시달릴 수밖에 없다.

「육인용 식탁」(《웹진문장》, 2011년 8월)은 그런 의혹을 직설적으로 야기하는 소설이다. 이 이야기는 우선, 나의 집에 모인 세 부부가 육인용 식

---

2) 「담요」에서, '장'의 삶은 이 소설 「담요」의 가장 중심적인 요소이며 동시에 소설 속 소설인 '나'의 책 『난 리즈도 떠날 거야』의 주요 스토리이기도 하다. 「담요」는 '나'가 『난 리즈도 떠날 거야』를 출간한 후 겪은 일들, 그 책에는 담지 못했던 장의 이야기와 변화된 나의 이후 삶까지 포함하므로, 「담요」의 모든 진술들은 실상 두 편의 소설 — 『난 리즈도 떠날 거야』라는 가상의 소설과 「담요」라는 이 소설 — 에 동시에 관여하는 것이면서 두 층의 이야기에 중층적으로 놓여 있는 셈이다. 「담요」의 메시지를 생각한다면, 장의 삶만이 아니라 그것과 연루된 화자 자신의 삶까지 고려된 상태에서여야 한다.

탁에 둘러앉아 술을 마시며 잡담을 나누는 현장에 관한 이야기로 읽힌
다. 그들은 두 달 전에 함께 갔던 피크닉 얘기를 포함해 이런저런 대화
들을 주고받고 있다. 이 자리에서, 왠지 화가 나 있는 듯했던 나의 아내
가 불쑥 '나와 윤의 아내가 바람을 피우고 있다'고 포고하는 바람에 분위
기는 엉망이 되어 버리고 변명과 호기심이 난무하면서 결국 자리는 파장
한다. 그런데 소설의 끝 부분에는 예의 피크닉 날 다리 밑에 선 '나'가 옆
에 온 윤의 아내를 두고 상념에 빠지는 장면이 덧붙는다. 여기서 '나'가
문득 "나는 어디 있는 거지? 나는 어디 있는 거야? 아니, 그럼 우리들은
도대체 어디 있는 걸까? 싱겁기는." 하고 픽 웃으며 소설이 끝날 때, 이
제 모든 것은 헷갈려진다. 나의 집에서의 저 해프닝은, 현재 벌어진 일이
아니라 이 피크닉의 여유를 틈타 무람없이 상상해 본 미래의 일인 걸까?
다리 밑에 서 있던 '나'가 불쑥 윤의 아내와의 키스를 상상하고는 (실은
아무 일도 없었지만) 그걸 마침 화장실에 가던 아내가 보게 된다면 미래
의 어느 날 아마 저런 일이 벌어지겠지 하고 한바탕 혼자 꾼 백일몽이 지
금까지 우리가 읽은 이야기인가? 누군가 거짓말을 하고 있는 건지, 진짜
일어난 일은 어떤 것인지는 끝내 밝혀지지 않는다.

확정적인 의미를 붙잡을 수 없으니 혼란스럽지만, 독자들은 불현듯 불
거지는 저 남편과 아내에 관한 다양한 추측들로 더 분방해져도 될 것이
다. 아무 문제도 없었던 지난가을에 이미, 어쩌면 그보다 훨씬 전 지나치
게 고급스러운 육인용 식탁을 장인이 그들의 집에 들여놓았을 때, 아니
둘의 결혼을 장인이 반대했던 그때부터, 이들의 사이엔 언젠가 불거질
오해가 싹트고 있었던 것인가? 이유를 알 수 없는 세상의 모든 일, 아니
이유를 대자면야 사실의 불확정성, 사건의 우연성, 인간의 다면성 등등
빤한 말로 마크되는 불투명한 일들에 대해, 소설은 언제나 탐구적이고,
이 소설도 그렇다. 게다가 독자를 자꾸 끌어들인다. 독자도 자진(自進)한
다. 저 이유들이야 흔해 빠진 말이 되었지만 그런 탐구는 멈출 수 없는

것이 아닌가.

작품을 둘러싼 유희적 소통이란 게 손보미만의 노림수일 리 없지만, 참신한 서사의 자리가 하나 일궈졌다고는 하겠다. 이 자리에 침투한 독자는, 가령 극단적 보여 주기(showing)를 통해 의미 판단의 주권을 독자들에게 넘기는 경우와는 좀 다른 입장에 있다. 앞에서 보았다시피, 탄생부터 여러 인물들의 입을 통과하면서 선별, 판단된 상태였던 담론들은 지시와 보고의 역할을 하지 않는다. 거기엔 이미 다수의 진실들이 압축되어 있다. 손보미 소설의 독자는 소통을 위해 서술들을 확신하기보다 서술들의 배후와 싸우게 된다. 실상 손보미의 서사는 어떤 소설보다도 작가의 상상력과 지성의 통치를 꼼짝없이 받는 세계다. 읽다 보면 어디서 '뚝딱뚝딱' 소리라도 들릴 듯 담론들은 가히 '공학적'이며 정교하다. 그것은 구석구석을 채우는 세심함이 아니라 굵직한 뼈대들을 바로 제자리에 놓는 정확함에서 기인하고, 그리하여 이 세계는 무엇보다도 튼튼한 골조 아래 되도록 많은 공백이 마련된 건축물처럼 그려진다. 메우는 게 아니라 비우는 공학이다.

위반

손보미 소설에 대한 강력한 인상 중 하나는 번역된 '외국 소설'의 느낌이 난다는 것이었다. 적어도 「육인용 식탁」을 읽으면서 전에 레이먼드 카버의 「사랑을 말할 때 우리가 이야기하는 것」을 읽은 적이 있는 독자라면 느꼈을 어떤 기시감 같은 것을 모른 척할 수는 없으리라. 그저 소설의 문장이 '번역투'라고 말해 버리거나 현대 미국 소설의 '영향'이겠거니 하고 마는 것은 아무 말도 안 한 것과 같고, 세 부부가 식탁에 모여 앉은 모습과 두 부부가 부엌 테이블에 둘러앉은 정경이 매우 흡사한 설정이라고 하는 것도 충분치 않다. 무엇보다도 서사가 환기하는 어떤 (문학적) 분위기가 유사하다는 건데, 대충 '스타일'이 닮았다는 식으로 얼버무리게 되곤 하지만 알다시피 그런 얘기는 그리 간단히 할 것은 아니다.

소설의 '스타일'을 말할 때 문장의 형태나 길이, 비유어나 수식어의 빈도, 입말이냐 글말이냐의 구분 등을 밝히는 일은 불필요하진 않지만 불충분하다. 가령 손보미 소설의 분위기가 언뜻 간결하고 산뜻하고 객관적으로 느껴질 때, 그의 소설에 단문이 많고, 장식적 수사가 적고, 열린 결말이 선호된다는 지적은 자못 개략적이다. 손보미 소설이 간결한 것은 짧은 문장 덕분이라기보다 큼직한 줄거리를 활달하게 정리하고 사소한 절차들을 과감하게 덜어 낸 압축의 결과다.(이따금 그의 단편은 장편소설의 시놉시스처럼 보일 만큼 보폭이 크다.) 손보미 소설이 산뜻한 것은 감정 묘사를 적게 하거나 냉담을 유지했기 때문이 아니라 감정에 관한 추상어를 나열하지 않고 감정을 드러낼 만한 구체적 장면을 몽타주했기 때문이다.(「담요」의 뒷부분을 보라, 따뜻한 정서가 감동적으로 넘쳐난다.) 손보미 소설이 객관적인 것은 화자가 사실에 대한 주관적 판단을 배제하고 있어서가 아니라 사실 자체가 불확정적이라는 비개인적인 판단을 가지고 있어서다.(「그들에게 린디합을」은 처음부터 끝까지 화자의 추측을 서사화한 것이다.)

이런 요인들과 함께 손보미 소설의 이국적 분위기가 분석될 수도 있을 것이나, 중요한 건 그러한 '비교' 차원에 있지 않다. 정작은 그 이질적인 느낌이 '한국' 소설에 대해 행사하는 힘의 정체를 생각하는 게 아닐까. 한국 소설에서 외국적인 것을 느낀다는 것은, 무엇보다도 그 소설 속의 말들이, 그런 느낌이 안 드는 다수의 한국 소설들 속의 말들처럼은 쓰이지 않았다는 뜻이고, 그리하여 그 소설이 주류의 한국 소설들과 얼마만큼 다른 생김새를 지녔다는 뜻이다. 한국어 혹은 한국 소설 일반으로부터의 일탈을, 오늘날 우리가 한국 소설에 대해 빈번히 예상하는 편향

(이를테면 외로운 자아들의 내밀한 절망과 구원 혹은 사회적 불평등에 반발하는 마이너리티들의 고통과 소외 등)에 대한 모종의 위반을, 그것은 품고 있는 셈이다. 위반이란 이론상 일종의 한계 체험이다. 그것은 우리의 관행 혹은 기대치로부터 우리가 은연중 억압받고 있었음을 환기한다. 위반은 그 억압을 폐지하지는 못하지만 억압의 기원을 돌아보게는 한다. (이미 권력인) 말들의 유사성 혹은 (이미 익숙한) 스토리의 동질성에 쉬이 이끌리는 독법을 차단하고 생소한 문장과 어리둥절한 짜임으로부터 기대되는 다른 문법을 상상하게 한다. 한국 소설의 관행과 기대치는 그렇게 또 한 번 갱신될 수 있다.

존중

2011년 현재 한국에서 가장 래디컬한 소설은 어떤 것일까? 언어의 한계와 불가능성을 의식하는 가운데 문학 장르의 효용을 위기에 빠뜨리는 실험들일까? 기성 질서의 출구를 찾는 일탈자들의 패악이거나 절규이거나 혹은 무위? 맞을 것이다. 그런 시도들이 규범적인 문학의 전통을 의도적으로 훼손하고 해방적인 탈승화의 역할을 적극적으로 떠안을 때, 그 실천은 어떤 첨단의 상상력을 바탕으로 변화를 주도한다. 그런 것들이 전대미문인 것은 아니고 20년 전, 10년 전에도 심심찮게 출현했던 문학의 현대적 경향인데, 끝까지 몰아붙이는 돌파력, 부분적 갱신이 아니라 근본까지 파고드는 갱생의 의지 같은 것이 분명 거기에는 있다. 판단컨대 지금까지 우리가 살펴본 손보미의 소설들은 모종의 한계와 위반을 체험케 함으로써 일신된 형태를 지녔지만, 아무래도 '래디컬'하다고 하기는 좀 어렵다. 말을 바꾸면, 더 뚫고 들어가야 할 어떤 지점이 이 작가에게 아직 있다는 말이고, 흔들리는 심리를 파고드는 날카로움, 언제라도 부서져 버릴 수 있는 인생의 위태로운 투명함 등의 끝장을 이 작가에게 더 기대하고 싶다는 말도 될 것이다. 극한은 본래 문학의 영역이고, 거기에 닿으려는 노력은 언제까지나 문학의 의무이기도 하다.

그러나 극한은, 말 그대로 가장 먼 곳이니까, 매양 공공연한 다수의 성취가 될 수는 없다. 때로 우리가, 정형을 의문시하는 게 아니라 문법 자체를 파기하고 관습의 매너리즘을 비웃는 게 아니라 관습의 파괴를 제일 목적처럼 여기게 될 때, 어쩌면 우리는 눈앞의 현실을 '종말'로 수식하는 시풍(時風) 속에서 너무 극한만 생각했던 것은 아닐까. 이유가 매체 변화든 자본 질서든 문학 전반의 세가 기울고 문자 서사의 인기가 떨어졌다고 해도, 또는 소설에서 한국적 리얼리즘의 전통이 효력을 잃은 것이나 문학 시장의 주도권을 외국 소설에 넘긴 것 등이 현재적 현실이라 해도, 그것이 곧 '소설'의 '끝'을 뜻하는 건 아니다. 몇 년 전에 한 좌담(박민규 외 좌담, 「한국문학은 더 진화해야 한다」, 《문학동네》, 2007년 여름)에서 작가들이 나눈 얘기들이 기억나는데, 한국 소설은 아직 끝이기는커녕 "단 한 번도 번성한 적이 없"으니 훨씬 더 번성해야만 한다는 거다. 그때 박민규의 말마따나 "실은, 이제 우리 고작 60년 쓴 거"다. "우리의 진도가 여기까지"일 뿐, "우리 100년은 더 써야 합니다."라는 말에 전적으로 동의하고 싶다.

손보미의 소설은 우리 소설의 첨단적 징후를 드러내는 샘플이 아니라 현재 우리 소설에 일종의 모범이 될 만한 이그잼플이다. 이 신예의 개성은 독보적인 특성이기보다 유망한 자질 쪽이며, 그것을 구사하는 걸음은 이미 스스럼없어 보인다. 그의 소설은 낯선 것이 아니라 신선했고 남의 것을 따라간다기보다 나란히 가는 것 같았다. 그리고 그렇다는 것은 지난 수십 년간 우리 소설이 변화, 진화, 발전, 성장해 온 과정이 있었기 때문임을, 새삼 우리에게 일깨운다. 지난 수십 년간의 우리 소설, 그것을 우리는 아끼고 싶다. 문학적 코드들의 전면 재설정을 고무하는 일도 문학의 과제지만, 설정 범위 안의 미답지 탐사도 절실하다. 방법이 따로 있겠는가. 지금까지가 보잘것없든 아니든, 앞으로 "훨씬 더 오래, 더 많이, 쌓고 쌓"(같은 좌담)는 일이라고, 우리가 믿는 작가들을 따라 우리도 믿을 뿐이다. 문학의 미래를 말해도 된다면, 그것을 낙관하고 싶은 자로서 이외의 방법을 알지 못한다.

한국에 소설 독자가 없다는 생각은 게으른 방심이며 전도된 오만일지 모른다. 한국 소설의 독자는 줄었다지만 인구 대비 소설 독자는 많은 편이라는 소문도 들었다. 가부간, 현재 우리 소설은 독자에게 사심을 안 품어도 될 때는 아니다. 더 존중하고 더 유혹해야 하리라. 손보미의 소설을, 2년 전 「침묵」은 못 보고 올해의 「담요」는 대단히 주목했다는 사실은 일견 시사적이다. (물론 문예지와 중앙 일간지라는 매체의 차이가 가장 직접적인 원인이겠지만.) 따져 보았듯 「담요」의 강점은 확실히 독자의 응수와 긴밀한 데가 있지 않던가. 독자를 원하면 독자를 불러야 한다. 한국 단편의 르네상스를 기대하는가. 적어도 얼마간은 이런 작가가 가장 반가울 것이다.

(2011)

즐거운 왜상(歪像)들
—구병모 소설 읽기

1 서늘한 괴리감

요즘 한국 소설에서는 재미난 이야기를 만나기 어렵다는 말을 자주 듣는다. 거대 서사의 맥락은 완만해졌고 사소한 일상의 기미들은 점멸한 것인가. 역사는 닳고 닳은 매트릭스, 내면은 파헤쳐질 대로 파헤쳐진 폐허. 실상이 꼭 그러하다기보다 분위기가 좀 그런 편인지도 모르겠다. 한국에도 스티븐 킹 같은 스토리 메이커가 있어야 한다느니, 원소스 멀티유즈를 위한 콘텐츠를 소설이 마련해야 한다느니, '이야기'에 대한 각종 요구와 기대는 더 번잡스러워진다. 동조를 하든 아니든 이런 분위기에서, 구병모의 소설은 우선 반갑다. 멀티유즈에 소용될 것 같아서는 아니고, 일단 흥미로운 이야기가 눈에 띄어서다. 스토리 전개가 뚜렷하고 희한한 사건들이 활달하고 괴이한 장면들이 생생하다. 첫인상이 그랬다.

첫 장편 『위저드 베이커리』는 읽기에 쉬운 이야기다. 정체가 불분명한 말이기는 하지만 '청소년 문학'이라는 라벨이 명시하듯, 고도의 지적 수준이나 교양 정도를 요구하지 않는다는 뜻에서 먼저 그렇다. 마법사가 등장하고 사람이 파랑새로 변신하고 시간을 되돌리는 등등, 해리포터에 맞먹을 판타지가 경쾌했다. 그러나 결코 편안한 이야기는 아니었다. 주인공이 겪는 사건들이 너무 막대한 고통들이었기 때문이다. 그의 주변에서는 근친상간, 친자 유기, 유아 성애, 미성년 학대, 치정 살인 등등 평소 잘 안 쓰는 범죄 용어들과 밀접한 사건들이 팡팡 터진다. '마녀 빵집' 메뉴들의 동화적인 쾌활함('이 빵을 사랑하는 사람에게 먹이세요, 그를 사로잡을 수 있어요.', '이 쿠키를 먹으면 당신의 분신이 대신 학교에 가 준답니다.', '이 케이크는 면접이나 시험에 합격하게 해 준다고요.' 등등)은 저 지독한 사건들의 충격과 아무렇지도 않게 공존한다. 사실 이 소설에서 가장 인상적인 것은 그 야릇한 괴리에서 발산되는 서늘함이었을 것이다.

이제 그의 책 세 권을 읽고 보니, 그것이 이미 구병모가 그리는 판타지의 독특함을 드러낸 것이었음을 알겠다. 구병모의 스토리에 개입하는 판타지는 유별난 경험이나 기발한 상상력에서 기인한 게 아니다. 그것은 당연하게도, 그가 세상을 읽는 태도에서, 세상의 모순과 교착을 감각하는 그만의 특수한 촉수에서 발생한다. 이해할 수 있는 것과 이해할 수 없는 것을 함께 감당하려는 지적 성실함과 정서적 진솔함을 통해 그것은 형상화된다. 빛은 빛이고 어둠은 어둠이라고 생각하는 자, 보이는 것과 보는 것이 동일하다고 믿는 자, 세계의 밤은 어디에나 있다는 것을 알지 못하는 자들에게는 구병모의 소설이 그다지 흥미롭지 않을 수도 있다. 그러나 이 세계에서 우리의 욕망은 끝내 끝까지 드러나지 못함에 우울했던 자, 그러면서도 현실이라는 무대에서 이미 환상이라는 쇼를 보고 있는 자들이라면, 구병모의 짧은 이야기들에서도 몇 차례씩 오싹한 쾌감을 맛보게 될 것이다. 그의 몇 작품에 대한 우리의 독해를 소개하려 한다. 잘 알려진 정신분석 용어들이 다소 동원되겠지만 주석의 엄밀함 대신 감상의 여유로움을 더 많이 생각하면서 그렇게 할 것이다.[1]

---

1) 그 무슨 이론적 권위나 임상적 효과를 증명함이 우리의 목표는 아니라는 이유로 양해되리라 믿는다. 정신분석의 용어들을 부정확하게 사용하겠다는 뜻이 아니라 꼼꼼한 주석을 생략하겠다는 뜻이

2 욕망의 충족에서 욕망의 상연으로

모든 이야기는 환상이다. 현실을 각색(staging)한 것이라는 점에서 그렇고, 존재의 욕망을 상연한다는 점에서 그렇다. 일반적으로 환상은 주체의 욕망을 실현하는 시나리오라고 할 때, 그 시나리오가 바로 이야기다. 이런 시나리오들이 있다.

「어떤 자장가」는 잠들지 않는 아이 때문에 매일 밤 괴로워하는 엄마의 이야기다. 여자는 아이를 최대한 빨리 재우고 일을 하고 싶다. 남의 논문이나 리포트를 대신 써 주는 일인데, "그럴듯한 언어 위에 덧대어 기워서 여자 눈에는 너덜거리는 누더기라는 게 보이는데도 그 사실에 전혀 신경 쓰지 않으며 일을 의뢰한 이들이 보기에는 썩 훌륭한 언어가, 때로는 현금으로 환산되는 걸 확인하는 일"을 통해 "자신이 철저히 비경제적이고 비실용적인, 인간 이하의 인구, 즉 하나의 입에 지나지 않는다는 자각을" 잠깐이나마 잊게 해 주기 때문이다. 자정이 넘어 두세 시까지 잠을 안 자면서 엄마를 부르고, 조르고, 칭얼대는 아이 때문에 여자는 오늘도 머릿속에서 실핏줄이 뚝 끊어진다. 마침내, 여자는 아이를 세탁기에 집어넣고 세제를 풀어 돌리고, 오븐에 넣고 조리 종료 시각을 설정한다. 냉장고의 용기들을 쓸어 낸 자리에 아이를 넣고 문을 닫는다.

여자는 지금 아이가 잠들지 않는 것이 자신의 욕망을 실현하는 데 가장 큰 걸림돌이라고 믿는다. 그런데 그녀의 진짜 만족은 무엇인가. "여자가 정말로 쓰고 싶은 것은 자기 논문이다. 한 달 안에 벼락치기 수준으로 대강 모양새만 갖춰 주는 형식적인 논문 말고, 주제를 결정하는 데에만 3년이 걸렸던 자기 자신의 박사 논문." 또한 그녀는 "그토록 형이상

다. 다수의 문학비평들에서 이미 쓰이는 독법이자 이론적 측면에서 설득력을 확보했다고 여겨지는 슬라보예 지젝의 라캉 해법을 논리적 근거로 삼는다. 번역되어 널리 읽힌 『삐딱하게 보기』(시각과언어, 1995), 『이데올로기라는 숭고한 대상』(인간사랑, 2002), 『시차적 관점』(마티, 2009) 등을 주로 참고했다.

학적이고 우아한 꿈을 꾸는" 한편, "길에서 세 대 중 한 대 비율로 눈에
띄는 150만 원짜리 스토케 유모차에 넋을 잃기도 하며, 고상한 연록색과
인디고블루의 조합이라는 고정 색조로 명품의 권위와 표지를 드러내는
에르고 아기띠를 눈여겨보기도 한다."

그렇다면 그녀의 최종 욕망은, 아이를 지금 바로 재우고 글 쓰는 아르
바이트에 전념할 수 있다 해도 만족되지 않는다. 그녀도 그것을 모르지
않는다. "논문이 통과하여 학위가 나온들 삶이 획기적으로 달라질 것을
기대하지 않았지만, 지금으로선 그게 자신의 가치를 긍정하는 유일한 방
법이자, 나는 그래도 할 만큼 했으며 다른 여자들하고 똑같지 않다고 주
장할 수 있는 일종의 자격증"이라고, 그녀는 오늘도 마음속으로 중얼거
리는 것이다. "모든 종류의 자격증은 그걸 취득한 자의 내실과 무관하다
는 현실쯤 접어두고서"라는 말까지 덧붙이며 애써 뭔가에 대해 ― 최종
욕망에 대해 ― 눈을 감아 버린다. 그러니 여자가 아이에게 어서 자라고
요구하는 최종 목표(goal)는 아이가 자는 데 있지 않다. 다만 아이를 재우
는 목적(aim)을 달성하여, "자기의 삶이 그래도 조금은 형편없지 않다고
믿게 해 주는 보루"인 글쓰기 아르바이트에 매달리고 있는 현 상태를 유
지하고 싶을 뿐이다.

중요한 것은, 바로 그런 상태야말로 그녀의 욕망이 실현된 상태라는 사
실이다. 욕망은 최종적 만족에 이르러서야 실현되는 것이 아니라 욕망의
재생산, 욕망의 순환 운동과 동시에 생겨나고 충족된다. 아이를 재우려는
것은 (글쓰기로 얻을 수 있는) 욕망을 채우기 위한 것이 아니며, 오히려 아이
를 빨리 재우려는 행위 자체가 (글쓰기를 계속한다는) 욕망의 실현인 것이
다. 그것은 최종 욕망을 무한히 지연할 수 있는 상태를 유지함으로써, 즉
"욕망을 구성하는 결핍을 재생산하는 상태로 자신을 위치 이동시킴으로
써"[2] 가능하게 된다. 그녀의 불안에 대해서도 이렇게 말할 수 있다. 여자
가 습관적으로 "자신이 가지지 못했고 앞으로도 가질 수 없는 세상의 모

든 것들에 대해 초조해하는" 것은, 욕망의 대상-원인을 얻지 못해서가
아니다. 그 초조함은 차라리 대상-원인의 결핍 자체를 상실할 위험 때문
에 생겨난다. 가질 수 없어서가 아니라 가질 수 없다는 것을 알아서 불안
한 것이다. 욕망의 불만족이 아니라 욕망의 소멸이 불안을 초래한다.

다음 날 아침, 출근 준비하는 남편의 눈에 들어온 모자(母子)는 마주
보고 꼭 껴안은 채 잠든 모습이다. 그러니 저 세탁기와 오븐과 냉장고
의 사건들은 물론 실제 일어난 일이 아니고, 따라서 그 엽기적인 환영
(illusion)들은 무엇을 '의미'하는 것으로 해석될 수 없다. 그러나 그 환영
은 여자의 욕망을 상연하는 무대에서 벌어진 일들이기에 다음과 같은 사
실을 일러 준다. 현실에서 욕망은 충족되는 게 아니라 추구하는 것으로
실현된다. 현실은 그 사실을 은폐하도록 구조화되어 있고, 환상은 그 실
현을 상연함으로써 현실에 일관성을 부여한다. 그러므로 현실은 이미 환
상-구성물이며 환상은 차라리 현실의 토대 자체라고 해야 할 것이다.

그렇다면 결핍과 충족을 오가는 욕망의 순환 위에서 욕망의 실재, 그
불가능한 향락의 대상은 어디에 있을까? 「곤충도감」이라는 소설에 나오
는 다음과 같은 괴생명체를 보자. "몸속에서 맴돌던 소리가 마침내 남자
의 견갑골을 뚫고 나온다. 두 쌍의 투명하고 거대한 날개가, 바람을 휘젓
는 헬리콥터 프로펠러 같은 소리를 내며 허공에 펼쳐진 채 떨고 있다. 그
뒤편 나무가 선명히 비칠 만큼 얇은데도, 칼날조차 뚫을 수 없을 만큼 튼
튼해 보이는 네 장의 날개. 그것을 수놓은 검은 그물 무늬가, 직각으로
쏘아 대는 햇살 때문에 은색으로 빛난다. 남자의 몸은 순식간에 그 자리
에 구겨져 내린다. 거기서 한 마리의 곤충이 여섯 개의 다리를 세우며 무
거운 몸을 일으킨다." 이것은 명백히 현실적 사물-대상이 아니다. 이 일
그러진 물질 혹은 물질화된 왜상(歪像)은 무엇일까? 이런 것이야말로 상

---

2) 슬라보예 지젝, 김소연·유재희 옮김, 『삐딱하게 보기』(시각과 언어, 1995), 25쪽.

징적으로 체현될 수 없는 어떤 것의 출현이 아닐까?

산 사람을 산 채로 고자로 만든다고 해서 일명 "캐스트벅(Castration Bug)"이라 불리는 이 괴생명체는 사람의 몸속에서 호르몬 분출을 감지하여 호르몬이 증가하면 제 몸을 팽창시켜 숙주를 파멸한다. 관련 사망 사건이 연이어 발생하고 시민들은 분노와 불안에 떨지만 경찰은 아무 대응도 하지 않는다. 이것은 국가에서 성범죄자들에게 집행하는 처벌이기 때문이다. 이 반(半)생명–반(半)기계 장치는, 정상적인 성행위를 할 때에도 무차별적으로 작동한다. 이 소설의 주인공, 열여덟 살 난 여자아이는, 이와 관련된 각종 정보들을 모두 꿰뚫고 있다. 그 사람, 아버지의 아들이, 다시 우리 눈앞에 나타났기 때문이다. 무슨 사연일까?

아버지가 본처와 헤어져 아들을 데리고 우리(엄마와 나)에게 온 후, 아버지의 아들과 나는 한집에 살면서 자연스레 "교집합의 범위"를 넓혀 가게 되었고, 손을 잡거나 어깨에 머리를 기대거나 팔을 베고 잠드는 일 따위에 어색할 것이 없었다. 어느 날 그의 손가락이 쇄골을 따라 훑고 가슴으로 내려오기 전까지는. 그 일로 그와 나는 돌이킬 수 없이 멀어져 수년간 서로의 행적을 몰라야 했는데, 그가 다시 우리 앞에 돌아온 것이다. 이제 둘은 "누가 누구를 증오해야 하는지, 또는 누가 누구를 용서해야 하는지 알 수 없도록 상황이 엉켜 버렸다." 국가가 저 괴생명체를 개발하여 성범죄 전과자들의 몸속에 주입하기 시작했기 때문이다. "내 옆에 살아 있는 샘플"인 그를 향해, 나는 분노인지 절망인지 슬픔인지 모를 감정으로 괴롭다. "실은 오래전에 그를 용서했다고, 아니 애당초 그런 건 필요치 않았다고, 그가 다시 나를 찾아내 곁으로 와 줘서 고맙다고" 말할 수 없을 뿐만 아니라, (서로 사랑하는 한) 이제 둘에게 남은 건 필멸뿐이다.

이복 남매의 사랑(이라는 불가능한 합일)은 쾌락과 고통의 대상이다. 합일에 이르고자 그들이 만나는 순간, 세상의 "그 모든 양지"는 버려지고 그들은 완전한 어둠에 이르리라. 그러니 마침내 그의 육신을 찢어발기고서야 이르(지 못하)게 될 그 욕망의 대상은 무시무시한 공포에 다름 아니다. 그것은 불가능한 향락이고 그것은 억압되지 않을 수 없다. 그런데 지금, '그'가 다시 나타났고 '나'는 그를 '안 사랑하지 않는' 것이다. 저 공포와의 안전거리가 아슬아슬 위태로워졌다. 거리를 두어야 하는 현실과 절대적 가까움으로 다가온 실재 사이의 해결할 수 없는 간극에서 저 '괴생명체'와 같은 일그러진 형상이 나타났다. 검은 그물 무늬였다가 눈부시게 흰 천사가 되는 '놈'의 정체는, 차라리 불가능한 향락의 대리 구현체라고 말해야만 맞다. 그것은 아예 의미화 자체가 불가능한 어둠, 크기도 무게도 알 수 없는 공포, "은혜나 믿음 또는 양심과 같은 보편적 인간관계의 논리를 이미 넘어선 문제"가 현실에 흘려 놓은 얼룩이다. 현실이 욕망의 실재를 은폐하는 환상-구조물로 지탱되기 위해, 어떤 실재는 이렇게 현실 속의 기이한 상으로밖에 출현하지 못한다.

3 공포에서 공백으로

모든 이야기는 증상이다. 이야기는 언제나 개인적이거나 사회적인 문제(징후)들을 다룬다는 점에서, 그리고 그 문제들이란 적합한 답을 제시받을 수 있는 것이 아니라 인간사에 근본적인 어떤 원리를 매번 새로운 형태로 다시 묻는 것이라는 점에서 그렇게 말할 수 있다. 이런 이야기는 어떤가.

어느 날 잠에서 깬 한 남자는 지난밤 자기가 잠든 사이 인도 한복판에 자신의 하반신이 파묻혔다는 것을 깨닫는다. 원인도 이유도 계기도 알수 없이 그는 "묘사할 수도 받아들일 수도 없"는 장면의 주인공이 되었다. 처음에는 "타인의 불행을 간과하지 않는" 감동적인 장면들이 연출되었고, 얼마간은 "세상은 아직 살 만했고 사람들은 다정했으며 뜻밖의 불운에 고통 받는 이웃을 제 몸같이 여겼"으나, 어떤 방법으로도 그를 구출할 길은 요원하고 극적인 구조 장면도 없이 시간이 지나자 이제 그는 "사람이 아니라 누군가의 코와 입 밖으로 튀어나온 가래나 콧물 내지는 벌어진 상처에서 쥐어짠 화농액으로 간주"되어 버린다. 이 "불공평한 타락"에 대해 그는 당연하게도 "왜 다른 사람 아닌 나인가." 하는 의문을 떨쳐 버릴 수가 없다. 모든 기억과 상상을 다해 까닭을 구해 보아도 그가 세상에 대해 할 수 있는 단 한마디는 이것뿐이었다. "구멍은 어디에나 있어요."

「타자의 탄생」이라는 제목의 이 소설은 무엇을 이야기하는 것일까? 누구나 우연히 잘못 선택된 피해자가 될 수 있다는 경고인가? 생의 허방은 어디에나 있다는 깨우침? 아니면 우리 시대의 타자가 되어 버린 "6년째 고독하게 공무원고시를 준비하는 사람"의 참담한 처지를 기괴한 장면으로 돌려 표현한 걸까? 잘 생각해 보자. 중요한 건, 이 이야기에서 "나는 우연히 선택된 피해자인가" 하는 질문에 대한 제대로 된 답변은 "그렇다"가 아니라는 사실이다. 왜 하필이면 내가 이런 말도 안 되는 상황에 처했는지에 대해 어떤 필연적인 원인도 찾을 수 없지만 이것은 '우연성'과는 별개의 문제이다. 남이 해코지를 한 것이거나 자기 부주의로 맨홀에 빠진 거라면, 여러 사람 중 '우연히' 그가 곤경에 처한 상태일 수도 있다. 그러나 여기서 핵심은 그런 우연성은 저 곤경 자체와는 아무런 관련도 없다는 데 있다. 누구나 구멍에 빠질 수 있다는 게 핵심이 아니라 저런 구멍이 여기에 나타났다는 사실이 핵심이다. 왜 그런가?

하필이면 '그'가 그렇게 된 것이 우연한 결과라고 한다면, 우리는 어느새 그가 그렇게 된 것은 그 자신의 일상적 경험 안에 무슨 한계(원인)이 있었기 때문이라고 믿어 버리는 것과 같다. 그것이 어디에나 있을 수 있는 구멍이라면 누구나 그것을 피하기만 하면 된다. 그러나 그는 구멍을 못 피한 것이 아니다. 그는 그냥 있었는데 그곳이 구멍이 되었다. 그 구멍에 까닭을 댄다면 누구나 "살아오면서 들이마신 만큼 당신들이 누릴 공기의 부피를 빼앗"은 대가라는 것인데, 이는 '누군가' 선택된 예외의 문제가 아니라 '누구나' 포함된 전체의 문제다. 누구나 어느 날 갑자기 구멍 속에 처박힌다.

이것은 우리의 이해 체계를 합리적 구조로 유지하지 못하게 한다. 저 가공할, "묘사할 수도 받아들일 수도 없는" 실재 상황은, 그 상황 이전의 일상생활을 아무리 돌이켜보아도 감당할 수가 없는 차원의 것이다. 그는 아무것도 "도무지 기억나지 않는다." 우리의 이해 체계도 따라서 "밤의 허리를 면도칼로 베어 낸 듯" 틈어지고야 만다. 이 이야기에서 그의 '기억상실'은 가장 의미심장한 것이다. 그가 우연한 피해자였다면 기억이 그토록 깨끗하게 잘려 나갈 이유도 없다. 그러나 이 괴이하고 황당한 상황에는 그의 기억상실이 반드시 포함되어야 한다. 이야기가 현실의 구조를 하나의 형식 — 서사 — 으로 파악할 때 그 안에 포함되지 않을 수 없는 어떤 역설적인 인자, 그 내부의 구성 요소이면서 그것의 비합리, 균열 등을 드러내는 일종의 증상이 바로 그의 기억상실이다. 이 소설을 한 인간의 원인 모를 불운에 대한 기괴한 상징으로 환원할 수 없게 하는 잔여물, 극단적인 환상의 논리를 타협 없이 추구할 때 생겨나는 환상의 와해 지점, 이 모든 환상을 가능케 하는 근원적인 환상인 동시에 환상이라는 논리 자체의 비논리, 환상 자체의 실재성으로 남아 있는 견고한 중핵. (그가 도무지 기억할 수 없는 한 이 모든 소동은 아직 끝나지 않은 그의 악몽일 수 없을까?)

이 중핵으로부터 마침내 도출된 것을 이 소설의 제목은 가리키고 있다. "타자의 탄생". 이 제목에서 '타자'는 주인공인 '그'의 타자가 아니라 그를 바라보는 자들의 타자, 즉 '그'다. '그'라는 주인공은 주체가 아니라 '타자들의 타자'로 탄생한 것이다. 주체(의 위치)는 정해져 있는 것이 아니라 타자의 타자로서 이렇게 생겨난다. 요컨대 현실이라는 상징적 질서의 중심에 뚫려 버린 불가해한 구멍과 함께 '타자의 타자'라는 주체의 자리가 출현한다. "주체는 큰타자의 질문에 대한 응답이 지닌 불가능성의 공백이다."[3]

큰타자의 공백, 즉 상징적 질서의 논리가 궁극적으로 전체화되지 못하도록 작동하는 어떤 불가능은, 상당히 리얼리스틱한 소재를 통해서도 구병모 소설에 잘 드러나 있다. 「고의는 아니지만」을 통해 한 번 더 생각해 보자. 살해당한 유치원 교사 F는 언제나 교육자로서 최선을 다해 왔다. 그녀는 아이들에 대한 세심한 배려로 "가정에서의 준비 및 관리가 부실한 원아일수록" 소홀하지 않았다. 아이들을 준비물 이외의 기준을 적용하여 갈라놓지 않았고, "블랙리스트에 오른 아이들을 각별한 정성으로" 살피고자 그 아이들만 '따로' 모아 주요 무용단에서 '제외'시켜 준비가 수월한 다른 원무를 시키기도 한다. 그녀는 언제나 "자신이 하는 일에는 충분히 그럴 만한 이유가 있고 다른 대안이 없다고 믿었는데, 그도 그럴 것이 그녀는 열다섯 명의 원아를 공평하게 돌보고 지도해야 했"기 때문이다. 심지어 그녀는 "변명하지 않겠습니다 모두 제 잘못입니다 그 어떤 시험에 들어서도 아이들에게 그런 폭언을 해서는 안 되는 거였어요……"라고, 고의로 한 일이 아닌 데 대해서도 참회까지 할 참이었다.

먼저 이런 묘사들에서 재밌는 것은, "성실한 교사의 표본"에 대한 그녀의 믿음과 매 상황에 대처하는 그녀의 행위 사이의 간질간질한 간극이다. '세심하게', '다만', '관리하기 용이하도록', '뿐인데', '순전한 우연', '변명', '잘못', '충분히 그럴 만한', '그도 그럴 것이', '수밖에 없는 상황' 등과 같은 어사들이 다 그 간극의 주위에서 오글거리면서, 모든 일은 그녀가 그렇게 한 것이 분명하지만 '고의는 아니'라고 말한다. 오직 준비물

---

3) 슬라보예 지젝, 이수련 옮김, 『이데올로기라는 숭고한 대상』(인간사랑, 2002), 302쪽.

을 기준으로 아이들을 갈라놓은 것만이 그녀의 고의였고 절대 고의로 아이들을 차별하지 않았는데, 그녀는 죽임까지 당한 것이다.

고의가 아니라고 주장하지만 사실은 고의였다는 뜻인가? 그녀가 더 사려 깊었어야 했다는 말인가? 아니, 그녀로서도 더는 어쩔 수 없었다. "그래서 나더러 대체 어떻게 하란 말이야."라는 그녀의 절규는 거짓도 변명도 잘못도 아니었다. "그들 중 누구도, 충만한 악의를 가지고 일부러 그런 사람은 없었다."라는 진술 또한 거짓이 아니다. 다만 충만한 악의란 대체 무엇인가? 선의는 또 어떤 건가? 어디까지가 고의고 어디서부터 고의가 아닌가? 등의 의문에는, 그녀도, 또 다른 누구도, 아무도 대답할 수 없다는 사실만이 진실일 것이다. 우리의 행위에는 이미 고의와 고의 아닌 것이 뗄 수 없게 얽혀 있다. 누군가의 선의와 악의는 기실 명확히 구별되지가 않는다. 우리의 말과 행동에 의식과 무의식이 따로 있지 않듯이 말이다. 우리는 우리가 하는 일을 알지 못한다.

그러므로 그녀의 죽음에 궁극적 원인은 없다. 절대 건드려서는 안 될 키였던 그 말, "너희도 커서 너희들 엄마 아빠처럼 저런 일 하면서 살고 싶어!"라는 말을 안 했더라면? 그 말을 한 것보다는 그 말을 철조망 너머의 인부들이 들은 게 문제였으니 그들이 듣지 않았더라면? 만취 상태의 그 용의자 역시 "절대로 일부러 그런 게 아니었고" 목을 쥔 손에 힘이 너무 들어가서 그리 됐다 하니 그가 술에 취하지 않았더라면? 이런 가정 이전에, 그녀의 저 결정적인 실수는 아이들이 준비물만 잘 챙겨 왔더라면 없었을 것이고, 아이들의 준비물은 밤늦게까지 일하면서 보수는 넉넉지 않은 그들의 부모가 알림장을 하루도 빠짐없이 체크하는 "특별한 기민함과 신경증적 집착"을 보였더라면 잘 챙겨졌을 것이었다. 보다시피 그 원인이란 이렇게 왜곡되고 빗나간 식으로 소급될 뿐이지 원인 그 자체란 있지 않다. 다만 이런 소급적 구성을 통해 원인으로 추정되는 일련의 효과들만이 현실이라는 계기들의 연속을 이룰 뿐이다. 이 연속의 막

다른 지점에는 '가능하지 않은' 원인 자체가 있으며, 그러므로 그것은 부재의 한계, 공백의 있음이다.

「고의는 아니지만」은 교묘하게 문제적인 소설이다. 이것은 명백히 현실의 어떤 문제——가령 자본주의 사회의 계급 문제——를 다루는 것인데, 이는 마치 사회적 불평등의 메커니즘 안에서 개인에게 가해지는 폭력성의 문제를 객관적 시선으로 그려 내는 듯한 느낌을 준다. 그러나 이 소설이 결국 알려 주는 것은, 우리가 어떤 편견으로부터 벗어나 객관적인 시선으로 유치원 교사 F의 죽음을 이해하려 노력한다 해도 그것을 궁극적으로 불합리하게 만드는 한계에 대해서다. 그 한계란 다시 말해 상징적 질서에 포함되지 않으면서 상징적 질서의 한복판에서 작동하는 어떤 '적대'이다. 이 소설은 현실의 (상징적) 질서를 인식함으로써 거기에 오류가 있다고 말하는 것이 아니라 현실의 질서를 인식하는 데 실패할 수밖에 없는 적대를 떠안음으로써 그 한계를 상기한다.

4 상처에서 매혹으로

모든 이야기는 상처에 관한 이야기다. 실재의 외상(trauma)을 환기한다는 점에서 그렇고, 상상적 의미의 거세(castration)가 낳은 상징적 구조라는 점에서 그렇다. 그것은 고통이 실존의 구현임을 알게 하고 주체가 사로잡혀 있는 상징적 네트워크와 주체의 관계를 고려하게 한다. 거의 온몸이 상처와 같은 존재를 그린 이런 이야기를 보자.

「아가미」는 귀 뒤에 "칼을 수직으로 꽂아서 도려내다 만 듯한 곡선의" 깊은 상처-아가미를 가진 한 남자, '곤'에 관한 이야기다. "조금 어긋나게 덮은 뚜껑 같은 상처 사이로 한 올의 실만큼 드러난 진홍빛 살이 두근거리는 심장의 움직임"을 하고 있는 그것, 아가미는, 상처이자 숨구멍이다. 곤이 날 때부터 있던 것인지 물속에서 불현듯 생겨난 것인지는 알 수 없지만 "희박한 산소를 찾아 호흡하려는 태곳적 기관의 발현이자 몸부림"(39쪽)만은 분명해 보였으니 그것이 한 인간의 고통을 증거하는 흔적임에는 틀림없다. 그러나 그것은 고통의 흔적이기는 하지만, 그를 죽지 않게 하기 위해 두껍게 응축된 '삶'의 표식이기도 해서, 그의 존재 자체라고 해도 지나치지 않다. 그것은 그를 숨 쉬게 하는, 그의 생명이다.

그러나 그것은 진화한 인간에게는 있을 수 없는 것, 퇴화했어야 할 흔적이다. 그것은 곤의 육체에 남은 '기관'이지만, 곤의 육체가 실제로 포박되어 있는 인간적 사회적 현실에 그것은 포섭될 수가 없는 것이다. 한 인간의 신체로 통합될 수 없는 그것은 상징적 현실 안에서는 '비정상성'의 표지일 뿐이어서, 곤을 파멸시킬 수도 있다. "한 마리의 생선이 되어 도마 위에서 토막"날지도 모른다는 공포에서 곤은 한 번도 자유롭지 못했다. "혐오감과 시각적 충격은 순간에 불과하며 그 이상 누구에게도 피해를 주지 않는데도" 곤은 본능적으로 그것을 숨기려 한다. 그래서 그것은 신체에 흉터처럼 새겨진 상처일 뿐만 아니라 또 다른 의미의 상처, 공포에 떠는 정신의 고통이 된다.

이 소설은 이 특별한 인물 '곤'의 이야기지만, 곤이 자신을 표현하는 이야기가 아니라 그를 바라보는 자들이 곤에 관해 말하는 이야기다. 서두를 평범한 회사원('해류')의 '목격담'으로 열었듯, 곤의 주체성이 드러나기보다 곤을 보는 시선들이 모여 곤이라는 대상이 형상화된다. 곤이 주체화되는 이야기였다면, 아가미라는 상처의 상징성보다는 그것을 비정상적인 것으로 치부해 버리는 상징적 현실의 아둔한 사악함이 좀 더 힘주어 이야기되었을 것이다. 그의 '상처-생명'인 것이 "또 다른 의미의 상처"가 되고야 마는 세상의 무지와 폭력에 대해 말이다. 혹은 그 '비정상적인' 존재가 이 포악한 세상에서 어떻게 숨지 않고, 다치지 않고, 죽지 않고 살 수 있을까를 더 많이 고민해야만 했을 것이다. 그런데 이 소설에서 '곤'은, 거의 철저하게 대상화된다고 말해도 될 만큼 '보여지는' 존재다. 곤은 줄곧, 해류, 강하, 이녕 들에 의해, '빛나다', '귀하다', '예쁘다' 등으로 표현되고, 궁극적으로는 '살아 달라'로 소망된다. 명백히 그들에게 곤은 아름다운 것, 눈부신 것, 신비로운 것, 심지어 신성하고도 경건한 것이다. 이 소설에서 '곤'은 '매혹'이다.

강하는 자기도 모르게 그 눈부신 빛 더미에 손을 얹고는 손가락 사이사이로 비치는 빛살과 그것이 만드는 색의 변화를 감상했다. 그 색의 미묘한 변주는 엄마가 있었을 적에 꼭 한 번 가 보았던 성당의 창문마다 고결하고 신성하게 빛나던 스테인드글라스를 떠올리게 했다.(80쪽)

사람들은 이 광경에 사로잡혀 있었다. 상황부터가 아름다운 한 폭의 그림과는 거리가 멀었으나 저마다 얼굴에 드러난 표정은 두려움에 더하여 매혹된 모습에 가까웠다. 아이는 부드럽고 매끄러운 몸짓으로 호수에 떨어져 긴급한 순간이라는 위기의식을 모두의 마음속에서 제거하는 대신 유리처럼 투명한 물속 공원으로 소풍이라도 떠나듯 가볍고 자유로운 몸놀림과 함께 신비롭게 산란되는 단백광을 온몸으로 반사함으로써, 저 아이라면 뭔가 어떻게든 해 줄지도 모른다는 비현실적인 믿음과 더불어 일종의 신성하고도 경건한 감각을 불러일으켰다.(86쪽)

아이의 등은 햇빛을 자주 받은 듯 적당히 타고 균형 잡혀 있으며 탄력이 넘쳐 보였는데 아이의 견갑골이 움직일 때마다 현란한 빛이 났다. 그 빛은 그녀가 지금 걸고 나온 목걸이에 박힌 보석인지 유리 조각인지 모를 것하고는 비할 바가 아니었다. 햇빛을 얻어 반사해야만 빛나는 구차한 물리적 존재들과 달리, 아이의 등에 돋아난 것은 그 자체가 빛의 절대량을 보유하고 있어서 그토록 청완하고 눈부신 것만 같았다.(130쪽)

이렇게 곤에게 매혹당한 자들은, 돌연변이 곤을 '비정상'으로만 여기지 않는다. 곤은 비정상이라기보다는 '비인간적'인 형상이다. 곤에 대한 묘사들에서 중요한 비늘-빛의 이미지가 알려 주듯 그것은 동물(비늘) 혹은 신성(빛)이라는, 인간 이외의 영역으로 비약하면서 인간-결핍 혹은 인간-과잉의 의미로 나아간다. 따라서 곤은 인간이면서 동시에 비인간이다. 그의 아가미와 비늘은 우리가 '인간'으로 이해하는 부분을 부정하지만 아가미와 비늘을 가지고 그가 취하는 선행(善行)들은 고유한 '인간됨'의 넘침이기도 하다. 곤을 바라보는 자들이 매혹된 것은 바로 이것, 인간의 형상으로부터 발산되는 인간 이전/너머의 것, 어떤 비/인간적인 것이다. 그리고 그것은 끝내 잡을 수 없고, 손에 닿기 직전 사라져 버린다. "마침내는 한 개 점으로 멀어"(20쪽)지거나 "이미 저만치 멀어져 있"(187쪽)거나. 이녕의 꿈속에서 늘 놓쳐 버리고 마는 고래처럼. "조금만 더 있으면 꼭 내게로 올 것만 같거든. 하지만 그 순간 깨 버리는 거야."(124쪽) 혹은 "아무리 괴롭혀도 도망치지 않는, 실은 그러면서도 정말로 도망치게 놔두기를 원했는지조차 스스로도 혼란스러웠던 존재"(105쪽)처럼.

그런데 이 '비/인간적인 것'이 왜 매혹적인가? 왜 그토록 아름답게 보이는가? 사실 그것은 자기를 알아보는 이들에게만 매혹적인데, 왜냐하면 그것은 바라보는 이들을 왠지 초라하고 부끄럽게 만들기 때문이다. 가령 곤의 아가미는 "그것이 존재하지도 않고 존재할 수도 없다고 생각하는 이들에게는 하나의 흉터이고 공포일 테지만, 그 상처를 자신 또한 갖고 있을지 모른다고 여기고 기억하고 예견하는 이들에게는 하나의 숨구멍이자 매혹"(최정우, 『아가미』 해설 — 강조는 인용자)이다. 그것은 스스로 치료되거나 사라져야 할 잔여물/잉여물이면서도 자기를 살게 할 뿐만 아니라 다른 인간들까지 구원하는 역설적인 생명(물질)이기 때문이다.

이 역설적인 자리에서 그 비인간적인 것이 하는 일은, 과연 '인간이란 무엇인가'를 새삼 묻는 일에 다름 아니다. 인간(의 자리)에 대한 모든 규정은 비인간적인 것들(의 자리)에 비추어 가능한 게 아니냐는. 그 무언의 질문을 알아들은 자들은 알 것이다. '인간'이라는 것은 언제나 임의의 서사적 구성임을, 그것은 언제든 ('인간'이라는) 상징적 속박을 벗어난 생명-물질의 집요한 잔여/잉여 위에서 다시 규정될 수 있음을. '다시 규정되는 인간'. 우리를 매혹한 것은 지금 존재하는 (비)인간이 아니다. 지금은 아니지만 언젠가 존재할, 그러리라 믿어지는, 그런 인간이다.

5 부정성과 함께

다섯 편의 구병모 소설에 대해 이러저러한 이야기들을 했다. 좀 엉뚱할 수도 있지만 오독을 겁낼 필요도 없다. 물론, 오독은 없다. 「위저드 베이커리」의 고객처럼 우리의 독서는 무책임할 수 없기 때문이다. "모든 마법은 자기에게 그 대가가 돌아오는 것을 전제로 합니다. 자신의 행위로 인한 결과를 책임질 수 있는 분만 가입하시기 바랍니다."(63쪽)라는 경고는 충분히 고지되었다. 또한 우리가 '읽은 것'은 작가가 '쓴 것'과도 별개라고 여겨야 한다. 모든 마법은 마법사가 한 게 아니라 우리 "자신이 한 일"(145쪽)이니까. 마법사는 단지 우리를 속박하는 이미지가 좀 더 살아 움직이도록 도울 뿐이"(145쪽)고, 우리가 읽은 것은 작가도 알지 못하는 사이 생산된 무엇일 수도 있다.

작가라는 마법사들은 대체로 세상이 왜 이렇게 돌아가는지에 대해 좀 아는 편이다. 어떤 쾌락과 어떤 고통이 바로 거기에서 그렇게 발생할 때, 그 까닭과 원인을 상상하기 위한 자기 시각(vision)을 가지고 있는 것이다. 구병모의 시각이라면, 「위저드 베이커리」에 나오는 "숙명과 현상의 관계", "물질계의 균형", "단지 존재가 과잉 존재" 등의 구절들이 암시해 주는 것일 듯하다. 아니 그보다도 실은 그가 세상의 현상들을 '서사화'하고 있다는 사실 자체가 이미 그가 고유한 비전을 소유한 마법사임을 알려 주는 것일 테지만.

그러나 마법사들이 어떤 비전을 통해 세상의 현상을 이야기한다 해도, 혹은 이야기하면 할수록, 그들은 이해 가능한 부분보다 이해 불가능한 부분이 자꾸 더 나타난다는 사실을 깨닫지 않을 수가 없다. 그런 때 구병모는, 그러한 불가능성을 가능한 표상(묘사) 안에서 찾으려 하기보다 가능하지 않은 논리(서사)로써 돌파하려는 편이다. 파랑새 소녀, 물고기 남자, 반생명 반기계 괴물 등의 형상과, 세탁기에 아기 돌리기, 재봉틀로 눈물샘 꿰매기, 인도 한복판에 처박히기, 새 떼에게 뜯어 먹히기 등의 모티프들은, 사물이나 현상을 잘 표상—그것이 재현이든 상징이든 우화든—한 것이 아니다. 그것들은, 사물이나 현상을 탐색하는 데서 마주친 실패의 경험을 서사화할 때 어쩔 수 없이 나타나는 일그러진 상(像)들이라고 해야 맞다. 그의 이야기가 다소 기괴스럽고 혼란스러웠다면 그 까닭도 여기서 이야기될 수 있다.

어쩔 수 없이도, 이야기하는 마법사-작가들은 올바른 하나의 비전이라는 것, 혹은 각 부분들 사이의 관계가 유기적이고 상보적인 세상 같은 것, 그런 건 '없다'고 생각하게 된다. 만약 그렇게 믿게 만드는 현실이 있다면 그 현실이야말로 환상-마법일 것이라고 말이다. 구병모의 소설들 역시, 이야기란 현실로부터의 도피처로 기능하는 게 아니라 오히려 어떤 어긋남과 간극, 어떤 '부정성'과 함께 현실을 살게 하는 마법으로 기능하는 것임을 일깨운다. 그런 일깨움 덕분에 우리는 이야기와 환상 혹은 이야기와 욕망에 대해, 항상 알고 싶었지만 정신분석으로 묻기 어려웠던 것을 구병모의 소설에서 한 번 물어볼 수 있었다. 다시 말하지만 물론 이 대답은 마법사의 책임을 떠나 있고, 우리의 책임은 독서의 즐거움으로 이미 다했다.

(2011)

독법의 문제와 문제의 독법
— 한유주 소설 읽기

많은 이들이 이것은 시와 같다고 했다. 독백조의 웅얼거리는 말들은 모호해서 묘사는 파편적이고 그것들을 연결하는 고리로서의 서사는 지워져 있어 이야기로 읽히지 않으니 단점으로서 그렇다고 했다. 혹은 의미와 이미지가 분리되지 않으면서 의식의 움직임이 유연하게 담기는 언어 구사가 시적 언어의 아름다움에 필적하므로 장점으로서 그렇다고 했다. 장르적 관습에 비추어 이상하다고 혹은 새롭다고, 편안한 문장들의 익숙함에 비추어 어렵다고 혹은 아름답다고 말하는 것은 너무 당연하거나 안 해도 되는 말이다. 글을 쓰는 자는 소설이라는 이름을 법칙이나 권위로 받아들일 필요가 없고 글을 읽는 자에게 읽기 어려운 문장은 나쁜 것도 아름다운 것도 아니기 때문이다. 사람들이 이야기를 잘 알아듣지 못하는 까닭은 대개 이미 만들어져 있는 이야기의 양식적 틀에 이것이 꼭 들어맞지 않아서일 테지만 관습과 틀을 존중할 필요와 욕망이 작가에게 필수적인 것은 아니다. 마찬가지로 한심한 독자가 아니라면 소설적 전통과의 근사성을 따져 작품의 장단을 논할 마음을 먹지 않는다. 요컨대 우리는 한유주의 문장들을 시와 같다, 소설이 아니다, 라고 판명하지 않는 것이 좋겠다. 여기에 소설도 시도 아닌 '에세이'라는 이름을 붙인다고 더 유효한 분류가 되는 것도 아니다. 다만 에세이라고 부르고자 할 때의 정신만 가져오고 명칭은 부르던 대로 소설이라고 하자.[1]

첫 번째 소설집(『달로』) 이후로 마치 한유주 소설 읽기의 매뉴얼처럼 자리 잡아 가는 두 개의 독법이 있다. 하나는 있는 것을 파악한 것이라면 또 하나는 없는 것을 감안한 것이다. 있는 것은, 세계에 대한 묵시록적 관념, 말과 이야기 문화에 대한 혐오, 존재의 야만성에 대한 암울한 성찰, 운문적 특성을 지닌 수사의 원리 등이다. 이것들은 한유주 소설에 지속적인 모티프가 되어 유사한 분위기로 출현한다. 없는 것은, 행동이라 할 만한 인물의 결단과 사건이라 할 만한 화자의 개입이다. 일반적으로 서사의 규율을 이루는 행동과 사건이 전면화되지 않기에 한유주의 소설에 서사가 없다는 진단은 때로 자명한 것처럼 여겨지기도 한다. 매우 한정적으로 정리한 이 두 개의 독법은 그러나, 한유주 소설에 합당하지 않은 건 아니지만 한유주 소설에만 합당한 것도 아니다. 있는 것으로 열거한 저 모티프들은, 문명 세계의 타락을 경험하고 제 안의 심연을 탐사한 후 돌아와 글을 쓰는 동시대 주체들의 관심사 안에서 특별할 것 없는 요소들이기도 하다. 없는 것으로 제시한 서사의 규율은, 근대소설적 전통 문법의 효용만을 믿을 수 없게 된 이른바 포스트모던 주체들의 실험 방법 중 비교적 가장 일반적인 원리가 아닌가. 물론 그렇다고 해서 한유주 소설의 신선함과 실험성, 특이함과 독창성이 가려지는 건 아니다. 다만 독법(讀法)은 독법(毒法)이 될 수 있으니 그와 무관하게 우리의 독서가 시작되어야 하리라는 건전한 취지쯤으로 들어 주시길. 보통은 읽을 수 있는 방법을 가리키는 말이 독법이지만 읽을 수 없는 방법을 생각해 보는 독법은 어떨까. 저 독법이 매우 유용해지거나 전혀 무용해지는 지점들은 어디인가.

---

1) "한유주의 어떤 소설도 전통적인 소설과는 무관한 언술로 쓰였다."라는 점에서 "전통적인 소설 문법의 일탈로만 간주할 필요" 없이 "소설적 '에세이'라고 보아야 옳지 않을까?"라고 했던 권혁웅의 견해(「이 글들을 무어라 부를까?」, 《문예중앙》, 2007년 겨울)를 존중하지만 소설 장르의 잡종적 성격에 비추어 한유주의 글을 소설이라 부르지 말아야 할 까닭이 없다는 작은 뜻이다.

문제는 이야기가 아니다

세계가 진부해져서 "세계의 모든 이야기는 어디선가 전해 들었"(10쪽)[2]던 것이라는 선언은 실로 과감하게 들렸더랬다. "처음의 몇 페이지를 넘기기 어려운 이야기들"은 지겹고, "빛바랜 수사와 다닥다닥 붙은 행간들"(13쪽)의 흔해 빠진 문장이 나를 먹어 치우곤 하는 이 세계에서, 한유주의 화자들은 태초의 이야기를 찾아 고대의 신화적 세계로 떠나거나 각종 미디어에 매개된 텍스트의 세계를 탐사한다. 특이한 것은, 이야기가 지겨워졌다면서도 이야기를 듣지 않고 하지 않는 것이 아니라 어쨌든 다른 이야기를 또다시 찾는다는 점이다. 「달로」의 모든 사건 혹은 그것이 펼쳐지는 장면들은 "⋯⋯이야기를 알고 있다", "⋯⋯이야기를 전해들었다", "먼 옛날의 이야기로⋯⋯" 등의 언사로 제한되는데, 이 언사들은 '이야기'라는 형태의 말들을 거부하기 위한 것일까, 아니면 세상 모든 이야기에 그야말로 '들려 있는' 상태를 표출한 것일까? 과감하게 들렸던 저 말을 다시 들어 보자.

지겨운 이야기들, 처음의 몇 페이지를 넘기기 어려운 이야기들과 빛바랜 수사와 다닥다닥 붙은 행간들이 버섯의 몸이 되어 주었다. 몸, 몸들, 몸, 몸에서 돋아나 몸을 먹어 치운 입. 입들, 입, 입으로 삼켜져 다시 몸이 된 몸, 몸들, 몸, 몸에서 몸으로 많은 이야기를 전해 준 입, 입들, 입, 입이 탐했던 몸, 몸이 탐했던 입, 입들, 입과 몸, 몸, 몸들에게서 나는 많은 이야기를 전해 들었다. (13~14쪽)

이야기는 말하는 입이면서 곧 그 입이 낳은 몸이기도 하고, 이야기라

---

2) 이하 『달로』의 작품을 인용할 때는 괄호 안에 쪽수만 적는다. 그 외의 작품은 괄호 안에 작품명과 작품이 실린 잡지명을 표기한다.

는 몸은 말하는 입이 탐할 수밖에 없으니 입에 삼켜져 다시 말하는 입을 통해 세상에 나온다. 입과 몸이 이야기에서 만난다. 이야기는 그냥 말(입)이 아니고 세상(몸)이다. 빛바랜 수사의 이야기들은 세상(몸)이지만 다른 말(입)로 돋아난다. 여기에 '지겨운' 이야기와의 끈질긴 싸움이 있는 것은 맞다. 그렇지만 세상의 모든 이야기에 집어삼켜진 나에게, 이야기의 존재란 부정되지 못하고 세상이 존재하는 방식으로 인정되어야만 하는 것이다. 말에 대한 욕망은 듣는 것이든, 뱉는 것이든, 부끄럽지만 '있는' 것이었다. "무수히 많은 이야기들이 도시에 흘러넘"칠 때, "이야기들이 서로를 질투하고, 베껴 대고, 급기야는 한 몸이 되는 동안, 사람들이 버릇처럼 침묵했고, 버릇처럼 절망"(52쪽)한 것은 이야기가 부끄러워서가 아니라 이야기의 불가피성이 부끄러워서다. "치장된 언어는 윤리적으로 거짓말보다 더 나쁘"기 때문에 우리는 "닥치는 법을 배워야"한다지만, 입 닥치고 있다고 해서 "이 텅 빈 상태가 사라지지 않는다."면 말이다. "거부. 무엇에 대한?"(110~101쪽)이라고 되물을 때, 그야말로 "우리는 레토릭으로 무장된 세대"(111쪽)라는 사실을 절박하게 인정한 것이다. 완전한 묘사는 불가능하기에 수사는 빛을 바래고, 그런 지겨운 이야기들은 차라리 침묵을 강요하지만, 그럼에도 자꾸만 말하고자 하는 것이 인간이다. 문명(과 동시에 야만)을 지닌 인간은 "말하고 싶다. ……말하고 ……싶다."(227쪽)

　　그래서 침묵하지 않은 그의 모든 말들도 결국 이야기가 된다. '음유시인의 읊조림'으로서만 들리는 것 같았던 「죽음의 푸가」, 「세이렌 99」, 「암송」까지도, 진부한 세상, 진부한 이야기를 벗어나기 위해 길 찾는 자의 탐색과 그에 따른 관념의 형상적 배치로 만들어진 한 편의 '이야기'라는 말이다.[3] 이야기라고? 그렇다, 경험 현실의 인장이 찍혀야만, 세속과

---

　3) 첫 소설집 『달로』에 대한 비평은 수적으로도 충분한 편이다. 서사에 관해서만 고려할 때, 그 비평들 각각은 서사의 파탄을 비판하기도 하고 파탄의 불가피함을 옹호하기도 하지만 어느 편이나 스토리를

대중으로부터 괴리되지 않는 일상의 외양이 나타나야만, 이야기가 성립된다고는 믿지 않는다. 인류와, 인류의 문명과, 인류의 문명의 전체적인 세계상이 한꺼번에 조망되곤 하는 이 이야기들에 서사성의 대표적 조항인 시간의 연속성이나 물질세계의 구체성이 빠져 있는 것은 사실이다. 실체적 형태, 논리적 근거, 심리적 단서 등을 거부하는 그의 말들은 한번의 출현으로는 뭔가를 남기기보다 곧바로 사라져 버리는 쪽이다. 시작도 끝도 명확하지 않고 선형적인 질서도 원환적인 흐름도 거부하기 때문이다. 그러나 어떤 구문, 문장, 장면 등이 거푸 나타남으로써 이전의 출현을 다시 상기시키고 그러면서 희미하게나마 흔적을 남길 때, 그 흔적들은 그만의 특이한 이야기를 가까스로 형성해 낸다. 여러 번의 덧칠 이후 겨우 알아볼 수 있을 만해진 윤곽이 곧 "극소량의 이야기"(이인성)라 불리기도 했던 그것의 형태다. 그 윤곽을 더듬다 보면 가끔은 의도된 배치로 인한 리듬적 통일성이 발각되기도 한다.[4]

『달로』이후의 소설들에서는 한결 그 형세가 확연해졌다.『달로』에서는 정체를 알 수 없는 익명의 화자가, 세계에 맞서기를 행하는 것이 아니라 세계에 맞선 자기에 관한 진술을 죽 이어 갔다면, 이후의 작품에서는 길을 떠나고 타인을 만나고 세계를 거닐면서 자기를 드러내는 서술들이 눈에 띄게 늘어났다.[5] 세계의 운명을 읊조리던 익명의 화자는 자기의 생을 발화하는 일인칭 '나'가 되었다. 가령 「육식식물」(《현대문학》,

---

간추리면서 비평적 분석을 행하지는 않았다. 불필요하거나 불가능했기 때문일 것이다. 그 비평들 이후에 쓰이는 이 글에서는 소설집 『달로』의 각 작품에 관한 각각의 해설적 서술은 생략한다.

4) 「죽음의 푸가」에 대한 허윤진의 분석을 참고할 수 있다. "「죽음의 푸가」가 "천구백사십이 년" "천구백사십오 년" "천구백칠십팔 년" "천구백구십오 년"과 같은 연도를 중심으로 서사를 분절하는 것은 시간 단위의 반복을 통해 서사를 구조화하고, 죽음의 '푸가'라는 명칭에 걸맞게, 주제를 재현하는 하나의 성부(聲部)를 다른 성부가 따라가면서 모방하는 대위법적 양식을 드러낸다." 「Sonogram Archive Serial Number 6002」, 『5시 57분』(문학과지성사, 2007), 31~32쪽.

5) 『달로』의 「작가의 말」 마지막 문장이 "카메라를 샀다."였던 것이 기억난다. 카메라를 든 화자와 그렇지 않은 화자는 분명 다를 것이다.

2007년 12월)의 화자는 외할아버지의 장례식에 가던 1999년 겨울의 '나'
에다가 2003년 애인과 이별하는 '나'와 열 살부터 열두 살까지 외할아버
지와 함께 살았던 어린 '나'가 중첩된 자다. 아들의 차를 타고 저수지로
돌진하여 죽음을 택한 외할아버지와 그를 둘러싼 외가 식구들의 모습,
엄마 아빠의 인상까지 압축적으로 스케치되어 있다. 스케치라고? 그렇
다, 기승전결의 드라마는 없지만 할아버지의 죽음을 둘러싼 식구들의 반
응과 그에 관한 화자의 몇 마디가 덧붙음으로써 사건과 인물 사이의 상
호 관계를 드러내는 선명한 밑그림이 그려진다. 가령 너무 오래 살았다
고 말해진, 이를 잃고 말을 잃었으나 청력을 잃지 않아 불행했을 외할아
버지 '당신'의 모습은, 지뢰밭에서 발목을 잃은 전우에 대한 죄책감을 평
생 버리지 못하고 살았던 순정한 인간으로 인화된다. 어린 시절 병원에
가지 않겠다고 울어 대는 딸의 뺨을 때렸던 엄마에 대한 기억은, 예기치
못한 외할아버지의 죽음으로 인해 뺨을 때리는 외삼촌들 간의 분란을 서
술한 부분과 만나 이 집안의 어떤 분위기를 순식간에 살려 낸다. 이야기
의 선조적인 구조를 완전히 흩뜨리고도 파편으로 존재하는 장면들을 한
데 모으게 하는 내적인 동력이 여기엔 있다. 마침내 우리는 이 소설을,
외할아버지의 장례식을 찾아가던 길에 얽힌 하나의 '서사'로 기억하게
된다.

　이런 정도라면 한유주의 소설에 '서사가 없다'는 판단은, 그것이 비판
이든 옹호든, 일단 그의 소설을 읽는 데 중요한 전제가 아니어야 한다.
그가 '이야기' 자체를 거부한다는 진단도 부분적 문면에서 도출된 속단
일지 모른다. 그러니까 이것은 작가 자신의 말이기도 한데, "서사의 규
율은 없(었)으나 규칙은 있(었)다"(「허구 0」, 《자음과모음》, 창간호)는 것이
다. 인물이 전형적이고 사건이 선형적이고 상황이 정형적인 그런 규율을
요구하는 것만이 서사가 아니라면, 특히 『달로』 이후의 소설들에서 한유
주는 의도적인 규칙을 충분히 활용하여 서사를 구현하고 있는 것으로 보

인다. 서사의 기본 원리라면 무엇보다도 '배치'가 아닌가. 선택, 분절, 연결 등의 작업이 배치의 기술이다. 배치에 대해서라면 사실 한유주만큼 철저한 작가도 없을 정도다. 『달로』에서부터 구절 단위, 문장 단위의 반복과 열거는 물론, 하나의 주제를 상이한 시간 층위에서 재현하는 장면들을 나열하는 기법도 자주 동원되었다. 작년 여름에 발표한 「되살아나다」(《문장웹진》, 2008년 7월)의 경우에도, 산만한 장면들을 어디선가 유기적으로 전환시키는 규칙, 그 최소한의 기제가 있다. 이를테면 반복 같은 것. 부산에서 태어난 그녀, '이국의 언어로 노래'하는 '당신'을 때때로 생각하는 것과 그녀를 알지 못했던 스무 살의 나를 떠올리는 것, 그 도시 부산에 갔던 기억과 기억의 소실, 할머니와 라면을 끓여 먹던 아이('나')와 할머니의 죽음을 받아들여야 했던 순간 등을 단속적 장면으로 교차시키면서 반복을 만들어 낸다. 비슷한 시기에 발표된 「재의 수요일」(《세계의 문학》, 2008년 여름)의 경우라면 더욱, 일요일부터 다시 일요일에 이르는 시간의 표지가 있고, (불)가능한 상상 속인지 몰라도 '그'의 일상적 행위가 핍진하게(!) 묘사되며, 심지어 '나'와 '그'의 리얼한 대화가 따옴표와 행갈이를 동반하여 나타나 주고 있으니 그야말로 이것은 완연한 '서사'로서의 소설이 아닌가. 시간 표지는 '나'와 '그'의 한 주일을 겹치게도 하고 달라지게도 하면서 같은 날일 수도 있고 아닐 수도 있는 사건을 반복시킨다. 가령 맑은 날이거나 구름이 없지 않은 날, 창가에서 아이들을 내려다보거나 보지 않고, 돈 계산을 하거나 하지 않고, 텔레비전이 있거나 없는 등의 사건이 변주되면서 '다음 날 아침에는 다음 날 아침이 오는 시간들'의 이야기가 모습을 드러낸다. "우리는 모두, 위대한 이야기의 종결부를 볼 수는 없"(「되살아나다」)어도 이 나름의 구도 안에 나지막한 이야기의 능선이 융기하는 것을 본다. 그렇다, 이야기는 이렇게 어느 곳에나 있다.

문제는 감각이다

"내 이야기는 무언가에 관한 것일 수도 있고, 무언가에 관한 무언가에 대한 것일 수도 있"지만 "거짓말은 하지 않"는다면 그것은 "불분명한" 세상의 아름다운 이야기가 될 것이다.("세상은 불분명하고, 가끔은 아름다웠지만, 거짓말은 하지 않았다."(158쪽)) 이야기가 꼭 사실이나 실체와 관련하여 존재하는 것은 아니다. 『달로』의 화자들은 세계의 실체가 사막임을, 이야기는 모두 증발했거나 미치거나 사라졌음을 제 눈으로 확인했으므로 이제 "우리가 확인할 수 있는 것은 항상 사실이 아니라 어떤⋯⋯ 사실적인, 그래요, 그런 사실적인 것들뿐"(86쪽)이라고 말한다. 그들의 서술은 그러므로 체험이라는 '사실'이 아닌 확인할 수 있는 '사실적인 것'들로부터 전해진다. 옛이야기, 신화, 역사적 사건, 신문 방송의 보도 자료 등의 언어 텍스트와 사진, 화면, 그림 등의 회화적 텍스트, 그리고 디지털화되어 전 세계 송수신망에 접속 가능한 네트워크 미디어 등으로부터, 이런 식으로. "장면은 0과 1로 전환되어 잠시 대기권 밖을 떠돌다가, 곧바로 세계 곳곳의 안테나로 흡수된다. 전광판, 텔레비전, 갑작스런 호외. 우리의 세대는 너무나 공시적이다. 고통을 느끼기 위한 순간의 여유도 만들어 내지 못한다. 사람들은 거지의 바구니에 동전을 떨어뜨리듯 무심한 시선으로 그 장면을 본다. 장면은 간결하고, 아무런 부연도 하지 않는다. 장면은 감각 너머에 있다. 그것이 우리의 야만이다."(119쪽)

이 야만적인 시스템이 전해 주는 것은 실체가 아닌 시뮬라크르다. 감각 너머의 장면은 가짜이므로 이들에게 실제적인 느낌을 주지 못한다. 시뮬라크르는 이들에게 감각되지 않는다. 대신에 그것들의 전언 혹은 모티프가 수용된다. 그것은 무엇일까, 나는 누구인가, 이 말은 진실인가, 세계는 왜 이토록 야만인가, 죽음은 무엇인가, 지옥은 어디인가, 당신은 왜 슬픈가, 나의 아픔은 어디서 오는가, 이 기억은 왜 거짓이고 진실이 될 수 없는가, 우리는 왜 이렇게…… 등등. 하나씩만 묻자고 해도 온 마음이 다 쏠려 고통스러울 의문들이 (한둘씩이 아니라) 한꺼번에 몰려와 이들의 관념 속에서 춤을 추듯 흐느적거릴 때, 웅얼거리는 목소리가 흘러나온다. 그것을 들어 보자.

> 우리는 우리의 전쟁을 생각한다. 언제나 전쟁은 잘못된 전언으로 시작한다. 그리고 어제, 사람들은 자신 안에 전쟁터를 일군다. 오늘, 그 모든 전쟁들은 바깥으로 터져 나온다. 내일, 크고 작은, 모든 전쟁들은, 마침내 하나의 전쟁이 된다. 전쟁은 계속되며, 결코 끝나지 않을 것처럼 보인다. 나와 너는, 다른 사람들처럼, 두려워한다.(132쪽)

> 도시의 호흡법은 언제나 크레셴도, 혹은 데크레셴도였다. 도시의 어둠이 공급이 넘치는 전력과 네온사인으로 인해 옅어질수록, 점점 더 많은 사람들이 불면에 시달렸다. 그들은 종종 뜬눈으로 밤을 지새웠다. 그들은 생각했다: 어째서 우리를 평등하게 하는 것은 어둠뿐인가. 그들은 날이 밝아 올 때까지 생각에 잠기곤 했다. 도시의 위협에도 불구하고 방 안의 어둠은 여전히 검고 고요했다. (……) 그러나 부유한 자들의 도시가 한없이 맑고 투명한 판유리를 통해 일조의 권리를 마음껏 누리는 동안, 가난한 자들의 도시가 가진 유리창들은 모두 오래전에 금이 가거나 깨어졌고, 안개만이 시종 두터운 장막처럼 그들 위에 군림할 뿐이었다.(51쪽)

전쟁을 직접 경험한 적이 없는 세대에게 전쟁은 시뮬라크르와 같다. 첫 번째 인용문에 보이다시피 이들은 그것을 '감각'하기보다 그것의 관념에 대해 '생각'한다. 어제, 오늘, 내일로 이어지며 모든 전쟁이 "하나의 전쟁"이 되고, 우리의 두려움은 개별적 느낌의 모드가 아니라 "다른 사람들처럼" 생각하는 관념의 모드로 발생한다. 전쟁이라는 관념에 몰입한 자의 머릿속에서 흘러나온 웅얼거림이 다시 전쟁을 몽상한다. 나는 지금 전쟁은 처절하고 절박한 것인데 몽상과 관념으로 처리되어서는 안 된다는 얘기를 하려는 것이 아니다. 저 몽상과 관념이 맞서고 있는 '세계와 삶'이 어떤 것이냐를 묻고 싶은 것이다. 전쟁의 일반성을 이야기하는 저 말들은, 말하는 자, '그'의 전쟁이 아니라 세상 자체의 '그냥' 전쟁을 가리키고 있다. 말은 자기가 흘러나온 곳(말한 자)을 되비추지 않고 말이 방사된 곳(세상이라는 전쟁터)을 떠돈다.

도시의 생리를 '감각'하기보다 '생각'하는 두 번째 인용문에서도, 부유한 자들의 도시와 가난한 자들의 도시를 가르는 저 관념적 몽상이 우리로 하여금 세계와 맞닿는 어떤 물질성을 실감하기 어렵게 한다. 직접 체험이 아니라 정보로 겪은 사건일지라도, 그 사건을 뒤집어쓰는 '감각'이 있다면 그것은 세계와 삶'에 대해' 날을 세울 수밖에 없다. '감각'은 주어진 일반성과 무관하게 자기와 세계를 되비추는 판단을 제 속에서 빛나게 할 것이다. 그런데 어둠을 밝히는 밤의 불빛이 낮의 태양처럼 세상을 가르고 마는 도시의 생리는 부자의 것과 빈자의 것으로 나뉜다는 그런 '생각'은 어떤가? 그런 생각이 드러내고야 마는 삶과 세계란, 지나치도록 익숙하지 않은가? 저 관념은 말하자면 세상의 통념과 너무 가깝지 않은가? 통념은 우리를 놀라게 하지 않는다. 우리를 길들이려 한다. 통념은 감각을 깨우지 않는다. 통념은 감각을 잠재운다.

이들의 목소리에 어떤 실감이 제거되어 있는 이유 중의 또 하나는 거기에 멀쩡한(?) 신체가 입혀 있지 않은 까닭도 있다. 소리들을 담은 몸의 형상이 희미하다는 말이다. 저 소리들은, 일상적 발화에 대한 혐오로 "대개 의미와 문법이라는 환상"(158쪽)을 거세한 언어들 또는 형태적으로 아슬아슬하고 의미적으로 모호하게 흩어진 말들로 우리에게 밀려온다. 문장의 의장(意匠)을 하고 있지만 사실은 문장이라는 형식에 담기기를 거부하는 중이다. 이것이 우리에게 전해질 때, 그것은 문장이라는 형식의 신체로서 우리와 부딪치는 것이 아니라 형식 없는 울림의 파장으로서 우리 머릿속에 곧장 침투한다. 예리한 물질성으로 찌른다기보다 묵직한 분위기로 퍼져 나간다. 이것이 함축한 어떤 관념들이 발송되는 것은, 부여된 언어의 형식이 아니라 그 형식의 분해를 통과한다.

이 목소리들이 신체를 가지지 못한 건, 기성 언어의 낡고 닳은 품에는 담길 수가 없어서였을 것이다. 범주가 답답한 것들은 범주를 외면하거나 파괴하면서 제 존재를 알린다. 세상의 주파수에 잡히지 않는 소리들이 그 틈에서 새어 나오면, 새로운 주파수를 만들거나 이미 형성된 주파수 사이에서 웅웅거리는 잡음으로 남을 것이다. 당신이 들은, '멀쩡한' 신체를 거부한 저 웅얼거림은 어떤가? 규칙에 맞춰 응축되지 않는 저 소리들은 규칙을 찢고 터져 나온 듯 들리는가, 규칙의 주변에 흩어져 흐느적거리는 듯 들리는가?

사람들은 외로웠고 권태로웠다. 문명은 지루했고 더 이상 기대할 만한 것이 없었다. 사건들은 언제나 뒤늦게, 두터운 렌즈에 의해 한두 번 굴절된 채 알려졌고, 사람들은 분노하는 법조차 잊었다. 사람들은 혼자 있는 것을 들킬 때마다 부끄러움을 느꼈다. 익명은 언제나 거대했고, 그래서 사람들은 거리낌 없이 제 이름을 문질러 지우고는 익명의 바다에 투신했다. 바다 안에는 온갖 환희와 환영과 환각이……, 투명한 바닷고기들처럼 부유했고, 물속은 따뜻하고 또 어두웠으므로, 사람들은 쉽게 은신할 수 있었고, 온갖 환상들과 아무렇게나 뒤섞인 채로, 사라진 나라의 말들처럼 곧 잊혀졌다.(219쪽)

권태에 빠진 문명사회의 대중들이 익명 속에 스스로를 유폐시키고 또 유희하는 모습을, '사람들'을 주어로 한 문장들의 나열 속에서 본다. 그런데 야릇하게도 이 느낌은, 어떤 무시무시한 사태도 감각 자체가 아닌 '반(反/半)감각'의 장면으로 전해진다고 했던 미디어 시대의 운명을 상기시킨다. 전쟁이나 테러 같은 중대 사건도 곧바로 한 무더기의 전파 다발로 전환되어 우리의 기억으로 주입되는 미디어적 현실과, 문명의 지루함이나 인간의 불감증 같은 절박한 주제도 이내 실체 없는 웅얼거림으로 전환되어 전체적인 분위기로 퍼지게 하는 이 소리들의 역할이, 어딘가 닮아 있지 않은가? 구체적 시공간과 개체들을 거치지 않은 이 소리들이 '한 다발의 뇌파'가 아닌 하나의 기억을, '한 방울의 호르몬'이 아닌 하나의 사랑을 이야기해 줄 수 있을까? 사람들이 "두터운 렌즈에 의해 한두 번 굴절된" 세계에 대해 분노하는 법조차 잊었듯, '두툼한 말들에 싸여 불투명해진' 말들 때문에 "슬프고 광포한 일들"조차 감각으로부터 소외되는 것은 아닐까?

그러나 이 말들이 '고통'에 대해 얼버무리고 있는 건 아니다. 오히려 이 말들은 바로 그것, 고통에 대해서 한없이 정확하고자 한다. 현대적 문명사회의 구조 안에서 무기력과 냉소와 분노로 조제된 인간의 고통에 대한 감각은 축약됐지만 인간은 정작 바로 그 무기력과 냉소와 분노로 조제된 고통에 시달릴 뿐이라는 메시지로 말들은 직진한다. 우리는 그들이 왜 아픈지 너무나 잘 알게 되었다. 그 고통의 무게감에 머리를 짓눌릴 만큼 말이다. 하지만 우리는 그들이 어떻게 아픈지, 그 고통의 질감이 어떤 건지는 좀처럼 알기가 어렵다. 가령 "눈을 뜨고 또다시 절망해야 했"지만 그것은 "버릇처럼 절망"(51~52쪽)하는 것일 뿐이어서, 그들이 절망한다는 사실은 안타깝지만 그 절망의 아픔을 절감하기는 쉽지 않다. 고통의 묘사를 주문하려는 것은 아니다. 다만 세상의 야만과 생의 우울에 대해서는 태생적으로 모든 것을 다 아는 듯 얘기하면서도 세상의 환희와 생의 기백에 대해서는 단 한 번의 상상조차 시도하지 않으려는 듯 완고해 보이는 그들의 통증이, 그들의 상처에서 우리의 상처로 아직 옮아오지 않았음을 고백하려는 것이다.

문제는 소통이 아니다

그들의 고통이 알 수 없는 것이라는 뜻이 아니다. 쓰인 것과 읽는 자 사이의 '소통'에 관한 것이라면 그것은 이미 가능했다. 자기만의 의미와 기억을 지닌 자들의 의미와 기억이란 타인에게 이해받기 어렵고 공감되기는 더 힘들 거라는 예상은 기우다. 소통은 '너'와 '나'가 만나는 자리에서 이루어지는 것이 아니라 너의 욕망과 나의 욕망이 만난다고 여겨지는 곳에서 발생한다. 그것은 이해나 공감의 측면이 아니라 보도나 전달의 측면에서 더 많이 가능할 수도 있다. 가령 이런 비장한 어조로써. "피와 육체를 물려준 아버지들은 대개 돌아오지 않았거나 무너져 버린 옛집 속에 갇혀 있었으므로, 그 후손들에게는 군데군데를 도난당한 기억만이 남겨졌고, 아이히만이 그렇게 사라져 간 아버지들을 대신하여 책상들마다 그득히 쌓여 넘쳐나는 기록들 속에 온전히 남아 있었으므로, 유년 시절의 후손들은 기억의 여백에 그 기록들을 즐거이 복사하고는 했다. 그리하여 50여 년 전 그들의 냉혹한 선조들이, 세계를 부정하기 위해 노동이 자유를 생산한다, 는 철갑 두른 표어로 어떤 …… 사람들을 조롱하고, 전류가 흐르는 가시 면류관을 씌워 차례차례 허공의 무덤으로 호출했던 것처럼, 그들은 (……)"(62~63쪽) 여기서 2차 세계대전 중에 고통당한 유대인들의 비극과, 구원 없는 세계의 공포와 불안 등의 파국적 정서는 어떻게 다가오는가? 그 상황의 재현이나 의미의 구체화가 전무함에도 불구하고, '~고, ~므로, ~거나' 등의 연결어가 이어 붙이는, 안정적 일상성과 다른 보법과 호흡을 타고 그것은 전해진다. 비극을 알리고자 한 너의 욕망과 비극을 알고자 한 나의 욕망은 그리 어렵지 않게 만날 수 있다.

한유주의 소설이 소통 불능의 세계에 집착적이라거나 소통을 거부하고 자기만의 좌표에 정박해 있다는 소문은 그러므로 사실이 아니다. 그의 소설이 읽기 쉬운 범례들로부터 일탈해 있는 건 맞겠지만 그의 소설만큼 읽는 자를 염두에 둔 소설도 드물 것이다. 그의 소설에서 두드러지는 것은 '무엇'을 쓰겠다고 생각할 때의 질료보다는 '어떻게' 쓰인 것으로 나타날 때의 형상인데, 물론 소설의 질료와 형상이 나뉘는 게 아니지만 그렇기 때문에 더욱 그의 글에서는, 쓰고자 했던 어떤 것이 이미 그렇게 쓰인 것 외에 달리 없고, 그러므로 차라리 형상이 질료를 대신한다고도 할 수 있다. 순서를 가를 수는 없지만 쓰이기 전에 먼저 있던 것으로 가정되는 질료보다 쓰기가 끝난 후에 최종적으로 드러난 형상 쪽이 독자에게는 더 가깝지 않은가. 쓰기 과정이 강조되는 소설일수록 독자와의 관계는 첨예화된다.

한유주 소설의 등장이 낯섦과 색다름으로 다가왔을 때 그것은 그가 가진 이야기가 아니라 그가 독자와 맺을 수 있는 관계 때문이었을 것이다. 그런 의미에서 그의 소설은 색다른 것이 적힌 것이 아니라 색다르게 행해진 것이라고 해야 한다. 그의 소설에 대해서는 질료를 원체험, 간접 체험, 가상 체험 등으로 나누는 것이 무의미하다. 그의 언어에는 재현하는 대상이 없기도 하고, 재현해야 할 세계, 재현 중인 세계가 모두 가상이기도 하다. 이것은 일상 세계에 종속되는 재현적 언어의 소통 가능성과 무관하게, 재현되는 상황 자체를 가장 문제 삼는 소통 방법을 창안한다. 소박하게는 문학적 언어의 자율성을 강조하는 것이지만, 보다 근본적으로는 "현대 예술의 자기 재현성 혹은 자기 반성성"[6]을 주제화하는 것이기도 하다. 한유주가 보여 주는 기호 체계에 대한 인식이 "예술은 재현하는 행위 자체를 재현한다."는 사실을 뒷받침한다는 지적은 의미심장한 것이었는데, 그 지적이 본격적으로 맞아떨어지는 사례는 그 지적보다 조금 뒤에 온 「허구 0」에서 가장 뚜렷하다. 그것을 살펴보자.

---

6) 허윤진, 「다시, 읽다」, 《작가와비평》, 7, 2007년.

「허구 0」은 그야말로 글이 쓰이는 과정을 현전하는 이야기다. "나는 이 글을 쓰기 위한 첫 문장을 생각한다."로 시작하여 언제 어디서 어떤 필기구로 무엇에다 쓰고 있는지를 밝혀 둔다. 글이 진행되는 내내 날짜와 시각을 사이사이 적어 두고, 글 쓰는 과정 중에 일어나는 잡다한 일들을 적어 둔다. "곧 페이지를 넘기게 될 것이다", "글쓰기는 곧, 당분간, 중단된다", "무엇인가 쓰려고 했던 것들이 있었는데 잊어버렸다", "위 문장을 쓰는 동안 마침내 잉크 카트리지 하나가 수명을 다했다. 오전 8시 28분, 새 카트리지를 장착한다" 등등. 이 글의 제목, 다음에 쓸 말, 첫 문장 등을 생각한다는 사실뿐만 아니라 "늦은, 빠른, 빠르게, 더 빨리, 느리게, 더욱 느리게 따위의 부사들에 대해 생각한다", "이 글에서 삭제되어야 할 단어, 문장들과 채색되어야 할 단어, 문장들에 대해 생각한다", "불편하다고 쓰는 것과 불편한 기분이 든다고 쓰는 것에는 무슨 차이가 있을까", "가짜 이름 짓기에 골몰하고 있었다.(A부터 Z까지 여성형 이름들을 하나씩 썼다가 삭제)", "데이비드 흄(각주를 달 것, 아니 각주를 삭제할 것)에 대해 생각한다" 등등 글쓰기와 관련된 거의 모든 행위를 써 놓는다. 요컨대 「허구 0」이라는 소설이 만들어지는 공정을 쓴 것이 곧 「허구 0」이다.

소설 쓰는 행위를 소설화한다는 것, 즉 허구가 만들어지는 순간의 현재가 다이렉트로 생생하게 전달된다는 의미에서 이것은 '허구의 현재성'을 드러낸다. 글이 쓰이는 과정은 잠재적인 것인데, 그것이 현재화된다. 그럼으로써 가상이 현실로 발생한 듯한 효과가 난다. 이런 글쓰기 안에서는, 서로 다른 층위에 있다고 여겨지는 현재와 잠재, 현실과 가상, 사실과 허구 등이 경계를 지우고서 같은 위상에 펼쳐져 있다. 글을 쓰는 행위와 그로 인해 쓰인 글이 하나이고, 쓰인 글 안에서 글을 쓰는 시간과 글을 읽는 시간이 일치된다. 현재 내 눈 앞에서 이 소설이 쓰이고 있다는 직접성을 표방할 때 이른바 '실시간의 생생함'을 현전한다는 공리가 믿어진다. 작가는 재현되는 상황을 통해 독자와 투명한 소통을 시도하는 듯 보인다.

간과해서는 안 될 것이 있다. 재현 행위의 현전이라는 방식이 그 재현에서 어떤 작위적 배치나 의도적 해석을 배제한 것은 결코 아니라는 점이다. (생방송이 더욱 직접적이고 사실적이라는 생각이 편견이듯 말이다.)「허구 0」의 경우라면, 이 화자는 누구인지, 왜 뉴욕에서 이런 날들을 보내는지, 이렇게 쓰는 이유는 무엇인지 등이 모두 이 현전의 배후다. 이것이 바로 '현재의 허구성'이다. '현재' 혹은 '현실'이라는 것은 어떻게 우리에게 도착하는가. 이 소설의 '현실', 글을 쓰고 있는 '현재성'이 준거하는 그 현실은 아무리 직접적이라 하여도 글쓰기라는 허구적인 공정을 통하지 않고는, 즉 이 소설 자체를 거치지 않고는 어디에도 도착하지 못한다. 어떤 사실도 사실 자체로는 전해지지 못한다. 허구는 사실에도 필수적이다.

그러므로 소통의 맥락에서 다음의 두 가지는 불가능하고 불필요하다. 하나, 사실과 허구가 경계 없이 펼쳐진 틈에서 생생한 현실만을 찾겠다는 열정. 둘, 어떤 사실도 그 자체로 순수한 사실은 없으니 모든 것은 허구라는 미혹에 굴복하려는 위협. 우리, 글을 쓰는 자와 읽는 자 양쪽 모두에게 필요한 것은 다음과 같다. 이것은 왜 이렇게 소통되어야만 했는가에 대한 탐색과 긍정. 잠깐 다른 이야기로 우회해 보자. 소설이 뭔가. 이렇게 행동하는 인간이 있다는 것을 보여 주는 것이다. 인간의 어떤 행동이 진리가 되는 한 순간을 믿지 못하면 세상의 모든 이야기는 가짜다. 그렇게 내려진 결단, 그래서 일어난 사건, 그리하여 나를 나이게 만든 그 행동의 힘을 믿을 수밖에 없다면 소설은 불가결하다. 소설의 실험이란 뭔가. 이렇게 쓰는 글도 있다는 것을 보여 주는 것이다. 글쓰기가 가상과 현실, 현재와 잠재가 얽혀 있는 틈을 비집고 솟아오를 때 그렇게 쓰일 수밖에 없는 절대성을 스스로 믿지 못하면 세상의 모든 글쓰기는 클리셰다. 그것이 어떤 파괴와 예외의 방법을 택하더라도 그 방법 이외를 상상할 수 없게 만든다면 그 실험은 절대적이다. 특히 소설 쓰기가 퍼포먼스처럼 직접적으로 우리를 매혹할 때, 그 실험이 왜 불가피한가를 묻는 것은 더욱 중요해진다. 어떤 난해한 글쓰기도 소통 — 의미의 소통만이 아니라 무의미의 소통까지 포함하여 — 을 무시하는 것 자체를 목적으로 삼지는 않는다면 이때 가장 긴요한 것은 무엇일까.

문제는 참여다

글쓰기에 대한 한유주의 실험은 "언어에 대한 결벽을 따르다 보면 결국 무엇이 남게 될까."(114쪽) 하는 의문에 긴박되어 있다. 언어에 대한 결벽이란 집착이기도 하고 불신이기도 하다. "내가 말을 하지 않는 것은 틀린 말을 할까 봐 두렵기 때문"(「K에게」, 《문학과사회》, 2006년 겨울)이라는 고백은 빈말이 아닐 것이다. 그러나 정확한 말은 불가능할지 모른다는 자의식, 말할 수 없는 것에 대한 열망과 절망은 또한 모든 작가에게 내려진 천형이 아닐까. 언어는 믿을 수 없지만, 아니 믿을 수 없기에 더욱 언어에 집요해질 수밖에 없는 수고야말로 한유주 글쓰기의 원천이라 한다면, 어딘가에서 그것은 특수하게 도드라져야 한다. 최근작들에서는 부정법의 형태다. 그것을 보자.

여름이 계속되지 않았다. 당신이 태어난 도시를 네 번째로 방문하지 않았다. 입 맞추던 아이들이 돌아오지 않았다. 당신에게 사과하지 않았다. 인사말을 잘못 발음하지 않았다. 미래의 수첩을 뒤적이지 않았다. 열을 식히지 않았다. 이야기는 중단되지 않았다. 드러난 일들을 부정하지 않았다. 하얀 토끼가 지나가지 않았다.(「되살아나다」)

나무가 자라고 열매가 영그는 시기에 대해 생각하지 않았다. 도시의 탄생과 몰락에 대해 생각하지 않았다. 공원의 사진을 찍지 않았다. 연못에 배를 띄워 노는 아이들을 찍지 않았다. 두고 갈 것들을 생각하지 않았다. 벤치에 앉아 책을 읽지 않았다. 모래 먼지처럼 희부옇게 피어오르는 소음들을 듣지 않았다. 말을 걸어오는 사람들에게 대답하지 않았다. 공원 의자들의 개수를 세지 않았다. 어떤 언어로도 생각하지 않도록 노력하지 않았다. 눈을 감지 않았고, 뜨지 않았다. 보이거나 보이지 않는 것들에 아무런 의미도 부여하려고 하지 않았다. 날짜를 세지 않았다. 달력을 보지 않더라도 가판대의 신문들에서 머리기사와 함께 날짜와 요일을 알 수 있었다. 그렇게 시간이 지나가지 않았다.(「재의 수요일」)

언어 행위는 인식 가능한 것을 표상하는 행위다. 인식 가능과 표상 가능이 전제된 행위다. 그 가능성이 전제된다는 것은 역으로 그 이면에 (인식과 표상의) 불가능성이 존재한다는 뜻이기도 하다. 언어에 대한 결벽이 있는 자들을 괴롭히는 것은 물론 이쪽, 불가능성이다. '~지 않았다'로 연속된 부정문들에는 그 불가능성을 향한 집착이 배어 있다. 한유주에게는 두 가지로 나타나는 것 같다. 불가능까지 전유하려 하거나 불가능으로 가능을 대체하려 하거나.

먼저 불가능을 전유하기. 기본 문장이 긍정문이라 할 때, 거기에는 그 의미에 저항하거나 그 의미로 환원되지 않는 것들의 그림자가 깔려 있다. 가령 "당신에게 사과했다."라는 문장은 사과의 말을 전달했다거나 나의 잘못을 뉘우쳤다거나 등의 어떤 의미를 확정하면서 동시에 그 의미에 저항하는 것, 가령 단지 사과의 말을 뱉었을 뿐이라거나 당신과의 관계가 아직 회복되지 않았다거나 등의 의미가 여분으로 남는 것을 어쩔 수 없이 감수한다. 그런데 긍정문의 끝에 '~지 않았다'를 덧붙여 생성되는 부정문은, 긍정의 기록을 이미 서술함과 동시에 그것의 그림자까지 옮겨 놓는다. "당신에게 사과하지 않았다."라고 그 문장을 부정하면, 긍정의 문장이 뒤집어짐으로써 그것이 감수했던 저항 혹은 잉여를 감쌀 수 있다. 마찬가지로, "나무가 자라고 열매가 영그는 시기에 대해 생각하지 않았다."라는 부정의 문장은, "나무가 자라고 열매가 영그는 시기에 대해 생각했다."라는 긍정문(가능성)을 그 안에 포함하고 있으면서 그 부정형(불가능성)까지 표현해 낸다.[7]

다음, 불가능으로 가능을 대체하기. 만약 저 부정문이 모두 긍정문이었다면 이야기는 어떻게 달랐을까. 확신컨대 부정의 이야기는 긍정의 이야기의 정반대가 아니다. 다만 부정의 이야기는 긍정의 이야기를 흔적으로 만들어 버린다. 한 무더기의 재처럼 남은, 있으나 없는 이야기, 지워졌으나 존재하는 이야기로. 없는 것이 있는 것을 대체한다. 긍정으로 가능한 세계의 불완전함이 부정의 불가능성으로 대체된다.

이것은 참으로 매혹적인 현장이다. 누구보다 언어의 불완전함과 불가능성에 민감한 작가는 그 인식에 철저하고자 이토록 치열했다. 기록/발화됨으로써 스스로 간극(불가능성)을 내포하는 언어의 분열적 운명에 이렇게 직핍하게 맞선 사례는 드물고 귀하다. 그럼에도 이 맞섬이 언어의 운명을 극복한 성공 사례로 기억되어야 한다는 주장은 하지 않겠다. 앞에서 살폈듯 이 사례는 역설적인 사태에 이르게 되는데, 언어의 불가능성을 전유하거나 불가능을 가능으로 대체하는 그의 방법은 어느 순간 불가능을 가능하게 만든다. 즉 기표의 불가능성이 가능한 기표로 드러남으로써 불가능성은 희석되고 우리가 직면하는 것은 다시 가능성이다. 그러

---

7) 이것은 언어에 대한 무한 욕심이다. 다음과 같이도 나타난다. "시계가 한국 시간 10시를 알리는 전 자음을 냈다. 약 9초, 혹은 8초, 혹은 9초 전의 일이다. 그러니까 약 20초 전에 펜을 바꾸었다. 그리고 맥주를 마셨다 혹은, 마신다. 이 글을 계속해서 쓰기 위해서는, 생각할 시간이 더 필요하다고 생각한다 혹은, 생각하지 않는다."(『허구 0』) 말의 정확성에 대한 결벽을 시각 표시에 대한 집착이나 한 문장 안에서 상이한 시제와 법을 병렬시키는 방법 등을 통해 드러낸다. 의미와 의미가 배제하는 것을 동시에 기록하려는 야망이 드러난다.

자 우리는 오히려 언어의 불가능성에서 물러서게 된다. 아이러니하게도 불가능성은 다시 은폐된다. 오, 그러면 혹시 이것은 역으로 모든 언어에 내재된 분열 자체를 은폐하는 형국을 초래하는 것인가. 불가능성은 그것을 표면에 드러낸다고, 언어화한다고, 사라지지 않는다. 어떤 기표의 외부에 존재하는 것이 아니라 모든 기표에 이미 빗금 쳐진 그 어긋남의 운명은, 가시화하여 거세할 수 있는 것이 아니라 영원히 비가시적인 그림자와 흔적으로서만 가시적 의미와 관계 맺는 그런 것일지도 모른다. 우리는 불가능을 극복한 성공 사례를 원하는 것이 아니다.

우리는, 인간은, 불가능을 품은 채 말하기의 운명을, 벗어날 수가 없다. 이것은 비관적인 말이 아니다. 모든 말에 잠복해 있는 것들, 시선에 잡히지 않고 의미로 환원되지 않는 것들에 책임을 지는 길은 그것들을 다 드러내는 데 성공하는 것이 아니라 드러낼 수 없는 실패를 끝까지 응시하는 것이다. 가능과 불가능, 긍정과 부정은 +와 −처럼 반대를 향해 가는 맹목의 대립 항들이 아니다. 우리는 긍정에 참여함으로써 부정을 지지할 수도 있고 부정에 참여함으로써 긍정과 만날 수도 있다. 불가능을 가능으로 바꿀 수 있다면 이미 불가능이 아니듯, 부정의 대상을 한정하지 않는 부정은 역설적으로 모든 것을 긍정하는 것과 다르지 않다.(부정문은 부분을 부정하기 위해 전체를 다 적어야 한다. "연못에 배를 띄워 노는 아이들을 찍지 않았다."라는 문장은 연못, 배, 놀다, 아이들, 찍다 중 어느 것을 부정하는가?) 이때 부정은 긍정의 이면이 아니라 긍정의 역상일 뿐일지도 모른다.

문제는 '불가능'이 아니다. 언어의 불가능, 소통의 불가능, 그런 것이 문제가 아니다. 문제는 불가능성에 어떻게든 가담하는 것이다. 언어든 타자든 실재든 불가능한 그것들과 대면하기 위해서는, 이쪽에서 저쪽으로 훌쩍 건너간다고 되지 않는다. "모든 문장들에서 나를 삭제하고 그 자리에 너를 넣"(「허구 0」)는 것은 '너'와 '나'가 만날 수 있는 길이 아닐 것이다. 내 자리에 네가 오고 네 자리에 내가 가서는 여전히 너는 내 말을 못 들을 것이다. 너와 내가 만나려면 서로 자리를 바꿔 앉는 것이 아니라 한쪽에서 다른 쪽을 초대하고 또 응대해야 하는 것이 아닌가. 네가 내 말을 못 듣는다면, 네가 그 자리에 있어서가 아니라 네가 내 안에 없어서다. 나는 내 안에서 너를 만나고 네 안에는 나도 있다. (타자는 바깥에 있는 것이 아니라 내 안의 낯선 이다.) 왜 그런가. 말하는 '나'와 듣는 '너'가 서로 오염되어 있어 그렇다. 내가 하고 싶은 말이 어디선가 들려오고 내가 듣고 싶은 말을 나는 한다. 우리는 모두, 당신의 언어와 나의 언어가 얽히고설킨 그 자리를 공유할 수밖에 없다. 이미 공유하고 있다. 세상의 말은 혼탁하고 뻔뻔하고 야만스럽고 궁핍하지만 그래도 어딘가에서 만나는 우리들, 나와 당신의 입술에는, 무기력한 언어와 서툰 미소가 물려 있지 않았던가. 한유주 소설의 독자들이 매번 그의 다음 작품을 기다려 읽고야 말았던 까닭도 또한 그 미소를 다시 보고 싶어서는 아니었는지.

(2009)

짧은 그림자
—박민규와 이장욱 소설의 이미지에 관하여

의미의 조건

현대 사상이 우리에게 가르쳐 준 중요한 성찰 중의 하나는, 언어의 출현 이전에 미리 정해진 생각, 사유, 개념, 그런 건 없다는 사실이다. 언어 이전에 사유 자체로 존재한다는 건 아무것도 필연적으로 규정되지 않은 모호함일 뿐이므로 그것은 아직 사유라고 할 수 없는 상태의 것이다. 언어는 우리가 말하거나 글을 쓰기 이전에 미리 구성되어 있는 의미를 단순히 가시화하는 기호가 아니다. 언어의 틀 내에서만 의미는 확정되고 사유는 완성된다. 여기서 중요한 것은 언어가 의미(사유)를 형성하기 위해 반드시 필요하다는 것뿐만이 아니라 의미를 만드는 것이 언어의 유일한 효과는 아니라는 점이다. 언어는 의미를 발생시키고 운반할 뿐만 아니라 그 과정에 감정적, 감각적 효과를 가동시킨다. 마치 어떤 신체적 제스처 혹은 얼굴에 드러난 표정과 같이, 언어는 의미(사유)의 개념적인 진술 이상 혹은 이하에, 감정적, 감각적 표현의 층위를 지니고 있다. 해석의 대상이 되는 의미 너머에서 모션으로, 실존의 표정으로, 다시 말해 '스타일'로 드러나는 '어떤 최초 의미' 같은 것이 언어에는 늘 동반되는 것이다.

이와 같은 언어의 특성을 수렴하여, 단일한 기호들의 체계에 의한 일관된 추상적 표현(철학이나 과학)과 대조되는 문학의 표현을 논제화하는 것이 곧 문학 이론일 것이다. 언어가 발생시키는 감정적 감각적 효과란, 묘사된 하나의 감각일 뿐만 아니라 보이지 않는(묘사되지 않은) 어떤 것, 말하자면 '내면적인' 어떤 것의 표상이며, 따라서 재현인 동시에 표현인 그것을, 문학 이론의 용어로 하자면 '이미지' 외에 무엇일까? 이미지란 말은 실상 이론적으로 전유하기엔 민망할 수도 있는 용어이지만, 그리고 그것은 감각과 인식에 어떤 환기를 가져오는 '정신적인 재현' 일반을 두루 가리키는 일상어이기도 하지만, 문학작품에서 언어가 지시하는 의미보다 더 크게 발생하는 효과를 가리키는 데 '이미지'란 말보다 더 적당한 것은 없을 것이다. 이미지는 작품이 전달하는 주제적 개념적 메시지에 선행하며 또 그것을 초월한다. 이미지는 묘사로 존재할 수도 있고 전달된 감각으로 잔존할 수도 있다. 예술의 존재 형식은 이미지를 통해 의미를 만들어 내는 형식이다.

이미지는 작품이 전달하는 의미 자체라기보다 의미의 배후에서 그것을 가능하게 하는 의미의 조건에 가깝다. 의미를 구성하는 요소가 아니라 의미가 구성되기 위해 계속해서 돌아가야 하는 '의미의 열림'이라고 말해도 될까? 모리스 블랑쇼 같은 이가, 문학작품의 '그'는 "특정 인물의 재현이 아니라 그 누구라도 들어갈 수 있는 비인칭적이고 동사적인 탈존을 현시한다."라고 했을 때, 재현의 대상도 해석의 대상도 아닌 '그'가 우리에게 현전하는 감각적, 물질적 층위, 그것이 바로 지금 우리가 이야기하고 있는 '이미지'의 위상일 것이다. 그것은 궁극적으로, 단어들 속에 들어 있는 게 아니고, 문장들에 직접 속하지 않으며, 종국에는 쓰기와 읽기의 부딪침을 통해 현전하는 것일 터이나, 그럼에도 개별 문학작품에는 그것을 가시화한 물질적 기표로서의 언어가 독창적으로 있고, 그것이

지각된 세계의 암시적인 논리가 독자적으로 있다, 고 하지 않을 수 없다. 요컨대 우리에게는 보편이나 일반으로 환원될 수 없는 특수한 감각의 지평을 열었던 인상적인 이미지(들)의 출현에 대해 이모저모 생각해 볼 것들이 있다는 말이다. 두 편의 소설에 대한 얘기로 풀어 본다.

이미지-징후: "시대가 저무는 느낌의 밤"

박민규의 「버핏과의 저녁 식사」(《현대문학》, 2012년 1월)는 제목이 시사하듯 동시대 전 지구인이 다 아는 바로 그 인물, '투자의 귀재' 워렌 버핏이 등장하는 픽션이다. 2012년에도 346만 달러에 낙찰된 자선 경매로 유명한 '버핏과의 점심심사'를 살짝 비튼 제목의 소설에서, 우리는 현실에서 우리가 예상 가능한 방향을 살짝 비튼 장면을 여럿 만나게 된다. 자선 경매 낙찰자와의 저녁 식사 장소로 가고 있는 뉴욕의 도로 한복판, 길은 마치 "오늘 오후 신의 손길이 강림하사 뉴욕의 도로를 본드로써 심판하신" 듯이 꽉 막힌 그곳에서, 버핏은 단물 빠진 껌을 우물우물 씹으며 초조해하는 중이었다. 갑작스런 백악관의 호출로 워싱턴에서의 간담을 막 마치고 부랴부랴 뉴욕으로 돌아온 길, "요약건대 지금, 그들이 오고 있다는 내용"의 대통령 말씀을 접견한 직후이고, 무려 172만 달러를 기부한 낙찰자에게 답례할 그 이상의 '가치'를 점검하느라 머릿속은 복잡하기 짝이 없다. "미합중국의 역사상 가장 위대한, 또 올바른 혜안이 필요한 시점"이라고 대통령은 침통하게 말했고, "그들에게도 돈이란 게 있는지…… 즉 화폐라든가 가치의 개념 말입니다. 또 그들에게 인류가 어떤 가치를 지녔는지 말입니다."라고 버핏이 물었으나 "알 수 없는 일"이라는 답변만을 들은 상태였다.

그리고 버핏은 마침내, 그를, 낙찰자 '안'을 만났다. 뉴욕의 레스토랑

스미스 앤 월런스키(예전엔 개와 흑인은 출입을 못했다는!)에 나이키 후드 트레이닝복을 입고 앉은 한국인 20대 남성 '안'은 약속 시간에 늦은 버핏을 기다리다가 배가 고파 빅맥을 이미 먹은 후였으나, "모든 것이 순조로웠"고, 이제 슬슬 본론을 시작하려는 버핏이 "실례지만 어떤 사업을 하고 계십니까?"라고 던진 질문에 "편의점 알바를 2대째 하고 있죠. 저희 어머니는 패밀리 마트, 저는 바이 더 웨이."라며 낙찰금은 복권 당첨금이었음을 밝힌 참이다.

안은 웃으며 와 저는 이제 배가 부르네요, 하고 포크를 내려놓았다. (⋯⋯) 관심 분야가 있습니까 미스터 안? 잔을 내려놓으며 버핏이 물었다. 어쩌면 수백만 달러의 가치가 될지도 모를 현인의 암시가 이제부터 시작될 분위기였다. 통역을 끝내고 캐리는 몰래 아이폰의 녹음 기능을 작동시켰다. 웨이터들이 분주히 접시를 옮기는 순간이어서 그녀의 동작은 누구의 눈에도 띄지 않았다.

저는 투자에 관심이 없습니다.
남은 돈도 없구요.

살짝 말을 더듬은 캐리의 통역을 전해 듣고 버핏은 우두커니 두 눈을 껌벅였다. 이건⋯⋯ 뭐지? 백악관에서와 마찬가지로 버핏의 머릿속엔 혼란이 밀려들었다. 그 얘기는⋯⋯ 당첨금 전부를 경매에 썼다는 말로 해석되는데 제 생각이 틀렸습니까? 버핏이 물었다. 당연하죠, 라고 안이 답했다. 도대체 왜⋯⋯ 라고 말끝을 흐리다 실례가 될지도 모르겠으나 어떤 특별한 이유가 있는지 궁금한 게 사실입니다, 라고 버핏은 질문을 추스렸다. 테이블을 한차례 정리한 후 웨이터들은 메인 디너를 나르기 시작했다. 일단 크기에서 모두를 압도하는 스미스 앤 월런스키 정통 스테이크였다 뭐, 다른 이유가 있겠습니

까? 하고 안은 말했다. 이렇게

　같은 테이블에서 식사를 한다는 건

　좋은 일이니까요. 대답 대신 버핏은 잠시 어떤 생각에 빠져들었는데, 그건
누구도 알 수 없는 자신만의 생각이었다. 드디어 식사가 나왔군요, 하고 버핏
은 미소를 지었다. 지도에 표시되지 않은 어떤 신대륙과 같은 느낌의 스테이
크들이 하나의 테이블에 보기 좋게 세팅되어 있었다. 버핏은 잠시 기도를 올
렸고 듭시다, 목자처럼 중얼거렸다. 어휴 전, 배가 불러서…… 하고 안이 말
했지만 캐리는 굳이 통역을 하지 않았다. 그러나 안이 이어서 한 말은 행동이
동반된 것이라 어떻게든 통역을 하지 않을 도리가 없었다. 선생님, 하고 자신
의 접시를 앞으로 밀며 안이 말했다.

　이것도 드세요.

　눈이 휘둥그래진 버핏에게 (……) 더 놀랍게도 한국의 이 예의 바른 젊은
이는

　이것도 드세요.
　다 드세요.

　하며 이어진 후식들까지 버핏을 향해 내미는 것이었다. 딱히 무어라 말할
수 있는 기분은 아니었으나 버핏은 다만, 시간이 빨리 가기를 바라는 마음이
었다. 물론 버핏은 최선을 다했다. (……) 다만 뭐랄까, 카터가 말한 맨 앞의
그 차에 앉아 있는데…… 50마일 뒤에서부터 걸어온 누군가가 느닷없이 창
문을 두드린 듯한 이 기분은 지워지지 않는 것이었다. 당신 차는 어쩌고 온

것이오? 라고 묻는다 한들, 아무런 의미가 없다는 사실도 잘 알고 있었다. 172만 달러의 낙찰자를 위해 버핏은 마지막으로 자신이 해 줄 수 있는 제안을 떠올렸다. 혹시 투자를 배워 볼 생각은 없습니까? 버핏이 물었다. 더없이 간단한 영어로

 안은 직접
 I'm fine, thanks, 라고 말했다.
 심지어는
 and you? 라고도 물었다.

이 소설을 처음 읽은 지 1년이 훌쩍 지났고 그사이 서너 차례 다시 읽었지만, "츄리닝"을 입은 편의점 알바 청년이 배가 불러 흡족한 표정으로 제 앞에 놓인 스테이크 접시를 세계 3대 부자인 버핏 쪽으로 밀면서, "이것도 드세요. 다 드세요."라고 말하는 이 장면의 짜릿함은 매번 생생하다. 사실 "딱히 무어라 말할 수 있는 기분은 아닌"이 (버핏 쪽의) 느낌, "스미스 앤 월런스키 속에서의 트레이닝 차림처럼 매우 낯설고 이질적인 것"이 몰고 온 그 느낌은 어딘가 부조리하고 엉터리없다는 쪽일 터이나, 그러나 그것은 무의미 혹은 난센스가 전혀 아니다. 이것은 의미 없음이라기보다는 오히려 의미의 범람(의미들이 득시글거리며 달라붙어 있는 커다란 상징에 차라리 가까울)인 것 같다. 물론 지금 말해지는 의미란 해석을 위해 인위적으로 조작된 의미가 아니고, 여차저차한 뜻이라고 통역하기가 불가능한 의미이며, 부가적인 설명이 불필요한 의미이겠으나, 해석과 통역과 설명의 언어 안으로만 가두어 둘 수 없는 무수한 다른 '의미'들이 이 장면 — 빗대 말하자면, 통역자 캐리의 난감함과 무능함이 마주한 바로 그 자리 — 으로부터(실은 이 소설 전체로부터) 솟아오른다.
 어째서 그렇다는 것인가? 어떤 측면에서?

우선, 이것은 동시대성을 열어젖히는 이미지이기 때문이다. 여기서 '동시대성'이란 물론, 버핏이라는 유명 실존 인물과 그의 자선 경매 사업의 시의성에 관한 얘기가 아니라 '안'이라는 "매우 흥미롭고 특별한 신사"가 출현한 "매력적이고 또…… 독특한 상황"에 관한 얘기다. 이 소설은 버핏 쪽의 시선을 초점화하여 서술되지만, 그것이 설령 "이해할 수 없는" 의미를 내뿜는 대상일지라도 우리에게 감각된 선명한 이미지는 '안'의 행위, '안'의 사고, 즉 '그의 출현' 자체다. '안'이라는 이 인물을 보라. "위대한 투자의 시대"가 "아직 끝나지 않"았다는 "믿음"이 지배하는 현실에 비추어 볼 때, 복권 당첨금을 남김없이 버핏과의 식사에 투척하고도 어쩌면 그 이상의 '가치'일지 모를 투자에는 관심조차 없는 그의 출현은, (현실로부터) 묘사된 대상도 아니고 (현실로서) 해석될 대상도 아니나, 그렇다고 그것을 상상으로 조작한 가상의 존재로 볼 수는 없다. 실상 그의 출현은 예외적이며 우연한 사건이다. 그것은 심지어 시대의 논리와 질서를 교란하는 무질서하고 비합리한 사태처럼도 보이므로 시대에 부합한다기보다 차라리 시대착오적이라 할 만한 것일 수도 있지만, 그럼에도 불구하고 '그의 출현'은 명백히 "현실적인" 상상력(imagination)이다. 그의 출현은 ("적어도 지구에선" 있을 법하지 않다는 점에서) 동시대 현실 세계와 위상차를 갖는 '다른 세계'의 반영 혹은 틈입과도 같다. 스미스 앤 월런스키에서 버핏 앞에 앉아 있는 '안'의 모습은 흡사 "다른 별"에서 이곳으로 '불시착(incident)'한 이방인처럼 보인다.

그런데 '안'이 불시착한 '현실'이란 어떤 시간성의 세계인가? 버핏이 대표하는 "투자와 인수…… 성과……"를 거듭해 온 (지난) 세기가 그가 우물거리는 껌처럼 아직 단물이 덜 빠졌다는 "믿음"이 지속되는 세계다. 동시대 지구적 '현실'의 관점에서 얘기하자면, '안'의 불시착은 그냥 '출현'이라기보다는 '그럼에도 불구하고 출현'이라 표현해야 훨씬 어울리겠다. "위대한 투자의 시대"에 대한 믿음에도 '불구하고', 그러한 믿음을 강타하면서, 그는 여전히 20세기의 단물이 남았다고 믿어지는 '현실 세계'를, 껌 따위는 "이미 투자 가치를 상실한"(투자 바깥의) 세계로 바꾸어 버린다.(껌의 단물은 빠지고야 마는 것이 진리다.) 그러자 어쩌면 지난 세기에 "최선을 다해" 신봉했던 믿음의 현재성이, 바꿔 말해 실상 20세기는 이미 저문 지 오래고 21세기를 지나는 중인 이 세계의 진짜 현재성이, 여기서 새삼 모습을 드러낸다. 시대의 통념을 위반하는 시대착오적인 시간 속에서 역설적으로 동시대 '불균질한 시간성'의 현재가 도드라진다. 앞뒤로 꽉 막혀 바깥으로 나가지도 못한 채 모두 한 방향으로 줄지어 지나온 "oneway"의 막바지에서, (이 소설의 마지막 문장) "시대가 저무는 느낌의 밤"은 마침내 찾아오고야 만다.

그러므로 이것은 새로운 시대의, 아니 진정한 이 시대의, 새로운 질서와 합리를 요청하는 대항적 힘의 이미지, 바꿔 말해 다른 정치의 '징후'에 다름 아니다. ('안'의 출현이라는) 이미지가 균질한 연대기적 시간성에 어긋나는 일종의 대항 시간을 열어젖히듯이, ('안'으로 이미지화된) 상상력의 출현은 안정된 권력의 정치성을 위협하는 새로운 세력의 틈입을 허용한다.[1] "시대가 저무는 느낌의 밤"이야말로 이 소설의 가장 강력한 이미지일 것인데, 그것은 전적으로 버핏 쪽에 효과를 발휘하는 이미지다. '안'의 불시착은, 미 대통령을 침통케 한 "그들"의 도래처럼 당혹스럽고 위협적인 어떤 것이다. "화폐라든가 가치의 개념"을 갖고 있는지 어떤지 알 수 없는 "그들"과 지금 버핏의 눈앞에서 투자 따위와는 상관없이 "I'm fine."이라 말하는 '안'과의 유비 구도를 모르고 지나칠 수 있을까? "그들"은, 무슨 외계 생명체처럼, 먼 곳에서 "오고 있는 중"이 아니라, 이미 여기에 "와 있다", 버핏의 바로 눈앞에, 빅맥을 먹고서 나이키를 입고서.

---

1) 이 관계를 두고서, 하나의 이미지는 정치적인 징후이며 모든 정치적인 것은 이미지로 출현한다는 것이, 최근에 이미지-정치와 관련하여 널리 읽힌 조르주 디디위베르만의 『반딧불의 잔존』(길, 2012)의 핵심 중 하나다. 이미지-징후에 대한 우리의 논의는 디디위베르만의 이 책을 정독한 이후의 것임을 말해 둔다.

그러므로 이 징후는 "낯설고 이질적"인 것이 아니다. 그렇기는커녕, 지구 전체적으로 가장 친숙한 "빅맥"과 "나이키"를 통해 오마하의 현인을 당혹시킨 평범한 시민 '안'은 바로 이들 다국적 기업의 대주주인 '버핏' 자신의 부산물인 것은 아닌가? '안'은 (외계가 아니라) 안[內]에 있었다. 알다시피 외계인의 형상보다 더 기괴한 것이 가장 익숙한 것의 외재성, 자기 안의 타자성인 것이다. 또한 이 징후는 "우연적"인 것만은 아니다. 그렇기는커녕, 버핏은 바로 이 만남을 위해 본드로 심판된 뉴욕 도로 한복판에서 초조해했던 것이 아닌가? 어떤 "이해할 수 없는 일이 닥쳐온다 한들 지금 당장 해야 할 일들이 남아 있"기에 마음을 다독일 수 있었던 그가 '지금 당장 해야 할' 바로 그 일이 '안'과의 저녁 식사였던 셈이다. '안'은 외부적 강요에 의해서가 아니라 버핏 자신의 '순조로운 일정'에 맞춰 등장했다. 알다시피 우연적인 사태("나는 그런 것을 예기치 못했다.")와 자신의 선택에 따른 필연적인 결과("내가 그런 것을 하고자 했다.")는 다른 것이 아니다.

그러므로 이 소설의 이미지-징후는 기이한 사태도, 우연의 장난도 아니다. 그것은 차라리 불가항력이다. 어쩌면 이런 것은 안 나타날 수도 있었고 안 나타나야만 했다고 생각하는 이들(버핏과 그의 친구들)로서도 이 사태에 제 나름대로 대처하고 그 의미를 찾으려고 하는 한, 그것은 오히려 더욱 '운명적'인 것이 될 터이다. 즉, 이 우연스러운 사태 속에서도 그들은, 말하자면 자기 삶의 의미와 관련하여 무언가를 찾아야 할 능력과 의무 속에 있는 '인간'이기에, 이미지-징후는 목적 없는 현상들의 집합이 아니라 목적을 가진 인간의 의미가 된다. 정말은 "위대한 투자의 시대"의 현인 버핏 역시도 한편으로 "그러나 어쩌면, 단물이 빠져 버린 세기의 일들을 여전히 해 오고 있는 게 아닌가…… 생각도" 안 드는 것은 아니라고 넌지시 내색하지 않았던가. 이 이미지-징후가 안겨 준 "시대가 저무는 느낌"은 당연하게도 '안'이 아닌 '버핏'의 것이었으니, 버핏 역시도 도래할 시간, 아니 이미 도래한 시간을 감지하지 않을 수 없었던 것이겠다.

이렇게 되면, '안'의 불시착이라는 동시대적, 정치적 이미지-징후는, 조금 거창하게 말해 '역사적 시간' 속에 착지하는 것으로도 볼 수 있지 않을까? 이 이미지-징후가 새로운 역사를 만든다는 뜻까지는 아니다. 예정된 방향이나 정해진 질서 없이 전개되는 역사가 단일한 인간, 단일한 사태에 의해 생성되는 것일 리 없다. 그러나 "시대가 저무는 느낌의 밤"이란 한 시대의 가치에 대한 파괴가 완수되고 구원이 시작되는 시간이 아니라, 가치를 매길 수 없는 순간들이 마치 식물들의 숨처럼 총체적이지만 감지되지 않는 호흡을 시작한 밤이다. 아무도 보지 못했지만 어느 새벽 풀잎이 돋아나 있듯, 이 밤은 점점 깊어지고 싱싱해질 것이다.

사유-이미지: "그냥 처음부터 다시 시작하는 것"

이장욱의 「천국보다 낯선」(《세계의 문학》, 2012년 겨울)은 제목이 암시하듯, 동명의 영화와 유사한 구도, 즉 세 사람이 한 차를 타고서 길을 떠난 구도를 취하는 소설이다. 1장부터 13장까지로 된 장의 제목들도 모두 영화 제목으로 되어 있으나, 각 영화들과 구체적인 관련이 있다기보다 그 영화들의 여러 측면에서 발산하는 이미지들이 취해진 것으로 보인다. 12장까지의 각 장은 정, 김, 최, 세 인물이 교대로 화자 역할을 했지만 마지막 장만은 늦게 합류하게 될 또 한 친구 염의 서술에 맡겨져 있다. 이들 모두의 친구인 A의 부고를 듣고 함께 나선 이 여정은 어쩐지 기묘하고 불길한 기운으로 가득한데, 내비게이션이 잡지 못하는 길을 달리는가 하면, 방금 전에 라디오에서 보도된 교통사고가 몇 분 후에 발생하는 것을 목격하게 되고, 심지어 그 사고의 발생 지점이 A의 사고 지점과 같은 가도 싶으면서 또 그 사고의 운전자(의 피범벅된 얼굴)는 지금 운전 중인 김의 얼굴과 너무나 닮았기도 하다. 급기야 이들 모두에게 각각 다른 문자 메시지가 죽은 A로부터 오기 시작한다.

이 소설은 시점과 목소리를 각 인물 교대로 택함으로써 한 현상에 대한 그들 진술의 상이함을 또렷이 부각한다. 각자의 '기억', 특히 A라는 친구와 A가 만든 영화인 또 하나의 「천국보다 낯선」에 대한 기억은 물론이거니와, 현재 진행 중인 사태에 대한 묘사, 가령 차 안에서 듣고 있는 음악이나 서로 나누는 대화의 포인트 등은 거의가 판이하거나 상당히 어긋나 있다. 대학 시절과 바로 엊그제 모였던 A의 시사회에 대한 서로 다른 고백 속에서, 자살인지 타살인지 사고인지도 알 수 없는 A의 죽음과 그것을 만나러 가는 이 여정 자체는 갈수록 모호해지고 이들 모두의 실체마저도 의심스러워진다. 이제 우리에게도, 어쩌면 "A가 죽은 게 아닐지도 모른다."는 엉뚱한 생각과 "죽음 쪽에 남아 있는 건 그녀가 아니라 오히려 염 자신과 다른 친구들이 아닐까. 그녀는 단지 이 세상의 프레임 밖으로 나간 게 아닐까."하는 생각이 뇌리에 떠오를 무렵, 마침내 세 친구가 (A의 장례식장이 있는) K시에 도착하여 미리 도착한 염과 터미널 광장에서 만나려는 찰나,

염이 담배 연기를 내뿜으며 고개를 한껏 들어 하늘을 올려다보았다. 그러자 그를 향해 걸어오던 두 남자와 한 여자 역시 걸음을 멈추었다. 무슨 신호라도 받은 듯, 그들은 천천히 고개를 들어 터미널 상공의 새벽하늘을 바라보았다. 그곳의 누군가와 시선을 맞추기라도 하는 것 같았다.

그 순간 그들을 비추고 있던 카메라가 천천히 허공으로 솟아올랐다. 그것은 일종의 크레인 숏이 되었다. 광장에서 누군가는 빈 종이컵을 손에 들고 있었고, 누군가는 담배를 피우고 있었으며, 누군가는 손을 주머니에 넣은 채 고개를 들고 있었다. 그들은 모두 새벽빛이 퍼져 가는 하늘 한가운데의 한 점을

바라보았다.

인물들의 시선을 마주보던 카메라가 조금씩 움직이더니 더 위로 올라갔다. 저 아래 인물들이 점점 멀어져 갔다. 터미널이 까마득하게 보였다. 하늘의 한가운데서 카메라가 정지했다. 새벽의 별빛이 은은하게 도시에 쏟아져 내리는 시간이었다. 이제 막 깨어나려는 듯 해안 도시의 불빛이 점점이 켜지는 시간…… 먼 바다 쪽의 수평선에 붉은빛이 희미하게 스며드는 시간……

천국보다 낯선, 그런 시간이었다.

이 소설의 마지막 장면, 지금껏 한 번도 등장하지 않았던 카메라가 공중으로 솟아오르자, 이제 결말에 이른 이 모든 이야기는 프레임 없는 세계의 실제 상황이 아닌 영화 촬영 현장이라는 프레임 안으로 가두어지고, 그러자 우리는 문득 이 세계의 "바깥"으로 튕겨져 나간다. '나'가 사물을, 대상을, 세계를 보는 것이 아니라 '세계'가, 대상이, 사물이 나를 보는 자리로 물러나진다. A는 누구인가, 아니 그녀는 어디에 있는가. 그녀의 죽음을 배웅하러 나선 이들은 어디에서 어디로 가고 있는가. 아니 누가 죽었고 누가 살았는가. 죽음이 프레임의 밖인가, 삶이 밖인가. 우리는, 나는, 안에 있는가, 바깥에 있었는가. 이제 이곳은 "하나의 또 다른 세계"라기보다는 이 세계의 '바깥', 혹은 "모든 세계의 타자"(블랑쇼)와도 같다.[2]

이 '바깥', 이야기의 결말이자 이야기의 기원이며, 모든 것이 말해지자

---

2) 본래 소설이 재현하는 세계가 일상적 현실로 환원할 수 없는 하나의 '다른 세계'라고 할 때, 이는 문학이 드러내는 인간과 세계, 그 둘 사이의 관계란, (전일적이지 않고 다양하다는 뜻도 되지만) 도구화되거나 확정될 수 없는 복잡하고 심층적이라는 뜻일 것이다. 즉, '다른 세계'를 보여 준다는 것의 참뜻은, 세계 속 인간이 존재의 근본 조건인 '나'를 벗어나 그 바깥에 설 수 있는 유일한 순간의 현시에 있다. '바깥'이란 아무 존재도 없는 진공의 공간도 아니고, 존재들에 대한 일상적, 개념적 이해가 부정되는 장소도 아니다. 오히려 그곳은 존재의 유한성을 이해하기 위해 선행되고 전제되어야 할 공간이다. 눈치채셨다시피, 이 모든 얘기들은 "바깥의 사유"로 널리 알려진 모리스 블랑쇼의 문학론, 『문학의 공간』(그린비, 2010)을 참고한 것이다.

말해진 것이 다시 사라진 이곳에서, 이 소설 전체, 그것을 이루었던 모든 낱말, 문장, 의미 들은 하나의 (사라짐이라는) 이미지 혹은 '이미지적인 것(l'imaginaire)'으로 화하고, 모든 인물, 사물, 사건, 세계 들은 이 '말의 이미지' 속으로 실종된다. 지금까지의 모든 이야기, 모든 말들은 이 '사라짐'의 흔적일 뿐이니, "언어의 성취가 언어의 소멸과 일치"하는 이곳[3]에서 언어는 어떤 이미지들을 만드는 것이 아니라 이 모든 언어들이 하나의 이미지, 즉 '사라짐의 이미지'로 현현하는 것이 아닌가? 드러난 모든 이야기들로부터 돌아서서 원점으로 회귀함으로써 이미 가시화된 세계를 파괴하려는 움직임, 이제껏 쌓아 놓은 모든 것들을 돌연 걷어내면서 복잡한 감정을 지우고 다시 짓는 침묵의 표정…….

이 움직임과 표정, 이 '바깥'의 이미지는, 실은 글 쓰는 '이장욱'의 독자들에게는 낯선 것이 아니다. 이런 시들의 독자였다면, "드디어 광장이 우주선처럼 떠오르자, 누군가 있는 힘을 다해 고함을 질렀다./ 내가 오른손을 내리는 순간 당신의 왼손은/ 아지랑이 속으로 사라지고/ 홀연히 사라지고."(「만남의 광장」), "누군가 그대를 불렀다고 생각하여/ 그대가 천천히 고개를 돌리는 순간,/ 단 하나의 이미지로 정화되는 생"(「호명」), "나는 내 바깥에서 태어났다./ 나는 아무것도 회상하지 않았지만/ 한 치의 오차도 없이/ 사라지기 시작하였다."(「실종」)…… 혹은, 다음과 같은 비평적 산문에 감응했던 이들이라면, "이제 보이지 않는 전체와 개별화된 파토스 사이에서 '다른 서정시'들이 태어난다. 그 '사이'로 사물들이 진입하고 이질적인 자아가 드러나고 다른 세상들이 틈입한다. 그제서야 시는 관례와 깨달음이 아니라 진짜 세계 감각들을 현시할 수 있다. 이제 세계는 말하는 자의 표상이기를 멈추고, 말하는 자가 세계의 표상이 된

---

3) "이것이 문학 경험을 통해서 우리가 마주하게 되는 위험의 내밀성인 양 말라르메가 언제나 되돌아가고 있는 중심점이다. 이 지점은 언어의 완성이 언어의 사라짐과 일치하는 지점, 모두가 말해지고, 모두가 말이 되는 지점, 하지만 말 그 자체가 사라진 것의 나타난 외현, 이미지라는 것, 끝나지 않는 것, 끊어지지 않는 것에 대한 그러한 지점이다."『문학의 공간』, 49쪽.

다."(「꽃들은 세상을 버리고」) "다른 세계가 아니라 이 세계를 그대로 말하되, 말하지 않는 방식으로 말하는 시들이 있다. 이것은 압축이나 절제 같은 일반적 미덕으로 환원되지 않는다. 특히 이미지에 의지하는 경향이 강한 이 시들은, 시의 비밀이 시인의 의지나 발언에 있지 않고 다만 '시선의 각도'에 있다고 믿는다."(「단 하나의 장미」)[4]

다시 말하자면, 소설 「천국보다 낯선」의 작가는, 사라짐, 정지, 침묵, 사이 등의 이미지, 내가 나의 바깥과 만나는 순간의 움직임과 표정을 이번에 처음 보인 것이 아니다. 블랑쇼식 멋진 표현을 좀 더 빌려 보건대, 사물을 이미지 속으로 사라지게 하는 글쓰기, 모든 의식적 의미 부여가 한계에 이르고 인간이 침묵으로 되돌아가는 공간을 가리키는 글쓰기, 사물들의 나타남과 사라짐이 음악처럼 울리는 글쓰기……[5] 이런 것을 이 장욱만큼 지속적으로 충만하게 일구어 온 문학가를 또 알기 어려울 것이다. (알다시피 소설, 시, 비평 등 제 분야를 망라하는) 그의 문학적 작업 전부를 대상으로 말해도 과히 틀리지는 않겠거니와, 특히 그의 시가 세 권의 시집을 통해 오면서 첨예하게 보여 준 것이 바로 이런 것, "이야기는 언제나 끝이어서야 시작할 수 있는 이상한" 언어들(「이상한 나라」), "나는 내 바깥에서 태어"나는 순간들(「실종」), "나라고는 믿을 수 없는 신선한 자세"들(「관절의 힘」) 등이 아니었던가. 이 소설 「천국보다 낯선」에 두드러지는 특징을 가지고 부연해 본다면, 의도적으로 시간성을 분산함으로써 서사적 구심력을 흩트린다거나(예컨대, 그들은 사고 뉴스를 들은 이후 그 사고를 목격한다) 한 세계의 "끝"—또는 그 너머—을 암시함으로써 그

---

4) 또, 아무도 야구하지 않는 야구장에서 날아온 야구공(「변회봉」), 언제나 예민한 각도로 존재하기 때문에 아무 길로나 다다를 수는 없는 아르마딜로 공간(「아르마딜로 공간」), 불면증자들의 머리 위에 펼쳐진 넓고 깊은 밤하늘(「밤을 잊은 그대에게」)…… 이런 것에 대한 이야기들을 들은 적이 있다면…….

5) 박준상, 「침묵 또는 음악 — 블랑쇼의 문학론」, 한국프랑스철학회 엮음, 『프랑스 철학과 문학비평』(문학과지성사, 2008), 134~139쪽 참조.

세계 자체의 형식을 와해시킨다거나(예컨대, "뭔가 다른 공간, 다른 시간에서 들려오는 목소리"나 허공의 시선) 하는 것은, (그의 소설 이전부터) 이장욱의 시가 지속해 온 작업이기도 하고, 또, '시'라는 형식에 어울리는 정신이기도 하다.(우리 시는 단일한 서정정의 신화를 잃은 지 오래고 통합하는 주체성의 권위를 믿지 않은 지 오래다.)

어쨌거나 여기서 생각해 보려는 것은, 「천국보다 낯선」이 이장욱이 쓴 '소설'이라는 사실이다. 저 위에 인용한 부분, "바깥"이 전경화되고 정지와 침묵 속에서 "천국보다 낯선, 그런 시간"을 맞는 그 순간은 이 소설의 맨 끝이다. 이야기는 일단 끝이 나지만, 그러나 (앞에서도 얘기했듯) 지금껏 말해진 것은 모두 되돌려지고 이야기는 다시 처음으로 돌아가 있다. 그러니 이 끝은 처음과 같다. 이야기는 이제 다시 시작이다. 순간은 이야기로 지속될 것이다. 그런데 이런 비교가 가능할지 모르겠으나, 그의 '시'에서라면, "이전과 이후가 달"라진 순간, "해안도로를 달리다가 쾅! 가드레일을 들이받은"(「생년월일」) 바로 그 순간에 시의 모든 언어는 점령되어 있다고 할 수 있다. '찰칵' 하고, 순간은 언어로 인화된다. 찰칵의 순간에는 끝도 시작도 없다. 시의 언어는 또 찍힐 수는 있어도 다시(새로) 찍힐 수는 없는 순간의 것이다. 그리고 이때 태어나는 것이, 이를테면 "나는 왜 조금씩 내가 아닌가?", "나는 지금 어떤 소년인가/ 맹세인가", "외로운가?", "오늘은 당신의 진심입니까?", "겨울은 겨울만이 가득한가?", "동사무소란/ 무엇인가" 등과 같은, 그 순간을 흘러넘치는 질문들일 것이다.[6] 그런데, 한 번 더 이런 비교가 가능할지 모르겠으나, 그의 '소설'에서라면, 찰칵 한 저 시의 순간을 흘러넘친 질문들은 다시, 원점으로 회귀한 이야기 속으로 스며드는 것 같다. 순간이 이야기로 지속되면 질문은 다시 질문될 것이다. 물론 대답을 구한다는 말이 아니다. 질

---

6) 함돈균은 "이장욱에게 이렇게 질문이 도래하는 순간은 언제나 시가 도래하는 순간과 일치한다."라고 쓴 바 있다. 「잉여와 초과로 도래하는 시들」, 『예외들』(창비, 2012), 27쪽.

문이 탐구된다는 뜻이다.

질문이 탐구되면, 그것은 하나의 사유가 된다. 이장욱의 소설이 지닌 '바깥'의 이미지는, 따라서 '사유-이미지'라고 불려도 된다. 앞에서도 말했지만, 「천국보다 낯선」의 마지막 장면에서 '크레인 숏'이 광장을 부감으로 내려다볼 때, 이제까지의 모든 질문들(A는 누구인가, 아니 그녀는 어디에 있는가. 그녀의 죽음을 배웅하러 나선 이들은 어디에서 어디로 가고 있는가. 아니 누가 죽었고 누가 살았는가. 죽음이 프레임의 밖인가, 삶이 밖인가. 우리는, 나는, 안에 있는가, 바깥에 있었는가……)은 다시 물어지기 시작하고 그것이 바로 처음부터 다시 시작하는 이야기가 될 것이다. 이 사유-이미지에 대해, 이것의 소설적 공명에 대해, 그의 다른 문학 작업과 별개로 얘기하기 어려운 것이기는 하지만 "그러나, 그럼에도 불구하고, 그렇게"[7] 이것은 소설의 것이 된다. 문학의 양식을 가르는 일이 전혀 필수적이지 않다고 믿음에도 굳이 시와의 비교를 무리하고 장황하게 늘어놓았던 것도 그런 까닭이다. 질문의 발생을 목도한 곳에서 질문을 다시 질문하게 하는 것, 그렇게 써 나가는 것, 그것이야말로 '바깥'을 규정하려는 철학의 시도가 실패하는 곳에서 '바깥'을 사유하게 하는 소설의 일인 것이다. 이장욱의 소설을 읽고 당신은 어리둥절한 상념에 한없이 젖었던 적이 있지 않은가? 무언가를 찾아 헤매다 영원히 망실해 버린 듯 아득했던 적은? 분석되지 않고 의미화되지 않는 어떤 시간에 사로잡혀 막막하지 않던가? 당신은 그의 소설의 사유, 그 사유-이미지에 붙들렸었다. 그로부터 불현듯 시작된 다른 세계 속에, 또 하나의 어둠 안에, 잠시 머물렀던 것이리라. 소설의 줄거리를 조만간 새까맣게 잊는다 해도 그 경험만큼은 결코 파괴되지 않는다.

이장욱은 가장 최근에 출간한 시집 말미 '시인의 말'에 다음과 같이 적

---

7) 이장욱, 「시인의 말」, 『생년월일』(창비, 2011).

었다. "이런 밤, 내가 선호하는 것은/ 그냥 처음부터 다시 시작하는 것이다." 밤, 선호, 그냥 처음부터 다시 시작하는 것. 어쩌자고 내게는 이것들이 다 소설의 일로 들리는 것일까. 대낮처럼 휘황찬란한 스펙터클의 세기에도 우리에겐 '천국보다 낯선' 밤하늘이 있다. 우리가 좋아하는 것은 천국'보다는'(천국이 아니라) '낯선' 것. 이를테면 매 순간 새로 태어나는 이야기. 이를테면 걸음을 멈추고 뒤돌아보았을 때 빗방울들 하나하나가 처음 들려주는 이야기.[8] 그런 것들이 거기 쌓이거나, 쌓였다가 부서지거나, 다시 쌓일 것이다. "벽돌을 쌓듯이 쓰는 문장들./ 벽돌을 던지듯이 쓰는 문장들./ 벽돌을 깨버리듯 쓰는 문장들./ 부서진 벽돌을/ 껴안듯이 쓰는 문장들"로. 이 문장들은 이장욱 시의 것만이 아니다. (이제 거의 관용구처럼 된 얘기지만) 시인 이장욱이 서정의 순결성을 내파하고 일인칭의 권위를 무너뜨리는 다른 서정의 시를, "서정 자체를 낯설게 하는" 시를 등장시켰다면, (다음 말은 조만간 관용구가 될 것이다.) 소설가 이장욱은 서사의 구심력을 흩뜨리고 시간의 절대성이라는 구속을 벗어던지는 다른 세계의 이야기를, "세계 자체를 낯설게 하는" 소설을 보여 주었다. 우리 시의 미래에 이장욱이 있었던 것처럼, 이제 우리 소설의 미래도 이장욱을 가졌다.

(2013)

---

8) "너는 나에게 무슨 말을 했다. 나는 걸음을 멈추고 뒤를 돌아보았다. 내가 오래 살아온 도시가 재가 되어 있었다. 빗방울 하나하나가,/ 처음 하는 이야기를 시작했다."(이장욱, 「뒤」)

How to Play
―우리 시대 소설 작동법

중력을 다루는 법
―윤이형,『큰 늑대 파랑』(창비, 2011)

크게 두 부류의 이야기꾼이 있다. 우리의 우주와 비슷한 세계에서 우리 삶을 관할하는 규칙과 똑같은 규칙의 지배를 받는 삶의 형태를 보여줌으로써 인간의 정서와 행동의 연대기를 구성하는 한 부류. 우리의 우주와 다른 법칙이 지배하는 세계로 우리를 옮긴 후 그 극화(極化: 극대화, 극소화, 극사실화 등)된 법칙에 따르는 극화(劇化)된 삶의 형태를 구성함으로써 세계의 잠재적(virtual)인 사건을 우화적으로 드러내는 또 한 부류. 각각 연대기 작가와 우화 작가라고 해도 될까? 윤이형은 두 번째 부류의 작가다. 그의 두 번째 소설집『큰 늑대 파랑』을 읽은 우리는, 그러므로 이 글을 마칠 때까지 오직 두 번째 부류에만 관심이 있다.

그의 소설이 존립하는 배경은 자연이 구축한 세계가 아니라 인간이 구축한 세계다. 그곳에서 인간과 물리적 세계의 관계는 자연법칙을 따르지 않는다는 뜻이다. 즉 그곳엔 그곳의 중력이 따로 있다.「스카이워커」에서 벽과 천장에 발을 대고 서서 걸을 수 있는 사람들을 보라. 그들은 우리와는 '다른' 중력의 작용을 받거나 최소한 "중력을 마음대로 다룰 수 있"다. 땅에 발을 똑바로 딛고 서 있는 우리에게 그들은 위협적이거나 매혹적인 능력자가 아닐 수 없다. 우리 세계의 중력이 일정 비율로 줄거나 늘어난 이 다른 세계에서는 우리 세계에 나타났던 어떤 현상 혹은 형상이 우리 세계에서와 달리 가볍게 뜨거나 무겁게 가라앉을 수도 있다. 그럼으로써 그 현상 혹은 형상은 한층 희한하거나 괴팍하게 드러나고 이야기는 더 색다르고 강렬한 것으로 조형되기도 할 것이다.

이러한 윤이형 소설의 특색을 말할 때 간혹 문제적이 되는 것은, 이른바 '장르적'이라는 말로 이를 규정할 때다. 자연법칙을 변경한 설정으로부터 파생된 이야기를 조립하는 일정한 관습을 흔히 과학소설적(SF적) 장르 문법이라고 지칭하는데, 서사의 어떤 관습을 말할 때는 그렇게 쓰이거나 읽히기 위한 수단이나 목적에 관한 것까지 함께 의식해야 한다. 그런데 윤이형 소설에서 중력을 초탈한 이들의 말을 들자니, "그냥 재미있어서" 해 본 것, "몸의 내부와 외부가 순간적으로 바뀌는 듯한 느낌"이 좋아서 그래 본 것이지, "그걸 굳이 쓸모 있는 데 쓰려고 생각하지는 않"으므로 생각보다 쓸모는 없는 능력이라고 한다. 만유인력조차 초월한 그들이지만 이 다른 세계를 위한 특별한 목적이 먼저 있었던 것 같지 않고 그것을 드러내는 일정한 관습을 따르는 데 그다지 큰 관심은 없는 것 같다.

사례별로 확인해 보자면 이렇다. "내가 속한 세계의 중력을 내가 온전히 좋아할 만한 것으로 만들고 싶"다는 욕망을 말하려다 보니 하늘을 걷는 「스카이워커」가 생각날 수밖에 없었다. 인간 주체의 분열을 활동하는(active) 주체와 잠정적인(virtual) 주체로 이해하기 위해서는 '본체'에서 떨어져 나온 '분리체'와의 「결투」를 이야기할 수밖에 없는 것이다. 사이버상의 가상성이 공상적인 불가능성에 머물지 않고 잠재적인 가능성으로 선명해진 느낌은 컴퓨터 윈도 화면을 뚫고 세상으로 뛰쳐나온 「큰 늑대 파랑」이 사람들을 좀비로 만들면서 뼈가 굵어지고 살이 붙어야 말이 되는 이야기가 된다. "세계는 하나의 특정한 현실만 존재한다는 생각"을 "낡아 빠진 생각"이라고 말하고 싶다면 앤서빌의 「이스투아 공원에서의 점심」의 경우가 딱 알맞은 장면을 만들 것이고, "이것도 진실이고, 저것도 진실이게 만들 수" 있는 것이 작가라고 생각한다면 「로즈가든 라이팅 머신」이 고안되어야 적당하다.

단언컨대 윤이형의 기발한 상상력과 개성 있는 서사 문법이 설명되어야 하는 지점은 바로 여기여야 한다. 당연하게 들리겠지만, 그는 기발하고, 미래적이고, '장르적'이려고 '스카이워커'를, '자아 튜닝 서비스'를, '라이팅 머신'을 이야기한 것이 아니다. 거꾸로, 당연한 얘기만은 아닌데, 핵전쟁 이후와 좀비 늑대와 '루'라는 종족과 책이 아닌 형태의 소설을 이야기했기 때문에 기발하고 장르적이게 된 것도 아니다. 그로서는 뭐 좀 지금 여기의 형태와 다른 것을 써야겠다고 생각한 적이 없고, 그저 "뭐가 잘못이라고 말하지 않고. 그냥 다른 시선으로 보고, 되게 특이하게, 매번 다르게, 써낼 뿐"이었던 것이고, 우리로서는 그 말이 매우 믿을 만하게 들린다는 것이다. 말하자면 그는 자기가 아는 어떤 것을, 이렇게 쓸 수밖에 없어서, 이런 이야기들을 썼다. 즉 이 이야기들의 목적과 수단에 외재적인 장치가 따로 개입하지 않은 것 같다. 그러자 그것은 '무엇을' 쓰는 것이 '이렇게' 쓰인 것과 정확히 부합하는 좋은 사례가 되었다! 우리는 바로 이런 의미에서만 윤이형의 소설을 '장르 서사'라 부르고 싶고, 바로 이런 의미에서만 그렇게 불러도 된다고 생각한다.

그런데 윤이형 소설이 '장르적'이라 불릴 때, 그것은 다른 중력, 다른 종족, 혹은 다른 '갈래 세계'를 경유하지만 그런 여러 에디션들을 통합하는 장르는 아니다. 이 장르의 글쓰기는 통합된 '완전한 자아' 같은 것을 지향하지 않는다. 그런 '완전한' 글이 있다면 그것은 우리를 "아프고 슬프게 하면서도 그 이상을 보여 줄 수 있고, 읽는 사람 마음속에서 깊은 변화가 일어나게" 하는 힘을 지녔을지도 모르지만, 그런 '힘'보다도 더 원하는 것은 따로 있다고 작가는 말한다. 가령 「완전한 항해」에서 '창'은 죽음을 목전에 두고도 '갈래 세계'의 벽을 넘어 불멸하기를 택하지 않고 끝내 그 세계에서 가장 멀리 가장 빠르게 날아 새빨간 불꽃으로 소멸해 버리기를 택한다. 윤이형의 서사가 무엇보다 하고 싶은 일은, "내가 못 보는 걸 보여 주는" 것, 그로써 안 보이는 것들을 볼 수 있게 하는 것이다. 윤이형의 서사는 다른 세계로 통합되는 글쓰기가 아니라 이 세계에서 "지켜야 되는 뭔가를" 지켜 내는 글쓰기가 되고자 한다. 이런 글쓰기가 지향하는 '완전한 항해'란, "자신을 둘러싼 세상의 거대함과, 제자리에 있는 모든 것이 주던 아찔한 절망감"을 떨쳐 버리는 일이고, "투명한 공기 속에서 자기가 믿는 길을 보고, 그것이 마침내 자신이 통제할 수 있는 흐름으로 느껴지기 시작했을 때, 처음으로 허공에 궤적을 만들며 느낀 짜릿함을 기억"하는 일과 다르지 않을 것이다.

윤이형의 소설을 읽는 것은 그러므로 다른 세계로 가는 일이 아니라 "다른 세계에서의 삶은 아무 의미가 없"다는 것을 알게 되는 일이다. 물론, 그의 소설은 언제나 우리에게 "내가 밟아 보지 않은 길이 있고 상상조차 해 보지 못한 음악이 흐를" 곳으로 가 보라고 권유하고 그곳으로 우리를 안내한다. 신기한 것은, 그를 따라, 우리가 혼자서는 가 보기 어려웠던 그 길을 지나며 낯선 것들을 만나게 될 때엔 노상 "어느 집에서 저녁을 하는지 맛있는 밥 냄새가" 큼큼 코끝에 밀려든다는 사실이다.

욕망과 충동의 변증법
—김태용, 『포주 이야기』(문학과지성사, 2012)

"이게 정말 나의 이야기일까." "그것이 진정 내가 원한 이야기인가."

"내가 불렀던 이름들"은 "잘못 불렀던 이름들"이 아닐까. 말에 대해 유별나게 예민한 사람만 이런 회의를 하는 것은 아니다. '모든' 말하는 주체는 자기의 말이 적절하기를 바라고 그렇지 못함을 괴로워하고 더 적절하기 위해 다시 말하는 운명에 걸려들어 있다. 의도나 사고(思考)가 아닌 무의식 차원의 얘기로, 목표에 이르고 싶은 심리를 욕망이라고 하고 목표에 이르고 아니고를 떠나 무엇을 그만두지 못하는 행위를 충동이라 하여 둘을 구별하는 관점[1]을 참고하자면, 모든 (말하는) 인간은 바로 '말하는' 행위로 인해 욕망의 주체이고 또 충동의 주체가 되기도 한다.

　평생 "포주"로 살았던 이가 죽음을 앞두고 자기 삶을 정리하는 글을 쓰고 싶다면, 그가 "나는 포주였다."로 시작되는 한 편의 이야기를 통해 비참했던 지난 삶을 사실로 고백하고 그 회한을 보상해 주리라는 기대를 갖고 있을 때, 그는 이야기를 '욕망'하는 주체다. 그러나 욕망과는 달리 그는 지금 막 자기가 적은 첫 문장부터 마음에 들지 않고 좀처럼 다음 문장을 잇기가 너무 힘들다. 지난 인생을 기억하고, 고백하고, 묘사하고, 요약하려는 모든 말들로부터 사실보다 사실과의 간극을 더 많이 감지하는 그는, "나는 포주였다."보다 적절한 말을 찾는 데 하염없이 실패하는 중이다. 문제는 그런데 "이상하게도 멈출 수가 없다"는 것. "아무도 나에

---

1) 알다시피 이것은 정신분석의 스승들이 매번 강조했으나 정신분석을 현대의 상식처럼 친근하게 사용하면서도 간혹 헷갈리곤 하는 '개념'에 대한 이야기다. (소설을 읽고 어떤 개념의 행로를 찾으려는 것은 우려할 만한 일이지만 어떤 소설이 내준 길에 어른거리는 징후들은 길 잃을 각오로 헤매는 자로 하여금 어디서 주워들었는지 모를 개념에라도 의지하게 하는 경우가 없지 않다.) 충동은 ○○에 대한 소망이 아니라 ○○을 하려는 의지에 가깝다. 목표에 이르고 싶은 심리를 욕망이라고 하고 목표에 이르고 아니고를 떠나 무엇을 그만두지 못하는 행위를 충동이라 하여 둘을 구별한다. 목표에 도달하지 않는 충동을 죽음 충동이라 부르는 것은 그것이 죽음을 향한 추진력이기 때문이 아니라 죽을 때까지 끝나지 않는 반복적 순환에 걸려든 운명이기 때문이다. (죽음 충동은 죽고 싶은 마음이 아니다. 죽음 충동의 반대편에 살고자 하는 갈망이 있다는 생각은 충동에 관한 가장 큰 착각이다.) 욕망하는 자는 누구이고 충동에 휩싸이는 자는 누구인가? 둘이 따로 있는 것은 아니다. 임상적으로는 어떤 불균형이나 과잉을 도입하는 증상에 대해 욕망이 아닌 충동의 차원이라는 식으로 말해지지만, 이론적으로 보자면 둘은 별개의 체계를 필요로 하는 용어가 아닐 것이다. 좀 더 단순화해서 말하자면, 그렇게 하고 싶어서 하는 일이 욕망의 일이고 그렇게 할 수가 없어서 하는 일이 충동의 일이다.

게 쓰라고 하지 않았"는데도! "첫 문장이 마지막 문장이 될 것이라는 불길한 예감이" 드는데도! 이야기의 완성에 대한 기대도 없이 오늘도 글쓰기를 계속하는 그의 '행위'는 욕망의 일이라기보다 '충동'의 일이 된다.

언어와 세계의 간극, 그리고 이에 관한 자의식, 이것들은 언어와 세계 사이의 보편적 관계를 가리킨다. 언어의 아포리아를 모르지 않으면서 언어를 부리는 모든 상황에 그것은 내재해 있기 때문이다. 즉 저 늙은 포주에게만 그런 것이 아니다. 아니지만, 그 자의식 자체를 매만지는 일을 내용으로 삼는 서사, 즉 '이야기하기'라는 행위 자체를 주인공으로 놓은 서사에서라면, 얘기는 좀 달라진다. 문제의 자의식이 언어의 보편적 운명으로서 관여되는 것이 아니라 특수한 증상으로 발현되기 때문이다. 저 늙은 포주가 그런 것처럼 말이다.

벌써부터 유서의 완성이라는 목표 자체를 어지간히 불신하고 있으니 그가 지금 쓰는 말들이 목표에 이르려는 기획에 의해 추동된 것으로 볼 수는 없다. 그러나 그는 끊임없이 "나는 포주였다."라는 문장의 주변을 맴돌고 있다. 이는 차라리 '완성함'이 아니라 '완성 못 함'으로부터, 가능성이 아니라 불가능성으로부터 추동된 어떤 역할을 스스로 감당하고 있는 듯 보인다. 그의 전 인생을 응축하는 것도 아니며 마지막 문장에 도달하지도 못할 한 문장을, 그는 왜 매일매일 쓰고 있는가? 이 증상(행위)을 그가 그만두지 않는 것은 왜인가? 이유가 없지 않다. 이 쓰는 행위가 만족(즐거움)을 주기 때문이다. 늙은 포주는 이야기의 완성이 아니라 완성에 항거하는 행위로써 쓰기의 즐거움을 누리는 중이다. 즉 이야기를 중단하고 회의하고 배회하고 다시 처음으로 되돌리는 행위를 반복함으로써 '이야기하기' 자체를 지속적으로 향유하는 것이다. 이제 저 늙은 포주는 '충동'의 주체라 불려야 마땅하다.[2]

---

2) 충동은 목표에 도달할 수 없지만 충동의 만족은 있다.(억압 없이 이루어지는 그 만족을 프로이트는 승화라고도 했다.) 충동의 가장 큰 특징은 그것이 일시적인 자극이 아니라 항상적인 힘(konstante

앞에서도 말했듯, 충동이라는 항상적인 힘과 그 충동에 대해 '이야기하려는' 것은 상이한 차원의 문제다. 쓰고(말하고), 고뇌하고, 지우고, 회의하고, 다시 쓰고, 부정하고, 그러고도 또 쓰는 자, 즉 쓰는(말하는) 인간 모두는 충동이라는 힘에 긴박되어 있다. 하지만 그들 모두가 그것'에 대한' 이야기를 하고 또 하고 그러지는 않는다. 세계가 이야기화될 수 있다, 이야기가 언어로 성립될 수 있다, 그리고 언어가 해석 전달될 수 있다 등등의 믿음「환상」은, 아마도 지켜지기보다 배신당하는 편이 백배 많기도 하겠으나, 그렇다 해도 이야기를 하는 주체는 근본적으로 이야기를 믿는 주체일 수밖에 없다. 그 믿음은, 이야기를 하는 그 순간을 성립케 하는 필연적 계기로서 이야기하는 행위 안에 이미 포함되어 있는 것이다. 그런데 충동의 서사 주체는, 이야기의 매 순간에 그 믿음(환상)의 균열을 그냥 지나칠 수가 없는 자다. 못 본 체하려면 "뭔가 회피하고 있다는 생각을 지울 수가 없"어 그것'에 대해' 자꾸 말하고야 만다. 말하지 않을 수가 없다. 언어의 불완전함에 유별나게 예민할 뿐만 아니라 그에 대한 무시와 타협을 최선 다해 용인하지 않으려는 이 주체, 그는 정말이지 이야기에 관한 한 가장 완전한 것을 가장 간절히 욕망하는 자다. 그는 완전주의자다.

따라서 충동의 주체로 전환된 이야기의 화자는 '이야기'라는 대상에 대해 가장 엄격한 주체라고 해도 된다.[3] 그에게 무엇을 정확히 말하는

kraft)이라는 것, "이를테면 충동에는 밤낮도, 봄가을도, 성쇠도 없다는 것"이다. 라캉의 말이다. "그들(증상을 지닌 자들 — 인용자)은 분명 자신을 만족시킬 만한 어떤 것에 반대되는 것을 충족시킵니다. 혹은 더 정확히 말하자면, 그들은 그러한 것'에' 부응하게 되지요. 그들은 자신의 상태에 만족하지 않지만 그럼에도 그처럼 만족스럽지 못한 상태에 있음으로서 스스로를 만족시킵니다." 자크 라캉, 맹정현. 이수련 옮김, 『자크 라캉 세미나 11』(새물결, 2008), 251쪽.

3) 『포주 이야기』에 실린 다른 소설들에서도 서사의 주체는 이와 유사한 충동의 주체라고 할 만하다. 유서 쓰기를 완료하지 못하는 과정이 유서 쓰기를 지속시켜 마침내 유서를 남기게 된 것이 「포주 이야기」라면, 「허리」는 시작과 끝이 없이 중간만 있는 이야기란 불가능할 거라 말하는 과정이 그야말로 시작도 끝도 없이 "앞의 언어를 무화시키고 뒤의 언어를 뭉개 버리는" 이야기의 허리로 완성된다. 「뒤에」는 "무"라는 인물의 이야기를 하는 것으로 이야기의 무화(無化)를 기도함으로써, 세워지는 것

일이란, 비유컨대 시곗바늘이 언제 정확히 한 시간 느려지는지 알기 위해 "시계를 뚫어져라 쳐다보면서 시간이 느려지는 지점을 찾아내려"는 시도와도 같다. 필수적이든 아니든, 효율적이든 아니든, 이야기에 관해 그는 보기 드물게 철저하고자 하는 타입인 것인데, 그는 이야기로 봉합된다고 믿(지 못하)는 어떤 내용보다 이야기 혹은 문장을 산출하는 메커니즘에 훨씬 더 주의를 기울이는 편이다.[4] "인간이 스물네 시간 동안 시계를 쳐다볼 수 없다는 것을 스물네 시간 동안 시계를 쳐다보려는 시도를 하고 나서야 깨달"을 때처럼 이야기의 그 집요한 과정은 당연히 고달프다. 문득 피로를 느끼기도 한다.

아무래도 좋다. 이 말은 하지 말았어야 했지만 하고 말았다. 아무래도 좋다. 나인지 그인지 이 문장에 중독되어 있다. 뭔가 회피하고 있다는 생각을 지울 수가 없다. 아무래도 좋다. 이 문장을 또 쓰게 될 것인가. 또 쓰겠지. 아

___

이 아니라 허물어지는 것으로서의 건축과 같은, "이야기 뒤에 오는 이야기"를 이야기로 성립시킨다. 이런 소설들(『포주 이야기』의 소설 중 「포주 이야기」를 비롯하여 「머리 없이 허리 없이」, 「머리」, 「허리」, 「뒤에」 등)을 일컬어 '이야기 이야기'라고 부를 수 있을 것 같다. 이 '이야기 이야기'들은 공통적으로 충동의 궤적을 가시화한다.

4) 언어가 세계를 드러내는 것이 아니라 은폐한다는 것과, 그러나 세계는 언어 바깥에 존재하지 않는다는 것을 동시에 주장하는 것은 세계와 언어가 서로 미끄러지는 관계임을 알려 준 포스트구조주의 이후의 일반론이기도 하다.("텍스트 바깥은 없다", "메타언어는 없다"라는 명제가 떠오르기도 할 것이다.) 김태용 소설(「머리 없이 허리 없이」) 속 화자의 말로 바꿔 생각하면, "이야기에 속아 넘어가지 마라."(152쪽)와 "나는 너에게 이야기로만 존재한다."(153쪽)를 동시에 성립시키는 논리와 같다. 그렇다면 김태용 소설의 화자가 어떤 충동의 주체로 발화할 때 그는 마치 포스트구조주의 이론과도 같이 언어와 세계의 간극에 대해 (소설로) 설파하고 있는 것인가? 그렇게 보일 수 있다. 그런데 사실이 그러하다면, 역시 포스트구조주의에 대한 비판론에서도 말해졌듯, "메타언어는 없다"라는 명제를 발화하는 자리만은 이미 메타언어의 자리를 점유하고 있다는 사실이 여기서도 문제가 될 것이다. 즉, 언어와 세계에 간극이 있음을 진리화하는 말, 가령 "완벽한 기억 복원의 글쓰기. 그것은 불가능하다."라는 말만은 마치 그 자체로 진리인 듯, 어떤 진리와 간극 없이 쓰인 말처럼 여겨진다는 것이다. 즉 언어와 세계의 일치가 '불가능하다'는 말은 이미 언어의 아포리아를 '불가능'이란 말로 지칭 혹은 재현할 수 있다고 믿어야 발화될 수 있다는 뜻이다. 언어와 세계의 간극에 대한 발설은 스스로 메타언어의 자리를 점유함으로써 간극 자체를 언어화하는 데 실패하는 것이라면, 이른바 '포스트구조주의적' 메시지는 김태용 소설에서 정당화되지 않는다.

무래도 좋다, 라는 문장은 아무 때나 써도 좋지만 그렇기에 함부로 쓰지 말아야 한다. 앞으로 얼마나 더 아무래도 좋다, 라는 문장을 쓰기 위해 혹은 아무래도 좋다, 는 문장의 의미를 지시하는, 의미와 별반 다를 바 없는 불필요한 문장을 쓰고 지우고 억지로 연결시켜야만 하는가. 벌써부터 지친다.

이런 고투와 피로에 대해 잠깐 생각해 본다. 우선, 이 고투/피로는 쉽지 않고 흔하지 않고 단순하지 않은 것이기에, 그 자체로 그야말로 '값지다'. 열렬하게 근본적이고 투철하게 극단적일 때에만 가까스로 얻을 수 있는 이 체험은 그 자체로 '문학적인 것'의 고유한 영역일 수 있다.『포주 이야기』의 문학적 의의는 가장 먼저 여기서 말해질 수 있다. 그런데 이 고투/피로는 어떤 성공을 위한 과정에 치르는 대가(代價)가 아니라 차라리 영원히 실패하는 도중의 것이고 거기에 그려진 발자취일 뿐이다. 영원히 실패하는 도중이란 실패의 연속을 뜻하는 게 아니다. 성공의 밑거름이 되기 위한 실패의 과정도 아니고, 실패를 위한 실패의 시도는 더욱 아니다. 실패를 서둘러 인정하거나 미리부터 실패를 예감하거나 실패 자체를 추앙하는 등의 제스처들로는 실패하는 도중에 설 자격을 얻을 수 없다. 결코 필연일 수 없다는 심정으로 절망과 만나야 하고, 단 한 번도 패한 적 없는 듯 무모해야 하며, 상처는 아프되 상실감에 빠지지도 말아야 한다. 그래야 영원한 실패로서의 고투/피로는 겨우 가능하고 가까스로 흔적을 남길 뿐이다. 그러니 이 고투/피로는 어떤 모순의 소산일 수밖에 없다. 이것은 언어와 이야기(의 불가능성) '자체'의 심문만이 아니라 이야기하기의 (불가능한) '욕망'까지 심문하는 것이므로, 역설적으로 이야기(하기)의 (불가능한) 욕망이 가장 강력할 때 생겨나는 것이다. 다시 말해, 이야기의 욕망을 불신해서는 그것을 심문할 수 없을뿐더러 이야기에 대해 잘 실패할 수조차 없다는 말이다. 싸우는 대상의 '불가능' 자체는 끝까지 괄호 안에 넣어 둔 채로 언제나 싸움을 (가능하게) 해야 하는 것, 이것이 고투/피로의 아이러니, 아이러니한 고투/피로다. 『포주 이야기』의 문학적 평가는 언젠가 여기서 결판날 것이다.

이야기하기의 충동을 서사화하는 주체는 역설적으로 이야기하기의 욕망에 대해 가장 까다로운 주체다. 반대로, 이야기를 통해 욕망의 주체를 성립하는 서사 주체는 이야기하기의 충동을 가장 능동적으로 향락하는 주체일 수도 있다. 말하는 인간 누구에게나, 어느 쪽도 불가피하고 어느 쪽이나 불가결하다. 양쪽에서 들려오는 소리를 양쪽 모두에 대고 다시 말한다. 너의 향락을 양보하지 마라. 너의 욕망을 포기하지 마라.

사랑을 침묵하지 않는 법
— 김경욱, 『동화처럼』(민음사, 2010)

이 동화는 다음과 같은 원칙에서 시작되었다. 사랑은 하(거나 안 하)는 것이지 말할 수 있(거나 없)는 게 아니라는 것. "사랑에 대해 우리는 너무 많은 것을 알 수는 없"지만 연애나 결혼 같은 관계의 토픽(topic)을 통해 사랑의 처소(topos)를 가늠이나마 해 볼 정도라는 것. 그래서 이 동화는 다음과 같은 방침으로 쓰였다. 특정한 사건들에 대해 관심을 두기보다는 어떤 장면이 도출된 상황의 보편성에 대해 흥미를 가질 것. 연인들의 사랑이 막 진행 중인 현장에서도 그 사태의 직접적인 동기보다는 두 남녀 사이에 자리를 잡아 가는 관계의 구조를 추적할 것. 무형의 사랑에 끌려 들어가지 말고 관계의 유형이 끌려 나오게 할 것.

그리하여 여기 한 편의 ('사랑론'이 아니라) '사랑의 의미론'[5]이 세워

---

5) 니클라스 루만이 '의미론(Semntik)'이라고 했을 때 그것은 의미를 현행화하는 체험 사건 및 행위 사건 전체와는 구별하여 "한 사회가 이용할 수 있는 형식들", "고도로 일반화되고 상대적으로 상황에 독립적으로 이용 가능한 의미"라고 정식화된다.(정성훈 외 옮김, 『열정으로서의 사랑』(새물결, 2009), 19쪽.) 이런 뜻에서 '사랑의 의미론'이라는 용어를 썼지만 이 글은 사랑에 대한 루만의 연구

졌다. 이 한 쌍의 연인, 눈물 공주와 침묵 왕자의 굴곡진 사연과 질긴 인연의 배후로 꽤 구조적인 밑그림이 그려진다. 일단 그것은 여러 쌍의 짝패들을 거느린다. 이를테면 눈물과 침묵, 장미와 개구리, 복권 혹은 벼락, 커피 혹은 오렌지 주스, 아침과 밤, 예비와 대책, 시간의 힘과 사랑의 힘 등등이다. 이 쌍들이 형성하는 (비)대칭적 구조는 "과거는 현재의 미래다."와 같은 역설과 "현재는 미래의 과거다."와 같은 직설을 교대로 스피디하게 통과하면서 아슬아슬하게 균형을 이루어 낸다.

이 구조의 형상은, 비유컨대 유동하는 외부를 지탱하기 위한 내부의 골조(骨組) 같은 것이 아니라 스스로 흔들리면서 중심을 잃지 않는 모빌 같은 것이다. 그리고 여기에 매달리는 일은 평생 '고독'하도록 저주받은 세상 모든 인간 남녀들의 희망이다. 저주에서 풀려나는 길이 이 모빌에 매달려 흥겹게 술렁이면서도 바닥에 패대기쳐지지 않도록 평형을 유지하는 것이기 때문이다. 우리의 두 주인공, 백장미와 한명제도 이 모빌의 한 끝씩에 매달려 건들건들하고 있다.

이 두 남녀의 동요와 평정이 반복되는 흐름을 타고 가면서 우리는 이 구조의 비밀, 이 관계의 원리에 대해 조금 알게 되고 많이 생각하게 되었다. 말하자면 사랑이라는 관계의 역학에 대해, 다시 말해 저 모빌을 흔들리게 하는 이유와 모빌의 중심을 잡아 주는 원인에 대해. 어디를 읽고 무슨 생각을 했던가?

먼저, 모빌에 매달린 두 연인의 '진동'에 대하여. 사랑하는 두 사람만이 가장 열렬하게 상대를 원하다가도 가장 격렬하게 서로를 미워할 수 있다. 이 동화에 따르면 이들은 사실 서로 다른 별에서 지구로 온, 서로에게 외계인과 같은 존재들이기 때문에 그렇다.[6] 세 번 헤어지고 세 번

를 참고하지 않는다.

6) 이런 맥락에서 이 소설을 가장 쉽게 소개할 수 있는 방법이 있다. 『동화처럼』은 남녀가 완전히 다른 존재라고 생각하면 서로 더 이해하고 덜 상처 받을 수 있다는 취지의 연애−결혼 생활 지침서 『화성에서 온 남자, 금성에서 온 여자』의 소설판본이다.

다시 만난 이들에게 가장 큰 난관은 이런 것이었다. "누구의 잘못 때문에 헤어지려는 게 아니라는 사실을 남자는 이해하지 못했다. 마음을 굳힌 것은 그 때문이었다. 혼자 있고 싶은 것은 잘못된 것이고 잘못된 결과는 반드시 누군가의 잘못 탓이라는 법이 지배하는 별에 사는 사람이었다. 장미는 남자가 딛고 서 있는 별이 까마득하기만 했다." 그러니 이들이 얻은 (결혼에 대한) 아포리아를 빌려 사랑에 대해서도 이렇게 말해 보자. "사랑은 두 사람이 하는 게 아니라 네 사람이 하는 거라고. 남자와 여자, 그리고 각자의 마음속 아이. 네 개의 다른 별에 살던 사람들이 만난 거라고."(292쪽 변형) 연인들 마음속의 아이란 의존심과 적대감의 화신들이다. 이 아이들 때문에 즐겁고 이 아이들 때문에 괴로운 것이 사랑이다. 아이들이 잠들지 않는 한 모빌의 춤동작은 멈추지 않는다.

다음, 멈추지 않는 소요 중에도 중심을 잃지 않는 '균형'에 대하여. 모빌이 흔들리는 건 허공에 떠 있기 때문인데, 그 허공은 사랑하는 두 사람을 둘러싼 무수한 우연과 운명의 맥락들이기도 하다. 이 동화에 설치된 모빌은 주인공 커플만 양팔 저울처럼 흔들리는 단층 구조가 아니라 주인공 남녀와 또 다른 두 남녀가 서로 다른 높낮이에서 흔들리는 복층 구조다. 대학 동기인 네 남녀 사이에서 사랑의 화살표는 처음부터 주인공 둘 사이에 오간 것이 아니었다. (개구리 왕자가 사랑한 난장이는 한서영이었고 눈의 여왕에게 끌려간 장미를 구하러 올 친구는 서정우였으니까.) 그러나 사랑에 무엇보다도 결정적인 것은 타이밍과 확률, 떠보기와 넘겨짚기가 아닌가? 이들의 연분은 엉뚱하게 운명 지어진다. '엉뚱한 운명'이라니, 이 얄궂은 조어가 어쩌면 이들의 사랑을 가장 잘 정의한 것임은, 가령 이런 불가해한 마음 때문이겠다. "(장미는) 서정우의 마음을 알 수 없었다. 더 알수 없는 것은 제 마음이었다. 서정우를 멀리한 것은 남자 때문이었다. 남자가 미웠지만 그 때문에 서정우를 만날 수 없었다. 서정우를 만나면 남자를 더 미워하지 못할 테니까." 사랑의 핵심은 진정 엇갈림과 딜레마인 것일까? 연인들의 머릿속에는 그런 모순과 당착을 감내하고 즐길 수 있는 특별한 회로들이 이미 장착되어 있는 것 같다. 패러독스와 아이러니가 자리를 잡고, 이것이 작동하면서 사랑하는 이들의 운명 안에서만 용도를 갖는 문장들이 마구 출현한다. 그 문장들을 가지고서, 빠져들거나 타오르고 황홀하다가 비참해지며 마침내 없던 일이 되거나 죽어서도 사라지지 않는 것, 그것이 사랑이 아닌가. 이 회로가 고장 나지 않는 한 저모빌은 아무리 기우뚱거려도 바닥으로 추락하지는 않는다.

이상은 김경욱의 『동화처럼』에서 나에게로 딸려 나온 상념들이다. '동화'처럼 선 굵은 드라마와 선명한 심리극을 제시하고는 있지만 『동화처럼』은 우리가 흔히 동화 같다고 여기는 꿈과 환상, 모험과 낭만을 단순하고 소박하게 그려 낸 이야기는 아니다. 『동화처럼』에서 동화에 빗댄 것은 공주, 왕자처럼 '비범한' 인물들이 아니라 평범한 인간들의 동화 속 '활극' 같은 사랑의 몸부림이 아닐까? "황당하고 주술적인 억지"가 "어떤 논리적이고 합리적인 이유보다 더" 리얼하게 벌어지는 그 사랑의 현장. 그런데 논리보다 주술이, 이유보다 억지가 통하는 현장, 그런 것이 정녕 사랑의 장면만일까? 현실의 인간들 행태가 실은 다 그렇지 않던가? 수수께끼와 난센스는 동화 속에만 있는 게 아니라 현실 속에서 이미 넘쳐나고, 그래서 때로 동화는 동화 같지 않고 소설 같다.

그러니 이 작가에게 '동화처럼'과 동의어는 '사랑처럼'이고 그것은 또한 '현실처럼'과 다른 말이 아닌 것이다. 개구리가 왕자가 되고 입맞춤으로 공주가 깨어나는 동화의 구조에 이미 고독의 저주를 풀어 주는 유일한 운명인 사랑이 개입되어 있다. 수수께끼와 스무고개로 험난한 곳은 동화의 세계만이 아니다. 사랑의 세계 그리고 현실의 세계가 다 그러하고 더 그러하다. 답이 궁금한 사람과 문제를 낸 이유가 궁금한 사람이 서로를 답답해하면서도 서로 의지한 채로 난관을 헤쳐 갈 수밖에 없다. 바로 이런 것이, 단순하고 행복해서가 아니라 어이없고 잔인한 것이어서,

동화 같은 사랑이다. 그리고 이런 한에서, 사랑은 동화고, 현실도 다르지 않다. 이것이 바로 반어가 아닌 채로, 아니 반어의 반어로서, 『동화처럼』이 전하는 사랑의 토포스다. 사랑을 직접 말할 수 없는 거라면 사랑의 토픽을 말하는 것으로 사랑을 침묵하지 않는 것. 사랑은 그렇게라도 터져 나오고 사랑하는 사람은 그렇게라도 사랑을 외치지 않을 수 없으니.

아픔을 앓/알고 사는 법
―한강, 『노랑무늬영원』(문학과지성사, 2013)

한강의 소설을 펼쳤다면, 당신도 곧 아프게 될 거라는 신호다. 손이 으스러지고 척추에 금이 가고 벗겨진 살갗에서 피와 진물이 흐르는 사태를 목도하게 될 거라는 뜻만은 아니다. 그런 통각은 차라리 "너무 허약하다"고 소설 속의 그들은 말한다. 생이 통째로 휘둘리는 "만신창이"의 느낌은, 따갑고 쓰리고 욱신거리는 동통 탓만이 아니라고. 오히려 어항 속에 잠겨 바깥을 바라보듯 만상의 실감을 거머쥐지 못하는 쇠약한 의식, 그것이 더 불가항력의 고통이라고. 왜 찌르는 아픔보다 헐거운 신경이 더 끔찍한 것인가? "무엇인가 내 안에서 튀어나와" 버렸거나 "거꾸로 나라는 존재가 무엇인가로부터" 퇴출당하여 내가 내가 아니게 되어 버렸기 때문이다. 나를 나이게 했던 모든 "환상과 주관성"이 증발했기 때문이다. 아픔이란 훼손에 의한, 훼손에 대한, 감각이자 인식이다. 그것은 외부의 자극, 침입, 마찰에 의해 생겨난 '감각'이면서 또한 그로 인해 내가 인정하는 상태의 내가 더 이상 존재하지 않게 되었다는 '인식'이다. 한강의 '아픈 사람'들은 아픔을 앓고 있는 것만이 아니라 아픔을 알고 있는 것 같다.

부질없는 심문과 대답 사이, 체념과 환멸과 적의를 담아, 서늘하게 서로의 얼굴을 응시하는 시간./ 눈이 흔들리고 입술이 떨리는 시간./ 내 죽음 속으로 그가 결코 들어올 수 없고, 내가 그의 생명 속으로 결코 들어갈 수 없는 시간./ 그 모든 것이 더 이상 중요하지 않게 된 시간./ 오직 삶을, 삶만을 달라고, 누구에게든, 무엇에게든 기어가 구걸하고 싶던 시간.

이것은 확실히 앓는 이의 시간이라기보다 아는 이의 시간이다. 개체 내부적이고 주관적인 아픔의 '감각'은 '나'라는 개별자의 외부를 전염시키지 못한다. 아픈 육체를 어루만지고, 몸서리치고, 같이 눈물을 흘려도, 우리가 공유할 수 있는 것은 '아픈 감각'이 아니다. 아픈 이의 외부로 퍼져 나가는 것은, 훼손을 받아들여야 하는 포기와 망각, 자기 삶으로부터 들떠 버린 상실과 공포다. 그것은 아픔의 감각이 아니라 아프다는 '인식'이다. 아픔에 대한 인식을 통해서만 우리는 같이 아플 수 있다.

한강 소설을 손에 든 내내 아픔에 시달리고 억눌리기만 하겠는가. 아픈 이는 언제나, 아프므로, 아픔을 더는 쪽으로 가려고 하고, 가야만 한다. 그것은, 다시 "뜨겁고 진실하고 명징"하게 사는 일, 아픔으로 인해 온전한 나일 수 없었던 내가 다시 나이게 되는 것, 삶의 한복판으로 돌아가 나와 삶 사이의 거리를 메우는 일일 것이다. 어쩌면 그것은, 아픔을 알기 전 내 것이었던, 내가 내 삶의 주재자라는 "환상과 주관성"을 되찾아야만 하는 일일까? 그런데, 과연 그것이 가능할 것인가? 아픔을 더는 것이 아프기 전으로 돌아가는 일일 수 있을까? 아니, 한강의 소설은 그렇지 않다고, 그럴 수가 없다고 말해 주는 이야기다. 회복된다는 것은 아프기 전으로 돌아간다는 뜻이 아니다. 회복이 그런 뜻이라면 우리는 영원히 회복될 수 없다. 아픔을 겪었다는 건 "이상한 강을—그때까지 한 번도 건너본 적이 없는—건넌 것이다." 아프지 않기 위해 이미 불이 켜진 무대에서 계속 연극을 하고 있을 수는 없는 것이다. 그저 아픈 채로,

이렇게 더 작아지고, 지워지고 뭉개진 채로 "눈에 보이는 대로의 진실이 가리키는 길로 가 볼 수밖에."

그러자 이상한 일이 벌어진다. "모든 것이 뭉개어지는 데 비례하여 오히려 감각들은 선명하게 살아난다는 것이다. 회칼처럼 예리해진, 예전에는 가져 본 적 없었던 눈과 귀와 코와 피부와 혀의 감각들"이. 한순간의 빛, 떨림, 들이마신 숨, 물의 정적…… 아픔을 알기 전 나를 지탱했던 환상이 깨져 나간 자리에 "여태껏 한 번도 가져 보지 못한 투명함"이 스민다. 아프다는 인식 이후에 온, 통증보다 맹렬한 이 감각이야말로 어쩌면 가장 명징하고 진실한 아픔의 감각일 것이다. 아픔 때문에 삶으로부터 추방되어 희미해진 게 아니라 아파야만 진짜 삶의 명징함에 가까워진다. 그러니 회복이란 상처를 낫게 하는 게 아니라 상처와 더불어 잘 지내는 것이다. 내 삶에 대한 경멸과 혐오도 함께, 뜨겁고 끈덕진 질문을 품고 "검은 바다의 밑면 같은 거리를 한 걸음씩 뭇을 치며 나아가는 일"일지라도.

이렇게 한강의 소설은 아픔을 통증만이 아닌 인식으로 전유한다. 그 인식이 주위를 전염시키고 그것은 다시 뼈아픈 감각으로 치환되어 주위를 흔들어 놓는다. 논리와 인과가 설 수 없는 곳에 인식이 고여 들고 이성의 논리가 막다른 곳에서 투명한 감각이 피어난다. 감각이 앎이 되고 앎이 다시 감각이 되는 이 전환의 묘야말로, 세상에 널린 수많은 아픔들과 한강 소설을 구별하는 절대적 원리다. 이것은 스타일이 아니라 오리지널리티다. 아픔에 관해서라면 한강이 오리지널이다.

도덕 심문법
— 백가흠, 「통」《창작과비평》, 2011년 봄)

살아가는 일이 다 고해(苦海)라고는 하지만, 고해에도 급수가 있을 것이다. 월남전 고엽제 피해 장병 할아버지 '원덕 씨'의 인생은 고해의 급수로 치면 최상급, 아니 최악급이라고 해야 하나, 그 이상을 찾기 어려울 지경이다. 정신적, 신체적으로 평범한 생활이 어려운 불구에 가까운 자, 사회적으로 평범한 생활이 거의 불가능한 자, 계층적으로 최소한의 생계 유지조차 불안한 자, 말하자면 사회적 소수자들의 삶을 이야기의 세계로 끌어오는 데 능동적이며 유능했던 백가흠이 최근에 그 작중인물들 목록에 하나를 더한 것이 '원덕 씨'다.

원덕 씨네 가족은, 빨갱이로 낙인찍혀 사라진 아버지의 전력 때문에 6·25전쟁이 끝난 지 20년이 지나서도 모두 뿔뿔이 흩어져 숨죽이고 살아야 했다. "빨갱이 잡으러" 월남전에 참전했던 그는, 제대한 지 20년 만에 발병한다. 고엽제 후유증이었다. 늦게 본 두 자식은 선천적 기형으로 곧 죽었고, 발병 얼마 후 아내는 집을 나갔다. 이후 반평생 그는 가려움 때문에 아무것도 하지 못했다. 땀이 나면 가려움증이 극에 달하기 때문에 어떤 노동도 할 수 없었고 단 한 번도 깊은 잠에 들지 못했다. 같이 참전했던 동료들이 비슷한 병에 걸렸다는 것을 안 건, 20년이 지나서도 선임 행세를 하는 김 중사 덕분이었다. 김 중사는 원덕 씨에게 나오는 지원금을 가로채고, 원덕 씨의 아내를 꾀어내고, 원덕 씨를 시위 현장에 데리고 나가 벌거벗겨 연단에 세운다. 지극한 치욕감으로 괴롭지만 지원 단체의 도움으로 그나마 살고 있다는 사실에 그는 진심으로 고마움을 느낀다.

원덕 씨의 고통스러운 '인생'은, 개인의 과오와 불운 때문이 아니라 축생의 질서만도 못하게 운행되는 인간 세상의 부조리 때문이라고 해야 맞다. 이런 이야기를 듣고 나면 우리는 그것이 아무리 나와 무관한 타인의 것이라 해도 그 고통에 대한 책임을 어디에라도 묻고만 싶어진다. 이렇게 비인간적인 처사가 어디 있느냐고, 이토록 말도 안 되는 상황을 어떻게 할 거냐고, 할 수만 있다면 '국가'라는 장치와 '이데올로기'라는 비이성과 '전쟁'이라는 부조리와 '김 중사'라는 악인을 모두 불러다 놓고서, 과오를 비난하고 반성을 촉구하고 보상을 요구하고 싶다. 매섭게 추궁하고 울분을 터뜨리고 사과를 받아 내고 싶다. 더러운 시스템에 대한 도덕감이 이글이글 타오른다.

그런데, 그러고 나서, 이제 우리는 어찌할 것인가. 우선은 저 추궁과 촉구에 대한 어떤 대답과 반응을 기다리게 될 것이다. 기다리지만, 결과는 예상 가능하다. 고엽제 피해자는 사회 전체의 비율로 보자면 극소수고, 현재 그들의 불행은 이미 40여 년 전에 저질러진 만행의 결과이니 아무래도 돌이킬 수 없으며, 그것을 보상해 주어야 하는 것은 국가 차원의 일인데 국가로서는 이미 소정의 의무를 다했으니…… 운운하는 응답이 돌아올 것이다. 예상 가능한 답이라는 것은 질문자에게도 뾰족한 답이 없다는 뜻이므로, 힘없는 개인으로서의 우리는 치밀어올랐던 울분이 점차 울적으로 바뀌는 것을 스스로 목도하게 될 것이다. 안타까운 사정에 마음이 아파서, 불쌍한 원덕 씨를 더욱 불쌍해하고, 무서운 전쟁을 무서워하고, 악랄한 폭군을 증오하게 될 것이다. 그리고 다시, 그러고 난 우리는 어떨 것인가. 아픈 마음도, 불쌍한 마음도, 무서워하고 미워하는 마음도, 그리고 얼마 후엔 잦아들고 마침내 잊혀진다. 우리의 질문과 분노와 연민은 우리의 올바른 도덕성에서 나온 것이 맞지만, 그것은 물론 정당하고 확고하며 인간적이지만, 그러나 이 현실의 도덕은 너무나, 너무나 안전하다.

현실의 도덕을 비아냥대려는 뜻은 아니다. 누구도 이를 극복할 묘책을 갖기 어렵고, 백가흠의 「통」에서도 물론 근본적인 대책 같은 걸 들이밀지는 않는다. 그러나 이 소설에는 우리의 기름 낀 도덕성을 자극하는 특별한 충격이 있는데, 그것이 바로 이 최상급의 '痛', 극도의 고통이다. 원덕 씨의 인생이 최악인 것은 불행의 깊이가 아니라 고통의 정도 때문이다. 총에 맞는 것보다 칼에 찔리는 것보다 400번의 구타를 당하는 것보다 더 괴로운 것이 20년이 넘게 한시도 가라앉지 않는 가려움이 아닐까. 수만 마리 구더기가 온몸에서 구물거리는 느낌에 하루 종일 손톱이 빠지도록 몸 구석구석을 긁어 대야 하는 가려움, 파리채로 제 알몸을 후려쳐도 시원치 않아 칼로 자기 "살거죽을 모조리 벗겨 내고"만 싶은 가려움. 그 "개라움"이 더욱 참혹한 것은, 피학(被虐)만이 아니라 가학(加虐)의 아픔이기도 하기 때문일 텐데, "반복된 매질에 금세 진물이 터지고 피고름이 질질 흘러"도 그는 제 몸을 매질하기를 멈출 수가 없는 것이다. "때리면 때릴수록 가려움증은 더욱 심해졌다. 그는 더욱더 세차게 파리채를 휘둘렀다. 오른쪽 다리는 이미 피범벅이었다." 이보다 더 처참한 육체가 어디 있단 말인가.

그는 죽기 전 보름 동안, 한 달치의 약을 털어넣고서 얻은 환각 속에서 그 지겨운 고통의 몸이 마비된 채 처음으로 행복을 느낀다. 그가 숨을 내려놓기 전 마지막으로 본 것은 "신이 나서 비행기가 날리고 간 하얀 비를 받아 몸에 바르는, 젊은날 자신의 모습"이었다. 고통의 극점에 맛본 행복한 환각의 시간, 죽음 직전에 맛본 유일한 삶, 지독한 고해의 끝과 시작이 겹치는 이 자리에서 그의 메마른 눈에 맺힌 마지막 눈물은 그 어떤 분노와 연민보다 오래오래 기억될 것만 같다. 이 눈물을 바라보는 우리에게 이 소설이 요청하는 것은 타인의 고통에 대한 책임도 의무도 아닌, 그저 '응시'뿐일지도 모른다. 그러나 그것으로, 그 각인된 시선의 창끝에 닿을락 말락하는 우리의 안전한 도덕은 오래도록 오래도록 가려울 것이다.

재난 사용법

— 윤고은, 「정글」《세계의 문학》, 2012년 가을)[7]

2005년 수많은 사람들이 허리케인 카트리나에 눈물을 쏟고 있을 때 한 미국 공화당 의원은 이렇게 말했다. "우리는 마침내 뉴올리언스의 공공 구역을 깨끗이 정화했습니다. 우리는 못 해냈던 일을 신이 해내셨지요." 25만 명의 목숨을 빼앗고 그보다 열 배 많은 수의 재해민을 낳았던 2004년 12월의 대형 쓰나미는 스리랑카의 어민들이 물고기를 잡아먹고 살던 땅에 외국인 관광객을 위한 고급 호텔과 리조트를 들어서게 했다. 재건을 이유로 어민들을 이주시키고 전부터 희망하던 사업을 진행한 외국 자본의 힘이었다. 2010년 아이티 지진 때는 한국에도 콩고물이 떨어졌다. "아이티 재건 특수, 한국 기업들 발빠른 대응 필요"(2010. 1. 22.《연합뉴스》)란 제목의 기사가 천연덕스러웠다.

재난의 고통은 인간의 힘으로 막을 수 없지만 재난 이후의 삶은 다시 인간의 몫이므로 어쩌면 재건은 재난보다 더 절박한 문제일지도 모른다. 이권 다툼의 논리가 어쩌고 각국의 정치 군사적 논리가 저쩌고 하느라 절망을 희망으로 바꾸려는 숭고한 의지들까지 천박하게 재단해 버릴 수는 없다. 그러나 재난을 '바라보는' 모든 태도에서, 두려워하고 아파하고 안도하고 미안해하는 그 모든 시퀀스들에서 깨닫게 되는 최소한의 자각까지 없을 수는 없다. 이 소설, '재난 여행'이라는 괴이쩍은 소재로 심상치 않은 이야기를 풀어내는 윤고은의 「정글」에서 지적되는 이런 것들 말이다. "사람들이 느끼는 반응은 크게 '충격→동정과 연민 혹은 불편함→내 삶에 대한 감사→책임감과 교훈 혹은 이 상황에서도 나는 살아남았다는 우월감'의 순서대로 진행되었다. 어느 단계까지 마

---

7) 이 작품은 『밤의 여행자들』(민음사, 2013)로 제목이 바뀌어 출간되었다.

음이 움직이느냐는 개개인의 성향에 따라 다르지만, 결국 이 모험을 통해 확인할 수 있는 것은 재난에 대한 두려움과 동시에 나는 지금 살아 있다는 확신이었다. 그러니까 재난 가까이 갔음에도 불구하고 나는 안전했다, 는 이기적인 위안에 대해 부인할 수만은 없었다."

'재난 여행'이라니, 이 무슨 수상한 제품인가 싶었으나 따지고 보면 이미 여러 방식으로 많은 이들에게 소비된 체험이다. 역사적 과학적 교훈, 서바이벌 체험, 자원봉사 혹은 재건 기금 마련 등의 특수 목적과 '관광'이라는 상품을 결합한 형태의 투어리즘은 드물지 않다. 이런 경우, 재난은 두 측면에서 여행과 만난다. 하나는 재난 자체의 성격으로서, 또 하나는 재난 이후의 재건을 위한 수단으로서. 먼저, "반복되어도 지치지 않는 근육 같은 것이 붙어 있는" 일상으로부터 그토록 벗어나고 싶어 하는 자에게 여행을 떠나는 것=일상과 구별되는 것=비용을 지불하고 위험을 감수하는 것이라면, 재난과 여행은 과연 어울리는 데가 있는 듯도 하다. 다음, "관광지가 되면 전체가 좀 더 풍족해질 거라는 기대"로 리조트가 건설되고 사람들이 하나둘씩 몰려들어 재난지에 활기가 돌기 시작할 거라고 하면, 과연 재건을 위해 여행과 재난은 더 많이 연결되어야 하는 것인가도 싶다.

물론 이 두 측면이 어불성설이란 것은 곧바로 드러나기 마련이다. 일상의 근육에 박인 알통을 빼 주러 여행을 갔다가 그 근육이 완전히 파열돼 버린다면 그건 이미 여행이 아니지 않은가? 여행의 위험이란 "24시간, 똑같이 돌아가는 지구의 흐름 속에 감쪽같이 숨길 만큼 작지는 않고 또 일상을 크게 뒤흔들 만큼 거대하지는 않"은 정도여야만 하는데 그것을 재난에 비한다는 건 비논리적임을 지나 부도덕한 것이 아닌가? 또, 재난지가 여행지로 변모한 몇 년 후 "생계는 더 나아지고 말고 할 것도 없었고, 단지 제약만 좀 더 늘어났"다면 어쩔 것인가? "재난을 보러 온다면서, 자신들이 또 다른 재난을 만들고 있다"는 걸 인정하지 않을 수 없으니 때로는 재건이 재난의 연속인 것이 아닌가?

'재난'이라는 소재가 서사판에서 유행한 지도 꽤 되었다. 근미래의 불가사의한 재앙을 예견하며 이 세계의 파멸을 재현하는 디스토피아 서사들이 이젠 익숙하게까지 느껴지기도 한다. 그런데 대개 종말의 위기의식, 묵시록적 음울함 등으로 채색된 '흔한' 종말 서사들 틈에서 윤고은의 이번 '재난 여행기'는 확실히 특별한 데가 있다. 기발한 인공 현실의 창안과 신랄한 현실 비틀기에 있어서라면 그야말로 타의 추종을 불허해 왔던 작가가, 어딘지 불미스럽게 재난과 여행을 한데 놓고 이야기를 시작한다. 여기의 일상이 정글의 각축장인지 저기의 여행지가 정글의 미로인지도 모른 채 길을 떠난 우리의 주인공, 그녀와 함께 우리도 '예기치 않은 하루'들을 일단 지나가 보자. 상품 사회의 풍속도에 민첩한 이야기인가 싶으면, 설렘과 낯섦과 흥겨움이 생생하게 풍기는 여행기 속일 것이다. 한 치 앞을 추측하기 어려운 사건 사고 들이 드라마틱하게 밀어닥쳤다가는, 어느새 땅이 휘말려 들어가면서 주변의 모든 것들이 추락하고 경보음이 시끄럽게 울어 대는 재난의 한복판이고, 무례하고 뻔뻔하게도 곧 모든 것이 잠잠해진 때의 처연함도 놓치지 못할 것이다. 이 버라이어티한 소설을 횡단하는 동안 우리가 익히게 되는 것은 재난 대처법이 아니라 재난 사용법이다. 그녀와 함께 길을 나서자 곧 기다렸다는 듯 밀려오는 질문들을 막을 수도 피할 수도 없으니.

재난이란 우리가 바라볼 수 있는 것인가. 그것은 자연의 재해인가, 인간의 파국인가. 재해의 '불운'과 그 불운이 비껴간 '행운'을 공존시키는 이 사태는, 불가피하므로 공정한 것인가, 불가피하지만 불공정한 것인가. 그 무차별성은 신의 섭리인가, 예기치 못한 운명인가. 혹은 그 차별성은 인간의 기획인가, 예기한 필연인가. 재난이라는 시나리오 안에서 누가 주인공이고 누가 엑스트라인가. 누가 불행하고 누가 안 불행한가.

재난 안에서 '나'의 재난과 '남'의 재난은 구별될 수 있는가. 어디가 '정글'이고 여기는 어디인가. 무엇이, 무엇이 정말 재난인가. 재난이 아닌 건, 아닌 건 무엇인가.

하루를 지나는 법
—박형서, 「열병」(《한국문학》, 2011년 가을), 오현종, 「나는 왕이며 광대였지」
(《작가세계》, 2011년 가을)

문득 이런 회상이 가닿는 과거가 있다. 그날 너와 그런 이야기를 나누지 않았더라면, 내가 네게 그런 표정을 짓지 않았다면, 지금의 나는 이런 나가 아니었을지도 모른다. 너 역시 지금과 다른 사람이 되었을 수도 있겠지. 물론 온전히 나만의 생각일 것이다. 그날은 특히 예외적인 사건이 있었던 날도 아니었으니. 하지만 누구에게나 예기치 않게도 마음에 남아 버리는 하루가 있기 마련이다. 이와 비슷하게, 어떤 예감이 솟아나는 현재도 있다. 지금 네가 내게 이런 이야기를 하는구나, 너는 내게 이런 표정을 지어 보인다, 왠지, 앞으로 나는 이제까지의 나와는 다른 사람이 될 것만 같다. 지금 겪고 있는 사건이 중차대한 것이어서가 아니다. 이유를 설명할 수 없는 직감 같은 것으로 현재의 기미가 미래로 향하는 것을 느낄 뿐이다.

소설은 인생의 결정적인 국면을 다루는 것이고, 특히 단편소설은 결정적인 사건의 얼굴이라고 말할 수 있다면, 소설이 다루는 것이야말로 이런 순간들이다. 오디션에 합격하고, 교통사고를 당하고, 애인에게 결별 선언을 듣고, 부도가 나고, 기인을 만나고, 근친의 죽음을 맞고, 옛 애인에게 전화가 오고…… 이런 사건들만 결정적인 순간을 만드는 것은 아니다. 친구랑 술 마시는 저녁, 길바닥에서 퍼덕이는 나비를 바라본 오후,

평소 좋아하던 음악을 새삼스럽게 듣는 밤, 이런 때가 어쩌면, 자기 인생의 한 모서리를 세우는 바로 그 순간이 되기도 한다. '순간'이라고 말했지만 아주 짧은 시간을 뜻하는 것만은 아니다. 변화를 감지할 수 없이 흘러온 연속적인 시간의 한 무더기도 순간이라 부를 수 있다. 모든 것이 변해 버렸지만 불연속점이 어디인지는 도무지 알 수 없는 시간들, 아무도 모르는 새 인생의 한 모서리가 부서져 간 그 시간들. 말하자면, 다음과 같은 하루의 이야기들이 있다는 것.

두 친구가 술을 마신다. 취업 준비 중인 대학생들이다. 그중 하나는 사실 오늘 합격 통지를 받았다. 어디 가서도 자랑할 만한 "우리나라 최고의 회사"인 데다 "오랫동안 맘에 두던 회사"이기도 하다. 한쪽은 진심으로 축하해 주고 한쪽은 이것이 분명 축하받을 만한 일임을 모르지 않는다. 오늘 같은 날은 술을 좀 많이 마셔도 될 듯, 둘은 챙, 챙, 건배를 하고, 옛날에 네 꿈은 뭐였느냐고 묻는다거나, 좋아하는 노래를 나중에 들려주겠다거나, 지금 갑자기 전쟁이 나면 어떨까 하는 생각을 했다거나, 하는 얘기들을 노닥거린다. 맥줏집에서 소줏집으로, 소줏집에서 자취방으로 자리를 옮기면서, 더할 수 없이 자연스럽게 취해 간다. 친구의 술 취한 모습을 바라본다. 취한 말(言)들의 시간이 흐른다. 여기서부터는 몽롱해진 상태다. 좀 겸연쩍고 민망한 말들도, 노골적인 탄식도, 북받치는 감상도, 술 마시는 시간을 타고 흘러간다. 나는 아마 이렇게 적당히 살아가다 죽어 가겠지. 그러자고 태어난 게 아닌데, 그러자고 미친 듯이 노력해온 게 아니잖아. 그 생각을 하면, 몸에서 피가 끓어. 피가 막 끓어. 뜨거워…… 낮에 본 나비처럼 내가 죽도록 퍼덕이고 있다면 나에게 와서 나를 밟아 주길 바라! 단숨에! 먼저 취직한 친구는 이대로 더욱 취해서는, 토하고 옷을 갈아입고 새우처럼 웅크려 잠이 든다. 잠꼬대처럼 한 번 더, 뜨거워, 뜨거워서 미칠 것 같아, 그거 알아? 라고 웅얼거리면서. 두 친구의 취중진담만으로 이루어진 이 일화(逸話)는 박형서의 단편「열병」의 이야기다.

　그 밖에 특별한 일은 정말이지 없었다. 평소 친했던 두 친구가 술을 마시고 잡담을 나누고 음악을 들었을 뿐. 소설은 더 이상 무엇을 설명하지도 덧붙이지도 않는다. 이 이야기에 얼마얼마 세대, 대졸자 취업률, 이런 말은 하나도 없고, 취업 준비의 괴로움, 먹고사는 일의 고달픔 같은 것에 대해서는 둘이 얘기 한 번 하지 않았다. 그런데 왜일까, 취업 전선에 올인하는 젊은이들의 영혼이 겪는 결핍감이, 취업에 '성공'했는데도 더 엄습하는 열패감이, 취기와 함께 어느새 그야말로 "열병"처럼, 아프고 뜨겁게 온몸으로 퍼진다. 그래서 지금 눈앞의 이 장면이, 오늘 취직이 된 친구가 몸에서 피가 끓는다고 술주정을 하다 웅크리고 잠이 드는 이 시간의 느낌이, 불쑥 어떤 예감처럼 느껴진다. 지금의 이 아프고 뜨거운 감각은 적당히 살아가다 죽어 갈 남은 인생의 어딘가에 닿을 것만 같다. 소설 속 주인공의 인생에도, 이 이야기를 읽은 나의 인생에도. 너무 밋밋해서 아둔하게 느껴질 만큼 단순한 이 하루를 지나면 이제 우리의 인생은 적어도 언제든 "열병"을 앓을 자격을 얻는다.

　두 연인이 잠에서 깼다. 남자의 방에서 함께 잠들었는데, 깨어 보니 창문도 없는 낯선 방에 둘은 갇혀 있다. 꿈이 아닌 게 분명했으므로 누군가에게 납치된 것일 텐데, "너무나 일상적이어서 기괴"할 뿐 아무 일도 안 일어나고 있다. 현관문의 "개구멍"으로 배급된 소시지를 우물우물 먹으며 각자의 일터에 대한 걱정으로 시무룩하고, 서로의 반응에 대한 짜증으로 피곤해진다. 드디어 개구멍으로 미션이 전달된다. 남자의 손가락 두 개 혹은 여자의 손가락 한 개를 잘라서 내일 아침까지 내놓으라는. 정신이 바짝 든다. 진짜 사태 파악에 집중해야 한다. 꿈을 깨고 나온 말[言]들이 튀어 다닌다. 여기서부터는 장난이 아니다. 둘은 상대의 말과 행동에 극도로 예민해진다. 어이없는 전략이 난무하는 가운데 전부터 거슬렸던 상대의 성격과 습관이 부각되고, 이 사태가 자기 때문에 일어난 게 아닌데도 둘이 함께 당하는 건 억울하다는 생각이 든다. 드디어, "살인마"가 모습을 드러내야 할 시간, 그들에게 다가온 것은 그저 이 노랫소리였다. "I said Goodbye to romance, goodbye to friends…… I've been the king, I've been the clown. Now broken wings can't hold me down……" 결국 "일어난 일은 아무것도 없"다. 다만 처음에 낮게 깔리다가 "점점 몸을 부풀리는 그 음악 소리"가, 죽임을 당한 것은 그들이 아니라 그들의 사랑, 달콤 애틋한 로맨스임을, 꽤 적극적으로 알려 준다. 여자는 문득 남자가 "영영 깨어나지 않아도 완전히 절망하지는 않을 것 같다는" 생각을 해 버린 것이다. 두 연인의 가상 체험으로만 이루어진 이 우화(寓話)는 오현종의 단편 「나는 왕이며 광대였지」의 이야기다.

엄청난 사건이 일어날 듯했지만 보기엔 "아무것도 달라진 것이 없"다. 이들의 악몽 같은 하루가 어느 한쪽의 꿈인지 상상인지, 둘의 관계에 대한 비유인지 상징인지, 소설은 아무것도 설명하지 않는다. 그러나 이유를 알 수 없는 부조리한 상황이란, 역으로, 부조리하게 느껴지는 어떤 결과를, 여기서는 로맨스의 종말이라는 한 사실을 설명할 수 있는 이유가 되는 것 같다. 그 악몽의 하루, 하루의 악몽은, 언제 어디서부터 그렇게 됐는지 모르게 변하는 사랑의 흐름을 압축한 시간이 아닐까. 혹은 그런 시간의 우화적 상징쯤은 될 것이다. 그리고 그것은 결혼을 50일 앞둔 연인에게는 상당히 핍진한 진실이기도 할 것이다. 서로에게 왕이자 광대였던 로맨스의 시간은 이제쯤 어떻게든 떠나와지고야 만다는 사실을, 이 하루는 극적으로 드러낸다. 말도 안 되는 하루를 마감하는 「굿바이 투 로맨스」를 듣고 난 우리는, 이제 더 이상 사랑의 변화를 특정한 순간의 비연속적 어긋남에서 기인한 연쇄적 사건으로 여기지 않을 것이다.

두 소설은 공통적으로, 일어난 일들에 대해 거의 설명하지 않는다. 인물들은 자신의 관점이나 의견을 주장하지 않고 화자는 자기 권위를 따로 찾지 않는다. 그래서 우리는 이 이야기들의 시간을 지켜보거나 해석하는 대신 그저 그 시간 속에 함께 머무는 느낌을 갖게 된다. 이를테면, 취한 말들의 시간을, 정신 바짝 든 말들의 시간을, 우리도 따라 통과한 듯한 기분인 것이다. 그러자 우리는, 그 하루쯤만큼 예기치 못한 방향으로 기울어졌다고나 할까. 미세한 예감과 아릿한 회상을 지니게 되었다. 소설이 우리에게 주는 건 때로 그런 것이다. 감동이나 교훈보다 아주 작은 진동.

두 소설 모두, 두 작가의 개성이 최고로 발휘된 작품이라거나 수작 혹은 문제작으로 평가되기는 어렵다고 생각한다.(가령 지난 계절에 발표된 「아르판」이 더 박형서스럽고, 요즘 연작처럼 잇달아 발표되는 오현종의 「옛날 옛적에 자객의 칼날은」이 더 세공된 문장들로 쓰였다.) 이 이야기들은 어떤 시간들에서 화장기를 지워 내고 단출하게 남은 맨얼굴 같아서, 어쩐지 두 작가가 이 소설들을 쓸 때도 힘주어 정색한 표정은 아니었을 것만 같다. 이런 소설을 흔히 '소품'이라고 평가하기도 할 테지만, 나는 작가들이 얼굴 근육 풀고서 사뿐하게, 이런 소품들을 왕왕 썼으면 좋겠다.

유혹에 대처하는 법
—김유진, 『여름』(문학과지성사, 2012), 김중혁, 『1F/B1』(문학동네, 2012)

두 권의 소설집에 대해 이야기하려 한다. 개성이란 각각 발산되는 것이지만 좋은 개성들끼리는 어딘가 상통하는 데가 있지 않을까 하여 두 권을 함께 생각하려 애써 보았다. 잘 될까? 공통점보다 차이점이 많다. 하나는 그림이 가득하고, 또 하나는 이야기가 풍성하다. 그림에서는 안

들리는 말이 흘러나오고, 이야기에서는 안 보이는 그림이 그려진다. 한쪽에서는 들을 수 없는 것이 보이고, 또 한쪽에서는 볼 수 없는 것이 말해진다. 손에 잡힐 듯 생생한 풍경이 말하는 건 비가시적인 시간에 관한 것이고, 그럴듯한 이야기가 가시적인 공간으로 그려 낸 건 이 세상에 없는 풍경이다. 일테면 한편엔 눈, 코, 귀, 살갗으로 느끼는 '여름' 같은 계절이 있고 또 한편엔 눈, 코, 귀, 살갗으로는 확인할 길 없는 '1F과 B1 층 사이'의 틈새가 있다. 김유진과 김중혁. 여자와 남자. 81년생과 71년생. 아무래도 공통점은 작가의 성(姓)밖에 없는 건가. 어, 그런데 이렇게 차이점을 짚다 보니 양자가 서로를 대칭적으로 비추면서 묘하게 닮은꼴처럼도 보이지 않나? 들을 수 없는 것을 보게 하는 그림과 볼 수 없는 것을 들려주는 이야기. 서로의 네가(nega) 필름처럼 거꾸로 비슷한 모습이랄까. 아무려나, 공통점이 꼭 닮은꼴을 말하는 건 아닐 테고 닮은꼴끼리만 서로 통하는 것도 아니며 개성은 모름지기 각자의 것이니, 차례차례 하나씩 재밌게 읽으면 될 일.

풍경을 보고 싶은 자가 커튼을 열 것이다―김유진, 『여름』

여기엔 정말 그림들이 많다. 감각의 회화라고도, 마음의 풍경이라고도 불렸던 것들이다. 처음엔 얼핏 적막한 그림 속으로 들어선 듯 조심스러워 꼼짝 않고 우두망찰하게 된다. 잘게 쪼개져 빽빽이 쏟아지는 햇빛 아래, 오물처럼 강물 위에 떠밀려 오는 노을을 보며, 살아 있는 듯 태어나고 이동하고 번식하는 먼지 속에서. 이 압도적인 회화적 분위기가 어떤 문맥을 거느린 것인지 아직 몰라 어리둥절한 것도 잠깐, 곧 바싹 곤두선 오감과 바짝 마른 정서의 맹렬한 기척에 주위가 소란해지고 그 소요에 휩쓸리지 않기는 어렵다. 차갑고 단단한 감각, 그립고 쓸쓸한 정서, 아름답고 추악한 느낌 들을 품은 이야기가 수면 위로 떠오른다. 그것은 손에 잡힐 듯 투명한 이 풍경들만큼이나 선명하다. 김유진의 소설에 이야기가 부재한다거나 서사성이 희미하다는 인상은 수정되어야 옳다.

그러나 이 그림들에다 분명해 보이는 이야기를 적어 넣을 수는 있어도 그 이야기를 타고 흐르는 기류가 모호하게 느껴지는 건 당연한 일이다. 의지와 행위, 마음과 동작은 '그림'처럼 선명하지만 그것들을 의미화하거나 무화하는 절차는 생략되어 있고 사람과 사람, 사건과 사건의 관계를 설정하거나 파괴하는 의례가 없다시피 하기 때문이다. 그런 절차와 의례는 본디 말로서 나타났다 말로써 사라지는 것인데, 여기에 우리가 적어 넣을 수 있는 말들은 그런 작업에 거의 참여하지 않는다. 사실그 과정은 여기서 아예 지워져 있거나 아주 최소한으로만 있는 듯한데, 그것은 그림에 적을 만한 말들이 아니라 어떤 말도 직접 침범하지 못할그림의 부분들에서 흘러나오는, 말 아닌 것들이 하는 일인 것 같다. 말이아닌 채로 그림에 적힌 그것은, 선명하다 해도 확신하기는 좀처럼 어려운 것이다.

김유진의 소설을, 세계의 표현 불가능성에 맞서, 말로 성립되는 확실성에 저항하여, 파편적인 장면 묘사에 충실하려는 태도의 한 사례로 본다면 이해하기 어려울 게 별로 없다. "그 일이 내 내면을 어떻게 바꾸어놓았는지는 설명하기 쉽지 않다. 그러나 날씨와 풍경의 변화에 대해서는자세히 말할 수 있다."라는 소설 속 문장에 힘입어 이 풍경을 대하는 우리의 자세는 더욱 단순해질 수도 있다. 누구에게나 "활자화된 말들은 커튼에 수놓인 규칙적인 무늬처럼 의미 없는 것들"로 보일 때가 있는 법이고, 그런 때 풍경이 활자보다 낫다고 느끼는 건 꽤 공감할 만한 일이 아닌가. '외롭다'고 쓰는 대신 "홀로, 도로를 걷"는 모습을, '혐오스럽다'고말하는 대신 수챗구멍에 죽어 있는 벌레에 대해 말하는 건, 말하자면 너무 예사로운 일이어서 김유진 소설만이 아니라 한 여대생의 일기에도 흔할 것이다. 그러니까, 진짜 하고 싶은 말은 이것이다, 풍경이 한 사람의

'주관적인' 마음 상태를 '재현'한다는 생각은 우리의 자동화된 반응이지만 김유진 소설의 특징은 그렇게 파악돼선 안 된다는 것. 조금 복잡하게 생각해 볼 필요가 있다.

소설 속의 그림(장면)은 언제나 누군가 들려주는(말해 주는) 그림이다. 김유진 소설의 그림들은 바로 그 사실을 가장 잘 환기한다. 이 책의 맨 앞에 놓인 「바다 아래서, Tenuto」를 보자. 어느 바닷가 마을에 더할 나위 없이 고독해 보이는 남자 K가 살고 있다. 마을의 500년 된 후박나무의 자태나 "좁은 골목길을 따라 여관과 횟집, 콩나물을 본뜬 가로등, 마을 공용 주차장, 주차장을 아지트로 삼은 길고양이들, 이발소, (……)" 등이 있는 정경은 K가 바라본, K가 아끼는 풍경이지만, 이것은 K가 보여주는 그림이 아니다. 우리 눈앞에 펼쳐진 것은 K 스스로 "자신이 아끼는 풍경의 일부가" 된 그림이다. 즉 그 풍경을 향한 K의 시선은 이 그림으로써 우리에게 되돌려진다. 우리가 본 것은 K를 통해 본 풍경이 아니라 K의 시선이 새겨진 풍경인 것이다. 그렇다면 K가 포함된 이 풍경은 누가 들려주는가. 얼룩덜룩한 후박나무처럼 "꼭 그렇게 혈색이 나쁜 얼굴"의 K를 우리에게 소개했던 화자 '나'를 잊지 말자. K의 맞은편 집 아이가 "공중에서 작은 점이 되어 사라져 가는 나뭇잎을 멍하니 바라보"는 장면을 보며 "이상하게도 내게 아주 긴, 정지된 시간처럼 느껴졌다."라고 말했던 그 화자 '나' 말이다. 이 장면이 우리에게도 '정지된 시간'처럼 다가왔다면, 우리가 본 것은 또한, 화자 '나'를 통해 본 풍경이 아니라 '나'의 시선이 새겨진 풍경일 것이다. 요컨대 이 소설에서 우리가 보는 그림은, 대상을 원근법적으로 바라보는 주체의 시선에 의한 장면인 것만이 아니라 대상을 바라보는 인물 – 주체(의 시선)를 장면 안으로 불러들인 그림이다. 따라서 이 그림들은 어떤 시선의 '권력'을 우리에게 행사하지 않고 어떤 시선의 '욕망'에 대해 우리에게 되묻는다.

너무 복잡한가? 이와 같은 분석이 김유진 소설에서 의미하는 바는 다음과 같다.

첫째, 김유진 소설이 들려주는 그림을 작가의 정서에 채색된 심리적 현실로 주관화해서는 안 된다. 소설 속의 장면은, 주체(인물이나 화자)가 바라본 외부 세계를 가시화하면서 '동시에' 그것을 보는 주체 내부의 정서/의식이라는 비가시적인 것을 다룬다. 이때 그 장면은 보이는 것(외부)이 안 보이는 것(내면)을 대체한 것이 아니라 보이는 것과 안 보이는 것, 즉 외부와 내면이 함께 있는 '풍경'이 된다.(가라타니 이래 늘 기대 온 '풍경'의 본래 뜻도 이게 아니던가!) 한 개인의 정서가 외부 세계를 잠식한 것이 풍경이 아니라, 이 풍경 자체에 어떤 정서가 들어 있다는 뜻이다. 바로 (우리에게 되돌려진) 그의 시선으로서 말이다. 그것은 가시적인 대상 세계에서는 '빈 곳'이다. 우리가 '보는' 자리가 아니라 '못 보는' 맹점(盲點)에 어떤 정서의 실재가 있다. 쉽게 말해, 개인의 쓸쓸함이 외부로 전달된 것을 보는 게 아니라 외부에서 '쓸쓸함'이란 것의 실재를 만나게 되는 것이라고 하면 될까. 그러니 김유진 소설의 중요한 가치가 "풍경 안에서 내 마음이 발견되고 또 다른 누군가의 마음이 발견되는 경험"(조연정의 해설)에 있다고 할 때, 반복건대 한 마음에 다른 마음이 동화되었다는 뜻이면 안 된다. 어떤 마음의 실재가 거기에 있어서, 그것을 누군가 발견했다는 뜻이어야 한다. 이것이 김유진식 회화의 의의다.

둘째, 김유진 소설에서 외부 경관이나 상황을 묘사하는 데 쓰이는 문장들을 내면적 의지나 감정을 실어 나르는 것으로 생각해선 안 된다. 소설 속에서 그림이 보이고 그로부터 어떤 정서에 사로잡히게 될 때, 우리는 그 그림을 묘사하는 말들이 정서를 머금은 것이라 생각하기 쉽다. 하지만 말들은 여전히 외부의 가시적인 대상에 한하고 정서는 그 말들이 담지 못한 곳에서 흘러나온다고 보아야 더 정확하다. 풍경을 말하는 자의 시선이 풍경에 되돌려진 지점 — 맹점이라고 했다. — 에서 어떤 정서의 실재가 가리켜진다고 했을 때, 이 가리킴은 역시 '말'로 드러난 대

상이 아니라 말이 되지 않은 빈 곳을 향한다. 그러므로 김유진의 소설이
"풍경을 통한 감정의 에두르기 표현"(해설)이라면, 이는 어떤 풍경으로
어떤 감정을 은유했다는 뜻이 아니라 풍경을 말하는 일 자체에서 어떤
감정이 느껴진다는 뜻이어야 한다. 쉽게 말해, 그는 '그림'을 들려주는데
우리는 그의 '목소리'를 듣게 된다. "심장이 뛰는 소리, 마른 입술을 침
으로 축이는 소리, 귀밑머리 아래로 땀이 흐르는 소리, 입김이 새어 나오
는 소리, 한숨 소리." 이런 소리들은 어디에 있는가. "지는 해, 미풍을 타
고 흔들리는 구름, 노을이 없었다. 침엽수로 뒤덮인 하늘"을 말하는 목
소리가 아니면 우리는 그 고요한 소란을 보지 못한다.

　김유진 소설 속의 무수한 그림과 무수한 소리는 상당히 유혹적이다.
그것은 세계의 어떤 외양을 전시하는 이미지가 아니라 어딘가에 꼭 그
렇게 있을 것만 같은 우리의 기분과 느낌을 고지하는 이미지다. 비유컨
대, 창밖의 풍경을 있는 그대로 그려서 바깥의 정경을 보게 하는 게 아니
라 커튼이 내려진 창을 그려서 커튼을 열고 바깥을 내다보고 싶게 만드
는 것이다. 풍경을 드러내기보다 거기에 풍경이 있게 하는 것. 어떤 풍경
인지가 중요한 게 아니다. 풍경을 보고 싶다는 마음이 생기고 그러자 거
기에 풍경이 있다는 사실이 중요해진다. 그래서 어쩌면 이것은 미끼와
도 같은 그림들이다. 누군가의 여름을 보여 주려는 듯하며 우리의 여름
을 되살리는 미끼, 그들의 마음을 알려 주겠다며 나의 마음을 알게 만드
는 미끼. 마무리로 독서 팁 하나. 이 미끼를 물지 못하면 이 책에 끌려가
기까지 방해 공작이 만만치 않을 것.

통하는 이들과 만나면 기꺼이 설득될 것이다─김중혁, 『1F/B1』
　'이번엔 도시다!'라고들 했지만, 예상했다시피 '발명가' 김중혁의 도
시는 지금까지 한 번도 본 적 없는 세계, 오늘 여기서 처음 만난 세계다.
아직 연구 중인 밤의 여행자들 같은 도시(「C1 +y = ː〔8〕ː」), "이곳도 저곳

도 아닌, 그저 사이에 있"어 안 보이거나(「1F/B1」), 공상 영화에서나 보일 법한 괴식물이나 괴물체가 출현한(「바질」, 「유리의 도시」) 이곳은, 누군가의 머릿속에서 만들어진 세상, 지금 최초로 발명된 장소이기 때문이다. 화성 목성 패키지 우주여행이 가능한 가상 미래(「3개의 식탁, 3개의 담배」)나 책상에서 완성된 전설(「냇가로 나와」)도, 일상적 공간의 익숙한 환경이기를 거부한다는 점에서 현대인의 삶을 규정하는 세속 도시의 일반형과는 거리가 멀다.

그런데 처음 와 본 이 세계에서도 우리는 좀체 길을 잃지 않는다. 낯선 곳임이 분명한데도 두렵지 않고, 나의 상식(지식)으로는 알 수 없고 저들끼리만 아는 일이 벌어져도 주눅 들 일은 없다. 그저 눈앞에 펼쳐진 장면을 흥미롭게 지켜보게 되는 것인데, 그건 본 적도 경험한 적도 없는 이 세계가 꽤 근사해서다. 근사하다(近似-): 1. 거의 비슷하다 2. 멋지다, 두 가지 뜻으로 다 그러하다. 1. 현실 세계 어디에도 실제로는 없는 것들이 정말 있을 법하게, 그럴싸하게 살아 움직인다는 뜻이고, 2. 처음 보는 이 기발하고 유쾌한 세계가 가히 매력적이라는 뜻이다. 요컨대 김중혁의 소설은 묘사된 세계가 아니라 '설정'된 세계고, 그 설정이 놓인 콘텍스트는 제시될 수 있는 게 아니라 '설명'될 수 있을 뿐이다. 그러니 김중혁 소설을 좋아한다면 이 설정과 설명에 설득되었다는 뜻이다.

어떻게 설득된 것일까? 우선, 앞에서 말했듯 그것이 '근사'해서라면, 이는 무엇보다도 실제와 다른 점들이 꺼림칙하지 않을 만큼 설정이 치밀하고 설명이 친절하기 때문이다. 김중혁 소설의 첫째 재미가 뭐니 뭐니 해도 이것이다. 참신함과 정교한 설정, 성실하고 상냥한 설명. 물론 이게 다는 아니다. 어쩌면 더 중요한 것은, 그것이 얼마나 잘 설정되고 설명되었는가보다 어떤 것에 우리가 매료되었다는 사실일 것이다. 그리고 매료되었다는 사실이 중요한 건, 그 세계 자체가 매력을 발산해서라기보다 우리가 먼저 그 세계를 반기고 원했기 때문일 것이고. 무엇을 보고 우리는 김중혁 소설을 반가워한 것일까.

먼저 이 세계들의 기원에 대해 생각해 본다. 『1F/B1』의 세계는 허구의 공간이자 (불)가능성의 무대이지만, 무턱대고 아무렇게나 상상된 세계는 아니다. 간단히 말하자면 김중혁 소설은 대부분 먼저 착목한 현상이나 관심 가졌던 대상이 있어서 그것을 구체화하기 위해 호기심을 발동시키고 풍성한 이야기를 만들어 내는 것 같다. 이를테면 "모든 골목과 골목이 이어져 있고, 미로와 대로의 구분이 모호하고, 골목을 돌아설 때마다 사람들이 깜짝 놀랄 만한 또 다른 풍경이 이어지며, 자신이 지나온 길을 되돌아가기 쉽지 않을 정도로 무수히 많은 갈래길이 존재하는 도시"에 대한 어떤 소망은 「C1+y=:[8]:」와 같은 이야기를 낳는다. 이별 이후에도 완전히 죽어지지 않는 사랑 혹은 인연의 어둠 혹은 불가사의에 대한 고뇌라면 「바질」과 같은 이야기를 낳아야 적당하다. 바꿔 말해, 김중혁의 이야기들 속에는 어떤 최초의 아이디어 같은 것이 씨앗처럼 품어져 있고, 그의 소설들은 그 씨앗을 싹틔우기 위해 각별히 고안된 세계처럼 보인다. 아마 이 세계들이 태어나기 위해서는 특별한 태반이 필요했을 것 같다. 잘 안 보이는 것, 알려진 것과 다를지 모를 뒷면, 여기와 저기의 사이, 현실의 논리가 이러하지 않았더라면 달라졌을 또 하나의 세상, 이런 것들을 향한 깊은 관심과 간절한 소망과 자유로운 사색 들이 이런 세계를 잉태하게 했으리라. 김중혁 소설이 반가웠다면 당연히 이 관심과 소망과 사색에 공명했다는 뜻이다.

그렇다면 이렇게 잉태된 세계는 어떤 이야기로 피어났는가. 편의상 이 책의 이야기들을 둘로 나눠 보자. '도시'라는 키워드로 묶일 만한 「C1+y=:[8]:」, 「1F/B1」, 「유리의 도시」, 「크라샤」 등이 한편에 있고, 그것으로 묶기에는 약간 어색한 「냇가로 나와」, 「바질」, 「3개의 식탁, 3개의 담배」 등이 다른 한편에 있다. 전자는 현실의 도시와는 이질적이지만 특별하게 제작된 공간적 형태에 주목하게 하고, 후자는 현실의 논리를 약화시킨 설정으로부터 각각 우정, 사랑, 죽음 등의 추상적인 개념을 사색하게 한다. 전자, 즉 도시 소설들은 실제 도시 형태의 일반적인 조감도를 거스르면서 설계되었다. 후자, 즉 개념 소설들은 우정, 사랑, 죽음 등의 일반적인 개념을 이 자리에서 다시 생각할 수 있도록 기획되었다. 하나는 '있는 세계'의 룰을 파기하고 그 틈으로 '없는 것'들을 불러들인다. 다른 하나는 '있었다가 없어진 것들'의 공백을 다시 채움으로써 현재의 상태를 심문한다. 양자는 공히 없는 것으로 있는 것에다 틈을 내거나 색칠을 한다.

바로 이 '없는 것'의 정체가, 이 세계를 발명한, 아니 발명에 앞서 세상에 대한 관심과 소망과 사색을 아끼지 않은 작가의, 말하자면 '욕망'이란 것이다. 이전 소설들에서도 유사하게 나타났던 김중혁의 욕망은 대체로, 전에 없던 기상천외의 것일 경우도 없진 않지만, 있었다가 사라진 것, 있어도 안 보이는 것, 있는 줄 몰랐던 것, 잊혀진 것, 낡아진 것, 그리하여 생각하면 조금 쓸쓸해지거나 아련하게 향수를 자극하는 것들을 향하고 있다.(이 말은 이 책의 모든 작품에 해당하지는 않는다. 그러나 도시화 이전의 도시, 전설로 사라진 우정, 다시는 가까워질 수 없는 인연, 마침내 우주로 흩어질 목숨, 건물의 층과 층 사이, 사라진 영상을 부르는 환각, 마술처럼 사라진 재개발 건물, 이런 것들은 분명……)

있는 것의 세상에서 이와 같은 욕망은 위력적이지도 위협적이지도 않다. 하지만 적어도 무엇을 마구잡이로 버려 버리거나 무너뜨리지 않고 최소한 아무도 미워하거나 해하지 않기에 그것은 누구에게나 기꺼이 환영받을 만하다. 그의 소설에 매료되었던 연유도 이런 인간적인 욕망이 반갑고 고마웠기 때문이 아닐까. 그래서 어쩌면 이것은 누구 한 사람의 욕망이라기보다 김중혁의 소설에 기꺼이 설득되면서 즐거움과 편안함을 동시에 느꼈던 이들 모두의 욕망인 듯도 하다. 이를 일러 '연대의 욕망'이라 불러도 나쁘지 않겠다. 그의 소설에서 어떤 '한통속'을 감지했다는 지적들이 있던 것도 이와 관련 있을 터, 여기엔 모두 한번 뭉쳐 보자는 선동이 아니라 우리 은근히 통하지 않느냐는 유혹 같은 게 있다. 이것은 리더십이 아니라 인기다. 마무리로 주의 사항 하나. 김중혁의 소설을 손에 쥔 순간 당신은 이미 그 유혹에 넘어갈 준비를 마친 셈이다.

조각은
대리석을 찬미한다

동안의 소설
―하성란 소설을 위한 노트

Pre-Note. H

H가 집요하게 관찰하고 끈질기게 묘사하는 데 제일이라는 소문은 어제오늘 일이 아니다. 관찰하지 않고 묘사하지 않는 작가는 없지만 H의 그 역량에 관해서라면 특별히 추대해야 할 점이 없지 않다. 현실에 대한 감각을 구체화할 때 그는 최대한 다방면에서 접근하겠다는 의지와 어느 면이든 끝까지 추적하겠다는 열정을 누구보다도 강하게 드러냈다. H의 소설에 대해 극사실을 추구하는 집요한 묘사라고 말할 수밖에 없었을 때, 거기에는 중립적인 시선을 일관되게 유지한 채 그런 작업을 해내는 무덤덤한 표정과, 무관심 혹은 냉담을 가장한 채 그 고된 과정을 기꺼이 탐하듯이 즐기는 기색도 가득하였다. 즐긴다는 것은 원하는 것이 있다는 말인데, H의 관찰과 묘사가 원한 것은 무엇인 걸까. 금세 나오는 답변이겠다. '무엇이 사실인가' '그것은 진실일 수 있는가'를 알아보려는 것, 잇따르는 의문을 성급히 묻지〔埋〕 않고 재차 캐내어 다시 묻는〔問〕 것, 이런 것이 그의 욕망이다. H의 거의 모든 소설이 "얼마나 많은 진실들이 현상에 가려져 있을까를 생각"(「검은 고양이」)하고 또 생각하게 만

든다는 것은 이미 널리 알려지지 않았던가. H에게 '사실'은 현재적 현상이다. '진실'은 그 현상을 가능케 한 조건이다. 사실과 진실은 정확히 겹치는 것이 아니어서 H는 이 둘이 포개지는 상태를 절박하게 추적하고 그 둘이 어긋날 때 더 세심해진다.

여러 차례 반복되어 온 얘기지만, H가 사실과 진실 그 각각에 대해 또 그 관계에 대해 고민하는 태도는 철저한 것이었다. 진실이란 "무엇이 사실이냐의 문제가 아니라 이 세계가 무엇을 사실로 만드느냐의 문제"(심진경)라는 것을 알았을 때, H는 진실과 사실을 갈라서 어느 한쪽의 우위를 생각하지는 않는다. 그의 목적은 '사실적인 것(현실성)'을 배려하고 '진실의 힘(실재성)'을 찾아내는 것이다. 그 둘이 언제나 겹치는 것은 아니라고 해서 현실의 세계와 실재의 세계가 언제나 배리(背理)되는 것일 리는 없다. 둘은 한 무대에 올린 두 편의 연극이거나 한 장의 종이에 두 가지 색으로 그려진 그림이다. 무대의 앞쪽, 더 진한 펜이 현실성의 것이라면, 현실성의 사이사이로 실재성이 보인다. H가 무대화하는 것은 그 중 하나가 아니라 둘 다. 더 섬세하게 드러내는 것은 더 잘 보이는 쪽일 수밖에 없지만, 그렇게 하는 이유는 잘 보이는 것들의 틈으로 내비치는 잘 안 보이는 것들을 놓칠 수 없어서다. 하이퍼 리얼리즘 회화와 같이 세밀한 펜 끝으로 현실성의 극단을 추구하는 듯 보일 때, 그것은 하이퍼 리얼리즘 회화가 그렇듯 사실적인 것을 지나쳐서야 나타나는 어떤 비사실성, 이를테면 기괴함이나 불가사의함 같은 것에 이르곤 했다. 그래서였을까, 어느 때부터 H는 인생의 부조리한 이면, 일상의 틈새에 도사린 미스터리, 정상성을 파괴하는 불가해한 사건 등을 직접 무대화하는 편을 택해 추리소설 같은 이야기들을 들려주기도 하였다. 평온한 일상을 순식간에 지옥으로 바꾸는 돌발적 재난들의 폭력성과 누구도 피해 갈 수 없는 삶의 아이러니를 추적하였다. 짯짯한 장면 묘사에서 팽팽한 사건 전개로 H의 스타일이 대폭 바뀐 것처럼 느껴지기도 했다. 그를 평가하는 언사로 '집요한 관찰'과 '절제된 문장'에 '정교한 구성'이 덧붙었다.

H의 모든 소설은 '사람의 일이란 언제나 당신이 생각하는 것보다 훨씬 더 복잡하다.'라고 말하는 이야기다. 무엇을 보느냐에 따라 사실은 달라지고, 보이는 것이 보이지 않는 것을 은폐하거나 보이지 않는 것이 보이는 것을 기만하여 진실은 어디에도 없는 것 같지만, H의 주된 노력은 그 복잡함을 결코 무시하지 않는 것이다. H에게 '묘사'가 그토록 중요한 것도 그 복잡함을 전적으로 인정하기 위한 첫 번째 노력이 아닐 수 없다. 어느 경우라도 현상적 '표면'을 간과해서는 표면에서 '내면'으로 파고들거나 표면에서 '이면'으로 돌려 볼 수 없기 때문이다. 표면으로부터 시작하여 뒤져 보거나 뒤집어 봄으로써 삶의 다양한 진실들에 대해 질문하고 이해하는 것이 H의 오랜 습관이며 H가 쓴 많은 소설들의 공통점이다.

그러나 H의 소설이 추구하는 진실은 만고불변의 진리 같은 것이 아니다. 그의 이야기는 오히려 진리란 없다는, 혹은 아무도 모른다는 고백의 다양한 버전이기에, 그의 소설은 차라리 비진리의 무한 공간으로 열려 있다고 해야 한다. 소설로 쓰인 모든 세계는, 아무리 명쾌한 것이라 해도 본질적으로 충분히 애매한 것이다. 모든 소설은 태생이 가설이고 유희고 의문이기 때문이다. 소설은 최종적인 답을 가지고 있지 않다. 소설을 읽고 화를 내는 사람은 확실성의 세계에만 익숙한 사람이다. H가 그리는 사실은 물고 물리는 연쇄 속에서 발생하는 모호한 사실이고, 그가 찾은 진실은 변전하고 사멸하는 허약한 진실이다. H는 불완전, 불확실, 불확정, 불가피 등에 어쩔 수 없이 경사(傾斜)되어 있고, 분열을 모르는 순수함, 시차를 모르는 단순함, 잉여를 모르는 강퍅함 등에서 필연적으로 멀리 떨어져 있다. 물론 이런 모호성은 단지 기법의 문제가 아니다. 사람의 일을 탐구하는 소설가가 마침내 얻은 탐구의 형식이어야 한다. H는 천상 소설가다.

어쨌거나 그러저러한 사정과 평가를 뒤로하고 이제 보게 되는 H의 최근작들은, 어느 것을 읽어도 울림 있는 이야기와 톡 쏘는 기지로 흥미롭다. 내년이면 소설을 쓴 지 15년이 되는 H에게 이제는 삶의 어떤 단면이라도 모두 인상적인 소설로 조형할 수 있는 특별한 능력이 생긴 것일까. 요즘은 그의 이름이 보이면 무엇을 골라 읽어도 일정 수준의 격조 같은 것이 느껴진다. 그때 그 시절의 비밀, 성숙한 성찰, 견고한 문장, 아기자기한 짜임 등을 즐길 수 있고 배울 수 있다. 전보다 더 기민해지고 노련해진 것 같다. 최근엔 그의 소설을 읽으면 뭔가 끄적이고 싶어지기도 했다. 그 노트를 공개한다.

Note 1. 세계의 얼룩, "불 꺼진 창"

어디선가 찍힌 사진 속의 나를 보고 "이 사람 누구야?" 하고 깜짝 놀랄 때가 있다. 나는 나에게 가장 자명하고 자연스러운 존재였는데, 지금 내가 보는 나는 누구인가? 현재 이런 환경에서 이렇게 살고 있는 나의 시간은 인과적 필연성에 의해 지난 시간을 거쳐 다다른 매우 자연스러운 결과물이며, 이것이 바로 나의 운명이기도 하다는 사실에 의심을 품어야 하나? 여러 가지 생각이 들 수 있다. 만약 서로 다른 개체로 태어나서 죽기까지 똑같은 인과(因果)의 시간을 겪은 두 사람이 있다면 그들은 서로 같은 사람인가? 세상 어딘가에 나와 정확하게 똑같이 생긴 사람이 있다면 그의 운명은 나의 것과 어떻게 같거나 다를까?

「순천엔 왜 간 걸까, 그녀는」(《문학수첩》, 2008년 가을)의 개그우먼 '장미' 양은 어느 날 인터넷에 뜬 한 장의 사진을 보고 "이 여잔 누구야?"라고 물을 뻔했다. "순천 나이키 사거리"에서 찍힌 사진 속의 여자는 "불 꺼진 창 같은 눈빛"을 하고 있었다. 데뷔한 지 13년 차, 개그 소재도 고갈돼 가고 콤비이자 애인인 홍과의 관계도 좋지 못하다. 지방 대학 축제 행사에 가는 도중, 막히는 고속도로에서 시야를 가로막고 있는 검은 봉고차를 보고 "떠오를 듯 떠오를 듯 떠오르지 않은 채 자신을 괴롭히고 있던 것이 바로 그 차 '봉고'"였음을 깨닫는다. 그러자 이 소설에는 두 개의 평행 우주가 길을 연다. 현실로 간주되는 한 세계와 상상 혹은 환영으로 간주되는 한 세계가 공존하게 된다. 현실의 장미 양이 떠올리는 16년 전 그날의 기억, 야간 자율학습이 끝나고 집으로 가는 길에 그녀는 당시 장안의 화제였던 이른바 '봉고차 인신매매단'에게 끌려갈 뻔했던 것이다. "자칫 탈 뻔한 봉고차. 만약 그때 그 봉고차를 탔더라면 나는 어떻게 되었을까." 16년이 지난 지금 "면도칼에 뺨이 베이듯 섬쩍지근한 기분"이 문득 확 끼쳐 오고, "나는 괜찮다. 괜찮아." 가슴을 쓸어내렸지만 스멀스멀 올라오는 공포를 떨칠 수 없다. 순간, 상상 혹은 환영의 세계, "그 봉고차에 올라탔더라면 (나는) 영영 집으로 돌아오지 못했을" 한 세계가 줄줄이 펼쳐져 나온다. 봉고로 납치된 그녀는 "유린당했다." 시골의 한 다방으로 팔려 갔고 모텔촌으로 개발되어 성매매 단속이 시작되자 미군 부대로 옮겨 갔다. 쓸개 빠졌다는 소리를 들으며 티브이로 코미디 프로를 보았고 미군 부대에서는 그때 보았던 코미디로 사람들을 웃겼다. 10년간 철도변의 가게들을 옮겨 다녔다. 더 이상 아무도 그녀를 반기지 않을 때 소형차 한 대를 뽑았다. 우연히 들른 소도시 순천, 정지신호를 받은 곳, '나이키 사거리'였다.

그날, 봉고를 '타지 않은' 장미 양은 대학 개그제를 거쳐 개그우먼이 되었고 데뷔 때부터 콤비였던 홍과 사귀고 있으며 지금 이 순간 (서술 시점에서) 교통사고를 당하는 중이다. 이것이 현실(reality)의 세계다. 봉고차를 '탔던' 장미 양의 저 인생 유전 스토리는 가상 혹은 환영(fantasy)의 세계다. 이것은 현실에서 실현되지 않았지만 가능했을 다른 (잠재적) 시간의 가능성이다. 두 세계는 상이한 계열로 병치되고 만나지 않다가 단 한 번 겹친다, 순천 나이키 사거리가 찍힌 사진 속에서. 그리고 바로 지금, 교통사고를 당한 장미가 "낙지의 빨판처럼 스물스물 얼굴을 휘감고 있는 공포"에 휩싸인 순간에, 현실과 가상이라는 두 계열은 동시에 현현한다. 마치 "순식간에 도로 경계석을 넘은 밴" 안에 갇힌 장미의 눈에 "순간 시야에 들어오던 풍경들이 획 방향을 틀면서 느닷없이 다른 풍경이 끼어들" 듯이.

이로부터 명백히 알게 되는 진실은 두 가지다. 하나는, 삶의 근본적인 우연성에 대한 것. 모든 전환점에서 사태는 다른 방향으로 갈 수 있다는 것이다. 저 '봉고'의 순간과 그로부터 연쇄된 일련의 사태들을 주관하는 것은 완전히 우연적이었다. 그러나 이 우연성은 두 주체(개그우먼 장미와 인생 유전 장미)의 현재를 결정해 온 인과적 필연성이기도 하다. 그렇다면 이는 인간에게 보편적인 것이며 또한 '필연적인 운명'과도 다르지 않다. 요컨대 보편적 우연성은 인과적 필연성과 같은 말이다. 또 하나는, 현실의 삶에 대안적(alternative)인 삶으로서의 가상 세계(virtual)에 대한 것. 불안정한 현실의 모든 순간에 삶은 다른 세계를 열망한다는 것이다. 봉고를 탄 장미와 안 탄 장미의 상이한 인생은 어떤 필연적 인과관계도 맺지 않은 두 계열인데, 이들을 연결해 주는 매듭과도 같은 한 장의 사진이 현실적 삶에 대안적 삶의 가능성을 열어 놓는다. 그런데 이 '사진'은 기실 이상한 사진이다. 현실의 장미가 그곳에 간 적이 없는데도 찍힌 사진이거나 세상에 장미와 똑같이 생긴 사람이 있음을 알리는 사진이기 때문이다. 이것은 현실의 소통 회로 안에서는 해석될 수 없는 사물이다. 그래서 이것은 일종의 '다른 방식'의 소통, 즉 대안적 삶으로서의 가상 세계를 요구할 수밖에 없다.

그런데 이것이 요구된 건 현실의 장미 양이 일도 사랑도 위기에 처했을 때, 더구나 우발적으로 닥쳐온 이 공포의 순간 — 교통사고로 공포에 휩싸인 바로 지금! — 위기와 공포, 즉 현실이 삐끗, 어긋난 곳에서, 저 엉뚱한 사진으로부터 가능성의 삶이 열린다. 따라서 저 사진은 마치 이

(현실) 세계가 조금 이상하다는 사실, 온전하지 않고 어딘가 버그러져 있다는 사실을 알려 주는 사물인 것 같다. 자명하다고 믿었던 현실의 '얼룩,' "불 꺼진 창" 같은 것, 현실 전체를 뒤집어 볼 수 있는 틈 같은 것.

「순천엔 왜 갔을까, 그녀는」은 삶의 근본적 우연성에 관한 통찰이 각별한 소설이다. 이 소설은 우리가 인과적 필연성이라 믿는 세계를 심문하여 그것이 곧 보편적 우연성의 산물임을 폭로한다. 또한 인간의 '운명'이란 법칙에 종속된 미래가 아님을 믿도록 권유한다. 가상, 환상, 환영과 같은 비사실적 (사건의) 계열들은 현실의 '외부'에서 현실과 무관하게 펼쳐지는 무분별한 비합리의 세계인 것일까? 그게 아니라, 이 소설이 암시하는 것은, 가상·환상·환영과 같은 비사실적 세계란 현실의 '내부'로 열려 현실 자신의 대안이 될 만한 잠재적 가치에 다름 아니라는 것이었다. 우리가 사는 현실의 세계는 불완전하다.(우연, 우발, 대안, 가상 등의 용어로 설명된다.) 그렇다면 인간은 불완전한 세계를 극복하기 위해 그와 대척되는 자리(필연, 운명, 유일, 실상 등)를 찾아 완전함에 이를 수 있을 것인가? 이 소설에서 우리가 들은 것은 해답이 아니라 계속되는 질문이다. 우연성을 뒤집으면 필연성이 되는 게 아닐까? 대안적 가상 세계가 상정될 때 비로소 우리는 이 (현실) 세계를 유일한 실상으로 받아들일 수 있지 않을까?

Note 2. "1센티 정도 허공"의 형식

우리 식으로 답변을 해 본다면, 그렇다, 인간은 유한하고 세계는 불완전하다. 또한 인간이 세계를 지나는 과정은 참을 수 없이 불확실한 우연의 연속이다. 이 편치 않은 진실을 맞대어 덜 고통스럽게 지나기 위해서는 그것과의 적절한 거리가 필요하다. 「순천엔 왜 간 걸까, 그녀는」에서처럼 잠재적인 우연의 세계를 환영(幻影)화하여 비교적 직접적으로 재현하는 방법도 있지만, 그것 말고도 이 작가가 요즘 간간이 쓰는 방법이 있다. 한마디로 하자면, '한마디로 만들기.' 가령 이런 식이다. 나이 마흔이 되도록 일회성 아르바이트를 전전하며 살아온 노처녀의 현재＝"짐수레에 눌려 뭉개져 버린 제비꽃이여."

「제비꽃, 제비꽃이여」(《문학들》, 2009년 봄)의 이야기다. 마흔이란 참 애매한 나이, "지난 인생의 대차대조표는 바닥을 넘나"들지만, 일요일 오후 3시처럼 무엇을 시작하거나 끝내기에는 어색한 타이밍이다. 영화가 꿈이었으나 놀이공원 무용수로부터 한 줄짜리 광고문 제작까지 수많은 아르바이트를 전전하며 지내 온 '나'의 현재 모습은, 부정하고 싶어도 어쩔 수 없이 그 모든 일들의 총화이기도 하다. 그래서 20년 전에는 20년 후인 지금을 상상하지 못했지만 지금의 나는 20년 후에도 별로 달라질 것 같지 않은 나를 상상한다. "한 번 비정규직은 영원한 비정규직." 어느 날 계단에서 굴러 떨어질 뻔하며 가슴을 쓸어내릴 때, 20년 전 삐끗했던 발목의 통증은 문득 지나온 세월의 한순간을 지금의 나에게 갖다 겹쳐 놓고, 이것은 다시 "20년 뒤에 오늘처럼 계단에서의 이런 일이 또 일어날 것만 같"은 예감과 포개지는 것이다. 통증이라는 구체적 감각을 통해 과거, 현재, 미래의 '나'가 한순간에 조우할 때, 그 끔찍한 공포감을 압축시킨 한마디가 그거였다. "짐수레에 눌려 뭉개져 버린 제비꽃이여." 그리고 다음 말은,

계단 아래 내 몸은 뭉개져 버린 제비꽃처럼 널브러져 있다. 서서히 머리에서 흘러나온 피가 번져 얼룩이 커져 간다. 제비꽃은 흔했다. 제비꽃은 흔하고 납작해서 수레바퀴에 뭉개질 확률도 컸다.

그러고 보니 어쩌면 나 20년 전 그날 계단에서 굴러 이미 죽었던 건지도.

한없이 비장하다. 그러나 이 애달픈 장면 직전에 저 한 줄 하이쿠가 이미 자리 잡았기에 비참함은 한결 견딜 만해진다. 이 소설 전체적으로도 비장미는 좀처럼 어울리지 않는 것인데, 왜냐하면

이게 도대체 글이야? 라는 생각이 들 만한 문장을 끼적여 보았는데 예상 외로 단번에 오우케이. 재능을 인정받기는 처음이다랄까, 소액이지만 꼬박꼬박 통장에 돈이 쌓이는 재미가 쏠쏠해서 그냥 눌러앉았다고나 할까. (······) 나 어쩌면 좋아?

내가 처음 쓴 광고 문구는 '목욕탕 샤워기 아래의 빨간 레이스 숙녀'였다 (라니 나 어디서부터 길을 잘못 든 걸까).

다소 경박하게도 들리는 이런 말투의 발랄한 어조 때문이다. 전 인생의 무게를 한 줄로 지어 올리는 하이쿠처럼 20년 아르바이트 세월의 무게가 이런 발랄함에 실려 둥싯거린다.

요컨대 뼈대의 뼈대만 남은 압축과 조금 어수룩한 척 중얼거리는 경쾌한 어조가 무한 부피와 무게로 짓눌린 지난 세월을 산뜻하게 들어 올리는 데 효과적인 발화가 되어 준다. 이런 발화는 "언제 바닥을 통과해 끝이 보이지 않는 곳까지 추락하게 될지도 알 수 없"는 공포와 정면 대면하기를 막아 주는 듯하다. 언제 어떻게 다가올지 모르는 우발적 사건의 실재를 피할 수 있을 만한 이 거리가 "언제부턴가 늘 1센티 정도 허공을 떠서 다니는 느낌"의 실체였던 것.

이 거리감이 중요하다. 그것은 "언제부턴가 내가 아닌 다른 누군가가 내 속에 들어와 살고 있다는" 이물감이기도 하겠지만, 그 거리만큼은 언제나 내가 나로부터 여유로울 수 있다. 이로부터 안도와 웃음이 가능해지고 이로부터 계속해서 살아갈 수 있는 에너지가 만들어진다. "제비꽃,

제비꽃이여"라는 탄식조에서 자기 연민과 자기 긍정이 동시에 들리지 않는가? 두 번 반복되는 부름 중 앞의 것은 "짐수레에 눌려 뭉개져 버린 제비꽃"을 애달파 하는 부름이라면, 뒤의 것은 흔하게 피어나 소박하고 겸손하게 연명하는 보랏빛 꽃무더기에 바치는 헌사 같지 않은가?

집 나간 아버지와 아버지를 불러들이려는 엄마 사이의 갈등을 열 글자짜리 전보문에 실어 냈던 「그 여름의 수사(修辭)」도 복잡한 세상을 '한마디로 만들기'로 견디는 상쾌한 이야기다. 그해 여름, 엄마 심부름으로 "아이들위독급상경바람" "모친사망부산항낼열시" 등의 전보문을 만드느라 내 안에는 빠른 열 박자 리듬감이 생겨났다. 할머니가 돌아가신 해, 10분을 못 넘기고 사사건건 부딪치던 엄마와 아버지에 대한 기억은 "버선목이면뒤집어보여" "니가제정신이게말이돼" "손발안맞아딱딱못맞춰" 등의 통통 튀는 구절로 남아 있다. 그리고 마침내 수년을 떠돌던 아버지를 돌아오게 한 가장 아름다운 열 글자, "당신이너무보고싶어요."(물론 엄마 몰래 내가 한 짓이다.) 소설은 가장 유쾌한 열 글자 "총총총총총총이만총총"으로 닫히고, 그러자 삶의 구질구질한 면면들은 휘발되고 재치 있는 열 글자들로 기억은 압인된다.

하이쿠나 전보는 세부를 담아내기에는 부족하지만 요점을 건져 내기에는 꽤 알맞은 그라운드다. 언제 닥쳐올지 모르는 사고의 불확실성이나 다사다난했던 시절의 불확정성 같은 것들이 이 그라운드에 오르면, 어떤 사실 그 자체의 코어는 견딜 만한 기지(機智)로 완화되어 감당할 만한 정도로 조절되는 듯하다. 이 기지 덕분에 생겨난 미소, 눈물 같은 것이 있다면 그것은 감정 표출의 결과가 아니라 감정 조절의 산물일 것이다. 어떤 이해와 연민은 감정의 일이 아니라 구도(構圖)의 일이기도 하기 때문이다.

Note 3. 이미 거기에

　한 점의 그림을 보고 그것을 이해한다고 할 때 '나'는 명백히 보는 사람인 줄로만 알았다. 세잔은 「생트 빅투아르 산」을 그리면서 풍경이 '나'의 가운데서 성찰하고 '나'는 그 의식이 된다고 말했는데, 그가 생트 빅투아르 산을 보는 것이 아니라 생트 빅투아르 산이 그를 바라보았다는 뜻일 거다. 세잔은 생트 빅투아르 산 앞에서 오래 기다렸을 것이다. '나'가 아버지를 이해할 수 있다면 그것은 나만의 의지로 되는 줄로만 알았다. 아버지가 남겨 놓은 흔적을 찾아 "실패를 거듭했던 아버지의 전철을 그대로 밟"으며 길을 나섰을 때 "이 산의 정상인 클라이맥스를 통과해 저편 내리막길로 내려갈 즈음에는 20년 해묵은 오해와 갈등이 풀려 대단원을 맞게 되리라는 소설적 플롯"을 생각한 것도 처음엔 이 상황을 어떻게든 이해하려는 나의 의지라고만 생각했다. 그러나 아버지가 '나'에게 보낸 풍경 앞에 섰을 때 "세잔의 「생트 빅투와르 산」이 세잔을 보듯 '나'의 간판이 나를 보고 있었다." 그래서 알았다. 지금 '나'의 앞에 있는 것을 볼 수 있기까지, 아버지를 이해하기까지 "해묵은 오해와 갈등"을 풀기 위한 준비 시간이 이미 '나'에게 있었다는 것을. "나에게도 나만의 알파의 시간이 흘러" "그냥 딱 보니 알아"지는 때가 오기까지 오래 기다리고 아팠다는 것을.

　이해한다는 것은 그렇게 하는 일이 아니라 그렇게 되어 버리는 일인가 보다.(우리는 이해'한다'고도 이해'된다'고도 말한다.) 86, 88 특수를 탄 여러 사업 중에 전국 고속도로에 야립 간판을 설치하는 사업을 하겠다고 집을 나섰던 아버지를 이해하게 된 이야기 「알파의 시간」은, 실은 읽고 나면 아버지가 아니라 어머니가 이해될 수밖에 없는 이야기다. 아버지는 그렇게 어머니를 밀치면서 떠나갔고 시장통에서 순댓국집을 하며 사 남매를 키운 어머니는 이제 치매에 걸린 채 운신도 자유롭지 못하다. 수시로 점멸하는 기억으로 불현듯 엉뚱한 말을 내뱉곤 하는 엄마는 가끔씩 주먹으로 가슴을 쾅쾅 치며 "머리가 아니라 여기, 여기로 알아 달라구우, 이년아" 하고 운다. 어느 날 엄마가 입을 뻐끔대며 속삭이는 말, 자세히 들어보니 "쉬었다 가세요."였다. 순간 "아주 오래전 머리로는 이해한다고 믿었으나 아직 가슴으로는 알지 못한 그 일, 어쩌면 죽을 때까지도 가슴으로는 이해 못 할 그 일이 떠올랐다." 여자들한테 뭇매를 맞으며 엄마가 시장에서 쫓겨났던 그날, 엄마를 내몬 건 엄마의 순댓국집에 오래 머무르곤 했던 "어름집" 사내의 여자가 아니라 형님 아우 하던 그 골목의 여자들이었다. "그해 봄에서 여름까지의 5개월이 내게는 발 하나짜리 돼지의 공포였지만 엄마에게는 붉고 푸르던 고명의 시절이었을까, 아직까지 나는 머리로만 이해할 뿐이다."

그녀는 분명히 엄마를 머리로만 이해한다고 말했는데, 그것도 두 번이나 말했는데, 이 말을 분명히 듣고서도 우리는 그녀의 가슴에서 어느새 엄마가 이해되어 버렸음을 알 것 같다. "아무것도 담지 않은 것 같던 엄마의 눈이 반짝" 빛난 그 순간에. 그녀가 엄마를 알아주었다기보다 엄마가 그녀를 알아본 그 순간에. 아버지가 세워 놓은 간판 속의 아이가 분명 '나'가 아닌데도 그냥 '나'인 것은 "내 딸이면 알아본다. 아니 그냥 알아진다."라는 아빠의 말을 기억하기 때문이듯, 지금 반짝 빛난 엄마의 그 눈빛은 시장통 여자들에게 엄마가 머리카락이 휘둘릴 때 마주쳤던 그 눈빛이라는 것을 별안간 알아 버렸기에.

그렇다면 이는 내가 그것을 보았기 때문에 이해할 수 있었던 게 아니라 그것을 이해하고 싶었기 때문에 보았던 거라고 해야 맞지 않을까. 이해하고 싶은 욕망이 먼저 있었고 그것이 이해를 낳았을 것이다. 욕망이 있는 한 이해 못 하는 것은 불가능하다. 이해하기는 불가피하다. 즉 우리가 알게 되고 이해하고 사랑하는 길에는 '플러스 알파'의 인내와 이해심이 필요하지만 그 '플러스 알파'란 그것을 '원한다'고 하는 내 안의 욕망이 없다면 작동하지 않는다. 「알파의 시간」은 어쩌면 모든 시간은 이미 '(플러스) 알파의 시간'임을, 즉 인내와 이해심 같은 노력에는 이미 욕망이 포함돼 있음을 확인해 주는 이야기다.

이렇게 아버지를, 어머니를 이해하는 것은 머리로 그 인생(들)을 정리했다는 뜻이 아니라 가슴으로 그것을 인정했다는 뜻이다. 어떤 의미에서 아버지 어머니의 인생은 나의 '과거'이며 그것을 내가 이해한다고 했을 때 그 과거의 일들을 '사실 그대로'라고 볼 수는 없다. 무엇을 이해하고 싶다는 것은 그로 인하여 앞으로의 시간이 바뀌기를 바란다는 뜻이고, 앞으로의 시간을 위하여 과거를 바꿀 수도 있다는 뜻이므로. 동시에, 그동안 이해 못 했던 과거를 이해함으로써 이후의 시간이 달라진다, 미래가 새롭게 열릴 것이다. 결국 무슨 말이냐면, 아버지 어머니를 이해하는 저 이야기들은 현재적 지평에서 과거와 미래를 평화롭게 인정하기 위한 알리바이를 마련하는 작업이기도 하다는 말이다. 그리고 이 알리바이에는 이미 자기 자신의 욕망이 투영되어 있다.

'여름의 맛'을 찾아 전국의 복숭아 산지를 헤매 다닌 아가씨의 사연도 이와 비슷한 데가 있다. 현재가 과거의 알리바이가 되어 뒤늦게서야 '아, 그게 바로 이런 거였구나.' 하며 깨닫고, 현재가 미래의 알리바이가 되어 "분명 이제까지와는 다른 일이 일어나고 있"음을 감지하게 된다는, 그런 점에서 말이다. 「여름의 맛」의 '그녀'가 몇 년 전 교토 은각사에서 어떤 남자와 함께 먹었던 복숭아 맛이 문득 되살아난 건 숭례문 방화 사건 때였다.(불타오르는 숭례문은 화염에 휩싸인 적이 있다는 금각사를 떠올리게 했고, 이는 곧 금각사와 한 쌍인 은각사를 생각나게 했다.) 그때(과거) 교토에서 그 남자와 헤어질 때 "당신은 이제부터 복숭아를 정말 좋아하게 됩니다!"라던 그의 말이 이제(현재) 효력을 발휘하기 시작했고, 이로부터(미래) 그녀의 '맛 철학'이 생겨난다. 즉 그 복숭아 맛을 찾고 싶다는 욕망이 "맛이란 음식이 아니라 추억"이라는 김 선생의 철학과 삶을 이해해 버리는 이후의 과정에 흡수된 것이다.

우리가 겪는 사건은 이미 현재적 지평에 과거와 미래가 투사되어 있으며, 이해하고 이해받는 관계는 서로 반대의 구도를 이루는 것이 아니다. 시간과 시간, 그녀와 그들, 나와 당신은 그렇게 서로를 포함하면서 연루되어 있다. 집 나간 아버지와 바람난 어머니, 세잔의 「생 빅투아르 산」과 나의 야립 간판, 숭례문과 복숭아도 어딘가에서 연결이 된다고 한다면 좀 무지막지하게 들리려나? 별자리를 이루는 별들처럼 혼자인 동시에 함께라는 식의 말을 하려는 건 아니다. 삶의 의미는 내용보다는 형식에 포함되는 말이고, 삶의 복잡성이란 콘텐츠의 양(量)이 아니라 확실성을 갖지 못한 앎/경험의 말해지거나 말해질 수 없는 양태에 따른 현상이다. 우리는 혼란한 채로, 말해질 수 있거나 없거나 간에 만나고 헤어지고를 반복하는 중이다. 숭례문과 복숭아도 그렇게 만나고 헤어지고 그랬을 것이다.

노트는 계속되어야 하지만

우리의 기록은 온통 '간극'에 관한 것이었다. 나와 세계, 사실과 진실, 과거와 현재, 그 모든 것들 '사이'에, 완전성, 확실성, 확정성 들에서 불완전성, 불확실성, 불확정성 들로 이동하는 '동안'에, 의문부호를 떠올리게 하는 틈이 있다. 그 틈으로부터 희미하고 복잡하고 미묘한 일들이 새 나온다. 이것이 사람의 일이다. 그의 최근 소설이 이전 소설과 다르게 보이는 것은, 이 틈에서 새 나오는 사람의 일들이 단지 불운이나 재앙으로만 취급되지 않는 데 있다. 저도 모르게 틈을 겪어 버린 사람들이 뒤늦게 공포에 대해 이야기하곤 했던 이전 소설들에 비해, 최근의 소설들에는 훨씬 여유롭게 그것을 응시하고 심지어 거기에 휩쓸리기를 자청하는 거리감이 보인다. 혼란의 상태는 안정을 욕구하는 자리가 아니라 그 안정이 진짜 안정인지 아닌지를 심문하는 자리가 되었다. 세상을 뒤져 보던 치밀함에서 세상을 뒤집어 보는 넉넉함 쪽으로 기울어 간 그동안의 궤적이 드러난다. 넉넉해졌다고, 무슨 허릿살도 아니고 더 늙어 보인다는 뜻은 아니다. "많은 것이 변했지만 아직은 젊음의 뒤안길에서 돌아와 거울 앞에 선 누님 같은 모습은 하고 싶지 않다."(「작가의 말」, 『웨하스』)고 했던가. 걱정하지 않아도 되겠다. 15년 동안 쓰고 있지만 그의 소설들은 여전히 동안이다.

20년 동안의 고독
―하일지 소설론

1 소설, 산문, 서사

소설로 쓰인 모든 글은 소설이란 무엇인가에 대한 자기 나름의 답변을 제출하는 것으로 보아도 좋다. 새삼 소설 양식의 본질을 따져 보자거나 글쓰기 양식들 사이의 장르적 차이를 분명히 하자는 뜻은 없다. 장르적으로 말하자면 그야말로 잡식성인 소설에 대해 특정 개성을 소설만의 것으로 또는 소설 외의 것으로 획정하려는 논의는 거개가 소모적이다. 다만 소설이 가장 소설처럼 쓰이고 읽혀서 소설이란 게 바로 이런 것이구나, 하고 새삼 무릎을 치게 만드는 현장은 분명히 있는 것이다. 그런 때 나는 막연하게나마 경의를 느끼는 부류임을 먼저 고백하겠다. 오랜만에 발표된 하일지의 새 소설『우주피스 공화국』(민음사, 2009)은, 다른 무엇보다도 소설의 본령, 코어, 그런 것을 자꾸 생각하게 만드는 소설이었다. 그의 첫 소설에 빨려 들어갔던 감흥도 어느새 거의 20년 전의 일이지만, 그의 소설을 읽을 때마다 겪는, 한 번도 체험해 본 적 없는 한 세계와의 조우가 이번에도 성사된 것 같았다.

그런데 하일지의 소설을 읽고 소설의 유구한 본령을 생각했다는 말은,

다소 호들갑스러울 뿐만 아니라 상당히 역설적으로 들릴 수 있다. 왜냐하면 1990년대 초반 그가 '경마장'이라는 단어가 제목에 들어간 다섯 편의 장편소설을 연속 발표하며 세간의 이목을 끌었을 때 그를 해설하려는 비평적 용어 중 압도적으로 빈번한 것이 '프랑스의 누보로망'이라는 말이었는데, 그 '누보로망'이란 사실 이전에 '앙티로망'이라 하던 것을 바꿔 부른 말이기 때문이다. (구글링만으로 알 수 있는 사실인데, 1947년에 발표된 나탈리 사로트의 『미지인의 초상』 서문에서 사르트르가 이 새로운 형식의 소설을 '앙티로망'이라 불렀던 것을 알랭 로브그리예가 받아 '누보로망'이라는 말로 정착시켰던 것이다.) 그러니까 소설적 특성을 파괴 혹은 부정했다고 여겨지는 (프랑스 소설의) 한 경향과 유사해 보였던 하일지의 소설에서 소설의 본령 혹은 기원을 떠올렸다는 말은 적이 모순이나 역설로 여겨질 만하다.

흥미로운 것은 바로 이 점이 소설이라는 장르의 핵심과 닿아 있다는 사실이다. 어느 쪽에서 다가가느냐에 따라 그 핵심은 다르게 말해질 수 있겠으나 이런 표현은 어떤가. "소설은 인간과 세계의 관계를 양식화하는 산문이다." 앙상한 문장이지만 이로부터 소설에 대한 최소한이자 최대한의 설명이 끌려 나올 수 있다. '인간과 세계의 관계'라는 목적어는 소설이 다루는 모든 대상에 해당되는 최소한의 규정이고, '양식화'한다는 술어는 소설로 생겨난 모든 언어 형상을 수렴하는 최대한의 테두리다. 최소한의 규정을 충족하기 위해 소설은 끊임없이 인간과 세계의 관계를 통찰해야 한다. 세상을 이미 알려진 대로 보는 게 아니라 지금 이 소설에서 보는 대로 알게 하는 계기를 단 하나도 포함하지 않는 글을 우리는 소설이라 부르지 못한다. 최대한의 테두리를 더 넓히면서 소설은 자기 자신을 배반하는 형식까지를 포함하는 자유로운 형식으로 쓰인다. 너무 새로워서 아직 이름조차 없었던 영역은 발견되자마자 "바보스럽고 괴물 같은 소설 무리들(a swarm of foolish novels and monstrous romances)"

(헨리 필딩)에 침범당하곤 해 왔던 것이다.

여기서, 이 자유로운 형식을 규정하는 단 하나의 술어, '산문(散文)'이란 단어에 주목할 필요가 있다. 귀글이 아니라 줄글로 쓰이니 물론 그렇게 부르는 것이지만, 무엇보다도 이 단어는 소설이 추구하는 자유로운 형식의 최대치를 암시한다. '산문'이란 가장 삶에 밀착한 언어를 가리킨다. 삶의 구체적이고 일상적이며 육체적인 일들이 발생하는 곳에서 고통스럽고 통속적인, 평범하고 비루한 것들이 움직이는 세계가 산문의 세계다. 산문의 세계에서 인간은 어떤 위대함도 영원히 유지할 수 없다. 있는 그대로의 인간의 삶은 언제나 패배하고 말기 때문이다. "삶이라고 부르는 이 피할 수 없는 패배에 직면한 우리에게 남아 있는 유일한 것은 바로 그 패배를 이해하고자 애쓰는 것"[1]이라면, 이 명백한 사실을 고통스럽게 직시하는 언어가 곧 산문이다.

1990년, 한국문학에 『경마장 가는 길』이 등장했을 때, 우리가 놀란 것은 그것이 어떤 승리에 이르려는 위대함을 보여 주었기 때문이 아니라 거기서 어떤 장렬함도 없는 패배의 현장을 보았기 때문일 것이다. 미덕으로 찬양받기를 원하지 않고 비루하지만 이해받기를 원하는 인물이 거기 있었다. 그 세계는 분명 우리가 사는 세계의 일부였지만 많은 사람들에게 그것은 처음 보는 세계였다. 이 낯선 영역의 출현을 둘러싼 추문과 추앙을 기억한다. 소설 형식을 해체하는 "즉물 묘사", "트리비얼리즘에 빠진 빈곤한 주제", "외래문화의 박래품", "사사로운 복수극" 등의 비난이 쇄도했던가 하면 "새로운", "놀라운", "포스트 모던한", "현대성의 징후" 등의 수식어가 범람하기도 했다. 어찌 됐든 그 낯섦의 형태가 종국에는 우리 문학에서 '소설'이라는 "괴물 같은" 영역의 둘레를 한 발짝 더 넓힌 사례가 되었다는 사실만큼은 이제 누구도 부정하기 어려울 것이

1) 밀란 쿤데라, 박성창 옮김, 『커튼』(민음사, 2008), 21쪽.

다. 그것은 또한 의도치 않게도 '80년대'라는 (거대 역사적) 현실의 장과 뚜렷이 분리되는 '90년대'적 (미시 욕망의) 개인적 영역으로 규정되기도 하였거니와, 이때 떠오른 '개인'의 요점은 역사의 부조리에 대항하는 인간의 위대성을 대신하여 사사로운 욕망에 패배하는 인간의 지리멸렬을 그려 낸 것이었음도 잊지 못할 사실이 아닐 수 없다.

하일지의 소설은, 말 그대로 "덫이 되어 버린 세계"(쿤데라) 속에서 하는 수 없이 패배하고야 마는 인간의 모습을 정면으로 제출해 왔다. 욕망을, 그것으로 있으려는 것이 아니라 그것을 '넘어서' 있으려는 의지라고 정의해 본다면, 1990년대 초의 '경마장' 소설들로부터 2009년의 신작 『우주피스 공화국』에 이르기까지 하일지의 모든 소설은, 자기가 처해 있는 세계를 넘어서려는 (혹은 벗어나려는) 한 인간의 열정적인 분투와 끝끝내 그의 욕망을 좌절시키고 마는 세계의 산문적 그림이라 할 수 있다. 욕망이 곧 서사라는 말은 동어반복이기도 하거니와, 그의 소설은 처음부터 끝까지, 욕망하는 한 인간이 겪는 실패의 연속, 바로 그 과정을 '서사화' 한다. 하일지 소설에 '(뚜렷한) 스토리가 없다'는 말은, 장황한 이야기를 뽑아낼 수 없다는 뜻에서는 할 수 있는 말이지만 '서사가 부재한다'는 뜻으로는 할 수 없는 말이다. 이것은 어떤 욕망을 그리는 산문인가. 그 욕망을 따라 무엇을 경험하는가. 그 경험으로부터 무엇이 발생하는가. 그것은 또 어떻게 창조되는가. 하일지의 소설에 대해 이런 것들이 충분히 질문되어야만 한다고 생각한다. 물론 지금까지 그것에 대해 너무 조금 물어졌다는 반성이 먼저 있었기 때문이다. 아무래도 최근에 읽은 『우주피스 공화국』이 앞서 떠오를 테니 그것을 중심으로 이 글은 진행될 것이다.

2 실험적 탐구: 욕망과 실존

『우주피스 공화국』은 야릇한 이야기다. (가상으로) 있지만 (실제로) 없는 나라를 중심에 두었기에 신비하고, 이 신비한 곳을 찾아가는 인간의 운명은 (관념적으로) 어리석지만 (실제적으로) 비극적이기에 기이하다. "저만치 희미하게 보이는 자작나무들은 허공에 떠 있는 것처럼" 보이는 환상적인 공간이지만, "눈이 내리고 있는 데다가 저녁 어스름까지 밀려오고 있어서" 그렇게 보인다는 것을 이미 알기에 비사실적인 것은 아니다. 환영인가 하면 실상이고 꾸며낸 이야기인가 하면 핍진하여 믿을 만하다. 이렇게 애매한 가운데 또렷한 사실은 "우주피스에서 태어났고, 우주피스 국민"(34쪽)이기에 그곳에 가겠다는 하나의 목적, 주인공의 유일한 욕망뿐이다. 이 욕망을 통해 이야기의 시작과 끝이 만들어진다. 이로써, 현실의 것으로도 가상의 것으로도 확정되지 않은 '우주피스 공화국'이라는 지명은 뚜렷한 욕망의 기원이자 대상으로서 소설의 한가운데에 가로놓인다.

명징한 구체적 욕망을 통해 이야기의 입구와 통로가 생겨난다는 점은 하일지 소설들의 공통적인 특색이다. 거칠게 말해, 하일지의 모든 소설은 욕망과 좌절의 플롯을 품고 있으며 그것은 "~하고 싶다. 그러나 끝내 ~하지 못한다"로 요약 가능하다. 요점은 이 욕망의 정체가 조금도 모호하지 않다는 사실이다. 가령 그것은, 인간이면 누구에게나 해당하는 본원적인 욕망 같은 것이 아니고, 이미 정해져 있는 가치를 구하려는 일반적인 욕망이 아니다. 그것은 한 편의 소설에서 주요 문제 상황으로 설정된 구체적이고 긴박한 욕망으로서, 이 고유한 욕망 때문에 생겨난 근원적 상황으로부터 하나의 이야기가 고안된다. 하나의 새로운 욕망이 하나의 새로운 세계를, 즉 한 편의 소설을 창조한다. 이는 데뷔작 『경마장 가는 길』에서부터 매우 선명했다. 프랑스 유학에서 한국으로 돌아온 R이

프랑스에서 함께 살았던 J와 다시 행복하게 결합하고 싶지만 (R을 밀어내는 J, 이혼해 주지 않으려는 R의 아내, 비현실적으로 느껴지는 '한국적 현실' 등으로 인해) 끝까지 그러지 못했던 과정의 전말이 곧 『경마장 가는 길』의 주요 스토리였던 것이다.(『경마장에서 생긴 일』(민음사, 1993)의 K는 이상한 초대를 받아 가게 된 섬의 호텔에서 그곳의 책임자인 상무님을 만나고 싶지만 못 만난다. 『위험한 알리바이』(민음사, 1995)의 '낯선 남자'는 의문의 죽음에 대해 알고자 하지만 그 자신이 사건에 연루되어 있음을 암시함으로써 소설의 인물과 소설의 독자가 다 사건의 진상을 끝내 알지 못하고 만다. 진술을 어서 끝내고 귀가하고 싶지만 마침내 스스로 자기의 죄를 말하기까지 진술을 멈추지 않는 『진술』(문학과지성사, 2000)의 '나' 역시 그러하다.)

그 제목이 알려 주는 대로, 없으면서 있고 있지만 없는 곳인 가상의 세계를 중심에 두고 전개되는 『우주피스 공화국』의 '할'은 어떤가. 이 경우, '우주피스'가 하나의 실체 혹은 하나의 의미로 수렴되지 않는 이름이라는 사실은 꽤 핵심적이다. 이 소설의 중심축은 그곳이 '있음'을 믿고 찾아가는 주인공에 의해 유지되지만, 실제 현실에서 그곳은 지구상에 '없는' 나라다.('우주피스'는 실제로 리투아니아의 수도 빌뉴스의 구시가지와 비넬레 강으로 경계를 이루는 특정 지역을 가리키는데, 이 지역의 예술인들이 1997년부터 매년 만우절, 예술인들의 1일 공화국을 선포하여 주민과 방문객들에게 즐거움을 선사하는 기발한 프로그램에서 '우주피스 독립 공화국'이라는 가상의 국명이 생겨났다고 한다.) '할'의 말을 믿어 주는 몇몇 친구들도 있고, 우즈피스어(語)를 사용하는 사람들도 간혹 나타났다 사라지지만 이 소설의 전체적 서사가 성립하는 주요 요인은 '우주피스 공화국'의 코드가 모두에게 상이하다는 데 있다. 어떤 식인가 하면, "비넬레 강 건너 저편 우주피스 지역에는 할 일 없는 주정뱅이들이 모여 사는데, 그자들이 만우절에 장난으로 우주피스를 독립국으로 선언한 바 있지. 그게 당신 같은 순진한 외국인들에게 엉뚱한 상상력을 촉발시켰을지도 모르겠군."(67쪽)

이라며 빈정거리는 주변인들이 있는가 하면, "그런 농담 공화국이 아니라 실재하는"(29쪽) 조국을 찾아 리투아니아의 외무성을 방문하고 체류 기간 연장을 위해 위장 결혼을 하고 그곳에 대해 안다는 사람을 찾아 수십 킬로미터의 눈밭을 걷는 등의 구체적 행위들을 감행하는 주인공도 있는 것이다. 그러니 인물들에게 '우주피스 공화국'은 전혀 다른 '실존적' 의미를 띤다. 누군가에게 없어도 그만 있어도 그만인 것이 자기에게는 반드시 있(어야만 하)는 것일 때, 더구나 그것을 찾는 것이 그의 유일한 욕망일 때, 이는 그의 존재 자체를 증명하는 중차대한 사안이 된다.

요컨대 하일지 소설에는 인물의 존재 자체가 걸린 뚜렷한 욕망이 있고 그로부터 연원하는 실존적 상황이 마련되어 있다. 그 속에서 인간의 의식과 행위를 조종하고 그러다가 패배시키는 하나의 '세계'가 곧 하일지 소설이 탐구하는 대상이다. 이 세계는 물론 현실의 세계가 아니라 가설적인 세계다. 따라서 탐구는 확정적인 세계를 논증하는 일이 아니라 불확실한 세계를 실험하는 일이다. 이곳의 일들은 실제 발생한 일들의 관찰이 아니라 실존 가능한 일들의 탐색으로 야기된다. 당연하게도 '할'이라는 인물의 의식과 행위는 사실성으로 규정되지 못하고 잠재성으로 의미를 얻는다. 이 이야기는 전체적으로 상상적인 과장을 통해 만들어졌으나, 이 세계의 모든 인간이 처할 수 있는 근원적인 가능성 하나를 보여준다. 어쩌면 이런 진단은 새삼 소설의 일반론을 확인하는 것에 불과할 것이다. 드러나 있는 존재를 비추는 것이 아니라 알려지지 않은 실존의 가능성을 포착하는 것이 소설이라는.

그렇다면 이제부터 우리가 할 일은 바로 이 소설이 포착해 낸 바가 어떤 세계인가를 묻는 것이다. 『우주피스 공화국』에 대해서라면 이런 이야기를 해 볼 수 있겠다. '부재'하는 세계를 목적으로 삼음으로써 그의 존재 자체는 하나의 착오가 돼 버리고, 끝내 거기에 이르지 못함으로써 그의 자취는 아예 사라져 버리고 만다.(마침내 그는 죽음에 이른다.) 그는 마

치 어항 속의 물고기처럼 한 세계에 갇혀 있는데 그 세계 자체가 가상이
고 거짓말이고 농담이다. 카프카적이라고 할 만한 이런 이야기가, 그러
나 그 자신에게는 결코 장난스럽지 않다. 이것을 재밌어 할 사람은 어항
을 바라보는 자들이겠지만, 작가는 주인공 '할'을 통해 우리를 그 세계
속으로 끌어들인다. 이 거짓말 같은 세계를 진지하게 통과하는 할의 구
체적 동선(動線)을 따라 우리는 그 내부로, 할이라는 인물의 갇힌 생 속
으로, 농담 세계의 미로 속으로, 들어간다.

그리고 묻게 된다. 나의 행위를 결정하는 것이 나의 내적 동기가 아니
고 전적으로 외부 상황에 의거할 때 내가 할 수 있는 일은 무엇일까? 너
는 무엇을 하겠는가? 우리는 서로 다를 것인가? 이것은 우스꽝스러운 가
정(假定)인가? 아니, 다소 과장되고 몽환적이지만 '할'의 이야기는 전혀
희극이 아니다. 그렇다면 이것은 욕망을 추구하는 인간의 파국을 비극적
으로 그리는 이야기인가? 여기에 그 비극을 보다 극적으로 보여 주려는
의도가 있는가? 아니면 욕망 자체가 가상 또는 농담이라는 사실을 통해
비극적인 것을 좀 견딜 만하게 덜어 주려는 배려를 담았는가? 질문은 많
지만 대답은 어렵다. 이런 대답은 어떨까? 그런 것이 아니라 『우주피스
공화국』은 인간의 패배하는 운명을 비극으로 치장하는 위안조차 제거해
버린 이야기라고. 누군가 조국을 잃고 고향을 잃고 그리고 모든 희망을
잃었다. 그러나 아무도 그것을 찾아 줄 수 없다. 모든 사람들은 그를 동
정조차 하지 않는다. 차라리 웃는다, 비웃어 버린다.

3 경험의 사유: 배움과 해석

구체적인 욕망의 설정으로부터 시작된 소설적 실험은, 가정된 조건에
서 발생 가능한, 대처 가능한 경험들을 거치면서 순차적으로 진행된다.

저 주요 욕망을 추구하는 길에 나선 주인공은 매번 다양한 난관에 부딪히고 그때마다 그것을 극복해야 하는 과제를 통과해야 한다. 이런 식이다. 한 남자가 리투아니아를 거쳐 '우주피스 공화국'에 가려고 한다. 이 욕망 때문에 그는 리투아니아 공항의 입국대에서부터 크고 작은 문제 상황과 부딪친다. 택시를 타고 우주피스 공화국의 국경으로 가는 일, 우주피스 공화국의 존재에 관해 여러 사람에게 묻고 답하는 일, 그곳에 대한 정보를 더 얻기 위해 누군가를 찾아가거나 기다리는 일 등등, 궁극적으로 우주피스 공화국에 이르는 게 목적인 그로서는 그 목적을 지연시키거나 방해하는 눈앞의 이 문제들을 우선 해결하지 않을 수 없다.

이 남자에게 닥쳐오는 문제들은, 갑자기 그것을 맞닥뜨린 남자에게는 거의 폭력적인 대상/현상이다. 홀연히 앞을 막는 외부적 압박은 그에게 어떤 대처를 강력히 명령하는 것과 같다. 그런데 이런 문제적 상황의 해결책을 도모하는 데는 기지의 요령, 정보 등이 거의 도움이 안 된다. 예를 들어 리투아니아 외무성에서 통역자 '빌마'가 이상한 통역으로 할과 빌마의 결혼을 성사시키는 형국을 만들어 버릴 때, 할은 담당관이 말하는 우주피스어를 똑똑히 알아들음에도 불구하고 빌마의 통역에 맞추어 행동할 수밖에 없다. 갑작스럽게 닥친 곤혹스러운 상황은 그가 예측할 수 있는 배치가 아니고 그 상황에서 그가 취할 수 있는 행동은 상식의 관습이나 정상의 규정을 따를 수 없게 된다. "깜짝 놀랐"고 "당혹스러웠"고 "갈피를 잡지 못하고" "거북스러워하"고 "혼란스러웠"고 "몹시 어지러웠"으며, "침울한 표정"이나, "어처구니없어 하는 표정"을 지을 수밖에 없었던 것은, 일반적인 상황에서라면 당연히 유효했을 행동들이 이 낯선 대면에서는 전혀 다른 의미를 갖게 될 것이기 때문이다. 이 경우, 이전의 유사한 상황에서 효과적이었던 대책을 다시 떠올림으로써, 즉 '재인식'함으로써 이번 것을 타개할 수는 없다. 들뢰즈식으로 말해 본다면, 이것은 외부적 압박이 개인에게 '새로운' 사유를 요구하는 정황이다.

이때, 그 요구를 수용하는 능력은, 스스로 자기의 질서를 증명하기 위한 논리적 지성이 아니라 문득 감각에 주어진 낯선 폭력에 상처 입어 버린 감성이다. 그것은 모두에게 승인된 진리나 가치를 구성하려는 (지성적) 의지가 아니라 미지의 것으로 닥쳐 온 지각이나 현상을 해독하려는 (감성적) 열망에서 비롯된다.

따라서 하일지 소설의 인물은 아는 대로 행동하지 못하고 행동함으로써 알게 되는 자들이다. 소설이 본래, 아는 대로 보게 하는 타성을 버리고 보는 대로 알게 되는 배움을 추구하는 정신의 활동이 아니었던가. 소설에 필요한 지각과 정서는 경험에 앞서는 어떤 전제에도 매개되지 않는다. 그런 지각과 정서에 의해서만, 아직 아니었거나 전에 없었던 인간과 세계의 새로운 관계가 발견되고 생성될 수 있다. 소설적 사유란 이미 알려진 바를 다시 떠올리는 것이 아니라 한 번도 알려지지 않은 것을 만들어 내는 활동이다. 소설에 필요한 경험이란 자발적, 의식적으로 준비하는 지적 기획이 아니라 닥쳐온 사태에 아무것도 모른 채 대응할 수밖에 없는 비자발적 반응이다. 요컨대 소설적 경험은 재인식의 결과가 아니라 새 인식의 원인이다. '우주피스 공화국'을 찾으러 가는 길에 할이 겪는 경험들은 기존의 세상에 끼워 맞춰 이해할 수 있는 일들이 아니라 그때 그때 알맞은 방침을 창출해야 해결할 수 있는 일들이다. 요점은 이것이다. 준비된 틀로 세계를 '재인식'하는 것이 아니라 방금 만난 세계를 유일한 것으로 '인식'한다는 것은, 그 인식을 다른 곳으로부터 불러오는 것이 아니라 지금 여기에서 새로 여는 것과 마찬가지다. 그러니 "사유하는 것은 창조하는 것이라고 말해야 옳다."[2]

하일지는 『소설의 거리에 관한 하나의 이론에 대하여』라는 소설 이론서를 낸 문학 연구자이기도 한데, 자기 소설의 지면을 일부 빌려 평소의

---

2) 질 들뢰즈, 서동욱·이충민 옮김, 『프루스트와 기호들』(민음사, 1995), 166쪽.

소설관이나 작품에 대한 짧은 노트를 덧붙여 놓기도 했다. 특히 첫 작품 『경마장 가는 길』의 '작가의 말'에 적은바, "한 인간을 있는 그대로 그리려고 애쓴다", "인간과 인간이 처해 있는 현실을 있는 그대로 재현", "어떤 존재나 사실을 있는 그대로 언어로써 재현한다는 문제" 등의 말들은 흔히 그 자신의 소설에 대한 실마리로 읽히곤 한다. 그러나 그가 인간, 현실, 존재, 사실 등을 '있는 그대로 재현'했다는 말은 우리의 관찰에 의하면 그다지 적절치 않은 것 같다. 특히 '있는 그대로'라는 수식에 의해 그것이 '모사(模寫)'의 뜻으로 들린다면 더욱 그렇다. 엄밀히 말해 그가 재현한 것은 대상 자체가 아니라 대상으로부터 촉발된 앎이고, 대상의 이미지가 아니라 그 이미지로부터 풀려나온 해석(번역)일 것이기 때문이다.

할은 자신의 커다란 여행용 가방을 바투어 잡은 채 큰 걸음으로 교회 안을 돌아다니기 시작했다. 그러면서 고개를 좌우로 바삐 돌려 교회 안 구석구석을 살폈다. 그런 그의 모습은 누가 봐도 좀 괴이해 보였을 것이다. 기도를 하러 온 사람의 태도가 아니라는 것은 차치하고라도 진지한 관광객의 태도도 아니었으니까 말이다. 그래서 그렇겠지만 몇몇 노파들은 그 무례한 동양인을 향하여 못마땅한 듯 눈총을 보내기도 했다. 그러나 할은 개의치 않고 교회 구석구석을 샅샅이 뒤지고 다녔다.(『우주피스 공화국』, 136쪽)

영등포역에서 두 사람은 어느 버스정류장에 서 있었다. 거기는 많은 사람들로 붐볐다. R은 어떤 버스를 타고 어디로 가야 할지를 모르겠다는 듯이 황망히 서 있었다. 그때 J가 잠시 변소를 다녀오겠다고 하며 어느 건물 안으로 들어갔다. 약 3분쯤 후에 그녀는 그녀가 들어갔던 건물에서 나오며, 마치 사람이 혼잡한 틈을 타서 R 몰래 달아나려는 듯이 이제 막 도착하고 있는 어느 버스를 향하여 막 달려갔다. 그때 그녀의 표정은 몹시 지긋지긋하고 귀찮게

구는 것, 가령 술에 취해 몹시 말이 많은 사람을 떨쳐 버리고 막 돌아설 때 흔히 지을 수 있는 그런 것이었다. 그러나 그녀는 버스를 향하여 막 달려가다가는 문득 고개를 들어 저만큼 앞에 서서 그녀의 일거수일투족을 묵묵히 바라보고 있는 R을 눈으로 찾았다. R과 딱 눈이 마주치는 순간 그녀는 몹시 계면쩍어하는 미소를 짓고는 버스 타기를 그만두고 인도로 올라서서는 R로부터 약 10미터쯤 떨어진 데에 섰다. 그러고는 버스를 기다리는 사람처럼 고개를 R로부터 약간 외면한 채 서 있었다. R은 잠시 동안 그 자리에 멍청히 서서 그러한 그녀를 멀건히 바라보았다. 그러고는 그녀 곁으로 다가갔다.(『경마장 가는 길』, 383쪽)

가장 최근작인 『우주피스 공화국』과 데뷔작인 『경마장 가는 길』에서 각각 발췌한 부분이다. '묘사문'에 주의해서 읽어 보자. 사물이나 인물 자체를 그리는 문장들이 아니라 사물이나 인물로부터 주어진 사건을 다루는 문장들이다. 눈앞에 보이는 대상을 적는 것이 아니라 대상을 읽고 해독한 바를 설명한다. 즉 묘사된 인물의 몸짓이나 표정 등이 인물에게로 귀속되지 않고 사건으로 귀속된다. 할, R, J 등의 인물과 교회당, 버스정류장 등의 사물들은 공간적 사물로 거기 있는 것이 아니라 사건적인 시간 안의 것으로 배치되어 있다. 요컨대 소설적 재현이란 사물이나 인물의 '표상'이 아닌 드러난 사물에 대한 해석, 즉 사건의 '표현'이다. 안정된 존재의 표상이 아니라 언제 부재로 전환될지 모르는 불안정한 시간의 현시다. 대상을 모방하되 모방하는 대상을 낯설게 만드는 글쓰기, 현실을 재현하되 그 재현된 현실이 이미 있는 세계가 아닌 새로 창조된 세계인 글쓰기, 그것이 곧 소설이다, 하일지의 소설이다.

이 세계는, 스토리의 시간 아래 연결되지 못하고 조각난 지각의 영상에 점령되어 있다. 하나의 전체성을 갖춘 세계상이 여기에는 없다. 작가는 통일될 수 없는 파편으로서의 세계를 충분히 깨닫고 있는데, 예컨대 이런 부분에서 잘 확인된다.

버스가 어느 부슬비 내리는 국도를 한참 달리고 있을 때였다. 그는 그의 가방을 열어 우유 한 통을 꺼내었다. 그리고 그걸 열어 마시려고 입으로 가져가 고개를 뒤로 젖힌 채 막 기울이고 있을 때였다. 그 순간 그는 얼핏 차창 밖에 어떤 놀라운 장면을 발견하기라도 한 듯 심하게 몸을 움찔했다. (……)

마을에서도 멀리 떨어진 논벌이었다. 차창 밖 국도 가에는 두 사람의 시골 아낙네가 있었다. 두 여인은 이제 막 쌀자루 같기도 한 제법 무거워 보이는 자루 하나를 사이에 두고 그것을 함께 들어 올려 한 여인의 머리 위로 이게 하려고 하는 찰나였다. 그 자루를 인 여인은 R이 볼 때 정면으로 보이는데 그녀는 머리 위에 또아리를 올려놓은 채 엉거주춤 허리를 구부려 땅바닥에 놓인 자루를 막 들어 올리려고 하고 있었고, 그것을 이게 할 여인은 R이 볼 때 뒷면만 보이는데 그녀는 엉덩이를 우뚝 세우고 상체를 구부리고 그것을 인 여인과 함께 자루를 막 들어 올리려고 하고 있었다. 그런데 그때 그 자루를 이게 하려고 하는 여인은 허리를 완전히 구부린 채 그 자루를 들어 올리는 데만 열중하고 있는 데 반하여, 그것을 인 여인은 무엇인가 예사롭지 않은 것이 순간적으로 그녀의 눈을 스치고 가기라도 한 듯 고개를 오른쪽, 그러니까 지금 R이 타고 있는 차가 가고 있는 방향으로 약 30도 각도로 돌린 채 근시안인 사람들이 멀리 있는 물체를 보려고 할 때 흔히 그렇게 하듯 눈을 약간 찌푸린 채 입을 반쯤 벌리고 엉거주춤 서 있었다. 그러나 지금 엉덩이만 우뚝 세우고 있는 여인은 자루를 인 여인이 보고 있는 것을 보지 못할 뿐만 아니라 그녀가 고개를 약 30도 각도로 오른쪽으로 돌린 채 입을 약간 벌리고 있다는 것을 알지 못할 것이다. 그리고 두 여인은 모두 지금 그녀들의 곁을 약간 비켜서 지나가고 있는 버스를 의식하지 못하고 있는 것 같았다. R은 급히 고개를 돌려 차의 앞쪽, 그러니까 지금 고개를 약 30도 각도로 오른쪽으로 돌린 채 눈을 찌푸리고 서 있는 여인이 보고 있는 것을 보려고 했다. 그러나 보이는 것은 안개와 같은 부슬비가 내리는 논벌뿐이었다.

R은 그때 그의 코와 입과 턱과 그리고 옷 위로 흘러내리는 우유를 전혀 의식하지 못한 듯 그것을 닦아 낼 생각은 하지 않고 급한 손길로 가방을 열어 두꺼운 공책 하나를 꺼내어 첫 장을 열었다. 그리고 주머니에서 만년필을 꺼내어 급히 써 내려가기 시작했다.

2월 16일, K가 돌아왔다. 어쩌면 2월 15일 또는 17일이었던지도 모른다.

(『경마장 가는 길』, 585~586쪽)

『경마장 가는 길』의 마지막 부분, 이 소설의 첫 문장인 "2월 16일, R이 돌아왔다."와 맞물리면서 소설 속 인물 R이 쓰는 소설이 바로 R 자신의 이야기인 이 소설 『경마장 가는 길』임을 암시하며 메타 소설적 구조의 원환(圓環)을 잇는 부분이다. 작가의 소설관이 여과 없이 드러나는 대목이어서 의미심장하지 않을 수 없다. 이 장면에는 최소한 네 개 이상의 시선이 있다. 두 사람의 시골 아낙 각각의 시선과 그들을 바라보는 R, 그들과 R을 동시에 바라보는 (내포)작가. 수많은 독자들 또한 이 장면을 본다는 것까지 더하면 무수한 다층의 시선을 고려해도 된다. 여인1은 여인2가 보는 것을 알지 못하고 이 둘은 R의 시선을 알지 못한다. R은 또한 자기를 향한 작가의 시선을 의식하지 못하고, 작가는 또한 이 장면을 바라보는 독자들 각자의 시선을 인정해야 할 것이다. 우리는 모두, 다른 사람이 보는 것을 보지 못할 뿐만 아니라 내가 못 본 것을 다른 사람은 본다는 사실조차 알지 못한다. 이 장면에서 R이, 먹고 있던 우유가 옷으로 흐르는 것도 의식하지 못할 만큼 강렬한 형상화의 의지를 느낀 이유는 두 가지다. 하나는, 나의 감각에 이토록 강렬한 충격을 준 것 ─ 내가 본 것, 내가 읽은 것, 나에게 온 것 등의 감성적 원천 ─ 을 놓치지 않겠다는 다짐. 또 하나는, 우리의 세계는 각자 자기 각도의 시선에서 알아진 진실들로 이루어져 있지만 그것들은 모두 알 수 없는 전체상을 유보한 채 조각으로 흩어져 있다는 자각. 이것이 바로 하일지의 글쓰기가 비롯되고 또 천착한 지점이다. 그리고 어쩌면 모든 소설의 기원이고 본령이다.

세상은 불확실하고 혼란하고 애매하다. 우리는 우리에게 온 것들, 우리가 본 것, 느낀 것, 생각한 것, 알게 된 것, 즉 경험을 가지고 세상을 해석하고 진리를 인식하며 또 새로운 철학을 창조한다. 감성이 먼저 상처 받고 그 상처를 지성이 해독하는 것, 이것이 소설의 철학이다. (고전) 철학을 비판하며 '비철학적인 것'의 중요성을 강조했던 한 철학자의 사유를 참고하면 좋겠다. 경험이 아닌 것들, 즉 경험에 앞서는 선험적인 조건이나 요소 등의 암묵적 전제 아래 진리를 찾겠다는 선의지만으로 논리적인 진리에 이르는 것을 경계하며, 이때 진리를 가능케 하는 전제와 선의지의 임의성을 비판했던 철학자는 들뢰즈였다. 지각과 정서를 무시한 채 인식 자체를 가능케 하는 어떤 공리로부터 도출되는 사유에 대항하여 그는 우리의 감성에 주어지는 파편들을 가지고 진리를 찾아가는 길을 프루스트를 통해 안내해 주지 않았던가. (고전) 철학이 가지 않은 이 길을, 소설이 모색하고 몰두하며 간다. 하일지 소설이 가고 있다.

4 표현의 형식: 반복과 나열

소설을 경험 철학이라고 하였다. 그러나 하나 마나 한 말이지만 경험을 적는 것이 곧 소설은 아니다. 이를테면 『우주피스 공화국』에서 '할'이 겪는 모든 일은 '우주피스 공화국' 찾기와 연관되지만 동시에 그것은 우주피스 공화국을 찾지 못해서 벌어진 일들이다. 아직 이르지 못한 그곳은, 경험의 대상이 아니라 (그곳에 이르려는) 경험을 가능하게 만드는 대상이다. 경험 자체가 아니라 경험을 가능하게 하는 조건인 그것은 대체 무엇인가? 끊임없이 이번 행동에서 다음 행동으로 이어 가게 조장하는, 욕망의 기원이자 대상이며 이야기의 시작과 끝을 만든 '우주피스 공화국'의 정체는 무엇인가?

우선 표면화되기로, 그것은 문학/예술의 나라다. "아버지 당신께서 우주피스 공화국에 뼈를 묻고 싶어 하는 것은 시의 씨앗을 틔우기 위해서"였고, 문학/예술이 돈과 힘의 논리에 점령당하듯 우주피스 공화국도 "주변 국가들에게 강제 점령"되었기에 "나라를 되찾으려고 하는 것은 잃어버린 시를 되찾으려고 하는 것"과 같다. 그곳은 현실에서 자꾸 부정되지만 잊지 말아야 할 '문학적인' 세계로 쉽사리 치환된다. 또한 그곳은 남들에게는 가상(부재)에 불과한 것이지만 자기에게는 가장 절실한 대상(존재)이라는 점에서 다수에 의해 무시되거나 심지어 은폐된 것을 그 스스로 찾아 증명해야 하는 진실 혹은 가치와도 같다. "우주피스 공화국이라고 하면 애써 존재하지 않는다고 치부하려 드는" 자들이 오히려 "어떤 콤플렉스에 사로잡혀 있"는 것처럼 여겨진다면, 그곳은 반드시 '있(어야만 하)는 곳'이(어야야 한)다. 할이 겪는 다사다난은, 반드시 있(어야 하)는 실상을 철저히 부정하는 사람들 속에서 홀로 그것을 찾아 밝히려는 외로운 고투다.

그러나 문학의 가치를 우리가 알아봐야만 한다는 취지로 이 소설이 쓰인 것은 아니다. 문제는 우주피스 공화국이 무엇을 지시/은유하느냐가 아니라 어떻게 작동하느냐다. 어쨌든 이 가상의 나라가 모두에게 존재하는 유일한 경우가 있는데, 그것은 1년에 단 하루 만우절 동안의 일이다. 즉 그곳을 경험하는 것은 공간의 일이 아니라 시간의 일이다. 따라서 이 나라는 언젠가 존재했던 공간적 체험이 공간과 무관하게 도래할 시간적 사건이다. "무거운 벽시계를 짊어진 채 언덕을 오르는 사내"의 기괴한 모습이 암시하듯, 이 나라 사람들이 고향을 잃은 것은 자기의 시간대로 살 수 있는 권리를 잃은 것과 같다. 그 고향은 사람들의 기억에만 있다.

그러고 보니 우주피스를 농담으로만 넘기는 친구에게 할은 "잃어버린 당신의 기억을 되찾기를 기원합니다."라고 충고까지 하지 않았던가. 이 나라가 문학적인 세계라면, 그것은 문학적인 (공간/지역이 아니라) 시간/기억이다. 문학적인 것이 없거나 혹은 있다고 할 때, 여기서 그것은 기억에 관한 이야기일 수밖에 없다.

그러므로 '우주피스 공화국'이라는 '(문학적) 시간'이야말로 이 소설 속의 모든 경험을 가능케 한 조건이라고 말해도 된다. 그 조건이 경험적 시간 안으로 들어올 때, 즉 현재로서는 없는 것(상실 혹은 결핍)이 현재에 등장할 때, 이 '기억'의 형식은 '직접' 체험되는 현재가 아닐뿐더러 재구성되어 현재 사이에 끼워 넣어진 '과거'도 아니다. 실제로 경험할 수 없는 대상이기에 그것은 완료된 체험의 형태로 출현할 수도 없다. 즉 그것은 이전의 시간을 재구성한 것이 아니라 지금 막 새로 열리는 시간처럼 현현한다. 이 현현을 조정한 것이 곧 (경험 자체가 아닌) 경험을 가능케 한 조건이다. 그러므로 소설 속에서 '우주피스 공화국'이 출현하는 방식이 곧 이 소설이 어떤 것을 표현하는 방식이라고 할 수 있다.

우선 '우주피스 공화국'이 등장하는 장면들을 떠올려 보자. 할이 그 (우주피스라는) 시간을 인지하는 것은 우주피스를 기억하는 동포들과 마주치는 몇 번의 짧은 순간들, 특히 '요르기타'를 만나는 두 번의 긴 장면과, 그리고 특히 우주피스 공화국의 국가(國歌)가 느닷없이 들려오는 순간이다. ('요르기타'와의 조우에 대해서는 뒤에서 자세히 이야기해야 한다.) 우주피스가 문득 현재화되는 그 순간은 가령 이렇게 서술된다. "그런데 바로 그때였다. 어디에선가 장중하면서도 애수를 자아내는 피아노 소나타 소리가 들려오기 시작했다. 할은 깜짝 놀란 표정으로 고개를 들었다", "스피커에서는 잠시 동안 지지거리는 소음이 들려왔다. 그런 끝에 갑자기 장중하면서도 애수를 자아내는 어떤 음악의 전주곡이 울려퍼지기 시작했다. 그제서야 할은 고개를 번쩍 들었다. 애절한 전주곡이 끝나고 웅장하면서도 섬세한 테너 가수의 목소리가 우주피스 공화국의 국가를 부르기 시작했다. 그 순간 할은 온몸에 전율이 일어 숨이 막히는 듯 두 눈을 감은 채 꼼짝도 하지 않았다." 감각을 일깨워 기억이 활동하도록 자극하자, 할은 자기 안에 밀려드는 어떤 힘에 의해 마치 단번에 다른 시간 안에 위치해 버린 듯 전율한다. 이것은 과거를 현재로 끌어당겨 놓은 것도, 현재를 가지고 과거를 재구성하여 거슬러 오른 것도 아니다. 이것은 마치 한 번도 체험되지 않았던 새로운 시간으로 현재의 한 순간을 도약시키는 것이다.[3] 그리하여 '우주피스 공화국'의 실체란, 감각의 유사성에 의해 촉발된 기억이라고 해야 맞다. 들뢰즈의 프루스트론을 한 번 더 불러오자면 이것이 바로 '비자발적 기억'이다. 자발적으로 의식되지 않는, 또는 의식적 경험에 앞서는 경험의 대상. 그러면서 모든 의식적 경험의 배후에 "어두운 전조"처럼 깔려 있다. 그런 뜻에서 이를 '선험적'이라 할 수 있다면 이 선험적 시간은 (그 자체로 의식되지는 않지만) 다른 경험들을 종합하여 통과하는 무의식적 경험이라고 해도 좋다. 이것은 과거와 현재에 공통되고, 소설 속에 그려지는 모든 현재들, 즉 지금이라는 현재와 한때 현재였던 과거의 흐름을 주관하며, 그 둘을 연관 짓는 근거다. 경험적인 "모든 현재를 흘러가게 하고 그 흐름을 주재하는 심급"[4]인 그런 차원의 근거와도 같은 것.

이것이 서사의 흐름 위에 현재적으로 출현하는 양태로부터 이 소설의 표현적 특성을 추출해 볼 수 있다. 서사의 진행 중에 우주피스 공화국이 현상하는 것은 다음과 같은 두 계기들을 통해서다. 할이 가지고 다니는 '사진'이나 '요르기타'라는 인물 —— 요르기타와 만나는 할 자신. 조금 자세히 살펴보자.

---

3) 질 들뢰즈, 앞의 책, 96쪽 참조. 들뢰즈가 베르그송의 『물질과 기억』의 유명한 논제들을 설명한 부분을 참고했다.
4) 같은 책, 102쪽.

먼저, 요르기타와의 만남. 요르기타는 할이 처음 빌뉴스 공항에서 만난 인상 깊은 여인으로서, 마침내 할과 사랑을 나눈다. 그녀의 이야기에 의하면, 그녀의 사촌이자 남편이었던 사람은 다름 아닌 할 자신이다. 그녀가 보여 주는 사진 속에 할이 있을 뿐만 아니라 그녀 자신은 할이 갖고 다니는 사진 속의 여인인 것이다. 할과 요르기타의 만남은, 사촌오빠와 결혼했던 요르기타의 '과거'가 현재 즉자적으로 펼쳐지는 것과 같다. 또한 꽃 파는 소녀의 친절로 찾아가게 된 "아듀티스키스의 요르기타"는 빌뉴스의 젊은 요르기타의 50년 뒤의 모습으로서, 그의 아들인 '게르디할'은 빌뉴스의 젊은 요르기타와 할의 사이에 현재 시점에서 잉태된 아들의 미래 모습이 된다. 아듀티스키스 마을의 요르기타와 만나는 현재는, 할 자신이 사라진 '미래'가 현재 즉자적으로 펼쳐지는 것과 같다. 그러므로 요르기타와의 반복적인 만남은 곧 시간의 한계를 넘는, 우주피스 공화국의 반복적인 재생이다. 즉 이 재생은 과거로부터 끄집어내어져 재구성된 기억이 아니라 지금 새롭게 발생하는 형태의 사건이다.

다음, 주인공 할이 가지고 다니는 사진. 할에게는 아버지, 어머니, 여동생, 삼촌과 함께 찍은 가족사진, 금발의 소녀가 에거스 씨 댁 2층의 그랜드 피아노를 연주하는 사진 등 오래된 흑백사진 몇 장이 있다. 이 사진은 우주피스 공화국을 증명하고자 하지만, 사진 속의 내용은 완전히 사라진 것이거나 아니면 처음부터 아예 없었던 것이다. 사진과 유사한 장면이 현재 벌어지지만 주인공은 그 사실을 깨닫지 못한다.(요르기타의 사진과 할의 사진 속의 장소는 둘 다 어젯밤 그들이 만난 장소이지만 할은 그 사실을 모른다.) 즉 우주피스라는 "시간(에 대한 기억)"은, 과거와 현재의 유사성에서 발견되지 않는다. 오히려 현재의 할은 자신이 과거와 미래의 요르기타의 남편이라는 사실을 깨닫지 못하는 까닭에, 그가 우주피스를 찾아가는 현재적 서사는 멈춤 없이 진행된다. 말하자면 사진으로 현현한 우주피스 공화국은, 기의가 아니라 기표다. 그것이 처음 찍힌 순간과 현재를 계기적으로 연결하여 의미(기의)를 얻는 것이 아니라, 그것이 불연속적으로 나타났던 각각의 순간들이 다른 시간(가령, 그것이 찍힌 순간)으로 환원되지 않는 고유한 자리(기표)가 된다. 그 각각의 장면들이 매개 없이 나열되면서도 서로 관련되게 하는 '어두운 전조'가 곧 '우주피스 공화국'이라는, 기의를 고정하기 어려운 기표인 것이다.

두 계기의 양상을 통해 이 소설의 '표현 형식'을 정리해 보자. 이 소설 속의 모든 경험적 사건들은 '우주피스 공화국'이라는 "어두운 전조"를 통과하는 '반복'적 경험들이고, 그 경험들을 서로 연결하는(공명시키는) 것이 '우주피스 공화국'이며, 따라서 그것들의 배치는 우주피스 공화국이라는 기표에 의해 조정된다. 어떤 식이냐 하면, 유사한 사건들을 동일한 것으로 엮어서 현실적 시간성의 차원에 합당하게 만드는 것이 아니라 서로 다른 것으로 열린 채 '나열'하여 현실적 시간성의 차원을 벗어나게 한다. (이때 우주피스 공화국은 현상하는 계기들 사이에 '차이'를 두는 차이화의 자리에 있다.) 그리하여 이 소설에 '반복'과 '나열'의 패턴이 그려진다.

반복과 나열이라면 「경마장 가는 길」의 유장한 서사에 생각이 미치지 않을 수 없다. 이른바 '경마장 소설'들에 수수께끼처럼 등장했던 '경마장' 역시, 의식적 경험에 앞서 모든 의식적 경험의 배후에 "어두운 전조"처럼 깔려 있는 무의식적 경험과도 같은 것이었다. "나는 아직 한 번도 경마장에 가 본 적이 없다. 따라서 나는 경마장이 어디에 있는지 알지 못한다. 오래전에 언젠가 한번은 누가 나에게 경마장에 대하여 이야기해 준 적이 있다. 나는 그에게서 들은 이야기를 다만 기억하고 있을 뿐이다. 그러나 나는 그가 누구였던지 지금 알 수 없다. 그가 말한 경마장은 어쩌면 이 도시에 있는 경마장이 아닐지도 모른다. 그리고 그것은 이 시대에 있는 경마장이 아닐지도 모른다. 바람 부는 오후에 하늘 아득히 떠가고 있는 신문지처럼 경마장은 지금 공중에 흐르고 있다."(「경마장 가는 길」, 562쪽) 주인공은 갑자기 수첩과 만년필을 꺼내어 이렇게 적었다. 이런 문단은 맥락 속에 형성된 것이 아니라 갑자기 떠오른 '비자발적 기억'의 한 장면처럼 끼어든다. 무언가의 부름에 호출당한 듯 불쑥 출현한 이 말들은 실제적 사건을 거느리지 않는다. 그러면서도 단어들과 단어들 사이에서 실제적 사건을 감지하게 하고 그것들을 종합하는 이미지를 발생시키는 것 같다. 한순간 생겨난 각성의 느낌, 관찰의 의욕, 형상화의 의지 같은 것들을 이 말들이 통과시키는 듯하다.(바람에 날리는 신문지처럼) 그리고 그런 느낌, 의욕, 의지 등에 대응하는 기억을 무시간적으로 현현한다.(이 도시와 이 시대의 것이 아닐지도 모르므로) 이때의 '경마장' 또한, 사물로서의 존재가 아니라 기표로서의 존재다. '우주피스 공화국'과 마찬가지로, 경험적 사건들로부터 이 기표가 솟아 나오고 이 기표로부터 반복적으로 풀려나온 것들이 경험적 사건을 이룬다. 그리고 그 패턴이 또한 반복과 나열이었다.

5 소설의 영도

  하일지 소설에 관한 우리의 이야기는 소설 일반론처럼 들릴 수도 있다. 이 비평이 하일지 소설만이 아닌 모든 소설에 다 합당하다는 뜻이 아니다. 하일지의 소설에 대한 비평은 주로 오직 소설만이 할 수 있는 일에 대한 논의로 수렴될 수밖에 없다는 뜻이다. 소설만이 할 수 있는 것이 무엇인가? 욕망, 실존, 배움, 해석, 반복, 나열 등의 열쇳말들은 소설뿐 아니라 다른 글쓰기에서도 도출될 수 있겠지만, 그것들이 소설에서만큼 본격적으로 집중되는 경우는 없다. 밀란 쿤데라는 소설만이 할 수 있는 일을 "핵심에만 집중하기"라고 하며 오에 겐자부로의 소설 「인간의 양」(1958)을 들어 다음과 같은 얘기를 한 적이 있다. 다소 길지만 그의 견해에 적극 동의하는 뜻을 담아 옮겨 본다.

어느 저녁 무렵, 일본인들이 잔뜩 탄 버스에 외국 군대의 술 취한 병사 한 무리가 올라타서 한 대학생 승객을 위협하기 시작한다. 그들은 강제로 그의 바지를 벗기고 엉덩이가 드러나게 한다. 대학생은 주위 승객들이 억지로 웃음을 참고 있다는 걸 느낀다. 그런데 병사들은 희생자 한 명으로 만족하지 않고 승객들 절반 가량의 바지까지 벗긴다. (……) 그들 중 교사 하나가 끝까지 대학생을 따라온다. 그가 내릴 때 따라 내리고 집에까지 따라가서는 그의 이름을 알아내어 그가 당한 수치를 공개하고 외국인들을 고발하려고 한다. 결국 모든 것은 둘 사이의 격한 증오로 끝난다. 비겁함과 수치, 정의감이라는 허울을 쓴 경솔한 가학성 등을 이야기하는 놀라운 소설이다. 하지만 이 소설 얘기를 꺼낸 것은 이런 질문을 하기 위해서다. 그 외국 병사는 누구인가? 물론 전쟁 후에 일본을 점령한 부대는 미국군이다. 그런데 작가는 '일본인' 승객이라고 꼬집어 말하면서 왜 병사들의 국적은 밝히지 않을까? (……) 소설 전체를 통해 일본 승객이 미국 병사와 대립한다고 상상해 보라! 이 한 단어가 분명하게 언급됨으로써 이 소설은 결국 정치적 텍스트로, 점령자에 대한 고발로 귀결되고 만다. 이 단어 하나를 포기함으로써 정치적 측면은 어슴푸레한 빛에 싸이고, 소설가가 관심을 가진 주요한 문제인 실존의 수수께끼에 조명이 집중되기에 충분해진다. (……) 소설가를 매혹시키는 역사란, 인간 실존의 주위를 돌며 빛을 비추는 탐조등, 역사가 움직이지 않는 평화로운 시기였다면 실현되지 않고 보이지 않고, 알려지지 않았을 뜻밖의 가능성들에 빛을 던지는 탐조등으로서의 역사다.[5]

하일지 소설에서도 간혹 한국적 정황으로 추측되는 요소들이 찾아지지만 그가 탐구하는 것의 목록에 그것들을 포함하기는 어렵다. 가령 『우주피스 공화국』에서 한편으로는 할이 살던 동양의 나라 '훈〔Han〕'이 한국을 암시하는 듯하고 또 한편으로는 할의 잃어버린 고향 '우주피스 공

5) 밀란 쿤데라, 앞의 책, 96~97쪽.

화국'이 식민지 시절을 겪은 한국사의 일면을 연상시키지만, 어느 쪽도 한국적 현실이나 역사의 은유 또는 알레고리로 읽을 수는 없다.『우주피스 공화국』에서 우리가 읽어야 하는 것은 현실과의 어슴푸레한 연관성이 아니라 그가 이 '소설'로 제시하는 인간 탐구의 절실한 과정이다. 거기서 투시되는 한국 사회의 어떤 단면이 있다면 이는 표상을 재인식하기에 익숙한 우리 자동화된 독법에서 기인한 것이지 하일지의 소설이 우리에게 열어 준 세계는 아닐 것이다. 할의, R의, K의 개별화된 욕망이 부각되는 것은 그들 각각의 '욕망' 자체에 대해서가 아니라, 그 욕망이 좌절되는 '개별적 자리'에 의해서이기 때문이다.

지금까지 이 글에서 이야기한 것도 그런 것이다. 하일지의 소설이 일구어 놓은 인간, 세계, 관계 같은 것은 작가에게로 귀속되는 속성이 아니라 어떤 인간도 처할 수 있는 보편적 계기의 발견이었음을 밝히고 재평가하는 것. 이를테면「경마장 가는 길」의 R이 다음과 같은 대사를 쳤을 때 우리는 어떤 것을 읽어 내야 할 것인가에 대한 생각. "한국에서 나는 '나'가 아니라, 내 아버지의 아들이고, 내 누이들의 오빠이고, 내 아들의 아버지이고, 내 아내의 남편이고, 내 스승의 제자이고, 내 선배의 후배이고, 내 동향인의 동향인이고, 내 이웃의 이웃이고…… 나는 이러한 타인들과의 관계를 맺고 있기 때문에 비로소 나일 수 있는 것만 같아. 내가 무엇이냐 하고 물으면 한국에서는 이렇게 대답해야 돼. 나는 나의 아버지의 아들이고, 내 아들의 아버지이고, 내 아내의 남편이고, 내 동향인의 동향인이고…… 그렇게 대답하지 않고 나는 나다 라고 대답하면 아무도 이해하지 못해. 프랑스에서는 그렇지 않았지. 거기서 나는 우선 나일 뿐 다른 아무것도 아니었던 것 같아." 이 인물-화자는 명백히 한국적 문화의 일면을 폭로하고 나아가 프랑스와 비교하면서 그것이 "개인을 말살시킨다"고 비난한다. 그러나 하일지의 '소설'을 읽는 우리로서는 이 목소리를 작가 자신의 육성으로 들을 권리가 없다. R이라 호칭되는 인물에게 할당된 하나의 관점으로만 한정해서도 안 된다. 그렇게 한다면 이 소설의 콘텍스트는 더 작고 협소해질 것이다. 이 '소설'에서 더 크게, 더 확실하게 보이고 또 봐야 하는 것은 (R이라는) 한 인간의 그러저러한 실존이 가능했던 복잡한 맥락이다. 그리고 그 맥락의 탐구가 타당한가의 여부이다.

이것이 하일지 소설의 본령이다. 실상 모든 소설은 '소설'이 과연 무엇인가를 다시 물어 오는 질문의 한 형식이라고 모두(冒頭)에 말하기도 했거니와, 그의 소설을 읽으며 소설의 본령을 새기지 않기가 되려 힘든 일이다. '본령'과 관련하여 우리가 고려한 좌표는 크게 두 개의 콘텍스트를 거느린다. 소설 작품을 쓰거나 읽을 때 거기에는 철학, 과학, 역사, 사회 등이나 운문, 극, 영상 등의, 소설 '바깥'과 관련한 콘텍스트가 있고, 또 소설이라는 장르 '내부'에서 다른 소설들과 연결되는 콘텍스트가 있다. 한국 소설과 그 비평은 후자보다 전자, 즉 소설을 소설들 사이에 좌표화하기보다 한국의 '사회 현실적' 콘텍스트 위에 놓는 편에 훨씬 익숙했다. 최근의 한국 소설은 소설 바깥의 영역(이를테면 영화나 드라마)과 더불어 방대해진 바가 없지 않으나 소설 자신의 영역(이를테면 파격의 실험이나 신(新)테마 탐구)의 확장에는 소극적인 듯하다. 작품들 각각은 자기를 '소설로서' 주장하는 일에 태만해 보이고, 소설에 대한 담론들 또한 최근의 소설을 '소설로서' 비평하는 데 방심하는 것 같다. 어쩌면 최근의 한국 소설은, 실존을 탐구하고 경험을 사유하고 형식을 창조하는 저 소설의 일들을 가장 격렬하게 수행할 때 터져 나오는 소설의 '본령'에 대해 너무 시들하거나 조금 미달인지도 모르겠다. 거친 비교에 불과하지만, 최근의 한국 시는 한국 소설에 비해 상대적으로 시 영역 내부의 좌표와 콘텍스트에 민감했기에 더 많은 파격과 쇄신이 있었고 그 위에서 또한 2000년대 시 담론들이 활발하고 치열할 수 있었다고 생각한다.

하일지의 소설이 소설의 본령을 묻게 하는 것은 그것이 낯설고 독특한

것이어서가 아니라 소설의 영도(零度)이기 때문이다. 파격과 쇄신을 갈
망하기를 넘어 스스로 파격과 쇄신의 현장이어야 하는 것이 소설이 아닌
가. 20여 년 전 하일지 소설이 처음 등장했을 때, 사람들은 불편함과 당
혹감을 표시하고는 얼마 지나지 않아 곧 무심한 척 냉담해졌던 것 같다.
지난 20여 년간 하일지는 열 권의 소설을 발표했으나 그 소설들은 아직
도 다른 소설들과의 관계 속에서 어색한 듯 보인다. 작품이 스스로 그러
한 것이 아니라 한국문학의 지형을 바로 볼 줄 모르는 어떤 편협이 그의
작품들에 어울리는 자리를 마련해지 못해서 그랬을 것이다. 하일지의 소
설은 20년 동안 계속해서 고독하였다. 고독한 것들은 대체로 홀로 빛을
내기도 하지만 더 이상 그를 고독하게 두어서는 안 될 것 같다. 그와 더
불어 더 빛나게 될 한국 소설을 위한다면.

(2009)

멘토의 음성
—이윤기의 마지막 소설집에 부쳐

이윤기의 글에서는 늘 이런 말이 들려오는 것 같다. "아직도 심중에 말 한마디가 남아 있다. 나는 이 말을 내 연하의 친구들에게 들려주고 싶다."[1] 언젠가 한번은 비장한 엄마의 목소리로 "내 세대 자매들과 다음 세대 딸들에게 써서 남긴다. 지극한 염려와 아픈 사랑으로 써서 남긴다. 사랑하라, 이것은 딸들이 누릴 수 있는 특권이다. 싸워라, 이것은 딸들이 지켜야 하는 원칙이다."[2]라고 준엄한 당부를 한 적도 있지만, 대체로 그의 글은 아빠 친구나 스승뻘 되는 인생 선배가 들려주는 흥미진진한 인생극장, 깊이 있는 세상 읽기, 정곡을 찌르는 삶의 이치로 와 닿는다. 바늘로 찔러도 피 한 방울 안 나올 것 같은 육군 대위에게 반하게 됐다고 얘기하자 "송홧가루가 비로소 보이게 한 유리 탁자의 그림자 이야기"로 응수해 주셨던 남자 어른, 「유리 그림자」의 '베트남 아저씨'처럼 말이다. '남자 어른'인데도 젊은이들이랑 말도 통하고 아가씨, 아줌마 마음도 좀 알아주시고, 대학생들이 사는 일에 대한 고민을 여쭈면 재미난 이야기를 곁들여 가장 적절하고도 힘이 되는 답변을 건네주실 것 같은 세련된 아

---

1) 이윤기, 『그리운 흔적』(문학사상사, 2000), 223쪽.
2) 이윤기, 『진홍글씨』(작가정신, 1998), 82쪽.

저씨.

왜 그런지 이유도 알 것 같다. 그의 이야기는 극단적이거나 위악적인 데가 없고 허세나 아양을 부리지 않으며 근엄하지도 유치하지도 않다. 글 쓰는 가장으로서 가족들에게 말하는 아빠의 이런 목소리를 들어 보라. "우리가 알고 살자. 가난이라는 것은 끝나지 않는다. 나는 욕망의 그 릇을 다 채우는 법을 알지 못한다. 그 그릇을 줄이는 법을 어렴풋이 알고 있을 뿐."[3] 식솔들을 호강시켜 주겠다고 큰소리치는 아빠보다 이렇게 말 하는 아빠에게 신뢰가 더 가지 않나? 그에게는 또한 상식을 인정하거나 통념에 딴지를 거는 데 있어 특히 재능을 발휘하는 균형 감각이 있다. 그 의 이야기에는 항상, 빛과 어둠, 환희와 고통, 영광과 치욕이 함께 나타 난다. 거침과 부드러움이 동시에 있고, 방황과 정진이 따로 있지 않다. 그는 소문과 진실, 기심(機心)과 항심(恒心)을 온당하게 견주며, 편리와 불편, 옛것과 요즘 것, 서양적인 것과 한국적인 것 등의 장단(長短)을 실 질적으로 파악한다. 어째서 그렇다는 것인지는 뒤에 다시 할 말이지만, 그의 상상과 추측, 판단과 해석에는 항상 그 나름의 '소이연(所以然)'이 정밀하게 뒷받침된 것이 아마 주요한 까닭일 것이다. 그의 이야기에는 최대한 합리적으로 짚어진 인과(因果)와 함께 그 인과의 허망한 아이러 니까지도 포함되어 있다. 이런 소이연으로 그는 우리에게 상황 통찰에 총명하고 사리 분별에 밝으며 열린 마음의 소유자인 멋진 아저씨로 통할 수 있었다.

그렇게 된 데는 또한 그의 해박한 지식과 풍부한 경험도 크게 일조했 을 것이다. 많은 독자와 평자 들의 독후감에서도 수차례 말해진바, 시골 에서 보낸 유년 시절과 도시로 나오면서 겪었던 문화적 충격, 월남 참전 이 포함된 군대 시절과 신화 연구를 위해 세계 각지를 탐험했을 외국 체

---

3) 이윤기, 『하얀 헬리콥터』(영학출판사, 1988), 258쪽.

류 등 다양한 체험은 여러 편의 소설에서 그 디테일도 충실하게 다루어 지곤 했다. 또한 번역가이자 신화 연구가로서 그가 보여 준 열정과 성과 는 그의 소설에서 보다 무르익은 형태로, 보다 인간적인 현실 속에 그려 진 무늬로 드러나곤 했다. 그는 비일상적인 체험을 사실적으로 전달하 는 일과 일상적인 체험을 진기한 깨달음으로 전환하는 일, 둘 다에 유능 했다. 그는 신화적인 지식을 소설적으로 소화하는 일과 소설적인 사건을 신화적 보편성으로 끌어올리는 일, 둘 다에 적임자였다. 그를 신뢰하지 않을 수가 없었다.

*

이 마음 놓고 신뢰할 수 있는 화자(話者)가 거의 모든 이윤기의 소설 에는 살아 있다. 그가 나타나 분명히 알 것도 같고 어딘가 알 듯 말 듯도 한 이야기를 펼쳐 내주고, 그러면 우리는 귀를 쫑긋거리며 그의 이해와 설명과 판단에 자진하여 이끌려 간다. 그의 이야기하기와 우리의 이야기 듣기가 원활하게 이루어지도록 하는 요소가 곧 이윤기 소설의 특징이기 도 하다. 몇 가지로 말해 볼 수 있다.

첫째, 이윤기의 소설은 거의 항상 누군가에게 들려주기 위한 이야기 다. 그의 이야기는 두 방향의 의도를 함께 품고 있는데, 하나는 세상사의 어떤 이치를 스스로 이해하려는 것이고 또 하나는 자기가 이해한 바를 남에게 알리려는 것이다. 길을 잃고 헤매다 마침내 길을 찾았다면, 그는 그 경위를 스스로 설득하고자 이야기를 하는 것이면서 또한 이 일을 누 군가에게 들려주어 공감하고자 한다. "사람의 숲 속"(「종살이」, 59쪽)에서 길을 잃었을 때, 그는 길을 찾는 데서 그치지 않고, 그것을 '길을 얻음'으 로 바꾸어 지도를 그린다. 그의 이야기는 혼자만의 사색에 의해, 사색을 위해 쓰인 것이 아니라 실제 있었던 이야기를 누군가에게 들려준다는 생각, 이야기를 통해 누군가와 교감한다는 목적으로 말해진다. 이를 테면 이런 것이다. 완벽하게 깨끗한 유리창에 그림자가 안 생기니 새들이 와서 부딪혀 죽는 것을 보고 안타까웠던 화자가 어느 날 "아, 송홧가루가 유리 탁자의 그림자를 만든 것이구나, 싶었다. 사물은 그림자가 있어야 비로소 온전해지는구나, 싶었다. 송홧가루는 우리가 짓는 일상의 허물일 수도 있겠구나, 싶었다."(「유리 그림자」, 65쪽)라고 깨달은 바가 있었다면, 그것은 곧 완벽함이란 "정나미가 떨어질 정도로 정돈된 사람"(86쪽)에게 있는 것이 아니라 그런 사람이 보이는 실수로 완성되는 것임을 생각하는 데로 연결된다. 그의 깨달음은 이렇게 그 현장에서 끝나지 않고 인생의 다른 맥락으로 이어져 더 값진 것이 된다. 이것이 이윤기 소설의 자신감이다.

둘째, 그러나 그의 이야기는 남을 설득하고 가르치려는 데는 목적이 없고 자기를 설득하는 데만 목적이 있다. 다만 자기를 설득한 것의 힘이 남에게도 전이될 것임을 믿을 뿐이다. 그의 환자는 자기가 이해한 바를 얘기할 뿐이지 남을 이해하게 하려는 것까지 얘기하지는 않는다. 자기 논리만을 피력하거나 자기 이해만 앞세우지 않는다. 집에서 키우던 진돗개가 다른 개를 물어 죽이자 진돗개를 '처분'해 줄 것을 요구하는 아들에게 그의 화자는 "철창에서 '소리'를 풀어 준 것은 네가 아니었나? 계단을 뛰어 내려가다가 발을 헛디딘 것은 너의 실수가 아니었나? 네가 증오심 때문에 이성을 잃었기 때문이 아니냐?"(「소리와 하리」, 48쪽)라고 입 밖으로 말하지 않는다. 그저 "방법을 강구해 볼 터이니 한 달만 기다려"(48쪽) 달라고 말한다. 그러고는 이렇게 대처한다. "결국 내가 먼저 그 문제를 건드리기로 했다. (……) 야생동물은 원래 사람을 해칠 수 있는 맹수다. 관리자들이 관리 책임을 져야지, 그 동물을 총살하는 것은 얼마나 어리석은 일인가…… 이렇게는 주장하지 않았다. 설득당한 사람이 유쾌해하는 것을 나는 본 적이 없다. 나는 아들을 논리로써 설득하지 않았다. 아들의 논리를 그럴듯한 논거로 논파하지도 않았다. 나는 기다렸다."(「소리와 하리」, 49쪽) 그에게는 여유가 있다. 마침내 그가 그 문제를 건드린 방법은 '신부님과 우산'이라는 글을 아들에게 읽게 한 것이었다. 우산 없는 아이들이 우산을 보면 훔치고 싶을 것이므로 우산을 벽장에 넣고 자물쇠를 채우는 신부님 이야기였다. 그는 자기 논리로 남을 이끌고 가려는 게 아니라 그의 이야기가 스스로 '신부님과 우산' 같은 글이 되기를 바란다. 이것이 이윤기 소설의 겸허함이다.

셋째, 이윤기의 이야기는 그 이야기의 처음과 끝을 관통하는 하나의 태도를 견지한다. 대부분의 이윤기 소설은 '자, 나는 이러이런 일을 겪었다, 이 일을 통해 (인생, 세상, 사람) 공부를 좀 하게 되었다, 이것을 한번 들어 보아라.'라는 것을 근본 태도로 지닌다고 해도 될 것인데, 한 편의 소설 속에서 모든 문단, 모든 구절은, 이 근본 태도를 잊은 채 쓰인 것이 없는 것 같다. 소설의 첫 문단에서부터 그의 모든 말들은 최초의 의도 혹은 최종의 결론을 잊지 않는다. 소설집 『유리 그림자』에 실린 것 중 두 편과 대표작 중 한 편의 첫 문단을 보자.

1) 숲 속에서 길을 잃는다. 참 난감한 노릇이다. 하지만 '길을 잃음'은 '길을 얻음'이 될 수 있지 않은가? 잘못 든 길이 지도를 만든다지 않는가? 잃음을 통해 내가 얻어 낸 길이 지도를 만드는 데 도움이 될 수 있지 않은가? 나는 거의 날마다 길을 잃고 헤맨다. 하지만 내가 이로써 지도를 그려 낼 수 있을지 그것은 두고 보아야 할 것 같다.(「종살이」, 55쪽)

2) 우리 집은 산중에 있다. 산중이어서 새들이 참 많다. 그런데 그 새들이 자주 죽는다. 잘 닦여 거의 완벽하게 투명한 거실과 서재의 판유리 때문이다. (……) 어찌할 것인가?(「유리 그림자」, 63쪽)

3) 초등학교부터 중고등학교를 거쳐 대학까지 줄곧 같이 들어가고 같이 나오는 줄동창은, 나라가 좁아서 학교가 두어 개밖에 없으면 모르겠지만, 나올 확률이 지극히 묽을 터인데도 불구하고 나에게는 박노수라고 하는 희귀한 줄동창이 하나 있다. 세상에는 학교 교육을 과대평가해서, 줄동창이니까 박노수나 나나 하는 짓이나 생각이 비슷하려니 여기는 사람들이 더러 있지만 그것은 그렇지가 않다. 사람은 혼자 서는 것이 아니다. 한 사람 안에는 넓게는 인류사가, 좁게는 일문의 가족사가 보편 무의식으로 자리 잡고 있다고 나는 생각한다. 그래서 사람이 시대와 홀로 맞설 때 교육은 들러리 노릇밖에는 못하지 않나 싶다.[4]

　1) '지도를 그려 낼 수 있을지 두고 보아야겠다.'는 화두가 '느리고 희미하게나마 지도가 그려지고 있다.'로 끝나기까지, 2) '완벽하게 투명한 판유리에 부딪쳐 죽는 새들을 어찌할 것인가'의 문제를 '송홧가루 묻은 유리 그림자'로 해결하기까지, 3) 줄동창 박노수의 상상 이상의 '캐릭터 변신'을 단번에 이해하게 되기까지, 이 첫 문단들 뒤로 이어질 각 이야기들은 첫 문단의 장악력 안에서 일목요연하다. 다시 말해 그의 이야기는 시종 말하려는 것의 핵심을 향해 있고, 그의 모든 문장들은 표적을 흐리는 일 같은 건 좀체 안 하는 편이다. 그의 소설이 인간사의 이치에 대한 인식과 각성의 순간에 날카롭게 느껴지는 것도 이 때문이다. 하나의 시종된 태도로 한 편의 이야기가 쓰인다는 점에서 이야기의 '길이'는 별로 중요하지 않다. 소설집 『유리 그림자』에 실린 장편(掌篇)소설들에서도 확인되는 것은, "정신이 번쩍"(「종살이」, 59쪽) 드는 한순간의 빛남에 있어 이야기의 길고 짧음은 문제되지 않는 듯하다. 이것이 이윤기 소설의 정갈함이다.

　넷째, 그렇다고 이윤기 소설이 단선적, 직설적이라는 뜻은 아니다. 그

<hr />

4) 이윤기, 「나비 넥타이」, 『나비 넥타이』(민음사, 1998), 189쪽.

의 이야기는 전체적으로나 디테일에 있어서나 핵심을 향해 있다는 점에서 명징하고 간결하지만, 그 핵심을 위해 복잡한 주변을 무시한다든지 핵심 자체를 노골적으로 토로한다든지 하는 법은 없다. 그의 말들은 경험 속에서 오래 익은 향기와 지적(知的)으로 한층 더 세심한 질감을 지향한다. 예를 들어, 사랑의 감정이 막 싹틀 것도 같고 아직 아닌 것도 같은 상태의 청춘 남녀의 마음을 생각할 때 "우리 친구 관계에서 애인 관계로 들어가자."(「유리 그림자」, 70쪽)와 같은 문장은 그에게는 고백이 아니라 차라리 욕설이나 마찬가지다. 이런 둔감한 수사를 그의 화자는 질색하고 혐오하는 쪽이다. 그래서 그의 이야기는 수미일관의 통일성을 갖추면서도 첫발부터 목적지 쪽으로 직행하는 저돌성과는 거리가 멀다. 사람을 깨우치는 동물의 이야기인 「네눈이」의 경우, '아인슈타인'이나 '뚬벙이' 같은 다른 개 이야기가 '네눈이' 이야기에 앞서 놓이는가 하면, 개고기를 먹지만 '식격'을 잃지 않는 음식 문화 이야기를 통해 사람과 동물 관계의 일면을 암시하기도 한다. 그의 소설은 대체로 하나의 핵심을 향한 여러 개의 이야기 덩어리들이 병렬적으로 나열되는 구성인데, 경제적으로 압축된 각각의 작은 이야기 덩어리들은 전체 이야기의 완급을 조절하고 인물을 개별적으로 조명하며 때로는 움직일 수 없이 결정적인 이미지를 만든다. 「유리 그림자」의 다음과 같은 장면을 보자.

어느 날 한낮에 본 광경을 나는 잊을 수가 없다. 비가 온 뒤였다. 절집 문을 열고 무심코 웅덩이 밖으로 눈길을 던졌다. 절집 마당에 작은 고지랑물 웅덩이가 보였다. 웅덩이 가장자리로는 노란 테가 보였다. 무엇일까, 싶어서 나가 보았다. 지름 2미터 정도의 얕은 고지랑물 웅덩이였다. 봄철의 송홧가루가 날아와 그 웅덩이 가장자리에 모여 만들어진 노란 테였다. 그 웅덩이에는 노란 송홧가루만 있었던 것이 아니었다. 구름도 있었고 나무도 있었고 무엇보다도 하얀 낮달도 있었다. 그지없이 아름다웠다. 참 아름다웠다.

하이고, 중노릇은 안 되겠구나 싶었다.(「유리 그림자」, 74쪽)

　송홧가루로 노란 테가 둘러진 웅덩이와 거기에 비친 구름, 나무, 하얀 낮달과 같은 것들은 이 소설이 처음부터 이야기해 온 바로 그것, '유리 그림자'의 속뜻을 또 한 번 말하는 것이며 아까와는 전연 다르게 보여 주는 것이다. 유리의 투명함보다 유리의 그림자를, 맑은 웅덩이보다는 노란 테 둘린 웅덩이를 더 아름답게 보는 인물이 한 차례 더 부각되고, '유리 그림자'에 맞먹는 '노란 테 둘린 웅덩이'의 이미지가 각인된다. 그의 이야기는 최대한 풍부한 에피소드들로 삶에 대한 깊이 있는 생각을 살려 내고자 한다. 그러면서도 그의 화자는 명료하게 아귀 짓기와 애매하게 남겨 두기를 적소에 구사하고, 뺄 것과 넣을 것, 감출 것과 나타낼 것을 현명하게 분별한다. 다른 이야기로 돌아가는가 하면 그게 질러가는 것이었고, 핵심으로 내달리는가 하면 바닥이 드러나기 전에 반드시 멈출 줄 안다. 이것이 이윤기 소설의 노련함이다.

*

　이윤기의 유고 소설집 『유리 그림자』는 그가 마지막으로 남긴 네 편의 작은 이야기들로 채워져 있다. 소품(小品)이라 말할 수밖에 없는 이 이야기들 속에도 선명하지만, 이윤기가 우리에게 들려주고 싶었던 이야기는 언제나 '올바른 인간'에 관한 것이었다. 사람은 누구나, 언제나, 완전하지 않지만 누구에게나, 언제든지, 배울 것이 있다는 것. 그의 지론이다. 눈이 마주친 물고기는 먹지 않는 아들, 싫은 소리에 진심으로 수긍해 준 후배, 삿된 욕망이 인간을 망칠 수 있음을 벌써 아는 열다섯 나이의 딸, 금방 불날 것 같은 긴급 상황에도 차분히 대처하는 아내, 그리고 "가히

'항심'의 경지"에 이른 개와 유리창에 달라붙어 새들의 죽음을 막아 주는 송홧가루에 이르기까지, 사람이거나 동물이거나 어리거나 가깝거나 그가 삶의 이치를 배우는 대상에는 한정이 없다.

그 모든 것들로부터 그는, '인간성'에 대해 생각한다. 사람의 일에는 잔인한 경우도 비정한 세태도 없지 않으나 그 속에서도 훼손되지 않는 여린 마음, 우직한 정신, 순박한 태도 같은 것을 잃지 않는 인간의 성정을 높이 산다. 그래서 가령 한국의 개고기 문화를 인정하지만 이름을 불렀던 개나 눈을 맞추었던 개는 먹지 않는 일, 손으로 잡은 연어와 골프채로 쳐서 알이 터져 나와 죽은 연어를 똑같은 음식으로 여기지 않는 것 등을 중히 생각하는 편이다. 그는 인간의 모자람을 인정하지만, 그것을 채우려는 노력도 없이 거기에 굴복하는 비굴한 사람들, 모자람을 너무나 당연시하면서 그것을 천박한 욕망의 근거로 내세우는 비열한 사람들을 미워한다. 그렇다고 그가 인간적인 결점에 대해 드높은 기준을 내세우는 것은 아니다. 전에 그가 몇 번 했던 말인데, 박테리아 한 마리 없는 증류수에는 영양분 역시 하나도 없는 그 이치에 대해 그는 깊이 생각했던 것 같다. 인간의 결점과 좋은 인간성이 때로 같은 원천을 둔다는 사실을 그는 무엇보다도 중요하게 여긴다.

이윤기의 소설이 대체로 '배울 준비'가 된 화자의 것이라면 그 이야기가 예비하는 독자 또한 배울 준비가 필요한 사람들이어야 적당하다. 물론 이 글의 맨 앞에서도 이야기했듯, 따뜻하게 교감할 수 있는 어른의 이야기로 그렇다는 말이지 고고한 사상이나 준엄한 도덕을 전파하려는 가르침에 관한 얘기가 아니다. 배움이 오가는 것은 가르침을 주고받는 것과는 다를 것이다. 말하자면 사과 한 알이 여기 있을 때 그가 예비한 독자는, 이브의 사과에서부터 윌리엄 텔의 사과에 이르는 사과의 역사를 알게 되고 사과의 본질과 의미를 따지는 독자가 아니라 사과를 달게 베어 먹는 독자다. 그런데 어떻게? 무엇을?

무릎을 탁 치게 하는 경구를 잘 만들고 마음을 베일 듯 적확한 언어 구사로 정평이 난 이윤기가 어디엔가 "나는 문학만이 희망이라고 생각한다."[5]라고, 고답적이기까지 한 문장을 이토록 수수한 어절들로 적은 적이 있다. 배울 준비가 되어 있는 독자 중에서, 평생 글 읽고 생각하고 글 쓰고 사랑하며 살았던 선학(先學)의 이 문장으로부터 예기치 못한 감동을 느낀 한 문학도를 떠올려 본다. 저 문장을 적은 이나 읽은 이나, '문학'만이 이 세상 최고의 가치라고 주장하려는 건 아닐 것이다. 저 문장에 잇대어 작가는 "쓰고 싶고, 쓰는 시늉을 낼 수 있으니 나에게는 결국 소설만이 희망이다."라고 말했으니 그는 문학 자체보다는 쓰기라는 행위의 욕망에 대해 말했던 것이고, 그것을 알아들은 문학도는 본래 자기 나름으로 다양한 언어 행위를 즐기는 부류였을 뿐이리라. 다만 저 수수한 문장이 쓰는 자의 욕망을 노출함과 동시에 읽는 자의 욕망을 비추었던 것이리라. 이들 사이의 교감과 배움에 대해서는 그저 이렇게만 말해도 될 것이다. 쓰고 싶은 작가가 있는 한, 작가를 믿고 작가의 이야기를 재미있게 들어 온 후학들이 있고 또 그들이 계속해서 쓰고 싶은 한, 그리고 쓰고 싶은 것을 써서 그 쓴 것을 세상에 던지는 한, 작가의 저 말은 언제까지나 틀리지 않고 누구에겐가 배움을 줄 것이라고. 이로써 이윤기는 자기 문학의 희망을 간직했고 자기 문학 이후의 문학적 욕망에 희망의 자리를 주었다. 이런 것이 문학으로 배움을 주고받는 이윤기의 스타일이다.

어떤 문학도에게 그는 멘토였다.

(2010)

---

5) 이윤기, 『나비넥타이』(민음사, 1998), 237쪽.

녹차의 맛

—윤성희의 단편(소설) 미학

1

어떤 비평이 좋은 것일까를 새삼 고민하게 만드는 소설이 있다. 작품을 작품 이외의 말로 설명할 수 없다거나 어떤 해석도 작품을 훼손하기 마련이라는 편견을 말하려는 건 아니다.(그런 것은 가능하고 또 필요한 일이다.) 굳이 말하자면 좋은 소설에는 언제나 해석의 충동에서 우리를 해방시키는 어떤 직접성이 있기 때문이고, 더 솔직히 말하자면 좋은 소설에 대해서는 벌써 너무 많은 말들이 세간에 돌고 있기 때문일 것이다. 윤성희의 단편집 『웃는 동안』(문학과지성사, 2012)이 바로 그런 경우란 얘기를 하려는 것인데, 어느새 자기 이름이 어떤 개성적인 표현 방식의 라벨처럼 쓰이는 게 전혀 어색하지 않은 이 작품들에 비평적 코멘트를 새삼 덧대기가 좀 민망하다는 뜻의 군소리다.

그러니까 윤성희는, 다른 작가의 작품에 붙여 볼 수도 있는 '윤성희식'이라는 말의 원뜻을 만들어 낸 작가다. 가령 슈퍼맨이 그려진 옷을 거꾸로 입었더니 등에서 슈퍼맨이 날고 있는 것 같아 기분이 좋아졌다고 하는 소년이 나올 때부터 아는 사람은 알아볼 테고, "무릎, 무릎"하고 말해 보다 고개를 갸웃거리며 "무릅쓰다/무릎쓰다"에로 생각이 미치는 장면쯤에서는 95프로 확신하게 된다, 작가 이름을 못 보고 읽기 시작했더라도 이것이 누구 소설인지 말이다. 계단에서 등을 민 녀석을 보고 "한 손으로 밀었으면 용서해 주려고 했어."라는 대사를 치고, 목발인데 알루미늄으로 만들어졌어, 목발인데 발이 없어, 이런 조크를 좋아하고, 아저씨와 할머니와 남학생이 친구가 되는, 그런 이야기(「구름판」)를 만드는 작가라면, 틀림없이 윤성희다. 설마 아니라면, 단연코 '윤성희식'이라고 말해질 수밖에.

'윤성희식', 그것은 단편집 『웃는 동안』과 그 이후의 몇몇 단편들을 지나면서 뭐랄까, 어떤 경지에 다다른 듯한 느낌, 그야말로 더할 것도 덜 것도 아쉬운 것도 넘치는 것도 없이 딱 맞춤한 그런 느낌을 준다. 면면한 변화는 물론 있었겠으나 2012년 현재 그의 단편들은 지난 14년간 일심으로 만들어 온 하나의 미학이 정점에 이른 것이라는 생각이다. 등단작의 강렬하고 날카로운 어둠이 드리워져 있던 첫 소설집 『레고로 만든 집』에서는 아직 뚜렷하지 않았었지만, 이후로 그가 지은 단편들의 세계는 일정하게 독특한 방식으로 따뜻하고 향기로웠다. 근본적으로 선량한 인물들, 사소한 일상의 오밀조밀한 해프닝들, 약하고 희미한 존재들, 냉대와 몰이해에 패배하지 않는 그들의 건강한 공감대, 엉뚱하고 귀여운 상상력, 누구도 베지 않는 착한 유머, 최소한의 꿈에조차 상처 받았던 기억의 파편, 예리한 기미들로 꿈틀대는 내면, 그것을 응시하는 관조, 마지막으로 하나 더, 간결한 문장들로 서사를 꽉꽉 밀고 나가는 추진력까지, 윤성희 소설이 줄곧 유지하고 추구해 온 형상이다. 그리고 그것은 이제 "구름판"을 딛고 진정 윤성희 스타일의 완성으로 도약해 버린 듯하다. 바야흐로 신뢰할 만한 작가의 상(像, image)이랄까, 하나의 완숙한 스타일을 우리 마음속에 그려 준 것 같다. 그것에 대해 조금만 얘기해 보려고 한다. 그것을 편의상 S라고 하겠다.

2

S의 인물들은 언제나 S의 분신이 아니라 S의 친구들이다. 작가는 인물에게 자기가 이루지 못한 꿈을 선물할 수도 있고 자기는 일생 동안 겪고 싶지 않은 체험을 부과할 수도 있지만, 모든 인물은 작가가 드러내는 진짜 자기가 아니라 자기 안에 살고 있는 이방인일 것이다. S는 이들을 감독하지 않고 이들이 어디로 가는지 따라가 본다. 이들은 그리 특별난 개성의 소유자들은 아닌 듯한데, 그건 그들이 겪는 사건이나 그 대응 양상이 범상해서가 아니라 그 과정이 자연스러워서다. 생물학적 특징과 사회적 편견과 개인사적 원한을 가지고 있는 사람들이 웃고 얘기하고 근심하고 미워하고 용서하고 인내하면서 살아가는 일, 죽을 뻔한 사고를 몇 번씩 겪고 근친의 죽음을 피하지 못하며 어느 날 문득 자신의 죽음을 맞기까지, 우리가 평범하다고 부르는 일이 이것 말고 또 무엇일까. 이 거대한 평범 앞에서 S는 늘 겸손하다. 도둑질하고 거짓말하고 배신하는 그들에 대해, 혹은 정직하고 남을 돕고 오래 참는 그들에 대해, S가 직접 나무라거나 칭찬한 적은 한 번도 없다. 그러나 그들이 어떤 인생을 살든, S는 그들의 가장 친한 친구가 된다. 가장 바람직한 방식으로 그들을 사랑한다.

S의 문장은 무엇을 폭로하는 문장이 아니라 어딘가로 열어 주는 문장이다. 작가는 무엇이든 제 식으로 말할 권리도 있고 무엇이나 제 뜻대로 생략할 자유도 있지만, 소설을 쓰는 즐거움은 자기가 쓴 소설의 한 문장 한 문장을 읽는 자들에게 내맡길 수 있다는 데 있을 것이다. 어떤 식으로? 영화배우 K와 가수 L의 스캔들이 사실이 아님을 알게 된 한 친구는 왠지 거기에 더 많은 사연이 있을 것 같아 조사해 보기로 한다. 그래서 알아낸 사실! 어서 말해 보라고 재촉하는 친구들에게 이렇게 말한다. "K와 L은 이복 남매 사이야. K의 아버지가 L을 세 살 때 버렸지. K는 아

버지의 명예를 지켜 주고 싶어 해. 하지만 아버지를 대신해서 동생을 돌보고 싶어 하지."(「어쩌면」, 23쪽) 이 간단명료한 몇 마디 말을 들은 친구들의 반응, "어찌나 빠른 속도로 말하는지 그 의미를 해석하는 데 한참이나 걸렸어."(23쪽) S의 문장이 이와 같다. 이 속도감은 치고 나가는 단문들을 빨리빨리 따라 읽으며 성큼성큼 뛰어오라고 요구하는 게 아니다. 문장만 밟으며 가는 게 아니라 문장과 문장의 사이까지 다 거쳐 가느라 길어진 거리 때문에 느껴지는 속도감인 것이다.($V=d/t!$) 우리는 항상 S의 문장들 이상의 것을 (스토리로서) 상상하면서도 S의 문장들 이외의 것을 (담론으로서) 상정하기는 어렵다고 생각하게 된다. 어떤 우연과 낙관에 치우칠 때조차 그의 이야기들이 필연적으로 정당하게 느껴진 까닭이 여기에 있을 것이다.

　S의 테마는 어떤 것이 가장 좋은 삶인가를 찾아가는 길보다는 이런 것은 과연 나쁜 삶인가를 되묻는 길에 있다. 소설은 언제나 사람들의 시비곡직(是非曲直)을 통해 인간의 행복과 불행에 대해 생각하게 만들지만, 한쪽을 칭송하고 다른 한쪽을 비난하고자 그러는 것은 아니다. 차라리 그런 구분이 어디서 가능한 것인지를 묻지 않을 수 없게 하기에 소설 속에서 우리 삶의 상식과 기준은 자주 심문당하지 않던가. S의 서사도 그런 물음을 품고 있겠으되, '정녕 무엇이 옳(지 않)은가'의 답을 탐구하기보다는 '그때 그 자리에서 그렇게 한 것이 옳(지 않)았던가' 하는 질문을 발견하는 쪽이다. 가령 S가 어떤 후회를 이야기하면 과연 고통스러운 후회의 원인이(「부메랑」), 어떤 고독을 보여 주면 과연 불행한 고독의 조건이(「공기 없는 밤」) 불현듯 모습을 드러내는데, 그럴 때 우리는 무엇이 좋고 무엇이 나쁜가를 알게 되는 게 아니라 좋은 일은 왜 좋은 것이고 나쁜 일은 왜 나쁜 것인가를 생각하게 된다. 왜냐하면 그런 구분은 한때 한자리에서 정해지는 것이 아니라 수십 년이 지난 후에라도 문득 "어디서부터 잘못되었을까"(「공기 없는 밤」, 107쪽)를 되돌아본 순간에, "원래 가야

할 길에서 한 발짝씩 어긋나게 걷기 시작하였다는 것을"(「부메랑」, 131쪽) 알게 된 때에, 비로소 결판나기 때문이다. 그런 의미에서 『웃는 동안』에 모인 작품들을 대변할 책의 제목은 '부메랑'이 낫지 않았을까도 싶었다. 무슨 인과응보처럼 과오가 돌아온다는 뜻이 아니라 그 어긋남의 자리가 한 사람의 서로 다른 시간대의 삶들을 하나의 인생으로 잇는다는 뜻에서. 이 일이 가리키는 것은 하나다. "자신의 삶을 똑바로 바라보는 것처럼 고통스러운 일은 없"(「공기 없는 밤」, 101쪽)음을 알지만, 아니 알기에, 그렇게 한다는 것. 그런데 고통이라고? S와 고통이 어울리는가? 그렇지 않게 보였던 게 맞을 것이다. 그 고통은 "웃는 동안"의 고통이니까 말이다. 사실 S가 '삶'보다 더 똑바로 바라보는 것은 '삶의 유한성'이다. 삶을 똑바로 보면 고통스럽지만 삶이란 게 웃는 동안 지구 반대편을 여행한 듯 유한한 것임을 아는 한 고통은 그다지 고통스럽지 않다. 『웃는 동안』에 노인들과 죽은 자들이 자주 등장한 것도 생사를 넘는 삶이 아니라 생사를 아는 삶을 긍정하고 있기 때문일 것이다. 그런 의미에서 다시, 이번 책의 제목이 '웃는 동안'인 것은 매우 적절하다고 생각하게 되었다.

3

이상 윤성희의 소설들에서 보이는 작가와 인물, 작가와 문장, 작가와 테마의 관계를 간략히 묘사해 보았다. 이 글은 윤성희 소설에 한정된 비평이라기보다 윤성희 소설에 감응한 독자에게 형성된 범용한 소설론의 개요쯤 될 것이다. 윤성희 소설이 우리에게, 소설이 하는 일이 무엇인가, 작가로 산다는 것은 어떤 일인가를 조금쯤 생각하게 해 주었다는 뜻이겠다. 그리고 그가 작가로 사는 한 우리는 이후의 S를 통해서 또 다른 소설론을 새로 쓸 수도 있다는 뜻이겠다. 후에 만날 S는 여기 묘사된 S를 지우면서 다시 그려 줄 것이지만, "두 번째 영화를 보고 나서야 첫 번째 영화의 마지막 장면이 이해가 되"(119~120쪽)는 것처럼 그것은 이 소박한 소설론을 다시 헤아려 보게 만들어 주기도 할 것이다. 우리는 지금의 S를 전보다 더 좋아하지만 다음에 만날 S가 지금의 S를 많이 지우고 많이 새로 그려도 조금도 서운해하지는 않을 것이다.

그런데 소설의 독자는 이렇게 자기가 찬성하는 작품들을 지나오면서 다소 추상적인 일반론을 세우고 지우고 또 세우는 일을 반복하며 재미있어 하기도 하지만, 정작 작가들에게 이런 일반론은 불편하거나 무의미하지 않을까? 좋은 작가의 상은 좋은 작품의 스타일만큼이나 개별적이고 다양한 것이거니와, 소설이 우리에게 주는 것은 언제나 무슨 개요 따위가 아니라 어떤 기분, 정서, 차라리 어떤 '맛'과 같은 것일 테니까. 어, 그렇다면 S에게선 무슨 맛이 났던가?

영심 할머니와 나는 파라솔에 앉아서 김 기사 아저씨가 어머니를 안고 물속으로 들어가는 것을 보았다. 어머니가 아저씨의 목에 팔을 둘렀다. 아저씨가 어머니의 허리를 꽉 잡았다. 남들이 보기에는 이상하게 수영을 하는 사람들로 보였겠지만 우리들의 눈에는 멋진 탱고 춤을 추는 남녀로 보였다. 나는 재빨리 휴대폰으로 음악 검색을 했다. 탱고곡이 흘러나오는 휴대폰을 높이 쳐들었다. 하지만 김 기사 아저씨가 있는 곳까지는 음악이 들리지 않았다. (……) 술만 마시면 손찌검을 하는 남편을 피해 두 아들을 데리고 야반도주를 했던 할머니는 지금까지도 남편이 이해가 가지 않는다고 했다. "솔직히 이해하는 것보다는 잊는 게 쉬워." 나는 고개를 들어 김 기사 아저씨가 어머니를 업은 채 수영장 가운데를 빙빙 돌고 있는 것을 보았다. "잊는 것보다 미워하는 게 더 쉬울까?" 영심 할머니가 말했다. 그러더니 팥빙수가 먹고 싶다고 중얼거렸다. 나는 팥빙수 네 그릇을 사 왔다. 팥빙수 먹어요. 나는 수영장을 향해 소리쳤다.(「구름판」, 249~250쪽)

환갑의 어머니와 함께 수영하는 아들의 모습이 탱고 춤처럼 경쾌하고, 아직도 남편을 이해 못 한다면서 미워하지도 못하는 칠순의 할머니와 열아홉 남자아이의 대화가 다사롭다. 민감하고 감성적이지만, 내면적이라기보다 표면적이고, 서정적이라기보다 서사적이다. 내면의 흐름이 아니라 표면끼리의 부딪침에서 정서가 빚어지고 그런 정서가 누적되어 장면들이 살아난다. 서사가 사건으로 채워지는 게 아니라 정서에 의해 진행되는 셈이다. 기쁘고 슬프고 분노하는 등의 감정이 방출되는 게 아니고 감정을 떠나온 평온한 자리에 고여든 서정이 때때로 번진다.

차갑지도 뜨겁지도, 달지도 쓰지도 않은 이 담박한 정서를 뭐라 부를지 모르겠는데, 맛으로 치면 "녹차의 맛" 정도가 아닐까? 굳이 다른 것을 끌어다가 설명할 필요가 있는 건 아닐 텐데도 "녹차의 맛"이란 일본 영화 제목이 좀 탐나서 하는 말이다. 그러고 보니 윤성희 소설엔 잔잔하게 감동적인 일군의 일본 영화들이 견지한 어떤 미학과 통하는 데가 꽤 있는 것 같다. 무지무지하게 다양한 소재들을 발견하고 그것들의 하이퍼-일상을 간취하는 기술과 안목은 그 미학의 최대 특색이며, 일상의 소용돌이를 철저히 겪되(일상은 본래 격렬한 장소다.) 거기에 매몰되지 않고 거기서 빠져나온 자리의 고요함에다 반짝임 — (그들 문화에서는 주로 괴리된다는) 혼네(속마음)와 다테마에(겉치레)가 합체할 때의 반짝임 — 을 가득 뿌려놓는 것이 그 미학의 최고 강점이다. 커피처럼 쓰지 않고 맥주처럼 차지 않고 아이스크림처럼 달지 않은 것을 원할 때, 윤성희 소설 참 맛있다.

(2012)

허무의 허무의 소설학
—김훈 소설의 문장론

남자들의 난중일기: "절차는 적법하게 진행되는 세계"

우선 선명하게 들려오는 것은 남자-어른들, 저 '아저씨들'의 담담한 목소리다. 대기업의 중역이거나 중소기업을 정리한 택시/불도저 기사이거나, 임진년의 이순신이거나 고대 가야의 우륵이거나, 남자들의 인생은 중년과 노년 사이의 어느 즈음, 노을의 시간 속에 있다. 사나운 세상살이를 겪을 만큼 겪고 이제는 돌아와 거울 앞에 선 큰형님 같은 사내들, 이들은 세속의 생활, 즉 말과 법과 돈으로 짜인 일상의 세계에 대해서라면 더 이상 두려울 것도 흥미로울 것도 없는 듯 보인다. 맹렬하거나 다급한 소리는 여간해서 내는 법이 없다.

음성이 덤덤하다고 해서 이 세계가 희미하거나 무력한 것은 아니다. 태어나고 자라서 번창하고 무르익다 마침내 쇠락의 길로 접어들기까지 이들이 지나온 면면한 하루하루는 이 풍진 세상을 뚫고 나 있는 세속의 일상이었다. 그리고 그것은, 이순신에게는 칼이었고 우륵에게는 금(琴)이었던 그 선명하고 단순한 사랑의 대상, 모든 것이면서 아무것도 아닌 그 유일한 대상물과 전신으로 교류하는 순간들의 모임이기도 했다. 김훈에게 이 세계는, 첫 소설의 '소방관'으로부터 최근 단편집의 강력반 형사, 권투 선수, 등대지기 등에 이르는, 구체적 '직업'의 세계로 가시화된다. 직업은 현대 사회에서 개인을 규정하는 가장 전면적인 대리물이면서 가장 강력한 배후이기도 하다. 주체의 개성을 사회적 포지션의 영역으로 흡수하거나 사회적 보편성을 특수한 개인에게 투사하는 상호 관계를 바탕으로, 직업이라는 현대적 일상은 현대 세계의 존재론적 유효성을 입증하는 근본 토대가 된다. 직업에 대해 말할 때 저 사내들의 목소리는 어느 때보다 선명한데, 과연 이들의 등장은 "저녁반 택시 운전사 김장수(47세)는 오후 4시에 영업을 시작했다."(10쪽), "등대장 김철(40세, 6급 수로직)은 7급 직원 두 명을 데리고 사무실 밖으로 나왔다."(92쪽), "송곤수(55세, 무직)는 불도저를 천천히 몰아갔다."(104쪽)와 같이 신문 기사체를 띠고서 지극히 간단명료한 사실성을 거느리기도 한다. 이들의 목소리가 가장 분명하고도 강건해지는 때는, 그러니까 가령 사회적 현실이라는 맥락 위에 자기가 해 온 일의 순서 또는 법도와 그 법도들의 선후좌우 관계를 배치하여 놓는 다음과 같은 때다.[1]

연신내 차고지에서 운행신고서를 제출하고 회사가 부담하는 LPG가스 이십오 리터를 넣었다. 차고 앞 네거리에서 손님을 태웠다. 중년 여자와 아들로 보이는 고교생이었다. 여자는 화장기가 없었고 머리가 헝클어져 있었다./ "원남동 서울대 병원으로 갑시다. 빨리 부탁합니다."/김장수는 구기터널→경복궁 앞→비원 앞→서울대 병원 코스를 잡았다. 구기터널을 빠져나오자 옥인동 네거리부터 길이 막혀 있었다. 4시 35분이었고 미터기에 오천팔백 원이 찍혀 있었다.(10쪽)

1) 이 글에서 인용하는 김훈의 작품은 주로 『강산무진』(문학동네, 2006)에 실려 있다. 이 작품집에서 인용할 때는 괄호 안에 쪽수만 쓰겠다. 그 밖의 『빗살무늬 토기의 추억』(문학동네, 1996), 『칼의 노래』(생각의나무, 2001), 『현의 노래』(생각의나무, 2004) 등에서 인용할 때는 작품 제목과 쪽수를 같이 밝히겠다.

연안 유자망 어선들은 16시 무렵부터 어망을 거두어 귀항했다. 27해역 남단에서 장기 조업 중이던 중대형 어선들은 송일만 북쪽 어업 전진기지로 대피했다. 송일만으로 향하던 여객선은 회항했고 연안화물선은 중간 기착지인 서청도에서 묘박(錨泊)했다.(96쪽)

　　작년 하반기부터 대리점들로부터 올라오는 판매 대금 회수가 석 달 이상씩 지연되었다. 지방 대리점에서 올라오는 **결제 대금**은 전부가 어음이었는데, 미수율이 십 퍼센트였고 부도율은 삼 퍼센트였다. 지방 대리점들은 담합했다. 미수금 청산을 거절했고 마진 폭 인상을 요구해 왔다. 본사 기획팀을 내려보내 총판장들을 구슬렀으나 성과는 없었다. **미수금 총액**이 십 억을 넘어서자 지방 총판장들은 물건을 팔고도 일정 부분은 대금을 받을 수 없는 영업 현장의 애로를 본사가 인정해 줄 것을 요구했다. 본사는 미수금을 자꾸만 이월시켜 나갔지만 이월된 미수금 액수는 단지 숫자일 뿐 수익은 아니었다. 작년 하반기 이후 회사의 **유동 자금**은 극도로 경색되었고 금년 여름에는 **단기성 개발비** 동결로 시장에 내놓을 신제품이 없었다. 이 년 전에 재고 처리했던 쇼킹 핑크 계통의 립스틱 세 종과 울트라마린블루와 코발트블루 계통의 마스카라 네 종류와 여름용 선탠 크림을 라벨과 용기와 포장만 바꾸고 **십오억 원**의 **선전비**를 투입해서 시장으로 떠밀어내는 것이 올 여름의 영업 내용이었다.(52~53쪽. 강조는 인용자)

『강산무진』에 실린 어느 단편에서나, 이와 같이 주인공의 직업에 대해 전문적으로 묘사한 단락을 찾기는 어렵지 않다. 사물들의 사회 경제적 관계와 가치의 교환법칙에 잘 들어맞는 일의 진행을 진술하는 이 목소리들은 어느 때보다 더 단호하고 정연하며 "돌격을 지휘하는 장교의 언어처럼 전투적으로" 능란하다. 바로 이때 언어의 현실을 표상하는 능력은 최상의 레벨을 획득한다. 그것은 아마도, 이러한 때 이 작가의 언어가 개입하는 현실의 세계가, 언어로써 번역되기에 가장 적합한 기호들의 행방과 관련되어 있기 때문일 것이다. 현대적 경험의 정체성을 확인하는 데 화폐와 언어의 행방만큼 명백한 상징적 기호는 없다. 삶을 규제하는 제반 법적, 제도적, 종교적, 그 밖의 어떤 의례나 가치에 대해서도 화폐와 언어의 상징적 근본성은 축소될 수 없고 우위를 잃지 않는다. 가령 위 인용문에 표시한, '판매 대금', '결제 대금', '미수금', '개발비' 등의 내역을 지닌 돈들의 이름과 '거절', '인정', '요구' 등의 명목 있는 말들의 분류를 보라. 이 말들은 현대사회의 가장 근본적이고 일상적인 배치를 실체처럼 드러내 보이는 데 최상의 상징적 매체다. 삶의 실체를 상징화하는 양대 매체인 '말'과 '돈'의 만남은 김훈 소설에서 매우 합당하게 성사됨으로써 아름답게까지 느껴진다. 아래에 한 번 더 인용하자면, 돈의 배열과 흐름을 짚는 말들의 명료함은, 마치 그 외의 모든 일상적인 것들을 완전히 흡수해 버렸거나 아니면 완전히 배제해도 될 것으로 무화시킨 듯, 초연도 하다.

빈소에서 부의금 접수를 맡았던 경리 담당 직원이 접수 결과를 보고했다. 오천육백만 원이 접수되었다. 경리과 직원은 돈을 수표 한 장으로 바꾸어서 봉투에 넣어 왔다. 부의록 장부를 내 책상 위에 올려놓고 경리과 직원은 돌아갔다. 부의금으로 딸의 혼수를 장만하느라고 빌려 쓴 은행 빚을 갚아야겠구나라고 나는 생각했다.(86~87쪽)

회사 인사부에 전화를 걸어서 퇴직에 관련된 정산 사항들을 알아보았다. 겨울용 수출 물량이 선적되어 출항했기 때문에 업무상 인계 사항은 없었다. 수출 대금은 한 달 후에 회사 법인 통장으로 입금될 것이었고, 미수금 독촉은 경리부장의 소관이었다. 회사를 여러 번 옮겨 다녀서 내 근무 연속은 칠 년에 불과했다. 퇴직금은 오천만 원 정도였다.(321~322쪽)

아내의 장례를 마치고 났을 때와 '나'의 죽음을 선고받은 직후의 행동을 서술하는 부분들이다. 희노애락의 격정도 생로병사의 비의도 이미 다 수락해 버린 자의 초연함이 복잡다단한 감정들을 압도한다. 오직 돈 관계의 청산만이 모든 정리를 대신할 수 있다는 듯한 이 건조한 음성이 계열화하는 것은, 무엇보다도 ('돈'으로 대표되는) 경험적 현실의 매끈한 '사실성'이다. 조급증과 절박감으로 끈적거리는 경험 현실의 비린내를 기화시키려는 듯 스스로 바짝 말라 버린 이 말들은, 삶의 실체(the life substance)의 표상이 될 수 없음으로써 삶의 어떤 명백한 논리를 사실적으로 전시한다. 기실 '현실(reality)'로 형성된 모든 세계는 세상의 모든 매체를 가지고 (문명 또는 문화라는) 상징계적 대타자와 개별 주체 간의 관계 정립을 포획하는 방식의 하나일 뿐이라면, 현실을 계열화하기에 이보다 더 적실한 말이 있을까. 요컨대 김훈의 '아저씨들'이 제출한 현실은 누구도 이의 제기할 수 없이 명백한 세계의 표상들로써 지지되는 곳이다. 그러니까 이곳은, 한 문명인의 소멸엔 반드시 장례식과 부의금이 뒤따르고, 이별이라는 인간사엔 이혼이라는 법적 과정과 위자료에 대한 합의가 따라야만 하는 곳이다. 직업을 잃으면 퇴직금을 받거나 빚을 지게 되는 세계, 말하자면 "절차는 적법하게 진행되"(121쪽)는 세계.

그러나 먼저 크게 들려온 것은 단호하고 명료한 음성이지만, 저 메마른 말들의 배후로부터 "스모키하게" 번져 되돌아오는 메아리를 우리가 듣지 못할 수는 없다. 확정적 진술에는 곧 "헛것들이 사나운 기세로 세상을 휘저으며 어디론지 몰려가고 있는 느낌"(68쪽)이 따라오고 연이어 "나는 그 스모키한 헛것들의 대열 맨 앞에 있었다."(68쪽)라는 자조적 언술이 뒤를 잇기 때문이다. 가장 선명한 기호로서 기능하는 순간 그의 말들은 상징 너머의 "그토록 확실하게 존재하는 것"들과 한없이 멀어진 그 무력함을, 멀어짐으로써 메아리로라도 닿고 싶었던 그 기갈을 끝내 감추지 못한다. 부의금과 퇴직금과 위자료를 말할 때 그가 닿으려 했던 것이

부의금과 퇴직금과 위자료였을까. 그가 닿은 것은, 닿고 싶었던 사실이 아니라 닿고 싶은 것에 닿을 수 없음이라는 사실이리라. 그러자 다시 들리는 것은 이런 고백, 닿고 싶다는, 닿을 수 없다는,

> 당신의 아기의 분홍빛 입속은 깊고 어둡고 젖어 있었는데, 당신의 산도는 당신의 아기의 입속 같은 것인지요. 그 젖은 분홍빛 어둠 속으로 넘겨지는 밥알과 고등어 토막과 무김치 쪽의 여정을 떠올리면서, 저의 마음은 캄캄히 어두워졌습니다. 어째서, 닿을 수 없는 것들이 그토록 확실히 존재하는 것인지요.(79쪽)

화장(火葬/化粧)한 여자들: "당신의 깊은 몸속의 나라"

그러니까 저 남자-어른들의 옆, 혹은 그들의 바깥에는 늘 '언니'-여자들이 있다. 그의 세속적 일상의 내부가 아닌 곳에서, 세속을 규정하는 돈이나 말 같은 상징성과는 무관하게, 그의 아내, 어머니, 딸, 남몰래 연모하는 여인 등의 '그녀들'이 존재한다. 그의 외부에, 그의 눈앞에, 살과 뼈, 감촉과 냄새 등과 같은 가장 뚜렷한 감각으로서 존재하는 이 여자들의 몸은, 김훈의 인물들에게는 가장 확실하면서도 가장 모호한 존재다. "내 두 눈을 찌를 듯이, 그렇게 확실하게 살아서 머리 타래를 흔들며 밥을 먹고 있는"(57쪽) 생생한 육체이지만, 그 육체는 또한 언제나 다 알 수 없고 언제까지나 살아 있을 수 있는 것이 아니어서 "매몰된 지층 밑의 유적이나 풍문처럼 아득하고 모호"하기만 하다. 그녀들의 몸이, 그 확실함과 모호함 사이에 있다.

명확히 그 존재를 느끼고 알면서도 그것에 닿을 수 없고 잡을 수 없음을 더욱 실감하는 까닭은 무엇보다도 그녀들의 몸이 곧 사라지거나 변해

버려 언젠가는 '없는 것'이 되고 만다는, 일종의 죽음 의식 때문이다. 그녀들을 바라보고 생각하는 남성-화자들 자신의 생의 시계가 황혼의 시간을 가리키고 있음을 상기한다면 육체의 죽음과 소멸에 관한 이런 의식은 어쩌면 매우 자연스럽다. 예컨대 「화장」에는 두통이 발작되면 헛소리를 하고 위액을 토하고 똥물을 흘리며 바둥거리는, 죽어 가는 아내의 "꺼질 듯이 위태로"운 육체가 나타나 있고, 「고향의 그림자」에는 치매에 걸려 대소변을 지리고 자식 말고는 아무것도 알아보지 못하는 어머니의 유령 같은 육체가 그려져 있다. 지나온 모든 삶이 압축되어 있으나 그 모든 삶을 끝내는 배반할 수밖에 없는 인간의 육체가 예정된 죽음을 향하고 있을 때, 그 육체는 눈으로 보고 손으로 만질 수 있는 유일한 삶의 증거이기도 하지만 동시에 진정 살아 있음에 대한 어떤 증거도 될 수는 없는 다만 살가죽과 뼈의 조합에 불과하다.

언젠간 반드시 소멸될 것이라는 시간적인 유한성의 자각 외에도 육체라는 구체적 실존의 완연한 실체성을 의심할 수밖에 없는 이유는 또 있다. 그것은, 몸이 간직한 가장 명료한 감각이란 그 외의 모든 것을 잠재울 만큼 순간적으로 강렬했다가도 시간의 흐름에 실리고 나면 언젠간 반드시 사라지고 만다는 공허한 사실 때문이기도 하다. 또, 암이나 종양처럼, 밖에서 침입한 것이 아니라 스스로 태어나 자라고 번창하는 또 다른 생명체가 싹트는 곳이 내 몸 안이며 그 생명현상에 의해 내 몸은 죽을 수밖에 없다는 이 모순된 사실이 인간의 육체 안에 함께 탑승해 있기 때문이다. "몸이 보내오는 그 난폭한 신호가 모두 헛것을 불러 대는 복받침이며, 그 거친 충동의 대상은 풋오이도 날고구마도 황토 흙도 아무것도 아니라는 것을 모르지는 않았지만, 그 헛것의 헛됨이 명료할수록, 헛것을 향한 몸의 충동은 더욱 간절했다. 몸이 견디어 낼 수 없는 것, 창자 속으로 밀어 넣을 수 없는 것을 향하여 몸을 몰아가는 몸이 바로 나의 몸이었다."(239쪽)라는 진술 속의 '명료할수록 헛된' 감각이야말로 설명할 수 없는 내 몸이고 닿을 수 없는 타인의 몸이다.

김훈 소설에서 확실하고 헛된 육체성을 표현하는 또 다른 대상물은 오줌, 똥, 생리혈 등의 배설물이나 입덧, 구역질, 요의(尿意) 같은 생리현상들이다. 몸의 일부이면서 더 이상 몸 자체는 아닌 대상들. 죽어 가는 육체를 증거하며 악취를 풍기는 똥과 살아 있는 마음을 반영하며 몸을 빠져나오는 오줌은 김훈 대부분의 작품에서 참혹하도록 상세히 묘파되곤 하는데, 이때 똥과 오줌은 그 자체로 극사실적인 육체성의 일부임과 동시에 완연한 육체에서 언제든 떨어져 나가 사라져 버릴 육체의 잉여물이다. 육체성을 감각하고 의미화하는 경로가 육체-본체가 아닌 육체-잉여물이라는 사실은 의미심장하다. 인간의 이 유한한 신체란 영원히 잡힐 수 없고 다만 포착할 수 있는 것은 낯선 육체, 이윽고 사라지는 잔존물일 뿐이라는 사실을 그것은 확인시켜 준다.

변기에 앉아서 방광에 힘을 주었더니, 고환과 항문 사이에서 날카로운 통증이 방사선으로 퍼져 나갔다. 성기 끝에서 오줌은 고드름 녹듯 겨우 몇 방울 떨어졌다. 붉은 오줌 방울들이었다. 요도 속에서 오줌 방울들은 고체처럼 딱딱하게 느껴졌고, 오줌이 빠져나올 때 요도는 불로 지지듯이 뜨겁고 쓰라렸다. 몸속에 오줌만 남고 사지가 모두 떨어져 나가는 느낌이었다. 밤새 나온 오줌은 붉은 몇 방울이 전부였다. 배설되지 않는 마려움으로 내 몸은 무겁고 다급했다.(35쪽)

아내의 똥은 멀건 액즙이었다. 김 조각과 미음 속의 낱알과 달걀 흰자위까지도 소화되지 않은 채로 쏟아져 나왔다. 삭다 만 배설물의 악취는 찌를 듯이 날카로웠다. 그 악취 속에서 아내가 매일 넘겨야 하는 다섯 종류의 약들의 냄새가 섞여서 겉돌았다.(45쪽)

그녀들의 몸을 감지하는 데 두드러지게 의존하는 감각이 냄새라는 점
도 시사적이다. 후각은 가장 원초적이고 예민한 감각이어서 다른 어느
감각보다도 빠르고 강렬하게 자신의 경험에 근거한 인식을 촉발한다. 또
한 그것은 시각이나 청각에 비해 섬세하게 분화되지 못하는 감각이어
서 감각 대상 자체의 구체성으로 파고들기보다는 감각 대상으로부터 환
기되어 다른 대상으로 전이되는 인식 범위가 가장 넓다. 그러므로 냄새
로 인지되는 대상은 대상 자체의 구체적 실존을 보장받기보다 그것을 통
과하여 다른 곳으로 나아가는 사유의 경로가 되어 준다. 가령 「화장」에
서, 젊은 여사원 추은주를 감지하는 주인공 화자가 "어쩌다가 회사 복
도나 엘리베이터에서 당신과 마주칠 때, 당신의 몸에서는 젊은 어머니
의 젖 냄새가 풍겼습니다. 엷고도 비린 냄새였습니다. 가까운 냄새인지
먼 냄새인지 분간이 되지 않는 냄새였지요. 확실하고도 모호한 냄새였습
니다."라고 했을 때, '젊은 어머니의 젖 냄새'로 표현되는 그녀의 냄새는
추은주라는 개인을 규정하는 감각이기보다 생명 수태와 보호의 생산력
을 간직한 젊은 여성의 속성으로 귀속되는 감각인 것이다. 그리하여 그
것은 '가깝기도 멀기도', '확실하기도 모호하기도' 할 뿐 바로 그 대상만
의 특징에 대해서는 거의 밝혀 내지 못한다. 이 냄새들이 궁극적으로 환
기하는 것은 그녀들 각각의 개별적인 육신이 아니라 차라리 각각의 육신
들이 다 사라지고 난 후, 그 육신들을 다 통과하고 난 자리에 남는 인간
종(種)으로서의 육체, 기원으로서의 여성의 몸인 것이다.

　그러므로 김훈 소설의 저 남자-어른들이 종국에 마주치는 여성의 육
체는 그녀들의 '닮음의 흔적'이고 "여자라는 종족의 먼 조상"(241쪽)이
다. 「화장」에서는 살아 있는 딸의 얼굴이 죽은 아내의 영정에 겹치고 「고
향의 그림자」에서 배변을 못 가리는 딸아이에게 오줌을 누이는 아빠의
안쓰러움은 변을 지리는 어머니를 보는 아들의 안타까움과 맞닿는다. 이
제 저 여자들의 몸은, 죽어 가는 어머니, 늙은 아내, 젊은 애인, 어린 딸

아이의 몸들이 잇닿고 포개지고 흐르다 언젠간 다 똑같이 닿게 될 한곳에서, 단 하나의 여성의 몸으로 발굴될 것이다. 이는 아마 「뼈」에서 만나게 되는 6세기 여성의 골반뼈의 애칭이 '기원화(起源花)'인 것과 무관하지 않다. 『강산무진』에서 유일하게 일인칭 화자가 주인공이 아닌 관찰자로서 서술하는 「뼈」에서는, 주인공 오문수의 입을 빌려 이 '기원화'를 '기원사에서 풀 뽑던 여승, 석정'으로 환치시켜 봄으로써 기원으로서의 한 여성과 '술집 빚 떼어먹고 절에 들어와 숨어 살던' 속세의 한 여성 사이의 장구하고 아득한 간극을 소실시키기도 했던 것이다.

결국, 여자들의 몸이 맹렬한 감각에 의해 드러날지라도 그것은 살아 있는 동안의 감각일 뿐이어서 모호할 뿐이라면, 그 모든 감각이 다 스러지고 난 후, 생명과 죽음이 겹치고 겹친 끝에 도달하는 '닮음'에 대한 인식이야말로 김훈에게는 가장 구체적인 확실성이 된다. 다시 말해 모호한 개별적 '감각'들은 '닮음'이라는 시간성을 통과한 '인식'에 의해 보다 보편적인 곳에까지 '나아간다'. 그에게 더욱 참다운 것은 명료한 감각 쪽이 아니라 이렇게 획득된 '인식' 쪽인 것이다. "나는 아내와 딸의 닮은 모습에 난감해했다. 그때, 살아서 마주 앉아 밥을 먹는다는 일은 무겁고 또 질겨서 헤어날 수 없을 듯했다. 그러나 죽은 아내의 영정과 죽지 않은 딸의 얼굴이 닮아 있는 사태는 더욱 헤어나기 어려울 듯싶었다."(43쪽)라는 진술에서 '헤어나기 어려운' 진실은, 살아 있는 동안의 운명보다 질긴, 죽은 후에도 남는 인연 같은 것이다. 요컨대 김훈의 인물들이 감각한 실체는 '말'로 닿지 못하는 그녀들의 몸이지만, 개별적 육체들에 대한 감각에 정박할 수 없는 그의 문장은, 홀연 그것을 지나쳐서 더 먼 데로 나아가 버린다. 육체성에 '닿을 수 없'다면, 그렇다면 '그토록 확실한' 인식으로, 그 인식을 추상하는 언어로, 언어의 추상성으로.

냄새들의 이름: 이토록 감각적인 추상

그렇다면 감각의 문장들을 다시 확인해 보아야 한다. 김훈의 남성 화자들에게 여자들의 몸은 명징한 실체였고 언어로써 이르고자 하는 것이었으나, 닿을 수 없다는 그들의 탄식은 끝끝내 그들의 '말'로서 그 실체를 직접 나타내지 못한다는 고백에 다름 아니었던 것이다. 그 찌를 듯이 맹렬한 감각을 드러내 주었던 화자의 말들은 과연 어디에 닿고 있었던 것인가.

> 당신의 몸 냄새는 저의 몸속으로 흘러 들어왔고 저는 **어쩔 수 없이 당신의 몸을 생각했습니다.** 당신이 볶음밥을 먹으며 야근하는 저녁에 저는 저의 자리에 앉아서, 당신의 모든 의식과 기억을 풀어헤쳐서 다만 숨쉬게 하는 **당신의 잠든 몸을 생각했습니다.** 당신의 잠들 때, 당신의 날숨이 당신의 가슴에서 잠든 아기의 들숨 속으로 흘러 들어갈 것이고, 아침이 오도록 당신의 방에서 익어 가는 **당신의 몸 냄새를 생각했습니다.** 여자인 당신의 모든 생물학적 조건들 속에 깃드는 잠과 당신이 잠드는 동안 당신의 몸속에서 작동하고 있을 **허파와 심장과 장기들을 생각했습니다.**(58~59쪽, 강조는 인용자)

여기 이 말들이 닿아 있는 것은, 당신의 잠든 몸, 그 냄새, 당신의 허파와 심장과 장기가 아니다. 일인칭 화자의 저 고백은 그녀의 몸, 신체 기관에 대한 것, 냄새와 같은 그에 대한 감각에 관한 것도 아니다. 대상도 감각도 아니면 무엇인가. '생각했습니다'라는 술어로 마무리되는 연속된 몇 문장들은, 오직 화자 자신의 '생각'만이 그의 말이 직접적으로 닿아 있는 실체임을 명시한다. 다시 말하면, 감각적인 김훈의 문장은 감각을 표현한 것이 아니라 감각에 대한 인식을 표출한 것이었다. 몸에 대해서만이 아니다. 간암 판정을 받고 나서 마지막 담배를 피우는 「강산무진」의 화자가 불러들이는 기억 속의 색깔과 냄새는 이렇게 나타난다.

럭키스트라이크의 그 진홍색은 내 유년을 뒤흔든 충격이며 혼란이었다. 이
세상에는, 이 세상 것이 아닌 것처럼 그렇게 찬란하고 영롱해서 인간을 세
상 밖으로 밀쳐내 버리는 색깔이 길바닥에 나뒹굴고 있었다. 학교에서 돌아
오는 길에, 나는 바람에 불려 가는 그 담뱃갑을 주웠다. 그 새빨간 동그라미
를 가위로 오려서 팽이에 붙여서 돌리기도 했고 공책 겉장에도 붙였다. 그 색
깔은 눈을 찌를 듯이 선명했지만, 다가갈 수 없는 원색의 충만으로 아득히 멀었
다.(319쪽)

초콜릿을 얻어먹으러 미군 지프차에 매달려 손을 내밀 때, 차에 타고 있
던 그 여자들의 향기는 찌르는 듯했고 감싸는 듯했으며, 밀쳐내는 듯했고 끌
어당기는 듯했다. 내 어머니의 이모들의 그 희뿌연 무채색의 삶에 비할진대,
그 여자들의 향기는 완연한 실체로서 날카롭고 선명했다. 그 오십 년 전의 거
리에서 미군에게 얻어먹은 초콜릿의 맛은, 장님의 개안(開眼)처럼 놀라운 것
이었고 나의 유년은 그 향기로운 여자들의 벗은 팔다리 앞에서 쩔쩔매었다.
(320~321쪽, 강조는 인용자)

감각에 대한 진술은 "진홍색" 혹은 "여자들의 향기"와 같은 대상의
묘사로 시작되지만, 곧 그 대상에 대한 화자의 느낌으로 전이된다. 가
령 "충격이며 혼란"이거나 "인간을 세상 밖으로 밀쳐내 버리는" "아득
히 먼" 것, 혹은 "장님의 개안처럼" 놀라워 "쩔쩔매"고야 마는 것은 감
각 대상의 속성이 아니라 감각 주체의 상태에 더 역점이 주어진 표현이
다. 김훈 소설에서 감각의 강렬함을 표현할 때 자주 사용된 "찌를 듯이"
란 말도, 찬란하고 영롱한 색깔이나, 날카롭고 선명한 냄새에 찔리고 난
주체의 인식 혹은 상태 ─ 충격, 혼란, 놀라움, 쩔쩔맴 등의 ─ 인 것이

다. 그리하여 저 감각적인 문장의 주체는 감각하는 주체가 아니라 인식하는 주체, 사유하는 주체이고, 따라서 말들은 감각의 표상이 아니라 인식의 표상이 된다.

역으로 말하면 김훈의 문장은 화자의 주관적 사유가 감각적 언어들과의 교류를 통해 추상화됨으로써 창출된 독특하고 새로운 (사유의) 기호이다. 즉 김훈의 문장에서는, 말들이 감각으로 채워지는 것이 아니라 감각들이 다양한 말로써 만들어진다고 할 수 있다. 이는 마치 명료한 감각들을, 그것을 삼켜 버린 말들로써 애도하는 것만 같다. 『현의 노래』에서 소리를 묘사하는 데 동원되었던 수많은 형용사들과 더 많은 동사들을 떠올려 보라. 형용사 둥글다, 단단하다, 넓다, 거칠다, 가파르다, 열려 있다 등과 동사 솟다, 스미다, 흘러내리다, 메우다, 사라지다, 흩어지다, 펼쳐지다, 울리다, 퍼지다, 떨리다, 출렁이다 등은 구체적인 '청각적' 심상으로 채워진 말들이 아니다. 이 다양한 어휘들이 가야금 '소리'라는 감각과 만나, 본래의 자기를 비워 낸 자리에, 치솟거나 주저앉는 소리, 흔들리고 구르고 굽이치는 소리, 반갑거나 착한 소리, 즉 "지금까지는 없었던 새로운 소리"(『현의 노래』, 200쪽)가 생성된 것이다. 따라서 이렇게 탄생한 소리는 새로운 '감각'은 아니다. 이것은 새롭게 추상화된 새 '언어'이다. 그리고 이것은 어쩌면 우리 문학어의 새 목록일 것이다. 마침내 우리는 김훈의 문장이 최종적으로 달성한 세계, 그 새로운 영역에 당도하였다.

비화의 날숨에서는 자두 냄새가 났다. 잠에서 깨어나는 아침에, 비화의 입속에서는 단감 냄새가 났고, 잠을 맞는 저녁에는 오이 냄새가 났다. 귀밑 목덜미에서는 잎파랑이 냄새가 났고 도톰한 살로 접히는 겨드랑이에서는 삭은 젖 냄새가 났다. 바람이 맑은 가을날, 들에서 돌아온 비화의 머리카락에서는 햇볕 냄새가 났고 비 오는 날에는 젖은 풀 냄새가 났다. 비화의 가랑이 사이에서는 비린내가 났는데, 그 냄새는 초승에는 멀어서 희미했고 상현에는 가

까워지면서 맑았고 보름에는 뚜렷하게 진했고 그믐이 가까우면 다시 맑고 멀어졌다.(『현의 노래』, 63쪽)

냄새라는 감각을 분화하는 저 다채로운 어휘들, 자두, 단감, 오이, 잎파랑이 들은, 전에는 한 번도 사람의 냄새를 풍겨 보지 못한 일반명사에 지나지 않았다. 이제 김훈에게 붙잡혀 비화의 몸과 만나게 된 이 말들은, 전에 없이 생생한 냄새를 풍기는 명징한 감각어로 다시 태어난다. 이 말들과 만나기 전에도 비화의 몸은 냄새를 피우는 하나의 완연한 실체였을 것이나, 그 실체는 이름 없는 모호한 냄새만 피우다 덧없이 사라질 존재였다. 그녀의 몸은 「현의 노래」의 화자에게 포착됨으로써 자두와 단감과 오이들과 교류하게 되었고, 그로 인해 '자두 냄새', '단감 냄새', '오이 냄새'라는 '이름'을 입고서야, 구체적인 냄새를 지닌 육체로 다시 태어날 수 있었다.

이 말들, 단감이 되고 오이가 되는 저 냄새들의 새 '이름'인 이 말들은, 다시 한 번 말하지만 어떤 실제적인 냄새도 풍기지 못하고 어떤 대상의 실체적인 성질도 가리키지 못하는 말들이다. 다만 이 말들이, 실제적이지도 실체적이지도 않은 그, 단감 냄새라 말하면 단감 냄새가 되고 오이 냄새라 부르면 오이 냄새가 되는 세계를 떠안았을 때, 그 말들이 스스로 창조해 낸 힘은 과연 신비로운 것일 수밖에 없다. 이 신비로운 세계가 곧 김훈이 창조한 새로운 영역이다. 그곳은, "'소'라는 소리가 소가 아님에도 불구하고 사람들의 마음속에서 소를 살아 있게 하는 힘"이 실체로 작동하는 세계, "이름을 부르면 뒤돌아보고 이름을 부르면 대답하는 아이들이 살아서"(119쪽) 뛰노는 세계다. 요컨대 이 세계의 언어는, 개별 대상이 지니는 감각적 속성에 완전히 닿는 것이 아니라 감각을 인식으로 바꾸는 일인칭 주체가 모호한 감각을 비워 버린 자리에 인식적 추상으로서 새로이 탄생한 언어다.

역설적이게도, 저 명징한 감각들이 살아 있는 동안만의 감각으로 언젠 간 흩어져 버릴 풍문이 되지 않고 육체성과 시간성을 견뎌 낼 내성을 획 득하는 것은 여기에 이르러서다. "강물이 반짝인다고 말을 하려면, 강물 은 말 사이를 저만치 빠져나간 먼 곳에서 반짝"(『현의 노래』, 147쪽)이지 만, "니문아, 강이란 참 좋구나."(46쪽)라고 하면 "빈 들을 스치는 바람 소리처럼 도무지 하나 마나 한 말과 같"(46쪽)이 텅 비워진 그 말은 "봄 과 여름, 새벽과 저녁, 흘러가는 시간들과 살아 있는 것들로 더불어 살아 있으되 더 이상 그것들을 어찌해 볼 수 없는 체념이나 단절의 신음처럼" (46쪽) 들리고야 만다. 감각에 직접 닿지 않는 말들은 더 이상 말이 아닌 '신음'처럼 들리지만 흘러가는 시간에 소멸되지 않으면서 살아 있을 동 안의 감각을 언제까지나 불러낼 수 있다. 그러자 언어는, 현(악기)과 같 고 칼(무기)과 같은 것이 된다. 소리는 살아 있을 동안의 일이고 쇠 또한 그러할 것(60쪽)인데 소리와 쇠가 살아 있는 동안을 지나 존재하려면 악 기(현)와 무기(칼)를 저버릴 수가 없다. 닿을 수 없고 설명할 수 없는 실 재는 살아 있을 동안의 것이지만 육체를 견디고 시간을 견디고 살아남을 수 있는 것은 오로지 비워진 후에 다시 태어나는 저 추상적 언어, 그 말 들의 텅 빈 몸을 통과할 때뿐이다.

허무의 허무: 소설(가)의 탄생

이제 우리는 김훈의 문장을, 말할 수 없는 것을 말하기 위한 말이라 불러도 좋다. 세계에 대해 말하고 싶음과 말로는 닿을 수 없는 세계에 대 해 김훈만큼 일관된 입장을 드러내 온 작가도 없을 것이다. 「화장」에서 여러 차례 반복되는 유명한 문장, "당신의 이름은 추은주. 제가 당신의 이름으로 당신을 부를 때 당신은 당신의 이름으로 불린 그 사람인가요.

당신에게 들리지 않는 당신의 이름이, 추은주, 당신의 이름인지요."는, 말(이름)이 지칭하는 대상이 그 말에 의해 온전히 포착되지 못한다는 사실을 분명히 알고 있음에도 불구하고 이렇게 그 텅 빈 말을 부를 때만 그 대상은 불러일으켜져 존재한다는 것을 명백히 인식한 사례다. 그렇다면 결국 이 작가는 언어의 운명을 수락하고, 하여 인간의 운명을 수락하게 된 것이 아닌가. 이 수락으로부터 이 작가의 가장 유명한 별명인 '견자의 허무'가 비롯된 것은 아닌가.

그러나 말할 수 없는 것은 곧 알 수 없는 것이라는 절망은 역으로 언어의 역량을 극대로 인정하는 것과 통한다. 언어의 한계를 절감하고 언어 외의 모든 것을 캄캄한 어둠으로 돌리는 것은, 세상의 모든 것은 언어가 아니면 없는 것과 같다는 유언론 혹은 언어의 능력에 대한 지대한 믿음의 경지로 돌아오고야 마는 것이 아닐까. 과연 김훈은 사물 자체와 근본적으로 유리되는 언어의 심연을 꿰뚫고도 그 심연에 빠져 버리지 않는 견자(見者)의 태도를 보여 준다. 즉 언어로 닿을 수 없는 세계가 있음을 인정하는 말과 그럼에도 불구하고 텅 빈 언어로서만 존재할 수 있는 그 세계의 이름이 한자리에 구사되면서, 이 작가에게서 언어와 인간의 모순된 운명은 조화롭게 승인되는 것 같다. 특히 그것은 다음과 같은, 모순이 명백한 사실의 수락이 너무나 순조롭게 이루어지는 순간에, 단숨에 알려진다. 예컨대 "생명 안에는 생명을 부정하는 신생물이 발생하고 서식하면서 영역을 넓혀 나간다. 이 현상은 생명현상의 일부인 것이다. 종양과 생명을 분리시킬 수는 없다."(38쪽)라는 의사의 말을 빈 것으로 여기면서도 "죽은 자는 종양에 걸리지 않고, 살아 있는 자만이 종양에 걸리는 것인데 종양 또한 삶의 근거이기 때문에 이도 저도 아니라는 말처럼 들렸다. 나의 이해가 아마도 옳았을 것이다. 뻔한 소리였고, 하나 마나 한 소리였지만, 나는 그때 그의 뻔한 소리의 그 뻔함이 무서웠다. 그리고 그 무서움은 그저 무덤덤했다."(38쪽)고 고백하는 그런 순간에. 말하자면 여기에는 모순되고 불가지한 인간의 운명과 언어의 운명을 동시에 수락하는 자가 선택한 한 방편이 나타나 있다. 그에게 '알 수 없는 것'은 그냥 모르는 것이 아니라 알 수 없는 것이 있음을 앎으로써 모르는 것이다. 즉 '불가지론에 대해 알기' 혹은 '말할 수 없음에 대해 말하기'.

> 죽은 장철민의 살았을 적 컥컥거림을 주워 모아 그것들을 인간의 언어 속으로 편입시키려 한다면, 거기에는 죽은 자의 컥컥거림 위에 산 자의 컥컥거림이 겹쳐서, 개의 짖음에 소의 울음을 포개는 꼴이 될 터이지만, 그러나 나는 나 자신에게 이해시키기 위하여 그리고 나의 생애 속에서 이물스럽게 살아서 걸리적거리는 그의 생애로부터, 이해되었다는 구실 아래 이제는 그만 돌아서기 위하여 그 컥컥거림의 길로 나아간다.(『빗살무늬토기의 추억』, 81쪽)

문장이 다소 길게 늘어져 있는 인용문은 김훈의 첫 소설에서 발췌한 것인데, 죽은 동료에 대해 말하는 '나'가 자기의 이야기를 '컥컥거림'에 비유하여 글쓰기에 대한 작가 자신의 자의식을 드러내는 부분이다. 김훈의 화자들은 언제나 "뭐라고 집어내서 말할 수는 없었지만, 말할 수 없는 만큼 (그것은) 확실하게 각인"(『토기』, 37쪽)되었다고 말하는 방식으로, 말할 수 없는 것들의 확실함을 증명하는 자들이다. 김훈에게 세계는 불합리와 불명확함이 가득하지만 이것들이 그의 문장으로 불리면, 올바르고 정확한 우리 말 문장으로 포섭된 그것들은 어느새 합리적으로 승인되어 버린다.

그가 모순적이고 불합리한 것들에 눈감는다는 뜻이 아니다. 현실의 불합리와 모호함에 대해 말할 때조차 그는 어쩔 수 없이 그 모호함까지 알고 있고 그 알고 있음을 합리적으로 이야기해야 하는 이야기의 화자, 즉 소설의 유일한 주체일 수밖에 없다는 뜻이다. 그러므로 그들의 말은 언어의 불가능함을 괴롭게 깨달을 수밖에 없던 자의 말이 아니라 언어가 무능함을 지적하는 자의 말이다. 그의 언어는 불가능한 언어의 구조를 내재화하는 것이 아니라 언어의 불가능성까지 언어로 표현하려는 욕심을 표현하고 있다. 불가능하고 불가지한 세계를 사는 운명을 어쩔 수 없이 노출한다기보다 불가능하고 불가지한 세계까지도 이미 알고 있고 그 앎에 대해 말하는 편에 가깝다.

앎을 알지 못함과 알지 못함을 앎, 가능과 불가능의 이 순환이 무의미해지는 지점은 어쩌면 저 무한의 길에 돌려야 하는 것일지 모른다. 다만, 어쩔 수 없이 '말하는 자'의 주체성을 통과하고야 말지만, 그렇다 해도 말들이 움켜쥐고 말들이 미끄러지는 그 교차점에 대한 이해와 오해 자체가 더 이상 불필요하고 무의미해지는 지점은 없는 것일까?

유족들은 왼쪽의 안내판과 오른쪽의 TV 화면을 번갈아 들여다보면서 차례를 기다렸다. '소각 완료' 글자가 켜질 때마다 유족들 몇 명이 자리에서 일어나 대기실 밖으로 나갔다. 여기저기서 유족들은 울었다. 소복 차림의 젊은 여자들이 가슴을 쥐어뜯으면서 울었고, 울다가 실신한 노인을 밖으로 옮겨 갔다. TV 화면에서 전쟁 특보는 계속 되었다. 바그다드 진공 작전이 지연되자 뉴욕 증시에서 주가가 폭락했고, 코스닥 지수도 바닥으로 내려앉았다. 바퀴벌레들이 대기실 바닥을 기어 다녔다.(83~84쪽)

죽음과 일상이 교차하는 이 무참한 장면은, 작가가 우리 앞의 세계를 내면적 공간으로 대체하는 대신 하나의 표상으로, 하나의 기호처럼, 우리 앞에 펼쳐 놓은 한 이미지와 같다. 화장터의 소각 완료 안내판과 전쟁 특보가 이어지는 TV를 나란히 놓는 저 건조하고 마른 문장들로써, 인간 개개인의 죽음을 생명의 유한성에 대한 확인으로 확대 보편화하는 이 작가의 솜씨는 여기서 넓은 의미의 아이러니에 도달한 듯하다. 죽음을 수락하고 일상을 또 수락한 화자가 아무런 과장도 연민도 없는 듯이 대적하는 '세계'는, 그 자체로 허무한 세계다. 그렇지만 이 허무한 세계가, 아무런 저항 없이 그것을 수락하는 '나'의 '허무한 자세'에 안겨 오면 그것은 더 이상 그냥 허무, 단순한 허무가 아니게 된다. 그 허무는 '허무함을 허무하게 여기는' 저 도저한 문장들에 의해 허무의 허무, 겹의 허무로 거듭난다. 생과 사의 갈림길도 무차별 흡수해 버리는 무참한 일상의 허무와 그 허무를 고스란히 수락하는 주체의 허무, 이 겹의 허무는 죽음에도 일상에도 혹은 허무에도 어설픈 슬픔을 허락하지 않는다. 다만, 겹의 허무 사이의 들뜬 얇은 틈, 그 아이러니한 미세한 떨림을 통해 흘러나오는 한 가닥 비애가 혹 민감한 독자들만을 적실 수 있을 뿐이지만, 그 비애의 적심 안에서 그의 문장들은 세계의 허무에 스러지지 않는 '소설'이 된다. 작품집 『강산무진』의 해설에서, 김훈의 문장이 "넓은 의미의 문필가이기를 그치고 좁은 의미의 소설가가 되었다."(신수정)는 확신을 주었던 것은 바로 이 아이러니한 비애를 느끼고 난 후에야 가능했던 것이리라.

　김훈의 소설에 가장 가시적인 것은, 상징의 자리를 좇는 저 닳고 닳은 말들의 확실성과 어디에도 정착 못 하고 흘러내리는 저 미끄러운 말들의 모호함이 서로의 꼬리를 물고 도는 '허무한' 구도일지 모른다. 그러나 그럼에도 그의 소설에서 우리가 더 보아야 할 것은 이 순환 자체에 있지 않다. 이 순환은, 수천 년을 이어 온 인간과 언어의 그렇고 그런 운명을 깨닫고 그것을 허무로 수락한 견자를 보여 주면서도, 허무의 수락 이후 또 한 번의 허무는 그 순환의 구도를 더 이상 허무한 것으로만 만들지 않기 때문이다. 여기서 우리는 실상 또 다른 경지에 다다른다. 그곳은 죽음의 현실성(reality)을 표상하는 언어의 가능성과 죽음의 실재(the real)에 닿지 못하는 언어의 불가능성에 대해 설명하고 비교하는 것이 더 이상 무의미해지는 자리, 인간과 언어의 운명에 대해 처음부터 무심했던 것이 아니라 그 가능과 불가능의 순환을 수차례 거치고서야 그것의 운명을 스스로 선택할 수 있었을 때 비로소 시작된 글쓰기의 자리다. 그곳은 수차례 돌고 돌아 다시 제자리에 있는 듯 보이는 견자의 허무가 또 한 바퀴 도는 현장이다. 허무를 스스로 수락해 버리는 도저한 허무의 정신, 즉 '허무의 허무'만이 "늙은 江의 下流에서 너무 오랫동안 주저앉아 있"(381쪽)던 저 황혼의 아저씨들의 입을 열게 하여, "눈보라나 저녁놀처럼, 손으로 잡을 수 없는 말의 환영"과 "말로 환생하기를 갈구하는 기갈이나 허기"(54쪽)를 한 번 더 말하게 한다. 그러기 위해 이들은 "江을 거슬러서 上流로 가"서 "모든 낱말과 시간이 새롭게 태어나는 그 始原의 물가"(381쪽)를 찾아 거기에 자리를 잡았던 것이다. "한국문학에 벼락처럼 쏟아진 축복"(김윤식)이 여기서 솟아났다. 이 시원의 물가에서 그가 찾은 "강도 높은 문장"들과 그 속에 여전히 감추어진/드러난 아이러니한 틈새야말로 꼼짝없이 부동할 것만 같았던 운명의 순환, 인간과 언어의 운명이라는 허무한 순환을 여전히 멈추지 않게 하는 원천이다. '소설가' 김훈의 고향이 이곳이다.

(2007)

무엇에서
그것을 보는가

인상과 표정
─윤리적인 문학과 문학의 윤리

정(情)은 정만이 아니고, 미(美)는 미만이 아니었으니

근대 초기 이광수가 "대개 문학이란 정적 분자를 품은 문장"이라 말했을 때, 그 동기(動機) 중 가장 강력한 것이 아마 유교적 인습에의 저항이었을 것이다. 한 존재에 가치를 부여하는 것은 그의 고유한 개성이고 개성은 인간의 본원적 욕구인 情으로부터 창출 가능한 것인데, 주자주의적 세계관은 개성을 제한하고 감정을 억압하므로 절대적으로 타파되어야 한다고 이광수는 생각했다.[1] 주목할 것은 이광수가 정의 가치를 전폭적으로 지지하는 과정 혹은 방법이다. 그가 세우고 싶은 문학은 분명 도덕적 '교훈으로부터 독립'된 문학이었으나, 매우 잘 알려져 있다시피 이광수는 무지몽매한 대중을 각성시키려는 '교훈에의 의지'로 가득 찬 사람이었다. 한편으로는 (구식) 가르침에 얽매이기를 거부한다면서도 또 한

---

1) 이러한 의식이 이광수만의 것은 물론 아니었다. 동시대 안확도 "문학 미술의 독립은 교훈적 의의를 去하고 자유의 사상을 예술사에 顯하되, (……) 고로 문학은 도덕과 종교와 繩墨과 질서에 黙從치 안이함이 其原理니라"(「조선의 문학」, 《학지광》, 6, 1915년 7월)라고 했다. 문학·예술에 관한 발언들에는, 도덕과 교훈으로부터의 독립, 억압적 규범들에 대항한 개인의 자유 획득 등의 내용이 필수적으로 포함되는 경향이 드러난 시기였다.

편에서는 (신식) 가르침만이 살 길이자 의무라고 여겼다. 가르침을 부정하면서도 요청해야 했기에, 가르치지 않는 듯하면서 실상은 가르침의 효과를 내는 방법 같은 것을 생각해 내야 했다. 그것이 이른바 정육(情育)이다. 학교 교육은 지와 의를 담당할 수 있을 뿐이므로 그 외의 영역인 정에 대한 교육의 임무와 권리는 문학에 위임한다는 이광수의 논리는[2], 당대의 가장 유력한 논법이었던 교육의 원리를 끌어와 지나 의와 대등하게, 혹은 그 이상으로 정을 계몽의 독립된 영역이자 목표로 만들려는 강변이었다.

1910년대 문학 담론들은 재래의 모든 위력, 관행 등을 물리치고 근대 문명의 편리, 합리를 수용할 수 있는 절대적 힘을 정에 투사한다. 특히, 물질문명보다 중요한 정신문명의 척도로서 그것은 무력이 아닌 문필의 힘, 부강과 실용이 아닌 문화의 힘을 대표한다. "건전한 정신적 문명을 기초로 아니한 물질적 문명은 眞되지 못하고 善되지 못하여, 인류에게 복리를 줌보다 禍害를 줌이 많으니", 정신문명의 척도인 정은 진과 선보다 근원적으로 중요한 자질로 부상된다. 기실 이광수가 '정육'으로 정과 계몽을 가까스로 혹은 다행스럽게 결합했을 때 이미 정은 더 이상 지와 의의 위력에 눌린 영역이 아니었다. 그것은 지와 의를 더 잘 발하게 할 보다 근원적인 인간의 특성으로서 지, 정, 의를 균등하게 삼분한 중의 하나가 아니라 오히려 그 셋을 아우르거나 근거 짓는 제1의 원리와도 같은 하나였다. 당시 문학자들에게 지정의 삼분주의에 관한 논의는 일반화되어 있었지만, 그들의 논리 안에서 셋의 구별은 궁극적으로 분리를 지향하는 분할이라기보다 통합을 지향하는 분류에 가까워 보인다.

정을 강조하는 지정의론은 곧이어 미를 강조하는 진선미론으로 삼분주의로 대체되는데, 가령 「문학이란 하오」(1916)에서는 "吾人의 정신

---

2) "學校에서는 다만 智나 學할지요, 其外는 不得하리라 하노라. 然則 何오. 曰 '문학이니라.'" 「문학의 가치」, 『이광수 전집 1』(삼중당, 1962), 506쪽.

은 知情意 삼방면으로 作하나니, 지의 작용이 有하매 오인은 진리를 추구하고, 意의 방면이 有하매 오인은 善 又는 意를 추구하는지라. 然則, 情의 방면이 有하매 오인은 何를 추구하리오. 즉, 美라."와 같이 '지-진리', '의-선'에 대비되는 '정-미'를 부각시켰다. 또한, 문학자는 "美感과 快感을 發케 할 만한 書籍을 作하는 人"이라거나 美는 "오인의 快感을 與하는 자" 등으로 말해짐으로써 '정의 만족'이 '미감'과 '쾌감'으로 연결되면서, 정의 문학론은 점차로 '미'의 영역을 점령해 간다. 논리상, 이제 문학은 지와 의, 진과 선으로부터 독립한 정신 작용, 즉 미적 판단의 독자적 주체성을 바탕으로 '심미화'의 원리를 떠맡고자 할 단계였다. 정의 문학론이 한국 '근대' 문학 개념의 기원을 이룰 신문학론으로 말해져 온 근거가 바로 이 지점이다. 지정의 삼분법이 진선미 삼분법으로 전이되는 논리적, 심리적 절차를 거치면서 근대적 '문학' 개념은 심미화된 예술 영역에 안착되었다는 것이다.

다시 주목할 것은, 그리하여 문학이 '심미'의 영역에서 사유되기 시작한 후 그 '심미'는 과연 어느 위상에서 논의되었던가 하는 점이다. 이제 문학은 진선미 삼분주의에 근거한 '미'의 영역에 한정되어 오직 아름다움을 추구하는 자율적 체계로 존재하기 시작한 것인가? 이광수의 경우, 정을 자율적인 윤리의 토대로 긍정함으로써 인생의 '예술화'와 인생의 '도덕화'를 같은 위상에 놓았듯,[3] 문학에 있어서도 또한 미로부터 진과 선을 결코 배제한 바 없었다. "문학에 있어서는 이 세 가지가 합일한 듯하다. 대개 관념 예술인 문학은 결코 관능(官能) 예술인 음악 모양으로 다만 심미감만으로 가치를 판단할 것이 못되고, 다른 두 가지 가치감, 즉 진리감과 도덕감의 만족을 요구한다."[4] 생활의 도덕화와 무관한 생활의 예술화를 부르짖었던 동인지 문학인들은 어떠했던가? 김동인이 "참자

---

3) 이광수, 「예술과 인생」, 《개벽》, 19, 1922년 1월.
4) 이광수, 「문학강화」, 《조선문단》 1924년 12월~1925년 2월.

기, 참사랑, 참인생, 참생활"을 이해하자고 했을 때 그것은 도덕적 능력이 아닌 미적 능력에 관한 말이었다. 그러나 그것은 이미 예술로 인생 전체를 치환해 버린 후의 논리였기에 예술 안에서 진선미의 구별이 무의미해진 사태를 일렀다. "藝術的 理想을 가지지 못한 인생은 空虛며, 따라서 無生命이며 無價値한 것"이니 진정한 예술은 "眞人生의 이상에 상응"하는 것[5]이라 했던 김억도, 예술을 인생의 최고 가치로 절대화함으로써 예술의 의미를 미의 추구로 제한할 수 없었다.

　정리해 보자. 우리 근대문학은 재래의 문학 개념에 반발하면서 심미화된 예술의 영역으로 정착되기를 '원했다'. 그 과정에 지정의 혹은 진선미 삼분주의는 적합한 논리적 토대로 여겨졌겠다. 그러나 미를 토대로 예술의 독자성을 부각시키고자 할수록, 그것이 선-도덕이나 진-과학과 대립되는 자리를 자처함으로써 생겨나는 비난과 소외를 해결야만 했다. 도덕적 판단 또는 과학적 판단을 정지시킨 채 예술적 형상을 옹호하고자 했던 최초이자 유일한 무리인 동인지 문학인들에게도 사정은 마찬가지였다. (위선적인) 도덕을 넘는 (참)도덕, (피상적인) 과학을 넘는 (참)진리의 발견 등을 찾는다는 논리로써 그들은 미에 진과 선을 복속시키지 않을 수 없었다. 요컨대 한국 근대문학은 처음부터 진선미 삼분주의를 토대로 오로지 미적 영역에만 안착한 심미화된 존재로서 형성되지 '않았다'. 문학은 진선미 중 한 파트만을 담당하는 분야가 '아니다'. 따라서 문학을 '미'라는 범주에 한정된 부분적 가치를 추구하는 개념, 대상, 제도로 볼 수 '없다'. 이를테면, 문학의 가치, 역할, 기능은 심미적으로 독립된 주체의 자율적 규율과 판단에 의거하기에 삶의 그것들과는 독자적으로 마련된다는 주장이 '미적 자율성'을 근거로 하여 관철된 적이 거의 없다는 뜻이다. 또 이를테면, 문학의 진정한 (미학적) 성패는 진리를 추구

---

5) 김억, 「예술적 생활」, 《학지광》, 6, 1915년 7월.

하는 것, 도덕을 추구하는 것과 별개로 아름다움(만)을 추구하는 것에 달렸으니 아름다운 것이 곧 문학의 진이고 문학의 선이라는 입장이 '심미'의 이름으로 유지될 수도 없었다는 뜻이다.[6]

가치의 윤리와 '윤리적인 문학'

먼저 이렇게 이야기하겠다.

인간은 어떻게 살아야 하는가. 이것을 묻는 것이 윤리다. 참되고 덕 있고 아름다운 것을 추구해야 한다는 것은, 삶의 윤리이기도 하고, 문학의 윤리이기도 하다. 삶의 형식이 진선미를 갈라 올바르게 되는 것이 아니듯 문학도 그렇다, 진선미를 가르지 않는 올바른 삶을 문학은 추구한다. 훌륭한 인생이 삶의 목적이라면 그런 인생의 존재 방식을 탐구하는 것이 문학의 목적이다. 참된 삶, 선한 삶, 아름다운 삶은 문학 밖에서나 안에서나 다를 바 없다. 그래야, 바람직할 수도 있다. 문학과 삶을 따로 생각한다면 문학을 삶과 괴리된 존재로 만들게 된다는 염려도 흔하지 않은가. 우리가 하는 어떤 작업도 우리의 인생 전체에 비추면 부분에 불과하므로 '문학을 한다'는 것도 삶 바깥의 일이 아닌 한에야 삶에서 추구해야 할 가치라면 그것이 문학에서 가치 없을 리 없다.

바꿔 말하면, 문학에서 윤리적인 것은 삶에서도 윤리적이라는 말이다. "윤(倫)이란 순서를 뜻한다. 통상적으로, 정해진 순서를 잘 지키는 것을 두고 윤리적이라고 한다. 그러나 윤리 앞에 문학이 오는 순간 사정은 정반대가 된다. 정해진 순서를 의심하고 부정하고 뒤집어 보는 것, 그것이 문학의 본성이고 윤리다."(서영채, 『문학의 윤리』 서문) 여기서 '통상

---

6) 졸고, 「'정의문학론'과 근대문학 개념의 미(未)분화 양상 고찰」(《민족문화연구》 56, 고려대학교 민족문화연구원, 2012)에서 이에 관해 논의한 바 있다.

적으로' 윤리적이라 한 것은, 외부로부터 '정해진' 기성의 질서를 따르는 일, 이제는 그것이 '윤리(ethics)'라는 말과 얼마나 반대적으로 쓰여야 하는 말인지 더 이상 따로 설명이 필요 없을 '도덕(moral)'을 뜻하는 것일 테다. 그것에 관해서라면, '윤리 앞에 문학이' 오지 않더라도 사정은 마찬가지다. "정해진 순서를 의심하고 부정하고 뒤집어 보는 것"은 문학의 윤리일 뿐만 아니라 삶의 윤리이기도 하다. 문학에서든 삶에서든, 구별되어야 하는 도덕과 윤리의 차원에 대한 이런 비유도 있다. "선의 윤리학과 진실의 윤리학이 있다. 선의 윤리는 시스템을 유지하기 위해 필요한 방호벽이다. 그것은 치명적인 진실의 바이러스를 선의 이름으로 퇴치한다. 반면 진실의 윤리는 시스템을 다시 부팅하는 리셋 버튼이다. 그것은 때로 선이라는 이름의 하드디스크가 말소될 것을 각오한 채 감행되는 벼랑 끝에서의 한 걸음이다."(신형철, 『몰락의 에티카』 프롤로그) 도덕을 선의 윤리학으로 윤리를 진실의 윤리학으로 표현한 이 글에서, 선의 윤리학은 삶의 것이고 진실의 윤리학은 문학의 것이라 생각해서는 안 된다. 둘 다 삶의 것이고, 또 문학의 것이다.

근래의 문학 비평들에서 '윤리'가 언급되는 거의 대부분의 경우, 그것은 삶 전체에서 문학만을 따로 떼어 내 거기에만 귀속시킬 수 있는 특별한 '문학적' 덕목이 아니었다. 하나만 더 예를 들어 볼까.[7] "지금 우리가 고민해야 할 윤리가 있다면 그것은 우리가 알고 있는 공동체도 개인도 넘어선, '버려야만 적합한 것이 되는' 것에 대한 윤리가 되어야 할 것이다. 어느 시절에 간단히 구출 발견해 낸 개인들조차 실은 공존재적 존재라는 것, 인간이 타인과의 '사이'에 존재함으로써 인간이 된다는 존재의 그 명제를 다시 생각한다."[8] 어떻게 '살아야' 하는가를 문제 삼는 경우,

---

7) 이 파트에서 사례로 살펴보는 근래의 문학비평들은, 2000년대 문학비평에서 다뤄진 '윤리'가 어떤 지도를 그리고 있는지 날카롭게 분석하고 타당하게 정리한 고봉준의 「윤리의 좌표」(작가와 비평 편집 동인 엮음, 『키워드로 읽는 2000년대 문학』(작가와 비평, 2011))를 참고해 선별했다.

8) 김미정, 「'버려야만 적합한 것이 되는 것'의 윤리」, 《문학동네》, 2008년 가을, 432~433쪽.

우리가 고민해야 할 윤리는 인간이 "타인과의 '사이'에 존재"한다는 그 공존재적 의미, "서로가 서로에게 침입자로서의 타자일 수밖에 없는 사태를 감안하고, 함께 살아야 하는 운명에 대한 것"을 고려해야만 한다. 그것은 어떤 삶에서나 마찬가지고, 문학 속의 삶에서도 물론 그렇다. 어떻게 '살아야' 하는지는 이미 '삶'에 대한 질문이므로, 문학에서 묻든 철학에서 묻든 (과학에서든 예술에서든) 그것은 궁극적으로 삶의 문제이다.

궁극적으로 삶의 문제인 것이 문학에 대해 물어질 수 있느냐고? 물론이다. 물어질 수 없다고 생각하면 이상한 것 아닌가? 쉬운 예를 들자면, 가령 진실을 존중하는 올바름, 타인을 환대하는 올바름, 예술을 보존하는 올바름, 이런 것들이 추구되는 것은 어디서나 윤리적이다. 그런 것을 문학 속에서 만날 때 우리는 그것을 '윤리적인 문학'이라 부를 수도 있다. 한 가지 짚어 두어야 할 것은, 이런 윤리에 대해 생각하고 말하려면 최소한 무엇이 진실인지, 타인인지, 예술인지, 그리고 그런 것을 존중하고 환대하고 보존하는 게 어떤 일들인지를 먼저 알 수 있고 판단할 수 있다는 전제가 필요하다는 점이다. 즉 이 윤리는 우리의 지식과 인식에 의해 진실되다, 선하다, 아름답다 등으로 판단되는 발화, 행위, 결단, 의지 등으로 드러난다. 그런 윤리적인 판단을 통해 우리는 어떤 삶, 어떤 문학을 올바르다고 주장하고, 선하다고 생각하고, 아름답다고 느끼고, 좋아한다. 이런 경우, 실제의 삶에서나 문학 속의 그것에서나 다른 기준이 필요하지 않다. 요컨대 우리가 '윤리적인 문학'이라고 부르는 것들은 대부분 윤리적인 삶의 문학적 형상화다. 이것은 문학의 윤리가 아니라 '윤리적인 문학'에 관한 이야기다.

필사의 삶과 불멸의 시

그런데 이런 이야기도 해야겠다.

문학에서도 삶에서도 인간은 필사(必死)의 존재다. 문학 속의 인간은 필사의 존재이지만, 삶은 필사이되 문학은, 문학은 필사가 아닐 수도 있다. 최소한 필사에 저항한다. 조금 단순하게 얘기해 보자. 시는 언제나 시 자신이다.('시' 자리에 '소설', '회화', '연극', '영화'……를 놓아도 된다. 조금 복잡하게 생각해도 된다면, 작품 단위로 존재하는 예술품이라기보다 모든 '예술적인 것'을 가리키는 말로 이해해도 된다.) 시는 말들의 모임이지만 단순히 말들의 모임으로 환원되지 않고 다른 말로 번역되지 않는다. 그것은 그 자신으로 존재하(려고 하)는 존재다. 그런 집요함에 의해 시는, 세상의 모든 소멸을 앞둔 존재들과 다른 것이 된다. 불멸을 향한 존재가 된다. 이를테면 시장의 탐욕스러운 기세와 의사소통장의 이기적인 풍조 속에서 시가 스스로를 개별화하여 존재하고자 할 때, 그것은 이해관계들의 드센 힘 속에다 존멸의 운명을 맡기는 삶의 우연성에 필사적으로 대항하는 것과 같다. 그것은 언제나 자기 지배권을 스스로 행사하려는 존재다. 그렇게 스스로를 긍정함으로써 시는 불멸을 꿈꿀 수 있다.

그리하여 시는 곧 삶이 아니다. 소멸에 저항하기를 존재의 근거로 삼는 것은 삶보다 시에 있어 더 강렬하다. 삶의 (반(反))표상으로서의 시는, 어떤 경우에도 삶과의 사이에 '쓰기'라는 한 층을 지니지 않을 수가 없다. 삶과 언어를 잇대는 쓰기라는 행위, 그것이 '발화'라는 사건이다. 이 사건 — 언표 행위(énonciation)라고도 한다. — 의 존재감은 가장 안 보일 때도 가장 절대적인 시의 원천이다. 그것은 시를 삶 자체로 대체할 수 없는 시의 근원적 또는 최종적 존재 원리라고도 할 수 있다. 쓰기라는 행위의 주체와 대상과 형식과 가능성과 불가능성이 다 삶과 맞붙어 있지만, 시는 삶의 한 국면으로 흡수되어 매끄럽게 일체화되지 않고 삶의 한 균열에 끼어들어 솔기를 남긴다. 삶을 생각할 때와 달리 시를 생각할 때 우리는 시의 단(壇)을 잊어서는 안 된다. 시의 삶은 무대에 올려진 삶이다. 시는 그냥 삶이 아니라 '삶-의-형태'이고, 그냥 말이 아니라 '말-의-형태'다.(그냥 삶, 그냥 말이 따로 있다는 것이 아니라 모든 그것들 중에 가장 형태 정향적인 쪽이라고나 할까.) 모든 말 중의 어떤 말, 모든 삶 중의 어떤 삶인 그것은 말과 삶의 일부이면서도, 역설적으로 '말 일반'보다 넘치고 '삶 일반'을 초과한다. 필사의 삶을 넘는 불멸의 시를 생각하지 않는다면, 우리는 시의 원리가 의미하는 것으로부터 가장 먼 곳에 이르게 될지도 모른다.

> 방화범은 법정에서 불을 왜 질렀느냐는 질문에
> 그렇게 할 수밖에 없었습니다라고 대답한다
>
> 눈이 먼 방화범은 자신의 불을 한 번도 보지 못했다
>
> ── 김경주, 「진술의 힘」(《문예중앙》, 2010년 겨울)

시인은 눈 먼 방화범이다. 불을 지르듯, 시를 썼다. 불을 왜 질렀느냐고 묻는 것은 삶에 속한 일이다. 그렇게 할 수밖에 없었다고 대답하는 것도 삶의 일이다. 그렇게 할 수밖에 없어, 자기는 보지도 못하는 불을 지른 것이 시의 일이다. 이 불은 시인에게도 속하지 않는다. 시를 쓰는 행위는 삶의 맥락에 자기도 모르게 저질러 버린 일이고, 그렇게 쓰인 시는 삶의 일부가 되는 것이 아니라 삶을 태워 버리는 일이 될 수도 있다. 위의 시는 방화범이 보지 못한 불의 빛과 열을 일러 '진술의 힘'이라 했다. 시인이 못 보는 곳에서 타오르는 불, 그 빛과 열은 오직 시의 것이다.

좌표의 윤리와 '문학의 윤리'

그러므로 다시 이렇게 이야기하겠다.

이것은 어디에 놓이는가. 이것을 묻는 것도 윤리다. 이 삶이 어디에 놓이는가는 삶의 윤리에 관한 것일 테고, 똑같은 질문을 문학에 대해 하려면 '이 문학은 어디에 놓이는가.'가 될 것이다. 삶은 삶들의 맥락 속에 좌표를 갖고 문학은 문학들의 맥락 속에 좌표를 갖는다. 문학의 윤리를 생각한다는 것은 문학의 좌표를 묻는 일이고, 삶의 좌표를 묻는 것은 삶의 윤리를 생각하는 일이다. 그렇기는 하지만 두 좌표가 완전히 분리된다는 뜻은 아니다. 흔히 삶이 문학보다 크다는 뜻에서라면 삶의 좌표 위에 문학의 자리도 있다. 이때 문학은, 앞에서도 이야기했듯 삶의 좌표 위에 평평하게 착지하는 것이 아니라 '쓰기'의 자국을 가지고 내려앉는다. 때로 어떤 문학은 삶보다 길다는 뜻에서라면 문학의 좌표 위에도 삶의 자리가 있다. 이때 삶은 앞에서도 이야기했듯 원천적으로 '쓰기'라는 사건, 그 단(壇)의 문턱을 통과한 위치에 놓인다. 문학과 삶이 별도로 분리되는 좌표평면을 상정하지는 않지만 각 위치들의 높낮이는 일정치 않을 것이다. 하나의 얼굴로 비유한다면, 삶의 윤리는 그 얼굴의 인상(人相)에 문학의 윤리는 표정(表情)에 대응되지 않을까. 방화범의 얼굴에서 험악한 인상을 볼 수도 있고 기묘한 표정을 읽을 수도 있다.

우리는 지금 윤리에 대한 질문을 둘로 나눈 셈이다. '어떻게'를 묻는 윤리와 '어디에'를 묻는 윤리로 말이다. '어떻게'를 묻는 것은 어느 쪽을 '추구'하는가라는 점에서 일종의 방향성이 개입되어 있다. (여기에는 향해야 할 포지티브 쪽과 배제해야 할 네거티브 쪽이 분명하다.) '어디에'를 묻는 것은 어느 자리에 '있는가'를 묻는 것이기에 일단은 중립적이다. (위치를 묻는 것은 궁극적으로 올바른 자리를 찾기 위해서라 해도 아직은 아니다.) 전자는 가치의 방향성을, 후자는 존재의 좌표를 문제 삼는다. 편의상 앞의 것을 '가치 윤리'로, 뒤의 것을 '좌표 윤리'로 불러 볼 수 있다. 윤리에 관한 질문이 이렇게 나뉘는 것을 한 평론가는 다음과 같이 분간하기도 하였다. "'윤리적인'이라는 말을 두 가지 용도로 사용할 수 있다. '윤리를 논의할 만한'이라는 뜻(이 경우 더 걸맞은 말은 '윤리학적인'이 되겠지만)과 '윤리적이라고 평가할 만한'이라는 뜻으로 말이다."[9] 윤리적이라 평가하는 건 가치 윤리의 문제, 윤리를 논의할 만한가의 여부를 따지는 건 좌표 윤리의 문제일 것이다.

앞에서 이야기했듯, 가치 윤리의 덕목들은 삶에서와 문학에서 별개일 수 없다. 참되고 선하고 아름다운 것을 추구하는, 그런 것들을 "정해진 순서"대로 받아들이는 것이 아니라 부정하고 뒤집어 보고 심지어 '말소될 것을 각오하고서 벼랑 끝의 한 걸음을' 디뎌서라도 진실로 맞이하려는 그런 노력은, 문학에서든 어디서든 훌륭한 것이다. 그런 결단, 의지, 발화, 행위 들은 어렵지만 멋지고, 위태롭지만 아름답다. 이런 것들과 만나면 우리는 감동을 받는데, 그건 완전히 윤리적으로 그런 것이다. 이때 '윤리적'이라는 말은 매우 포지티브한 가치 평가를 전제한 말이다. 우리는 어디서라도 윤리적인 것을 발견하고 함께 얘기하고 더 많이 생각해야 한다. 그것을 발생시키기 위해 노력해야 한다. 그러나 거기가 꼭 문학만의 자리는 아닐 것이다.

어떤 문학이 '어디에' 위치하는가를 묻는 것은 좌표 윤리의 문제들과

---

9) 신형철, 「우리가 '소설의 윤리'를 말할 때 너무 많이 한 말과 거의 안 한 말」, 『몰락의 에티카』(문학동네, 2008), 176쪽. 윤리학을 셋으로 정리한 이 글에 따르면 라캉의 '진리의 윤리학'이 문학의 좌표를 묻는 논의와 통할 것이다. 그런데 이 구분에 대해 "추측건대, 그는 '윤리적 상상력'이 외부적으로 주어지는 기성의 관념인 반면, '윤리학적 상상력'은 그것을 내파하거나 해체함으로써 얻어지는 새로운 가능성으로 생각하는 듯하다."(고봉준, 앞의 글, 59쪽)라는 해석이 있었듯, 신형철은 윤리적인 것을 '선의 윤리'로 윤리학적인 것을 '진실의 윤리'로 대응시키는 것은 아닌가 싶어 우리로서는 조금 혼동스러워졌다. 그의 말대로 라캉의 '진실의 윤리학'을 통해 우리는 문학이 개시한 질문을 생각하게 되는데, 그가 어떤 작품에서 진실의 윤리학을 말할 때는 거기에 이미 강한 긍정이 내포되어 있어 가치 판단이 내려진 상태로 여겨지기 때문이다. 당위와 방향성을 통해 윤리를 논의하는 것은 곧 윤리적인 삶을 판단하는 것과 같은 층위의 이야기가 된다.

관계된다. 문학의 좌표를 묻는 것은, 문학 '속의' 삶이 아니라 문학'으로
서의' 삶을 생각하는 질문이고 이것은 문학들의 맥락에서 자리를 찾게
한다. 이 질문은 어떤 작품이 윤리적인가 아닌가를 가치 판단하기 이전
에 작품의 존재 방식과 그것이 문학들의 맥락과 어떤 관계를 형성하는
가를 고려하는 작업이다. 이때는, 어떤 것을 윤리적이라고 판단하지 않
는 자리, 윤리적인지 아닌지 알 수 없는 어떤 자리로부터 윤리에 대해 생
각해야 한다. 문학의 자리는 어떤 쓰기가 출현시킨 삶에 의해 생겨난다
기보다 그 삶을 출현시킨 '쓰기'에 의해 생겨난다. 한 번 더 말하자면,
그냥 말이 아니라 말의 형태를 통해, 그냥 삶이 아니라 삶의 형태를 통
해 말 자체, 삶 자체와는 간극을 지닌 어떤 것을 출현시키는 것이 문학
이기 때문이다. 앞에서 그 간극을 단(壇) 혹은 솔기에 비유했다. 예를 들
어, 불행한 삶이 쓰기의 단에 올라오자 그것은 '단 위에 올린' 불행한 삶
이 되면서 불행함만이 아닌 다른 어떤 것 ─ 슬픔, 연민, 경멸 등 ─ 이
거기에 생겨난다. 계몽적인 말이 쓰기의 단에 올라오면 그것은 '단 위에
올린' 계몽적인 말이 되어 계몽을 배반하는 어떤 것 ─ 오만, 편협, 냉소
등 ─ 이 거기서 흘러나오기도 한다. 이 어떤 것의 좌표를 물을 때 우리
는 문학의 윤리를 생각하게 된다.

문제는 그 불행에 대한 인물들의 '무심한' 태도이다. 그들은 그 불행에 분
노하거나 증오하거나 절규하는 것 대신에, 어떤 '초연성'의 공간을 통해 자기
존재를 재배치한다. 이것은 단지 불행에 눈감는 행위, 혹은 불행으로부터 도
망가는 행위로만 볼 수 없다. 여기에 현대성과 자아 정체성과 관련된 다른 주
체의 미학, 혹은 자아의 윤리학이 숨 쉬고 있기 때문이다. 그들은 불행의 파
토스를 넘어서려는 미적 존재론을 준비한다.[10]

---

10) 이광호, 「너무도 무심한 당신 ─ 젊은 소설에서 읽은 초연성의 존재 미학」, 《세계의 문학》, 2007년
    겨울, 347쪽.

이런 비평은 절묘하다. "불행 앞에 무심함을 드러내는" 태도에 대해 이 필자가 "윤리적"이라는 평가의 언사를 제시했더라면, 거기에 대해 우리는 어떤 의혹을 감추기 어려웠을 것이다. 이를테면 저 화자들의 무심한 태도가 "자유나 자율성의 표현이 아니라 사실은 모든 것이 결정되어 있는 이 세계에서 지어 보이는 체념의 몸짓일지도 모른다는 의혹, 그들은 아무것도 하지 않는 것이 아니라 사실은 아무것도 할 수 없는 것이라는 의혹, 그러므로 거기에는 윤리도 무엇도 없다는 의혹"[11]을 말이다. 저들을 놓고 "밀폐된 최소 자아로의 회귀"라는 어구를 부정문으로 돌리든 긍정문으로 감싸든, 그 어구를 둘러싼 "불안"한 기미를 무시한 채 '윤리적이라 평가'하는 데는 우선 동의하지 않고 보았을 것이다. 그러나 인용문에서 확인되듯이 필자의 발언은, 불행에 무심한 그 인물들이 초연성의 공간에서 자기 존재를 '재배치'하기 때문에 그로부터 '자아의 윤리학'을 생각하게 된다는 것이었다. 이 필자는 그런 문학을 '윤리적이라고 평가'하는 것에 대해서는 아직 결정적 한마디를 하지 않은 채 결말 부분에 이렇게 적는다. "불행은 아름답지 않고, 불행에 관한 의식 역시 그 자체로 아름답지 않지만, 불행을 살아내는 그들의 자존의 방식은 미적 에토스를 생성한다."[12] 이것은 문학을 윤리적이라 판단한 것이라기보다는 전에 없이 나타난 문학의 자리에서 윤리를 논의하고 있는 쪽이다. 만약 저 초연한 말들의 위치가, 즉 이때 생성된 "미적 에토스"가, 전에 없던 자리를 드러내어서 그로 인해 좌표축이 흔들 하고, 그럼으로써 좌표 전체의 구도가 달라지는 수가 있다면, 그때 이 문학의 위치는 윤리적으로 각별해질 것이다. 스스로 윤리적인 가치를 추구했기 때문이라기보다 이미 윤리적인 다른 것들을 움직이게 함으로써 윤리에 대해 다시 생각하게 만들기

---

11) 정영훈, 「윤리의 표정」, 《세계의 문학》, 2008년 봄, 290쪽. 정영훈은, 이광호가 불행에 무심한 인물들의 태도를 두고 '윤리적'이라 판단하면서도 그들이 '밀폐된 최소 자아로의 회귀'가 아니라고 "애써" 부연할 때 그런 판단에 대해 일말의 "불안"이 있는 것은 아닌가 하는 의견을 제시했다.

12) 이광호, 앞의 글, 349쪽.

때문이다. 윤리적으로 나타난 것이 아니라 나타남으로써 윤리를 발생시킨다고 해야 할까. 윤리를 반성하게 한다는 뜻에서 윤리의 윤리라고 하면 어떨까. 이것은 윤리적인 문학이 아니라 '문학의 윤리'에 관한 이야기다.

윤리는 윤리만이 아니고 아름다움은 아름다움만이 아니라면

'윤리적인 문학'과 '문학의 윤리'를 나누어 생각하고 말해 보았다. 각각 '문학'과 '윤리'라는 두 단어의 순서가 서로 바뀌어 연결되어 있듯이, 이 둘은 문학과 윤리의 관계에 있어 서로 반대의 방향을 취한다. 모든 문학이 '윤리적인 문학'은 아니지만 '문학의 윤리'는 모든 문학에 대해 물어질 수 있다. 어떤 문학이 '윤리적'이냐고 묻는 것이 아니라 이 문학의 자리가 어디냐고 묻는 것 말이다.

그렇다면 ('윤리적인 문학'을 논하는 것이 아니라) '문학의 윤리'를 묻는 것은, 윤리적인 가치와는 무관하게도 문학 자신의 존재 원리를 정당화하거나 부각시키는 결과만을 낳는 것이 아닐까? 모든 문학이 자기의 좌표를 통해 저절로 '윤리의 윤리'에 관여한다면 말이다. 또한 이 질문은 문학 자신의 존재 원리를 '미적 자율체'의 개념으로 정당화하면서 윤리의 문제를 배제하려는 쪽과 결과적으로 유사한 것이 아닌가? 문학의 존재 방식은 본래 '미적'으로 독립된 영역에 한정되었던 것이니 말이다. 이런 의구심들이 생겨날 수 있지만, 그러나 의구심을 사실로 단정할 수는 없을 것 같다. 두 가지 이유에서다.

첫째, 질문은 좌표를 파악하기 위해 던져졌지만 답은 다시 윤리적인 '판단'을 요구할 것이기 때문이다. 가령, '윤리에 대한 질문은 상상계(잘못된 믿음)나 상징계(기만적 규칙)가 아닌 실재와의 조우에 의해 우리에게 강제된 물음 속에서 작동한다.'와 같은 (정신분석학적 윤리학의) 인식에 근거하여 문학의 윤리를 논의한다고 해 보자. (이 밖에도 칸트, 스피노자, 레비나스, 푸코, 데리다 등의 '의무', '사건', '타자', '주체', '진리', '실재', '욕망', '충동' 등등, 우리 비평이 많이 기대고 있는 철학적 윤리학적 개념들을 상정해 볼 수 있다.) 만약 세상에 전에 없던 문학이 충격적으로 등장했을 때, 다른 작품들과의 관계 속에 그것이 놓이려면 기존의 문학적 질서가 붕괴될지라도 이 작품이 현시하는 진실이 있는가 없는가를 우리는 가까스로 '판단'해야 한다. 물론 이 판단은 어떤 (일시적 또는 우연적) 선택의 환원 불가능성을 뜻하는 것이지 그것이 얼마나 가치 있는 것인가를 평가한다는 뜻이 아니다. 모든 (문학적) 존재의 출현은 어떤 일은 하고 어떤 일은 하지 못할 수밖에 없는 선택에 대해 책임이 있는 것이다. 즉 우리의 모든 행위는 우리가 할 수 없는 것과 해야만 하는 것의 좌표를 재정의한다. 문학이 자기의 (문학적) 존재 방식을 정당화하는 것은 이러한 판단의 최소 조건일 것이다.

둘째, 문학이 '미적 자율체'라고 할 때 그것은 진선미 삼분법을 작동시켜 하나를 갈라내듯 문학을 제한적으로 파악한다는 뜻이 아니기 때문이다. '문학의 윤리'를 묻는 것은, 문학 자신의 존재 방식과 문학들의 맥락에 의한 좌표를 '미적'으로 파악할 때도 물론 가능하다. 좌표를 묻는 것은 미의 좌표일 때나 진의 좌표일 때나 '윤리'를 논의하는 일에 속하고, 중요한 것은 어떤 자질을 아름답다, 선하다 등으로 판단하는 쪽보다 그것의 위치를 가늠하는 쪽이 더 포괄적이라는 사실이다. 그리고 어쩌면 이보다 더 핵심적인 것은 문학의 가치를 말할 때 진실되고, 덕 있고, 아름다운 것들이 결코 상호 배제적이지 않으리라는 사실이고 말이다. 이 글의 모두(冒頭)에서, 한국 근대문학론의 효시를 살펴 진선미가 따로 있지 않음을 길도록 이야기한 진짜 까닭이 이제 분명히 전해졌기를. 비단 한국 근대문학의 특성만은 아닐 것이다. 오늘날 현대 철학과 문학 전반, 제 예술 장르를 통틀어 모든 담론적 현실에서, 진선미를 갈라 미적 자율성을 옹호하는 것과 윤리적 정당성을 주장하는 것 사이에는 결정적 차이점이 거의 발견되지 않는다. 적어도 우리의 근현대 문학사에서 문학이 심미적 자율체로 행세할 수 있었던 때는, 미학적으로만이 아니라 사회학적으로도 윤리학적으로도, 정당화될 때가 아니면 안 되었음을 우리는 이미 알고 있다.

끝으로 소소한 소감을 얘기하는 것으로 논의를 마무리하자. 실은 우리는, '윤리'라는 단어를 단독적으로 대하는 데 다소간 거부감이 없지 않다. 이제 와서 하는 말이지만 사실 우리는 '윤리적인 문학'이든 '문학의 윤리'든 '문학'과 나란히 놓인 '윤리'라는 명사 그 자신에만 대해서는, 이제 그만 집중하고 싶고 그만 왈가왈부하고 싶다.[13] 사랑이라는 단어를 한 번도 쓰지 않으면서 사랑을 표현하는 어떤 시처럼, 그 말을 한 번도 쓰지 않으면서 그것을 생각하고 더 많이 생각하고 다시 생각할 수 있는 방법을 찾는 중이다.

(2011)

---

13) 이 말은, 도덕과 윤리, 규범과 사실, 당위와 필연 사이의 간극을 우리가 극복해야 한다는 뜻만은 아니다. 그보다는 어떤 필연적인 출현이 어째서 윤리적인 것이 되는가를 우리가 이미 안다는 사실을 강조하는 뜻이다. 우리 비평계에 익숙한 철학자의 좀 더 날카로운 언술로 번역해 본다면 이렇게 될 것이다. "어떻게 우리가 존재를 당위로부터, 사실(Sein)을 가치(Sollen)로부터, 사실성을 규범성(norm)의 영역으로부터 분리시키는 간극을 극복할 수 있는가하는 질문은 적절하지 않다. (……) 그보다 질문해야 하는 것은 다음과 같다. 어떻게 당위(Sollen)의 영역이 존재의 중심에서 출현하는가, 존재의 실증성이 어떻게 당위를 생성하는가?" 슬라보예 지젝, 김서영 옮김, 『시차적 관점』(마티, 2009), 105쪽.

다시 쓰다 Literature in Love
—사랑, 사랑, 사랑

1 사랑이라는 정당화의 대상

문학은 사랑을 제시하지 않고 사랑을 처리한다. 사랑의 위대함, 사랑의 아름다움을 숭배하는 대신 문제적인 것, 골치 아픈 것도 사랑으로서 치르는 것이 문학이다. 사랑에 관한 문학의 직분은, 연인들의 사랑 현장을 보고하는 데 있는 게 아니라 연인들을 통해 사랑의 의미를 몸소 겪어 내는 데 있다. 문학에서 만난 멋진 사랑은 서로 이해하고 아끼면서 주변의 축복 속에 잘 지내는 커플의 알콩달콩한 행복이 아니었다. 복잡한 상황 때문에 죽도록 오해하고 미워하면서 애타게 우여곡절을 감내하는 사연이 사랑 얘기 치고도 더 흥미롭고 더 짜릿한 법이다. 꼬마들이 왕자와 공주의 사랑 이야기를 좋아하는 것도 그렇지 않던가. 마녀의 저주에서 풀려나기까지 불을 뿜는 용과 싸워 이겨야 하는 기나긴 스토리 때문이지 "그 후로도 오래오래 행복하게 살았답니다."라는 마지막 문장 때문은 아닌 것이다.

사랑이 단순히 이상적인 대상에 끌리는 이념이라면 문학도 단순히 대상의 이상적인 속성을 잘 표현해 보려고만 했을 것이다. 혹은 '완벽한'

대상을 추구할 수밖에 없는 주체가 저로서는 어쩌면 '수난'을 겪는 것과도 같을 사랑의 '열정'을 자기 입장에서 잘 설명하면 됐을 것이다. 그것만으로 사랑의 욕구와 사랑의 정당성이 입증될 수 있을 테니까. 그러나 사랑은 그 대상과 조건이 전혀 외부적으로 규제될 수 없는, 사랑하는 자의 고유한 정서와 판단에 따라 결정되는 자기 지시적 소통 매체다. '자기 지시적' '소통 매체'라니, 좀 복잡하게 들리므로 다시 말해 보자. 사랑은 무엇으로 결정되고 유지되고 종결되는가. 오직 지금 사랑하고 있다는 사실만으로 그렇게 된다. 그것은 스스로 자기 욕망을 그렇게 규정함으로써 입증될 수 있는 '자기 지시적'인 현상 또는 사건이다. 그러면 이렇게 지시되는 사랑이란 감정의 상태인가, 소통의 양태인가. 그것은 고양된 정서를 가리키는 말이지만 또한 사람 사이의 특수한 관계를 가리키는 말이기도 하다. 그것은 나 자신의 의식에 대한 판단이지만 또한 나와 너 사이의 소통 형식에 대한 판단이기도 하다. 사랑은 단지 정서가 아니라 '관계에 대한 정서'이고, 단지 자기의식이 아니라 '소통에 대한 의식'이다. 이 둘을 사랑으로 규정하는 것은 자기의 자유로운 욕망뿐이어서 매 순간 그 일은 자기 욕망에 관한 특별한 의미론을 필요로 한다. 사랑에 대한 욕구는 이 의미론을 정당화하는 데 있으며, 문학은 이 의미론을 탐색하여 기록하는 작업이다.

사랑에 관여하고 사랑을 수행하는 인간적 양태들을 '연애'라고 바꿔 불러도 좋다. 연애는 사랑 자체의 정서나 의식의 단면에 집중하는 게 아니라 정서나 의식의 맥락을 문제화하는 표상으로 기능하기에, 사랑의 정신적 추상성을 사랑의 일상적 구체성으로 대치할 수 있게 해 준다. (보통 사랑시, 사랑소설이라 하지 않고 연애시, 연애소설이라 하지 않나.) 나날의 삶에서 사랑에 대한 인간적 욕구는 사랑이 무엇인지 알고서 행하려는 의지가 아니라 연애의 사태들에 직면하여 이를 이해하고자 하는 의지로 나타난다. 문학 속의 사랑도 사랑의 정체에 대한 인식론의 계기로 주어지는 것은 아니다. 문학은, 사랑이 어떻게 현현하는지를 알리기보다 인간이 어떻게 사랑에 관여하는가를 묻는다.

인간은 어떻게 사랑에 관여하는가. 우리는 어떻게 연애를 치러 내는가. 이 물음을 이 시대의 문학이 어떻게 처리하는 중인지 알아보려고 한다. 사랑에 개입하는 마음가짐의 층위를 셋으로 나누어 생각해 볼 수 있다. 우리는 사랑에 대해 무엇을 알았는가. 사랑 안에서 무엇을 했는가. 사랑으로부터 무엇이 되었는가. 사랑을 대하는 태도의 세 각도일 수도 있겠다. 각각의 질문은 앎과 함과 삶으로 치르는 이 시대 연애에 대한 리서치와 이 시대 사랑에 대한 정당화를 함께 요청한다. 바라건대, 이 시대 사랑에 대한 문학의 헌신이 이 시대 문학에 대한 사랑을 불러일으켜 줄 수 있다면.

2 "사랑이 힘을 잃기 시작했다": 사랑에 대해 무엇을 알았는가

사랑이 이와 같다고, 언젠가 한 번쯤 우리도 생각한 적이 있었다.

사랑은 책임을 뜻하지 않는다. 그건 가장 살아 있다는 걸 뜻했다. 그리고 살아 있다는 것은, 과거와 미래를 망각한다는 뜻이다. 끝없이 이어지는 지금 이 순간만을 바라보겠다는 약속이다. 그게 바로 사랑이다. 한편 책임이란 과거에서 미래로 이어지는 가느다란 쇠사슬에 현재를 묶어 놓겠다는 뜻이고, 그래서 그건 사랑의 반대였다. 사랑은 쇠사슬이 아니다. 중요한 것은 함께하는 시간 자체이지, 그것에 대한 대비나 계획이 아니다. 그러니까 돈 따위가 우리의 사랑을 파괴하도록 내버려두지 않겠다는 것, 사랑 안에서 굶어 죽겠다, 아름답게. 그게 내 꿈이었다.[1]

---

1) 김사과, 『풀이 눕는다』(문학동네, 2010), 158~159쪽.

물론 오래갈 순 없었다, 굶어 죽는 사랑도, 굶어 죽는 사랑의 아름다움에 대한 꿈도.

나는 여전히 그를 사랑했다. 하지만 그것으로는 부족했다. 나는 그 이상을 원했다. 그래서 자꾸만 다른 것들이 필요해졌고 점점 더 나는 균형을 잃어 갔다. 그가 사라지기 시작했다. 사랑이 힘을 잃기 시작했다. 그게 그해 가을 내가 도착한 곳이었다. 그리고 우리는 함께 빈곤에 도착했다.[2]

'빈곤'이 무서워서가 아니라 "그가 사라지기 시작"하는 것이 무서워서였을 것이다. 아니 "사랑이 힘을 잃기 시작"하자 빈곤도 무서워졌겠다. 사랑 안에서 굶어 죽으려 했는데, 굶기도 전에 사랑이 힘을 잃기 시작했다. "돈 따위"만이 아니라 세상 모든 것이 "우리의 사랑을 파괴"하는 것 같았다. 그 파괴자들 중에는 나 자신과 그 자신이 포함되었다. 우리의 사랑을 파괴하는 것은 다 가만두지 않으려 했는데, 사랑을 파괴하는 것이 곧 우리였으니 우리는 가만두어지지 않았다. 그리하여 우리는 사랑을 잃은 우리가 되고 만다. 기어이.[3]

이것은 우리 시대 사랑의 의미론이 '도착한' 앎의 하나다. 사랑이 "가장 살아 있다는 걸 뜻"한다고 외치는 열정과 그 열정이 반드시 "힘을 잃기 시작"한다는 사실 말이다. 입학한 학생들이 모두 졸업이라도 하듯 사랑에 반드시 끝이 있다는 것을 우리는 꽤 일찌감치 알아 버린 것도 같다. 친구를 사귀기 시작하면서부터, 아니면 언제까지나 엄마와 함께 있을 수 없다는 걸 저절로 알면서부터? 정신분석 공부의 초보자처럼 말한다면, 나(자아)와 엄마(타자)를 구별하지 못하는 거울 단계를 깨고 아버지(대타

---

2) 같은 책, 152쪽.

3) 이 절에서 다루는 텍스트는 문학비평적으로 접근되지 않는다. 당대의 사회적 관계에 대한 풍속과 세태를 감지하는 데 단초를 준 텍스트들로서, 작품 전체에 대한 해석 및 평가는 괄호에 넣어 둔다.

자)의 분리를 익히면서부터 사랑하는 엄마와 나, 친구와 나, 그(녀)와 나, 둘인 줄 몰랐던 모든 '우리'는 언젠가 둘이 되고야 말고 되어야만 한다는 것을 깨우쳐 버렸다. 사회학 공부의 초보자처럼 말한다면, 인간은 혼자 살지 않고, 혹은 둘이서만 살 수 없다는 것을 깨우치면서부터 인간들 사이의 어떤 친밀한 맺어짐도 다른 사회적 관계라는 체계 전체의 일부로 놓인다는 것을 배워 버렸다. 즉 우리 시대의 다른 앎들이 사랑에 대해서도 중요한 것을 알려 준다. 사랑은 무엇보다도 개별적으로 의미 있는 행위, 반응, 평가와 긴밀한 체험이지만 그러한 개체적인 경험은 또한 사회 문화적으로 인정되는 — 관습적 용인 여부를 떠나 이미 역사적인 경험이라는 뜻에서 — 익명적으로 구성된 경험이기 때문이다. 우리가 '알고 있는' 사랑은, 나 자신의 경험만이 아니라 다른 사람의 사랑이기도 하다. 사랑은 경험이고 또한 앎이다.

사랑을 가장 믿으면서도 다른 어떤 것과 마찬가지로 그것 또한 시간 속에서 끝내 무력한 것임을 알고, 사랑을 절대 파괴하지 않겠다는 의지와 반드시 파괴되고야 마는 결과를 동시에 상정한다는 점에서, 사랑에 대한 이 앎의 논리는 역설을 포함한다. 최근에 더욱 자주 인용되는 사회학자의 말로 정리하자면, "매우 개인적인 중요성을 갖는 일들에서 일어나는 모든 소통이 이렇듯 자기자신임(Selbstsein)과 세계 설계라는 이중의 측면과 관련되어 있"[4]기 때문에 "세계와 둘만의 관계의 통일을 겨냥하는 것은 역설에 이르게 된다."[5]는 것이다. 이 역설의 세계에 몸이 담긴 우리는, 다음과 같은 '끝'의 시간을 사랑의 의미론으로 읽지 않을 수가 없다.

어딘가 끝이 있을 수밖에 없다면 나는 거의 다 왔어, 라고 소년은 생각했

---

4) 니클라스 루만, 정성훈 외 옮김, 『열정으로서의 사랑』(새물결, 2009), 33쪽.
5) 같은 책, 253쪽.

다. 소녀는 사라지고, 소년도 사라지고, 이 순간의 기억도 소멸될 것이다. 과일 사탕의 맛, 책 속의 사람들, 허공의 금빛 무덤, 시트러스, 사이프러스, 혹은 미노타우로스라는 발음, 옅게 부풀어오른 소녀의 가슴과 애처로운 배……
그 모든 것이 그와 함께 사라질 것이다. 소년은 허공의 거리에 매달린 기억의 왕국이었다.

　어디선가 마지막으로 남은 땅이 무너지는 소리가 들려왔다. 그리고 또 다른 소리가 들렸다. 그것은 몇달 만에 부쩍 자란 소년이 전부터 들어오던 소리였다.

　뼈가 자라는 소리였다.[6)]

　이 이야기는 마치 '세상에 끝이 와서 모든 것이 사라지고 우리 둘만 살아남는다면?'과 같은 앙케트에 제출된 답변처럼도 읽힌다. "이 상황에 대해 설명"이 되어 있진 않지만, 세상에 대재앙이 왔고 모든 살아 있던 것이 사라졌으며 집은 허공으로 자꾸만 떠올랐다. 세상에 둘만 남은 소년과 소녀는 '적막을 혼자 견디는 일'에 지친 서로에게 경이로운 존재였다. 땅의 몰락에 대항하며 서로의 꿈속으로 스며들었으나…… 마침내 소녀도 사라지고 소년 혼자 남은 날의 정경이 저러하다.

　"소멸"과 "고립"을 상정한 이 내러티브에서 (첫)사랑의 어떤 일반론을 감지하기는 이상한 일이 아니다. 대재앙 이후를 상상한다는 점에서 최근 문학들이 기록하는 묵시록적 상상으로 먼저 다가오지만, "이 상황에 대해" 분명한 건 너무나 외로웠던 두 아이가 만날 수밖에 없었다는 것뿐이어서, 우리에게는 이 이야기가 사랑에 빠진 두 아이의 '허공' 같은 한 시절의 알레고리처럼 여겨졌다. 둘은 허공을 택하면 고립될 것을 알고 지상을 택하면 곧 무너질 것을 알지만, 하나를 선택해야만 했기에 허공을, 고립을, 택했다. 둘만 남은 세상에서 아이들은 "그러니까 지금

---

6) 김성중, 「허공의 아이들」, 《창작과 비평》, 2010년 겨울, 283~284쪽.

은 종말이 아니라 새로운 세상이 시작되는 창세기인 셈"이라 믿어 본다. 아니 어쩌면 다른 사람은 다 그대로인데 "우리 둘만 투명해진 건지도" 모른다. "금기로 시작하는 어떤 윤리도 남아 있지 않"은 허공에서 둘은 "바싹 끌어안았"지만, 소녀의 영혼이 "어느 때보다 외로웠던" 날 이후, 소녀도 점점 희미해지고 마침내 사라진다. 소년만 남는다. 소년은, 사라질 줄 알았지만 사라지지 않고, 성장한다. 소년이 먼저 사라졌어도 마찬가지, 혼자 남은 소녀도 성장했을 것이다. 사랑이라는 둘만의 무대는 위협을 피해 모두가 사라진 허공에 차려졌지만 끝내 모두와 더불어 소멸해 버린다. "어딘가 끝이 있을 수밖에 없다면", 소녀도 사라지고 소년도 사라지고 기억도 사라지는 장면일 줄 알았는데, 그건 아니었다. 스스로 "기억의 왕국"이 되어 끝끝내 혼자 남은 자는, 저 혼자 그저, 성장하는 수밖에 없다. 당연히, 먼저 사라진 소녀보다 소년이 더 아플 것이다, 뼈가 자라는 소리가 마지막으로 남은 땅이 무너지는 소리처럼 들릴 만큼.

고립과 끝, 불가능과 파국의 플롯이 사랑의 서사에 대해 우리가 예기할 수 있는 앎이 되었을 때, 이제 그 곤경을 마주하는 사랑담은 어떻게 쓰일 수 있을까? 사랑에 대한 이런 앎이 정당화할 수 있는 사랑의 욕구는 어떤 것일까? 바꿔 말해, 이 시대 대한민국 땅의 연인들은 어떤 사랑을 택하고 어떤 책임을 사랑에 대해 느끼는가? 우선, 다음과 같은 장면들이 떠오른다.

그녀와 나는 결혼정보회사의 주선을 통해 만난 사이였다. 특별히 규칙이 정해진 것은 아니지만 회사에서 주선한 만남은 세 번의 데이트를 거치게 되어 있었다. (……) 첫인상은 그저 희미했다. 그러나 두 번째 만남에서 뭐, 이 여자라면, 하는 생각이 들었다. 더도 덜도 없이 그저 뭐, 이 여자라면, 대충. 단순한 결정이었다. 특별한 미인은 아니지만 그렇다고 아주 밉상도 아니었다. 부딪칠 만한 취향이나 취미도 없었다. 두 자매 중 동생이라는 것도 마음에 들었고 언니는 외국에 나가 산다는 것이 좋았다. 사무원 치고는 연봉이 괜찮았고, 결혼 후에도 할 수 있는 일이란 것도 마음에 들었다. 넉넉한 집안은 아니지만 그럭저럭 도움을 받을 수 있는 형편이란 게 안심이 됐다. 이 이상 회사에 추가 비용을 지불하는 게 싫었고, 그렇다고 아무런 소득 없이 회사와의 관계를 끊는 것도 싫었다. 새삼스레 뜨거운 사랑을 시작하고 싶은 게 아니었다.[7]

그렇게 내가 인턴을 전전하는 사이 소라와 나의 관계는 차츰 소원해졌다. (……)

소라에게 다시 선 자리들이 들어오기 시작한 것도 그 무렵이었던 것 같다. 주말마다 소라는 바빴다. 결혼식, 장례식, 친구 모임 등이 매주 이어졌다. 그렇게 경조사로 바쁘게 지내던 어느 주말 아침, 왜 만나 주지 않느냐고 투정을 부리는 내게 소라는 헤어지자고 했다. 다른 남자가 생겼다고 했다. 그 남자를 나보다 더 사랑하느냐는 상투적인 물음에 소라는 공무원이어서…… 라며 말끝을 흐렸다. 나는 그 후로 몇 주 동안 술 마시고 애원하고 울고를 반복하면서 소라를 붙잡았지만 그녀는 끝끝내 전화 한 통 주지 않았다.[8]

하나는 만남의 장면이고 또 하나는 헤어짐의 장면이다. '사랑하고 싶다'는 자기 욕망에 의해 사랑이 지탱되는 것이라면, 이 시대 지구상 인간들의 모든 욕망을 먹어 치우는 '먹고사는 논리'와 '사고파는 논리'에 이 욕망도 연루되지 않기는 어려운 것인가. 계산되는 연애, 계산되는 결혼의 노골적인 드러남은 더 이상 속물성의 징표도 되지 못하며, 이에 대해 누구도 그다지 불편해하거나 의아해하지도 않는 세태가 되었다. 낭만적 사랑의 굴레 벗기기의 맏언니 격인 『달콤한 나의 도시』(문학과지성사,

---

7) 이영훈, 「모두가 소녀시대를 좋아해」, 《문학동네》, 2011년 봄, 237~238쪽.
8) 배상민, 「유글레나」, 《자음과 모음》, 2010년 가을, 670쪽.

2006)의 '은수'가 "쇼핑과 연애는 경이로울 만큼 흡사하다. 한 개인의 파워를 입증하는 장(場)일뿐더러, 그 안에서 자신과 비슷한 취향을 가진 공동체에 속해 있다는 정서적 안도감을 느낀다. 그래서 쇼핑도 연애도 인간을 고뇌하게 한다."(정이현)라고 선언한 이래일까, 연애도 사랑도 시장의 일부가 되어 버린 풍속은 비난의 대상도 아니다. 마치 역설로 짜이는 복잡한 사랑의 흐름 같은 건 차라리 이 시대 "슈퍼 갑"인 시장에 맡겨 해결하겠다는 듯, 사랑이 종말과 부재를 향하게 돼 있는 것이라면 사랑 자체의 의미는 아예 따져 봐 무엇하겠냐는 듯, 우리 시대의 한 연애 풍속도는 사랑에 대한 부정과 냉소를 포함한다. 어쩌면 굳이 '시장' 논리까지 들먹이지 않아도, 우리는 이미 "사랑은 천상의 약속일 뿐이므로 천상으로 돌려보내야 한다."(은희경)라는 90년대 (여성) 소설들의 전언을 가슴 깊이 내면화하고 있는지도 모른다.

이렇게 사랑 자체를 회피하는 세속적 연애의 또 다른 한편에서, 사랑에 대한 모든 회의를 무시한, 무모한 열정이 신봉되었던 것이다. 앞에 인용한 김사과의 『풀이 눕는다』에서 "사랑 안에서 굶어 죽겠다."고 외치는 인물처럼, 둘의 사랑에 왠지 적대적으로 느껴지는 세상에 대고 분노의 고함을 지르는 존재들이 또한 있다. 계산되는 연애의 만남/이별 장면과는 무척 대조적으로 이렇게 시작되는 사랑 말이다. "난 다시 걷기 시작했다. 신호가 바뀌었다. 차들이 출발했다. 그리고 나는 그를 발견했다./ 그건 아주 이상한 느낌이었다. 마치 수영장 바닥에 가라앉은 것 같은. 아니 밤하늘 속으로 끝없이 떨어지고 있는 것 같은. 동시에 심장박동이 심벌즈처럼 온 거리에 울려퍼졌고, 다른 소리는 모두 사라졌다."[9] 이 신비한 사랑의 특징은, 그것이 내게 와서 세상을 음악 소리로 물들이는 것이 아니라 내 심장박동을 키워 세상의 모든 소리를 사라지게 한다는 점이

---

9) 김사과, 『풀이 눕는다』(문학동네, 2010), 24~25쪽.

다. 이것은 사랑의 대상을 이상화함과 동시에 사랑하는 주체인 자기 자신을 이상화함으로써, 사랑 외의 모든 것을 타락과 위협으로 여기지 않을 수 없게 한다. 이런 가름에 의해 사랑은 더욱 불가능한 것이 되어 가고 사랑의 외부를 향한 분노와 탄식은 더해만 간다. 한쪽에서는 "결혼정보회사"와 같은 마케팅 논리의 조종을 통해, 또 한쪽에서는 광기와도 같은 난폭한 열광을 통해, 사랑이 사유되는 극과 극의 사태에 우리 시대 사랑에 대한 앎은 당도하였다.

3 듀얼 타임, 너를 자랑으로 생각하는 시간: 사랑 안에서 무엇을 했는가

사랑이 완전한 합일이거나 완전한 소통이기를 꿈꿀 때, 사랑은 무력하다. 사랑에 대해 확신할 수 있는 것은 고립과 파국, 부재와 불가능에 이르게 된다는 가설뿐이다. 그런데 사랑이 완전한 '하나'와 관련된다는 생각은 그 불가능성 그대로, 사랑 '안'에서는 도래할 수 없는 개념이 아닌가. 그것은 사랑의 외부에서, 혹은 사랑 이전의 단계에서 사랑의 무대를 둘러싸고 벌인 앎들의 선동이었던 것은 아닌가. 정작 사랑 안에서는 어떤 경험이 발생할까? 사랑의 무대 위에서는 무슨 일들이 벌어질까?

그것은 함께 공원을 걸을 때의 일이었다

나는 중앙공원의 분수대 앞에 있었다
너는 센트럴파크의 분수대를 지나갔다

네가 한낮의 공원에 서 있으면

나는 어둠에 붙들리고

개를 데리고 나온 여자가 개를 놓쳤다
그러자 그곳에서 자전거가 쓰러진다

우리는 함께 공원을 걷고 있었다

여자의 비명이 동시에 들려올 때
점점 짙어지는 어둠을 보며 나는 생각했다

무엇일까, 마주잡은 반쪽의 따뜻함은

갑자기 가로등에 불이 들어왔다

내가 어둡다, 말하자
네가 It's dark, 말한다

—— 황인찬, 「듀얼 타임」(《현대문학》, 2010년 6월)

　사랑은 둘의 무대. 지금 무대는 공원이다. 사랑의 합일과 소통을 원
한다면, 둘이 만나 하나가 되어야 사랑이고, 둘의 만남이 만들어 내는 사
랑의 형상은 하나로 정립되어야 한다. 이 시의 화자에게라면 이런 생각
은 무시당하거나 무의미할 것 같다. 이 무대에서 만들어진 사랑의 형상
은 둘이다. 센트럴파크의 분수대를 지나 개를 데리고 나온 여자를 보는
한낮의 형상과 중앙공원의 분수대 앞에서 자전거가 쓰러지는 걸 보며 어
둠을 생각하는 형상이, ('센트럴파크＝중앙공원'이라는) 하나의 무대 위에
있다. 이곳은 둘이 선 '하나'의 무대가 아니라 '둘'을 만드는 하나의 무대

다. 사랑 안에서 함께 걷는 연인에게 공원은 그런 곳이다. 하나의 사랑을 위한 장소지만 함께 걷는 매 순간 돌발적으로, 둘이 생겨난다. 같은 상황에 놓인 둘의 '입장'이 다르다는 뜻이 아니다. 둘의 입장이 다른 것은 제3의 입장, 제4의 입장도 다르다는 것을 전제하기에, 사랑의 무대에 관한 이야기를 벗어난다. 사랑의 무대는 제3의 입장을 전제하지 않는 장소이며, 여기서 '둘'은 한 무대에 근본적으로 내재하는 분리를 가리킨다. 한 상황 속에서 작용하는 요소가 둘인 것이다.

하나의 무대에 둘이 있으니 둘은 각각 '반쪽'이기도 하지만, 그러나 둘을 하나로 만든 것이 아니므로 1이 1/2로 줄어든 것은 아니다. 이 둘은 둘로 셈해지지 않는다.[10] 이 "마주 잡은 반쪽"들은 '커플(couple)'을 이루는 것이 아니라 '듀얼(dual)'을 만든다. 사랑이라는 둘의 무대는, 두 개의 존재로 나뉜 하나의 상황이 아니라 하나의 작업을 둘이 이루는 과정인 것이다. 이 과정에서 둘은 '자기'를 경험하는 것도 아니고 '타자'를 경험하는 것도 아니다. 둘은 '연인'을 경험한다. 연인이라는 '세계'를 경험한다. '연인들이'(데이트를, 산책을, 섹스를) 경험하는 시간이 커플 타임이라면 (한 자아가) '연인들을' 경험하는 시간은 '듀얼 타임'일 것이다. 어둠 아래서 동시에 불빛 아래서, 이들의 듀얼 타임이 흐르고 있다. "따뜻"하다. 지금 연인들은 "더 좋은 것을 원하지 않는다."[11]

연인들에게 슬픔이나 고독이나 어둠이 없다는 뜻일 리 없다. 하나의

---

10) 사랑이 '분리의 진리'라고 말한 바디우는 이것이 중립적 관찰자나 제3의 입장 같은 것을 상정하지 않는다는 뜻이라고 설명했다. '두 입장이 둘로 셈해지지 않는다'는 것은 그의 표현이다. 둘이 둘로 셈해진다는 것은 셋 속에서, 셋의 요소로 둘이 제시될 때다. 가령 남녀 한 쌍(couple)이란 제3자에게 보이는 둘, 셋이 있는 상태에서 세어진 둘이므로, 사랑이라는 분리된 둘에 대해서는 완전히 외재적인 개념이다. "셈의 외재적 법칙에 종속된 쌍의 현상적 외양은 사랑에 대해서는 아무것도 말해 주지 않는다. 쌍은 사랑을 명명하는 것이 아니라 사랑의 상태(더 나아가 국가)를, 사랑의 제시가 아니라 사랑의 표상을 명명하는 것이다. 셋의 관점에서 세어진 둘이 있는 것은 사랑에서가 아니다. 사랑에는 셋이 없다. 사랑의 둘은 모든 셈에서 벗어난다." 알랭 바디우, 이종영 옮김, 『조건들』(새물결, 2006), 347쪽.
11) 김행숙, 「연인들」, 『타인의 의미』(민음사, 2010), 114쪽.

사랑 안에서, 융합이 아닌 채로 "둘을 둘로서 존재할 수 있도록 하는 힘겨운 조건"[12]이 사랑이라면, 사랑의 힘은 이 '힘겨운 조건'의 크기와 비례할지도 모른다. (연애에 난관이 클수록 사랑이 커진다는 뜻은 아니다.) 기쁨, 행복, 환함이 사랑 안에서 배가 되듯 슬픔, 외로움, 어둠도 두 배로 가지고 가야 하는 일이 사랑이다. 그것은 어려운 일이다.

　　나는 한국말 잘 모릅니다 나는 쉬운 말 필요합니다 길을 걷고 있는데 왜 이인분의 어둠이 따라붙습니까

　　연인은 사랑하는 두 사람입니다 너는 사랑하는 한 사람입니다 문법이 어렵다고 너가 말했습니다

　　이인분의 어둠은 단수입니까, 복수입니까 너는 문장을 완성시켜 말하라고 합니다 그것은 어려운 일입니다 매일 나는 작문 연습합니다

　　(……)

　　나는 돌아오는 길을 이인분의 어둠과 함께 걸어갑니다 이인분의 어둠이 말없이 걷습니다
　　　　　── 황인찬, 「나의 한국어 선생님」(《세계의 문학》, 2011년 봄)에서

연인이라는 '둘'은, 사랑하는 '한' 고독한 자아가 무한히 확장되는 통로일 것이다. 사랑 안에서 우리는, 둘을 통해 '무한'을 경험할 수 있다. 무한에 이르는 길은 둘이 나누는 환희의 크기로 개척되는 것이기보다는 둘이 짊어진 어둠을 뚫고서 나아갈 수 있는 게 아닐까. 세계의 어둠은

───────────
12) 알랭 바디우, 앞의 책, 474쪽.

"이인분의 어둠"을 통과한 연인들에게만 빛으로 물들어질 것이다. "연인은 사랑하는 두 사람"이기에, 연인인 나/너, 그러나 사랑하는 한 사람인 나/너는, 연인으로서의 어둠, 두 몫의 어둠을 끌고 간다. 그러므로 사랑 안에서 "이인분의 어둠"은 단수이며 복수이며 무한수이다. 이인분의 어둠과 함께 걷는 사랑의 길에서, 사랑하는 '한' 사람은 '연인'이라는 둘을 지나 더 많은 곳으로, 더 먼 곳으로, 무한으로 옮겨 간다. 사랑을 통해 우리는 한계 없이 열려진다.

그러므로 사랑의 둘은 결속이 아니라 연결이다. 사랑은 결핍된 하나들이 서로를 보충하여 완성되는 연인을 이르는 것이 아니라, ("이인분"처럼) 하나에 하나가 덧붙어서 이어진 인연을 이르는 것이다. 인연은 결핍과 보충이 아니므로, 이를테면 나의 모자람을 너의 넘침으로 채운다든가 너의 아픔을 나의 손길로 치유한다든가 하는 플러스-마이너스의 이원론이 없다.

넌 기억의 천재니까 기억할 수도 있겠지.
네가 그때 왜 울었는지. 콧물을 책상 위에 뚝뚝 흘리며,
막 태어난 것처럼 너는 울잖아.
분노에 떨면서 겁에 질려서. 일을 하고 살아야 한다는 것이, 네가 일을 할 줄 안다는 것이.
이상하게 생각되는 날이면, 세상은 자주
이상하고 아름다운 사투리 같고. 그래서 우리는 자주 웃는데.
그날 너는 우는 것을 선택하였지. 네가 사귀던 애는
문 밖으로 나가 버리고. 나는 방 안을 서성거리며
내가 네 남편이었으면 하고 바랐지.
뒤에서 안아도 놀라지 않게,
내 두 팔이 너를 안심시키지 못할 것을 다 알면서도

벽에는 네가 그린 그림들이 붙어 있고
바구니엔 네가 만든 천가방들이 수북하게 쌓여 있는
좁은 방 안에서,
네가 만든 노래들을 속으로 불러 보면서.

(중략)

네 뒤에 서서 얼쩡거리면
나는 너의 서러운,
서러운 뒤통수가 된 것 같았고.
그러니까 나는 몰라,
네가 깔깔대며 크게 웃을 때
나 역시 몸 전체를
세게 흔들 뿐
너랑 내가 웃고 있는
까닭은 몰라.

(중략)

너와 나는 여섯 종류로
인간들을 분류했지
선한 사람, 악한 사람……
대단한 발견을 한 것 같아
막 박수치면서,
네가 나를 선한 사람에
껴 주기를 바랐지만.

막상 네가 나더러 선한 사람이라고 했을 때. 나는 다른 게 되고 싶었어. 이
를테면

너를 자랑으로 생각하는 사람.

나로 인해서,

너는 누군가의 자랑이 되고

어느 날 네가 또 슬퍼 울 때. 네가 기억하기를

네가 나의 자랑이란 걸

기억력이 좋은 네가 기억하기를,

바라면서 나는 얼쩡거렸지.

　　　　　　— 김승일, 「나의 자랑 이랑」,《문장웹진》, 2011년 4월)에서

　빈 옆자리를 채우는 것만 사랑이 아니라 "네 뒤에 서서 얼쩡거리"는
것도 사랑이다. "내 두 팔이 너를 안심시키지 못할 것"을 알아 뒤에서 안
고 싶은 것을 참는 나는, 너를 사랑하는 데 있어 선한 사람도 악한 사람
도 아닐 것이다. 커플이든 아니든("네가 사귀던 애는/ 문밖으로 나가 버리
고"), 선하거나 악하거나, 그런 분류의 틀 바깥에서 나는 "너를 자랑으로
생각하는 사람"일 뿐이다. 나는 너를 자랑으로 생각하고 나로 인해 너는
누군가의 자랑이 되는 것, 이것은 서로를 채우는 일이라기보다 서로에
덧붙는 일이다. 사랑이 무엇인지, 내가 너의 무엇인지, 네가 내게 무엇을
해 줄 수 있는지 등을 생각하지 않고, "네가 깔깔대며 크게 웃"으면 "나
역시 몸 전체를 세게 흔들"며 같이 웃을 뿐, 중요한 건 너랑 내가 지금
웃고 있다는 사실이지 "너랑 내가 웃고 있는 까닭은 몰라"도 될 테니까.
　너를 사랑한다고 하지 않고 너를 자랑으로 생각한다고 하는 것이 혹시
짝사랑에나 관한 이야기인 줄로 착각해서는 안 된다. 내가 너를 자랑스
러워하는 것은 너의 근사함과 나의 초라함을 대비시키는 일이 아니다.
"내가 너를 자랑한다." 주어가 목적어를 취하는 형식의 이 문장이 지시

하는 사태는 너에게 속하는 일이 아니라 전적으로 나에게 속한 일이며, 나의 결단과 행위로 성사되는 일이다. (반대로 너는 "나로 인해서" 자랑이 '되어진다'.) 너의 어떤 면이 '나의' 자랑이 된다는 건, 너의 일부가 '나의 것'이 되는 것이다. 그것(나의 자랑)은 네게 있지만 나의 것이다. 네 속에 있는, "나 혼자만 들어가 본 곳"[13]이다. 너와 함께 있었어도 나 혼자 그곳을 거닐었지만, 만약 네가 그것을, 나의 자랑을 기억한다면, (네가 진정 기억의 천재라면 너는 또한 사랑의 천재,) 그때 그곳은 "나 혼자선 나올 수 없는 곳"이 될 것이다. 나와 너의 시간이 '듀얼'로 흐르듯, 기억도 그렇다, 서로의 사랑을 '아는' 공통의 기억이 한 커플의 몫이라면, 너를 '자랑'으로 아는 나와 너의 기억은 '듀얼'의 기억이다. 사랑의 기억은 "이인분"이다.

4 "저 찬란, 아득히 흘러가서도 한사코 찬란": 사랑으로부터 무엇이 되었는가

그리고 사랑은 지나간다. 둘의 무대, 마주 잡은 반쪽의 따뜻함, 이 인분의 어둠, 뜨거운 여름의 빛, 사랑 안의 모든 것은, 그 전광석화같이 쏟아져 내렸던 우연들은, 이제 옆에 없다. 둘의 무대는 사라졌다. 이를테면 "그해 무덥던 여름, 그러니까 그 역시 바이올리니스트의 꿈을 마침내 포기하던 좌절의 여름, 신촌을 지나가다가 우연히 버스정류장 앞에 서 있던 혜진을 만난 그 여름" 같은 건 사라진 지 오래다. 그런데 사라졌지만, 이 사태가 사랑의 종말은 아니다. 사랑의 부재도 아니다. 사랑이 지나가도 사랑이 없는 것이 아니다. "그 여름부터 시작되는 이야기"가 지금도

---

13) "당신 속에는, 맨발로 함께 거닐어도/ 나 혼자만 들어가 본 곳이 있지요/ 나 혼자선 나올 수 없는 곳이 있지요". 이영광, 「기우」, 『아픈 천국』(창비, 2010), 112쪽.

있기 때문이다. 이렇게 비유해도 될까, 무대를 올렸던 극장이 문을 닫았다 해도 한 번 있었던 공연이 없어지는 것은 아니다. 어쨌든 둘의 무대는 추억처럼 명멸하지만 둘의 사랑은 추억이 아닌 채로 '있다'. 지속 중이다. 그 여름부터 시작되는 이야기나 먼저 들어 보자.

다만 확실한 것은 그가 혜진을 사랑하게 된 날을 엄밀하게 고르라면 그날이 되리라는 점이었다. 물론 그날의 사랑이라는 건 가볍고 무책임하면서도 일시적이고 관능적인 것이었다. 그는 그녀의 표피만을 사랑했다. 그녀의 천진난만을, 종아리를, 덧니를, 머리칼을. 하지만 그 사랑은 그날 이후로도 오랫동안 눈에 보이지 않을 그런 사랑이었다. (……) 원목을 보고 돌아오는 길에 그는 혜진에게 제일 먼저 만드는 바이올린을 선사할 테니 그걸로 자기만을 위해서 멘델스존의 바이올린 협주곡 제2악장을 연주해 달라고 부탁했다. 그때까지 그는 한 번도 바이올린 제작자가 되고 싶다고 생각한 일이 없었다. 그건 어떤 열기에 휩싸인 나머지 그도 모르게 충동적으로 뱉은 말일 뿐이었다. 그러나 그 말에는 낭만적인 내음이 물씬 풍겼다. 그가 거듭 대답을 요구하자 마침내 그녀가 그러겠노라고 고개를 끄덕였다. 그 순간, 그의 미래는 결정됐다. 그의 미래를 결정한 건, 그러니까 어떤 열기였다.[14]

그리고 그는 바이올린 제작자가 되었다. 잡역부 생활이나 마찬가지인 도제식 일을 하면서 맨땅에 헤딩 식으로 매달렸다. 바이올린 표면에 칠하는 바니시의 맛으로 진품을 알아볼 수 있다고 해서 뭐든지 혀로 핥으며 다니기도 했다. 무작정 이탈리아 크레모나로 유학을 떠났다. 갖은 고생을 하며 공부하던 그곳에서 어느 날 혜진과 만났다. 그녀의 굳은살 잡힌 왼손을 잡고는 엄지손가락부터 새끼손가락까지 순서대로 핥았다. "그건 바이올린 제작자라면 반드시 사랑해야 할 종류의 살이었다." 그러나

---

14) 김연수, 「인구가 나다」, 《현대문학》, 2011년 3월, 90~91쪽.

이듬해 그녀는 다른 남자와 결혼했고 "그의 사랑은 다시 묶음이 돼 어둠 속으로 사라졌다. (……) 그리고 끝이었다."

"끝"이었던 것이, 사랑일까? 그와 그녀가 함께하는 둘의 무대는 그때 이후로 사라졌겠지만, 그의 사랑도 진짜 없어진 것일까? 그는 지금 "바이올린 제작자"로 살고 있고, 이것은 그의 지난 사랑이 결정한 미래였다. "어떤 열기"도 시간 속에서 식지 않을 수는 없지만, 그 열기의 순간에 '나'에게 가해진 어떤 명령을 '나'는 아직도 수행 중이다. 그가 바이올린 제작자로 사는 한 그날의 "열기"는 아직 끝나지 않은 것이다. 그러니까 그의 지난 사랑은 지금의 그다. 그가 지금도 그녀와의 약속을 기억하고 있어서, 그녀를 사랑했던 그때를 아직도 추억할 수 있어서 사랑이 지속된다는 뜻은 아니다. 이렇게 말하면 어떨까, 그 후에 그가 바이올린 제작자가 된 건, 그날 "어떤 열기"에 휩싸인 이후 '그때까지 한 번도 생각한 적이 없었던' 존재로 되어 간 것이라고. 그는 그 열기에 관통 당했고 그래서 다른 존재가 된 것이다. 그 열기는 그에게 흔적을 남겼다기보다 구멍을 뚫어 버렸다. 그는 자기를 관통한 그 열기를 벗어날 수도 잊을 수도 없게 되어 버렸다. 흔적은 없어지기도 하지만, 한번 뚫려 버린 구멍은 망각될지언정 없어지지는 않는다.

그가 지금까지도 다른 직업을 갖지 않고 바이올린 제작자로 살고 있는 데에 그 자신의 의지가 없지 않다면, 그건 그날의 열기를, 거기에 관통 당한 자기 자신을 그가 중단(中斷)하지 않았다는 뜻이다. 어쩌면 이런 해석은 "생존권 사수"와 같이 모순을 품은 것인지도 모른다. ("천재 소년 바이올리니스트 정인구"를 찾아가는 길에 뉴타운 지역의 담벼락에 적힌 "생존권 사수"라는 글자를 보며 "죽는 한이 있어도 살 권리를 지키겠다는 것은 모순이 아닌가?" 하고 그는 생각했다.) 그러니 이것이 만약 그녀와의 사랑에 대해 그가 여전히 종사(從事) 중인 뜻이라고 해도, 그가 따르고 있는 것은 사랑도, 사랑의 흔적도 아닐 것이다. 차라리 텅 빈 사랑, 사랑의 구멍, 혹은 사랑의 공백.

김연수의 최근 소설에서는 이런 사랑의 공백을 품은 인생의 모습이 종종 눈에 띈다. 「사월의 미, 칠월의 솔」(《자음과 모음》, 2010년 겨울)에는 일명 '팸 이모'라 불리는 한 열정적 여인의 일생이 그려져 있다. 그녀의 인생이 또한 텅 빈 사랑의 지속성을 구현한다. 젊을 적 잠깐 영화배우도 했던 이모는 자기가 출연한 영화의 감독과 사랑에 빠져 제주도 "서귀포시 정방동 136-2번지"로 "사랑의 줄행랑"을 쳤다. 그곳 함석지붕 집에서 3개월 동안 살았는데, 그때 뭐가 그리 좋았냐니까 빗소리가 그렇게 좋았다고. "우리가 살림을 차린 사월에는 미 정도였는데, 점점 높아지더니 칠월이 되니까 솔 정도까지 올라가더라." 그 사람 부인이 애 데리고 찾아와서 "어쩌나 점잖게 자기 남편 손목만 딱 붙들고 데려가던지." 27년 전 일이다. 나중에 알았지만 병이 있었던 그 감독은 오래 못 살고 죽었고, 그와 헤어지고 배 속의 아기를 떼고 말았던 이모는 몇 년 동안 악착같이 돈을 모아 미국으로 건너갔다. 플로리다에서 미국 남자와 결혼해 잘살았다. 남편이 암으로 죽은 후 영구 귀국하여, 지금은 서귀포에다 집을 얻어 지내고 있다.

이모가 "인생을 한 번 더 살 수 있다면, 아마도 정방동 136-2번지, 그 함석지붕 집"을 찾아갈 것이다. "바로 어제 내린 비처럼 아직도 생생한, 하지만 이제는 영영 다시 들을 수 없는 그 빗소리"는 그녀 인생의 하이라이트, '미에서 솔까지'니까. "미래가 없던 연인이 3개월 동안 살던 집"은 그때 이미 이모의 '미래' 속으로 깊숙이 들어와 버렸겠다. 그렇다고 그녀가 이루지 못한 옛사랑 때문에 평생을 고독하고 불행하게 산 건 아니다. 그녀는 남편 폴과 자유롭고 행복하게, 인생의 반을 잘 지냈다. 미에서 솔만 뺀 나머지의 음계를 지내는 데는 그다지 힘들지 않았을 것이다. 그러니까 이모의 인생은 어쩌면, 그녀가 더듬더듬 읽다가 웃음을 주었던 포도주의 빈티지 정보와도 같은 것이 아닐까.

오월, 유월, 팔월은 기온이 적당했는데, 칠월과 구월은 어찌나 무더웠는지 화씨 100도가 넘는 날이 스무 날이었다. 칠월에는 엿새, 구월에는 여드레였다. 그러면 도합 십사 일로 나머지 엿새는 어디로 갔느냐? 그건 나도 모르겠다. 1984년 9월 2일에 수확을 시작해 1984년 9월 12일에 수확을 마쳤다.(472쪽)

19○○년에 시작하여 20○○년에 마칠 한 여인의 일대기에서, 사랑에 빠져 무더웠던 스무 날을 세는 중에 "그러면 도합 십사 일로 나머지 엿새는 어디로 갔느냐"라고 묻는다면? 글쎄, '함석지붕 집의 빗소리'일 테지만 이모로서는 "그건 나도 모르"는 일일 뿐이고. 나도 모르는 나머지 엿새 같은 그 시간은 그녀의 일생에서 사랑이 충만했던 시기라기보다 비워진 사랑의 시기라고 해야 할 것이다. 또 하는 말이지만, 사랑이 아니라 사랑의 공백.

김연수 소설이 "사랑이 없이는 캐릭터가 설명되지 않을 정도"라고 말해지는 것, 또 그의 소설에서 "사랑은 인간적 실존의 최고 형태에 육박하고 있다."[15]라는 느낌을 받는 것이 이런 까닭이겠다. 그의 이야기에서는 사랑과 인생이 따로 가려지지가 않는다. 사랑이 인생의 일부인 것이 아니라 인생이 사랑의 일부가 된다. 이런 것을 김연수는 사랑의 윤리라고도 말했다. "영원하지 않음에도 불구하고 사랑에 빠진 사람들은 영원할 거라 믿어 의심치 않고 그 믿음 때문에 방향성을 가진 행동을 하게 되는 거거든요. 그래서 한번 우리가 끝까지 믿어 보는 행위를 하지 않는데, 사랑이라는 게 이례적인 일이기 때문에 나중에는 그걸 경험하게 된다는 거죠. 사랑이란 그걸 경험함으로써 인간이라든가 살아가는 것의 한계 같은 것을 느껴 보는 행위인 것 같아요. 그걸 다 포함해서 윤리적이라고 하는 건데, ……사랑하는 행위는 실패할 줄 알면서도 자신을 던져 본다, 결국 실패에 닿아 본다는 바로 그 점에 있어 매우 윤리적인 행위인 것 같

---

15) 신수정, 좌담 「문학은 배교자의 편이다」, 《문학동네》, 2009년 겨울, 70~71쪽.

아요."[16]

그러니 사랑은 우리에게 무엇을 남겼는가. "우리는 서로를 이해해야 한다는 당위적 목표"는 언제나 실패하고, 그 실패 또한 대부분 잊히지만, "사랑을 하면서 가 닿는 것의 의미"(김연수)는 우리 생이 끝날 때까지 "찬란"이다. "저 찬란 아득히 흘러가서도 한사코 찬란"[17]이다. 사랑의 문을 열었을 때 우리는 벌써 이전의 몸과 영혼이 아니었던 것이다. 열린 문으로 밀려 들어온 뜨거운 빛의 세례를 받아 나와 나의 기원은 새로운 계절을 맞이했으니.

누가 문을 두드렸기에 나는 문을 열었다
문밖에는 아무도 없었다
문의 안쪽에는 나와 기원이 있었다
나는 기원을 바라보며 혹시 무언가 잘못된 것이 있는지 물었다
기원은 내게 잘못된 일은 없다고 말해 주었다
그렇다면 다행이다
나는 그렇게 생각하며 올여름의 아름다운 일들을 생각했다
아무런 일도 생각나지 않았다
뜨거운 빛이 열린 문을 통해 들어오고 있었다
무더운 여름이었다

—— 황인찬, 「개종」(《현대문학》, 2011년 6월)

---

16) 김연수, 같은 좌담, 73~74쪽.
17) 이영광, 「물불」, 『아픈 천국』(창비, 2010), 46쪽.

5 사랑은 영원히 다시 쓰인다

모든 것은 사랑 때문이고 세상은 사랑하는 자들의 것이며 문화 예술은 언제나 사랑으로 넘쳐 난다. 상품으로 포장되든 게임으로 소비되든 세상에 사랑은 흔하디흔하고, 지금 사랑을 하든 아니든 사람들은 모두 사랑과 씨름하며 살아간다. 사회적 관계가 다양해지고 그 양상이 크게 차이 날수록, 또 그 차이가 잘 알려져 있을수록, 연애를 원하는 심리적 동력은 더욱 커지고 그에 적합한 연애의 양식도 계속해서 재생산된다고 한다.[18] 그런데, 정말 그런가? 동의 안 할지 모르지만 2000년대 들어 사랑의 테마는 지난 시기보다 어쩐지 좀 줄어든 기분이다. 범람하는 미디어와 텍스트 들에 그려진, 무한 경쟁과 자기 규율과 현실 도피의 서사가 앞뒤 없이 섞여 도출해 내는 인간관계들의 초상에는 사랑, 연애, 성이 너무 진부하거나 너무 괴상할 때가 많아서일까. 열정적 사랑은 순정과 스토킹 사이에서 갈 곳 모르고, 청춘들의 연애는 새로운 빈곤과 '쿨' 담론 사이에서 무기력하며, 죽음까지 파고드는 삶으로서의 에로티즘 같은 건 사랑의 게임화와 담론화 사이에서 실종되어 버린 듯하다. 요즘엔 연애 경력도 스펙 쌓기처럼 생각한다는 루머에 경악한 적도 있으니, 오늘날 인격적 소통을 원하는 것도 비인격적 사회의 특징이라는 사회학적 진단이 정말 맞는 것 같다.

사랑이 넘쳐 나고 사랑이 안 보이는 이 느낌은, 어쩌면 틀린 게 아닐 것이다. 사랑은 언제나 갈구되고 언제나 회의되니까. 연애 노하우, 섹스 칼럼, 부부 고민 상담 등 세간에는 사랑을 구하는 담론들이 범람하고, 범

---

18) 사회학자의 말을 직접 인용하자면 "과거의 사회 구성체들과 비교할 때 현대사회는 이중의 증가라는 특징, 즉 비인격적 관계들을 맺을 가능성이 증가하며 또한 더 집중적인 인격적 관계들을 맺을 가능성도 증가한다는 특징을 갖는다. 사회가 전반적으로 더 복잡해지기 때문에 그리고 상이한 종류의 사회적 관계들 사이의 상호 의존을 더 잘 규제하고 간섭들을 더 잘 걸러 낼 수 있기 때문에, 이런 이중의 가능성은 한층 확장될 수 있다." 니클라스 루만, 앞의 책, 28쪽.

람하는 말들에 휩싸인 사랑은 정작 더 복잡해지고 더 모호해졌다. 이 틈
바구니에서 문학도 저 나름으로 사랑을 감당하는 중이다. 사랑에 무슨
초월적 법칙이라도 있는 듯 숱한 지침을 제시하는 사랑의 각본들과 달
리 문학은 그때그때 경우에 따라 즉흥적으로 펼쳐진 연인들의 연기를 받
아 적는다. 앞에서 사랑을 알고, 사랑을 하고, 사랑을 사는 것으로 나누
어 살펴본 각각의 경우들이 다 그러했다. 문학은 사랑의 매뉴얼이 아니
라 사랑의 비망록이다. 어떤 문학도 다음 사랑을 준비하지 못한다. 만약
사랑을 운용하는 진리의 대본이 있어 그대로 사랑을 연출한다 해도 사실
거기에는 어떤 연출도 개입되어 있지 않다. 모든 사랑은 이미 연출된 사
랑이고 거기엔 방법이 아니라 과정이, 필연이 아니라 우연이, 인과가 아
니라 인과 없음이 있을 뿐이다. 사랑을 하고 말고, 잊고 못 잊고 하는 것
은 언제나 원인 없는 결과가 아니던가. 한 번 쓰인 사랑의 대본은, 그것
이 진리였어도 다시 쓰이지〔用〕 못한다. 사랑은 영원히 다시 쓰인다〔書〕.
무엇이 '사랑이다'라고 쓰지 않고 나는 '사랑한다'라고 쓰기 때문이다.
다행이다, 사랑 때문에 문학도 영원하겠다.

(2011)

무엇에서 그것을 보는가
—이 시대의 문학과 영화

지난 세기의 동반자에게

문학과 영화. 학창 시절 단짝이었던 두 친구의 이름을 10년쯤 지난 동창회 자리에서 불러 보는 기분이다. 요즘은 문학과 트위터, 영화와 스마트폰을 짝짓기는 해도 문학과 영화를 합석시키는 경우는 드무니까. 각자 개성 강한 두 친구는 타 장르들보다 월등한 존재감으로 자기 세계를 각인시키면서도, 둘이서 자주 붙어 다니며 좋은 개성을 서로 나눠 가지는 것처럼 보이기도 했다. 그래서 문학과 영화를 한자리에 불러 담소를 나누는 일은 특별할 것 없이 자연스러웠는데, 바로 이 시대, 2011년의 정황은 또 그런 게 아닌지도 모르겠다. 어쩌면 지난 세기의 한 풍속이었다는 생각이 사실은 든다. 여기서 자세한 사정을 파헤치기는 어렵지만, 포스트모던의 유행, 디지털 미디어 혁명, 멀티 아트, 엔터테인먼트 사업, 예술의 종말, 뭐 이런 말들이 툭툭 스쳐 가기는 하는 것이다. 문학과 영화를 묶어서든 따로따로든 진지하고 재미나게 이야기하는 자리가 거의 없다시피 한 건 물론이고, 각종 미디어를 서핑하다 보면 뭐가 문학인지 영화가 뭔지 헷갈릴 때도 있다. 문학적인 것, 영화적인 것에 대해 다시 생각하게 만든다는 뜻이다. 이런 즈음에 지난날의 두 친구보다는 앞으로 뜰 것 같은 스타에 대해 얘기하는 게 낫다고 생각하는 사람들도 있을 것이다. 그런데 우리는 앞으로 어떤 스타 예술이 나와도 거기에는 저 두 친구의 좋은 영향이 없지 않을 것이라는 생각이다. 우리는 아직 두 친구에 대해 얘기할 것이 좀 있다. 전에 나왔던 얘기들도 있을 텐데, 오랜만이라 반가워서 그런가, 편한 얘기부터 시작하고 싶어진다.

이들을 자주 함께 불러냈던 이유가 한둘은 아니었을 것이다. 현대시혹은 현대소설과 극영화는 기실 매우 닮아 있다. 둘 사이의 영향과 반향은 소박한 짐작을 훨씬 넘는다. 문학은 '말'의 예술이지만, 문학을 문학이게 하는 것, 즉 문학을 용인하고 생성하는 요인은 말의 탁월함에만 있는 게 아니다. 아니 말의 탁월함은 이미 말 이상의 것을 포함한다. 말의 탁월함이란 어떤 탁월한 말의 것이 아니라 말이 그렇게 한 것의 탁월함이기 때문이다. 그것은, 우리 마음에 이미지와 소리를 창조하는 데 집중한 어떤 말이 이루어 낸 성취다. 말로써 이미지를 전달한다는 측면에서 문학은 시각 예술이다. 말로써 음악을 구성한다는 측면에서 문학은 청각예술이다. 즉 문학이 성취하려는 것은 말을 마음으로 보고 듣게 하는 것이다. 그렇다면 이런 예술성은 문학의 것만은 아니지 않은가? 영화가 창조하고 확대하려는 것도 이와 전혀 다르지 않다.

그러다 보니 문학과 영화가 구사하는 기술(記述)과 그 기술의 효용에 대해, 숱한 공통점들이 이미 명백하게 느껴졌다. 서로 뒤섞여 존재하는 성질들과 현상들을 (단지 나열하는 것을 못 견뎌서) 그것들 속으로 직접 들어가 세상을 다시 질서 지으려는 사람들에게는, '내러티브'라는 기술(記述)이 그러했다. 인생이란 무엇인가, 어떻게 살 것인가 등의 문제에 관심 있는 사람들에게는, 인간적 질서와 인간 정신의 '탐구'라는 목적과 효용이 또한 그러했다. 당연한 말이지만, 차이는 문학은 그것을 말(문장)로 하고 영화는 그것을 영상과 소리(쇼트)로 한다는 것이다. 문장의 산출과 배치와 활용이라는 능력이 문학을 창조하고, 쇼트의 산출과 배치와 활용이라는 능력이 영화를 창조한다. 이 차이는 또한 둘을 서로 비추게 하고 함께 변화하도록 도왔다. 인류 문명과 나이가 엇비슷할 글쓰기는 영화가 출현한 이후인 지난 100여 년 동안 빠른 속도로 자기 스타일을 (영화적으로!) 갱신해 왔고, 활동사진으로 태어났던 영화가 영상 '문법'이라는 양식적 기법적 노하우들을 신속하게 익히고 개발해 낸 데는 현대 문학의 선취가 결정적으로 필요했다. 지난 세기 내내, 누가 뭐래도 둘은 보기 좋은 동반자였다.

그런데 언젠가부터, 다른 동네로 이사한 후 어쩐지 소원해진 두 친구에 대해 피어나는 소문처럼, 둘의 우정이 예전만 못하다거나 애초에 둘의 동행이 우정은 아니었을 수도 있다는 얘기들이 들려 왔다. 어쩌면 진짜로, 그 둘이 사이좋게 공생한 한 시대의 기운이 어느덧 기울었거나 완연히 변한 것을 모두가 체감하지 않을 수 없게 됐는지도 모른다. 얼핏 생각해도 둘은 태생부터 너무 달랐던 것도 같다. 문학은 회화, 음악, 무용 등과 마찬가지로 기초 예술, 말하자면 인류의 첫 번째 예술이지만 기계, 광학, 화학 등의 과학기술에 힘입어 문학, 음악, 무용, 연극, 회화, 건축 등의 짬뽕으로 태어난 영화는 탄생부터 '일곱 번째' 예술(리치오토 카누도의 '제7예술론')인 것이다. 말 그대로 '종합'예술인 영화는 문학 말고도 다른 모든 영역의 예술성을 탐했겠지만, 문학 쪽에서 먼저 영화에 손을 내밀 필요는 없었을 수도 있다. 아무래도 영화 쪽이, 특히 한국 영화는 더욱, 동시대 (한국) 문학에 빚진 바가 컸다. 공식적으로 허락을 받고 문학의 것을 가져오기도 했고('문예영화'라는 괴이한 명칭이 제도로 조장한 것이 그것이었으니) 그저 맏형에게 기대듯 의지하기도 하면서(한국 현대사에서 시대의 책임은 늘 영화보다는 문학이 앞서 떠안았으니) 그 둘이 공생(共生)해 온 것은 사실이다. 그런데 그 공생이 실상 둘의 교집합을 근거로 한 상생(相生)의 관계일까, 하는 의문이 둘 사이에 또는 둘을 동시에 보는 자들 사이에

스멀스멀 생겨났나 보다. 처음부터 도둑질의 명수였던 영화를 문학 쪽에서 껴안으려 하자 문학은 풍요로워지기는커녕 빈곤해지기 시작했고 그러면서 영화는 문학에 등 돌리기 시작했다는 분석도 나타났다.

문학이 영화를 넘보는 것은 결국 도둑질당한 나머지 자기의 방에 이제 남아 있는 것이 없음을 고백하며 스스로 궁색해졌음을 드러내는 것에 다름 아니다. 그러나 주인이 도둑을 넘보는 일은 점점 더 빈곤해지는 악순환을 가져올 것이다. 도둑은 결코 제 것을 내주는 법이 없다. (……) 그러는 동안 영화는 문학에 관심을 잃었다. 원래 도둑은 빈집에는 관심이 없는 법이다. (……) 문학이 망연자실한 표정을 짓고 있는 것은 더 이상 도둑 떼들의 관심거리가 아니다.[1]

한국의 1세대 영화 평론가에게서 흘러나온 이런 진단은, 문학과 영화가 꽤 어울리는 한패임을 목격했던 우리에게 둔중한 충격이었다. 그 둘의 자리를 재점검할 것이 촉구되었다. 둘을 다 사랑하고 함께 어울렸던 그 기쁨의 근거가 아직도 생생한데, 문득 주위를 둘러보니 어느새 그들보다 신선하고 깜찍해 보이는 새 친구들이 왁자하게 떠들어 대는 소리가 들리는 듯도 하다. 정말로 둘은 상호적으로 침투하고 교감할 수 있는 관계가 아닌 것일까, 혹은 둘 사이의 우정이 다할 만한 사태가 시대적으로 도래한 것일까, 를 다시 생각해야 했다. 다시 물어 보자. 우리는 영화적 글쓰기가 성공한 사례를 정말 갖지 못한 것인가? 고도의 문학성을 만날 수 있는 영화란 과연 어떻게 가능한 것인가? 문학과 영화는 서로를 통해 각자 자기를 확장한 것일까, 망각한 것일까? 그리고 하나 더, 지금은 문학을 문학으로, 영화를 영화로 자명하게 인식하는 습관이 어딘가 시대착

---

1) 정성일, 「도둑질하고 도둑질당하고」, 『언젠가 세상은 영화가 될 것이다』(바다출판사, 2010), 124쪽. 이 글이 처음 발표된 것은 2002년 3~4월(《BESTSELLER》)이었다.

오적으로 느껴지는 그런 시대인 것은 아닌가? 이런 물음들을 가지고 박민규의 소설과 이창동의 영화를 보려고 한다.

문학의 영화적 기법이 확장하는 것은

지난 10년 동안의 한국 소설 중 가장 새로운 글쓰기로 가장 좋은 호응까지 끌어낸 작가로 박민규를 꼽는 데 이의를 달 사람은 많지 않을 것 같다. 광고성 문구이기는 하지만 "평론가 68명이 꼽은 2000년대 최고의 작가"(《한겨레21》)라는 말이 별 거부감 없이 통용될 수 있는 작가다. 자타공인 '무규칙 이종 소설가'로 알려진 박민규의 글쓰기는, 소설이라는 잡식성 장르의 특성상 '소설'로 불리기는 하지만 기존의 문학 식별 체계를 간단히 지나쳐 버리는 과감함에서 무엇보다도 개성적인 스타일을 창출한다. 특히 등단 때부터(『지구영웅전설』(문학동네, 2003)과 『삼미슈퍼스타즈의 마지막 팬클럽』(한겨레, 2003)에서부터) 그가 튀어 보였던 것은 다양한 하위문화의 소재와 코드 들을 들여왔던 까닭이기도 한데, 말하자면 그의 소설은 줄곧 문학 외의 장르를 가로지르는 활달함을 도드라지게 보여 주었던 것이다.

표면적인 이야기부터 하자면, 우주선 같은 아스피린이 도심의 하늘에 떠 있고, 동방사룡이 축지법으로 한반도를 오가고, 그레이하운드를 타고 지구를 떠나는 일 따위는 정통적인 양식의 소설에서는 결코 발생할 수 없는 시추에이션이었다. 그런데 박민규는 그런 것을 그냥, 거침없이 해 버린다. 아버지가 기린이 되어 나타나고, 인간과 새가 탁구를 쳐서 지구를 날려 버리거나, 인류를 냉장고에 넣었다가 거기서 카스테라를 꺼내는 등의 이야기를, 이전의 소설 또는 문자 서사가 하지 않았던 그 일을, 영화나 만화라면 몰라도 소설에서는 차라리 불가능하다고 여겼던 그런 장면들의 산출, 배치, 활용을, 박민규는 '말로써' 다, 해 버린 것이다. 그런 의미에서 표면적으로 그의 소설은, 소설적으로, 바꿔 말해 문학적으로, 불충분해 보였을 수도 있다. (DC코믹스의) 애니메이션이나 B급 영화 같다는 소리를 들을 때도 있었다.

그러나 그건 정말 '표면적'으로만 그랬다. 황당한 동물들이 등장하는 환상이나 우주에서 지구를 내려다보는 상상 같은 것이 우선 시각적으로 두드러졌기에 그것을 손쉽게 해명하려다 간혹 그런 즉흥적인 분석도 나왔던 것이겠다. 그런 분석에 따른다면 박민규 소설에서 가장 영화적인 대목은 거실의 한쪽 벽이 무너지면서 대왕오징어가 나타나거나 달보다도 거대한 크기의 탁구공이 지구로 수직 하강하는 장면 같은 것에 있다. 과연 그런가? 말로 표현된 그 시각적 이미지들이 화면으로, 영상으로 재현된다면, 그것은 정말 소설보다 효과적일까? 물론, 아니다. 소설집 『카스테라』의 표지에 일러스트로 그려진 동물들이 인간 세계에 출몰하는 장면을 화면에 옮긴다면 기껏해야 1980, 1990년대에 제작된 함량 미달의 어린이 영화처럼 되지 않을까?

박민규 소설의 그 활달한 이미지들이 시각적인 것은 맞지만 시각적이라고 해서 꼭 그림이나 사진에 적합한 형태인 것은 아니다. 박민규 소설의 '시각성'은 역설적이게도 '말'로써만 출현 가능하다. 그 말들이 제공하는 시각적 이미지를 하나씩 떼어 떠올려 보자면, 그것들이 실제로 영상으로 전환되기는 쉽지 않다. 그 말들은 대체로 '말로만?' '말은 쉽지!' 등의 반응을 일으킬 만한 허풍이나 실언, 농담에 가깝다. 말 그대로 '말로만', '오직 말에 의해서만' 존재 가능한 그 이미지들은 그야말로 허상(虛像), 가상적(virtual)인 것이고, 그런 허구적 이미지란 '농담 같은 말', 즉 기표와 기의가 서로 미끄러지는 말로써나 쉽게(어떤 의미로는 무책임하게) 태어난다. 이미지라는 기표로 의미라는 기의를 만들어 내야 하는 영화나 만화로는 생각보다 유치해지기 십상이다. 저 말들을 정교하게(어떤 의미로는 책임 있게) 영상화하기는 정말 어렵지 않겠는가 말이다. 요컨대 그것은 '문학적으로' 시각을 자극하는 것이지 회화적으로 시각에 감지된 것이 아니다. 이런 언어적(verbal) 효과는 극적(dramatic)이지만 비주얼(visual)하지는 않다. 드라마틱한 것은 본성상 문학적이다.

그렇다고 문학이 제공하는 모든 시각적 이미지를 오로지 '문학적'이라고 할 수 있는 것은 아니다. 현대 소설의 대다수가 그러하듯 박민규 소설에도 그야말로 영화적이라고 할 만한 풍경이 유독 생생할 때가 많다. 최근작 「톰 소여(Tom Sawyer)」(《작가세계》, 2010년 겨울)는 '스톡턴' 시내에 살고 있는 '톰 소여'라는 남자가 아내인 '비비안 소여'와 앞집 남자 '데이브'가 불륜이라 의심하여 둘을 살해하는 이야기다. 이 소설이 미국 영화의 몇 신(scene)을 번역해 놓은 듯한 까닭은 배경과 인물의 이름이 영어이기 때문만은 물론 아니다. 이야기는 다음과 같이 시작한다.

어렵잖게
당신은 그 남자를 볼 수 있다.
2층 욕실의 창은 꽤 큰 편이고
작은 할로겐 등 세 개가 남자의 이마를 비추고 있다.
지금 남자는 면도를 하고 있다.
턱과 두툼한 목둘레에 거품을 묻히고
그는 쓱, 스윽
자신의 털을 밀어낸다.
그의 이름은 톰 소여다.

톰 소여? 하고 당신이 묻는다.

나는 고개를 끄덕인다.

왜? 하고 톰이 소리친다. 아래층에선 티브이 소리가 요란하다. 이봐, 나 불렀어? 톰이 다시 소리친다. 대답 대신 방청객들의 웃음이 왁자지껄 들려온다. 턱에 잔뜩 거품을 붙인 채 그는 욕실 바깥으로 몇 발짝 걸어 나온다. 이봐! 고함을 치자 이번엔 티브이가 잠잠해진다. 왜? 테너 톤의 여자 목소리가 아래층에서 들려오는데 그녀의 이름은 비비안 소여다. 나 불렀냐구? 톰이 묻는다. 누가 당신을 불렀다 그래. 나 참, 꼬리표라도 붙인 듯한 말투인데 안 불렀다구? 톰이 되묻자 실제로 나 참, 소리가 들려온다. 티브이 소리가 다시 커진다. 톰을 비웃기라도 하듯 방청객들의 폭소가 또 한바탕 터져 나온다. 난간을 잠시 짚고 서 있다 톰은 욕실로 돌아온다.(강조는 인용자)

첫 번째 신이다. 톰 소여라는 인물이 보인다. 2층 욕실에서 거품 면도를 하던 남자가 티브이 소리가 시끄러운 아래층을 향해 고함을 치며 말하는 모습이 시청각적으로 선명하다. 눈에 보일 듯 자세하게 묘사하는 것은 본래 문학의 기법이지만 이런 장면은 영화적(영상 서사의) 체험에 전적으로 기댄 글쓰기 방식이라고 하는 것이 맞다. 위의 문장들은 명백히 다음과 같은 '쇼트'의 진행을 따른다. 욕실 창문 바깥쪽에서 안쪽의 면도하는 남자가 보인다. 위층 욕실 앞에 세워진 카메라가 욕실 안에 있는 남자를 비추다 티브이 소리를 따라 아래층을 내려다본다. 소리가 잠잠해지고 여자가 얼굴을 내밀어 카메라를 올려다본다. 다시 난간을 짚고 서 있는 남자가 평행으로 화면에 잡힌다. 그야말로 시청각적인 동영상을 보는 듯하다.

하지만 (쇼트가 아닌) 문장으로 영화의 컨벤션을 차용하는 것, 그것만으로 영화적 글쓰기라는 새로운 형식을 창출했다고 보기는 어렵다. 또는 글쓰기의 확장이 (문학적이 아니라) 영화적으로 성공한 형태라 하기에도 부족하다. (만약 한 편의 영화도 보지 않은 독자를 가정한다면 그가 저 인용문을 읽을 때 머릿속에 재생되는 동영상은 어떤 영화와도 무관한 것이다.) 중요한 것은 동영상이 아니다. 이 부분을 영화적 체험으로 변환하는 부분은 카메라가 비추는 것처럼 톰을 보여 주는 장면이 아니라, 문득 생뚱맞게도 '당신'과 '나'가 출현하는 지점이다. "톰 소여?" 하고 묻는 '당신'은 누구인가? 이 장면을 보는 관객, 그러니까 독자다. 고개를 끄덕이는 '나'는 누구인가? 이 이야기의 서술자(speaker), 그런데 그는 카메라다. 바로 이 부분이 이 소설을 '영화적'으로 체험하게 만드는 핵심이다. 지금 톰을 보고 있는 우리는 관객이며 이 이야기의 서술자는 톰을 보여 주는 카메라임을 의도적으로 '발화'함으로써 우리의 독서 체험은 영화 체험으로 바뀐다. 이 현장이야말로 가히 영화적 글쓰기의 성공 혹은 글쓰기의 영화적 확장이라 할 만하다.

문학을 영화처럼 감상하게 만드는 이 특별한 체험, 여기에서 가장 중요한 포인트에 대해 다시 한 번 생각해 보자. 이 소설의 마지막 장면이다. 모두들 자기의 약점을 알고 있고 자기를 두고 수근댄다고 생각하던 톰은 아내와 이웃집 남자를 죽이고서도 여전히 누군가 자기를 지켜보는 것 같은 느낌에 괴로워한다. 그러다가 마침내 그는, 그 정체를 깨닫는다.

낮인데도 창고 속은 어둑하다. 다시 의자에 앉은 톰이 세수라도 하듯 자신의 얼굴을 손으로 쓸어내린다. 이상하다고, 톰은 생각한다. 예민한 이 남자는 아직도 누군가 자신을 지켜본다…… 그 느낌을 끝끝내 지우지 못한다. 톰은 한숨을 쉰다. 그리고 주변을 두리번대다 소스라치며 의자에서 미끄러진다. 그는 허둥대며 전기톱을 집어 든다.

당신들 누구야!

톰은 우리를 향해 소리친다. 나는 뭔가 설명을 해 보려 하지만, 전기톱이

내는 소음에 모든 것이 묻혀 버린다. 언제부터 거기 있었어 응? 그리고 누구
냐고! 톰이 다가온다. 우리는 도망치려 해 보지만 창고의 문은 굳게 잠겨 있
다. 지옥에서 올라온 악어처럼 순간 톱이 내 살을 파고든다. 나는 쓰러지면서
당신을 바라본다. 하지만 톰 소여의 넓은 등짝이 또 모든 걸 가려 버린다. 귀
를 막고 싶지만, 또 어쩔 수 없이 나는 톱 소리를 듣는다. 그건 그야말로

   톱 소리였다.

   마지막 신, 톰은 마침내, 줄곧 자기를 바라보는 시선의 정체, 즉 카메
라와 관객의 시선을 알아챈다.(그는 "당신 누구야!"라고 하지 않고 "당신들
누구야!"라고 외쳤다.) 성난 톰은 카메라에 톱을 들이대고 카메라를 넘어
뜨리면서 관객을 향해 돌진한다. 그러자 카메라는 관객 쪽을 보면서 넘
어지고, 화면은 톰의 등짝으로 가려지면서 페이드아웃, 가장 마지막까지
남은 것은 검은 화면에서 흘러나오는 톱 소리. 정말로 이건 너무나 생생
한 영화적 체험이 아닌가! 게다가 놀랍게도 관객은 처음부터 이 영화에
참여하고 있었다. '우리'는 주인공 몰래, 그리고 우리 자신도 모르는 사
이, 영화 속의 등장인물이 되어 있었던 것이다. 언제부터 그랬던 거지?
사실 그것은 처음, 이 영화가 시작할 때부터였다. 그의 이름을 듣고 "톰
소여?"하고 물었을 때, 그때 톰은 이미 그걸 듣고 "왜?"라고 대답하지
않았던가? 그런데 '우리'라고? '우리'가 정말 영화 속에 들어갔다고? 아,
우리가 직접 들어갔다기보다는 '나'가 우리를 끌고 들어갔다. '나'가 누
군가? 마지막 신에서 모습을 드러낸 '나'는 카메라가 분명하지만, 그러
나 그 '나'는 분명 이 문장의 발화자(speaker)이기도 하다. 우리에게 이 소
설을 영화적 체험으로 만들어 준 장본인이 바로 이 '말하는' 존재, 즉 소
설의 서술자다. 눈(영화)으로 말하는 카메라가 입(문학)을 열어 우리를,
독자 또는 관객을 '당신'으로 부른 순간, 역설적으로 우리는 이 소설을

영화로 체험하기 시작한 것이다. 즉 서술자가 카메라인 게 아니라 카메라가 서술자인 것이 중요하다. 요컨대 이 소설이 글쓰기의 영화적 확장을 가져왔다면, 그 일등공신은 결국 '소설'의 '서술자'인 것이다.

이때 영화적 기법과 문학적 글쓰기는 같은 말이 된다. (「톰 소여」라는 작품은 문학과 영화를 두루 기법적으로 살펴보기에 너무나 탁월한 텍스트이기에 이야기가 길어졌지만) 이유는 간단하게 댈 수 있다. 영화 같은 장면, 영화 같은 상상력을, 말 또는 글, 즉 '발화의 형식'으로 포착할 때 그것은 이미 문학으로 전환된 것이기 때문이다. 여기서 핵심은 '말로(verbal)' 했다는 것이다. 헷갈리지 말아야 할 것은, 앞에서 문학은 말의 탁월성만이 중요한 게 아니라고 했던 것과 말로 한 것이 중요하다는 이 말은 서로 다른 뜻이 아니라는 점이다. '어떤' 말이 탁월하게도 영화 같은 효과를 낼 수 있다는 것이 아니라(탁월한 말이 정해져 있는 게 아니다.) 그 말이 거기서 '그렇게' 쓰였을 때 영화 같은 체험을 발생시키므로 탁월하다고 말해야 한다.(말들이 탁월한 효과를 낼 때가 있다.)

발화의 형식은 언어가 아니라 언어의 형상을 만든다. 언어의 형상이란 언어가 어떤 시각적 형상을 상상하게 만든다는 뜻이 아니다.(가령 앞에서 인용한 예문에서처럼 생생하게 화면이 떠오르는 것.) 언어 자체가 무슨 도상처럼 형상을 이룬다는 뜻도 아니다.(가령 이상(李箱)의 시 텍스트가 삼각형 같은 도형을 이룬 것.) 언어의 형상은, '말'이 생성하는 감각적 능력이며, 우리가 읽고 들은 말들이 각자의 마음에 제각각의 모양으로 피워 낸 무형의 무늬다. 이것은 물론 시청각적 영역들과 밀접하지만 이것은 당연히 문학의 것이다. 문학이 영화를 추수한 결과라고 말해서는 안 되고, 문학 자신의 영역이 확대된 것, 즉 문학적 확대라고 말해야 한다. 영화든 만화든, 어떤 장르의 기법이든 그것이 글쓰기에 들어와 확장한 영역은 글의 것, 말의 힘, 언어의 능력이기 때문이다.

문학의 영화적 기법이 확장하는 것은 언어의 능력이다.

영화의 문학적 주제가 발현되는 것은

이창동의 영화가 동시대 누구의 영화보다도 '문학적'으로 느껴지는 것은, 그가 영화감독으로서보다 소설가로서 먼저 목소리를 냈던 작가라는 것을 의식했기 때문만은 아닐 것이다. 한 쇼트도 남거나 부족함 없이 한 편의 이야기에 유기적으로 통합되는 시나리오와, 어떤 메시지 혹은 테마로 수렴되도록 철저하게 계산된 촬영과 편집이, 등단작 「초록물고기」부터 줄곧 '문학적'인 느낌을 받게 했다. 지난번에는 문학(이청준의 소설 「벌레 이야기」)을 원작으로 영화 「밀양」을 찍기도 했었는데, 이번에는 아예 문학 그 자체랄까, '시(詩)'를 영화로 찍어 버렸다. 영화 「시」는, 제목만으로도 이미 스스로 문학이 되어 버린 영화다. 영화를 보기 전까지, 문학으로 존재하는 영화란 어떤 형상일지 무척 궁금했다.

이 영화는 누가 뭐래도 '시란 무엇인가'라는 주제를 탐구하는 이야기다. 그 외의 어떤 설명이 가능하더라도 이 첫 번째 테마를 묻어 두고 갈 수는 없다. 뼈대 줄거리는 중학생 손자와 함께 사는 60대 여성 '미자'(윤정희 분)가 시 한 편을 쓰는 과정이다. 그리고 이 과정은 여중생 자살 사건에 얽힌 가해자 중 하나가 자기 손자임을 알게 되면서 그 문제를 해결하는 과정에 겹쳐져 있다. 죽은 아녜스의 엄마가 넋을 잃고 맨발로 병원 마당에서 허청대는 모습을 보고 충격을 받은 날 시 강좌를 신청한 것에서부터, 손자를 경찰서에 보낸 밤 마침내 시 한 편을 쓰기까지, 그 사이에 이 영화가 말하는 '시'가 있을 것이다. 「시」를 본 우리는 이제 이런 질문을 앞에 두고 있다. 「시」는 시에 대해 무엇을 '말'하는가? 「시」는 시에 대해 무엇을 '보'여 주는가? 「시」를 본 우리는 시가 '무엇'이라고 말할 수 있을까, 또는 무엇을 시로 '체험'한 걸까?

먼저, 「시」는 시에 대해 무엇을 말하는가?

아이러니하게 들리겠지만 「시」는 시에 대해 말하는 영화가 아니다. 이 영화는 시를 '말로(verbal)' 하지 않는다. 다시 말해 이 영화에서 시에 대해 하는 모든 '말'은 시가 아니고, 시에 대해 정확한 것도 아니다. 이 영화의 대사에는 시적인 말들이 거의 없으며 시에 대한 강좌에서조차 시는 충분히 설명되지 못한다. 이를테면, 시를 꼭 한 편 쓰고 싶은 주인공 미자가 자기 딸이 '엄마는 시 잘 쓸 것 같다.'고 했다면서 "내가 원래 꽃 좋아하고 가끔 이상한 말 잘 한다고……."라고 '말'했을 때, '시'라는 제목의 이 영화가 시 쓰는 주체로 설정한 주인공은 사실 시와는 전혀 무관한 사람이었다고 해도 된다. 시는 이상한 말이 아니고, 시인은 꽃 좋아하는 사람이 아니다. 어렵게 생계를 유지하면서도 예쁜 옷으로 멋을 부리고 꽃밭에 앉아 시름을 잊는 따위의 물색없음이 시인의 감수성인 것처럼 호도하지 말자. 그건 차라리 시인의 감수성을 조롱하는 것이다.

또한, (실제 시인인 김용택 시인이 연기하는) 김용탁 시인이 문화센터의 시 강좌에서 강의하는 '말'들의 경우. 이 말들도 시에 대해 만족할 만한 것을 알려 주지 못한다. 가령 "누구나 마음속에 시를 품고 산다."라는 말은 기실 맞는 말이 아니다. 세상에 시를 쓸 수 있는 사람이 따로 있지 않다는 뜻이기는 하지만, 자기가 품은 마음을 꺼내 놓으면 다 시가 된다는 뜻은 아니기 때문이다. 미자를 비롯한 시 강좌의 학생들, 시를 좋아하고 잘 쓰고 싶어 시를 배우러 다니거나 낭송하는 사람들이 시에 대해 평소 품고 있던 생각을 말할 때도, 그것은 시를 잘 알고 있는 말이라 하기 어렵다. 그들은 시란 아름다운 것, 시 쓰기는 아름다운 것을 찾는 것이라는 생각을 신앙처럼 떠받들고 있지만, 사실을 말하자면 시는 "내 생애 가장 아름다운 순간"을 찾아 쓰는 게 아니다, 시로 쓰인 한 순간의 감각이 비로소 아름다움이 되는 것이다. 아름다움은 발견하는 것이 아니라 발명되는 것이다.

물론 「시」는 시를 말로 표현하는 '문학'이 아니라 스크린에 표현하는 '영화'이므로, 영화 속의 '말'들이 시를 표현해야 하는 것도 아니고 그렇게 하는 것이 바람직한 것도 아니다. 그렇다면 「시」는 시를 어떻게 보여 주었나?

대답부터 하자면, 「시」는 시를 보여 주는 영화도 아니다. 이 영화는 시를 '시각적(visual)' 이미지로 재현하지 않는다. (혹은 못한다.) 이 영화에는, 시를 쓰기 위해 사물을 유심히 관찰하고 뭔가를 발견하려 애쓰는 주인공의 시선과 그 주인공을 바라보는 시선이 함께 포착한 영상이 가득하지만, 그 영상은 (혹은 보이는(visible) 것들은) 그 자체로는 거의 시적이지 않다. 미소를 띠고 꽃을 바라보거나 먼 하늘을 향해 시선을 두고 논둑길을 걷는 60대 여성의 가녀린 몸피, 바람에 소슬소슬 흔들리는 한여름의 나뭇잎, 흙바닥에 떨어져 뒹구는 살구들, 쏴아쏴아 소리를 내며 흘러가는 강물, 강물에 떠내려온 여중생의 시체 등등…… 이런 것들이 줌되고, 클로즈업되곤 하는 몇몇 신들에서, 어떤 메시지를 대체하거나 돌려 표현하는 이른바 '문학적' 비유 혹은 상징의 기법이 느껴지지 않는 것은 아니다. 하지만 그런 그림들이 무슨 시를 표현하는가? 시의 무엇을 의미할 수 있는가? 하늘과 바람과 꽃과 강물로써 시를 말한다는 건 일제강점기 말 청록파 이후로는 불가능한 일이 되었다고 말해도 농담만은 아닐 것이다. (그런 농담이 '꽃말 외우는 게 곧 시 공부'라고 하는 실언보다는 낫다.)

또한, 말 그대로 시 한 편, 종이에 적힌 한 편의 시가 고스란히 화면으로 옮겨지는 경우. 화면에는 '진짜' 시가 보이고 우리는 그것을 보(읽)지만, 그것은 과연 '시적'인가? 가령, 미자가 메모한 시의 한 구절, "살구는 스스로 땅에 몸을 던진다/ 깨여지고 밟핀다./ 다음 생을 위해."라는 글귀가 적힌 수첩을 클로즈업으로(수첩 입장에서는 풀쇼트로) 비춘 카메라는 '시적인 것'을 '보여' 주는 것인가? 그런 화면들이 '시'를 표현하고자 할 때, 그것은 보일 수 있는 것으로 시의 보이지 않는 다른 전제까지 보이겠다는 의도를 포함한 것일 수는 있다. 그러나 그런 의도는 시가 아니고 시를 잘 표현할 수도 없다. 종이에 글자로 적힌 그것을 시로 만드는 것은 표현 의도가 아니라 동반되는 (시적인) 체험이기 때문이다. 이 영화에서 가장 시적인 비주얼을 꼽으라면, 미자가 시상을 메모하려고 꺼낸 수첩 위에 무언가 적기도 전에 굵은 빗방울이 한 방울 두 방울 그리고 후두둑 떨어지면서 수첩을 빼곡히 적시는 장면이 아닐까 한다. 빗방울은 말이 되지 못한 말, 침묵의 말이 되어, 말보다 더 세차고 강렬하게 세상을 적신다. 이 영상은 그 자체로 그냥 '시'라고 해도 좋다. 어째서 그런가? 꽃과 새와 살구는 아니라면서, 글로 적힌 시는 아니라면서, 빗물은 어째서 시라고 하는가? 엄밀히 말해 그 쇼트는 '적혀 있는 시'를 보여 주는 게 아니라 '시를 쓰는 모습'을 보여 주기 때문이다. 이것을 보는 관객은 시를 보는 게 아니라 카메라가 시를 쓰는 모습을 지켜보는 것과 같다. 다시 말해 이 장면에서 시는 보이는 것이 아니라 체험된다.

그러니까, '체험'이 문제다. 영화 「시」를 본 우리는 시의 무엇을 겪었을까? 우리가 이 영화를 보고 시가 무엇인지, 아니 무엇이 시인지, '생각'하게 되었다면 그건 무엇 때문일까?

이 영화의 제목 '시'는, 이것이 '시에 대한' 이야기이면서 또한 이 영화 자신이 시'임'을 밝힌다. 다시 말해, 이 영화가 시에 대해 행하는 것은 스스로 시가 되어 버리는 것임을 이 제목은 암시한다. 앞의 두 질문을 재고해 보자. 영화 「시」는 시를 '담론적(verbal)'으로 다루지 않는다. 시를 '회화적(visual)'으로만 담아내지도 못한다. 이는, 말로 설명하고 이미지로 담으려고 한 감독의 의도가 전달에 실패했다는 뜻이 전혀 아니다. 영화 속의 담론은 관객에게 직접 '하는 말'이 아니라 (영화를 그리는 주체인) 카메라가 '듣는 말을 들려주는 것'이고, 영화의 화면은 관객에게 직접 보이는 것이 아니라 카메라가 '본 것을 보여 주는 것'이라는 뜻이다. 반복하자면, 영화 「시」에서의 '말'은 직접 시를 설명하는 게 아니라 카메라가 그 말을 듣는 것을 들려줌으로써 관객으로 하여금 시를 '사유'하게 한다. ("시는 아름다움을 찾는 거잖아요."라고 하는 누군가의 말을 우리에게 들려주자 우리는 과연 시란 그런 것일까, 아름다움이란 무엇일까를 생각하게 된다.) 카메라가 보(여 주)는 프레임이 시를 표현하는 것이 아니라 카메라가 그것을 보는 것을 보여 줌으로써 관객은 시를 '체험'하게 된다. (다리 위에서 바람에 날려 강물로 떨어지는 미자의 모자를 보여 주자 우리는 강에 스스로 몸을 던진 아네스를 떠올리며 이것이 시와 관계가 있음을 지각하게 된다.) 이것이 감독의 의도라면 의도다. 영화로써 시를 사유하게 하고 시를 체험하게 하는 것, 그리고 시를 사유하고 시를 체험하는 과정이 곧 이 영화 「시」라는 것. 이것이 바로 시(문학)가 '영화'로, '영화적'으로, 변신하는 방식이다.

조금 더 구체적으로. 이 영화는 그래서 어떤 시가 되었나? 혹은 어떻게 시가 되었는가? 「시」에서 결국 완성되는 한 편의 시는 「아네스의 노래」다. 이 영화를 보고 나서 우리가 시에 대해 알게 된 것이 생겼다면 그것은 「아네스의 노래」가 어떻게 쓰였는지를 우리가 알기 때문이다. 어떻게 쓰였는가? 미자의 시 쓰기는 '충격'으로 시작하여 '결단'으로 맺어지는 하나의 사건과도 같다. 충격과 결단 사이에는 소통 욕망, 죄의식, 절박함, 이화와 동화, 도피와 대면, 욕망, 의지, 약속 등의 드라마가 채워진다. 그녀가 시 강좌를 신청한 날은 딸을 잃고 넋이 나간 엄마를 보고 마음이 아팠던 날이었다.(충격) 평소 시를 쓰고 싶어 했던 그녀에게 하필이면 그 날 시 강좌 포스터가 보였던 것은 왜일까? 그 장면을 다른 사람에게 얘기하려고 했지만 미자의 목소리는 주변에 묻히고 그녀는 마감이 지난 시 강좌를 겨우 신청하고야 만다.(소통 욕망) 사물을 바로 보라는 시 강좌의 가르침과 손자 종욱이 여중생 자살 사건에 연루되어 있음을 은폐해야 하는 문제 사이에서 본능적으로 괴로워한다.(죄의식) 알츠하이머병의 초기라는 진단을 받았고, 손자의 문제를 해결할 돈은 구할 데가 없다.(절박함) 점점 이해할 수 없어지는 손자에게 소외감을 느끼는 한편, 죽은 소녀의 흔적을 찾으며 그녀에게 동질감을 갖게 된다.(이화와 동화) 혼자서 이런 문제들을 떠안아야 하는 외로움과 곤경을 정면으로 보지 않왔던/못했던 미자는 간병하던 '회장님'을 통해 결국 일부를 해결한다.(도피와 대면) 물론 아직은 진정한 해결이 아니었다. 시를 쓰고 싶었고 쓰려고 작정했지만 되지 않았다.(욕망과 의지) 결국 손자를 경찰에게 보내고 나서야 그녀는 시를 쓸 수 있었다. 그 수업에서 시 쓰기 과제를 수행한 사람은 그녀뿐이었다.(약속과 결단) 충격과 결단 사이의 이 드라마가 곧 「아녜스의 노래」라는 시가 창조되는 과정이다. 또한 그것을 '시'이게 하는 '시적 체험'이다. 그리고 이 체험은 '시'에 대해 이렇게 주장한다. '시'는 꽃으로 대표되는 '서정'도 아니고 아름다움으로 대변되는 '이상'도 아니며, 필사적인 '결단', 윤리적인 '선택'과 가장 가까이 있는 것이라고. 요컨대 이 영화는 시 한 편이 쓰이는 전 과정을 우리에게 체험시키는 영화이고, 이 영화가 (자기의 제목대로) 진짜 '시'라면 그것은 그 (윤리적인) 체험이 곧 시라고 주장하는 것과 같다.

우리가 이 주장에 동의해야 한다는 뜻은 아니다. 그것을 받아들일 수 있다면 이 영화의 드라마에 동의했다는 뜻이지만, 이 말은 역도 성립한다. 이 영화의 드라마에 동의하지 않는다면 그 주장도 받아들일 수 없다. 중요한 것은 영화가 그것을 '주장하고 있다'는 것이다. 관객의 지지, 거부를 떠나서, 또는 관객의 지지, 거부를 원하며, 이창동의 「시」가 주장하는 '시'는 한 편의 영화로서 존재하게 되었다. 다른 말로 하면 이 영화는 하나의 주장(관점, 가치관, 메시지, 의도, 주제 등등)을 '강요'하기 위해 이런 영화적 체험을 고안하고 창조한 것이라고 해도 될 것이다. 이 강요에 대해 누군가는 감화당하고 누군가는 비판하고 누군가는 저항도 하겠지만, 영화를 본 사람 누구에게나 그 힘이 느껴지지 않을 수는 없다. 그것에 대해 '사유'하지 않을 수는 없다. 이것이 영화적 체험의 역능이다. 시란 무엇인가라는 문학적 주제를 영화 「시」보다 뚜렷하고 열렬하게 제시한 사례를 우리는 아직 떠올리기 어렵다.

영화의 문학적 주제가 발현되는 것은 영화적 체험의 힘이다.

이 시대의 더 많은 친구들로부터

박민규의 소설과 이창동의 영화를 통해 문학과 영화가 서로를 경유하여 각자 자기를 확장했거나 심화했다는 심증이 확인되었다. 정리해 보면 이렇다. 20세기의 문학은 (아마 다른 세기에도 그랬을 테지만) 언어 이외의 매체로 성립된 다른 문화 영역을 잠식하면서 문학적 글쓰기의 형태를 확장했다. 특히 영화적 체험의 간섭을 창조적으로 이용하였고, 그것의 성공적인 사례는 새로운 '언어의 능력'을 창출했다. 전적으로 20세기의 예술이라 할 수 있는 영화는 (혹여 다른 세기에 생겨났다고 해도) 다양한 사진 이미지에 불과할지 모르는 자기의 어휘들을 가지고 고도의 예술적 성취를 이루어 냈다. 특히 문학의 전유물이라 여겨졌던 고도의 정신적 드라마를 '영화적 사유'로 전환하는 데 성공하였다.

문학에서 영화를 보고 영화에서 문학을 보았다. 두 친구의 우정이 끝이 났거나 불가능한 것이었다는 소문과 진단에 대해서는 예민할 필요 없다는 안심을 일단 얻었다. 그러나 그런 진단 속에 숨겨진 속내가, 문학과 영화가 각각 추구해야 할 방식을 격려하고 그 성과 또한 각자의 것으로서 의미 있다는 뜻이라면, 그에 대한 전적인 동의는 이 글의 논지이기도 하다. 요컨대 이 글은 두 친구의 다음과 같은 역할과 본분을 인정했다. 새로운 언어의 형상으로 문학적 가능성이 확대되는 데 기여한 영화의 역할과, 영화적 체험이라는 새로운 감각을 확립하는 데 기여한 문학의 역할. 한편, 문학과 영화는 각자 서로에게 도움이 되는 역할을 주고받았지만 그 도움으로 자기 자신을 망각한 것이 아니라 스스로 깊이고 넓혔다는 각자의 본분.

책을 들고 다니면서 시와 소설을 읽고 시네마테크에 모여 영화를 보고, 읽고 본 것들에 대해 함께 얘기를 나누던 친구들이 다 어디로 갔느냐는 푸념이 들린다. 굳이 시절의 변화를 의식하려는 건 아닌데, 다른 건 몰라도 '미디어' 환경의 변화, 그것만큼은 해마다 달라지는 것을 체감하지 않을 수가 없다. 문학을 문학이게 하고 영화를 영화이게 하는 자질과 그 것의 미학이, 이 유동하는 미디어 조건들 속에서 어떤 식으로 진행되어 갈지, 지금의 관심, 기대, 우려는 다른 어느 시기보다 큰 듯하다. 이미 문 화 예술의 제 영역을 압도하면서 진행되고 있는 '디지털 혁명'이, 문학과 영화와 사람과 세상을 어떻게 도와주고 어떻게 타락시킬지에 대해 정확 한 예측도, 섣부른 낙관이나 비관도, 하기 어렵고 할 필요도 없다는 것을 안다. 인간이 알지 못하는 다른 힘이 이 변화를 주도하고 결정할 것이라 는 뜻이 아니다. 우리가 맞서는 것은 미래가 아니라 '현재'라는 뜻이다.

현재, 문학과 영화는 오래도록 살아 왔던 장소를 조금 옮겼는지도 모 르겠다. 은연중 우리는 그들이 살던 곳과 그들 자신을 분리하지 않았었 는데, 그래서 그들을 떠올리면 도서관과 영화관이 먼저 떠오르곤 했었는 데, 이제 문학과 영화는 시집과 소설책, 필름과 디브이디에서만 살고 있 는 것 같지가 않다는 말이다. 하나도 안 무서운 말이 된 '위기'가 문학에 는 물론 영화에도 침범했다고 어떤 사람들이 걱정할 때, 그들은 문학과 영화가 이사한 줄도 모르고 책과 극장만 내내 기웃거렸던 건 아닐까? 문 학을 문학이게 하고 영화를 영화이게 하는 '그것'이 위기에 빠진 것이 아 니라 '그것'이 점점 넓은 영역에서 발견되는 것을 지나치거나 모른다면 위기를 자초하게 될 것이다. 그런데 '그것'이라니?

'그것'은 결국, 앞에서 말한 문학과 영화 각각의 본분과 역할을 가리 킨다. 여기서 '각각'이라는 말이 문학과 영화가 서로 배타적이란 뜻은 물 론 아니다. 이미 살펴봤으니 알겠지만 문학에서도 영화적인 것이 체험되 고 영화에서도 문학적인 것이 발생되지 않던가? 문학과 영화는 각각 분 리되는 게 아니라 서로 침투하지만, 각자의 고유한 '그것'이 힘을 못 내 는 건 아니라는 말이다. 우리는 각각의 '그것'을 '문학'이라고, '영화'라 고 부른다. 다만 '그것'은 특정 형태의 개체가 아니라 셈할 수 없는 힘이므로, 따라서 '작품' 단위로만 측정되는 것이 아님을 알아야 한다. '문학'이라는 이름, '영화'라는 이름을 달았다고 해서 '그것'이 꼭 '문학작품'으로 '예술영화'로 출현하는 게 아니라, 언어와 이미지로 된 세상 모든 텍스트들에, 문자들 사이로, 이미지의 조직들 틈새로, 그것은 발생한다.

중요한 것은 이런 사실들이다. '작품' 단위, 즉 제도화된 양식의 '틀'로는 현재 우리가 문학을 즐기고 영화를 즐기는 태도가 오히려 제약될지도 모른다는 사실. 문학과 영화의 힘을 발견하는 것, 혹은 이 둘의 교유와 간섭을 지켜보는 일이, 전적으로 두 친구에게만 일어나는 건 아니라는 사실. 더 많은 다른 현장들, 다른 매체들이 우리 곁에 있으니, 가령 티브이 드라마나 유튜브에 올라온 누군가의 연설에서도 그런 발견은 충분히 가능하다는 사실. 이러한 사실을 인정하는 것이 문학과 영화의 위세가 약해졌음을 의미하지는 않는다. 오히려 이미 틀지어진 '미학'만을 확정해 버릴 때 이들은 '왕년에'를 외치는 고집쟁이 영감처럼 보일지도 모른다. 문학과 영화 이야기를 하면서 우리가 (2000년대 산물인 박민규의 소설과 이창동의 시를 이야기하면서도) 자꾸만 그것을 지난 시기에 귀속시키는 듯한 뉘앙스를 풍겼던 건 이런 이유에서였다.

이제 질문을 바꿔야 한다. 박민규의 소설에서 무엇을 보았는지, 이창동의 영화에서 무엇을 체험했는지가 아니라 어떤 게시문에서 문학을 느꼈는지, 어떤 동영상에서 영화를 체험했는지를 물어야 한다. 이 바뀐 물음이 둘 각각의 '미학'을 해친다는 기우는 벗도록 하자. 미학은 완성이라는 한 지점을 향해 가는 게 아니라 끊임없이 다시 발명되어야 하는 것이다. 이제 '문학이 무엇인가, 영화가 무엇인가'가 아니라 '무엇이 문학인가, 무엇이 영화인가'를 묻자. 우리가 궁금한 것은 '문학과 영화에서 당신은 무엇을 보았느냐'가 아니다. 2011년 현재, 당신은 무엇에서 문학을, 영화를, 보고 있는가.

(2011)

비평과 살다
—기본을 새기는 마음

도래: 서늘한 열기

문학을 대하는 것은 꽤 손쉬운 일이다. 아침에 눈을 뜨자마자 음악이 듣고 싶은 날도 있고 일이 밀린 오후일수록 한적한 미술관 생각이 떠나질 않기도 하고 심야에 영화 한 편 딱이다 싶을 때도, 대체로 그 욕망들은 머리맡이나 가방 안의 책 한 권에 자리를 내주곤 했다. 게으름은 욕망을 잠식한다. 어쩌다 욕망이 이긴 날, 그날의 작품은 단단히 부담스러운 것이 되어 있다. 그것들을 보고 듣고 난 후, 반드시 달라져 있어야만 할 나의 머리와 가슴의 온도에 대한 무한 책임! 그 책임이 달성되는 날보다 아닌 날이 더 많다는 건 모두의 경험이다. 대체로 그런 혼자만의 고투 없이 우연히 보게 된 영화가, 걸음을 멈추게 하는 거리의 음악처럼, 카페 벽에 붙어 있는 사진 한 장처럼, 난데없이 심금을 울려 주기 마련이라는 것도. 또 그 감동의 작품을 나중에 다시 대하면 전과 비슷할 수도 아닐 수도 있지만 결코 똑같지는 않다는 것도. 작품과 나의 만남은 언제나 케이스 바이 케이스다. 그것은 준비된 태세와 방만한 자세를 차별하지도 않는다. 그러나 그것은 제각각 고유한 타이밍을 갖는다. 어떤 위대한 작품과의 만남도 어긋난 타이밍에는 빛을 발할 재간이 없다. 아무튼. 나는 비교적 자주 문학작품을 읽는 편인데, 순전히 게으름 탓이라는 얘기다.

문학과의 만남에 관해서라면, 사실 케이스고 타이밍이고 별로 생각해 본 적이 없었다. 지하철, 커피숍, 도서관 어디서나, 내가 만나고 싶을 때면 언제든, 그는 늘 가까이 있는 듯했고 내가 손을 내밀면 곧 제 몸을 활짝 열어 주는 것처럼 보였으니까. 손은 내가 내밀지만 다가와 주는 것은 그쪽이라고, 어쩌면 나는 좀 나태하게 굴었던가. 이제 알게 됐지만 이 생각은 반만 맞았다. 한 권의 책을 손에 쥐는 일은 빠르고 간단하지만 그는 내가 예상한 곳에 아니 있고 먼저 다가와 주지도 않는다. 그는 그냥 자기 자리에 있다. 아무 때고 무심하게 책을 들었던 내가 그를 못 보고 지나칠 때도 많았을 것이다. 자기 자리에 있던 그와 저도 모르게 쿵 부딪히고서 정신을 잃거나 정신이 바짝 드는 쪽도 늘 나였다. 나는 어디서도 그를 찾지 못할 때가 있고 지하철, 커피숍, 도서관 어디서나 그와 마주치곤 한다. 내가 찾아 나선 때가 아니라 불쑥 만나 나를 충격에 빠뜨렸던 영화, 음악, 그림, 사진들이 그러했듯. 그러니까 내가 원하기만 하면 쉽게 만날 수 있을 줄 알았던 그와의 만남은 사실 '이벤트'였던 것이다.

그의 정체를, 희열인지 고통인지 모를 그 '서늘한 열기'를, 그러니까 이 이벤트의 제목을 뭐라 하면 좋을까? 직설적으로 '문학적인 순간'이라 해서 안 될 건 없겠다. 부제를 소박하게 달자, '좋은 소식'. '순간'이기에 이것은 타이밍에 관한 것이다. 좋은 소식은 적당한 순간에만 좋은 소식이다. 조금 늦게 혹은 더 일찍 들었다면 좋은 소식이 아닐 수도 있다. '그 때' 내게 전해졌다는 사실이 필수적이다. 우연히 겪게 된 이 이벤트가 필연이 되는 것은 타이밍 덕분이다. 또한 그것을 대한 바로 그 순간이 다시 재현되지 않는다는 사실도 타이밍을 중요한 것으로 만든다. 다시 읽을 때 그 느낌은 유사할 수 있지만 결코 똑같지는 않다. 어떤 작품은 한 번 더 읽었을 때에야 그를 만나는 수도 있다. 첫 번째는 타이밍이 아니었던 것이다. 그러니 문학과의 만남 또한 케이스 바이 케이스다. 많은 사람들이 감동받았대서 내게도 꼭 그런 건 아니다. 적절한 순간에 들려온 '좋은 소식'이라는 나의 표현에서 '좋은'이라는 가장 평범한 형용사는 그 범용함만큼이나 너르고 유연하게 이해되길 바란다. 달콤한 것만 좋은 소식이 아니다. 쌉쌀하더라도 정확한 것, 신속한 것, 상세한 것 등이 다 좋은 소식이다. '소식'이라고 했지만 정보, 보도, 통지 등을 연상하기보다는 기별, 낌새, 교섭 등을 떠올리면 좋겠다.

물론, 무수한 텍스트와의 만남이 모두 이벤트가 되지는 않는다. 우리의 기획 의도대로 안 되고 어쩌다 듣게 됐는지도 모르는 좋은 소식의 타이밍을 차라리 '도래'라고 하자. 무엇이 도래하나? 먼저 어떤 목소리다. 기쁜 소리인가? 순식간에 나를 할퀴고 지나가는 굉음 같기도 하고 축복을 가득 담은 성가 같기도 하다. 그것은 우리가 감옥인 줄 모르고 살았던 세상의 법칙들, 기율들, 상식들, 가짜들을 넘어뜨리며 밀려와, 우리를 감격에 빠뜨리고 분노에 떨게 한다. 앎을 중단시키고 말들을 삼키는 목소리, 현재에 이질적이고 여기를 넘쳐흐르는 공기가 범람한다. 적합한 개념도 적절한 의례도 아직 갖출 수 없는 상태로, 잠들어 있던 나를 흔들어 깨우듯 혹은 소란 피우던 나를 적막으로 감싸듯.

가르침은 정해진 규범에 관해서만 성립된다. 소통은 이미 전제된 코드의 유무에 그 가능성 여부를 전적으로 맡긴다. 이벤트에 참여했을 때 문학에서 우리가 듣는 그 목소리는 가르침이 아니다. 그것은 스승의 말씀도 철학자나 예언자의 지혜도 아니다. 오히려 그 가르침의 지식에 구멍이 난다. 그것은 나에게 말 걸고 나의 대답을 기다리자는 친구의 요구도 아니다. 질문과 대답의 교차로가 막다른 골목에 이르렀다. 도래하여 넘쳐흐르는 것은, 가르침과 소통으로 환원되지 않는 나머지 부분, 초과분이다. 설교와 대화는 모두에게 주어진 것, 그것을 빼고 남은 부분을 나는 순수하게 받는다. 문학이 내게 증여한 것이다.

탄생: 아들의 아들

문학으로부터 좋은 소식을 듣고 서늘한 열기에 휩싸인 우리가 그것을 어딘가로 전하고 싶을 때, 게으른 내 정신과 육체의 지각이 빠지직 쇄신하는 충격에서 일어나 발걸음을 떼려 할 때, 우리는 비평(가)으로 태어난다.(이하 이 글에서 '비평'은 '비평가'이기도 하다.) 이벤트에 참여했다고 모두가 이벤트 후기를 쓰지는 않는다. 지식과 언어가 막혀 버린 곤경 속에서, 지금 여기의 자리와 배치를 폐절(廢絶)하게 만든 막막함을 딛고, 가까스로 움직이려는 혀와 입술의 욕망, 눈동자와 손가락의 충동이 비평을 잉태한다. 문학의 아들이 탄생한다.

아들의 비유를 참고하기 위해서는, 이 글이 참조하고 있는 알랭 바디우의 이야기를 좀 더 직접적으로 소개해야 할 것 같다. 눈치챘다시피 이 글은 처음부터 '사건의 철학자'라 불리는 바디우의 바울론을 읽은 자의 이야기다.[1] 바디우에 의하면, 바울은 그의 구원론인 '그리스도교 담론'을 정립하기 위해 '유대 담론'과 '그리스 담론'의 구별되는 작용으로부터 출발했다. '유대'와 '그리스'란 바울 본인이 살고 있는 세계의 두 가지 지적 형상 또는 담론들의 체계를 가리키는 말이며 또한 주체의 성향들에 대한 비유이기도 하다. 간단하게 둘을 대비해 보자. 전자의 주체는 예언자의 형상이다. 신의 표징들과 결합되어 모호한 것을 판독해서 드러냄으로써 초월성을 증명하는 자다. 그에게는 예외적 선택이 중요하며 그 예외의 결과들을 모아 고정할 법이 필요해진다. 후자의 주체는 현자의 형상이다. 로고스와 존재를 짝짓는 지혜로써 세계의 고정된 질서를 전유하

---

[1] 알랭 바디우, 현성환 옮김, 『사도 바울』(새물결, 2008). 이하 두 지배 담론의 구별과 아들의 담론에 관한 논의는 4장 「담론들의 이론」 참고. 그리스도를 앎이나 계시의 기능이 아니라 순수한 사건으로 맞이한 사도 바울의 주체성에 대한 바디우의 글을 읽고 문학적 순간을 진리로 겪고서 그것을 선언하는 비평의 운명을 생각했다. 바울의 서한들이 바디우에게 은총이 되었듯 바디우의 책이 내게 서늘한 열기로 도래했다. 좋은 소식이었다.

고 주체를 자연적 총체성의 이성 안에 위치시키는 자다. 그의 사유는 코스모스의 법과 연결된다. 이 둘을 지배라는 동일한 형상의 두 측면으로 본 것은 바울의 뛰어난 통찰이었다고 바디우는 고평했다.

바디우가 바울을 지지하는 더 큰 이유는, 바울이 계획한 구원론이 전체의 법이든 법 전체의 예외든 이미 있는 어떤 법과도 화해 불가능함을 통해 절대적으로 새로운 것이라는 확신을 보여 주었다는 데 있다. 앞의 두 담론은 공동체를 그 지배 체제(코스모스, 제국, 신, 율법 등)의 복종 형태로 속박할 수 있는 아버지의 담론이라면, 그것에서 벗어날 수 있는 잠재력은 아들의 담론으로 제시될 수 있다.(바울 시대의 공동체를 지배하던 체제가 율법, 신, (로마) 제국 등이었다면 우리 시대 공동체의 지배 형상이란 자본주의, 마케팅 논리, 성공 신화, 인종차별, 국가 경쟁력 등이 아닐까?) 아들이란, 신께서 인간에게 당신의 아들을 보낸 도식과 그로 인한 역사 속의 개입을 떠올리게 한다. 그 개입에 의해 역사는 더 이상 시대적 법칙에 지배되지 않는다. 기준이 되는 것은 아들이지 아버지가 아니다. 바울은 지배 형태를 주장하는 어떤 담론도 믿지 말 것을 명하고 아들인 '그리스도의 부활'이라는 순수한 시작을 선언한 것과 같다.

문학은 언제나 아들의 담론이다. 일차원적으로 말해 문학 속에서 어떤 엄중한 아버지가 어떤 천고의 지혜를 설파하여도 문학은 아버지의 담론이 될 수 없다. 아니 그 어떤 아버지의 담론도 우리는 문학이라 부르지 않는다. 문학은 지배 형상의 쇠퇴를 통해서 나타나는 것이다. 절대적으로 새로운 것을 위한 담론만을 우리는 문학이라고 부른다. ('절대적으로 새로운'이라는 말은, 단 하나만의 새로움이라는 말과 같다. '차이에 대한 감각'(들뢰즈)이라 하면 더 잘 이해될까? 단 하나의 새로움도 없는 언어는 당연히 문학이 아니다.)

비평은 어떠한가. 문학과 만난 후 우리는 그것이 자연적 질서나 사회적 체계의 어느 일부를 합당하게 표현했는지 지혜를 동원하기도 한다. 이성의 합리성에 어긋나는 모호한 것들은 전체에 대한 예외적 표징으로서 존재하는 것임을 증명하기도 한다. 그렇게 우리의 목소리는 아버지의 담론을 흉내 낼 수도 있다. 아마도 저 이벤트에 참여하지 못했을 때, 문학으로부터 가르침과 소통을 빼고는 아무것도 듣지 못했을 때 우리는 그런 목소리밖에 낼 수 없었을 것이다. 그러나 어느 날 문학으로부터 아무 생각도 나지 않고 아무 말도 할 수 없는 먹먹함과 동시에 서늘한 열기를 느꼈다면, 그때 우리가 들은 것, 우리에게 남은 것은 반드시 새롭게 쓰인다. 그것은 우선 문학이 건네준 절대적인 새로움이기도 하고, 또한 그것을 알아본 우리의 절대적인 확신이기도 하다. 이제 지배 형태를 주장하는 어떤 담론도 믿지 않으면서 지배자의 형상과 닮지 않은 담론을 만드는 것이 우리의 의무다. 이때 진정한 비평이 생성된다. 코스모스에 기대는 철학자도 징후에 기대는 예언자도 아닌 채로 비평의 담론이 시작된다. 그러므로 비평은 물론 아들의 담론이다. 다시 말하자면 아들의 아들의 담론이다.

그러면 비평의 텍스트가 된 그 문학은 이제 비평의 아버지가 되는가? 그래서도 안 되고 그럴 리도 없다. 텍스트는 비평의 준거도 아니고 비평의 목적지도 아니다. 비평은 텍스트'로부터 시작'되었으나 비평의 완성은 그 텍스트로 돌아가지 않는다. 비평은 텍스트의 빈 곳을 채워 닫아 버리는 것이 아니라 그 빈 곳으로부터 흘러나오는 새로운 담론을 만드는 것이다. 비평은 텍스트에 나타나 있는 사유와 감각, 비유와 이미지, 형상과 수사로부터 뻗어 나온 빛에 노출되었으나, 비평의 문체는 텍스트의 문체에 장악되지 않는다. 텍스트는 비평이 자신을 비춰 보는 거울이 아니다. 텍스트라는 거울에 막히는 것이 아니라 텍스트라는 유리를 통과해 그 너머를 본다. 텍스트와 동시에 다른 것을 함께 맞이하는 비평의 시각은 스스로 확장된다. 텍스트가 열어 놓은 길로부터 다른 길로 나아간다. 그리하여 자기의 생명을 시작한다. 또 다른 아들이 된다. 이렇게 아들의 아들들이 나타난다.

모험: 사이로 뛰어들기

비평은 문학에 대한 기억도 증언도 아니다. 기억으로 의미를 만들지 않고 증언으로 역사를 만들지도 않는다. 비평은 무엇보다도 그 문학의 충격성을, 나와 문학 사이에 벌어진 사건 그 자체를, 전달하고자 하는 사태에서 시작된다. 가령 이런 환호성. "어떻게 이 모든 일이 가능했을까? 한 권의 책이, 천문학에 관한 책이면서 소설론에 관한 책이고, 동시에 변증법에 관한 책이면서 역사철학에 관한 책이기도 하고, 달리 읽으면 '원리적으로' 지상에 존재하는 모든 이야기를 담을 수 있는 책일 수 있는 기적은 어디서부터 비롯되었을까?"[2] 이 말들은 김연수의 소설『네가 누구든 얼마나 외롭든』에 대한 증언이 아니다. 합리적 판단의 언어적 형태가 아닌 것 같다. 한꺼번에 한자리에 쏟아 내 버린 천문학, 소설론, 변증법, 역사철학 등의 저 단어들은 이 소설을 문화적 역사적 맥락 안에 위치 지으려는 이성의 작용에서 출현한 것이 아니다. 결국 이 소설에 어떤 지배적인 정체성의 자리도 주지 않기 때문이다. 이 말들은 차라리 저 소설을 발견한 비평가의 놀라움과 반가움이 담긴 탄성이다.

엄밀히 말해 비평은 텍스트에 대해 아무것도 알고 있지 않다. 어떤 텍스트에 대해 이미 안다는 듯 말하는 것은 비평의 수사가 아니면 비평의 오류다. 혹 그것은 비평이 아닐 수도 있다. (흔히 비난당하듯, 설명만이거나 분석만일 수도 있다.) 모르는 자리, 오히려 그동안 안다고 믿어 왔던 앎이 무너지는 자리에서 비평은 자기가 만난, 자기에게 도래한 문학에 대해 가까스로 입을 연다. 그것은 텍스트 자신의 언어를 옮기는 일도 아니고 어떤 사유의 총체 속에 마련된 언어를 끄집어내는 일도 아니다. 익숙한 그 언어들이 다다른 곤경에서 어렵게, 새로운 말문이 터진다. 문학으

---

2) 김형중, 「단 한 권의 책」,『단 한 권의 책』(문학과지성사, 2008), 118쪽.

로부터 순수하게 건네받은 소식, 그것을 드러내는 일, 그것의 힘을 선언하는 일이다. 가령 이런 믿음들.

삶을 변화시켜서 인간으로 하여금 존재 그 자체와 만나게 하고자 하는 어떤 욕구가 시의 동력이 될 수도 있는 것은 아닐까? 김수영은 밝음과 어두움, 눈에 보이는 것과 보이지 않는 것을 동시에 포섭하려고 했다. 꿈과 삶은 다같이 시인의 보살핌을 받을 권리가 있다. 의식 특유의 위선에 민감하게 반응하면서 관습적인 윤리학과 결별하고 그는 새로운 것을 찾아 무의식의 세계에 발을 들여놓았다. 속임수를 쓰지 않는 것은 무의식뿐이며 무의식만이 표현될 가치가 있다는 것이 그의 믿음이었다.[3]

그런데 김경주는 '영혼'에 대해서 말한다. 그는 플라톤을 읽고 칸트를 읽고 헤겔을 읽는다. 그리고 그 영혼의 불멸과 만물유전을 믿는다. 그는 때 아닌 혹은 때늦은 관념론자처럼 보인다. 그러나 그의 관념론은 살(바람)과 음악(음향)과 우주(기미)라는 물질적 실체들과의 감각적 격전 속에서 솟아나는, 투쟁하는 관념론이다. 그래서 그가 더러 쓰는 잠언들은 쉽게 소화되어 소모되지 않고 자꾸 어딘가에 얹힌다. 그것이 지혜의 설파가 아니라 어떤 싸움의 선포에 가깝기 때문이다.[4]

이 발언들은 지식에 속하지 않고 주석에 그치지 않는다. 김수영의 시에 대해 "의식 특유의 위선에 민감하게 반응"하고 "관습적인 윤리학과 결별"하였다고 말할 때 이것은 지혜로 무장된 철학인가? "새로운 것을 찾아 무의식의 세계에 발을 들여 놓았다."라고 한 것은 김수영의 시를 해석학적으로 확정한 의미인가? 또는, 김경주의 시가 "지혜의 설파가 아

---

3) 김인환, 『의미의 위기』(문학동네, 2007), 92쪽.

4) 신형철, 「감각이여, 다시 한번」, 《문예중앙》, 2007년 봄, 312쪽.

니라 싸움의 선포에 가까"워서 한 비평가의 "어딘가에 얹"힐 때 이는 객관성을 가장하는 진리 등과는 전혀 상관이 없다. 요컨대 이런 비평들은 지식에 속하지 않고 진리를 가장하지 않는다. 의미를 확신하지 않으면서 다만 자기에게 닥쳐온 그 텍스트를 응시한다. 그리고 그들은 '믿음'에 대해 이야기한다. 누구의 믿음인가? 위의 비평들에서, 무의식의 정직성에 대한 김수영의 '믿음'이 말해질 때, 김경주가 영혼의 불멸과 만물유전을 '믿는다'고 했을 때, 이것은 정말 시인들의 믿음인가? 비평가가 시인의 믿음을 알 수는 없다. 비평이 말하는 것은 텍스트에서 발견한 것에 대한 자기 자신의 믿음이다. 더 정확히 말하자면, 믿음 자체가 아니라 믿음이라는 느낌일 것이다. 믿음으로 사실을 가리면 안 되지만 믿음이라는 느낌, 확신이 없어서는 사실을 알아볼 수도 없다. 이론도 추론도 아닌 확신이 비평의 논리다.

비평의 논리는 반드시 텍스트에 나타나 있는 것만을 재료로 하여 세워지지 않는다. 비평은 텍스트를 통해 텍스트에 없는 것을 보는 행위이다. 행을 집어 들지 않고 행간으로 뛰어드는 것. 문학이 본래 언어로 된 것이 아니라 언어의 그림자로 된 것임을 알면 당연한 말이다. 당연한 말이지만 지혜를 사랑하는 철학자에게는 어리석게 보일 수도 있고, 징후를 해독하는 예언가의 눈에는 스캔들로 들릴 수도 있다. 있지 않은 것으로 있는 것을 가려내기 때문이다. 공동체가 장악한 지혜, 상식, 권력의 담론 바깥에 있는 전대미문의 것들은 자칫 어리석음, 추문, 허약함 등으로 보일 수 있다. 그래서 때로 비평은 후자들로써 전자들에 대항해야 하기도 한다. 가령 이런 가정법. "이렇게 읽어 보자. 네 명의 아이들이 자신들이 소망했던 것만큼 열심히 살았더라면 설령 파국이 닥쳤더라도 그들에게 다른 방식으로 닥쳤을 것이다. 소설은 파국의 관점에 서서 파국이 되어 버린 현재가 그렇게 되지 않았을 수도 있었던 가능성의 목록을 작성하도록 요청한다. 네 명의 작중인물은 어쩌면 한 명의 인물이었을지도 모른다. 그들은 삶의 네 가지 가능성이었으며, 그중 셋이 완료된 형태가 좀비-되기였을 것이다. (……) 그렇다면 「큰 늑대 파랑」에서 좀비의 출현이라는 비상사태는 작중인물들이 처해 왔던 사회·심리적 위치 어디에선가 죄책감과 비겁함, 후회, 자기기만 등 윤리적 행위의 마비를 불러오는 사악한 초자아를 강렬하게 부각시키는 기능으로도 읽을 수 있겠다."[5] 이 제안은 윤이형의 「큰 늑대 파랑」의 리얼 스토리와는 무관하다. 아이들을 좀비로 만들어 버리는 "초자아와의 한판 승부"를 불러낸 것은 소설이 아니라 비평이다. 좀비라는 추문으로 "삶을 마비시키는" 실제적 힘에 대항하는 것은 소설의 성공이라기보다 비평의 모험일 것이다.

비평이라는 모험의 주체, 새로운 아들의 담론은 지금까지의 것을 중단하고 지금부터의 길을 간다. '지금'이 지금까지와 지금부터로 분열된다. 즉 이 담론의 주체에게 현재는 일관된 상태가 아니라 변화의 도정이다. 반복건대, 앎이 붕괴된 곳에서 새로운 담론을 열기 때문이다. 그래서 이들의 이야기는 자주 "~이 아니라 ~임"의 구조를 띤다. 사건 전후의 사정이 동시에 나타난다. 가령 이런 진중한 진단. "이기호와 백가흠 소설에는 근래 한국 사회 일각에서 유행하고 있는 소수자 담론과 운동에 상응하는 정체성의 정치가 잠재되어 있다고 보아도 잘못은 아니다. 그들의 작품에 반복해서 출현한 몰사회적인 사회의 소극적인 또는 공포물적인 장면을 두고 프로이트식으로 말해도 좋다면 그것은 단순히 사회적인 삶의 가능성에 대한 절망을 표시하는 것이 아니라 어떤 이상화된 사회 질서, 즉 민주적인 질서에 대한 상처받은 애착을 나타내는 것이다. 그것은 어쩌면 민주화 한국에 양산되고 있는 빈곤층을 포함한, 새롭게 형성된 하류사회의 정치적 무의식의 한 표상일지도 모른다. 그러나 사회적으로 종속된 사람들이 당하는 모욕과 핍박의 장면을 상연하는 데에서 건전한

5) 복도훈, 「초자아여, 안녕!」, 《자음과 모음》, 2008년 창간호, 261쪽.

형태의 민주적 정치 주체가 생성된다고 말하기는 어렵다."[6] 이 판명의 말들은 우리에게 주어져 있는 담론 안에 위치 지을 수 있는 정체성을 전방에서만 바라보지 않고 후방에서 비껴 보기도 하는 시각에서 나온다. 사회적 삶의 가능성에 대한 절망으로 읽혔던 의식을 그 가능성에 대한 갈망의 무의식으로 뒤집는 것은 텍스트의 무의식이라기보다 텍스트에 대한 비평의 무의식을 드러낸다. 그리고 이런 화끈한 공표들. "달리는 말의 다리는 네 개가 아니라 스무 개다."[7] "소설은 현실을 반영하는 것이 아니라 현실을 먹는다. 이를테면 거울이 아니라 위장이다."[8] 이 말들의 혁명성을 알리는 데, 우리가 '아들의 담론'이라는 말을 빌려 온 바디우의 다음의 말 이상은 없을 것 같다. "'~이 아니'라는 폐쇄적 특수성('율법'이 그것의 이름이다.)에 대한 잠재적인 해체인 반면 '~임'은 사건('은총'이 그것의 이름이다.)에 의해 열린 이 과정의 주체들이 동역자로 임해야 하는 과업과 충실한 수고를 가리킨다."[9]

동행: 사랑과 임무

비평이 어떤 확신으로 텍스트에 끼어듦으로써 비평의 주체성이 생겨난다고 할 때, 이 주체성이란 무엇인가. 그 텍스트와의 만남 전까지 있지 않았던 주체가 그 만남으로 인해 생성된다는 이 주체화의 내용을, 하나의 특수성을 확립하려는 기도와 혼동하지 말자. 비평의 명명은 숨겨져 있다고 믿어지는 무언가를 끄집어내어 표상하는 행위가 아니다. 비평의 명명은 모든 확고한 규정과 그에 상응하는 표상/이름, 정체성/동일성을

---

6) 황종연, 「매맞는 아이들의 정치적 상상력」, 《문학동네》, 2007년 가을, 380쪽.
7) 권혁웅, 「미래파 — 2005년, 젊은 시인들」, 《문예중앙》, 2005년 봄, 66쪽.
8) 신형철, 「만유인력의 소설학」, 《작가와 비평》, 2006년 하반기, 187쪽.
9) 알랭 바디우, 앞의 책, 124~125쪽.

목표하지 않는다. 명명의 주체도 또한 규정된 이름으로 불릴 수 없는 익명의 주체다. 비평이 주체화된다는 것은 확정된 정체성을 획득하는 것이 아니라 비평적 주체가 작동을 개시한다는 뜻이다. 우리 시대 비평에 "이름을 불러 사물에게 본질(의미)과 정체성을 주는, 「창세기」의 신을 흉내내는 문학의 작업은 종말을 고한 것이다."[10]라고 하는 의식은 이미 자연스러운 것이기도 하다. 그래서 비평의 주체는 정체성을 결여한 주체이고 그 주체의 믿음에는 '비인칭적'이라는 수식어가 붙어야 한다. 익명과 비인칭은 '나'라는 주어의 이해관계를 벗어나 있다.

　문학의 실재는 정체성이 차지한 자리들의 나머지 부분에 있다. 문학에 대한 비평 주체의 비인칭적 믿음 역시 이미 규정된 배치로 나타나 있는 정체성의 표지들 사이의 나머지 부분에서 생겨난다. 나머지라는 말에서 잘못 읽어 낼 수 있는 그런, 전체의 나머지 부분이라는 뜻이 아니다. 이 나머지는, 전체와 부분 속에서 주체에게 부여하는 국지적 정체성을 넘쳐나는 나머지다. 제한된 정체성을 부여하는 소실점과 위계선의 분할을 무한히 초월하는 잉여다. 가령 이런 (정체성 아닌) 정체성. "'즐겁게 춤을 추다가 그대로 멈'추는 아이들의 경쾌한 리듬을 무심하게 흘려 보내는 이 감각은 전래의 서정적 감각이 아니다. 모든 것을 제 느낌과 깨달음과 전언에 귀속시키는 서정의 권위가 여기에는 없다. 삶의 무게와 의미를 전하는 서정시의 소실점은 사라지고, '공놀이에는 무엇이 필요한가 왜 필요한가'라는, 질문 아닌 질문의 매력적인 서정만이 남는다. 이것은 서정 바깥에서 이루어지는 서정이다. 서정은 서정의 내부로 내려가 서정 자체를 넘어선다. 그 바깥에 있는 것은 물론, '반(反)서정'이 아니라 '다른 서정'이다. 이제 우리는 서정의 끝까지 가서 서정의 '관례'를 극복해 버리는 풍경을 보게 된다."[11] 이 말들에 의해 어떤 문학이, 규

---

10) 서동욱, 「익명의 밤」, 《세계의 문학》, 2007년 가을, 412쪽.
11) 이장욱, 「꽃들은 세상을 버리고」, 《창작과비평》, 2005년 여름, 83쪽.

정된 것 안에서 잃었던 힘을 되찾는다. '전래의 서정적 감각'에서라면 (서정이라는) 힘을 잃었을 그것에서 그 힘을 다시 회복하(게 하)는 것, 텍스트와 비평이 함께 힘을 회복하(게 되)는 것, 이것이 비평이라는 주체화의 원리다.

함께 힘을 얻는 것이므로, 이것은 또한 비평과 창작이 함께 가는 원리이기도 하다. 관습과 기율 쪽으로 굳어졌던 힘의 속성들을 회복하는 길의 '발견'과 그로부터 삶과 글쓰기 사이의 소모적인 간극을 좁힐 수 있는 새 언어의 '발명', 이것이야말로 비평의 문학적 임무이며, 이 발견과 발명은 또한 비평이 창작의 동반자이자 창작 자체의 일부이기도 하다는 사실을 뒷받침한다.

그런데 '함께' 간다는 것은, (감상적으로 들릴지 모르지만) 서로 사랑하지 않으면 안 되는 일이 아닐까? 비평이 텍스트를 사랑해야만 한다는 말이 아니다. 비평이 텍스트에서 발견하는 것은 항상 '미적인 것'인데 미적인 것의 발견이란 사랑의 발견과도 같다는 말이다. 아름다운 것은 사랑에 대해서 아름다운 것이다. 사랑을 통해 진리에 도달한다고 했던 플라톤까지 끌어들이자면 "진리는 그 자체로 아름답다기보다는 사랑에 대해서 아름답다."(『향연』)고 하지 않았던가. (문학이 유의미한 것은 그것을 읽지 않은 자들과는 무관하다. 문학이 죽는 것, 부활하는 것, 팔팔해지는 것은 스스로 그러는 것이 아니라 그것을 읽은 자들이 죽는 것, 부활하는 것, 팔팔해지는 것과 연결되어 있다. 어쨌든,) 모든 발견이 아름답다는 것은, 아름다워서 발견한 것이 아니라 발견된 모든 것은 아름다운 것이기 때문이다. 발견은 아름다움의 기준 내부에서의 발견이 아니다. 그렇다고 미적 기준의 상대성에 포섭되지 않는 절대적인 것의 발견, 전래의 미적 기준을 깨고 새 기준이 되는 발견을 이야기하자는 것도 아니다. 어떤 발견을 계기로 이제까지 아름다움을 판단하는 기준이었던 법칙에 자동적으로 종속되기를 멈출 수 있을 때, 그것이 미적인 발견이다. 이때 발견의 주체와 대상

사이에는 새로 탄생한 유일무이의 관계가 형성된다. 이 발견에 의해 세상이라는 별자리는 조금 수정될 수밖에 없다. 발견의 주체가 세상의 질서와 맺었던 관계도 물론 달라진다. 판단의 기준으로 군림해 온 기존의 지표를 바꾼다는 의미에서 이런 것을 '정치'라 할 수 있다면 문학의 정치성은 여기에만 있을 것이다.

비평의 발견도 그렇다. 문학적 발견은 비평과 창작 나아가 문학 전반을 동시에 변화시키고 새롭게 한다. 모든 발견이 아름다운 것처럼 모든 발견은 새롭다. 새로운 것을 알아보았기 때문이 아니라 새로운 것을 만들기 때문이다. 새로움과 변화에 대해 우호적인 태도를 그것들에 대한 무조건적인 열광으로 받아들이지는 말자. 매번 한국문학의 새 시대를 열고 한국문학사를 다시 쓰게 하는 지각 변동을 도모하자는 뜻도 물론 아니다. 새로움과 변화를 의식한다는 것은 지금-여기의 장에서 가능한 것과 불가능한 것 사이의 관계를 점검하자는 말과 같다. 서로를 변화시키는 것은 함께 가는 자들의 사랑이자 임무다. 사랑이자 임무…… 문제는 방법이다.

대결: 판명과 발명

비평은, 텍스트를 만난 순간의 서늘한 열기에 제 몸을 싣고 텍스트의 언어로 뛰어들어 발견한 것들과 함께 세상의 질서를 변화시키는 일련의 도정이다. 앞에서 이런 이야기들을 해 왔다. 이 도정의 최초 출발점이 예기치 못한 어떤 (문학과의) 만남이라 했으니 거기에 이끌렸듯 이후의 과정도 수동적인 흐름에 의해 자연스럽게 진행된다, 면 좋겠다. 문학으로부터 도래하는 것, 문학에서 발견되는 것들이란 억지로 찾아내거나 의도적으로 만들어 낼 수 없다는 뜻에서 그 현현의 강력함, 절대성 등을 강조하였지만, 그것을 신의 계시와도 같은 영적 신비로 여기는 순진한 비평은 없을 것이다.

　어떤 텍스트와의 만남이 비평이 시작되는 사건이 될 때, 그 거점은 텍스트 내부적인 한 지점이라기보다 텍스트가 놓인 숱한 맥락의 교차로다. (그것을 앞에서 타이밍이라 일렀다.) 엄밀히 말하면 비평의 출발은 이것을 캐치하거나 하지 않는 순간에 달려 있다. (그것이 어떤 텍스트에나, 어떤 독자에게나 매번 같지 않기 때문에 케이스 바이 케이스라는 표현을 쓰기도 했다.) 이 타이밍과 케이스의 구성에 스스로 개입함으로써 비평의 최초 입지가 마련된다는 점을 상기하자. 비평이 시작되는 그 순간에 비평가의 존재, 아니 저 타이밍과 케이스를 자기 것으로 알아보는 비평가의 감식안, 그것이 없다면 그 유일한 상황은 성립되지 않는다. 텍스트로부터 촉발되는 비평의 '원동력'은 이끌림(수동)으로 나아가기(능동) 말고 다른 게 없을 것이다. 비평적 감식안이란 결국 이 '수동의 능동성' / '능동적 수동'이다. (상반된 두 단어를 붙여 놓기는 흔한 형용 방식이 되었지만 이 방식의 불가피성을 이해하는 것이 곧 이것을 실천하는 길일 것 같다.) 이것은 자기와 타자를 함께 확신하는 능력이며, 사실 이것만이 비평이 텍스트를 사랑하는 방법이다. 물론 이 사랑은 아끼고 감싸 주는 것, 칭송하고 편들어 주는 것만은 아니다. 비평의 사랑은 알아보고 이끌리고 그것에 관해 입을 여는 것으로 충분하다.

　문제는 이 이후다. 사랑을 지속하거나 그만두는 일, 확신을 유지하거나 변경하는 일에는 언제나 용기와 임무가 따른다. 규범이 도와주지 않고 관습에 얽매이지 않은 채 그것을 수행해 나가기 위해 확신, 용기, 에너지 등을 스스로 생성해야 한다. 어떻게 가능할까? 먼저 다음을 보자.

　　이 비평은 다소 투박한 문장으로 진행되지만 무엇보다 오늘의 문학을 바라보는 뚜렷한 문제의식을 지니고 있다. 따라서 힘이 있고, 그 같은 힘과 의식

의 바닥, 혹은 사이에 은밀한 예리함과 사랑이 흐른다.[12)

A는 텍스트에 대한 이해도와 안정된 문장력, 인문학적 정보들을 텍스트와 연결시키는 방식이 적절함 등에서 오랜 공부와 숙련의 과정을 짐작할 수 있었다. 그러나 이 안정감이 오히려 젊은 비평가로서의 열정을 느끼게 하는 데 부족했고, 문체의 개성도 발견하기 어려웠다. B는 섬세한 비평적 감수성과 언어를 보여 주었다. 개념의 모호성의 문제와 인문학적 정보에 대한 처리의 아쉬움이 있었지만, 무엇보다 텍스트의 내부에서 자신의 비평적 사유를 과감하게 밀고 나가는 패기, 그리고 단연 돋보이는 문체의 개성 때문에 앞으로 비평적 목소리의 자립성을 가질 수 있는 비평가로 성장할 수 있는 의미 있는 가능성을 발견했다. 신인에 대해 우리가 바라는 것은, 바로 그 가능성의 힘과 아름다움이다.[13)

이 비평은 철저하게 텍스트 중심적이다. 문학비평의 궁극적인 목표가 문학을 문학의 자리에 제대로 자리 잡게 하는 일이라고 했던 고전적 정의를 떠올릴 필요도 없이, 이 평론집은 텍스트에 대한 면밀한 분석과 폭넓은 해석을 바탕으로 하는 실천비평의 전범에 해당한다.[14)

이 작품집은 인문학적 식견에 바탕한 섬세한 작품 읽기와 문학사에 대한 폭넓고 균형 있는 시각이 돋보인다.[15)

이 비평의 가장 큰 미덕은 한 평문의 공간 안에서 작품을 끈질기고도 날카롭게 파고 들어가는 힘과 정직성과 진솔함을 잃지 않는 서술 태도를 겸비한 데서 찾을 수 있다. 이 비평의 방법은 '분석과 해석은 날카롭게, 표현과 설명은 진솔하게'라는 말로 요약되지 않을까.[16)

---

12) 2009년 《세계일보》 신춘문예 평론 부문 심사평 중에서.
13) 2009년 《경향신문》 신춘문예 평론 부문 심사평 중에서.
14) 2006년 김환태 평론 문학상 심사평 중에서.
15) 2008년 대산문학상 평론 부문 심사평 중에서.
16) 2008년 팔봉 비평 문학상 심사평 중에서.

앞의 둘은 비평을 시작하는 사람들에게, 뒤의 셋은 최소 십수 년간 비평을 해 온 사람들에게 보내는 조언이자 찬사다. "오늘의 문학을 바라보는 뚜렷한 문제의식", "자신의 비평적 사유를 과감하게 밀고 나가는 패기" 등이 초심자에게 중요한 것이라면 "면밀한 분석과 폭넓은 해석", "인문학적 식견에 바탕한 섬세한 작품 읽기"와 "문학사에 대한 폭넓은 시각", "작품을 끈질기고도 날카롭게 파고 들어가는 힘"은 비평을 하면 할수록 요구되는 덕목인가 보다. 이것들을 대조하다 보니 두 가지 상반된 생각이 든다. 우선은, 비평을 오래해 온 비평가들이 텍스트에 밀착하는 능력을 더 갖추게 되는구나, 신예들은 인문학적 정보와 개념을 잘 다루지 못하지만 꾸준히 비평을 해 온 기성들은 그것에 능숙하구나, 그러니 신인은 더욱 열심히 공부해야 할 것이라는 생각. 또 하나는, 신예 비평가에게서 "투박한 문장"과 "개념의 모호성"을 탓하기보다 "문제의식"과 "비평적 패기"를 요구한다는 것은, 전자가 후자보다 얻기 어려운 것이어서 그것을 눈감아 주는 것이 아니라 시간과 노력으로도 후자를 얻기가 전자보다 더 어려운 것일지 모른다는 생각. 양쪽 다 비평의 고행을 암시하는 듯하다. 그런 의미에서 상반된 생각이 아니라 꼬리에 꼬리를 무는 생각인 것도 같다. 텍스트에 대한 열정적 탐구는 언제나 최고로 어려운 것이기에 오래 비평을 해도 그것을 갖추는 것이 가장 빛나는 법이며, 섬세한 읽기와 폭넓은 시각이 바탕이 된다면 투박한 문장이나 모호한 개념 등은 나타나지 않는 법이라는 생각.

이 두서없는 생각들이 곧 비평에 필요한 확신, 용기, 에너지의 원천에 대한 질문과 맞닿아 있다. '섬세한 읽기'와 '비평적 문제의식'은 반드시 만나서 원칙과 확고함을 지닌 비평의 언어로 나타난다. 어법과 문법의 원칙이나 지식 세계와 생활 세계의 확고함을 가리키는 것이 아님은 이미 여러 차례 강조했거니와, 발견에 대한 믿음과 그것을 언어로 발명하는 끈기를 통해 개시되는 주체적 힘에 대한 확고함은 비평의 최소 근거이며 최대 목표이다. 그리고 마침내 핵심 임무는 비평이 자기의 언어를 발명하는 데 있다. 이 임무 수행을 위해 비평은 다른 무엇과도 대결해야 한다. 말하자면 저 두 덕목은 이 대결의 제목이다.

우선 '섬세한 읽기'. 저 확고함이 마침내 정착하는 곳이 아니라 최초로 흘러나오는 곳인 텍스트에 대해 비평은 사랑을 고백할 수도 있고 불만을 토로할 수도 있다. 어느 쪽이든 그것이 '어떠어떠하다'고 보고하는 것은 충분치 않다. 과학적 해명과 알기 쉬운 해설은 비평 언어의 소임이 아니다. 그것이 무엇인가, 왜 그것인가, 그것이어도 되는가를 다른 언어로 다시 말해야 한다. 비평의 소임은 텍스트에 '무엇이' 존재하(지 않)는가에 대한 증명이 아니라 무엇이 '어떻게' 그러한가에 대한 판명이다. 달리 말하면 비평의 인식론은 텍스트의 존재가 아니라 위상에 관한 것이다.

여기서 자연스럽게 다음 대결이 나타난다. 텍스트의 존재가 아닌 위상을 간파하려면 비평과 텍스트의 '사이'를 주목하지 않을 수 없는데, 이 사이의 감각이 곧 '비평적 문제의식'이다. 그 '사이'에는 문학들의 이론도 있고 역사도 있다. 문학 외의 문화적인 상황도 있고 그 밖의 다른 것도 많다. 이들은 언제나 비평의 맞수들이다. 싸워 이겨야 하는 원수가 아니라 늘 티격태격하면서도 친하게 지내는 동료 같다. 이론에 기대어 개념을 만들고 역사에 비추어 의미를 예단한다는 뜻이 아님을 더 부연할 필요가 있을까? 두어 경우만 덧붙이자. 가령 텍스트에 밀착하기 위해 이론을 참고하지 말자는 주장이야말로 이론이 불필요하다는 이론을 가장 강력하게 밀어붙이는 완고한 이론주의가 아닐 수 없다. 그것은 오히려 가장 이상적인 비평의 형태를 미리 상정한 것이기도 하다. 이론 환원적 오류는 발견을 섣불리 유형화하는 데 있지만 이론 거부적 오류는 다양한 발견의 가능성 자체를 폐색시킨다. 작품과 이론이 같은 위상에 있는 것이 아니어서 서로의 위상을 점검하는 데 상호 소용이 됨을 안다면 두 오류를 다 경계할 수 있을 것이다. 이론이 다른 위상의 맞수라면 문학사는 텍스트의 위상 자체가 결정되는 토대다. 토대와의 길항은 작품 자체와 문학사 전체를 겨냥한 문제의식이 될 수밖에 없다. 이런 대결로 쟁취되는 것이 곧 인문학적 식견과 폭넓은 시각이 아니겠는가. 이를 바탕으로 저 수동의 능동이라는 사랑의 능력은 더 커진다. 그리고 텍스트는 다시 발견된다. 그리고 그것과 대결하는 비평의 언어는 다시 발명된다. 그리고…….

이러한 대결과 발명과 발견의 반복이, 텍스트가 흘려보내 준 막막한 진리를 제 언어로써 뚫고 나아가야 하는 비평의 운명이다. 새 언어를 분만하기 위해 다른 앎과 다른 언어를 요청하는 대결이 아버지의 담론을 모방하거나 또 다른 아버지의 담론이 되기 위한 수단이 아님은, 또 말하면 이제 잔소리가 될 것이다. 마지막으로 한 번만 더 묻고 대답해 보자. 이 운명의 용도는 무엇인가. 텍스트적 지배와 현실적 지배를 다 벗어나면서 스스로 지배 언어가 되지 않는 술어로써 문학의 진리를 다시 이야기하기 위함이다.

기본을 새기는 마음

이것이 내가 새긴 비평의 기본이다. 2000년대의 한국 소설을 읽든 그리스 신화나 시경(詩經)을 읽든 문학을 대하는 나의 태도는 여기에서 크게 달라지지 않을 것이다. 이 기본을 모두 새기기는 말처럼 쉬운 일이 아닐 수 있지만 한 번 새긴 이상 잊어버리기도 쉽지 않다. 비평의 매 순간 이것은 진실함과 엄정함을 양손에 들고 머리와 가슴과 손을 겨눈다. 나는 이것을, 문학의 생사가 불분명하다는 이곳, 오늘의 한국 비평에서 배웠다. 이곳에서 배웠지만, 이곳에서 배웠기에, 더 파고들어야 할 의문과 되던지고 싶은 질문이 하나둘씩 생겨날 것이다. 가깝게는 저 기본으로부터 점차 멀어지는 안일함이 눈에 보이고, 멀게는 정치적으로 그릇된 이데올로기보다 더 나쁜 정치적으로 올바른 침묵들이 귀에 들려올 것이다. 그것들에 더 눈과 귀를 열고 이 글을 썼어야 했지만, 아직 어둔 눈과 무딘 귀로 기본의 기본만 연거푸 새겼다. 언젠가 '지금 한국 비평은 어디에 있는가'와 같은 글을 쓴다면 이 글은 그 기초 작업쯤은 되어 줄까. 이제 진짜 시작이다.

(2009)

백지은

1973년 서울에서 태어났다. 고려대 국문과를 졸업하고 동 대학원에서 「한국 현대 소설의 문체 연구 ─김승옥, 이청준, 서정인, 황석영의 글쓰기를 중심으로」로 박사학위를 받았다. 2007년 「허무의 허무의 소설학─김훈 소설의 문장론」으로 《세계의 문학》 신인상을 받으며 등단했다.

독자 시점

1판 1쇄 찍음 2013년 11월 1일
1판 1쇄 펴냄 2013년 11월 8일

지은이 | 백지은
발행인 | 박근섭, 박상준
편집인 | 장은수
펴낸곳 | (주)민음사

출판등록 | 1966. 5. 19. (제16-490호)
주소 | 서울시 강남구 신사동 506 강남출판문화센터 5층 (135-887)
대표전화 | 515-2000 팩시밀리 | 515-2007
홈페이지 | www.minumsa.com

값 22,000원

ISBN 978-89-374-1224-0 04810
     978-89-374-1220-2(세트)